Elaine Winter · Liebe ist kein Beinbruch

Elaine Winter

Liebe ist kein Beinbruch

Roman

Moments

Die Autorin ist Mitglied bei DeLiA, der ersten Vereinigung Deutschsprachiger Liebesromanautorinnen und -autoren: www.delia-online.de

Originalausgabe
Elaine Winter: Liebe ist kein Beinbruch

Lektorat: Petra Kästner-Henn
Einbandgestaltung: agilmedien, Köln
Einbandabbildung: Mauritius
Satz & Layout: Andreas Paqué, Ramstein
Druck und Bindung: Ueberreuter Buchproduktion, Korneuburg
Printed in Austria 2004
ISBN 3-937670-01-7

www.moments-verlag.de

I

Natürlich waren die teuren italienischen Schuhe in Mitternachtblau nicht für den Rand eines Fußballfeldes gedacht. Erst recht nicht, nachdem es fünf Tage lang fast ununterbrochen geregnet hatte.

Lea zog die Schultern hoch, steckte die Hände in die Taschen ihres schicken, ebenfalls nagelneuen Leinenblazers und versuchte, nicht daran zu denken, dass ihre Frisur nach einer Stunde Nieselregen wahrscheinlich einer Hand voll gleichmäßig mit Tomatensauce getränkter Spaghetti glich. Schon als Kind hatte sie ihre dicken, glatten mahagonifarbenen Haare gehasst, die in der Sonne oder im nassen Zustand rot leuchteten, und sich sehnlichst das sanft gelockte Goldblond ihrer damaligen besten Freundin Sabine gewünscht. Womit sie wahrscheinlich nicht einmal daneben gelegen hatte, denn Sabine war inzwischen – sehr, sehr glücklich, wie sie nicht müde wurde zu betonen – mit dem Chefarzt der Unfallchirurgie des hiesigen Krankenhauses verheiratet, wohnte in einem schneeweißen, großzügig geschnittenen Bungalow, hatte zwei Kinder – einen Jungen und ein zwei Jahre jüngeres Mädchen, genau wie es sich gehörte –, besaß einen zum Farbton ihres Haares passenden Setter namens Goldie – der sich bei jedem ungewohnten Laut unter dem Sofa verkroch, weil er sich wohl wegen seines Namens für einen zu groß geratenen Goldhamster hielt und daher unter Komplexen litt –, fuhr einen dunkelblauen Van, war Mitglied in einem exklusiven Tennisclub und im angesagtesten Fitness-Studio der Stadt und ging zweimal im Monat zur Kosmetikerin und wöchentlich zum Friseur.

Lea dagegen, weder goldhaarig noch puppenhaft klein, dafür aber zwei Körbchengrößen von Sabines Traummaßen entfernt, versank augenblicklich, beschuht mit dunkelblauem Veloursleder, im Matsch, um vielleicht in ferner Zukunft die Frau eines Schornsteinfegers zu werden. Falls sie überhaupt Ehefrau und

Mutter werden wollte. Manchmal hatte sie nämlich den vagen Verdacht, dass Sabine ihr Glück, das sich relativ häufig im fliegenden Wechsel zwischen dem Bett ihrer in monatlichen Abständen von fiebrigen Erkältungen geplagten Jüngsten und dem Bastelabend im Kindergarten abspielte, ein wenig glanzvoller darstellte, als es tatsächlich war. Zumal Sabines traumhafter Ehemann mittlerweile tatsächlich zu einer Art Traum geworden zu sein schien, der höchst selten zwischen Bereitschafts- und Notdienst zu Hause auftauchte, um seine Arztkittel zum Waschen abzugeben.

Bei Licht betrachtet hatte Frank, der jeden Tag pünktlich um sechzehn Uhr Feierabend machte, gegenüber einem Unfallchirurgen unbestreitbare Vorteile – auch den rein praktischen, dass auf seiner schwarzen Arbeitskleidung Flecken kaum zu sehen waren. Und wenn der Anzug gewaschen werden musste, tat das voller Hingabe und Liebe Franks Mutter. Außerdem war Frank ein Fleisch gewordener Glücksbringer. Eine Frau, die mit einem ein Meter neunzig großen, dunkel gelockten Maskottchen nicht glücklich sein konnte, das sich nicht einmal – und wenn, dann nur insgeheim – an der Körbchengröße A störte, musste verrückt sein. Für einen Moment vergaß Lea ihre durchweichten Schuhe und ließ ihren Blick voller Stolz und Liebe auf Franks breitem Rücken ruhen.

»Ahhh! Ooooch!« Von der anderen Seite des Platzes kamen die zunächst begeisterten, dann enttäuschten Schreie der gegnerischen Fans.

Lea hob ihr Kinn aus dem feuchten Stoff ihres Blazers und sah gerade noch, wie Frank mit seiner im voluminösen Torwarthandschuh geballten Faust triumphierend in die Luft hieb. Automatisch hüpfte sie ein paar Zentimeter in die Höhe, was in Anbetracht der Tatsache, dass ihre Absätze zentimetertief im Lehm steckten, eine durchaus sportliche Leistung war. Gleichzeitig riss sie ein wenig schlapp die Arme hoch und schlug anschließend applaudierend die Hände zusammen. Sie stand nun schon lange genug regelmäßig am Spielfeldrand, um zu wissen, was Franks Gesten bedeuteten und wie sich ein Fußballfan in bestimmten Situationen zu verhalten hatte.

»Toll! Klasse gehalten!«, rief sie ihrem ganz privaten Glücksbringer zu, als er sich zu ihr umdrehte und den Daumen in die Luft reckte.

»Das war knapp!« Er strahlte und sah einfach göttlich aus, obwohl er völlig durchnässt war.

Während Lea eifrig nickte, fragte sie sich, wie es eigentlich stand. Vor Ende des Spiels musste sie das unbedingt herausfinden. Dies war ein Heimspiel, und auf dem vereinseigenen Platz von Franks Mannschaft, die in der Bezirksliga spielte, gab es keinen Stadionsprecher oder gar eine dieser praktischen Anzeigetafeln für den Spielstand.

Unauffällig pirschte Lea sich an Birgit, die langjährige Freundin von Linksaußen Peter, heran. Mit einem kurzen, neidischen Blick registrierte sie, dass Birgit praktische, regenfeste Schnürschuhe aus schwarzem Glattleder trug.

»Wie lange noch?« Ganz im Gegensatz zu Birgit besaß Lea keine Uhr mit Stopp-Funktion. Aber Birgit war ja auch seit vier Jahren mit Peter zusammen und hatte vor dieser Beziehung treu und brav anderthalb Jahre lang einen Verteidiger zu seinen wöchentlichen Spielen begleitet, wie sie Lea vor einigen Wochen während einer Verlängerung anvertraut hatte.

»Elf fünfunddreißig«, antwortete Birgit prompt, wobei sie höchstens für zwei Sekunden den Blick von Peters muskulösen Waden in den inzwischen matschverzierten roten Kniestrümpfen löste.

»Sieht so aus, als ob Unsere gewinnen«, ließ Lea einen Versuchsballon los und betrachtete frustriert den unübersehbaren Grasfleck auf ihrem linken Schuh.

»Na ja. Das bleibt abzuwarten.« Birgit kannte sich aus. »Acht zu acht ist nicht gerade eine sichere Sache, wenn noch mehr als zehn Minuten zu spielen sind, nicht wahr?«

»Natürlich nicht«, stimmte Lea eifrig zu.

»Aber wenn wir die Daumen drücken, klappt es bestimmt.«

»Bestimmt!« Brav klemmte Lea den linken Daumen zwischen die übrigen vier Finger.

Frank hielt auch das mögliche Neun-zu-Acht, das allerdings ziemlich schwächlich in Richtung Tor trudelte, und hatte anschließend einige wenige unkonzentrierte Minuten, so dass das Spiel letztlich mit acht zu zwölf für die gegnerische Mannschaft endete.

»Puh! Das gibt wieder mindestens zwei Tage schlechte Laune!« Birgit schlug die Kapuze ihrer Regenjacke zurück und schüttelte ihr langes schwarzes Haar aus. »Am besten koche ich heute Abend sein Lieblingsessen und halte erst mal den Mund. Solltest du auch machen.«

Lea nickte gehorsam und überlegte, wo sie auf die Schnelle an einem Samstagnachmittag T-Bone-Steaks besorgen sollte. Ganz zu schweigen von Kokos-Schoko-Eis. Eigentlich hatte sie vorgehabt, mit Frank seinen heutigen Sieg bei »Luigi« zu feiern, aber womöglich würde er ihr im Falle der Niederlage die Einladung zum Italiener übel nehmen, weil es eindeutig nichts zu feiern gab. Manchmal waren Männer, speziell Fußball spielende Männer, wirklich kompliziert!

Mit gerunzelter Stirn überlegte sie, wann der Supermarkt am Ende der Straße wohl samstags schloss. Vielleicht konnte sie ihre Einkäufe erledigen, während Frank nach dem Spiel duschte. Im Moment brauchte er wohl noch ihre seelische Unterstützung, denn gerade kam er mit ernstem Gesicht und funkelnden Augen auf sie zu.

»Der Schiri ist gekauft!«, rief er ihr entgegen. »Mindestens die Hälfte der Tore dieser Deppen waren Abseitstore.«

Leas verständnisvolles Nicken ging ins Leere, weil Frank schon mitten in einem lautstarken Wortwechsel mit einem Stürmer der gegnerischen Mannschaft war. Der fand es entweder nicht gut, wenn man ihn einen Depp nannte, oder er schoss niemals Tore, wenn er im Abseits stand. Wahrscheinlich beides.

Mittlerweile hatte es noch heftiger zu regnen begonnen. Lea kniff die Augen zusammen, während sie zu Frank hinübersah. Und obwohl sie unruhig von einem Fuß auf den anderen trat, weil sie nicht einfach so in Richtung Supermarkt verschwinden wollte, konnte sie nicht umhin festzustellen, dass sein Anblick im Fußballdress für das grässliche Wetter und ihre nassen Füße entschädigte. Ganz egal, was er sagte oder tat, ob er Bälle hielt oder wie ein Verrückter in der Gegend herumschrie, sein Hintern sah in den schwarzen Latexshorts einfach toll aus.

Als Lea sich umwandte, war Birgit verschwunden. Wahrscheinlich wartete sie schon geduldig vor den Umkleidekabinen auf ihren Peter, um ihn sofort mit der Ankündigung zu trösten, dass sie heute sein Lieblingsessen kochen würde. Nach zehn Minuten Geschrei stapfte auch Frank endlich wutschnaubend in Richtung Umkleidekabinen davon, während der Gegner ihm grinsend nachschaute. Offenbar war da ein weiteres Match verloren worden.

Lea nieste diskret und machte sich, einen Teil des Spielfeldrandes in Form dicker Lehmklumpen mitschleppend, ebenfalls auf den Weg, um Frank noch vor dem Eingang zum Spielerheim einzuholen und ihm zu sagen, dass sie noch rasch einkaufen wollte, damit er sich nicht wunderte, falls er fertig war, bevor sie sich wieder zum Pulk der wartenden Spielerfrauen gesellt hatte.

Ihre Schuhe gaben leise Quietschlaute von sich, während sie die Straße hinunter rannte. Außer Atem langte sie vor dem kleinen Supermarkt an und stellte mit einem Blick auf das Schild am Eingang fest, dass sie noch fünf Minuten Zeit zum Einkaufen hatte, bevor der Laden schließen würde.

Sie atmete tief durch, stieß die Glastür auf und eilte durch die Gänge, ohne sich damit aufzuhalten, einen der Einkaufswagen von seiner Kette zu befreien.

Als sie am Fleischstand ihren Wunsch nach ein paar schönen, großen, saftigen T-Bone-Steaks vortrug, erntete sie nur einen mitleidigen Blick.

»Das ist alles schon wieder im Kühlhaus. Eigentlich haben wir schon geschlossen.« Beziehungsreicher Blick auf die Wanduhr, die noch genau zwei Minuten bis achtzehn Uhr zeigte. »Aber Steaks sind sowieso nicht mehr da. Ich habe hier nur noch ein paar Nackenkoteletts.« Die Verkäuferin deutete mit einer verächtlichen Geste auf die Fleischstücke, die blässlich-fettig im grellen Licht lagen.

Trotzig kaufte Lea die Koteletts dennoch. Vielleicht war der Unterschied zu Steaks gar nicht so groß, wenn sie das Fleisch schön knusprig briet und ordentlich würzte. Sie war zwar nicht gerade eine begnadete Köchin, aber an einem Tag wie diesem brauchte sie ein Wunder, also beschloss sie, daran zu glauben.

Mit dem Fleischpaket in der Hand spurtete sie weiter in Richtung Tiefkühltruhen.

»Sie machen hier mit Ihren Schuhen alles dreckig«, rief die Frau vom Fleischstand ihr hinterher, aber Lea tat, als hätte sie nichts gehört. So schlimm konnte das bisschen Fußballplatzmatsch auch nicht sein, nachdem den ganzen Tag Kunden aus dem Regen hereingekommen waren.

An der speziellen Truhe für Eiscreme und gefrorene Torten stieß sie auf einen weiteren späten Kunden, der sich gerade vorbeugte, um die verschiedenen Eissorten zu begutachten. Während er den Kopf hin und her bewegte, leuchtete sein blondes

Haar selbst in der kalten Supermarktbeleuchtung golden. Mit diesem Schimmer konnte nicht einmal Sabine mithalten. Lea strich sich eine ihrer feuchten rötlichen Strähnen aus der Stirn. Das Leben war wirklich ungerecht!

Schon im Herannahen entdeckte sie Franks Lieblingseiscreme – Kokosgeschmack mit Schokosplittern. Und sie sah, dass nur noch ein Paket davon vorrätig war.

»Entschuldigung.« Den Blick auf das Objekt ihrer Begierde geheftet, versuchte sie, sich an dem goldblonden, wenig entschlussfreudigen Mann vorbeizudrängeln.

»Einen kleinen Moment, bitte.« Er rührte sich nicht von der Stelle, schaute kurz noch einmal nach rechts in Richtung Schoko-Vanille und einmal nach links zum Zitronensorbet, dann zuckte seine Hand vor und griff nach dem allerletzten Paket Kokoseiscreme mit Schokosplittern.

»Aber das brauche ich!«, entfuhr es Lea entsetzt.

»Wie bitte?«

Der Mann richtete sich auf, drehte sich um, sah sie an, stutzte fast unmerklich – wahrscheinlich weil sie wie eine gebadete Katze aussah – und schenkte ihr dann ein so warmes Lächeln, dass sie für den Moment ihre eiskalten Füße und all ihre anderen Nöte vergaß. Er hatte sommerhimmelblaue Augen, in deren Winkeln beim Lächeln ein Strahlenkranz winziger Fältchen entstand.

»Ich … nichts«, sagte sie rasch, als sie bemerkte, dass er immer noch auf eine Antwort wartete. »Ich habe nur so vor mich hin gemurmelt.« Schließlich konnte sie einem ihr völlig unbekannten Mann wohl kaum erklären, dass sie viel dringender als er Kokoseiscreme benötigte.

Hastig beugte sie sich nun ihrerseits über die Tiefkühltruhe und tat so, als könnte sie sich nicht zwischen den Sorten Walnuss und Pfirsich entscheiden. Obwohl natürlich klar war, dass Frank alles außer Kokos mit Schoko strikt ablehnen würde. Noch dazu nach einem verlorenen Spiel.

Nachdem sie aus den Augenwinkeln beobachtet hatte, wie der Mann mit *ihrem* Eis und diesem goldenen Schimmer über seinem Kopf im Gang mit den Dosengerichten verschwunden war, machte Lea sich mutlos auf in Richtung Kasse. Ohne den Nachtisch, der bei Frank regelmäßig ihre übrigen Kochkünste herausriss, musste sie es mit den Nackenkoteletts gar nicht erst versuchen. Blieb also doch nur eine Einladung zu Luigi.

Der Plastikbeutel mit dem Fleisch ließ sich nur mühsam in ihrer ohnehin überfüllten Handtasche verstauen. Sie hatte keine Ahnung, was sie mit den Koteletts machen sollte. Vielleicht würde sie sie für einen Grillabend im Sommer einfrieren.

Draußen regnete es immer noch leise und gleichmäßig vor sich hin. Auf klappernden Absätzen, von denen auf dem trockenen Boden im Supermarkt der Lehm fast vollständig abgefallen war, machte Lea sich eilig auf den Rückweg zum Vereinshaus. Sie hoffte, dass Frank noch nicht auf sie wartete, denn falls es so war, würde das seine Laune ganz sicher nicht verbessert haben.

»Rotwein finde ich nach dieser ungerechten Niederlage ein bisschen unpassend«, nörgelte Frank, als Lea ihr Glas hob und ihm zuprostete.

»Es *war* ungerecht, und deshalb finde ich Rotwein und ein gutes Essen als Trost sehr angemessen.« Über die brennende Kerze hinweg lächelte Lea ihren schönen Torwart-Freund betörend an. Zumindest so betörend, wie es ihr angesichts der Tatsache, dass sie befürchtete, mit ihren platt am Kopf klebenden, klatschnassen Haaren wie ein Putzlappen auf Beinen auszusehen, möglich war. »Obwohl ich dich sicher auch noch anders trösten kann.« Sie streckte den Arm aus und berührte mit ihren Fingerspitzen seinen Handrücken.

Frank zuckte zurück. »Du hast eiskalte Hände!«, empörte er sich.

»Es ist kalt draußen, es regnet, und ich habe neunzig Minuten am Spielfeldrand gestanden.« Für einen winzigen Moment vergaß sie, dass Frank sanfte Frauen liebte. Und ihr Lächeln, falls überhaupt noch vorhanden, war wohl auch nicht mehr besonders berückend.

»Wenn Fußball dich nicht interessiert, musst du ja nicht mitkommen.« Jetzt schmollte er wie ein kleiner Junge. Er sah einfach atemberaubend aus, wenn er die Unterlippe fast unmerklich vorschob und seine Augen kleine, traurige Blitze schleuderten.

»Du weißt, dass ich mich für Fußball interessiere. Und vor allem für dich.«

Lea suchte ohne hinzusehen in ihrer Handtasche nach einem Taschentuch. Sie fand keines, und als das Kribbeln ihrer Nase immer stärker wurde, nahm sie hastig eine der rotweißen Papierservietten zu Hilfe, um ihr Niesen darin zu ersticken.

Frank rückte hastig ein paar Zentimeter vom Tisch ab. »Bist du etwa krank? Du weißt, dass ich mir eine Erkältung auf keinen Fall leisten kann. Wir haben nächstes Wochenende ein wichtiges Auswärtsspiel.«

Auch ohne wichtige Spiele hatte Frank panische Angst vor jeder Art von Krankheit.

»Ich bin nicht krank. Meine Füße sind nur …« Lea stockte, weil er eine Erwähnung ihrer nassen Füße vielleicht wieder als Desinteresse an Fußball im Allgemeinen und seiner Person im Besonderen deuten würde. »Es ist nichts. Vielleicht eine Allergie gegen die Blumen.« Sie zeigte auf die angestaubten Stoffblümchen in der kleinen Vase.

»Nix Allergie«, ließ sich in diesem Moment Luigi vernehmen, der mit zwei dampfenden Tellern neben ihnen aufgetaucht war. »Sind nix echt. Nur Dekoration. Falsche Dekoration.« Offenbar war er tief getroffen, dass man ihm unterstellte, in seinem Restaurant die Tische mit echten Blumen zu schmücken.

»Sind die genauso echt wie dein italienischer Akzent, Ludwig?«, erkundigte Lea sich rasch, um vom Thema Niesen abzulenken. Seit ihrer Studienzeit war sie Stammgast bei Luigi, und eines feuchtfröhlichen Abends hatte er ihr verraten, dass er zwar eine italienische Mutter hatte, aber kein Wort italienisch sprach, weil er in Bochum geboren und aufgewachsen war. Außerdem hieß er nach seinem Großvater väterlicherseits Ludwig.

»Wenn du Geheimnisse nix kannse behalte für dich, ich musse Mafia Bescheid sage.« Grinsend stellte Ludwig-Luigi die beiden riesigen Pizzen auf den Tisch und verschwand in Richtung Küche.

Lea griff nach ihrer Gabel und pikste eine der Olivenhälften auf, um sie über den Tisch hinweg Frank in den Mund zu schieben. Sie war verrückt nach Oliven, aber auch Frank mochte die Dinger besonders gern, also war es für sie ein besonderer Liebesdienst, ihm ihre zu geben. Abgesehen davon war es einfach aufregend, ihm die Gabel zwischen die Lippen gleiten zu lassen und zu sehen, wie sich seine Augen dabei halb schlossen.

Nachdem Frank sämtliche Oliven und die Hälfte seiner Pizza vertilgt hatte, hob sich seine Stimmung allmählich. Zumindest wurde er gesprächig und verlieh seiner Meinung über den gekauften Schiedsrichter und die unfairen Gegner wortreich Ausdruck.

Lea knabberte zufrieden am knusprigen Rand ihrer Pizza, hörte Frank aufmerksam zu, nickte an den richtigen Stellen und zog an anderen die Augenbrauen zusammen. Nebenbei schenkte sie ihm aus der Rotweinkaraffe nach, und einmal legte sie tröstend ihre Hand über seine, nicht ohne sie vorher heimlich unter dem Tisch zwischen ihren Knien angewärmt zu haben.

Gegen halb zehn, die Pizza war verzehrt und eine zweite Karaffe Rotwein fast geleert, fiel Frank nichts Neues mehr zum Schiedsrichter und den Gegnern ein.

»Ich bin gleich wieder da.« Lea wanderte mit ihrer Handtasche unter dem Arm in Richtung Toiletten. Auf dem Rückweg machte sie am Tresen Halt, um die Rechnung zu bezahlen. Obwohl Frank durchaus fand, dass die emanzipierte Frau ihren Freund gelegentlich oder auch öfter zum Essen einladen durfte, war es ihm sehr offensichtlich immer ein wenig peinlich, wenn sie vor seinen Augen die Rechnung beglich.

»Eine Frau wie du sollte keinen Freund wie ihn haben«, flüsterte Ludwig-Luigi ihr mit gesenkter, fast akzentloser Stimme zu, während er ihr das Wechselgeld bis auf den letzten Cent zurückgab. Luigi zählte Lea zu den »Freunden seines Hauses« und nahm selbstverständlich kein Trinkgeld von ihr an.

»Ein Mann wie du sich nix solltä mischen in anderer Leutä Angelegenheiten«, flüsterte Lea mit einer fast perfekten Imitation seiner Luigi-Aussprache zurück.

Der Wirt rollte mit den dunklen Augen, strich sich dramatisch das schwarze Haar aus der Stirn und beugte sich ein wenig vor, damit Lea keines seiner Worte entging. »Eine Frau mit rotem Haar und grünen Augen, schlank und biegsam wie eine Birke im Wind, hat einen Mann verdient, der sie auf Händen trägt, ihr Rosen schenkt und romantische Lieder für sie singt, nicht einen, der ihr den ganzen Abend von Fußball erzählt.«

Lea starrte ihn verblüfft an. So perfekt hatte er bisher selten das Klischee des Frauen liebenden Italieners bedient. Offensichtlich war er heute besonders gut in Form.

»Erstens sind meine Haare nicht rot, sondern höchstens rotbraun«, beschied sie ihm streng. »Und zweitens ist es nicht gerade vornehm, deine Gäste zu belauschen. Außerdem kennst du seine wahren Qualitäten nicht, Luigi.«

Sie zwinkerte ihm zu und kam sich ob ihrer zweideutigen Andeutung sehr verrucht vor, während sie zurück zum Tisch ging, wo Frank in die Kerzenflamme starrte und wahrscheinlich Rachepläne für das nächste Zusammentreffen mit dem FC Kaltenhausen schmiedete.

Sie legte ihm die Hand auf die Schulter. »Lass uns zu mir fahren. Ich koche uns eine große Kanne Tee, und wir kuscheln uns unter meine neue Steppdecke. Die ist riesig und ganz flauschig.« Plötzlich sehnte sie sich nach nichts mehr als nach Wärme von innen und außen. Ihre Füße waren immer noch nass und mittlerweile so kalt, dass es sich anfühlte, als würde sie auf Eisklumpen herumlaufen.

Frank legte leicht die Stirn in Falten. Er mochte keinen Tee. Wahrscheinlich würde er auch Leas neue Steppdecke nicht mögen, weil ihm eigentlich immer zu warm war. Dennoch stand er wortlos auf, sah zu, wie Lea in ihren feuchten, zerknitterten Blazer schlüpfte, und marschierte dann mit seinem leicht o-beinigen Fußballergang zur Tür. Lea winkte Luigi zu und folgte ihrem Freund.

Als sie in den winzigen Flur ihrer Dachwohnung trat, atmete Lea auf. Wie immer war es kuschelig warm hier.

»Heizt du etwa immer noch? Wir haben immerhin schon April«, murrte Frank und riss sich sofort erst die Lederjacke und dann das Hemd vom Körper, als müsste er bei dreiundzwanzig Grad Raumtemperatur umkommen. Da Lea grundsätzlich nichts dagegen hatte, Franks durchtrainierten Körper unbekleidet zu sehen, nickte sie nur vergnügt und ging in die Küche, um das Teewasser aufzusetzen.

»Magst du lieber Pfefferminze oder Malve?«, rief sie in den Flur. »Oder doch lieber etwas Kaltes? Ich habe Mineralwasser und Orangensaft.«

»Keine Cola?«

»Nein.« Lea bemühte sich, kein schlechtes Gewissen zu haben. Sie selbst mochte keine Coca-Cola, und da Frank es ablehnte, die braune Limonade aus einer Literflasche zu trinken, die nicht frisch geöffnet war, sie selbst aber aus Prinzip niemals Getränkedosen kaufte, hatte sie schon Unmengen davon in den Ausguss geschüttet. Damit musste Schluss sein, hatte sie bei ihrem letzten Einkauf beschlossen. Das hatte sie auch schon drei Tage lang durchgehalten, worauf sie durchaus stolz war, auch wenn dies Franks erster Besuch während dieser drei Tage war.

»Ist auch keine Fanta da? Oder Sprite?« Franks Stimme kam jetzt aus dem Wohnzimmer.

»Orangensaft und Mineralwasser?«, rief Lea bemüht munter zurück. Spielte es eigentlich eine Rolle, wenn sie gelegentlich ein Schlückchen abgestandene Cola weggoss? Noch dazu für den Mann, den sie liebte?

Der Niesanfall kam so plötzlich, dass es ihr nur mit Mühe gelang, sich vorher noch ein Stück von der Küchenrolle abzureißen und den größten Lärm damit zu ersticken.

»Du hast dich doch erkältet!«, tönte es argwöhnisch aus dem Wohnzimmer.

»Nein. Ich habe mich verschluckt. Ein Schlückchen Wasser verschluckt. Nichts weiter.« Möglichst geräuschlos putzte sie sich mit dem Küchenpapier die Nase. Vielleicht war sie tatsächlich gegen irgendetwas allergisch. Das hier konnten doch noch gar nicht die Auswirkungen des feuchten, kalten Nachmittags auf dem Fußballplatz sein. Hoffte sie jedenfalls.

»Pfefferminze oder Malve?«, erkundigte sie sich nochmals.

»Egal«, kam es zurück. Offenbar hatte er akzeptiert, dass sie keinerlei zucker- oder gar koffeinhaltige Erfrischungsgetränke vorrätig hatte, was erfahrungsgemäß nicht hieß, dass er ihren Tee auch nur probieren würde.

Nachdem sie mindestens acht Pfefferminzteebeutel in die Kanne gehängt hatte, goss Lea das sprudelnde Wasser hinein, stellte Tassen und Zucker auf einem Tablett bereit und trug das Ganze hinüber ins Wohnzimmer.

Frank saß genau dort, wo er in Leas Wohnzimmer immer saß: in der rechten Ecke der geblümten Couch. Er hatte den Fernseher eingeschaltet und verfolgte aufmerksam eine Sportsendung.

Sie stellte das Tablett auf dem niedrigen Tisch ab und kuschelte sich neben Frank in die weichen Polster.

»Du bist immer so schön warm.« Sehnsüchtig lehnte sie sich gegen seine Schulter.

Auf der Mattscheibe verfehlte gerade ein hoch bezahlter Fußballprofi die Torwand um einen guten Meter. Voller Mitgefühl sah Frank zu und schien kaum zu bemerken, dass Lea seinen Arm nahm und um ihre Schultern legte.

»Wärm mich ein bisschen, der Tee muss noch ziehen«, flüsterte sie ihm zu.

»Verdammt, schon wieder daneben!« Frank litt mit, als stünde er selbst vor der schwierigen Aufgabe, den Ball in das obere Loch zu schießen.

So manche Frau wäre an Leas Stelle beleidigt gewesen. Sie allerdings hatte Franks Fußballleidenschaft schon immer nicht nur akzeptiert, sondern auch als Herausforderung betrachtet. Es war nun einmal so: Manchmal zog sie den Kürzeren, manchmal aber auch der Fußball. Heute war das Rennen noch völlig offen.

Ganz leicht legte sie ihre Hand auf den Reißverschluss von Franks Jeans. Er schien nichts zu bemerken und verfolgte weiter aufmerksam das Geschehen auf dem Bildschirm.

Mit der Spitze ihres Zeigefingers strich Lea am Reißverschluss auf und ab.

Frank wandte den Blick nicht vom Fernseher.

Sie erhöhte den Druck.

»Hm«, machte er.

Lea war sich nicht sicher, hegte aber die Hoffnung, dass er mit dieser knappen Bemerkung nicht den Fußball meinte, der beim dritten Versuch noch weiter als vorher an der Torwand vorbeigeflogen war. Sie glitt mit der Hand nach oben und begann langsam, seinen Gürtel zu öffnen.

Dies war der Moment, in dem Frank den Blick vom Bildschirm löste und sie ansah. »Willst du mich verführen?«, erkundigte er sich mäßig interessiert.

»Könnte sein.« Sie beugte sich vor und hauchte ihm einen Kuss auf den Mundwinkel.

Er legte eine Hand auf ihre linke Brust, was sich gut anfühlte, aber sicher noch besser gewesen wäre, wenn er seinen Blick endlich von der Mattscheibe gelöst hätte.

»Können wir den Fernseher ausmachen?«, flüsterte sie ihm mit jenem heiseren Raunen ins Ohr, von dem er ihr einmal in einer schwachen Minute gestanden hatte, dass es ihn unheimlich anmachte, weil es ihn an seine erste große Liebe erinnerte, nämlich seine Mathelehrerin in der fünften Klasse.

»Gleich. Nur noch die Fußballergebnisse.« Er strich ihr das Haar aus der Stirn und schob unauffällig ihren Kopf ein wenig zur Seite, um einen ungehinderten Blick auf den Bildschirm zu haben.

Lea unterdrückte einen Seufzer, nahm aber den Kampf auf. Natürlich hätte sie die fünf Minuten warten können, aber es war viel spannender, gegen die Tabelle anzutreten, die in Kürze zu sehen sein würde. Mit Schwung zog sie den Reißverschluss seiner Jeans herunter und schob die Hand in die Öffnung, um ihn sanft zu streicheln.

Er reagierte auf ihre Berührung, aber nicht so heftig, wie sie es sich erhofft hatte. Wahrscheinlich wurde ein zu großer Teil seiner Körpersäfte noch zur Durchblutung des Gehirns gebraucht, in dem die Fußballergebnisse verarbeitet werden mussten.

»Zieh dich doch schon mal aus, Süße.« Abwesend öffnete er den obersten Knopf ihrer Bluse.

»Ich finde es netter, wenn du das machst.« Sie fing seine Hand ein und legte sie auf die Knopfleiste direkt über ihrer Brust, damit er weitermachen konnte.

Tatsächlich gelang es ihm relativ problemlos, sämtliche Blusenknöpfe zu öffnen, ohne einmal den Blick vom Fernseher zu wenden.

»Unglaublich. Zwei zu eins«, murmelte er vor sich hin und suchte auf ihrem Rücken nach den Häkchen des BHs. Da er nicht hinsah, blieb ihm verborgen, dass sie eines ihrer neuen schwarzen Spitzenteile mit Vorderverschluss trug. Sie war sehr stolz auf diese Neuerwerbung, weil sie ihren Busen um mindestens eine halbe Körbchengröße üppiger wirken ließ, ohne mit peinlichen halbmondförmigen Einlagen und Ähnlichem zu arbeiten. Ein reines Wunderwerk der Wäscheindustrie und durchaus seinen Preis wert, wie sie fand – natürlich nur, wenn irgendjemand hinschaute, sonst hätte sie ja auch eines der leicht ausgeleierten Stücke tragen können, die so herrlich bequem waren.

Sie legte die Spitze ihres Zeigefingers unter Franks Kinn und drehte sein Gesicht in Richtung ihres Körpers. »Der Verschluss ist vorn«, flüsterte sie ihm vertraulich zu, ließ die Bluse von ihren Schultern gleiten und pumpte die Lungen voll Luft, wodurch ihr Busen tatsächlich ein klein wenig über den oberen Rand des BHs quoll.

»Hübsch«, sagte Frank mit Kennermiene und betastete den Spitzenbesatz über den Brustwarzen, was Lea durchaus gefiel. Für den Moment schien er seine Fußballergebnisse vergessen zu haben, so sehr war er mit der neuartigen Technik des kleinen, verborgenen Schnappverschlusses zwischen Leas Brüsten beschäftigt.

Aus den Augenwinkeln schielte Lea in Richtung Fernbedienung, die leider strategisch ungünstig mitten auf dem Tisch lag. Sie wand sich dramatisch unter Franks Händen, streckte unauffällig den linken Arm aus und erwischte tatsächlich auf Anhieb den roten Aus-Knopf.

»Wie geht denn das?«

Frank hatte tatsächlich nichts gemerkt. Die technische Herausforderung eines neuartigen BH-Verschlusses schien mindestens ebenso spannend zu sein wie die Bundesligatabelle.

Jetzt hatte er es geschafft! Lea spürte die kühle Luft auf den empfindlichen Spitzen ihrer Brüste und reckte sich seinen warmen Händen entgegen. Gleichzeitig zerrte sie ohne hinzusehen mit der Linken an ihren immer noch feuchten Strümpfen, während ihre Rechte in der Nähe von Franks Reißverschluss beschäftigt war.

»Lea! Was ist das?«

Er hörte sich so verstört an, dass sie einen halben Meter in die Höhe fuhr und sich nach einer mindestens handtellergroßen Spinne oder etwas ähnlich Entsetzlichem umsah. Frank allerdings zeigte mit bleicher Miene auf ihre nackten Füße.

»Sie sind blau«, stellte er schockiert fest und rückte so weit von ihr ab, wie es die Länge des Sofas zuließ. »Was ist nur mit dir los? Erst niest du ständig, und jetzt hast du auch noch blaue Füße. Was ist das für eine Krankheit?«

Für einen kurzen Moment war auch Lea über ihre dunkelblauen Füße erschrocken. Der linke war dunkler als der rechte, die Zehen leuchtender als der Spann. Dann lachte sie erleichtert auf. »Das kommt von meinen neuen Schuhen. Sie sind nass geworden und haben abgefärbt.«

»Das sieht sehr … merkwürdig aus … gefährlich. Bist du sicher …?« Frank schien von ihrer harmlosen Erklärung nicht überzeugt. Er wandte nicht für eine Sekunde den Blick von ihren gefärbten Füßen, als könnte er nur auf diese Weise verhindern, dass die merkwürdige Erkrankung heimtückisch auf ihn übergriff.

»Meine neuen Schuhe sind dunkelblau.« Wie zum Beweis zeigte Lea in Richtung Flur, wo sie die durchnässten Dinger gleich hinter der Wohnungstür abgestreift hatte. »Sie sind heute Nachmittag nass geworden. Kein Grund zur Aufregung.«

Fast schien Frank geneigt, ihr zu glauben. Er rückte sogar vorsichtig wieder an sie heran und legte eine Hand auf ihren nackten, erwartungsvollen Busen. Leider wurde Lea in diesem Moment von einem so gewaltigen Niesanfall überwältigt, dass sie ihn regelrecht zur Seite stoßen musste, um ihm nicht direkt ins Gesicht zu prusten. Als sie nach mindestens zehn herzhaften Niesern wieder klar sehen konnte, stand Frank in sicherem Abstand in der geöffneten Tür und war gerade damit beschäftigt, den Reißverschluss seiner Jeans zu schließen.

»Ich glaube, ich gehe dann lieber«, verkündete er entschieden und trat vorsichtshalber noch einen Schritt zurück, so dass er vom Flur aus durch die offene Tür mit ihr sprach. »Du solltest dich ins Bett legen und auskurieren. Oder vielleicht doch besser einen Arzt holen. Der kann sich deine Füße dann ja auch mal ansehen. Es soll gerade so ein neuer Virus umgehen. Vielleicht hat er dich erwischt.« Der entsetzliche Gedanke, er könnte das nächste Opfer sein, ließ ihn noch weiter zurückweichen, so dass sie ihn von der Couch aus nicht mehr sehen konnte. Wahrscheinlich stand er bereits fluchtbereit an der Wohnungstür.

»Es ist höchstens eine kleine Erkältung.« Sie wusste längst, dass Frank unter keinen Umständen bleiben würde. Trotzdem bemühte sie sich krampfhaft, das neuerliche Kribbeln in ihrer Nase durch tiefes Ein- und Ausatmen unter Kontrolle zu bekommen.

»Gute Besserung! Ruf mich an, wenn du wieder gesund bist«, schrie Frank vom Flur aus. Wahrscheinlich nahm er an, dass ihr eine derart schwere Erkrankung unweigerlich auch aufs Gehör schlagen musste.

»Danke. Bis bald«, murmelte sie. Er konnte sie ohnehin nicht mehr hören, denn die Wohnungstür war bereits mit einem satten Knall ins Schloss gefallen.

Nachdem sie einen neuerlichen Niesanfall hinter sich hatte, saß sie mit angehaltenem Atem da und lauschte in Richtung

Treppenhaus, um sicherzugehen, dass Frank es sich nicht doch auf halbem Weg nach unten überlegt hatte und zurückkam. Als sie wieder Luft holen musste, gab Lea ihre ohnehin sehr vage Hoffnung auf und ging ins Bad, um die Wanne mit heißem Wasser zu füllen. Erstens musste sie ihre blauen Füße einweichen, und zweitens war ihr noch kälter als vorher. Ihren Pfefferminztee nahm sie mit.

Gab es überhaupt etwas Entspannenderes als ein Bad mit Lavendelduft und Unmengen von knisterndem Schaum? Nicht einmal der beste Sex mit einem sportgestählten, dunkel gelockten, Fußball spielenden Schornsteinfeger konnte so gut sein. Sie gab einen Extraschuss Badelotion direkt in den Wasserstrahl, füllte eine Tasse mit Pfefferminztee, stellte sie am Badewannenrand bereit und versuchte sich einzureden, dass sie kein bisschen traurig oder unglücklich war. Wenn sie sich nicht besonders gut fühlte, lag das an ihrer Erkältung. Und die würde morgen Früh, nach dem heißen Bad, dem Tee und einer Nacht erholsamen Schlafes, vergessen sein.

II

Als Lea am Sonntagmorgen gegen neun Uhr erwachte, hatte sie das Gefühl, auf ihren Lidern würden Zementsäcke im Miniaturformat liegen. Feuchte, aufgequollene, klebrige Zementsäcke. Sie blinzelte mühsam, schloss gequält stöhnend vor dem matten Tageslicht, das durch die zugezogenen Vorhänge drang, die Augen und sank ermattet zurück auf die Kissen.

Allerdings war ihr nicht vergönnt, einfach weiterzuschlafen, weil innerhalb kürzester Zeit das Gefühl, Schmirgelpapier in der Kehle und auf der Zunge kleben zu haben, der Empfindung wich, die Wüste Sahara in Mund und Rachen zu beherbergen.

»Wasser«, ächzte sie dramatisch, obwohl sie ziemlich sicher war, dass sich keinesfalls im nächsten Moment eine weiß gekleidete Nonne über sie beugen und ihr mildtätig die Schnabeltasse reichen würde. So hoch war ihr zweifellos vorhandenes Fieber denn doch nicht.

Sie brauchte etwa zehn Minuten, bis sie sich unter der Decke hervorgequält, wie nach einer großen Anstrengung auf der Bettkante ausgeruht, an der niedrigen Kommode entlang in Richtung Tür vorgearbeitet hatte und von dort ins Bad getaumelt war. Hier füllte sie mehrmals hintereinander ihren Zahnputzbecher bis zum Rand mit kaltem Wasser und schüttete es in sich hinein.

Nachdem ihr schlimmster Durst gelöscht war, blieb sie, ermattet auf den Rand des Waschbeckens gestützt, stehen, schielte unter den geschwollenen Lidern hervor in den Spiegel und fuhr erschrocken zusammen. Die Person mit dem glasigen Blick, dem wirren, schweißnassen Haar, das wie ein außer Kontrolle geratener Großbrand wirkte, und den roten Flecken im Gesicht konnte unmöglich sie selbst sein!

Das Läuten des Telefons im Flur ließ sie erneut zusammenzucken. Diesmal war aber auch so etwas wie Freude in dem

Schreck enthalten. Das konnte nur Frank sein, der sich nach ihrem Befinden erkundigen wollte!

Beherzt taumelte sie zurück in den Flur, griff nach dem Hörer und röchelte etwas in die Muschel, von dem sie nicht ganz sicher war, ob es sich tatsächlich um ihren eigenen Namen handelte.

»Lea?«, kam es fragend vom anderen Ende der Leitung.

»Ja«, bemühte sie sich, klarer Auskunft zu geben, nachdem sie sich mehrmals geräuspert hatte. Dabei fühlte sie sich plötzlich wieder sehr schwach. Die Stimme am Telefon gehörte nicht Frank, sondern ihrer Freundin und Kollegin Tina. Obwohl sie Tina gern hatte, überflutete die Enttäuschung Lea wie eine große, kalte Welle, die sie zum Frösteln brachte.

»Was ist denn mit dir los? Du hörst dich ganz komisch an«, rief Tina besorgt und sehr laut. Mit einem unterdrückten Stöhnen entfernte Lea den Hörer ein Stück weit von ihrem Ohr.

»Kopfschmerzen«, murmelte sie entkräftet.

»Was sagst du?«

»Kopfschmerzen, Halsschmerzen ... Ich weiß nicht. Grippe.« Lea ließ sich mit dem Rücken gegen die Wand fallen und glitt in Richtung Boden, weil sie den Eindruck hatte, dass ihre zitternden Beine sie nicht mehr lange tragen würden.

»Ach, du Ärmste! Ist Frank bei dir?«

Natürlich konnte Tina das stumme, vorsichtige Kopfschütteln der Freundin nicht sehen, was vielleicht auch besser war.

»Er soll dir Tee kochen! Oder Hühnersuppe, wenn du darauf mehr Appetit hast. Auf jeden Fall musst du viel Flüssigkeit zu dir nehmen! Und Vitamine! Ansonsten ruh dich einfach aus.« Tina gehörte zu jenen patenten Frauen, die in jeder Lebenslage mit dem passenden Ratschlag aufwarten konnten, und sie ging freigebig mit dieser Fähigkeit um.

»Habe gerade getrunken.« Lea starrte ihren nackten Fuß an. Der große Zeh wackelte im Takt ihrer Worte, ohne dass sie selbst etwas damit zu tun zu haben schien.

»Hast du Fieber?«, forschte Tina weiter.

Lea legte sich die heiße Hand gegen die ebenfalls heiße Stirn. »Glaube ich nicht. Vielleicht ein bisschen.«

»Dann misst du das gleich mal«, bestimmte Tina im Ton einer besorgten Mutter. »Gib mir doch mal Frank.«

»Geht jetzt nicht.«

Trotz ihrer Kopfschmerzen war Lea klar, was passieren würde, wenn sie Tina sagte, dass Frank *nicht* bei ihr war. Tina würde ihr befehlen, ihren Freund sofort anzurufen, damit er sie pflegen und bei ihr bleiben konnte, zumal ja schließlich Sonntag war und er demzufolge nicht arbeiten musste. Dass Frank höllische Angst vor Ansteckung und am nächsten Wochenende ein äußerst wichtiges Fußballspiel hatte, würde Tina natürlich nicht gelten lassen. Wenn sie dann erfuhr, dass Frank tatsächlich nicht bereit war, seiner Freundin in der Not beizustehen, würde Tina natürlich höchstpersönlich mit einer Großpackung Vitaminpillen in der Tasche herbeieilen, und Lea war nicht ganz sicher, ob sie in ihrem Zustand Tinas enthusiastische Pflege überleben würde.

»Er ist auf der Toilette«, presste sie hervor und schniefte erbärmlich, weil sie gerade kein Taschentuch zur Hand hatte. »Ich sag ihm das mit der Hühnersuppe und so, wenn er da wieder rauskommt.«

»Aber nicht vergessen! Auch das Fiebermessen nicht! Ich rufe heute Abend noch mal an und frage nach, wie es dir geht.«

»Gut. Danke.«

Lea überlegte, ob sie nicht lieber den Telefonstecker aus der Dose ziehen sollte, aber dann fiel ihr ein, dass in diesem Fall Frank vergeblich anrufen und sich wahrscheinlich sorgen würde, wenn sie sich nicht meldete.

Zurück in ihrem Bett, zog sie die Decke bis übers Kinn nach oben und kniff die verquollenen Augen zu, um innerhalb kürzester Zeit in einen unruhigen Schlaf voller wirrer Träume zu sinken, in denen sie von feuerspeienden Drachen und riesigen schwarz-weißen Bällen mit spindeldürren, flinken Beinchen über ein unter Wasser stehendes Fußballfeld gejagt wurde.

Lea erwachte mit einem heiseren Schrei, als sich einer der Fußbälle tonnenschwer auf ihre Brust setzte und versuchte, sie zu küssen, während ein paar Drachen mit ihren feurigen Mäulern an ihren Füßen knabberten und der Schiedsrichter ihr mit seiner Pfeife ins Ohr trillerte.

Im Raum war es dunkel, und sie hatte keine Ahnung, ob es Abend oder bereits Nacht war. Erst nachdem sie eine unbestimmte Zeit in die Schwärze gestarrt hatte, wurde ihr bewusst, dass das Schrillen, das in ihrem Kopf ein mehrfaches, schmerzhaftes Echo fand, kein Nachhall ihres Traums war, sondern aus dem Flur ins Zimmer drang. Jemand stand vor ihrer Wohnungstür und läutete. Schon seit längerem und unermüdlich.

Frank! Natürlich machte er sich Sorgen und wollte nach ihr sehen! Mit schwächlichen Bewegungen strampelte Lea die Steppdecke weg und ließ sich aus dem Bett auf den weichen Teppich plumpsen, von wo sie sich hochrappelte, gegen die Kommode rannte, im Dunkeln doch irgendwie die Tür fand, sich an der Wand zum Lichtschalter vortastete, die tränenden Augen gegen den grellen Lampenschein zukniff und die Wohnungstür fixierte, hinter deren Milchglasscheibe sie schwach einen Schatten erkennen konnte.

Sie holte tief Luft, stieß sich von der Wand ab, torkelte wie eine Betrunkene quer durch den Flur und klammerte sich an die Türklinke, um nach dieser Anstrengung nicht umzusinken. Dann stützte sie ihr ganzes Gewicht auf die Klinke und öffnete.

»Ich bin so froh, dass du da bist! Ich glaube, ich bin krank.« Sie ließ sich nach vorne in die tröstende, starke Umarmung ihres Freundes fallen.

Lea wurde aufgefangen, aber der Körper, der verhinderte, dass sie auf ihre eigene Türmatte fiel, war bei weitem nicht so stark und kompakt wie der, den sie erwartet hatte.

»Du liebe Güte, Lea! Dich hat es ja schlimm erwischt.« Tina strich der Freundin das Haar aus der feuchten Stirn. Dann schleifte, trug und schob sie Lea durch den Flur zurück in ihr Schlafzimmer und ins Bett. Erst nachdem sie Lea einigermaßen bequem auf die Kissen gelegt, die Decke aufgeschüttelt und sie damit zugedeckt hatte, sagte Tina wieder etwas. Vorher hatte sie ohnehin ihren Atem für anderes gebraucht, denn Tina war zarte einsachtundfünfzig groß, während Lea zwar schlank, aber immerhin fast zwanzig Zentimeter größer war.

»Wo ist der Kerl? Warum hat er dich in diesem Zustand allein gelassen?« In Anbetracht ihres winzigen Körpers verfügte Tina über erstaunliche Stimmgewalt.

Lea zuckte zusammen, brachte aber nicht die Kraft auf, die Arme zu heben und sich die Ohren zuzuhalten. Sie bewegte nur schwächlich ihren Kopf auf dem Kissen hin und her.

»Ich weiß nicht«, flüsterte sie heiser und merkte erst jetzt, dass in ihrer Kehle schon wieder wüstenartige Verhältnisse herrschten.

»Er war gar nicht da, als wir morgens miteinander telefoniert haben, nicht wahr?«, donnerte Tina. Als Staatsanwältin in Mordprozessen hätte sie zweifellos eine gute Figur gemacht. »Ich habe mich, ehrlich gesagt, schon gewundert. Er ist nämlich ganz und gar nicht der Typ, der Interesse an einer Frau hat, die gerade nicht in der Verfassung ist, seine Bedürfnisse zu erfüllen. Und als ich heute Abend x-mal anrief und niemand ans Telefon ging, habe ich mir meinen Teil gedacht.«

»Frank ist Fußballer ... Nächstes Wochenende wichtiges Spiel ... Er darf sich nicht anstecken.« Wie aus weiter Ferne hörte Lea sich selbst reden. Und ebenfalls ganz von fern fühlte sie so etwas wie Wut auf Frank, der es nicht der Mühe wert befunden hatte, nach ihr zu sehen. Vielleicht hatte er nicht einmal angerufen. Das würde sie nicht erfahren, weil sie den Anrufbeantworter nicht eingeschaltet hatte und offensichtlich auch Tinas Anrufe sie nicht geweckt hatten. Auf jeden Fall war es gut, Tinas Empörung zu erleben. Dann kostete es nicht so viel Kraft, sich selbst zu ärgern.

»Wahrscheinlich bin ich nur krank geworden, weil ich stundenlang im Regen stehen und seiner Mannschaft beim Verlieren zusehen musste«, teilte sie der Freundin finster mit.

Es war Tina deutlich anzusehen, wie sehr sie sich beherrschen musste, um nicht auf der Stelle eine ihrer berüchtigten Schimpfkanonaden loszulassen. »Erst mal bringe ich dir was Kühles zu trinken. Du hast ganz aufgesprungene Lippen. Dann koche ich dir Tee und Brühe. Und wenn du wieder ein bisschen zu Kräften gekommen bist, rufst du Frank an und machst mit ihm Schluss«, sagte sie in gefährlich ruhigem Ton.

Lea nickte folgsam, und Tina verließ das Zimmer. Sie war im Handumdrehen zurück und hielt der Freundin ein Glas Wasser an die trockenen Lippen.

Gierig trank Lea das Glas in einem Zug leer. »Ich kann nicht einfach so Schluss mit ihm machen«, stellte sie dann fest. »Er ist der Mann, den ich liebe.«

»Du liebst einen Mann, der dich im Stich lässt, sobald du ein bisschen hustest und schniefst? Ha! – Mehr Wasser oder lieber Tee?«

»Noch mehr Wasser, bitte.« Als sich das Licht der kleinen Leselampe neben ihrem Bett im Rand des leeren Glases brach, das Tina in der Hand hielt, kniff Lea die geschwollenen Augen zu. »Männer haben nun mal Angst vor Krankheiten. Es gibt wenige männliche Krankenschwestern, nicht wahr?«

»Aber jede Menge Ärzte.« Mit energischen Schritten verließ Tina das Schlafzimmer.

»Die operieren nur oder horchen mal das Herz ab«, erklärte Lea sich selbst. »Aber sie kochen keinen Tee und küssen ganz sicher keine Leprakranken. Das überlassen sie Frauen wie Mutter Teresa.«

»Ein Mann, der dich liebt, kocht dir Tee. Und er küsst dich sogar, wenn du vor lauter Schnupfen nicht aus den Augen gucken kannst«, teilte Tina ihr im Herbeieilen energisch mit und hielt ihr den kühlen, feuchten Rand des Glases an die Lippen.

»Dann hat mich eben noch keiner geliebt. Wahrscheinlich wird mich dann auch nie einer lieben. Noch viel wahrscheinlicher wurde dann noch nie irgendeine Frau von irgendeinem Mann geliebt.« Gierig ließ Lea das Wasser durch die Wüste in ihrer Kehle laufen.

»Mein Vater war und ist Meister im Kochen von Pfefferminztee für die ganze Familie, besonders aber für meine Mutter«, teilte Tina ihr fröhlich mit. »Vor drei Jahren haben meine Eltern ihre Silberhochzeit gefeiert, und ich glaube, sie lieben sich noch immer wie am ersten Tag.«

»Zufall. Sechs Richtige im Lotto. Wir wollen nicht unverschämt sein, was die Geschenke des Schicksals betrifft. – Kann ich ein bisschen Pfefferminztee haben?« Lea strampelte die Steppdecke weg, unter der sie schon wieder am ganzen Körper nass geschwitzt war.

»Frank hat einen tollen Körper – einen durchtrainierten Sportlerkörper«, teilte sie ihrer Freundin dann vertraulich mit. »So ein Mann kocht keinen Tee. Man kann nicht alles haben.«

»Frau schon.« Vielleicht lag es an ihrem Wunderwesen von Vater, dass Tina so optimistisch war, was die Fähigkeiten und Gefühle von Männern betraf.

»Du hast so einen aber auch noch nicht gefunden, stimmt's? Wirst du auch nicht!« Obwohl sie sich immer noch so fühlte, als würden ihr feuerspeiende Drachen aus nächster Nähe auf die Haut pusten, war Lea ein bisschen stolz auf ihre Antwort, weil sie der Meinung war, damit einen Punkt gemacht zu haben.

»Na und? Irgendwo gibt es ihn.« Tina zuckte mit den Schultern und klopfte siegesgewiss mit den Fingernägeln gegen das leere Wasserglas. »Es ist feige, sich mit einem gestählten Fußballerkörper abzufinden, nur weil frau keine Lust mehr zum Suchen hat. Oder gar Angst vor dem Alleinsein. Oder Angst, keinen abzubekommen. So was ist mittelalterlich. Und einer Frau einfach nicht würdig.«

Ohne Leas Antwort abzuwarten, verließ Tina das Zimmer, um kurz darauf in der Küche temperamentvoll mit Geschirr zu klappern.

Lea ärgerte sich nur kurz, denn sie war daran gewöhnt, bei derartigen Debatten über das Leben und die Liebe den Kürzeren zu ziehen, wenn Tina auch nur einigermaßen in Form war. Wie konnte sie dann hoffen, hustend und schniefend und vom Fieber geplagt, auch nur kurzfristig die Oberhand zu erlangen?

Und als Tina mit einem großen, dampfenden Porzellanbecher voll Tee und einer Suppentasse mit Hühnerbrühe zurückkam, war Lea ihr einfach nur noch dankbar. Gierig trank sie beide Gefäße bis zum letzten Tropfen leer und ließ sich aufatmend zurück in die Kissen fallen.

»Noch mehr?« Wie eine besorgte Mutter legte Tina die Hand auf Leas Stirn.

»Danke. Es geht mir schon viel besser.«

»Gut. Dann kannst du jetzt den Typen anrufen, der dich hier gnadenlos verhungern und verdursten lassen würde, damit nur ja kein Virus in die Nähe seines göttlichen Fußballerkörpers gelangt.«

Erschrocken wich Lea vor dem schnurlosen Telefon zurück, das Tina ihr auffordernd hinhielt. »Wieso sollte ich ihn anrufen? Was soll ich ihm denn sagen?«

Außer einem ironischen Hochziehen der Augenbrauen kam keine Antwort von Tina. Sie reckte Lea das Telefon jetzt so weit entgegen, dass diese bis zur Nasenspitze unter die Decke kroch, um dem schwarzen Ding auszuweichen.

»Wenn du es nicht schaffst, kann ich es für dich erledigen«, drohte Tina, bevor auch noch Leas rotbraune Haarspitzen unter der Decke verschwanden.

»Untersteh dich!« Blitzartig tauchte Lea wieder auf und riss der Freundin das Telefon aus der Hand.

»Macht er dich glücklich? Gibt er dir das Gefühl, eine ganz besondere Frau zu sein? Ist er für dich da, wenn du ihn brauchst? Denkt er an deinen Geburtstag? Kennt er dein Lieblingsessen und deine Lieblingsmusik? Geht er mit dir ins Kino und sieht sich mit dir sentimentale Liebesfilme an?« Tina hatte sich so sehr in Schwung geredet, dass sich auf ihren Wangenknochen kreisrunde rote Flecken zeigten.

»Ich mag überhaupt keine sentimentalen Liebesfilme!« Unvermittelt brach Lea in Tränen aus. »Irgendwie liebe ich ihn. Er hat es so gern, wenn ich bei seinen Fußballspielen hinter dem Tor stehe.«

»Kerle wie er haben es immer gern, wenn sie angehimmelt werden«, erklärte Tina herzlos. »Ruf ihn an!«

»Ich wüsste überhaupt nicht, was ich ihm sagen sollte.« Trotzig ließ Lea das Telefon unter der Decke verschwinden und verschränkte die Arme vor der Brust. »Immerhin bin ich krank, habe Fieber und Kopfschmerzen, fühle mich elend und kann kaum die Augen offen halten. Das ist nicht gerade der richtige Zustand und Zeitpunkt, um Schluss zu machen. Erst recht nicht mit einem Mann, der aussieht wie Frank. Ich habe dir doch gesagt, dass ich ihn irgendwie liebe.«

»Genau der richtige Zustand, wenn er dich in selbigem gnadenlos hängen lässt.« Tina rollte ausdrucksvoll mit den Augen und stellte die leeren Trinkgefäße ineinander. »Noch dazu, wenn du ihn nur irgendwie liebst. Zumal es bei ihm wahrscheinlich nicht mal für ein Irgendwie reicht.«

Als sie Anstalten machte, mit dem Geschirr in Richtung Küche zu verschwinden, richtete Lea sich plötzlich kerzengerade im Bett auf. »Eigentlich wollte ich ihm neulich schon sagen, dass ich ihn nie mehr sehen will.«

Interessiert wandte Tina sich um. »Ach ja?«

»Als er unseren Jahrestag vergessen hatte und mich als Entschuldigung in dieses japanische Restaurant eingeladen hat, wo ich schon ewig hin wollte. Und dann saß ich da und wartete und wartete, und er ist einfach nicht gekommen, weil überraschend ein Training angesetzt wurde und er deshalb unsere Verabredung vergessen hatte. – Da war ich ziemlich sauer.«

Tina schnaubte wie ein gereiztes Rennpferd kurz vor dem Durchgehen. »Die Story mit dem Restaurant kenne ich ja noch gar nicht!«

»Ich wusste doch sowieso, was du dazu sagen würdest«, verteidigte sich Lea schwächlich und holte das Telefon unter der Bettdecke hervor.

»Er ist es nicht wert. Und das weißt du genau!« Mit zusammengekniffenen Augen beobachtete Tina, wie Lea mit zittriger Hand eine Nummer eintippte.

»Ich mach's«, flüsterte Lea der Freundin ergeben zu, während sie dem Klingelzeichen am anderen Ende der Leitung lauschte und sich wunderte, dass ihr Herz kein bisschen schneller schlug. Vielleicht war das ein Zeichen dafür, dass die Zeit für Veränderungen tatsächlich gekommen war. Als Frank sich meldete, holte sie tief Luft.

»Ich rufe an, um mit dir Schluss zu machen«, verkündete sie dann, den Blick auf die heftig nickende Tina geheftet.

»Wer ist denn da?«, kam es irritiert zurück.

Fast wäre Lea bei diesen Worten der Hörer aus der Hand gefallen. »Wie viele Frauen gibt es denn, die mit dir Schluss machen könnten?« Plötzlich fühlte sie sich entsetzlich müde und hätte am liebsten einfach den Hörer fallen gelassen, die Augen geschlossen und geschlafen.

»Lea?«

Als Antwort brachte sie nicht mehr als ein kräftiges Niesen zustande.

»Bist du immer noch krank?«, erkundigte er sich so ängstlich, als würde sie tatsächlich über die geheimnisvolle Fähigkeit verfügen, ihn telefonisch anzustecken.

»Ja, bin ich! Und du machst mich noch kränker, wie ich gerade feststelle.« Lea erschrak über ihre eigenen Worte, während Tina vor lauter Begeisterung wie ein Gummiball neben ihrem Bett auf und ab hüpfte.

»Du solltest dich ins Bett legen und ausschlafen, und wenn du wieder gesund bist, reden wir weiter«, schlug Frank begütigend vor.

»Ich denke nicht dran!«, krächzte Lea und ließ offen, welchen seiner Vorschläge sie ablehnte.

Dann schloss sie erschöpft die Augen, und während eine längere Rede, die Frank am anderen Ende der Leitung hielt, als fast beruhigendes Hintergrundgeräusch an ihr vorbeiplätscherte, schlief sie übergangslos ein. Erst als Tina sie energisch an der Schulter rüttelte, schrak sie zusammen, riss die Augen auf und hustete ein wenig.

»Weißt du was?«, unterbrach sie den Redefluss ihres zukünftigen Exfreundes. »Ich kann auf eine Beziehung verzichten, in der es immer nur um dich, noch mal um dich und dann wieder um dich geht. Kannst du mir bitte mal mein Geburtsdatum nennen?«

»Ich weiß, dass ich deinen Geburtstag vergessen habe«, kam es in fast zerknirschtem Ton zurück. »Aber darüber haben wir doch lang und breit gesprochen. Es wird nicht wieder vorkommen.«

»Ach ja? Welches ist denn nun mein Geburtsdatum?«

Tina stellte scheppernd das Geschirr ab und hielt begeistert beide Daumen senkrecht in die Luft.

»Juli. Du hast im Juli Geburtstag«, teilte Frank Lea bereitwillig mit.

»Am wievielten?«, beharrte sie, obwohl die Sache sie zu langweilen begann. Sie wollte dieses Gespräch nur noch hinter sich bringen und anschließend so etwa zwei bis drei Tage schlafen.

Stille am anderen Ende der Leitung. »Am fünfzehnten?«

»Falsch! Und weißt du was? Ich sage dir das richtige Datum nicht. Weil es sowieso egal ist, denn ich möchte gar nicht, dass du mir dieses Jahr gratulierst, nachdem du es letztes Jahr vergessen hast, genauso wie unseren Jahrestag und unsere Verabredung im ›Shogun‹ und all die anderen Dinge. Was soll ich mit einem Mann anfangen, der sich weder mein Geburtsdatum merken kann noch mein Lieblingsessen oder mein Lieblingslied oder mein Lieblingsbuch? Du würdest dir nicht mal einen sentimentalen Liebesfilm mit mir angucken.«

Unter ihren geschwollenen Lidern hervor warf Lea der Freundin, die mittlerweile am Boden lag und vor Begeisterung mit den Beinen in der Luft herumstrampelte, einen triumphierenden Blick zu.

»Du erzählst doch bei jeder Gelegenheit, dass du nicht gern ins Kino gehst«, kam es verblüfft durch den Hörer.

»Das tut überhaupt nichts zur Sache«, behauptete Lea würdevoll und legte erneut ein kleines Schläfchen ein, aus dem Tina sie sofort wieder weckte, nachdem sie sich vom Teppich hochgerappelt hatte.

»Du solltest wirklich erst mal gesund werden, und dann sprechen wir in Ruhe miteinander«, hörte sie gerade noch, als sie mühsam die Augen wieder aufschlug.

»Wenn ich wieder gesund werde, dann habe ich das einzig und allein meiner Freundin Tina zu verdanken. Du würdest mich doch gnadenlos verrecken lassen, weil du Angst vor jedem klitzekleinen Virus hast.«

»Tina konnte mich noch nie leiden«, beklagte Frank sich prompt. »Sie hat dir das mit dieser blödsinnigen Trennung eingeredet.«

»Das konnte sie nur, weil du nicht hier warst, um mich zu pflegen. Mach's gut. Ich muss jetzt schlafen.«

»So geht das nicht! Du kannst nicht einfach am Telefon mit mir Schluss machen, nachdem vorher alles in bester Ordnung war. Wir hatten diesen wundervollen Abend beim Italiener und ...«

»Du hast die ganze Zeit nur rumgemeckert. Und hinterher hast du dich vor meinen blauen Füßen geekelt, die ich mir nur deshalb geholt habe, weil ich bei strömendem Regen auf diesem blöden Fußballplatz herumgestanden habe. Meine neuen Schuhe sind auch hin ...«

»Du kannst nicht wegen ein paar Schuhen mit mir Schluss machen!« Jetzt klang er ernsthaft beleidigt.

»Ich mache nicht wegen der Schuhe mit dir Schluss, sondern wegen dir.« Lea drückte auf einigen Tasten herum, die allerdings nur schrille Misstöne auslösten, ohne wie erhofft die Leitung zu unterbrechen.

»Ich habe mich nie beklagt, dass du einen ziemlich kleinen Busen hast«, hatte Frank daher noch Gelegenheit zu sagen.

»Ha!« Lea brüllte so laut, dass der Widerhall ihrer Stimme ihren schmerzenden Kopf fast zum Bersten brachte. »Es hat dich also doch gestört! Ich wusste es!«

Diesmal fand sie endlich den richtigen Knopf, um Franks wortreiche Antwort zu unterbrechen. Mit Schwung knallte sie das Telefon auf das Tischchen neben ihrem Bett.

»Mistkerl!«, schimpfte sie.

»Scheißtyp«, stimmte Tina ihr freundschaftlich und über das ganze Gesicht strahlend zu.

»Männer! Falls ich jemals wieder Anstalten mache, mich mit einem Mann einzulassen, sperr mich im Keller ein, und lass mich erst wieder raus, wenn ich zur Vernunft gekommen bin.« Lea starrte gegen die Zimmerdecke, als könnte sie dort all die furchtbaren Kerle sehen, denen sie in Zukunft konsequent aus dem Weg gehen würde.

»Wozu brauche ich einen Mann, wenn ich eine Freundin wie dich habe?«, fiel ihr dann ein. »Du bist für mich da und kochst mir Hühnersuppe und Tee. Was brauche ich mehr?«

Mit Tränen in den Augen griff sie nach Tinas Hand und drückte sie dankbar.

Tina sammelte erneut Becher und Tasse ein, um sie endlich in die Küche zu bringen. »Nun ja. Es gibt schon die eine oder andere Sache, für die eine Frau gelegentlich einen Mann gebrauchen kann. Es kommt allein auf die richtige Wahl an.« Plötzlich wich sie Leas Blick aus und betrachtete interessiert das schlichte weiße Geschirr, das sie schon ebenso lange wie die Freundin kannte.

»Du bist doch nicht etwa verliebt?« Lea riss die verquollenen Augen so weit wie möglich auf, was nicht viel war.

»Darüber sprechen wir ein anderes Mal. Werde du erst mal wieder gesund. Ich bin stolz auf dich!«

Mit diesen Worten verschwand Tina endgültig in der Küche, während Lea in die Kissen sank. Sie versuchte darüber nachzudenken, ob sie wohl den Mann kannte, in den Tina sich – schon wieder, denn das kam in regelmäßigen Abständen vor – verliebt hatte. Da sie aber immer noch hohes Fieber und gerade eine Trennung hinter sich gebracht hatte, war sie viel zu erschöpft, um zu einem Ergebnis zu kommen, und schlief innerhalb von Sekunden ein.

III

»36,7. Das ist nicht mal mehr erhöhte Temperatur.« Tina drückte auf den Aus-Knopf des digitalen Fieberthermometers und sah die Freundin prüfend an. »Du kannst dich nicht für alle Ewigkeit in deinem Bett verkriechen! Da draußen findet das Leben statt. Es gibt Tausende von Männern, die sogar in der Lage sind, sich dein Geburtsdatum zu merken, glaube mir. Und hör endlich auf, Frank nachzutrauern!«

»Ich trauere nicht! Schließlich bin ich diejenige, die mit ihm Schluss gemacht hat, nicht wahr? Frank ist für mich Schnee von gestern. Seit der Trennung habe ich mich nicht ein einziges Mal bei ihm gemeldet.«

»Weil ich das Telefon versteckt habe«, murmelte Tina vor sich hin.

»Ich bin schlicht und einfach noch nicht gesund«, behauptete Lea und wandte den Kopf ab, damit Tina die Tränen nicht sah, die ihr sofort bei der Erwähnung von Franks Namen in die Augen gestiegen waren. Ihre Euphorie bezüglich der Trennung war mit ihrem Fieber verschwunden.

»Meinst du, er hat mich schon vergessen?«, konnte sie sich nach einer nachdenklichen Pause dann doch nicht verkneifen zu fragen. »Immerhin hat er seitdem kein einziges Mal angerufen.«

»Weil er ein Mistkerl ist! Wahrscheinlich hat er längst eine Neue, die sich treu und brav hinter seinem Tor nass regnen lässt«, erklärte Tina herzlos. »Und jetzt steh endlich auf! Wir machen einen Spaziergang und suchen uns ein nettes Café, wo wir draußen in der Sonne sitzen und knackige Männer angucken können.«

»Die sind sowieso alle nicht so knackig wie er«, heulte Lea spontan los und verkroch sich unter der Bettdecke. Dieser stille, dunkle, mittlerweile ziemlich muffig riechende Ort war ihr in den letzten fünf Tagen sehr vertraut geworden. Deshalb schrie sie empört auf, als Tina ihr mit einem kräftigen Ruck die Decke wegzog.

»Dann fahren wir eben in den Heimwerkermarkt. Hast du dir schon eine Farbe überlegt?«

»Perlgrau«, kam es wie aus der Pistole geschossen.

Es erwies sich als hilfreich, dass dies nicht Leas erste Trennung war, die Tina miterlebte.

Kurz nachdem sie ihre Stelle als Redakteurin für Lokales beim »Anzeiger« angetreten hatte, hatte Lea herausgefunden, dass ihr Freund Arndt außer ihr noch drei oder vier »Freundinnen« hatte, denen er sein Faible für anstrengende Bergwanderungen und routiniert abgespulten Sex nahe brachte, wenn Lea ihn auf Geschäftsreise oder Elternbesuch wähnte. Die Trennung war relativ laut und dramatisch gewesen, aber zumindest hatte Lea keinen Moment daran gezweifelt, ob sie Arndt tatsächlich verlassen wollte. Im Grunde war es eine Erleichterung gewesen, sich nicht mehr ständig mit letzten Kräften auf Bergwipfel schleppen und dabei noch gut aussehen zu müssen, da Arndt nach eigener Aussage ein »Augenmensch« war.

Nachdem sie die Wutphase überwunden hatte, hatte Lea die Wände ihrer Wohnung von Weiß auf Altrosa umgemalt. Denn schließlich war Arndt häufig dort gewesen, so dass sie das Weiß einfach nicht mehr hatte ertragen können.

Wenig später war Volker in Leas Leben getreten, ein Mann, den sie vom ersten Moment an für *den Traummann* gehalten hatte. Um umgekehrt auch zu seinem Traum zu werden, hatte sie sich nicht nur die Haare pechschwarz färben lassen – Volkers erklärte Lieblingshaarfarbe –, sie hatte auch ihre gesamte Garderobe erneuert – Volker stand auf Miniröcke und enge Tops – und eine endlose Folge komplizierter Diäten durchgeführt, weil Volker seine Frauen gertenschlank liebte.

Als sie nach knapp sechs Monaten durch eine Nachfolgerin ersetzt wurde, die noch schlanker war, noch kürzere Minis trug und womöglich sogar noch schwarzhaariger war, wenn man Volkers verletzenden Worten glauben wollte, brach für Lea eine Welt zusammen. Sie hatte sich nach allen Regeln der Kunst verbogen und sogar Interesse an Arnold-Schwarzenegger-Filmen geheuchelt, aber das hatte offenbar nicht gereicht. Tina richtete sie auf, indem sie heftig über Volker herzog. Die Zeit tat ein Übriges, und nachdem Lea ihre gesamte Wohnung in helles

Beige getaucht hatte, war ihr Traummann nur mehr eine kleine Wunde in ihrem Herzen, die sie kaum noch spürte, nachdem Frank ihr Interesse an Fußball nahe gelegt und nicht einmal eine neue Haarfarbe von ihr gefordert hatte.

Lea war eine patente, gut aussehende Frau, wie ihre Freundin Tina fand. Aber sobald sie sich verliebte, verwandelte sie sich in den Händen der Männer in Wachs. Ein Wachs, das todesmutig auf Bergen herumturnte, sich ganze Wochenenden auf dem Fußballplatz um die Ohren schlug und doch nicht glaubte, den männlichen Wünschen und Träumen genügen zu können. Blieb zu hoffen, dass sie diesmal dazugelernt hatte. Seufzend holte Tina aus Leas Schrank die Arbeitshosen und -T-Shirts mit den altrosa und beigen Farbspritzern und ließ die Autoschlüssel klirren.

»Beeil dich, wenn du deine Welt so dringend in Perlgrau tauchen möchtest. Die Geschäfte schließen in einer halben Stunde.«

Lea nickte hoffnungsfroh und stieg aus dem Bett. Ihr Leben nach Frank hatte begonnen.

Als der elektronische Wecker sein diskretes Summen ertönen ließ, schlug Lea die Augen auf, betrachtete die neuerdings perlgraue Decke – sie pflegte die Zimmerdecken immer eine Nuance heller zu streichen als die Wände –, räkelte sich und verdrängte energisch das depressive Gefühl, das sich in den letzten Tagen kurz nach dem Aufwachen häufig in ihrer Brust breit machte.

»Alles ist gut, so wie es ist«, teilte sie sich selbst aufmunternd mit. Tina hatte ihr anlässlich ihrer Trennung von Frank ein Selbsthilfebuch mit positiven Assoziationen geschenkt.

»Es ist gut, wie es ist. Es ist gut, wie es ist.« Betont heiter hüpfte Lea durch den perlgrauen Flur und direkt unter die Dusche. »Ich bin gesund, fröhlich, voller Energie und glücklich, glücklich, glücklich.«

Sie hielt ihr Gesicht unter den Wasserstrahl und bemühte sich um ein munteres Lächeln, wobei es sie nicht einmal störte, dass ihr die lauwarme Flüssigkeit in den Mund lief.

»Dies ist ein sonniger Tag, ein wunderschöner Tag.«

Während Lea ihren Körper mit energischen Bewegungen abfrottierte, überlegte sie, ob sie vorhin überhaupt aus dem Fenster gesehen hatte. Möglicherweise regnete es draußen, und sie log sich selbst etwas vor, aber das war vielleicht genau richtig. Womöglich konnte man sich sogar das Wetter schönreden.

Beim Frühstück erklärte sich Lea mit vollem Mund in den verschiedensten Formulierungen noch mehrmals, welch überwältigend schöner Tag vor ihr lag. Sie versuchte sogar, sich davon zu überzeugen, dass ihr Bio-Müsli nicht nur gesund war, sondern auch hervorragend schmeckte, was ihr allerdings nicht wirklich gelang.

Obwohl die Sonne nicht schien, war es immerhin trocken und mild, so dass Lea beschloss, für den Weg in die Redaktion das Fahrrad zu nehmen. Eine Entscheidung, die, wie sich wenig später herausstellte, ihr Leben von Grund auf verändern sollte.

Es passierte kurz vor der schnurgeraden Nebenstraße, die direkt zum Gebäude des »Anzeigers« führte. Lea strampelte fröhlich vor sich hin, summte sogar ein Liedchen und dachte mit jeder Umdrehung der Pedalen daran, dass ihr nicht mehr das Geringste an Frank lag, dem ja offensichtlich nie etwas an ihr gelegen hatte.

Vor lauter positiven Gedanken nahm sie nicht wahr, dass wenige Meter vor ihr ein roter Wagen rechts an den Straßenrand fuhr und dort parkte. In dem Moment, in dem sie an dem roten Wagen vorbeifuhr, wurde schwungvoll die Fahrertür aufgerissen. Das Hindernis war von einer Sekunde zur anderen direkt vor ihr. Sie hatte keine Chance, zu bremsen oder auszuweichen, krachte gegen die offene Autotür und fiel wie ein willenloser Gegenstand auf die Fahrbahn. Im Augenblick ihrer unsanften Landung auf dem Asphalt zuckte ein scharfer Schmerz durch ihren Körper.

Lea stöhnte, schloss die Augen und versuchte krampfhaft, nicht daran zu denken, dass sie mitten auf der Straße lag. Weil sie nichts dagegen tun konnte. Nicht aufstehen, sich nicht zum Gehweg schleppen, nicht einmal den Kopf heben. Gar nichts. Nur dort liegen und sich darüber wundern, dass ihr Arm, auf dem ihr Körper mit seinem ganzen Gewicht lag, so furchtbar wehtat.

»Ein wundervoller Tag«, murmelte sie vor sich hin, ohne überhaupt zu wissen, was sie da sagte.

»Hallo? Können Sie mich hören? Tut Ihnen etwas weh? Wie kann ich Ihnen helfen?«

Sie blinzelte unter ihren Lidern hervor und wunderte sich, dass der Mann, der sich mit ängstlichem Gesichtsausdruck über sie beugte, wie ein Engel aussah. Was natürlich nur daran lag, dass sein Haar hell wie reifer Weizen war und genau in diesem Moment die Sonne hinter den Wolken hervorkam und ihm einen Heiligenschein um den Kopf malte.

»Mein Arm«, teilte sie ihm kurz, knapp und wahrheitsgetreu mit und schloss die Augen wieder. Es war anstrengend, einem Engel in die blauen Augen zu sehen. Außerdem störte es sie ein wenig, dass dieser Engel männlich war. Denn es war nicht einmal zwei Wochen her, seit sie beschlossen hatte, dass sie mit Männern nichts mehr zu tun haben wollte. Auch nicht mit männlichen Engeln. Lea hielt neuerdings eine Menge von Konsequenz.

»Es tut mir so Leid! Alles meine Schuld. Ich habe die Tür geöffnet, ohne mich umzusehen. Entschuldigen Sie bitte.« Er berührte sie hilflos an der Schulter.

Lea kniff weiterhin die Augen zu und beschloss, noch ziemlich lange auf dem Asphalt liegen zu bleiben, weil sie nun kaum noch Schmerzen hatte, solange sie nicht versuchte, sich zu bewegen.

»Können Sie aufstehen? Darf ich Ihnen helfen?«

Der Engel lief hilflos um sie herum und stupste sie hier und da an, was Lea einfach ignorierte.

»Ich könnte Sie ins Krankenhaus fahren. Oder soll ich lieber einen Krankenwagen rufen?« Da Lea einigermaßen sicher ganz in der Nähe des geparkten Autos lag, halb im Schutz der offen stehenden Tür, und offensichtlich keinen Wert darauf legte, demnächst aufzustehen, hob der Mann erst einmal ihr Fahrrad vom Boden auf, schob es an den Straßenrand und lehnte es an eine Laterne, wo es eine ziemlich unglückliche Figur machte, da das Vorderrad weit davon entfernt war, rund zu sein.

»Können Sie versuchen aufzustehen?« Er beugte sich erneut über sie und streckte die Hände vor.

Lea übersah das Hilfeangebot, riskierte stattdessen noch einen Blick in die blauen Engelsaugen und versuchte, sich dann aus eigener Kraft aufzurichten, was ihr allerdings nicht gelang.

»Mein Arm!«, wiederholte sie und ließ sich stöhnend wieder auf das harte Pflaster fallen.

Plötzlich zuckte sie erneut zusammen, obwohl im Liegen die Schmerzen erträglich waren. »Ich kenne Sie!« Mühsam hob sie den Kopf und starrte den Mann, der sich mit ausgestreckten Armen über sie beugte, drohend an.

Erschrocken richtete er sich auf. »Ja?«

»Ja! Sie haben mir die letzte Packung Kokoseis mit Schokosplittern weggekauft.«

»Wie bitte?«

»An einem Samstag, kurz vor Ladenschluss«, fügte Lea finster hinzu, um das Ausmaß der Tragödie deutlich zu machen. »Vielleicht wäre alles anders gekommen, wenn ich das Eis gehabt hätte.«

»Tatsächlich, ich erinnere mich auch. Wir sind uns schon begegnet. An der Kühltruhe. Ihre Augen ... Sie kamen mir gleich so bekannt vor, aber ich wusste nicht mehr woher.«

»Nun wissen Sie es. Auch das war nicht gerade eine erhebende Erfahrung.« Es tat Lea gut, ihm seine Verfehlungen vorzuwerfen. Sie vergaß ein wenig ihre Schmerzen darüber.

»Kokos mit Schokolade ist meine Lieblingssorte, jedenfalls gleich nach Karamell«, sagte er schließlich, als Lea ihn weiter anklagend betrachtete.

»Hätte ich mir denken können! Dabei ist das Zeug eklig süß.« Sie schnaubte verächtlich.

»Sie wollten das Zeug doch auch kaufen«, rechtfertigte er sich.

»Aber nicht für mich!«

»Ach so.« Kurze Pause, dann besann er sich auf seine männliche Tatkraft. »Hören Sie! Ich unterhalte mich jederzeit gern mit Ihnen über Eissorten, aber jetzt sollten wir erst einmal dafür sorgen, dass Sie nicht länger hier auf der Straße herumliegen. Wenn Ihr Arm wehtut, muss er geröntgt werden.« Diesmal gab er nicht nach, sondern zog sie sanft, aber unnachgiebig hoch.

Da Lea einsah, dass sie irgendwann aufstehen musste, wehrte sie sich nicht, sondern zerbiss tapfer ihre Unterlippe, um nicht aufzuschreien, als sie endlich stand und ihr linker Arm leblos an ihrem Körper entlang rutschte, um dann wie eine schmerzende Gummiprothese an ihr zu hängen.

»Ich hasse Männer! Ihr bringt nichts als Unheil über die Welt. Kriege, Not und Elend.« Obwohl ihr Arm gar nicht mehr zu ihrem Körper zu gehören schien, fühlte es sich so an, als würde ein emsiger Handwerker ihren Oberarmknochen mit einem Bohrer bearbeiten.

»Er ist gebrochen«, jammerte sie nach einer Weile, in der der Engel und sie einander ratlos gegenübergestanden hatten, während der morgendliche Berufsverkehr an ihnen vorbeibrauste.

»Das werden wir im Krankenhaus feststellen lassen«, versuchte er sie zu beruhigen und griff fürsorglich nach ihrem gesunden Arm, um sie zu seinem roten Auto zu führen.

»Er ist gebrochen, und Sie sind Schuld!«, regte Lea sich weiter auf, weil sie spürte, dass es ihr gut tat, sich Luft zu machen und sich über diesen weizenblonden, blauäugigen Engel aufzuregen. Zumal sie eigentlich keine blonden Männer mochte, auch nicht wenn sie wie eine Mischung aus Brad Pitt und Himmelserscheinung aussahen. Besonders dann nicht. Schon gar nicht, wenn sie ihr das letzte Kokoseis vor der Nase wegkauften, ihr Autotüren vor den Kopf knallten und sie anschließend gnadenlos mit ihrer Hilfsbereitschaft traktierten, um ihr schlechtes Gewissen zu beruhigen.

Leider hinderten die Schmerzen in ihrem linken Arm sie daran, den Engel zum Teufel zu wünschen. Ihr blieb nichts weiter übrig, als sich von ihm um seinen albernen, leuchtend roten Wagen herum auf die Beifahrerseite führen zu lassen. Wahrscheinlich eiferte er Michael Schumacher nach, auch wenn es, so weit sie es beurteilen konnte, bisher nicht für einen Ferrari gereicht hatte.

Sie saß schon fast im Auto, als sie wieder genug Kraft gesammelt hatte, um bockig zu werden. »Ich glaube, ich will lieber einen Krankenwagen«, verkündete sie und stemmte die Füße auf den Boden.

»Wir sind viel schneller im Krankenhaus, wenn ich Sie fahre.« Der weizenblonde Engel hielt immer noch ihren gesunden Arm fest und schob sie sachte, aber unnachgiebig in Richtung Beifahrersitz.

»Ich will aber nicht mit Ihnen fahren! Sie sind ein rücksichtsloser, chauvinistischer, aufdringlicher ... Mann.« Lea hatte mittlerweile wirklich starke Schmerzen, die sie quengelig wie ein kleines Kind werden ließen, was ihr immerhin half, nicht auf der Stelle in Tränen auszubrechen.

»Ich weiß«, stimmte der Mann zu, der ihr offenbar unter allen Umständen höchstpersönlich helfen wollte. »Es tut mir Leid. Ich war sehr unaufmerksam und bin ganz allein Schuld an diesem Unfall. Steigen Sie jetzt bitte in dieses verdammte Auto ein, damit ich Sie ins Krankenhaus fahren kann!«

Lea gab ihren Widerstand so unvermittelt auf und sank so plötzlich in die hellbraunen Lederpolster, dass er auf sie gefallen wäre, hätte er sich nicht im letzten Moment an der offenen Tür festgeklammert.

Hastig, ehe es sich das widerspenstige Unfallopfer anders überlegen konnte, knallte er die Tür auf der Beifahrerseite zu und eilte um den Wagen herum.

»Wissen Sie, wo das nächste Krankenhaus ist?«, erkundigte er sich, als er neben ihr saß und bereits den Schlüssel im Zündschloss umgedreht hatte.

»Woher soll ich das wissen?«, fauchte Lea und hielt das Handgelenk ihres angewinkelten linken Arms. »Zu *meinen* Gewohnheiten gehört es jedenfalls nicht, Leute über den Haufen zu fahren, so dass ich sie anschließend ins Krankenhaus einliefern muss.«

»Okay. Wir finden das schon.«

»Das will ich hoffen!« Lea starrte finster durch die Windschutzscheibe auf die Straße.

»Würden Sie sich bitte anschnallen?«

Lea prustete durch die Nase. »Haben Sie etwa vor, noch einen Unfall zu verursachen?«

Er antwortete nicht, sondern wartete stumm. Schließlich wandte sie sich stöhnend zur Seite, wusste aber nicht recht, wie sie den Gurt erreichen und befestigen sollte, ohne ihren verletzten Arm samt schmerzender Schulter bewegen zu müssen.

»Darf ich Ihnen helfen?«, erkundigte er sich artig.

Sie verdrehte die Augen und weigerte sich, diese blöde Frage zu beantworten. Da er sie in diesen Zustand gebracht hatte, konnte sie durchaus mehr von ihm verlangen, als dass er ihr den Gurt anlegte. Notfalls musste er sie auf seinen Armen zum nächsten Krankenhaus tragen. Sie ertappte sich dabei, wie sie einen prüfenden Blick auf seine Oberarme warf, die unter dem dünnen Stoff seines Leinensakkos relativ deutlich zu erkennen waren. Natürlich kein Vergleich mit Franks Oberarmen, aber vielleicht könnte es dieser Mann mit etwas gutem Willen durchaus schaffen, sie ins Krankenhaus zu tragen – falls es in der nächsten Seitenstraße lag.

»Anschnallen ist Vorschrift, nicht wahr?«, fauchte sie schließlich, als er sie immer noch abwartend und fragend ansah.

Wortlos beugte er sich über sie, um nach dem Gurt zu greifen. Seine Schläfe war direkt vor ihrem Gesicht, und eine blonde Strähne kitzelte ihre Nasenspitze, aber trotzig wandte sie den Kopf nicht ab. Sein Haar duftete genau so wie es aussah: nach Sonne, Wind und vielleicht sogar nach reifem Getreide – wobei sie Letzteres nicht beurteilen konnte, weil sie keine Ahnung hatte, wie Getreide roch.

»Sie haben genau die Haarfarbe, die ich mir immer gewünscht habe«, entfuhr es ihr.

Er ließ die breite Metallöse in den Verschluss gleiten, hob dann den Kopf und sah ihr aus nächster Nähe in die Augen. »Ich finde Ihr Haar viel aufregender. In der Sonne leuchtet es rot. Vielleicht können wir bei Gelegenheit über einen Haarfarbentausch verhandeln.«

Lea wandte hastig den Kopf ab. »Mit Ihnen verhandele ich über gar nichts! Außer natürlich über Schmerzensgeld und Behandlungskosten. Hoffentlich sind Sie gut versichert!«

»Machen Sie sich darüber keine Sorgen.« Der teuflische Engel fädelte sich geschickt in den fließenden Verkehr ein.

»Wie wollen Sie mich ins Krankenhaus bringen, wenn Sie nicht mal wissen, wo das ist?«, erkundigte sich Lea misstrauisch.

»Ich werde jemanden fragen.«

Bereits in diesem Moment hielt er am Straßenrand und sprach eine alte Frau an, die mit ihrem Einkaufswägelchen unterwegs war. Nachdem er sein Anliegen mit ruhiger, ein weniger erhobener Stimme vorgetragen hatte – wohl für den Fall, dass die alte Dame schwerhörig war –, legte die Befragte den Kopf in den Nacken, strich sich mit der flachen Hand über die blaugraue Dauerwelle und kniff nachdenklich die Augen zusammen.

»Vor zwei Monaten war ich wegen Herzrhythmusstörungen da«, verkündete sie dann triumphierend. »Das liegt gleich neben einem großen Park. Das Essen ist wirklich gut, besonders das Hühnerfrikassee. Und die Schwestern sind nett. Jedenfalls meistens. Natürlich bis auf Oberschwester Heidelore. Das ist ein Biest, anders kann man es nicht ausdrücken.«

»Und wie kommen wir von hier aus dorthin?«, erkundigte sich Leas Begleiter mit einer derartigen Engelsgeduld, dass sie am liebsten mit ihrem gesunden Arm auf dem Armaturenbrett herumgetrommelt hätte.

»Ich glaube, erst rechts, dann eine ganze Zeit lang geradeaus, dann zweimal links und noch mal rechts«, sagte die ältere Dame nachdenklich und zupfte an einem bläulichen Löckchen, das ihr neckisch in die Stirn hing.

»Vielen Dank.« Verbindlich lächelnd ließ Leas Begleiter das Fenster wieder hochgleiten und fuhr weiter.

»Nach dieser Beschreibung finden wir das Krankenhaus nie!«, jammerte Lea und hielt ihren Arm angewinkelt eng an den Oberkörper gepresst.

»Ich weiß.« Den Blick auf die Straße vor sich gerichtet, wurde der Mann, dem Lea ihr Schicksal anvertraut hatte, schneller, um eine Ampel noch bei Gelb zu passieren.

»Und was machen wir jetzt? Das tut verdammt weh! Ich kann nicht den ganzen Tag mit Ihnen in der Gegend herumfahren!«

»Ich weiß. Machen Sie sich keine Sorgen.«

»Hören Sie auf, das dauernd zu sagen! Ich mache mir so viele Sorgen, wie ich will! Würden Sie wohl auch, wenn Sie einen Trümmerbruch hätten.« Zwar hatte sie keine Ahnung, was genau ein Trümmerbruch war, aber sie fand, der Begriff konnte sich gar nicht dramatisch genug anhören, um ihre Situation und das heftige, schmerzhafte Pochen in ihrem Arm zu beschreiben.

»Bleiben Sie ganz ruhig. Da hinten ist ein Taxistand.«

»Wollen Sie mich etwa loswerden? Ich brauche einen Arzt und kein Taxi!« Vor lauter Empörung wurde ihr ganz schlecht. Wie konnte ein Mann wie der Erzengel Raphael persönlich aussehen, aber heimtückisch eine hilflose Frau vom Rad fegen, um sie hinterher schwer verletzt an einem Taxistand auszusetzen?

Ihr Peiniger fuhr an den Straßenrand und stieg aus, ohne sie einer Erklärung zu würdigen. Mit zusammengekniffenen Augen beobachtete Lea, wie er sich an einen der rauchend neben der Reihe geparkter Taxis stehenden Fahrer wandte und lebhaft auf ihn einredete. Versuchte dieser Kerl jetzt etwa, einen arglosen Taxifahrer zu überreden, den Krankentransport zu übernehmen, so dass er, der Schuldige an dieser Misere, sich aus der Verantwortung stehlen konnte?

Als Lea sah, wie der Mann, der dafür verantwortlich war, dass ihr Arm sich wie ein lebloses und dabei ekelhaft schmerzendes Stück Gummi anfühlte, in die Innentasche seines modisch zerknitterten Leinenjacketts griff und plötzlich ein paar Geldscheine in der Hand hielt, schrie sie entrüstet auf. Offenbar war es ihm gelungen, den Fahrer mit mieser Bestechung zu überreden, die Verantwortung für das Opfer seines unverantwortlichen Verhaltens zu übernehmen.

Das Geld wechselte den Besitzer, der Fahrer nickte, stieg in sein Taxi, und der Mann, der unverschämterweise im Sonnenlicht immer noch einen Heiligenschein trug, kam zurück zu seinem eigenen Wagen.

Als er einstieg, hob Lea ihren gesunden Arm und klammerte sich am Haltegriff über der Beifahrertür fest. »Ich denke nicht daran, in dieses Taxi zu steigen! Sie werden mich gefälligst selbst ins Krankenhaus bringen! Immerhin waren Sie derjenige, der mich vom Fahrrad gefegt hat«, schrie sie.

Er wandte sich ihr zu und sah sie ruhig an, während sie ihre Hand fester um den Griff schloss und halb erwartete, dass er sie aus dem Auto schubsen würde, wenn sie nicht freiwillig ausstieg. Dabei schossen ihr vor Schmerz die Tränen in die Augen, denn vorher hatte sie mit dem gesunden Arm den kranken gestützt und in der einigermaßen erträglichen angewinkelten Lage gehalten. Jetzt hing das verletzte Glied leblos und vor Schmerz brennend an ihr herab.

»Es tut mir so Leid! Natürlich ist alles meine Schuld, und ich werde tun, was ich kann, um Ihnen zu helfen. Mein Name ist übrigens Stephan Pückler, damit Sie wissen, an wen Sie sich wenden müssen, wann immer Sie etwas brauchen.« Er wühlte in seiner Hosentasche.

Du liebe Güte, jetzt fing er auch noch an, sich in aller Form vorzustellen!

»Ich brauche einen Arzt, sonst gar nichts!« Hastig wandte Lea den Kopf ab, damit er die große Träne nicht sah, die sich aus ihrem Augenwinkel gelöst hatte und nun über ihre Wange rollte. Sie hatte keine Hand frei, um sie fortzuwischen.

Wortlos legte er zwei Finger unter ihr Kinn, drehte ihren Kopf in seine Richtung und tupfte ihre Wangen und Augen mit dem sauberen Papiertaschentuch ab, das er aus seiner Hosentasche gezogen hatte.

»Sie haben sicher große Schmerzen.« Seine Augen waren dicht vor ihrem Gesicht, und in ihnen stand ein Ausdruck, der Lea fremd war. Er sah sie an, als würde es ihn tatsächlich *inte-*

ressieren, wie es ihr ging. Hastig sah sie an ihm vorbei durch das Autofenster hinauf in den frühlingshaft blauen Himmel.

Lea presste ihre Lippen aufeinander und hoffte, dass er das Zittern ihrer Unterlippe nicht bemerkte. Zumal sie nicht einmal wusste, ob ihr Körper so merkwürdig reagiert, weil ihr Arm höllisch wehtat oder weil seine seltsam fürsorgliche Art sie verunsicherte. Zu der die Tatsache, dass er sie so schnell wie möglich an einen Taxifahrer abschieben wollte, einfach nicht passte. Was wiederum bedeutete, dass er sein Mitgefühl nur spielte, wahrscheinlich damit ihre Schmerzensgeldforderung nicht allzu hoch ausfiel.

»Ihr dummes Getue können Sie sich sparen. Darauf falle ich sowieso nicht herein«, verkündete sie so energisch, wie es ihr angesichts der Tatsache, dass er geduldig die über ihre Wangen strömenden Tränen abtupfte, möglich war. »Sie werden für Ihr Tun geradestehen, das können Sie mir glauben!«, schluchzte sie.

Als ein lang gezogenes Hupen ertönte, wandte Lea den Kopf nach vorn. Der bestochene Taxifahrer war aus der Reihe der wartenden Wagen ausgeschert und stand mit laufendem Motor wenige Meter vor Stephan Pücklers Auto.

»Er wird uns zum Krankenhaus lotsen«, erklärte Stephan sanft und ohne mit einem Wort oder Blick auf ihre Verdächtigung einzugehen, er wolle sie in das Taxi abschieben.

Lea löste ihre Hand vom Haltegriff über der Tür und beschloss spontan, dass sie derart sensibel-verständnisvolle Männer nicht leiden konnte, schon gar nicht, wenn sie dunkelblaue Augen hatten, die viel mehr zu bemerken schienen, als für sie bestimmt war.

IV

Die Fahrt zum Krankenhaus dauerte knapp zehn Minuten. Nachdem das Taxi sie direkt zu einem Parkplatz neben einer Tür mit der unübersehbaren Aufschrift »Notfallambulanz« geführt hatte, hupte der Fahrer kurz, hob grüßend die Hand und fuhr davon. Stephan Pückler sprang aus dem Wagen, spurtete in Rekordgeschwindigkeit zur Beifahrertür und riss sie auf.

»Kommen Sie. Ganz vorsichtig.« Er beugte sich vor, löste Leas Gurt und half ihr so geschickt beim Aussteigen, als hätte er sein Leben lang nichts anderes gemacht, als anderen Leuten die Arme zu brechen und sie anschließend zum Arzt zu fahren. Vielleicht war es ja auch so.

Die nächste halbe Stunde glitt wie hinter einem Schleier an Lea vorbei. Sie brauchte sich um nichts zu kümmern. Stephan Pückler erledigte mit Hilfe ihres Personalausweises und ihrer Krankenkarte, die sie zum Glück bei sich hatte, die Anmeldung und sorgte anschließend dafür, dass sie nicht länger als einige Minuten in der Sitzecke vor den drei Behandlungsräumen der Ambulanz warten musste.

Während sie, ihren angewinkelten linken Arm mit der rechten Hand haltend, bereits auf der Kante eines Stuhles im Untersuchungszimmer hockte, hörte sie mit halbem Ohr zu, wie Stephan vor der Tür mit einer Schwester verhandelte und energisch verlangte, der Oberarzt persönlich solle nach Lea sehen. Als die Schwester erklärte, der Oberarzt würde erst in etwa einer halben Stunde verfügbar sein, spürte Lea eine vage Erleichterung. Selbst in ihrem desolaten Zustand war ihr klar, dass sie den Oberarzt der chirurgischen Unfallambulanz recht gut kannte, handelte es sich doch um den Ehemann ihrer Schulfreundin Sabine, jener perfekten, goldblonden Ehefrau und Mutter, bei der sie sich nie sicher war, ob sie sie beneiden oder bemitleiden sollte.

Jedenfalls stand Lea im Moment nicht der Sinn nach besonders persönlicher oder gar wortreicher Betreuung durch einen ihr bekannten Arzt. Alles, was sie wollte, war ein Gipsverband, ein paar Schmerztabletten und sehr viel Ruhe.

Stephan erklärte sich denn auch großmütig bereit, die rasche Hilfe eines Assistenzarztes zu akzeptieren. Dieser ließ sich den Unfallhergang schildern, berührte einmal kurz Leas Oberarm, versuchte, ihn ein winziges Stück anzuheben, hörte sich dabei ungerührt ihr unterdrücktes Wehklagen an und erklärte den Oberarmknochen für gebrochen.

»Die Diagnose sichern wir aber noch durch eine Röntgenuntersuchung ab«, setzte er siegesgewiss hinzu.

Als Lea mit dem Auftrag, die Röntgenabteilung aufzusuchen, das Untersuchungszimmer verließ, wartete Stephan geduldig vor der Tür.

»Er ist tatsächlich gebrochen. Das konnte der Arzt mit bloßem Auge erkennen«, ließ Lea den Verursacher ihres Unglücks wissen und stieß seine Hand fort, als er sie stützen wollte. »Ich kann laufen! Zum Glück ist es Ihnen nicht gelungen, auch noch meine Beine zu brechen!«

Es ärgerte sie ein wenig, dass Stephan klug genug war, auf ihre Bemerkung hin zu schweigen. Er blieb einfach nur an ihrer Seite, drückte den richtigen Knopf im Fahrstuhl und hielt Lea, die noch orientierungsloser als gewöhnlich war, mehrmals davon ab, in die falsche Richtung zu gehen.

Minuten später hielt sie ihm fast triumphierend die Röntgenaufnahme ihres linken Oberarms hin. »Ein Verschiebungsbruch, sagt die Schwester. Da haben Sie wirklich ganze Arbeit geleistet!«

Wieder begleitete er sie schweigend durch die Gänge und drückte auf den Knopf für den Fahrstuhl. Als wenig später der Aufzug surrend vor ihnen hielt und die Türen auseinander glitten, stand zu Leas Verblüffung Sabine in der Kabine. Einen Moment lang starrten die beiden Frauen einander überrascht an.

»Was machst du hier?«, kreischte Sabine dann so entsetzt los, als würde es sich bei ihrer langjährigen Freundin Lea um ein besonders Ekel erregendes Insekt handeln. Dabei raufte sie sich ihr langes blondes Haar, das an diesem Morgen erstaunlich wenig seiner sonst so glänzenden Lockigkeit zeigte und eher einem Heuhaufen im Herbststurm glich.

»Ich ... Ich habe meinen Arm gebrochen. Verschiebungsbruch am Oberarm«, rechtfertigte Lea eiligst ihre Anwesenheit und wandte sich Hilfe suchend nach Stephan um, der ihre Aussage mit einem Nicken bestätigte.

»Er gehört zu dir?« Misstrauisch musterte Sabine den Mann, der tapfer in der Tür des Lifts stand, die immer wieder piepsend versuchte, sich zu schließen, während Lea keinerlei Anstalten machte, zu Sabine in den engen Raum zu treten.

»Sozusagen. Er trägt die Schuld an der ganzen Misere.«

»Du bist nicht hier, um Hilko zu besuchen?«, setzte Sabine ihr Verhör fort.

»Die Schwester sagte, Hilko ist im Moment nicht da. Irgendein Assistenzarzt hat sich meinen Arm angesehen. Ich habe mir den Namen nicht gemerkt.«

»Wusste ich es doch!« Sabine brach übergangslos in Tränen aus.

Zögernd betrat Lea nun doch die Kabine, so dass Stephan seinen Platz zwischen den hektisch hin und her ruckenden Türen aufgeben, ebenfalls in den Fahrstuhl steigen und den richtigen Knopf für die Unfallchirurgie drücken konnte.

Obwohl Lea während der letzten Wochen nicht allzu viel Kontakt mit Sabine gehabt hatte, waren sie doch von der fünften bis zur dreizehnten Klasse des Gymnasiums beste Freundinnen gewesen, und Sabines Verzweiflung berührte Leas Herz, so dass sie für den Moment sogar ihren schmerzenden Arm vergaß.

»Was ist denn los mit dir?« Zaghaft berührte sie mit der gesunden Hand Sabines Schulter.

Sabine schluchzte noch lauter. »Hast du ein Taschentuch?«, stieß sie schließlich anstelle einer Antwort hervor.

»Haben Sie ein Taschentuch?«, gab Lea die Frage umgehend an Stephan weiter.

Stephan, offensichtlich bemüht, gleichzeitig hilfreich und unsichtbar zu sein, reichte Lea stumm ein Papiertuch, das diese Sabine in die Hand drückte. Sabine wischte sich mit dem Tuch ziellos im Gesicht herum und verteilte dabei die zerlaufene Wimperntusche gleichmäßig auf ihren Wangen.

»Kann ich dir irgendwie helfen?«, versuchte Lea erneut, den Grund für Sabines Kummer zu ergründen, und hoffte inständig, dass den Kindern nichts passiert war.

In dem Moment, in dem der Fahrstuhl mit einem sanften Ruck hielt, brach es aus Sabine hervor: »Das Schwein betrügt mich!«

Der grauhaarige, mit einem Blumenstrauß bewaffnete Mann, der soeben den Fahrstuhl betreten wollte, sah sich mit wildem Blick um. Als er feststellte, dass niemand hinter ihm stand, wich er einen Schritt zurück.

»Ich kenne die Frau überhaupt nicht«, verteidigte er sich.

»Sie sind wohl auch nicht gemeint«, versuchte Stephan zu vermitteln, aber der Krankenhausbesucher zog es dennoch vor, das Weite zu suchen. Wohl um dadurch nicht noch verdächtiger zu wirken, murmelte er dabei etwas über die gesundheitlichen Vorteile des Treppensteigens vor sich hin.

»Bist du ganz sicher?« Lea nahm Sabine das zerknüllte Papiertaschentuch aus der Hand und versuchte, die schwarze Farbe von den Wangen der Freundin zu wischen. »Manchmal bildet man sich so etwas ja auch nur ein. Hilko arbeitet sehr viel, aber das heißt doch nicht …«

»Ich habe Beweise!«, schrie Sabine so laut, dass es in der Kabine widerhallte. Mit einem neuen Tränenschwall liefen erneut dicke Tropfen aufgelöster Mascara über ihr Gesicht.

Lea ließ das ohnehin schon schwärzliche Papiertuch sinken und machte Sabine mit einer Geste darauf aufmerksam, dass der Fahrstuhl im dritten Stock, in dem die Unfallchirurgie und damit auch Hilkos Wirkungsbereich lag, gehalten hatte und Stephan abermals heldenhaft die Türen daran hinderte, sich zu schließen.

»Oder willst du lieber wieder nach Hause fahren? Im Moment ist Hilko ja sowieso nicht da, und ihr könnt die Sache bestimmt auch viel besser zu Hause besprechen.« Lea hielt es für keine besonders gute Idee, wenn der Oberarzt seine Ehekrise mit der mascaraverschmierten Gattin auf den Krankenhausgängen zu bewältigen suchte.

»Ich denke nicht dran! Er soll mir sagen, wer es ist! Und wo er jetzt gerade ist, will ich auch wissen!« Während sie entschlossen aus dem Lift stapfte, brachte Sabine das Kunststück fertig, gleichzeitig zu heulen und vor Wut zu schnauben. »Er soll mir sagen, wie lange das schon geht und was er sich dabei denkt, mir das anzutun. Und wie er seinen Kindern überhaupt noch in die Augen sehen kann. Und was die andere hat, was ich nicht habe.«

Ihre geröteten Augen saugten sich an Leas Gesicht fest. »Du bist es wirklich nicht? Schwörst du mir das? Als ich dich vorhin sah ...«

Nur mit Mühe unterdrückte Lea den Impuls, die Hand tatsächlich zum Schwur zu heben. »Ich habe mir den Arm gebrochen, nur deshalb bin ich hier.«

»Gut«, lobte Sabine sie. »Es ist garantiert eine Krankenschwester. Das übliche Klischee. Ich fasse es nicht!«

Lea, der beim Anblick der Türen, die in die Untersuchungszimmer der Ambulanz führten, prompt wieder einfiel, dass sie nur deshalb gleich in Gips gelegt werden würde, weil ein Mann ihren Weg gekreuzt hatte, nickte energisch. »Männer! Am besten ist es wohl, sich von ihnen fern zu halten.«

Aus den Augenwinkeln sah sie, wie Stephan automatisch einen Schritt zurückwich, vielleicht um ihr in ihrem Zustand die Mühe des Fernhaltens zu erleichtern.

»Wo ist mein Mann?«, herrschte Sabine gleich darauf eine Schwester an, die geschäftig den Flur entlangeilte.

»Wenn Sie mir den Namen Ihres Mannes nennen würden ...« Ratlos betrachtete die blutjunge, zierliche, blond gelockte Schwester die Frau, die mit ihrem schwärzlichen Gesicht einem Indianer auf dem Kriegspfad glich.

»Tun Sie nicht so harmlos!« Sabine funkelte die Schwester derart böse an, dass Lea ihren kranken Arm fest an den Körper presste und mutig zwischen die beiden trat.

»Das ist die Frau von Herrn Doktor Schreier«, sagte sie rasch. »Sie muss dringend mit ihrem Mann sprechen.«

»Doktor Schreier ist vor kurzem gekommen und hält sich im Augenblick in seinem Büro auf.« Die Schwester zeigte vage den Gang entlang und setzte sich gleichzeitig hastig in die entgegengesetzte Richtung in Bewegung.

»Woher wissen Sie das überhaupt so genau?«, rief Sabine ihr hinterher. »Sie waren gerade bei ihm, nicht wahr?«

Die Schwester beschleunigte ihren Schritt und tat, als hätte sie nichts gehört.

»Sabine, bitte! Du kannst doch nicht auf gut Glück jede Krankenschwester verdächtigen, die hier herumläuft.«

»Sie ist aber genau sein Typ!« Sabine durchbohrte den Rücken der davoneilenden Schwester mit ihren Blicken, während Lea die Freundin unauffällig in Richtung von Hilkos Büro drängte.

Plötzlich leistete Sabine Widerstand. Drei Schritte von der Tür entfernt stemmte sie die Füße fest auf den Boden und blieb stehen.

»Ich sollte vielleicht doch lieber in Ruhe zu Hause mit ihm reden. Außerdem muss ich um zwölf Uhr Vanessa aus dem Kindergarten abholen.«

Ohne einen Blick auf ihre Armbanduhr zu werfen, war Lea sich sicher, dass es keinesfalls später als neun Uhr sein konnte. Dennoch stimmte sie Sabine eifrig zu.

»Es ist wirklich besser, wenn solche Dinge in aller Ruhe besprochen werden. Manchmal ist alles nur ein Irrtum. Außerdem bist du im Augenblick gar nicht in der Verfassung, es mit ihm aufzunehmen, falls er versucht, sich aus der Sache herauszureden. Du solltest erst einmal versuchen, dich zu beruhigen.«

»Ja. Und ich sollte wohl besser noch ein paar Beweise sammeln.« Hastig wandte Sabine sich von der Tür ab, hinter der sich ihr vermeintlich untreuer Ehemann aufhielt, und setzte sich im Laufschritt in Richtung Fahrstuhl in Bewegung.

»Gute Besserung, Lea!«, fiel ihr noch ein, als sie schon den halben Gang hinter sich gebracht hatte. »Ich rufe dich vielleicht mal an.«

»Oder ich dich.«

Aufatmend wandte Lea sich wieder ihren eigenen Angelegenheiten zu, was allerdings nur zur Folge hatte, dass ihr der Schmerz in ihrem Arm erneut bewusst wurde. Als erste Hilfsmaßnahme warf sie Stephan einen tödlichen Blick zu.

»Wir Frauen wären viel glücklicher dran, wenn es keine Männer gäbe«, teilte sie ihm betont sachlich mit.

Tapfer erwiderte er ihren Blick und straffte die Schultern. »Ich habe mich jetzt schon ungefähr ein Dutzend Mal bei Ihnen entschuldigt, ich kann es auch gern noch ein weiteres Dutzend Mal tun, aber ungeschehen machen kann ich die Sache leider nicht.«

Lea schnaubte verächtlich. »Natürlich nicht! Ihr könnt nie etwas ungeschehen machen und hinterlasst deshalb, wo ihr geht und steht, eine Schneise der Verwüstung.«

»Es geht nicht so sehr um den Unfall, nicht wahr?« Stephan tat einen Schritt in ihre Richtung, blieb aber stehen, als sie abwehrend den gesunden Arm hob. »Ihnen ist etwas Ähnliches passiert wie ihr. Habe ich Recht?« Sein Blick ging in Richtung der geschlossenen Bürotür des Oberarztes.

»Zeigen Sie mir eine Frau, der so etwas noch nicht passiert ist. Autotüren, andere Frauen, Gleichgültigkeit, Vergesslichkeit, Fußbälle – das Repertoire ist groß. Eine Frau kann sich für einen Mann sämtliche Beine ausreißen, alles, was ihm dazu einfällt, ist sein verdammter Egoismus.«

»Lüge, Betrug, Egoismus, noch mehr Lügen«, sagte Stephan Pückler mit unbewegter Miene. »So sind wohl leider viele Beziehungen.« Sein Blick glitt durchs Fenster hinauf in den klaren Frühlingshimmel und kehrte lange nicht zu Lea zurück. Als er sie wieder ansah, lauerte in seinen Augen ein Schmerz, der ihr bekannt vorkam. Hastig wich sie seinem Blick aus und tat, als müsste sie sich furchtbar darauf konzentrieren, ihren verletzten Arm zu stützen.

Nachdem sie eine Weile vor sich hin geschwiegen hatte, folgte Lea Stephans Beispiel, nahm sich eine der ausliegenden Zeitschriften und tat so, als würde sie sich für das Schicksal von Prinzessinnen und Hollywoodschauspielern interessieren. Allerdings machte sie sich nicht wie er die Mühe, gelegentlich umzublättern, weil sie ihren gesunden Arm brauchte, um den linken Arm angewinkelt an den Körper zu pressen.

Endlich wurde Leas Name aufgerufen. Als sie aufstand, kämpfte Stephan sehr offensichtlich mit sich und konnte sich dann doch nicht verkneifen zu sagen: »Ich hoffe, Sie lassen wenigstens zu, dass ein männlicher Arzt Sie behandelt. Ich habe weder Zeit noch Lust, im ganzen Krankenhaus herumzulaufen und nach einer Ärztin zu suchen.«

Lea entschied sich, hoheitsvoll zu schweigen. Sie warf ihm lediglich einen strafenden Blick zu und marschierte erhobenen Hauptes ins Behandlungszimmer.

Der Arzt betrachtete aufmerksam das Röntgenbild, nickte zufrieden und verkündete, für einen Gips sei der Bruch zu dicht an der Schulter.

»Und jetzt? Was soll ich jetzt tun?« Lea starrte ihn entsetzt an. Aus irgendeinem Grund hatte sie die Vorstellung gehabt, sobald sie einen Gips an ihrem Arm hätte, wäre das Schlimmste überstanden. In Ermangelung eigener Erfahrungen mit Knochenbrüchen hatten Gipsverbände, besonders bunt bemalte und mit launigen Bemerkungen und Unterschriften verzierte, auf sie immer fast heiter gewirkt und sie an sonnige Skiurlaube erinnert, obwohl sie gar nicht Ski laufen konnte.

»Sie bekommen einen stützenden Verband«, tröstete der Arzt sie und rief der Schwester im Nebenzimmer durch die geöffnete Tür zu: »Wir brauchen dann hier eine Noba-Gilchrist-Bandage.«

»Ich bin gleich wieder da. Wenn Sie bitte schon Ihren Oberkörper freimachen«, wandte er sich dann an Lea.

»Ich kann die Bluse nicht ausziehen«, protestierte Lea. »Das tut entsetzlich weh. Beim Röntgen ging es auch nicht. Die Schwester hat einfach den Ärmel hochgeschoben und ...«

»Es tut mir Leid, aber die Gurte der Bandage müssen direkt auf der Haut getragen werden.« Der Arzt zog die Mundwinkel ein wenig nach oben. Wahrscheinlich sollte das ein aufmunterndes Lächeln sein, welches Lea jedoch mitnichten aufmunterte. »Ich schicke Ihnen Hilfe.«

Bevor Lea noch etwas sagen konnte, hatte er schon den Raum verlassen.

Mutlos begann sie, mit einer Hand die Knöpfe ihrer Bluse zu öffnen. Als sich gleich darauf die Tür öffnete und Stephan Pückler den Raum betrat, hielt sie das kleine Stück der Knopfleiste, das bereits offen stand, rasch zu.

»Was wollen Sie denn hier?«, kiekste sie.

»Der Arzt schickt mich herein. Er meint, Sie bräuchten Hilfe.«

Lea verschlug es für Sekunden die Sprache. »Er hat *Sie* hergeschickt, um *mir* beim Ausziehen zu helfen?«, stieß sie dann, bis oben angefüllt mit gerechter Empörung, hervor.

»Beim Ausziehen?« Auch Stephan wirkte leicht irritiert.

»Vielleicht hält er mich für Ihren Ehemann oder so was Ähnliches«, schlug er nach einer Denkpause vor.

»Das kann er doch nicht wirklich denken!« Lea krallte ihre Hand so fest in den Stoff ihrer Bluse, dass das Gewebe unter ihren Fingern feucht wurde.

»So abwegig ist das nun auch wieder nicht.« Er betrachtete sie so nachdenklich, dass sie sich gezwungen sah, eine an der Wand hängende Anleitung mit der Überschrift »Erste Hilfe in Notfällen« zu studieren.

»Soll ich die Knöpfe Ihrer Bluse aufmachen? Das ist mit einer Hand sicher sehr schwierig.« Stephan klang betont gelassen und ein wenig gleichgültig. Wahrscheinlich wollte er suggerieren, dass er tagtäglich fremde Frauen auszog.

»Ich schaffe das schon!« Zum Beweis hörte Lea auf, die Bluse krampfhaft an ihrem Hals zuzuhalten und öffnete einen weiteren Knopf.

»Es wird wahrscheinlich wehtun, den Ärmel von dem verletzten Arm zu ziehen.« Als hätte er selbst den Schmerz auszuhalten, erschien auf Stephans Stirn eine senkrechte Falte.

In diesem Moment tauchte hinter ihm der gehetzt wirkende Arzt in der Tür auf. »Sie sind noch nicht fertig?«, stellte er fest. »Dann komme ich gleich noch mal wieder. Wir haben einen Notfall. Kümmern Sie sich doch bitte darum, dass Ihre Frau aus der Bluse und dem kommt, was sie darunter trägt. In fünf Minuten bin ich wieder da, um die Bandage anzulegen.«

Er war bereits wieder verschwunden, bevor es Lea gelang, den Mund zu öffnen, um zu erklären, dass sie sich von diesem fremden Mann, der noch dazu die Schuld an ihrer Situation trug, unmöglich beim Ausziehen helfen lassen konnte.

»Wieso haben Sie ihm nicht gesagt, dass Sie mir nicht helfen können?«, fuhr sie stattdessen Stephan an.

»Es ist nicht gerade so, dass ich Ihnen nicht helfen *kann*«, stellte er richtig.

Lea verdrehte ausführlich die Augen und hielt schon wieder die Knopfleiste ihrer Bluse fest zusammen. »Wir haben keinerlei persönliche Beziehung zueinander! Ein wildfremder Unfallverursacher ist nicht gerade eine passende Hilfe, wenn eine Frau aus medizinischen Gründen ihren Oberkörper entblößen muss, nicht wahr?«

»Ich könnte einfach in eine andere Richtung gucken. Das mit den Knöpfen schaffe ich auch blind.« Stephan sah so harmlos aus, dass sie ihm seine selbstlose Hilfsbereitschaft fast abgekauft hätte.

Zum Glück kam sie noch rechtzeitig zur Besinnung. »Das könnte Ihnen so passen! Mich erst mit Ihrer blöden Autotür vom Fahrrad werfen und mich dann auch noch ausziehen!«

»Welcher Mann hat Sie eigentlich dazu gebracht, jedem Wesen männlichen Geschlechts nur die übelsten Beweggründe zu unterstellen?«

Sein mitleidiger Blick machte sie fast noch wütender als seine Worte.

»*Ein* Mann? Jeder einzelne Kerl, der mir über den Weg gelaufen ist! Und jeder von ihnen hatte seine ganz spezielle Art, mir das Leben zur Hölle zu machen!« Natürlich übertrieb sie jetzt ein wenig, aber doch nicht so sehr, dass man sie hätte als Lügnerin bezeichnen können. Schließlich und endlich ging es hier um nichts anderes als darum, jede unnötige Annäherung an einen Mann zu vermeiden, der sich rein äußerlich als Engel getarnt hatte und hinter dieser Fassade offensichtlich eine schwarze Seele spazieren trug.

»Ich bin Ihnen bisher nicht über den Weg gelaufen. Wie wollen Sie also wissen, ob ich genauso bin?« Er ließ diese Sätze in der Luft hängen, während er sie abwartend ansah. Seine blauen Augen waren dunkel und fragend, und sie drehte hastig den Kopf weg.

»Wie nennen Sie denn das hier? Ist doch auch eine Art Hölle, nicht wahr?« Sie deutete mit der Rechten auf den gebrochenen Arm.

Wie üblich, wenn die Diskussion an eine Stelle gelangte, an der er sich nur noch mit Mühe aus der Affäre hätte ziehen können, verweigerte er prompt die Aussage. Einige Sekunden, vielleicht waren es auch Minuten, schwiegen sie beide und starrten einander kampfeslustig in die Augen.

Lea wandte als Erste den Blick ab, was langsam zur lästigen Angewohnheit wurde.

»Ich werde jetzt Ihre Knöpfe öffnen und Ihnen helfen, den Ärmel von Ihrem verletzten Arm herunterzubekommen«, verkündete Stephan prompt und kam auf sie zu. Da sie auf dem Rand der Untersuchungsliege hockte, gelang es ihr nicht, rechtzeitig das Weite zu suchen.

»Sie haben ja sicher unter dieser Bluse noch etwas an. Das kann der Arzt dann entfernen. Vielleicht bringt er ja auch eine Schwester mit«, fuhr er fort und legte so leicht die Finger auf ihre Schulter, dass sie das Gewicht seiner Hand kaum spürte.

Lea hielt die Luft an und wagte nicht, sich zu rühren, während sie krampfhaft darüber nachdachte, ob dieser Vorschlag akzeptabel war. Zwar kam sie zu keinem Ergebnis, dennoch stieß sie schließlich ein gepresstes »Na gut!« hervor. Der Gedanke, dass der junge, hektische Arzt ihr bei seinem nächsten Auftauchen die Kleider vom Leib zerren würde, behagte ihr auch nicht besonders.

Als Stephan sich über sie beugte, spürte sie seinen Atem in ihrem Haar. Seine Finger glitten so rasch und geschickt an der

Knopfleiste ihrer Bluse entlang, dass sie nur die kühle Luft fühlte, die plötzlich auf der Haut über ihrem Schlüsselbein und zwischen ihren Brüsten war, als der Stoff auseinander fiel. Erst in diesem Moment wurde ihr bewusst, dass sie nur ein sehr dünnes Seidenhemdchen und darunter einen noch zarteren, nahezu durchsichtigen BH trug. Wie hätte sie morgens auch ahnen sollen, dass sie knapp zwei Stunden später in einer derart peinlichen Situation sein würde?

»Es ist heute für die Jahreszeit sehr heiß«, stieß sie zusammenhanglos hervor.

»Das ist wahr«, stimmte er ihr freundlich zu, schob vorsichtig die Bluse von ihrer Schulter und rollte sehr, sehr langsam den Ärmel an ihrem gebrochenen Arm nach unten.

Den Blick auf seine schmalen und doch kräftigen Hände geheftet, saß Lea mit angehaltenem Atem da. »Au!«, machte sie einmal vorsorglich, als er ihren gebrochenen Arm um wenige Millimeter anhob, weil sich der Stoff nicht weiterziehen ließ.

»Tut mir Leid.« Erschrocken trat er einen Schritt zurück.

»Nun machen Sie schon weiter, damit wir es hinter uns bringen! – Und gucken Sie gefälligst nicht hin«, setzte sie streng hinzu, obwohl er ihr lediglich aufmerksam ins Gesicht sah, wohl in der Hoffnung, dort ablesen zu können, wenn er sie falsch anfasste.

»Es liegt nicht in meiner Absicht, Ihnen irgendetwas wegzugucken. Seien Sie versichert, ich habe schon einige nackte Frauen gesehen, so dass ich mich voraussichtlich auch beim Anblick Ihres weißen Hemdchens werde beherrschen können.«

Ha, endlich ließ er seine sanftmütige Maske fallen und zeigte sein wahres Gesicht! Triumphierend warf Lea den Kopf zurück und setzte provokant nach: »Ich wäre Ihnen dankbar, wenn Sie Ihre Bemerkungen über meine Unterwäsche unterlassen könnten.«

»Sie müssen nicht denken, dass ich mir so viel von Ihnen gefallen lassen würde, wenn Sie nicht verletzt wären. Ich bin überzeugt, wenn Sie im Vollbesitz Ihrer Kräfte wären, könnten wir zwei uns sehr erquicklich in den Haaren liegen.«

Zu ihrem Entsetzen verschlug es Lea bei seiner Bemerkung die Sprache. Mit halb geöffnetem Mund sah sie zu, wie er den Knopf an der Ärmelmanschette öffnete und die Bluse so geschickt nach unten über ihren verletzten, angewinkelten Arm zog, dass sie kaum etwas spürte. Dabei redete er weiter, ohne dass sie in der Lage gewesen wäre, ihm Einhalt zu gebieten.

»Sie sind in einer Ausnahmesituation, Sie haben Schmerzen, und ich trage die Schuld an Ihrer Verletzung. Also bemühe ich mich um Sanftmut. Obwohl es mir unter anderen Umständen einen Heidenspaß machen würde, mich mit Ihnen zu streiten. Und hinterher wieder zu versöhnen.«

Als er ihr plötzlich aus nächster Nähe ins Gesicht sah, gelang es Lea nicht, den Kopf rechtzeitig wegzudrehen, so dass sie nicht so tun konnte, als hätte sie sein freches Blinzeln nicht gesehen.

»Ich mich mit Ihnen versöhnen?«, quietschte sie empört mit einer so hohen Stimme, dass es in ihren eigenen Ohren schrillte. »Sie brechen mir rücksichtslos die Knochen und erwarten von mir, dass ich Sie milde anlächele und erkläre, das würde doch gar nichts machen?«

Am allerwenigsten konnte sie ihm sein Aussehen und dessen Auswirkungen auf ihren Gemütszustand verzeihen! Wieso hatte kein gemütlicher, glatzköpfiger, übergewichtiger Fünfzigjähriger sie vom Fahrrad werfen können, wenn das Schicksal schon diese Prüfung für sie vorgesehen hatte?

»Ich könnte mich bemühen, es wieder gutzumachen und Sie zu überzeugen, dass ich kein Monster bin, nur weil ich beim Öffnen meiner Autotür unaufmerksam war, was ich wirklich zutiefst bereue.«

Noch immer stand er sehr dicht vor ihr, und obwohl sie an ihm vorbeisah, hatte sie das merkwürdige Gefühl, als würde er seinen Blick sehr langsam über ihren unzureichend bekleideten Körper gleiten lassen. Dann musste er doch aber auch sehen, dass ihre Oberweite sehr zu wünschen übrig ließ, zumal sie seit der Trennung von Frank auf Wonderbras und ähnliche Mogeleien verzichtete. Da sie ja für alle Zeiten genug von Männern in all ihrer Oberflächlichkeit und ihrem Egoismus hatte, erübrigte sich schließlich diese Mühe.

»Sparen Sie sich Ihren Atem!«, brachte sie endlich hervor. »Schließlich geht es hier doch wohl nicht darum, dass wir Freunde fürs Leben werden. Dafür hatten wir denn doch wohl einen zu schlechten Start.«

»Ich wünschte, wir hätten uns unter anderen Umständen kennen gelernt«, sagte er so leise, dass sie ihn nur mit Mühe verstand.

»Das hätte nichts geändert, glauben Sie mir.« Lea war stolz auf ihre eisig klirrende Stimme. »Sie sind nicht mein Typ.«

In diesem Moment begann in der Innentasche seine Sakkos ein Handy diskret zu fiepen.

»Entschuldigen Sie mich.«

Er angelte das winzige, silberfarbene Telefon aus einer der zahlreichen Taschen seines Jacketts, wandte sich ab und führte eine Unterhaltung in gedämpftem Ton, von der Lea trotz ihrer Bemühungen nicht viel verstand, außer dass er so bald wie möglich kommen werde, wohin auch immer.

»Ihre Frau hat natürlich keine Ahnung, dass Sie auf offener Straße harmlose Radfahrerinnen erlegen und sie dann unter dem Mantel der Hilfsbereitschaft anbalzen, nicht wahr?«, ließ Lea verlauten, nachdem er das Handy wieder in seiner Tasche hatte verschwinden lassen.

»Wieso versuchen Sie herauszufinden, ob ich verheiratet bin, wenn Sie sich so gar nicht für mich interessieren?«, konterte er und lächelte sie strahlend an.

»Es interessiert mich nicht im Geringsten, ob Sie verheiratet oder verlobt, schwul oder sonst was sind.« Lea hätte sich vor Wut über ihre blöde Bemerkung selbst sonst wohin treten können – wenn sie in ihrem Zustand zu derartigen Verrenkungen in der Lage gewesen wäre.

»Nun, ich bin nichts von alledem, auch wenn es Sie nicht interessiert.« Sein Lächeln war grässlich siegesgewiss, und sie beschloss, dass sie ihn noch viel dringender umbringen wollte, als sich selbst zu beißen.

Zum Glück tauchte in diesem Moment der gehetzte Assistenzarzt auf, eine Schwester im Gefolge.

»Jetzt wollen wir das hier erst mal erledigen«, verkündete er. Seine müden Augen straften seinen munteren Ton Lügen.

Aufmerksam sah Lea zu, wie er die Bandage auseinander faltete, die aus einer Art elastischem Ärmel bestand, an dem mehrere Gurte aus gelblichem, mullartigem Material befestigt waren.

»Helfen Sie ihr mit der Unterwäsche, Schwester?« Der Arzt wedelte ungeduldig mit dem komischen Ärmel herum.

»Er muss erst rausgehen«, sagte Lea mit einem raschen Blick in Stephans Richtung.

»Entschuldigung. Ich war in Gedanken.« Stephan spurtete durch die Tür hinaus in den Flur, als müsste er schlimmste

Konsequenzen befürchten, wenn er nicht schnell genug verschwand.

»Darf Ihr Mann Sie nicht nackt sehen?«, erkundigte sich der Arzt irritiert.

»Au!«, kreischte Lea, während die Schwester ihr das Spitzenhemd nicht halb so vorsichtig über den Kopf zerrte, wie Stephan ihr die Bluse ausgezogen hatte.

»Er ist nicht mein Mann«, stellte sie richtig, als sie wieder normal atmen konnte.

»Nein?« Arzt und Schwester schienen diese Mitteilung äußerst erstaunlich zu finden.

»Nein!«, bekräftigte Lea. »Er ist sozusagen mein Unfallgegner.« Gegner war ein gutes Wort!

»Dann haben Sie aber großes Glück mit ihm gehabt.« Die Schwester stützte ihr Handgelenk, während der Arzt den Ärmel der Bandage über ihren gebrochenen Arm zog.

»Wieso Glück?«, fauchte Lea und biss sich auf die Unterlippe, um nicht schon wieder aufzuschreien. »Wenn der Kerl nicht wäre, müsste ich nicht hier sitzen und dieses Ding tragen und überhaupt ...«

»Ich finde trotzdem, er ist sehr fürsorglich und mitfühlend. Als er sich so für Sie einsetzte, damit Sie mit Ihrem schmerzenden Arm nicht warten mussten, dachte ich noch, was für ein glückliches Paar Sie zwei sein müssen.«

Mit vereinten Kräften fummelten Arzt und Schwester hinter Leas Rücken an den Gurten herum, die ihren Arm in angewinkelter Haltung vor ihrer Brust halten sollten.

»Das ist einfach nur sein schlechtes Gewissen«, brummelte Lea vor sich hin und ärgerte sich, dass es Stephan offenbar mit Leichtigkeit gelungen war, die Schwester um den Finger zu wickeln. Bei ihr würde ihm das jedenfalls nicht gelingen, so viel stand fest!

V

Als Lea fünf Minuten später aufatmend und mit lose an ihrer linken Seite herunterhängendem Ärmel das Behandlungszimmer verließ, stand Stephan Pückler mit dem Rücken zu ihr am Flurfenster, sah hinaus in den sonnigen Frühlingstag und sprach dabei schon wieder in sein Handy. Offenbar war er einer von den Unentbehrlichen, die immer und überall erreichbar sein und zu allem ihren Senf abgeben mussten. War es nicht überhaupt in Krankenhäusern verboten, Handys zu benutzen? Aber das interessierte ihn natürlich nicht!

Er hatte ihr Kommen nicht bemerkt, und sie stand eine Weile still da und sah ihn an, in der Hoffnung, er würde etwas Lächerliches tun, sich in der Nase bohren oder sein Spiegelbild in der Fensterscheibe bewundern und sich auf jene unnachahmliche Art das Haar zurückstreichen, die eitle Männer bis zur Perfektion beherrschten. Leider tat er ihr nicht den Gefallen, sondern murmelte nur mit gedämpfter Stimme in sein Telefon. Dafür, dass sein Haar im Sonnenlicht leuchtete wie ein Weizenfeld kurz vor der Ernte, konnte man ihn gerechterweise nicht verantwortlich machen.

Lea erinnerte sich selbst energisch daran, dass sie schon immer dunkelhaarige Männer blonden vorgezogen hatte. Obwohl natürlich seit Frank auch dunkelhaarige Typen sie mehr oder weniger kalt ließen.

Ein wenig unsicher mit ihrem vor der Brust fixierten Arm stakste sie über den breiten Flur und blieb dicht hinter Stephan stehen.

»Wir klären das mit den Stühlen, wenn ich da bin«, sagte er gerade. »Es ist ja noch über eine Stunde Zeit, bis die ersten Gäste kommen. Ja, ich werde rechtzeitig da sein, beruhige dich.«

In diesem Moment bemerkte er scheinbar ihre Nähe. Er fuhr herum, entspannte sich, als er sah, wer da so dicht hinter ihm stand, lächelte sie an, murmelte ein paar abschließende Worte ins Handy und fand mit dem Daumen die Unterbrechungstaste, ohne den Blick von ihrem Gesicht zu lösen.

»Wie fühlen Sie sich jetzt?«, erkundigte er sich besorgt.

»Wie würde es Ihnen gehen, wenn Sie einarmig herumlaufen müssten?«

»Haben Sie noch Schmerzen?« Vorsichtig berührte er mit den Fingerspitzen den leeren Ärmel.

»Natürlich! Der Arzt hat mir Schmerztabletten gegeben, aber ich weiß nicht, ob ich sie nehmen werde. Ich habe ziemlich viele Allergien und keine Lust, zusätzlich noch mit einem Medikamentenschock in der Notaufnahme zu landen.« Ganz so dramatisch war die Situation nicht. Sie vertrug kein Aspirin, und der Arzt hatte ihr stattdessen Paracetamol gegeben. Zusätzlich hatte sie eine Spritze mit einem schmerzstillenden Mittel bekommen, so dass sie für die nächsten Stunden nichts spüren würde. Aber das musste der Mann, der an ihrem Unglück Schuld war, nicht so genau wissen.

»Wann auch immer Sie Hilfe brauchen, rufen Sie mich sofort an. Ich gebe Ihnen meine private Telefonnummer, darunter steht die Mobilnummer, aber nachts schalte ich das Handy aus.« Er holte eine Visitenkarte aus seiner Hosentasche und reichte sie ihr. Ohne einen Blick darauf zu werfen, steckte sie das Kärtchen in ihre Jackentasche. Am liebsten hätte sie es zerrissen und auf den Boden geworfen, aber das wäre unvernünftig gewesen.

»In den nächsten Tagen melde ich mich dann wegen der Versicherungsfragen bei Ihnen. Ich habe mir Ihre Adresse vorhin bei der Aufnahme notiert.«

Lea nickte huldvoll und schwieg ausdauernd.

»Ich nehme an, Sie werden vorerst nicht arbeiten können?«, erkundigte sich Stephan vorsichtig, während sie nebeneinander in Richtung Fahrstuhl gingen.

»Nein, werde ich nicht!«, schnappte sie und hoffte, durch ihre knappe Antwort deutlich gemacht zu haben, dass sie keine Unterhaltung wünschte.

»Ich bin leider zeitlich ziemlich im Druck. Einen wichtigen Termin habe ich schon versäumt«, erklärte er ihr, während der Lift leise surrend nach unten fuhr.

»Das tut mir wirklich schrecklich Leid! Aber ich verstehe Sie bestens, denn auch ich habe einiges versäumt und werde noch mehr versäumen.« Sie bemühte sich, so viel Sarkasmus in ihre Stimme zu legen, wie ihr nur irgend möglich war. Sie fand, es war nicht genug, aber immerhin sah er sie einigermaßen zerknirscht an, bevor er beiseite trat, damit sie als Erste den Fahrstuhl verlassen konnte. Der Gedanke, dass er sich hier im Krankenhaus als fürsorglicher und mitfühlender Mann aufgespielt hatte, nun aber einfach in seinen Alltag zurückging und so weitermachte wie bisher, während sie einarmig und von Schmerzen gebeutelt sehen musste, wie sie zurechtkam, machte sie noch wütender, als sie ohnehin schon war. Ohne sich weiter um ihn zu kümmern, stürmte sie durch die Halle in Richtung Ausgang.

Mühelos blieb er an ihrer Seite. »Was ich sagen wollte ... Es wird jetzt sehr eng mit meinen beruflichen Terminen. Deshalb habe ich schon vorhin ein Taxi gerufen. Ich hoffe, Sie nehmen es mir nicht übel, dass ich Sie nicht selbst nach Hause fahre. Aber, wie gesagt, Sie können mich jederzeit erreichen. Rufen Sie mich an, wenn Sie Hilfe brauchen oder sonst etwas ist.«

»Ich komme klar, davon können Sie ausgehen!« Wenn er glaubte, sie würde wie ein kleines, hilfloses Mädchen bei der ersten kleinen Schwierigkeit nach ihm rufen, hatte er sich getäuscht! Schon allein, weil sie ihm ganz gewiss nicht die Möglichkeit geben würde, sich weiterhin auf ihre Kosten als edler Ritter aufzuspielen und sich wie der gute Samariter zu fühlen, würde sie jeden Menschen auf der Welt um Hilfe bitten, aber ganz gewiss nicht ihn. Zumal sie nicht die geringste Lust verspürte, sich ständig in Erinnerung rufen zu müssen, dass ein rasend attraktives Äußeres bei einem Mann eher Charakterfehler förderte, als es ein Pluspunkt war. Wobei ihre partielle Vergesslichkeit sie besonders ärgerte, denn sie war der Überzeugung gewesen, mit Franks Hilfe ihre Lektion für alle Zeiten gelernt zu haben.

Das Taxi stand bereits in der Haltezone vor dem Eingang. Stephan Pückler öffnete die hintere Wagentür für Lea, half ihr beim Einsteigen und beugte sich dann durch das herabgelassene vordere Fenster, um dem Fahrer ihre Adresse zu nennen, die er zu ihrer Verblüffung noch von der Anmeldung her auswendig wusste. Dann bezahlte er die Fahrt im Voraus.

»Auf Wiedersehen«, wandte er sich abschließend höflich an Lea.

Sie murmelte etwas, das so gut wie alles heißen konnte, in Wahrheit aber »Nicht, wenn ich es vermeiden kann«, bedeutete. Sein freundliches Winken ignorierte sie, was er mit einem strahlenden Lächeln quittierte.

Mit starr nach vorn gerichtetem Blick saß Lea auf der Rückbank des Taxis und hoffte inständig, diesem Mann niemals im Leben mehr begegnen zu müssen. Erstens weil er ein Mann war, zweitens weil er diese seltsamen dunkelblauen Augen und dieses beunruhigend weizenblonde Haar hatte, das ihn wie einen Engel auf Urlaub erscheinen ließ, wenn man einmal von seinen männlich breiten Schultern und seiner modischen Business-Kleidung absah, und drittens – drittens überhaupt …

Als das Telefon seinen Lockruf ertönen ließ, hievte Lea sich wie eine alte Frau aus ihrem Sessel. Nie hätte sie sich träumen lassen, dass ein kleiner Knochenbruch im Oberarm sie so sehr behindern könnte.

Wer auch immer am anderen Ende der Leitung war, bewies Ausdauer, während Lea leise vor sich hin jammernd durch die Wohnung schlurfte und das wie immer irgendwo vergessene Mobilteil suchte. Sie fand es in der Küche.

»Falls du dich schon wieder im Bett verkrochen hast, um in Ruhe deinem Torwart nachzutrauern, kannst du dich auf was gefasst machen! Und wenn du dich mit deinem Torwart im Bett wälzt, erst recht!«, tönte es anstelle einer Begrüßung vom anderen Ende der Leitung.

»Ich habe mir den Arm gebrochen.« Gebrochener Arm anstelle eines gebrochenen Herzens war eine gute Entschuldigung für alles und jedes, wie Lea fand. Tinas ergriffenes Schweigen gab ihr Recht.

»Wie das denn?«, kam es dann, schon wesentlich sanfter, durch den Hörer.

»Unfall. So ein Idiot hat die Autotür aufgerissen, während ich auf dem Fahrrad an seinem geparkten Wagen vorbeifuhr. Ich könnte den Kerl umbringen! Vergangene Nacht habe ich kaum ein Auge zugetan. Ich habe keine Ahnung, warum ich mit diesem blöden Bruch nicht mal auf dem Rücken liegen kann, aber es ist so. Ich musste mehr oder weniger im Sitzen schlafen.«

Erneut sekundenlanges Schweigen, was nicht gerade typisch für Tina war. »Es tut mir so Leid, dass ich nicht schon gestern angerufen habe, als du nicht in der Redaktion erschienen bist«, ließ sie sich dann vernehmen. »Ehrlich gesagt, war ich ziemlich wütend, weil ich dachte ... Na ja, ich dachte eben, du hast dich wieder in deinem Bett verkrochen, um mal wieder ein bisschen Frank nachzutrauern. Oder noch viel schlimmer, um Versöhnung mit ihm zu feiern.«

»Wer ist Frank?«, konterte Lea. Die Idee, ausgerechnet während der vergangenen vierundzwanzig Stunden einen Neuanfang mit Frank gemacht zu haben, kam ihr einigermaßen absurd vor, weil ihr plötzlich auffiel, dass sie tatsächlich seit mindestens zwölf Stunden nicht an ihren Ex gedacht hatte. Der blöde Knochenbruch schien also doch zu etwas gut zu sein.

»Frank ist der Typ, der gestern dreimal hier im Büro angerufen hat und dich sprechen wollte.«

Wieder eine Pause, in der Lea mit einem plötzlich auftretenden nervösen Husten zu kämpfen hatte, während Tina mit sich selbst kämpfte. Schließlich siegte ihre direkte Art.

»Ich weiß, dass ich mich nicht einmischen sollte, nachdem ich schon ziemlich nachgeholfen habe, als du dich von ihm getrennt hast. Ehrlich gesagt, habe ich manchmal deswegen ein schlechtes Gewissen. Immerhin ging es dir hinterher ziemlich schlecht. Trotzdem ... Ich nehme an, er will dich zurück. Du solltest stark bleiben.«

»Sollte ich?« Lea versuchte, tief und gleichmäßig zu atmen, weil sie hoffte, dass sich auf diese Weise ihr wie verrückt klopfendes Herz beruhigen würde. Was allerdings ein Trugschluss war.

»Der Mann ist nicht gut für dich.«

»Wenn er mich zurück will, wird er sich ändern müssen«, hörte Lea sich durch das wilde Hämmern in ihren Ohren hindurch sagen.

»Himmel! Ich wusste es!« Das Krachen am anderen Ende der Leitung ließ vermuten, dass Tina vor Entsetzen der Hörer aus der Hand gefallen war.

»Du weißt gar nichts! Ich werde Bedingungen stellen! Knallharte Bedingungen.«

Der Jubel in Leas Stimme hörte sich allerdings nicht danach an, als würde es länger als zwei Minuten dauern, bis sie Frank um den Hals fallen würde, wenn er vor ihr stünde. Deshalb sparte sich Tina weitere Bemerkungen.

»Warum hat er mich eigentlich nicht zu Hause angerufen, als er mich im Büro nicht erreichen konnte?«, fiel Lea plötzlich ein.

»Als du mit ihm Schluss gemacht hast, war er so wütend, dass er deine Nummer aus dem Telefonbuch seines Handys gelöscht hat. Und natürlich kannte er sie nicht auswendig. Dazu hat er dich wahrscheinlich zu selten angerufen. Und da er sich nicht mal deinen Geburtstag merken konnte, sieht es mit der Telefonnummer eben noch schlimmer aus ...«

»Ist ja gut! Menschen können sich ändern. Jeder hat eine zweite Chance verdient.« Lea suchte verzweifelt nach weiteren Gemeinplätzen, aber ihr fielen keine ein.

»Jedenfalls steht deine Nummer nicht im Telefonbuch. Da hat Frank sich wohl sehr viel Mühe gegeben, und irgendwann ist ihm dann eingefallen, wo du arbeitest.«

»Du hättest ihm meine Privatnummer geben können.«

Tinas Schweigen war äußerst beredt.

Lea schwieg ratlos zurück, weil sie die Antwort der Freundin kannte, egal, was sie jetzt sagen würde.

Mitten in das schönste telefonische Schweigen platzte die Haustürklingel. Lea zuckte so heftig zusammen, dass sie einen Schmerzensschrei ausstieß, da ihr gebrochener Arm jede ruckartige Bewegung ausgesprochen übel nahm.

»Es hat geklingelt«, flüsterte sie dann in den Hörer.

»Hab ich gehört«, kam es fast drohend zurück.

»Meinst du, das ist er?«

»Wie soll ich das wissen? Ich hoffe nicht!«

»Ich lege dann jetzt auf und öffne die Tür.«

»Meinst du nicht, es wäre ganz gut, mich sozusagen als moralische Unterstützung am Telefon zu haben?«

Lea runzelte die Stirn und dachte heftig nach. »Aber wenn es sich so ergibt, lege ich einfach auf«, sagte sie schließlich.

»Na gut. Offenbar ist es tatsächlich nicht möglich, dich zu deinem Glück zu zwingen«, kam es resigniert zurück.

»Genau! Wenn du erlaubst, finde ich mein Glück schon selbst.«

»Es ist noch nicht allzu lange her, seit du mich gebeten hast, dich im Keller einzusperren, falls du wieder etwas mit einem Mann anfängst«, erinnerte Tina die Freundin in harmlosem Ton.

»Damit meinte ich, irgendeinen neuen Mann, bei dem ich nicht die geringste Ahnung habe, was auf mich zukommt.« Lea bemühte sich krampfhaft, das Bild eines weizenblonden, blauäugigen Mannes mit breiten Schultern zu verdrängen, das unversehens vor ihrem inneren Auge aufgetaucht war. »Bei Frank wüsste ich das. Ich könnte Bedingungen stellen. Und außerdem – so einfach ist es nicht, Gefühle von jetzt auf gleich abzustellen.«

Dazu fiel Tina nicht mehr ein als ein demonstrativer Seufzer.

Das Klingeln an der Wohnungstür wurde dringlicher, und Lea beeilte sich, den Flur zu erreichen. Um mit ihrem einzigen verfügbaren Arm die Tür öffnen zu können, musste sie sich das Mobilteil des Telefons zwischen Ohr und Schulter klemmen. Sie atmete tief durch, weil allgemein behauptet wurde, das würde beruhigen. Also atmete sie noch einmal und noch einmal, während ihre Hand schon auf der Klinke lag.

»Was hast du denn?«, kam es leicht beunruhigt aus dem Hörer.

»Nichts«, schnaufte Lea und drückte entschlossen die Klinke herunter.

Als sie in das Gesicht eines wildfremden Mannes sah, wich die Spannung mit einem langen, röchelnden Atemzug aus ihrem Körper, und sie sackte in sich zusammen wie ein Luftballon, aus dem die Luft herausgelassen wurde.

Der Fremde hielt ihr mit einem gemurmelten »Guten Tag« einen riesigen Blumenstrauß vor die Nase.

»Wer ist es denn nun?«, erkundigte Tina sich ungeduldig.

»Wer sind Sie?«, gab Lea kraftlos die Frage weiter.

»Blumen Kunert«, kam die gelangweilte Antwort. »Eine Lieferung für Sie.«

»Ich habe keine Blumen bestellt.«

»Natürlich nicht. Das ist ein Geschenk. Wenn Sie bitte hier den Empfang quittieren.«

Da Lea mittlerweile den Blumenstrauß, über den sie kaum hinwegschauen konnte, in ihrem gesunden Arm hielt, sah sie ratlos auf den Lieferschein, den der Blumenbote ihr mitsamt Kugelschreiber hinhielt.

»Der Typ arbeitet wirklich mit allen Tricks!«, kam es entrüstet aus dem Telefon in ihrer Halsbeuge. »Hat er dir sonst jemals Blumen geschenkt?«

»Na ja. Nicht so oft, aber ...« Lea schielte an der frühlingshaft bunten Pracht vorbei auf die Karte, die mitten in dem Strauß steckte. Als sie die Unterschrift entziffert hatte, stieß sie einen Schrei aus und ließ die Blumen fallen, als hätte ihr jemand ein Bündel Giftschlangen in den Arm gelegt.

»Ich verweigere die Annahme«, schrie sie den verblüfften Blumenboten an. »Teilen Sie ihm das mit! Ich will das Zeug nicht!«

»Was soll ich denn damit machen? Die Blumen sind bezahlt.« Er klaubte den leicht lädierten Strauß vom Boden auf. Scheinbar kam es nicht oft vor, dass jemand ihm seine Lieferungen schreiend vor die Füße warf.

»Bringen Sie ihn dem edlen Spender, und sagen sie ihm, so einfach würde er nicht aus der Sache herauskommen! Sagen Sie ihm, dass ich vor Schmerzen die ganze Nacht nicht schlafen konnte. Und dass ich aus diesem und jeder Menge anderer Gründe nichts mit ihm zu tun haben will. Und schon gar nicht will ich seine Blumen!«

Zu Leas Ärger über die Schmerzen und die Behinderung durch den fixierten Arm kam ihre Enttäuschung hinzu, dass der Mann vor der Tür nicht Frank war, ja, dass es nicht einmal Franks Blumenstrauß war, der dort Einlass begehrte. Eine tiefe, schmerzliche Enttäuschung, die sie mit Wut zuzuschütten versuchte. Der Gedanke, dass dieses wunderbare, sicher sehr teure und äußerst geschmackvolle Blumengebinde von Frank für sie ausgewählt und bezahlt worden war, hatte sie für kurze Zeit hoch in den Wolken schweben – und umso härter wieder abstürzen lassen, als ihre Annahme sich als falsch erwies.

»Nehmen Sie das Ding einfach wieder mit. Ich bin ganz sicher nicht verpflichtet, die Blumen anzunehmen«, fuhr sie den pickligen Jüngling an, der immer noch dastand und ratlos den Strauß betrachtete.

»Ist ja schon gut.« Er zog sich eilig zurück, die Blumen wie einen Schutzschild an die Brust gepresst.

»Was war das denn?«, kam es irritiert aus dem Telefon, das immer noch zwischen Leas Schulter und ihrem Ohr klemmte.

»Ein Blumenstrauß«, fauchte Lea.

»Du hast die Annahme eines Blumenstraußes von Frank verweigert?«

»Der Strauß kam überhaupt nicht von ihm.« Lea schluckte heftig, weil in ihrer Kehle so etwas wie ein Schluchzen lauerte. Nachdem sie wegen ihres Unfalls viele Stunden lang nicht an Frank gedacht hatte, war er so plötzlich und Hoffnungen weckend wieder in ihrem Kopf aufgetaucht, dass sie die Enttäuschung nur schwer verdauen konnte. Wobei sie sich lieber keine Gedanken darüber machte, warum sie, als diejenige, die die Beziehung beendet hatte, ihn sich jetzt wider jede Vernunft zurückwünschte.

»Aber von wem waren die Blumen dann?«

»Von diesem Stephan Pückler, dem Kerl, der mich vom Fahrrad geworfen hat.«

»Aber es ist doch nett, dass er dir Blumen schickt! Offenbar will er sich entschuldigen.«

»Und ich will offenbar nichts mit ihm zu tun haben! Der muss sich gar nicht einbilden, er kann mich erst vom Fahrrad fegen, dann im Krankenhaus den Mitfühlenden spielen und mir hinterher auch noch Blumen schicken«, gab Lea relativ wirr ihre Beweggründe zum Besten.

»Sag mal ... Wie sieht dieser Stephan Dingsda eigentlich aus? Wie alt ist er? Ist er verheiratet?«

»Was weiß denn ich?« Lea eilte in die Küche, klemmte sich das Telefon abermals in die Halsbeuge und klapperte heftig mit Geschirr. Sie hatte die vage Hoffnung, eine Tasse Kaffee würde sie beruhigen.

»Du weißt nicht, wie er aussieht?« Tinas Irritation war gelinder Erheiterung gewichen.

»Natürlich weiß ich, wie er aussieht!« Lea schaufelte einen Extra-Löffel Kaffeepulver in die Filtertüte. Immer noch besser, sie bekam eine Herzattacke von zu starkem Kaffee als vor Ärger über einen Mann, so viel stand fest.

»Wie sieht er also aus?« Tina konnte sehr geduldig und hartnäckig sein, wenn es darauf ankam.

»Na ja. Irgendwie ... ein bisschen wie Brad Pitt. Aber wirklich nur ein bisschen. Außerdem mag ich keine blonden Männer.«

»Aha. Brad Pitt«, kam es munter zurück. »Verheiratet?«

Einen kurzen Moment lang zog Lea in Erwägung zu behaupten, sie wisse selbstverständlich nicht, ob Stephan Pückler verheiratet sei. Aber Tina hatte für manche Dinge einen siebten

Sinn, also entschied sie sich doch für die Wahrheit und brummelte so etwas wie ein Nein.

»Aha.«

Lea nahm zu Tinas Gunsten an, dass es sich bei dem leisen Glucksen in der Telefonleitung um eine Störung und nicht etwa um ein unterdrücktes Kichern handelte. »Hör auf mit deinem Aha, nur weil der Kerl, der an meiner Verletzung schuld ist, mir Blumen schickt«, sagte sie nach einer längeren Pause.

»Ich könnte wetten, wenn ein älterer Mann mit Glatze dich vom Fahrrad gefegt hätte, hättest du seinen Blumenstrauß angenommen«, konterte Tina heiter.

»Quatsch! Ich lasse mir grundsätzlich keine Blumen von Männern schenken, die mich verletzt haben.« Lea goss das heiße Wasser so schwungvoll in den Filter, dass ein Teil der braunen Brühe auf die Arbeitsplatte schwappte, was auch nicht gerade zu ihrer Erheiterung beitrug.

»Daran solltest du denken, falls Frank auf die Idee mit den Blumen verfällt, was ich allerdings nicht annehme. Solche Methoden sind für ihn wahrscheinlich schon zu subtil.«

Statt einer Antwort nahm Lea einen Schluck von ihrem frisch gekochten Kaffee, der so stark war, dass es ihr fast die Füße unter dem Körper wegzog. Dass sie sich die Zunge verbrannt hatte, ignorierte sie einfach.

»Eigentlich habe ich mir vorgenommen, heute noch Sabine anzurufen, aber irgendwie traue ich mich nicht«, wechselte sie das Thema, nachdem sie ausgiebig gegen das brennende Gefühl in ihrer Kehle angehustet hatte.

Sie erzählte rasch von ihrer Begegnung mit der weinenden Sabine im Fahrstuhl.

»Meinst du, er betrügt sie tatsächlich mit einer Krankenschwester, während sie mit den Kindern zu Hause sitzt?«, empörte sich Tina.

»Er ist ein Mann«, gab Lea tiefsinnig zu bedenken.

Mit dieser nicht zu widerlegenden Bemerkung beendeten die Freundinnen das Gespräch.

VI

»Was machst du denn hier? Ich denke, du bist erst mal für drei Wochen krankgeschrieben?« Tina ließ die Hände von der Tastatur ihres Computers sinken und starrte Lea überrascht an.

Diese lehnte, ein etwas verkniffenes Lächeln um den Mund, in der offenen Tür des gemeinsamen Büros.

»Ich halte es zu Hause einfach nicht mehr aus«, verkündete sie kläglich. »Nachts kann ich nicht schlafen, tagsüber auch nicht, ich habe Schmerzen und mache mir blöde Gedanken. Da ist es doch wirklich besser, wenn ich ein bisschen abgelenkt bin.«

»Aber du kannst mit einer Hand nicht mal tippen!« Skeptisch betrachtete Tina den leeren weißen Blusenärmel, der in dem Durchzug, der in den Büros des »Anzeigers« ständig herrschte, wie eine Friedensfahne flatterte.

»Natürlich dauert alles ein bisschen länger, wenn ich mit einem Finger die Buchstaben suche«, gab Lea zu. Normalerweise schrieb sie sehr flott mit zehn Fingern, ohne jemals einen Blick auf die Tastatur zu werfen. Deshalb war sie nach längerem Nachdenken darauf gekommen, dass sie keine Ahnung hatte, wo die einzelnen Buchstaben lagen. Das wussten ihre zehn Finger von ganz allein, fünf übrig gebliebene allerdings offenbar nicht. Dennoch war sie fest entschlossen, wenigstens einen Teil ihrer üblichen Aufgaben zu erledigen. Alles war besser, als grübelnd zu Hause zu sitzen und sich furchtbare Talkshows anzusehen, in denen sich furchtbare Menschen noch furchtbarere Gemeinheiten an die Köpfe warfen.

Plötzlich zog ein Strahlen über Tinas Gesicht. »Wenn du wirklich wieder arbeiten willst ... Ich freue mich! Erstens ist es furchtbar langweilig, ganz allein im Büro zu sitzen, und zweitens ist ausgerechnet Frau Sibylle an mir hängen geblieben, als deine Arbeit aufgeteilt wurde, und mit der komme ich überhaupt nicht klar. Du könntest mir diktieren oder so.«

»Bruhns wollte mich gleich wieder wegschicken.« Lea ließ sich an ihrem Schreibtisch nieder, der dem von Tina gegenüberstand. »Er sagte, er dürfe mich nicht arbeiten lassen, wenn ich krankgeschrieben bin. Also habe ich ihm einen Wisch gegeben, dass ich auf eigenen Wunsch und eigene Gefahr hier bin. Für den Fall, dass ich mir auch noch den anderen Arm breche.«

»Deine Außentermine können wir ja gemeinsam machen«, schlug Tina eifrig vor. »Ich fahre dich, ganz sachte und vorsichtig natürlich, du entwirfst die Artikel, und wenn es eilig ist, helfe ich beim Tippen. Wir können auch eines der Diktiergeräte benutzen.«

Lea nickte und gratulierte sich zu dem Entschluss, nach drei ziemlich furchtbaren Tagen zu Hause doch lieber in die Redaktion zu gehen. Schon nach fünf Minuten an ihrem Schreibtisch fühlte sie sich viel besser.

»Was liegt denn an?«, erkundigte sie sich tatendurstig. »Was macht Frau Sibylle? Und wie steht es um die Schließung des Freizeitheims?«

Tina unterdrückte einen Seufzer. »Ich hatte so schrecklich viel mit diesen blöden Ratssitzungen wegen der Umgehungsstraße zu tun. Frau Sibylle habe ich ständig vor mir hergeschoben, obwohl es langsam wirklich dringend wird, für die nächste Ausgabe ein paar Probleme der Menschheit zu lösen. Du weißt ja, ich habe einen Heidenrespekt vor unserer guten Sibylle. Die Rubrik ist doch erst so beliebt geworden, seit du sie vor sechs Monaten übernommen hast.«

Lea lächelte. Als sie vor einem halben Jahr als Urlaubsvertretung die Lebenshilfe-Rubrik hatte schreiben müssen, war sie entrüstet gewesen. Natürlich hätte sie am liebsten sofort nach Abschluss ihres Germanistikstudiums bei der FAZ oder einer ähnlich bedeutenden Zeitung gearbeitet, aber da sie beim »Anzeiger«, einem zweimal wöchentlich erscheinenden Lokalblatt für die Kreisstadt und Umgebung, von Anfang an vieles selbstständig erledigen und als Vertretung in viele Bereiche hineinschnuppern durfte, konnte sie mittlerweile zumindest eine Menge journalistischer Erfahrung vorweisen. Außerdem hatte sie besonders an ihrer Rolle als »Frau Sibylle« sehr viel Spaß.

»Wo ist Frau Sibylles Post?«

»Irgendwo dazwischen.« Vage deutete Tina auf den Berg von Papieren auf Leas Schreibtisch. »Wie gesagt, ich bin noch nicht dazu gekommen. Eigentlich habe ich mir das für heute Abend vorgenommen. Wenn du willst, kann ich dann für dich die Antworten tippen, die du tagsüber nicht schaffst.«

Lea nickte. Sie war schon in den ersten Brief vertieft, die ziemlich trübsinnige Anfrage einer Anna Z. (59), die sich darüber beschwerte, dass ihre erwachsenen Kinder regelmäßig versäumten, sie am Muttertag, der ja demnächst wieder bevorstehe, zu besuchen, wenn sie sie nicht mehrmals telefonisch daran erinnere und ihnen erkläre, wie wichtig es ihr sei, ihre Kinder an diesem Tag zu sehen.

Obwohl Lea sich grundsätzlich bemühte, die Anfragen der Leser nicht mit ihren privaten Angelegenheiten zu vermischen, schweiften ihre Gedanken für einen Moment ab. Es war erst knapp drei Jahre her, seit ihre Mutter bei einem Unfall ums Leben gekommen war. Obwohl sie damals bereits kurz vor ihrem Studienabschluss gestanden hatte und längst nicht mehr zu Hause wohnte, hatte sie sich wochenlang verloren gefühlt wie ein kleines Mädchen, das sich im Wald verlaufen hatte. Da ihr Vater Frau und Tochter verlassen hatte, als Lea drei Jahre alt gewesen war und auf Nimmerwiedersehen nach Australien verschwunden war, war ihre Mutter alles an Familie gewesen, was Lea jemals besessen hatte. Irgendwo in Süddeutschland gab es noch ein paar entfernte Verwandte, die sie aber nie kennen gelernt hatte. Noch immer gab es Tage, an denen ihre Mutter ihr entsetzlich fehlte.

Katrin Fürst hatte niemals Wert auf Rituale wie den Muttertagsbesuch gelegt und pflegte zu sagen, auf Pflichtbesuche, -geschenke und -anrufe zu eben diesem Tag könne sie bestens verzichten, weil spontane, freiwillige Aktionen ihrer Tochter ihr viel mehr Freude machten. Dennoch wünschte Lea sich plötzlich inbrünstig, ihrer Mutter zum Muttertag einen riesigen Blumenstrauß schenken zu können. Immerhin konnte sie ihr Grab besuchen und dorthin die Blumen mitnehmen. Im vergangenen Jahr hatte sie das am Muttertag versäumt, eben weil Katrin diesem Tag keinen Wert beigemessen hatte, aber dieses Jahr würde sie es tun.

Mit ihrer rechten Hand strich sie den Brief von Anna Z. auf der Schreibtischplatte glatt und fuhr dann den Computer hoch, um die Antwort einzutippen. Das ging mit nur einer Hand quälend langsam. Noch langsamer, als sie befürchtet hatte, während sonst ihre Finger mit ihren Gedanken um die Wette hüpften, ein Gefühl, das sie beim Schreiben und Formulieren sehr genoss. Als sie aber die ersten Zeilen hinter sich gebracht hatte, wurde ihr rechter Zeigefinger ein wenig munterer und fand die Buchstaben leichter. Auch Mittel- und Ringfinger mischten sich gelegentlich ein, während der Daumen, wie es seine Aufgabe war, die Leertaste betätigte.

»Liebe Anna,

wir Frauen machen häufig die Erfahrung, dass Männer umso interessierter an uns sind, je weniger Interesse wir an ihnen zeigen. Mein Wohnungsnachbar, den ich eigentlich nie eines Blickes würdige, seit ich ihn dabei ertappt habe, wie er gedankenverloren neben meinem Briefkasten stand und in der Nase bohrte, schreibt mir seit mehr als einem Jahr glühende Liebesbriefe. Zumindest gehe ich davon aus, dass sie von ihm stammen, da er mich ansonsten mit feurigen Blicken und seltsamen Komplimenten bombardiert. Es könnte natürlich auch sein, dass Tom Cruise mich ohne mein Wissen irgendwo gesehen hat und in heimlicher Liebe zu mir entbrannt ist. In diesem Fall wäre es schade, dass ich bisher nicht an das angegebene Postfach geantwortet habe. Allerdings würde auch Toms Leidenschaft eventuell in dem Moment abkühlen, in dem ich ihm die meine offenbare. Was ich mit diesem Beispiel sagen will: Je rascher wir hinter jemandem herlaufen, desto schneller läuft derjenige vor uns davon. In dem Moment, in dem wir uns abwenden, mag es sein, dass der bisher von uns Verfolgte uns nun seinerseits verfolgt.

Daher mein Rat: In diesem Jahr machen Sie es ganz anders. Anstatt Ihre Kinder anzuflehen, am Muttertag brav mit Blumenstrauß und Pralinenschachtel anzutreten, rufen Sie sie an, um ihnen mitzuteilen, dass Sie an besagtem Tag nicht zu Hause sein werden. Sie werden eine Reise unternehmen. Je nach Geldbeutel und Interessenlage könnten Sie entweder eine alte Freundin besuchen oder eine Karibikkreuzfahrt buchen. Hauptsache, Sie sind außerhalb der Reichweite Ihrer Kinder.

Wollen wir wetten, dass Sie nächstes Jahr schon lange vor dem Nahen des Muttertags besorgte Anfragen erhalten werden, ob Sie wieder in der Ferne weilen? Eventuell sogar zu Weihnachten oder Ostern? Einen Versuch ist es jedenfalls wert. Und sollte die Me-

thode wider Erwarten nicht funktionieren, haben Sie jedenfalls ein paar schöne Tage in der Karibik oder sonst wo verbracht.

Ich wünsche Ihnen viel Erfolg und noch viele schöne, entspannte Muttertage, so oder so!

Ihre Frau Sibylle«

Nachdem Lea diesen langen Brief beendet hatte, lehnte sie sich aufatmend zurück. Sie war zufrieden mit ihrer Antwort. Die Geschichte mit dem Liebesbriefe schreibenden Nachbarn hatte sie sich schlichtweg ausgedacht, um dem Text mehr von jener persönlichen Note zu verleihen, die die Leser und ihr Chefredakteur so liebten.

Ein kurzer Blick auf die Uhr zeigte ihr, dass sie mit einer Hand eine knappe Stunde für die Tipparbeit gebraucht hatte. Eifrig machte sie sich daran, die übrigen Briefe an Frau Sibylle zu durchforsten. Wenn sie sich beeilte, konnte sie vielleicht die Frau-Sibylle-Rubrik heute noch fertig bekommen.

»Wo steckt eigentlich heute deine neue Aushilfe, Luigi?« Mark Seifert verrenkte sich den Hals, um auch noch in die hinterste Ecke des kleinen italienischen Restaurants zu sehen.

»Bianca komme bald. Sie isse noch in Vorlesung.« Mit heftigem Wedeln einer weißen Serviette entfernte Luigi einige Brotkrümel vom Tisch und zückte dann seinen kleinen Schreibblock. »Was ich darfe bringe?«

Erst als er zum zweiten Mal angesprochen wurde, schreckte Stephan, der gegenüber von Mark an dem kleinen Tisch saß, hoch. »Das Übliche«, sagte er rasch und lustlos.

»Pizza mit viele, viele Oliven, eine Glas Rotwein und hinterher eine Espresso«, murmelte Luigi vor sich hin, während sein Kugelschreiber über das Papier flog.

»Wie er das mit diesem albernen Akzent aushält, finde ich schon regelrecht bewundernswert«, stellte Mark fest, nachdem der schwarzhaarige Wirt in die Küche geeilt war.

»Hmhm«, machte Stephan und starrte gedankenverloren aus dem Fenster.

»Bianca heißt sie also.« Mark hingegen ließ die Tür nicht aus den Augen. »Und sie studiert. Ist dir eigentlich aufgefallen, dass sie immer die Zungenspitze ein bisschen herausstreckt, während sie die Bestellungen notiert? Meinst du, es macht Sinn, wenn ich sie einfach mal frage, ob sie Lust hat, mit mir auszugehen?«

Der Freund reagierte nicht, richtete sich nur für einen Moment angespannt auf, als eine dunkelhaarige Frau auf der gegenüberliegenden Straßenseite vorüberging, und sackte gleich darauf wieder in sich zusammen.

»Was ist eigentlich mit dir los, Stephan?« Um zu Stephan durchzudringen, hatte Mark die Stimme erhoben, so dass die beiden Frauen, die inmitten eines Haufens gefüllter Einkaufstüten am Nebentisch saßen, neugierig zu ihnen herübersahen.

»Ich muss immer an sie denken. So was ist mir noch nie passiert. Regelrecht bescheuert komme ich mir vor. Natürlich ist mir klar, dass ich sie eigentlich gar nicht kenne. Aber es macht mich wahnsinnig, dass sie mir überhaupt keine Chance gibt, sie kennen zu lernen.«

Verblüfft sah Mark seinen Freund an. Er kannte ihn nun schon seit dem gemeinsamen BWL-Studium, aber noch nie hatte er erlebt, dass Stephan so unumwunden von seinen Gefühlen sprach, ja, regelrecht damit herausplatzte. Bisher hatte er nur Andeutungen gemacht, dass ihm dann und wann die Frau durch den Kopf spukte, für deren Armbruch er verantwortlich war. Das heute waren aber nun ganz neue Töne.

»Dich hat es ganz nett erwischt!«, stellte Mark fast neidisch fest.

»Was heißt hier erwischt? Sie lässt ja gar nicht zu, dass es mich wirklich erwischt! Obwohl ich tatsächlich glaube, dass es bei ihr möglich wäre. Sie hat etwas an sich. Ich kann das gar nicht beschreiben. Einerseits ist sie furchtbar kratzbürstig und starrsinnig. Du hättest erleben sollen, wie wütend sie war, dass ich sie mit meiner Autotür vom Fahrrad gefegt habe. Aber andererseits ist sie sehr verletzlich. So als würde sie mit ihrer abweisenden Art nur versuchen, sich selbst zu schützen.«

»Aha. Und du möchtest nun als Ritter in schimmernder Rüstung in ihr Leben treten, sie beschützen und ihre Abwehr überwinden. Bist du sicher, dass sie dich nicht nur reizt, weil sie dich nicht will? Immerhin laufen dir die Frauen sonst nach. Da ist so eine Abfuhr doch mal was anderes.«

Mark war schon immer ein wenig neidisch auf Stephans Erfolg bei den Frauen gewesen. Er selbst war von allem ein bisschen weniger als der Freund. Ein bisschen kleiner, ein bisschen dunkler blond, ein bisschen weniger präsent, wenn es darum ging, eine Situation zu erfassen und den interessierten Blick einer Frau zu erwidern.

»Vielleicht ist es tatsächlich so, dass mich ihre abweisende Art reizt. Ich weiß nicht.« Erneut sah Stephan hinaus auf den Gehweg, wo zufällig gerade wieder eine dunkelhaarige Frau vorbeiging, die allerdings kleiner und älter als Lea war. »Ich habe mir ja schon vorgenommen, einfach nicht mehr an sie zu denken, die Sache über meine Versicherung laufen zu lassen und fertig. Klappt aber nicht. Inzwischen habe ich ihr dreimal Blumen geschickt, einmal Theaterkarten, und ich habe sie zweimal angerufen. Sie hat mir alles zurückgeschickt und am Telefon hat sie mich wie einen gemeingefährlichen Massenmörder behandelt. Ehrlich gesagt, komme ich mir mittlerweile wie ein Volltrottel vor.«

»Da siehst du mal, wie es uns normal sterblichen Männern so geht! Wir strampeln uns ab, und die Frauen zucken gleichgültig die Schultern oder bemerken uns erst gar nicht. Da kannst du regelrecht von Glück sagen, wenn diese Lea dich beschimpft und deine Blumen zurückschickt.« Mark konnte sich einer gewissen Schadenfreude nicht erwehren, obwohl ihm Stephan, dem es so ernst zu sein schien, auch Leid tat.

»Kannst du dich erinnern, als ich so in diese Frau verknallt war, die ihren Balkon gegenüber von meinem hatte? Ich habe ihr drei Monate lang wöchentlich Blumen geschickt. Sie hat sie auch angenommen, und manchmal sah ich einen der Sträuße an ihrem Fenster stehen. Als ich dann aber endlich mal wagte, sie anzurufen, konnte sie sich nicht mal an meinen Namen erinnern, obwohl der groß und breit auf jeder Karte stand, die sie mit den Blumen bekam. Außerdem hatte sie einen Freund. Das erwähnte sie so ganz nebenbei, bevor sie einfach auflegte. Und sie hat sich nicht mal für die Blumen bedankt! Es hätte mir viel Geld und vor allem Hoffnungen ersparen können, wenn sie das Grünzeug wenigstens nicht angenommen hätte. Insofern bist du mit deiner Lea eigentlich gut dran.«

»Na ja. Ich weiß nicht.« Sehr viel glücklicher sah Stephan nach dieser Rede nicht aus.

Als Luigi mit seiner Pizza kam, machte Stephan sich daran, als Erstes die Oliven zu essen, was seine Laune ein wenig hob.

»Ich muss mir irgendetwas anderes ausdenken«, verkündete er, nachdem die letzte Olivenhälfte in seinem Mund verschwunden war.

»Lad sie zu einem Urlaub in der Karibik ein. Oder zu einer Kreuzfahrt. Da kann keine widerstehen.« Mark meinte, die Frauen zu kennen.

»Die schon! Du meinst nicht ernsthaft, sie würde mit mir verreisen, wenn sie nicht mal einen lächerlichen Blumenstrauß von mir annimmt! Ganz abgesehen davon, dass ich im Moment gar nicht mit ihr verreisen möchte. Ich möchte sie einfach nur ein bisschen besser kennen lernen. Es muss doch irgendeinen Weg geben, um sie dazu zu bringen, mir wenigstens eine Chance zu geben!« Mit gerunzelter Stirn stocherte Stephan in seiner Pizza herum.

»Wenn ich wüsste, was man machen muss, um eine Frau total umzuhauen, würde ich nicht hier sitzen, sondern meine Mittagspause mit einer wunderschönen Blondine verbringen. Wenn überhaupt irgendein Mann wüsste, was eine Frau umhaut, könnte der Typ steinreich werden, indem er uns anderen armen Würstchen den Trick verrät.« Mark verdrehte die Augen und wickelte Spaghetti um die Gabel. »Übrigens ist es nicht allzu lange her, seit du verkündet hast, dass du nichts mehr mit Frauen zu tun haben willst.«

»Ein Jahr. Es ist fast ein Jahr her, seit ich mich von Monika getrennt habe.« Stephans Blick ging für einen Moment in die Ferne. »Außerdem habe ich gesagt, ich möchte nichts mehr mit unehrlichen Frauen zu tun haben. Mit Frauen, die Spielchen spielen.« Er stockte und räusperte sich.

»Vielleicht spielt *sie* ja nur ein Spielchen mit dir und will dich mit ihrer Zickerei nur möglichst fest an den Haken bekommen, was ja auch zu klappen scheint.« Mark kämpfte mit einer besonders widerspenstigen Spaghetti.

Bevor er antwortete, starrte Stephan lange nachdenklich die Espressomaschine auf dem Tresen an. Dann schüttelte er den Kopf. »Nein. Sie ist nicht der Typ. Da war alles echt. Ihre Wut, ihre Abwehr. Sie kann mir wohl einfach den Unfall nicht verzeihen. Und irgendetwas anderes ist da auch noch. Ich glaube, sie wurde von einem Mann sehr verletzt.«

»Aha!« Mark verlor die Geduld und half mit der Hand nach, um die glitschige Nudel endlich im Mund verschwinden zu lassen. »Du siehst dich also als der edle Ritter, der die Prinzessin erlösen wird.«

»Quatsch!« Obwohl er noch nicht einmal die Hälfte gegessen hatte, schob Stephan den Teller mit seiner Pizza fort. »Ich finde sie einfach interessant und spannend. Ich möchte mehr über sie wissen. Da war etwas zwischen uns. Etwas, das ich nicht beschreiben kann.«

»So ähnlich wie zwischen mir und dieser hübschen Frau da drüben, von der ich nun weiß, dass sie Bianca heißt, die aber immer durch mich hindurchsieht, als wäre ich aus Glas.« Frustriert folgte Mark mit seinen Blicken der zierlichen Blondine, die gerade das Restaurant betreten hatte und nun mit raschen Schritten in Richtung Küche verschwand. »Wenn du die narrensichere Methode herausgefunden hast, wie man eine Frau dazu bringt, einem Mann eine Chance zu geben, verrate sie mir!«

Für einige Minuten herrschte Schweigen zwischen den beiden Männern. Stephan starrte Löcher in die Luft, was neuerdings ohnehin zu seinen Lieblingsbeschäftigungen gehörte, und Mark kämpfte weiter mit seinen Spaghetti, für deren Verzehr er noch nie ein besonderes Talent gehabt hatte.

Plötzlich ging ein Leuchten über Stephans Gesicht. »Wenn wir Männer nicht wissen, was wir tun müssen, um das Interesse einer Frau zu wecken – die Frauen selbst wissen es, nicht wahr?«

»Du musst nur eine dazu bringen, es dir zu verraten. Aber die halten zusammen und haben ihre Freude daran, wenn wir uns wieder und wieder zum Narren machen.« Gleichmütig kaute Mark auf seinen Nudeln.

»Warte mal … Ich habe doch hier …« Aufgeregt wühlte Stephan in seiner Aktentasche, bevor er schließlich eine der Zeitungen hervorzog, die er morgens im Vorbeigehen am Kiosk gekauft hatte.

»Ach. Bringt die ›Bild‹ eine Serie unter dem beziehungsreichen Titel ›So erreicht jeder Mann bei jeder Frau sein Ziel‹?« Marks Blick wanderte zur Decke und zurück.

»Es gibt hier … Ich habe es gleich …« Stephan tunkte die Zeitungsecke in sein Weinglas, bemerkte es aber nicht einmal.

»Hier!«, rief er dann triumphierend aus. »›Fragen Sie Frau Sibylle‹. Die Frau hat den Durchblick! Die Antworten lesen sich immer ganz witzig, aber im Kern hat sie meistens Recht, das klingt alles sehr vernünftig und einfallsreich. Hier steht sogar eine E-Mail-Adresse, unter der man sie erreichen kann. Ich werde ihr gleich heute Nachmittag schreiben.«

»Und sie fragen, wie du eine Frau herumkriegst, die nichts von dir wissen will?« Mark machte sich nicht einmal mehr die Mühe, seine Augen zu verdrehen.

»Genau! Irgendwas muss ich unternehmen. Ich bin noch lange nicht bereit aufzugeben.« Mit diesen Worten faltete Stephan den »Anzeiger« sorgfältig wieder zusammen, steckte ihn in seine Aktentasche und zog nun doch den Teller mit der erst halb gegessenen Pizza wieder zu sich heran.

VII

Als es an ihrer Wohnungstür klingelte, war Lea gerade damit beschäftigt, sich die Haare zu föhnen. Was mit nur einer verfügbaren Hand dem Versuch gleichkam, sich im Dschungel den Weg mit einer Nagelschere freizuschneiden. Kaum hatte sie die Rundbürste vermeintlich fest in ihre Haare gedreht und griff nach dem Föhn, fiel die Bürste scheppernd auf den Fliesenboden des Bades. Wenn sie aber ihre Haare ohne Zuhilfenahme der Bürste trocken föhnte, glichen sie erfahrungsgemäß eher einem Strohhaufen bei Abendrot als einer Frisur.

Das Klingeln bemerkte sie erst, als es sich zu einem ununterbrochenen Schrillen gesteigert hatte. Entnervt ließ sie die Bürste ins Waschbecken fallen, schaltete den Föhn aus und eilte zur Wohnungstür. So temperamentvoll bediente normalerweise nur Tina die Klingel.

»Du?« Sie war so verblüfft, dass sie einen Schritt zurückwich.

»Ja, ich«, verkündete Frank ernsthaft.

»Wie geht es dir?«, rettete er sich nach ein oder zwei Minuten auf unverfängliches Terrain, als Lea ihn immer noch stumm und fragend anstarrte.

»Schlecht.« Erst als die Antwort heraus war, fiel ihr ein, dass er diese Auskunft vielleicht auf die Trennung beziehen würde. Da sie aber keinerlei Interesse daran hatte, den deprimierten Single zu geben, deutete sie mit der gesunden Hand auf ihren linken, baumelnden Pulloverärmel.

»Du meine Güte, was machst du denn für Sachen? Kaum lässt man dich aus den Augen!« Das hörte sich an, als würde er mit einer Fünfjährigen reden, die von der Schaukel gefallen war.

»Es ist eben nicht überall so sicher wie hinter deinem Fußballtor, aber damit muss ich leben«, schnappte sie.

Als Frank daraufhin Anstalten machte, sie tröstend zu umarmen, wich sie eilends bis zur Wand zurück.

»Du siehst wirklich nicht gut aus«, bemerkte er mitfühlend und ließ hastig den ausgestreckten Arm sinken.

»Danke für das Kompliment! Die grüne Farbe kommt aber von einer Feuchtigkeitsmaske.« Sie verzog das Gesicht, so dass die trocknende Maske Risse bekam und anfing zu bröseln, was ein merkwürdiges Geräusch verursachte, als würde ihr jemand sehr leise etwas zuflüstern.

»Klar, natürlich. Du siehst gut aus«, revidierte Frank sofort seine Aussage.

»Ich nehme an, du bist nicht gekommen, um hier alle paar Minuten ein anderes Statement über mein Aussehen abzugeben.« Lea bemühte sich um einen kühlen Blick, war sich aber nicht ganz sicher, ob er ihr gelang. Dummerweise sah Frank immer noch unverschämt gut aus, so dass ihr Herz entgegen ihrem ausdrücklichen Befehl den einen oder anderen unvernünftigen Hüpfer machte. Wofür sie bei Licht betrachtet nichts konnte, denn Frank war und blieb mit seinen dunklen Haaren und Augen und der sportlichen Figur ihr Typ, ganz anders als dieser Stephan Pückler. Energisch erinnerte sie sich selbst an ihre Vorsätze, Männer betreffend. Es war keine Frage des Aussehens, sondern des Selbstschutzes.

Franks dunkle Augen glitten über ihren Kopf hinweg zu den perlgrauen Wänden. »Was ist denn mit deiner Wohnung passiert?«

»Frisch gestrichen. Schön nicht?«

»Wie es vorher war, gefiel es mir besser.«

»Du gehörst eben zu den Menschen, die nicht besonders flexibel sind«, stellte sie fröhlich fest.

Er schwieg angestrengt und legte noch angestrengter die Stirn in Falten.

»Was willst du also?«, setzte sie schroff hinzu.

»Mit dir reden.« Plötzlich hatte Frank den Dackelblick, dem sie noch nie hatte widerstehen können. Schon allein weil er ihn sehr dosiert einsetzte und sie ihn praktisch nie zu sehen bekommen hatte, solange sie die fügsame, alles verzeihende und verstehende Freundin gewesen war.

»Zu spät.« Diesmal war sie sich sicher, dass der eisgekühlte Blick gelungen war, denn er zuckte zusammen, als hätte sie ihm eine Ohrfeige versetzt. »Du hattest genug Gelegenheit, mit mir zu reden. Aber du hast immer nur über dich gesprochen. Das ist etwas anderes als miteinander reden, auch wenn du das vielleicht nicht verstehst.«

»Jetzt bist du ungerecht!« Zusätzlich zum Hundeblick zog er jetzt seinen Kleine-Jungen-Schmollmund. »Ich habe es nicht verdient, dass du mich einfach so abservierst.«

»Dein Problem ist, dass es dir nicht gefällt, wenn eine Frau mal nicht nach deiner Pfeife tanzt. Wo du doch schon nach der Pfeife des Schiedsrichters tanzen musst.« Hach, das fühlte sich gut an!

Erstaunlich war, dass Frank den Schlag ohne jede Gegenwehr hinnahm. Er zuckte sogar kaum mit der Wimper.

»Wie kann ich dir beweisen, dass mir noch etwas an dir liegt? Eine Menge an dir liegt, meine ich«, sagte er sanft.

Lea legte nachdenklich die Stirn in Falten, so dass ihre Gesichtsmaske in großen Stücken auf den Fußboden bröselte.

»Ich bin natürlich zurzeit mit meinem gebrochenen Arm ziemlich gehandikapt«, überlegte sie laut. »Es wäre also sehr lieb, wenn du mir ein bisschen zur Hand gehen könntest. Um der alten Zeiten willen, versteht sich. Uneigennützig und ohne Hintergedanken.«

Vielleicht waren dies die ersten Minuten der Stunde der Wahrheit. Die Chance für Frank zu beweisen, dass er sich ändern konnte. Lea deutete mit dem Kopf in Richtung des kleinen Dielenschrankes, in dem sie ihre Putzutensilien aufbewahrte. »Es wäre sehr nett von dir, wenn du den Dreck hier auffegen könntest. Das ist mit einer Hand sehr schwierig.« Ihre Fußspitze tippte lässig zwischen die grünen Maskenkrümel am Boden. »Und wenn du damit fertig bist, könntest du mir die Haare föhnen. Ich komme damit im Augenblick einfach nicht zurecht.«

»Natürlich! Ich helfe dir gerne! Nicht nur um der alten Zeiten willen, sondern weil ich dich immer noch sehr, sehr gern habe. Das sollst du wissen.« Er riss so eifrig den Schrank auf, dass ihm als Erstes ein Besenstiel an den Kopf knallte. Anstatt das Wehgeschrei anzustimmen, das er noch vor sechs Wochen in dieser Situation zu Gehör gebracht hätte, um sich anschließend auf die Couch zu legen und von ihr pflegen zu lassen, massierte er nur für ein paar Sekunden unauffällig seine Stirn und bückte sich dann nach dem Kehrblech.

Lea lehnte an der Wand und beobachtete amüsiert, wie er mit Handfeger und Schaufel hantierte, wobei er den Anschein zu erwecken versuchte, dass er einerseits ein sehr großes Opfer brachte und sich schrecklich für sie abmühte, dies aber andererseits für einen liebenden Mann wie ihn selbstverständlich sei.

Nachdem Frank mit Märtyrermiene den letzten grünen Krümel mit dem Besen bis unter den Dielenschrank verfolgt, wenn auch nicht erwischt hatte, nahm sie ihn mit ins Bad, wo er mannhaft die Rundbürste und den Föhn ergriff und sich eine geschlagene Viertelstunde an ihren Haaren zu schaffen machte.

Dass sie daraufhin aussah, als sei sie kurz nacheinander in einen Wirbelsturm und unter eine Heißmangel geraten, nahm Lea gern in Kauf. Schon allein Franks verdutzte Miene, als sie ihm nach getaner Arbeit freundlich dankte, ihm auf seine Frage hin ebenso freundlich mitteilte, dass sie keine Cola im Haus habe und ihn dann energisch in Richtung Wohnungstür schob, war die Mühe wert, sich die Haare noch einmal nass zu machen und einen neuen Versuch im Einarm-Föhnen zu starten. Dabei sang sie leise vor sich hin und versuchte sich einzureden, dass sie einen großen Schritt vorwärts getan hatte, was ihr neues, konsequentes Verhalten gegenüber Männern betraf. Sie war nicht einmal besonders gerührt über Franks Hilfsbereitschaft, mit der er ja schließlich einen ganz bestimmten Zweck verfolgte. Er sollte seine Chance haben, aber dafür musste er entschieden mehr tun, als für ein paar Minuten den Föhn zu schwingen.

Entgegen ihren Plänen war es Lea am Vortag doch nicht gelungen, die Frau-Sibylle-Seite komplett fertig zu stellen. Ein Brief fehlte ihr noch, und sie wollte möglichst einen Teil dieser Arbeit erledigen, bevor Tina im Büro auftauchte. Tina war eine hilfsbereite Kollegin und eine gute Freundin, nur manchmal ein wenig zu lebhaft und redefreudig, wenn man das Büro mit ihr teilte und sich auf eine Aufgabe konzentrieren musste.

Während ihr Computer hochfuhr, wühlte Lea ungeduldig in den Briefen, die der Bürobote ihr an diesem Morgen auf den Schreibtisch gelegt hatte. Nachmittags würde im Freizeitheim, das die Stadt aus Geldmangel schließen wollte, eine Protestversammlung der betroffenen Gruppen stattfinden, die sich dort zum Teil seit Jahrzehnten trafen. Da ihr bereits in der vergangenen Woche die Berichterstattung übertragen worden war, musste sie bis zu diesem Termin auf jeden Fall mit Frau Sibylle fertig sein.

Die neu eingetroffenen Briefe, die sie überflog, waren alle nicht besonders originell. Die meisten der angesprochenen Probleme hatte sie schon mehrmals behandelt.

Eine Frau namens Heidelinde (46) fragte sich, wieso ihre Ehe nach zwanzig Jahren nur noch ein freudloses Nebeneinander war und ihr Mann ihr in der Regel nicht mehr Aufmerksamkeit widmete als einem seit Ewigkeiten im Haus herumstehenden Möbelstück.

Eine Mutter, Ingrid (37), war ratlos wegen der schlechten schulischen Leistungen ihrer fünfzehnjährigen Tochter, Helga (42) beklagte sich über das aufmüpfige Verhalten ihres Teenagersohnes, der bisher doch immer so brav gewesen sei.

Seufzend öffnete Lea ihr E-Mail-Postfach. Vielleicht war per Mail eine interessante Frage eingegangen.

Außer der Erinnerung an die Redaktionskonferenz um elf Uhr fand sie zwei neue Nachrichten vor. In der ersten beklagte sich eine Fünfzigjährige, die es vorgezogen hatte, ihren Vornamen nicht zu nennen, über ihr eintöniges Leben.

Lea legte den Kopf schief, schloss die Augen und dachte darüber nach, was sie aus dem Brief machen könnte. Dieser Frau konnte man von einem Schlittenhunderennen durch Alaska bis zum Körbeflechten eine Menge vorschlagen.

Immer noch in Gedanken versunken, öffnete Lea die zweite Mail. Sie überflog die ersten Zeilen, und ein Strahlen ging über ihr Gesicht. Das war es, zweifellos! Jede Menge Stoff für Witz und Pointen, wie Bruhns und die Leser sie liebten. Vielleicht konnte sie sogar eine kleine Serie daraus machen. Das hatte damals mit der Frau, die ihren Ehemann für sich zurückgewinnen wollte, der sich nur noch für Formel-1-Rennen und die Bundesliga interessierte, wunderbar geklappt. Zwar hatte sich die Frau einige Monate später noch einmal gemeldet, um ihr mitzuteilen, dass sie sich mittlerweile von ihrem langweiligen Mann getrennt habe, weil durch all ihre positiven Veränderungen ein Kollege auf sie aufmerksam geworden sei, in den sie sich dann ebenfalls verliebt hatte, aber die »Tipps für Ehefrauen und solche, die es werden wollen«, waren insgesamt bei den Lesern und Leserinnen des »Anzeigers« sehr gut angekommen.

»Wie verführe ich eine Frau«, murmelte sie begeistert vor sich hin.

Tina, die in diesem Moment das gemeinsame Büro betrat, wandte ihr interessiert den Kopf zu. »Willst du jetzt lesbisch werden? So schlimm sind Männer nun auch wieder nicht. Wenn du erst mal dem Richtigen begegnest ...«

Ungeduldig winkte Lea ab. Sie hatte im Moment Wichtigeres zu tun, als die immer wieder gleiche Diskussion mit Tina zu führen. »Hier fragt ein Mann an, wie er die Frau erobern kann, in die er meint, sich verliebt zu haben, obwohl er sie eigentlich gar nicht richtig kennt. Das nehme ich auf jeden Fall noch in die neue Ausgabe.«

»Lass mal hören!« Tina ließ sich auf ihren Drehstuhl fallen und stützte ihre Ellenbogen gespannt auf die Schreibtischplatte.

»Liebe Frau Sibylle«, begann Lea vorzulesen. *»Ich wende mich an Sie, weil ich davon ausgehe – genau wissen kann ich das natürlich nicht –, dass Sie eine Frau sind und sich als Frau besser in eine Frau hineinversetzen können, als ich es kann.«*

»Pfiffiges Kerlchen, denn natürlich könnte Frau Sibylle auch ein Mann sein«, stellte Tina anerkennend fest und nahm einen großen Schluck von ihrem Kaffee, den sie sich gleich bei ihrer Ankunft im Vorbeigehen geholt hatte.

Lea warf ihr einen strengen Blick zu und fuhr fort: *»Vor einigen Tage lernte ich auf relativ unerfreuliche Weise, nämlich bei einem leider durch meine Unaufmerksamkeit verursachten Unfall, eine wirklich bezaubernde Frau kennen. Eigentlich hat sie mir nicht wirklich erlaubt, sie kennen zu lernen, denn verständlicherweise war sie ziemlich ungehalten, weil ich immerhin der Grund war, dass sie zur Behandlung ins Krankenhaus musste. Aber gerade ihre kratzbürstige Ehrlichkeit hat mir gut gefallen. Sie ist nicht eine dieser sanftmütigen Frauen, die sich alles gefallen lassen, sondern sagt, was ihr nicht gefällt. Das passt gut zu ihren wunderschönen rotbraunen Haaren und den frechen Sommersprossen.«*

»Rotbraune Haare? Unfall? Ist ja komisch.« Tina stellte so hastig ihre Tasse ab, dass sie einen Teil des Kaffees auf ihrer Schreibunterlage verschüttete und eilig ein paar herumliegende Papiere in Sicherheit bringen musste.

Ohne auf den störenden Einwurf der Freundin zu achten, las Lea weiter vor: *»Ich gab ihr Gelegenheit, sich ein wenig von dem*

Unfall zu erholen und sich zu beruhigen, dann schickte ich ihr Blumen, lud sie ins Theater ein und rief sie schließlich an, um mich nach ihrem Befinden zu erkundigen.«

Irgendetwas an diesem letzten Satz irritierte Lea. Sie hob den Kopf, starrte nachdenklich durchs Fenster, bemerkte, dass Tina sie merkwürdig angrinste, und sah hastig wieder auf den Monitor. Manchmal gab es eben merkwürdige Zufälle.

»Sie blockte und blockt weiterhin alles ab. Dabei möchte ich nichts weiter, als sie ein bisschen besser kennen lernen. Denn aus irgendeinem Grund geht mir diese Frau nicht aus dem Kopf. Deshalb meine Frage an Sie, liebe Frau Sibylle: Was kann ich tun, um sie dazu zu bringen, mir eine Chance zu geben? Mir ist klar, dass Blumen und Theatereinladungen nicht besonders originell sind. Andererseits weiß ich nicht genug über sie, um ihr ein persönliches Geschenk zu machen oder sonst etwas zu tun, was sie wirklich beeindruckt. Haben Sie eine Idee?

Ihr St. (29)

P.S.: Bitte schreiben Sie nicht, ich solle sie mir aus dem Kopf schlagen! Das habe ich, völlig erfolglos, schon zur Genüge versucht.«

Nachdem Lea die Mail zu Ende vorgelesen hatte, blieb sie einige Zeit unbewegt sitzen, den Blick immer noch auf den Bildschirm geheftet, weil sie nicht wagte, Tina anzusehen.

»Das kann doch nicht sein, oder?«, sagte sie schließlich leise.

»Wenn es nicht so wäre, wäre es ein unglaublicher Zufall.«

»Falls es so ist, ist es ein noch viel größerer Zufall, dass er ausgerechnet Frau Sibylle fragt, was er tun soll.«

Die Freundinnen schwiegen eine Weile nachdenklich. Dann setzte Lea sich kerzengerade hin.

»Der weiß, wer Frau Sibylle ist! Und natürlich denkt er, wenn er mir von seiner ach so unbesiegbaren Zuneigung schreibt, würde ich sofort weich werden. So ein hinterhältiger Kerl!«

»Quatsch! Du weißt, dass Frau Sibylles Identität eines der bestgehüteten Geheimnisse dieser Redaktion ist. Bruhns würde jeden köpfen, der verrät, dass die unfehlbare, über den Dingen stehende Sibylle unsere Lea Fürst ist, die so ganz nebenbei auch Artikel über die Jahreshauptversammlung des Kaninchenzüchtervereins schreibt.«

»Trotzdem kann jemand geredet haben. Vielleicht arbeitet ein Freund von Stephan hier in der Redaktion.«

Tinas feines dunkelblondes Haar flog beim Kopfschütteln heftig hin und her. »Dann hätte er anders geschrieben. Viel gefühlvoller. Und er hätte viel mehr von dir geschwärmt.«

»Du kennst diesen Mann nicht! Der ist sehr raffiniert, irgendwie heimtückisch. Vielleicht hat er genau so geschrieben, wie er geschrieben hat, damit ich keinen Verdacht schöpfe.« Verzweifelt betrachtete Lea ihre Fingernägel, die eine Maniküre nötig hatten, was aber mit nur einer Hand schwer zu bewerkstelligen war. Sie wusste einfach nicht, was sie von dieser seltsamen E-Mail halten sollte. Was aber viel schlimmer war: Ihr Herz schien noch viel weniger zu wissen, wie es sich in dieser Angelegenheit zu verhalten hatte. Abwechselnd pochte es bis hinauf in ihre Kehle und rutschte bis in den Magen, um dort einigen Aufruhr zu veranstalten.

Die Idee war ganz plötzlich da und gleichzeitig so einfach, genial und nahe liegend, dass sie eigentlich in dem Augenblick darauf hätte kommen müssen, als sie begriff, wer da an Frau Sibylle geschrieben hatte.

»Dem werde ich es zeigen!« Entschlossen öffnete sie ein neues Textdokument, um eine Antwort an St. (29) zu tippen.

»Was hast du vor?« Tina lag fast quer über ihrem Schreibtisch, um einen Blick auf Leas Monitor zu erhaschen.

»Ich antworte dem Mann, was sonst?« Mit heiterem Lächeln suchte Lea mit dem rechten Zeigefinger die ersten Buchstaben zusammen. »Das geht ganz flott. Nach der Redaktionskonferenz können wir dann gleich zum Freizeitheim fahren. Leider wird es jetzt nichts mit einer Serie ›Wie verführe ich eine Frau‹. Schade, schade, öffentlich in der Zeitung möchte ich das dann doch nicht austragen, aber so ganz unter uns, per Mail, da werde ich mir den einen oder anderen Ratschlag erlauben. Wir wollen doch mal sehen, wie weit sein Jagdfieber geht. Außerdem hat er es verdient, nachdem ich diejenige bin, die sich wochenlang einarmig durchs Leben quälen muss, während er nichts anderes im Kopf hat, als mich zu verführen. Männer!«

Dann schwieg sie und tippte konzentriert, ab und zu leise auflachend, vor sich hin.

»Wir planen umfangreiche Protestaktionen«, erklärte die etwa fünfundsiebzigjährige Dame mit den weißen, wippenden Löckchen auf dem Kopf und dem kampfeslustigen Blitzen in den Augen. »Seit fast zwanzig Jahren trifft sich unsere Seniorengruppe hier. Eigentlich sind wir ein Gesprächskreis, aber wir halten hier auch unsere Weihnachtsfeier ab, unseren monatlichen Tanzabend mit Gästen, den wöchentlichen Spielenachmittag, den Osterhasentag …«

»Osterhasentag?«, fragte Lea irritiert und lehnte sich immer weiter vor, weil der Schreibblock, auf dem sie sich Notizen machte, auf der glatten Tischplatte wegrutschte, während ihr leerer Blusenärmel ihr immer wieder die Sicht auf das Papier versperrte.

»Am Ostermontag verkleiden sich einige von uns als Osterhasen und verstecken im Garten hinter dem Freizeitheim bunt gefärbte Eier, Zigarren und andere Kleinigkeiten.«

»Zigarren«, murmelte Lea und schleuderte den störenden Ärmel schwungvoll nach hinten.

»Ja, schreiben Sie das alles auf!«, bestimmte die Sprecherin der Seniorengruppe und schob hilfreich Leas Block wieder zum Tischrand. »Wo sollen wir das alles machen, wenn das Freizeitheim geschlossen wird? Im Rathaus? Auf der nächsten Straßenkreuzung?«

»Und wie sehen die Protestmaßnahmen aus, die Sie geplant haben, Frau äh … Olschewsky?«

»Ollischewsky, mit zwei l, i in der Mitte und y am Ende. Notieren Sie das gleich so, ich möchte nicht, dass am Ende mein Name in der Zeitung völlig falsch geschrieben wird.« Diese Frau wusste ganz genau, was sie wollte!

Lea murmelte eine Entschuldigung und notierte folgsam in Blockbuchstaben den Namen ihrer Interviewpartnerin.

In diesem Moment öffnete sich die Tür, und drei weitere Senioren betraten den Raum, den die Aufschrift neben der Tür als »Selbstbedienungs-Café« auswies. Ein etwas hochtrabender Name, wie Lea fand, da er sich lediglich auf eine Kaffeemaschine und etwa zehn Tassen und Unterteller bezog, die ihren Platz auf einem niedrigen Schränkchen neben dem Fenster hatten.

»Das sind unsere zweite Vorsitzende, Frau Grüger, unsere Schriftführerin, Frau Breitenbach, und mein Verlobter, Herr

Priebe«, erklärte Frau Ollischewsky mit ernster Miene. »Priebe mit ie, bitte.«

Verblüfft starrte Lea den gebückt gehenden Mann mit dem schütteren Haar und den von einem eng zusammengezurrten Gürtel auf seinen Hüften gehaltenen, viel zu weiten Jeans an, der Frau Ollischewsky zur Begrüßung einen herzhaften Kuss mitten auf den Mund gab. Die beiden anderen Damen waren scheinbar an diese Zurschaustellung von Liebesgefühlen gewöhnt. Jedenfalls würdigten sie die Küsserei keines Blickes, sondern begannen sofort, ihre Sicht des Freizeitheimdramas zu schildern.

»Einen Moment, bitte.« Lea hob die Hand wie eine Verkehrspolizistin, die einem Auto die Durchfahrt verweigerte und wandte sich demonstrativ Frau Ollischewsky und Herrn Priebe zu. Wenn sie während ihrer bisherigen Tätigkeit beim »Anzeiger« etwas gelernt hatte, dann war es die Tatsache, dass nichts einen Artikel so spannend und interessant machte, wie die ganz persönliche Geschichte eines Betroffenen. Und was gab es Persönlicheres als eine Hochzeit?

»Sie sind also verlobt. Da gratuliere ich. Steht denn der Hochzeitstermin schon fest?«, erkundigte sie sich begierig und ließ die Spitze ihres Kugelschreibers über dem Papier schweben.

»Wir wollen unsere Hochzeit mit unseren Freunden im Freizeitheim feiern. Und wir werden hier feiern«, erklärte Herr Priebe entschieden. »Also hat unser Kampf Vorrang. Wenn diese Sache geklärt ist, heiraten wir. Wir haben ja Zeit.«

Angesichts der Tatsache, dass er sich ebenso wie seine Verlobte dem achtzigsten Geburtstag näherte, fand Lea diese Aussage sehr mutig.

»Es ist nie zu spät, glücklich zu werden«, fügte Frau Ollischewsky strahlend hinzu.

»Sind sie nicht süß?«, zwitscherte die Schriftführerin und brachte vor Begeisterung ihren aschblond getönten Kurzhaarschnitt durcheinander.

»Am besten machen wir gleich ein Foto von dem zukünftigen Brautpaar.« Lea sah sich nach Tina um, die sie hergefahren hatte und sich zum Fotografieren bereithielt.

Tina, die sich die Zeit mit dem Betrachten der Zeichnungen vertrieben hatte, die die Wände schmückten – sie stammten laut Frau Ollischewsky von der Kunstgruppe der Senioren, die sich jeden Dienstag traf –, eilte mit der Digitalkamera herbei. Sie arrangierte die Verlobten neben dem etwas traurig dreinblickenden Gummibaum in der Ecke des Zimmers. Begeistert kamen die beiden den Aufforderungen nach, sich zu umarmen, strahlend zu lächeln und sich schließlich zu küssen.

Für ein Gruppenbild des ›Seniorengruppen-Vorstands mit Verlobten‹ schwenkten alle begeistert die leeren Tassen und fragten mehrmals ängstlich, ob man auf dem Foto wirklich nicht sehen könne, dass überhaupt kein Kaffee in den Tassen gewesen sei.

Zum Abschied drückte Lea jeder einzelnen Dame und ebenfalls dem Herrn eine ihrer Visitenkarten in die Hand und forderte alle auf, sie zu benachrichtigen, wann und wo die ersten Protestaktionen starten würden.

»Es ist wichtig, dass die Presse darüber berichtet, sonst verpufft die Wirkung«, erklärte sie eindringlich. Allein die Tatsache, dass die älteren Herrschaften sich beharrlich weigerten, ihr schon heute zu verraten, in welche Richtung die geplanten Aktionen gehen würden, machte sie neugierig und ließ sie auf weitere interessante Artikel hoffen.

»Nächstes Mal kochen wir Kaffee, bevor Sie kommen«, versprach Frau Ollischewsky zum Abschied. Sie war immer noch unglücklich über die leeren Tassen und darüber, dass sie vor lauter Engagement für die gute Sache ganz vergessen hatte, eine gute Gastgeberin zu sein. »Und gute Besserung für Ihren Arm.«

»Vielen Dank. Und machen Sie sich keine Sorgen wegen des Kaffees. Ich trinke sowieso zu viel davon, wenn ich im Büro sitze. Das ist nicht gut für die Nerven und wahrscheinlich auch nicht für meine Knochen, die zusammenwachsen müssen.«

»Nehmen Sie Kalziumtabletten!«, rief die zweite Vorsitzende ihr nach, als sie den Raum schon verlassen hatte.

»Mache ich. Vielen Dank für den Tipp!«, brüllte Lea zurück, was in dem feuersicheren Treppenhaus ein beachtliches Echo ergab.

VIII

Im Büro war mal wieder die Hölle los gewesen. Zusätzlich hatte er mehrere Außentermine gehabt, so dass Stephan nicht dazu gekommen war, seine privaten E-Mails zu sichten. Da er neben seinem aufreibenden Beruf und seit der mindestens ebenso aufreibenden Trennung von seiner Freundin Monika über so gut wie kein Privatleben verfügte, vergaß er manchmal tagelang, in seine private Mailbox zu schauen.

Seit er jedoch am Vortag die Mail an »Frau Sibylle« abgeschickt hatte, wartete er mehr oder weniger ungeduldig auf eine Antwort. Stephan war ein Mann, der es gewohnt war zu handeln. Da er aber in Leas Fall einfach nicht wusste, was er noch tun sollte, machte ihn die Situation reichlich nervös. Von Frau Sibylle erhoffte er sich nun ein paar gute Ideen. Schon seit längerem las er ihre Rubrik zum Spaß und zur Unterhaltung, ihre oft originelle Art, sich mit den geschilderten Problemen auseinander zu setzen, die fast unmerkliche Ironie in manchen ihrer Antworten, ihr Schreibstil, all das gefiel ihm, obwohl er sicherlich nicht zur eigentlichen Zielgruppe einer solchen Rubrik gehörte.

Aus einer Art Hilflosigkeit Lea gegenüber, die ihn so konsequent und kühl abwies, was er bisher von Frauen nicht gewohnt war, hatte er Frau Sibylle zu seiner letzten Hoffnung gemacht. Wobei er keine Ahnung hatte, was er tun sollte, wenn auch die Briefkastentante keine akzeptable Lösung für sein Problem anzubieten hatte. Ihm war schon längst klar, dass es schwierig bis unmöglich sein würde, die grünäugige, starrsinnige, manchmal vorlaute und dann wieder überraschend zurückhaltende, verletzlich wirkende Frau aus seinen Gedanken zu vertreiben. Er wollte wissen, wie sie war, wenn sie ihre Maske fallen ließ und es sich erlaubte, ohne ihren Schutzwall aus abwehrenden Worten und Gesten ganz sie selbst zu sein. Und wenn er es wusste, wollte er vielleicht herausfinden, wie es war, wenn sie in seinen Armen ganz sanft und zärtlich wurde oder leidenschaftlich und fordernd.

Stephan seufzte einmal lang und ausgiebig und ging dann ins Bad. Wahrscheinlich war ohnehin noch keine Antwort von dieser ominösen Frau Sibylle da, wenn überhaupt jemals eine kam. Er konnte ebenso gut nachsehen, nachdem er sich geduscht hatte.

Nach der Dusche schlüpfte er in eine leichte, khakifarbene Baumwollhose und ein weißes T-Shirt und holte sich aus der Küche ein Glas gekühlten Weißwein. Gerade hatte er sich mit dem Glas vor dem Computer niedergelassen, als es an seiner Wohnungstür klingelte.

Sein Freund Mark hielt viel von Spontaneität und tauchte öfter unangemeldet auf, um Stephan, der als Ausgleich zu seinem anstrengenden Job dazu neigte, die Abende vor dem Fernseher, dem Computer oder mit einem Buch zu verbringen, »aus seiner Höhle zu locken«, wie er es nannte.

»Ich gehe heute nicht mehr aus«, verkündete Stephan denn auch direkt, als er Mark mit genau jenem unternehmungslustigen Gesichtsausdruck sah, den er nur allzu gut kannte.

»Du musst essen, wie jeder andere Mensch auch.« Grinsend folgte Mark dem Freund ins Wohnzimmer, wo der Monitor bereits leuchtete. »Ich dachte nur an ein kleines, gemütliches Essen bei Luigi. Nichts weiter.«

»Ich wollte mir eine Fertigpizza in den Ofen schieben und einen Krimi im Fernsehen angucken.« Stephan schob Mark sein noch unberührtes Weinglas hin und gab das Passwort ein, um seine Mailbox zu öffnen. Dabei hoffte er inständig, dass Mark ihm beim Eintippen nicht zu genau auf die Finger schaute. Vor einigen Tagen hatte er dieses Passwort nämlich geändert. Da »Lea« mit seinen drei Buchstaben ein zu kurzes Wort war, hatte er »LiebeLea« gewählt, was ihm jedes Mal, wenn er es schrieb, ein warmes Kribbeln in der Magengrube verschaffte – und das dumme Gefühl, sich wie ein pubertierender Jüngling aufzuführen, was sich so lange ertragen ließ, wie niemand anders davon wusste. Es genügte schon, dass er Mark ständig von Lea erzählte, so dass dieser bei der Erwähnung ihres Namens bereits automatisch die Brauen hochzog und die Augen verdrehte. Die alberne Sache mit dem Passwort musste selbst sein bester Freund nicht erfahren.

»Wir sollten uns beeilen, wenn wir bei Luigi noch einen anständigen Tisch bekommen wollen. Oder sollen wir anrufen und reservieren?« Zum Glück interessierte Mark sich nicht für Stephans Tätigkeit am Computer. Er nahm einen Schluck von dem kühlen, trockenen Wein und blätterte in einer Fachzeitschrift, die auf dem Couchtisch lag.

»Ich bin gleich fertig.« Stephan war zu müde, um den Versuch zu machen, sich gegen Marks Plan zur Wehr zu setzen. Außerdem tat ihm die Gesellschaft seines Freundes auch nach einem anstrengenden Arbeitstag meistens gut. Ohne ihn wäre er wahrscheinlich während des vergangenen Jahres zum Einsiedler geworden.

Als ihm der Eingang einer neuen Nachricht angezeigt wurde, hielt Stephan für einen Moment die Luft an. Natürlich war es albern, von einer selbst ernannten Lebensberaterin, die weder ihn noch Lea kannte, die Lösung seiner Probleme zu erwarten. Aber aus irgendeinem Grund hatte er das merkwürdige Gefühl, dass sie vielleicht tatsächlich wusste, was er tun konnte, damit Lea ihm eine Chance gab.

»Sie hat mir geantwortet«, teilte er Mark ein wenig atemlos mit.

»Wer? Die sture Lea?« Neugierig schaute der Freund auf den Monitor.

»Nein. Wenn ich erst mal so weit wäre, dass sie mir schreibt ...« Schon wieder musste Stephan seufzen, wie so oft im Zusammenhang mit Lea. Es wurde wirklich Zeit, dass etwas geschah. Er konnte sich nicht erinnern, früher jemals geseufzt zu haben. Jedenfalls nicht wegen einer Frau, die er kaum kannte.

»Du erinnerst dich doch, dass ich an diese Frau Sibylle schreiben wollte, die die Ratgeber-Rubrik im ›Anzeiger‹ hat.«

»Das hast du nicht wirklich gemacht?« In letzter Zeit gab es häufiger Momente, in denen Mark ernsthaft am Verstand seines Freundes zweifelte. Zwar hatte er nach der unglückseligen Geschichte mit Monika öfter insgeheim gehofft, dass Stephan sich möglichst bald in eine andere Frau verlieben würde. Aber doch bitte schön nicht in eine, die offenbar nichts von ihm wissen wollte!

»Doch.« Stephan klang trotzig. »Diese Frau Sibylle hat manchmal wirklich gute Ideen. Und sie ist witzig, nicht so betulich. Ganz ohne erhobenen Zeigefinger. So als hätte sie für alles Menschliche Verständnis.«

»In wen bist du denn nun verknallt? In diese Lea oder in Frau Sibylle?« Nur mit Mühe unterdrückte Mark ein Lachen. Dass Stephan sich nun auch noch als Fan einer Briefkastentante outete, passte ins Bild.

»Ich bin überhaupt nicht verknallt«, behauptete Stephan prompt. »Allerdings habe ich das Gefühl, mit ihr – also natürlich mit Lea, nicht mit Frau Sibylle – könnte es passieren. Nicht so etwas wie Verknallen, sondern etwas viel Ruhigeres, Tieferes. Und deshalb möchte ich die Chance haben, herauszufinden, ob mein Gefühl mich nicht trügt. Nicht mehr und nicht weniger.«

Diesmal blieb Mark das Lachen im Halse stecken, und er enthielt sich vorsichtshalber einer spöttischen Bemerkung.

»Nun mach schon die Mail von deiner Frau Sibylle auf, damit wir nicht am Katzentisch vor der Tür zu den Toiletten sitzen müssen«, drängte er stattdessen.

Wortlos klickte Stephan die neue Nachricht an, überflog die ersten Zeilen und las dann laut vor, weil Mark ohnehin darauf bestehen würde zu erfahren, was Frau Sibylle ihm riet, und weil es gut war, dass er wenigstens mit dem Freund über Lea reden konnte.

»*Lieber St.,*

da ich das Gefühl habe, dass Ihr Problem für Sie sehr dringlich ist, sende ich Ihnen meine Antwort per Mail. Rückfragen (und Erfolgsmeldungen!) können Sie ebenfalls jederzeit per Mail an mich richten.«

»Zum Glück veröffentlicht der ›Anzeiger‹ die Antwort auf meinen Brief nicht«, murmelte Stephan erleichtert. »Ich hatte ganz vergessen, darum zu bitten, dabei wäre es doch wirklich peinlich gewesen, wenn Lea das gelesen und ihre Rückschlüsse gezogen hätte.«

»Ich glaube nicht, dass jeder Mensch in unserer Stadt die Rubrik von Frau Sibylle liest. Ich für meinen Teil habe noch nie was von der Frau gehört. Und nun lies schon vor, was die gute Sibylle dir zu deinem Problem schreibt.« Ungeduldig beugte Mark sich über Stephans Schulter in Richtung Monitor.

Stephan räusperte sich und las weiter:

»*Immer wieder gern bekomme ich Post von sensiblen, gefühlvollen Männern, die sich fragen, wie sie die Dame ihres Herzens er-*

freuen und/oder für sich gewinnen können. Es scheint, als hätte Ihnen die Frau mit den Sommersprossen gehörig den Kopf verdreht. Möglicherweise hat aber auch die Tatsache, dass sie nicht gewillt scheint, Sie zu erhören, Ihren Jagdinstinkt geweckt.«

»Was soll das denn heißen? Jagdinstinkt! Wofür hält die mich!« Stephan zog ein beleidigtes Gesicht.

Hastig verbarg Mark sein Grinsen hinter einem vorgetäuschten Husten. Diese Briefkastentante war tatsächlich erfrischend direkt und nicht unkritisch den Rat suchenden Lesern gegenüber.

»Die üblichen männlichen Verführungstaktiken haben Sie, ohne jeden Erfolg, wie Sie schreiben, bereits ausprobiert. Natürlich mag es Frauen geben, die auf einen simplen Blumenstrauß gerührt reagieren und sich geschmeichelt fühlen, wenn ein Mann ihnen eine Abendeinladung zukommen lässt; Ihre sommersprossige Freundin scheint nicht zu dieser Sorte Frau zu gehören. Nun, es ist ja auch ziemlich einfach, in das nächstgelegene Blumengeschäft zu marschieren, ein möglichst großes Blumenarrangement zu ordern und es der Angebeteten ins Haus zu schicken, nicht wahr? Manche Frauen erwarten ein wenig mehr Engagement und Fantasie.

Wäre nicht ein Stehgeiger um Mitternacht unter ihrem Schlafzimmerfenster oder ein Kerzenmeer an einer Stelle, die sie abends passiert, überraschender als eine langweilige Einladung zum Essen oder ins Theater? Ich bin sicher, diese kleinen Anregungen lösen viele weitere Ideen bei Ihnen aus, wie Sie die Frau, die Sie beeindruckt hat, Ihrerseits beeindrucken können. Es sei denn, lediglich die Irritation eines vom Erfolg bei Frauen verwöhnten Mannes hat Sie dazu getrieben, mir zu schreiben. In diesem Fall werden Sie hoffentlich bald die kleine Schmach überwunden und ein neues Objekt der Begierde gefunden haben. Andernfalls wünsche ich Ihnen viel Erfolg, Fantasie und Ausdauer.

Herzlichst,
Ihre Frau Sibylle.«

»Die Frau nimmt dich auf den Arm«, stellte Mark nach längerer Schweigepause fest. »Stehgeiger, Kerzenmeer, und dann sollst du dir noch mehr von diesem Schwachsinn ausdenken.«

»Sie hat Recht.« Stephan starrte immer noch gedankenverloren auf den Monitor. »Natürlich ist es viel zu einfach, einer Frau einen pompösen Blumenstrauß zu schenken und sich einzubilden, sie würde sich darüber freuen oder sich sogar geschmeichelt fühlen. Vielleicht mag sie die Blumen ja überhaupt nicht, die ich ausgesucht habe. Vielleicht ist sie allergisch dagegen und wollte sie deshalb nicht haben. Außerdem ist es natürlich fantasielos, einfach ins nächste Blumengeschäft zu gehen, einen Geldschein auf den Tisch zu legen, und das war's. Frau Sibylle hat absolut Recht!«

»Und jetzt willst du also Leas Weg mit Kerzen schmücken, Blütenblätter zu ihren Füßen streuen, ein Feuerwerk abbrennen und ihr nachts einen Stehgeiger unters Fenster stellen.« Marks Grinsen reichte fast von einem Ohr zum anderen, und diesmal unternahm er nicht die geringste Anstrengung, es zu verbergen.

»Warum nicht?« Stephan reagierte nicht auf den ironischen Tonfall des Freundes. »Ich glaube, die Richtung stimmt, und das mit dem Stehgeiger ist nicht schlecht. Ich habe einen guten Mann an der Hand. Gleich morgen früh rufe ich ihn an und frage, an welchem der kommenden Abende er frei ist.«

»Lass uns jetzt endlich zu Luigi gehen! Ich bin am Verhungern.« Mark machte sich hastig auf den Weg zur Tür, damit Stephan nicht sah, wie er die Augen verdrehte.

»Ich rufe vorsichtshalber schnell bei Luigi an und bestelle uns einen Tisch, geh ruhig schon vor zum Auto.« Stephan blätterte mit fliegenden Händen in seinem Filofax. Am besten war es, wenn er den Geiger noch heute Abend zu erreichen versuchte. Das Gefühl, endlich etwas tun zu können, ließ ihn sich plötzlich sehr lebendig fühlen.

»Nun beeil dich schon! Die Reservierung bei Luigi ist für neunzehn Uhr dreißig. Jetzt ist es schon fast acht. Wenn wir nicht bald da auftauchen, gibt er den Tisch jemand anderem! Sabine müssen wir unterwegs auch noch aufsammeln.«

Ungeduldig sah Lea zu, wie sich Tina zum dritten oder vierten Mal mit einem Kosmetiktuch den Lippenstift vom Mund wischte.

»Dieser Farbton passt auch nicht zu meiner neuen Bluse.«

Das Unglück wollte es, dass Tina ausgerechnet an diesem Abend eine rote Bluse trug.

»Der Ton passte wunderbar. Außerdem haben wir heute unseren Weiberabend. Schon vergessen? Sabine und ich mögen dich auch ungeschminkt.«

»Man kann nie wissen, wer sonst noch hereinschneit.« Eine leichte Röte strich über Tinas Wangen, während sie einen weiteren Lippenstift aufschraubte und die Farbe fachgerecht mit einem kleinen Pinsel auf ihren Lippen zu verteilen begann.

»Allzeit bereit, ich weiß.« Lea kannte den Grundsatz der Freundin, der besagte, dass ihr die Liebe ihres Lebens ebenso gut beim Hinaustragen des Mülls wie in der Diskothek begegnen konnte. Was zur Folge hatte, dass Tina gut und gerne zehn Minuten vor dem Spiegel zubringen konnte, bevor sie einen Müllsack hinunter zum Container trug.

»Findest du nicht auch, dass sich Jürgen Bruhns in letzter Zeit sehr verändert hat?«, murmelte Tina mit steifen Lippen und wandte den Blick nicht vom Spiegel.

»Bruhns? Ich denke, den kannst du nicht leiden?« Erstaunt darüber, dass Tina dem strengen Chefredakteur plötzlich einen Vornamen zugestand, legte Lea die Stirn in Falten.

»Na ja, schließlich trägt er die Verantwortung für die Qualität der Zeitung, muss dafür sorgen, dass unsere Artikel rechtzeitig fertig sind und so. Da ist es eigentlich logisch, dass das nur mit einer gewissen Autorität funktioniert.« Tina wedelte so ausgiebig mit einem Kosmetiktuch herum, dass Lea ihr Gesicht nicht sehen konnte.

»Gewisse Autorität?« Nach diesen zwei Worten ließ Lea mindestens drei Fragezeichen in der Luft hängen. Dann schnappte sie nach Luft. »Du willst doch nicht behaupten, Jürgen Bruhns ist ein Mann, der Pfefferminztee kocht, wenn du erkältet bist?«

Während sie mit dem Kosmetiktuch die überschüssige Farbe von ihren Lippen tupfte, zuckte Tina betont gleichgültig die Schultern. »Du weißt, dass nicht jeder Mann in meinem Leben gleich der ultimative Pfefferminzteekoch sein muss. Es gibt Männer, die andere Qualitäten haben. Das reicht dann nicht für ein ganzes Leben, aber auf jeden Fall für ein paar wunderbare Wochen.«

»Und Bruhns ist plötzlich so ein Wochenmann?« Lea blieb vor Staunen der Mund offen stehen.

Diesmal tat Tina, als hätte sie nichts gehört, und pinselte noch einmal über ihre Lippen.

»Übrigens sehe ich dich zum ersten Mal abends ausgehen, ohne dass du mühsam jede einzelne Sommersprosse abgedeckt hast«, lenkte sie dann geschickt vom Thema ab. »Das hängt doch nicht etwa mit der Vorliebe eines gewissen St. für eine gewisse Frau mit Sommersprossen zusammen?«

In Ermangelung eines Tüchleins fuchtelte Lea mit ihrer einen verfügbaren Hand in der Luft vor ihren brennenden Wangen herum.

»Quatsch«, stieß sie hervor. »Ich hatte nur keine Zeit mehr für ein großes Make-up und wollte dich nicht warten lassen. Außerdem weißt du doch, dass ich vorerst und überhaupt genug von Männern habe. Da müsste schon jemand ganz Besonderes kommen, der mich vom Hocker reißt, umhaut und schnurstracks in den siebten Himmel beamt. Stephan Pückler ist das ganz bestimmt nicht. Der ist blond und nervig, weiter nichts.«

»Na ja, umgehauen hat er dich ja irgendwie schon, wenn auch gleich mitsamt deines Fahrrads!« Tina grinste und verkniff sich weitere Bemerkungen zum Thema Stephan Pückler.

»Ich fand deine Sommersprossen ja schon immer süß, aber auf mich wolltest du ja nicht hören«, ließ Tina abschließend verlauten und räumte endlich ihre Schminkutensilien zusammen.

Sie fuhren mit Tinas Wagen, da Lea wegen ihres gebrochenen Armes auf Chauffeurdienste angewiesen war. Sabine stand bereits vor dem Haus und sah demonstrativ auf die Uhr, bevor sie sich auf den Rücksitz des Kleinwagens quetschte.

»Tina hat heute eine rote Bluse an«, erklärte Lea und lächelte Sabine zur Begrüßung zu. Da Tina gern Rot trug und bekanntermaßen über eine umfangreiche Lippenstiftsammlung verfügte, genügt diese Begründung für die gute halbe Stunde Verspätung.

»Wer sieht heute Abend nach den Kindern?« Lea wollte nicht direkt fragen, ob Hilko zu Hause war. Später war noch Zeit genug, um auf Sabines Probleme zu sprechen zu kommen. Selbst in der beginnenden Abenddämmerung hatte sie gesehen, dass Sabine blass war und Ringe unter den Augen hatte.

Seit jenem Morgen im Krankenhaus hatte Lea einmal mit Sabine telefoniert und sich vorsichtig nach ihrem Befinden erkundigt. Zu ihrem Erstaunen erhielt sie als Antwort Sabines übliche Beteuerung, es gehe ihr wunderbar, wenn sie natürlich auch wegen der Elternvertretung im Kindergarten und Vanessas bevorstehendem vierten Geburtstag, viel zu tun habe. So hatte Lea darauf verzichtet, die Szene im Fahrstuhl zu erwähnen. Vielleicht ergab sich heute Abend eine Gelegenheit, über dieses Problem zu reden, falls Sabine das überhaupt wollte.

»Babysitter«, kam Sabines knappe Antwort auf die Frage nach ihren Kindern.

Den Rest des kurzen Weges legten sie schweigend zurück.

Luigi begrüßte sie mit einem strahlenden Lächeln und jenen Komplimenten, die man von einem jungen Italiener erwartete, der drei junge, allein stehende Frauen zu Gast hatte.

»Er sagt jeder das Gleiche, sogar dieser Schwarzhaarigen mit fünfzig Kilo Übergewicht, die wahrscheinlich genau deshalb jeden zweiten Abend hier ist. Trotzdem – ich fühle mich immer mindestens doppelt so schön, wenn er sein Süßholz geraspelt hat.« Tina zupfte sich Bluse und Rock zurecht, bevor sie sich auf ihren Stammplatz setzte, von dem aus sie das ganze Restaurant überblicken konnte.

»Männer sind nun mal Lügner.« Sabine hatte so leise gesprochen, dass die beiden anderen Frauen nicht ganz sicher waren, ob sie sie richtig verstanden hatten.

»Wahrscheinlich hast du Recht«, antwortete Lea nach einem kurzen, unbehaglichen Schweigen. »Obwohl natürlich die Fairness gebietet, nicht zu verallgemeinern. Mein Männerbild ist im Moment allerdings auch ziemlich getrübt.«

In Erwartung eines umfangreichen Lageberichts von Sabine schwiegen Lea und Tina erneut. Es kam aber nichts. Sabine studierte die Speisekarte mit einer so gebannten Aufmerksamkeit, als wäre sie nie zuvor bei Luigi gewesen und hätte in ihrem Leben noch kein italienisches Essen probiert.

Tina zuckte die Achseln und vertiefte sich ebenfalls in die Speisekarte, während Lea, die ohnehin entschlossen war, eine Pizza mit reichlich Käse und extra vielen Oliven zu bestellen, nachdenklich die übernächtigt wirkende Sabine betrachtete.

Nachdem sie ihre Bestellung aufgegeben hatten, legte sich ein ungewohntes Schweigen über den Tisch. Jede von ihnen hing ihren eigenen Gedanken nach, die sie offenbar im Moment nicht mit den anderen beiden teilen wollte.

»Hoppla! Der Typ da drüben sieht interessant aus«, stellte Tina nach einer Weile anerkennend fest. »Er hat ein bisschen was von Jon Bon Jovi.«

»Du weißt doch, dass ich nicht auf blonde Männer stehe und auf Bon Jovi schon gar nicht«, brummelte Lea vor sich hin.

»Schade. Er hat dir gleich ein Loch in den Hinterkopf gestarrt, wenn er so weitermacht. Jedenfalls scheint er auf rotbraunes Haar zu stehen, wie es aussieht. Unsereins nimmt er gar nicht wahr. Nicht mal unseren goldblonden Rauschgoldengel Sabine.« Tina amüsierte sich köstlich.

»Aber das ist doch der Mann, mit dem du im Krankenhaus warst! Ich dachte, das ist dein neuer Freund oder so, nachdem du doch mit Frank Schluss gemacht hast.«

Sabines Worte ließen Lea so heftig zusammenzucken, dass sie die Blumenvase umstieß, in der zum Glück kein Wasser war, weil es sich nun mal um künstliche Blumen handelte, mit denen Luigi seine Tische dekorierte. Sie kümmerte sich nicht um die Vase, riss den Kopf herum und starrte quer durch den Raum in zwei tiefblaue Augen, die ihren Blick ernst erwiderten.

»Nein!« Ihr Entsetzensschrei war so laut, dass er ihn wahrscheinlich am anderen Ende des Lokals gehört hatte.

»Selbst wenn du auf dunkelhaarige Typen stehst, musst du nicht gleich um Hilfe rufen und dich unter dem Tisch verstecken, nur weil einer blond ist.«

Erstaunt beobachteten Tina und Sabine, dass Lea fast unter die Tischplatte gerutscht war.

»Das ist er!«, flüsterte sie heiser und rollte wild mit den Augen. »Der verfolgt mich.«

»Jon Bon Jovi ist ganz ruhig und gelassen. Der tut dir nichts«, versuchte Sabine sie zu beruhigen. »Er wundert sich vielleicht nur ein bisschen, dass du plötzlich halb unter dem Tisch sitzt, das ist alles.«

»Der sieht nicht wie Jon Bon Jovi aus! Wenn er schon wie irgendwer aussieht, dann wie Brad Pitt.« Immer noch waren Leas Augen nur knapp über der Höhe der Tischplatte.

»Das ist der Mann, der an Leas Armbruch Schuld hat«, erklärte Tina an Leas Stelle. »Deshalb, und natürlich weil er unübersehbar ein Mann ist, redet sie sich ein, ihn nicht zu mögen. Oder nicht mögen zu dürfen. Oder so ähnlich.«

Sabine nickte verständnisvoll, während Lea verbissen schwieg und zurückzuckte, als Luigi ihre Pizza vor ihr auf den Tisch stellte. Da sie auf ihrem Stuhl so weit nach vorn gerutscht war, dass sie fast lag, hing ihre Nasenspitze jetzt praktisch auf dem Teller.

»Es gibbe Probleme?«, erkundigte Luigi sich besorgt, da er sich nicht vorstellen konnte, dass Leas Nase ausschließlich wegen seines köstlichen Essens nur Zentimeter über dem Teller schwebte.

»Nur eine kleine Diskussion über blonde Männer«, beruhigte Tina ihn. »Du kannst dich freuen, Luigi, Lea steht absolut und ausschließlich auf dunkelhaarige Typen.«

»Das isse gute Geschmack«, lobte Luigi. »Aber da isse blonde Mann, der sich hat nach dir erkundigt, Lea.«

»Der da drüben, der aussieht wie Jon Bon Jovi?« Ohne Rücksicht darauf, ob Jon ihre Neugier bemerkte, verrenkte Tina sich den Hals, und selbst die diskrete Sabine schaute nun sehr indiskret und ausdauernd in Richtung Fenster.

»Er sieht aus wie Brad Pitt!«, kam es dumpf unter dem Tisch hervor. »Und ich kann nur hoffen, du hast ihm nichts über mich gesagt, Luigi, sonst sehe ich mich gezwungen, dich mit einem Betonklotz an den Füßen im Baggersee zu versenken.«

»Er hat mich ganz harmlose Sachen gefragt«, verteidigte sich Luigi erschrocken und vergaß völlig seinen italienischen Akzent. »Welches dein Lieblingsessen ist, welchen Wein du gerne trinkst und solche Sachen. Eigentlich sollte ich dir auf keinen Fall sagen, dass er mich über dich ausgefragt hat, aber dich kenne ich schon viel länger, und du bist eine schöne Frau, er aber nur ein Mann. Ich stecke nicht mit Männern unter einer Decke.« Der Südländer warf energisch den Kopf zurück und einen feurigen Blick in die Runde, um unmissverständlich deutlich zu machen, mit wem er unter Umständen bereit war, unter der Decke zu stecken.

Da Lea mittlerweile klar geworden war, dass sie wohl kaum den Rest des Abends unter dem Tisch verbringen konnte, kam sie zögernd wieder zum Vorschein, achtete aber darauf, keinesfalls den Kopf in *seine* Richtung zu drehen.

»Was hast du ihm gesagt, Luigi?«, vernahm sie den Wirt im Ton einer Staranwältin.

»Ich kenne deine Lieblingsblumen nicht, also habe ich ihm *darüber* gar nichts gesagt«, verteidigte Luigi sich eingeschüchtert. »Von den Oliven habe ich ihm erzählt. Und dass du meistens Pizza isst und zum Nachtisch manchmal Tiramisu. Ich wusste nicht, dass das ein Geheimnis ist. Eigentlich dachte ich, er ist ein Freund von dir. Vielleicht ein neuer Verehrer, nachdem du mit dem komischen Fußballer nicht mehr herkommst.«

»Dann teile ihm jetzt noch so ganz nebenbei mit, dir sei eingefallen, dass meine Lieblingsblume der Enzian ist. Aber sag ihm keinesfalls, dass du mir von seiner Frage erzählt hast.« Sie hoffte, dass Enzian nicht so ohne weiteres in jedem beliebigen Blumengeschäft zu kaufen war. Vielleicht in überhaupt keinem. Dann würde Stephan in seinem Wahn vielleicht auf einen Berg steigen, um welchen zu pflücken. Und falls er das nicht überlebte, hätte sie endlich Ruhe vor ihm.

Sabine hörte stumm und irritiert zu, während Tina gar nicht mehr versuchte, ihr Kichern zu verbergen.

»Soll ich ihm sonst noch was sagen?«, erkundigte Luigi sich diensteifrig. Seine Hände zuckten in Richtung Block und Bleistift, als wollte er ihre Mitteilungen sicherheitshalber notieren. »Er hat mich übrigens auch gefragt, ob ich dein Lieblingslied kenne, nachdem ich ihm erzählt habe, dass du hier Stammgast bist.«

»Lieblingslied?« Lea runzelte die Stirn. »Nee, weißt du nicht. Soll er doch raten, grübeln, sich den Kopf zerbrechen!«

»O sole mio?«, schlug Luigi hoffnungsvoll das vielleicht einzige italienische Lied vor, das er kannte.

»Nein, du kennst mein Lieblingslied nicht!«, bestimmte Lea entschlossen und fragte sich, ob Stephan Pückler tatsächlich verrückt genug war, ihr einen Stehgeiger unter ihr Schlafzimmerfenster zu stellen, und nur noch nicht wusste, welches schmalzige Lied er in Auftrag geben sollte.

Luigi nickte gehorsam und zog sich zurück. Aus den Augenwinkeln beobachtete Lea, dass er nicht direkt zu Stephan marschierte, sondern sich am Nebentisch zu schaffen machte, dort Salz- und Pfefferstreuer zurechtrückte und den Aschenbecher in die Mitte schob, bevor er sich an die beiden Männer am Fenstertisch wandte.

»Erzähl doch ein bisschen mehr über ihn«, drängte Sabine. »Wie ist er denn so? Mir erschien er im Krankenhaus sehr nett.«

»Ich will nicht mehr über diesen Mann sprechen«, verkündete Lea hoheitsvoll und piekste die erste Olivenhälfte auf ihre Gabel. »Von dem lasse ich mir jedenfalls nicht den Abend verderben.«

»Aber …«, protestierte Sabine, die plötzlich ein bisschen Farbe im Gesicht hatte, so interessant fand sie die Geschichte zwischen Lea und dem Mann dort drüben am Fenster, der sich immer noch angeregt mit Luigi unterhielt.

»Heute ist Weiberabend! Und das bedeutet, dass wir über uns und unsere Freuden und Leiden sprechen, nicht aber über fremde Männer, mit denen wir nichts zu tun haben und nichts zu tun haben werden und wollen.« Leas strenge Miene brachte Sabine prompt zum Schweigen.

»Wie geht es dir denn überhaupt, Bine?« Wie immer, wenn sie ihren alten Kosenamen aus Schulzeiten verwendete, fühlte sich Lea der Freundin gleich viel näher. Damals hatten keine endlosen Pflichten, Ehemänner, unglücklichen Lieben, quengelnden Kinder und langen Arbeitstage zwischen ihnen gestanden. Indem sie sich an Sabines Kummer im Krankenhausaufzug erinnerte, vergaß Lea sogar beinahe den Mann am Fenstertisch.

»Mir geht es gut. Wieso sollte es mir nicht gut gehen?« Das klang trotzig, aber deshalb nicht wahrer.

»Du warst ziemlich fertig, als wir uns das letzte Mal sahen. Und du hast praktisch jede Frau verdächtigt, ein Verhältnis mit deinem Mann zu haben. Sogar mich. Hast du denn nun herausgefunden, wer es ist und ob es überhaupt jemand ist?«

Lange Zeit blieb es still zwischen den drei Frauen, während Sabine sich auffallend für den Wein in ihrem Glas interessierte, in den sie starrte, als könnte sie darin die Zukunft lesen.

»Nein, habe ich nicht herausgefunden«, sagte sie schließlich mit fremder, heiserer Stimme. »Er behauptet, dass nichts ist. Aber schon zweimal hat das Telefon geklingelt, als er zufällig mal zu Hause war, und als ich mich meldete, hat der Anrufer aufgelegt. Und ein neues Rasierwasser benutzt er auch.«

»Deshalb bist du neulich ins Krankenhaus gekommen? Weil jemand wieder aufgelegt hat?«, wunderte sich Lea. »Das kommt bei mir auch ab und zu vor, und ich habe keinen Ehemann, den irgendeine Frau versuchen könnte zu erreichen.«

Sabine schüttelte den Kopf und suchte verzweifelt nach einem Taschentuch, während bereits eine einzelne Träne über ihre Wange rollte. »Er hatte sein Handy zu Hause vergessen. Und ich habe mir die SMS angesehen.«

»Und?« Tina ließ keinen Blick von Sabine, während sie Spaghetti um ihre Gabel wickelte und in den Mund schob. »Was hast du gefunden?«

»So komische Texte. Lauter Abkürzungen, die ich nicht verstehen konnte. Wahrscheinlich so was wie ILD für ›Ich liebe dich‹. Mir schickt er ja nie SMS, weil er angeblich keine Zeit hat. Wie soll ich also wissen, was das alles heißt?«

»Nur Abkürzungen?«, fragte Tina enttäuscht.

»Nicht nur. Sie hat ihm auch so was geschrieben wie ›morgen‹, ›Freitag‹, ab und zu ein Datum oder eine Uhrzeit. Wahrscheinlich die Uhrzeit, um die sie sich treffen wollen.« Bei den letzten Worten brach Sabines Stimme, und sie presste sich hastig eine der rotweißen Papierservietten vor den Mund.

»Aber das kann doch alles und nichts heißen!« Lea kaute auf dem knusprigen Rand ihrer Pizza herum. »Hast du ihn gefragt, was das bedeutet?«

Sabine schüttelte den Kopf. »Ich kann ihm doch nicht sagen, dass ich in seinem Handy herumgeschnüffelt habe. Immerhin haben wir uns mal Vertrauen geschworen und dass wir über alles reden wollen.«

Lea und Tina wechselten einen stummen Blick.

»Was wirst du denn aber machen, wenn du nicht mit ihm reden kannst oder willst?«, fragte Lea nach einer langen Pause.

»Ich habe gestern eine neue SMS gefunden, als er unter der Dusche war. Diesmal waren es fast nur diese komischen Abkürzungen.« Sabines hellblaue Puppenaugen schwammen in Tränen.

»Waren alle Nachrichten, die du gefunden hast, von derselben Handynummer?«, erkundigte Lea sich sachlich.

Sabine nickte und wischte mit der Papierserviette um ihre Augen herum. Offenbar hatte sie in der Zwischenzeit dazugelernt und trug wasserfeste Wimperntusche.

»Hast du die Nummer schon mal angerufen?« Tina beugte sich so weit über den Tisch, dass sie fast in ihrem Essen lag.

»Ich trau mich nicht. Einmal hatte ich schon gewählt, aber dann habe ich schnell wieder aufgelegt«, piepste Sabine und schüttete sich den gesamten Inhalt ihres noch fast vollen Weinglases in den Mund.

»Weißt du die Nummer auswendig? Ich mache das für dich.« Wie durch Zauberei hielt Tina bereits ihr Handy in der Hand. Sabine musste nicht überlegen, um die Nummer zu nennen. Während Tina das Handy ans Ohr hielt, starrten die beiden Freundinnen sie stumm und atemlos an.

Sabine saß womöglich noch starrer und gerader auf ihrem Stuhl als vorher, Lea warf einen Seitenblick in Richtung Fenster, konzentrierte sich aber sofort wieder auf das Geschehen an ihrem eigenen Tisch.

»Mobilbox.« Mit gekräuselten Lippen ließ Tina das kleine Telefon sinken und legte es sehr langsam und sanft neben ihren Teller.

»Eine Frau?« Sabines tonlose Stimme ging nahezu im gleichmäßigen Tellerklappern und den Unterhaltungen an den Nebentischen unter.

»Ja.« Selbst Tina brachte es nicht fertig, Sabine bei dieser Antwort in die schreckgeweiteten Augen zu sehen.

»Okay.« Zur Überraschung ihrer beiden Freundinnen schien die Tatsache, dass es tatsächlich eine Frau war, mit der ihr Ehemann per Handy geheimnisvolle Kürzel austauschte, Sabine eher neue Kraft zu geben, als sie völlig umzuhauen. Ihre Augen waren plötzlich klar, und auf ihren Wangen lag eine leichte Röte.

»Es könnte trotzdem eine ganz harmlose Erklärung für all das geben.« Lea sprach ein wenig atemlos, weil sie gleichzeitig aus den Augenwinkeln beobachtete, wie Stephan und sein Freund aufstanden und sich in Richtung Ausgang bewegten. Dabei schimmerte das indirekte Licht der Deckenstrahler auf Stephans blondem Haar. Aus irgendeinem Grund empörte es sie, dass er nicht ein einziges Mal den Kopf in ihre Richtung wandte. Immerhin hatte er sich in aller Ausführlichkeit bei Luigi nach ihr erkundigt. Und jetzt tat er, als hätte er nicht das geringste Interesse an ihr. Männer waren so verlogen!

Interessiert betrachtete Lea Stephans Rückfront in der lässigen khakifarbenen Baumwollhose. Zu schade, dass er nicht wenigstens Übergewicht oder O-Beine hatte. Klein und dick wäre gut gewesen. Und hätte die Sache vielleicht ein wenig einfacher für sie gemacht. Obwohl sie natürlich auch so nicht das geringste Interesse an diesem Mann hatte!

»Ich werde mir überlegen, was ich tue«, sagte Sabine gerade, als es Lea gelang, ihre Aufmerksamkeit wieder ihren beiden Freundinnen zu widmen, nachdem Stephan und sein Begleiter endlich aus dem Restaurant verschwunden waren.

»Es ist nicht leicht für dich, mit den zwei kleinen Kindern.« Mitfühlend strich Lea über den glatten, kühlen Ärmel von Sabines teurer Seidenbluse.

Sabine straffte erneut ihre Schultern. »Das hat nichts mit den Kindern zu tun, sondern nur mit Hilko und mir. Und wenn irgendwas ist, ich meine, wenn mein Verdacht richtig ist, wird er ohnehin für die Kinder zahlen müssen.«

»Na ja, Geld ist auch nicht immer alles. Aber es ist gut, dass du wenigstens abgesichert bist«, sagte Lea nicht sehr überzeugend und suchte Tinas Blick.

Tina schien im Moment nicht recht bei der Sache zu sein. Auf ihrem Gesicht lag ein seltsam fiebriger Glanz, während sie hinüber zu der kleinen holzverkleideten Theke starrte.

Automatisch schaute Lea in dieselbe Richtung. Sie erstarrte, sah Tina an, dann wieder den Mann am Tresen. Obwohl eigentlich offensichtlich war, was hier geschah, jedenfalls angesichts des plötzlichen Glanzes in Tinas Augen, brauchte Lea eine Weile, bis sie begriff.

Tina und Jürgen Bruhns! Bruhns, der bisher so geächtete, weil strenge Chefredakteur! Was bisher ein vager Verdacht gewesen war, wurde in diesem Moment zur Gewissheit.

»Du hast ihm doch nicht etwa gesagt, dass wir ... dass du heute Abend hier bist?«

Achselzucken, dann ein fast schüchternes Wispern: »Es ist mir so herausgerutscht. Und als er sagte, er würde vielleicht mal vorbeischauen, konnte ich ihm das schließlich nicht verbieten. Das hier ist ein öffentliches Lokal.«

»Er ist dein Chef, Tina! Waren wir uns nicht immer einig, dass Affären am Arbeitsplatz viel zu kompliziert und gefährlich sind?«

»Wo ist Tinas Chef?« Für den Moment vergaß Sabine ihre eigenen Probleme und verrenkte sich den Hals nach dem nächsten Mann, der ihre Freundinnen in Unruhe versetzte, kaum dass der eine das Restaurant verlassen hatte.

»Sieh lieber nicht hin! Der soll gar nicht erst auf die Idee kommen, dass wir auch in unserer Freizeit zu seiner Verfügung stehen. Neulich hat er mich doch tatsächlich nachts um elf zu Hause angerufen, weil er wissen wollte, ob ein Artikel auch gründlich recherchiert wäre. Außerdem ist heute unser Weiberabend, nicht wahr?« Lea schoss einen giftigen Blick in Tinas Richtung.

»Er ist wirklich nett und würde sich nie einfach zu uns setzen, wenn wir ihn nicht fragen«, erklärte Tina hastig.

»Und wir werden ihn nicht fragen! Bis vor zwei Wochen hast du dich noch ständig über ihn aufgeregt, Tina. Was ist eigentlich während der paar Tage passiert, die ich mit Grippe im Bett lag?« Erst jetzt fiel Lea auf, dass Tina tatsächlich seit jenem Zeitpunkt kein Wort mehr über Jürgen Bruhns verloren hatte. Dieses Schweigen hätte ihr auffallen müssen. Aber dazu war sie zu sehr mit ihren eigenen Problemen beschäftigt gewesen.

»Dass man etwas mit seinem Chef anfängt, ist ja noch nicht das Schlimmste an der Sache«, fuhr Lea im tadelnden Ton einer Gouvernante fort.

»Was ist denn das Schlimmste?«, erkundigte sich Sabine interessiert.

»So einiges«, erwiderte Lea finster, während sie hinter Sabines Rücken eindrucksvoll mit dem Ringfinger ihrer rechten Hand wackelte. Jürgen Bruhns war verheiratet, und Lea konnte sich nicht vorstellen, dass es unbedingt hilfreich für Sabine war, wenn eine ihrer Freundinnen sozusagen vor ihren Augen eine Affäre mit einem verheirateten Mann begann.

»Ich bin frei wie ein Vogel im Wind. Es gibt niemanden, dem ich ewige Treue geschworen habe«, verkündete Tina heiter. »Und wenn ihr es genau wissen wollt – ich bin so richtig bis über beide Ohren verknallt in diesen Mann. Rettungslos und mit allen Schikanen, inklusive Schmetterlingen im Bauch. Da war dieser Abend im Büro, als wir uns furchtbar wegen eines meiner Artikel in die Haare geraten sind, und plötzlich wusste ich es. Der oder keiner. Zumindest für den Augenblick. Niemand redet von immer und ewig. Ich lebe nun mal jetzt und hier.«

Lea verdrehte die Augen und sagte gar nichts mehr. Offenbar war in diesem Fall jedes weitere Wort überflüssig, so gut kannte sie Tina mittlerweile. Aus irgendeinem Grund schienen alle um sie herum verrückt zu spielen, seit sie sich von Frank getrennt hatte und kurz darauf im wahrsten Sinne des Wortes über Stephan gestolpert war. Als ob es nicht genügte, dass ihr eigenes Leben komplett in Unordnung war – eine Unordnung, die sie noch dazu einarmig meistern musste –, schien es ihren Freundinnen ebenso zu gehen.

»Dann schlage ich vor, dass Sabine und ich uns auf den Heimweg machen, während Tina ihren Chef weiter mit den Augen verschlingt oder ihm vielleicht sogar auf den Schoß krabbelt.« Lea ließ keinen Zweifel daran, dass sie nicht willens war, auch noch zuzusehen, wie Tina in ihr Unglück rannte.

»So ist der Sinn des Lebens, Sklav', das Leben«, zitierte Tina, die in ihrer Schulzeit ein begeistertes Mitglied der Theater-AG gewesen war, fröhlich Shakespeare. »Was ich damit sagen will, ihr Lieben: Ich genieße das Leben, nicht mehr und nicht weniger. Was ist so schlimm daran?«

Wie üblich war Tina wild entschlossen, genau das zu tun, was sie tun wollte, und keinesfalls auf andere zu hören. Und wie immer beneidete Lea die Freundin heftig um diese Fähigkeit.

IX

»Das Leben meint es gut mit mir. Alles fügt sich zum Guten«, murmelte Lea aufmunternd vor sich hin. Im schwachen Licht der Zwanzig-Watt-Birne über der Haustür war sie damit beschäftigt, ihren Tascheninhalt aufzusammeln, der ihr heruntergefallen war, während sie die Tasche auf dem waagerecht in der Luft balancierten Oberschenkel abgestellt und mit ihrer einzigen verfügbaren Hand nach dem Hausschlüssel gesucht hatte.

Im selben Moment hatte sie es fast bereut, nicht auf Sabines Angebot, sie bis zur Tür zu begleiten, eingegangen zu sein. Die Freundinnen hatten sich für den Heimweg von Luigi ein Taxi geteilt, da ja Tina, die auf dem Hinweg alle in ihrem Wagen chauffiert hatte, in Jürgen Bruhns' Gesellschaft zurückgeblieben war. Aber natürlich wäre es albern gewesen, sich von Sabine die Tür aufschließen zu lassen. Schließlich war ein gebrochener Arm zwar ärgerlich, unbequem und schmerzhaft, aber kein Grund, sich zur Unselbstständigkeit verdammt zu sehen.

»Alles nur die Schuld dieses blöden Kerls, der nicht in der Lage ist, sich mal kurz umzusehen, bevor er seine Autotür aufreißt«, schimpfte sie gleich darauf. So ganz hatte sie die Sache mit den positiven Affirmationen doch noch nicht verinnerlicht. Obwohl sie sich Mühe gab, denn wenn sie es Tina auch noch nie gesagt, sondern eher immer mit dem erhobenen Zeigefinger vor ihrer Nase herumgefuchtelt hatte – oft beneidete sie die Freundin um ihre Art, ohne Wenn und Aber in der Gegenwart zu leben, zu entscheiden, was sich gut für sie anfühlte, und genau dieses Gute zu genießen. Es mochte sein, dass die Geschichte mit Bruhns mit Heulen und Zähneklappern enden würde, dennoch würde Tina dann auf eine glückliche, unbeschwerte Zeit zurückblicken. Ohnehin trauerte sie nach dem Ende einer ihrer überschwänglichen Lieben immer nur so lange, bis ein neues Objekt der Begierde auftauchte, was in der Regel nicht länger als zwei Wochen dauerte. Es musste sich gut anfühlen, sich derart auf das Leben einlassen zu können, Vernunft hin oder her.

Lea unterdrückte einen Seufzer und zog ihren herabhängenden Blusenärmel aus der Pfütze, in der sie soeben ihren Lippenstift gefunden hatte, der nun wahrscheinlich unbrauchbar war. Ihre Puderdose lag mitten in dem etwas verwahrlosten Rosenbeet seitlich vom Hauseingang, und sie holte sich einen blutigen Kratzer, als sie sie zwischen den dornigen Pflanzen hervorangelte. Dann fand sie endlich ihren Schlüsselbund im Schatten neben den Stufen, klemmte sich ihre offene Tasche unter den Arm und schloss die Tür auf.

Als sie den Blumenstrauß auf der Fußmatte vor ihrer Wohnungstür sah, war sie im ersten Moment wütend. Was fiel dem Kerl ein? Hatte sie nicht ausdrücklich Enzian gesagt? Das da war ein simpler, bunter Frühlingsblumenstrauß, noch dazu höchstens halb so groß wie die Gebinde, die er ihr vorher geschickt hatte. Dann sah sie die Karte mit dem großen roten Herzen und wusste augenblicklich, dass es nicht Stephan Pückler war, der hinter dieser Gabe steckte. Unübersehbare knallig-leuchtende Herzen waren irgendwie nicht sein Stil.

Lea gab sich redliche Mühe, ihre Rührung zu unterdrücken, während sie die wenigen Worte las, die Frank auf die Karte gekritzelt hatte. »Bitte, verzeih mir, wenn du kannst!«

Wenn sie sich recht erinnerte, war dies die erste schriftliche Mitteilung, die sie jemals von ihm bekommen hatte. Für den Anfang war das gar nicht so schlecht. Mit geschlossenen Augen tauchte sie die Nase tief in den Strauß, obwohl die Treibhausblüten natürlich nicht dufteten. Dafür erinnerte sie sich plötzlich daran, wie Franks Haare immer geduftet hatten, wenn er vom Fußballtraining kam – nach einer Mischung aus Wind, Gras und seinem herben Shampoo.

Hastig schüttelte sie den Kopf, bemüht, jede Erinnerung und alle Zweifel zu vertreiben, denn das Kapitel Frank war zumindest vorerst abgeschlossen, auch wenn sie manchmal sentimentale Rückfälle erlitt. Es war mehr nötig als ein Blumenstrauß, um sie dazu zu bringen, ihren Entschluss zu widerrufen.

Sie atmete tief durch, schloss die Wohnungstür auf, balancierte mühsam Strauß und Karte und die immer noch weit offen stehende Handtasche über die Schwelle und schob erschöpft mit der Schulter die Tür hinter sich zu.

Lea erwachte mühsam aus einem unruhigen Schlaf. Immer noch nahm sie nach dem Aufwachen als Erstes die Schmerzen in ihrem linken Arm wahr. Tagsüber, wenn sie abgelenkt war, spürte sie meistens nicht mehr als ein unangenehmes Ziehen und Pochen, das sich nachts, wenn sie ein oder zwei Stunden unbeweglich auf dem Rücken gelegen hatte, zu einem so deutlichen Schmerz steigerte, dass sie ihn im Halbschlaf manchmal sogar zu hören meinte. Das klang wie eine leise, unangenehm schrille elektrische Säge.

Leise stöhnend wechselte sie ihre Position auf dem Kissen und schickte dabei routinemäßig einige bitterböse Gedanken in Richtung Stephan Pückler, dem sie das hier verdankte.

Erst als sie ihren Kopf wieder auf dem Kissen zurechtgeruckelt hatte, wurde ihr bewusst, dass in ihren Ohren noch etwas anderes war als das nächtliche Schrillen des Schmerzes. Sie richtete sich so hastig auf, dass sie einen Schrei nicht unterdrücken konnte, als es wie mit blanken Messern durch ihren Arm fuhr.

Das durfte nicht wahr sein! Sie legte den Kopf schief und lauschte angestrengt, obwohl die Töne, die aus dem Innenhof durch das offen stehende Fenster zu ihr heraufdrangen, eigentlich nicht zu überhören waren. Eine Geige schraubte ihre Töne durch die Nacht.

Leas Blick streifte suchend durchs Zimmer und blieb an den Leuchtziffern ihres Weckers hängen. Zwei Minuten nach Mitternacht! Der Kerl hatte einen Knall! Musste er alles wörtlich nehmen? ›Ein Stehgeiger um Mitternacht‹, das hatte sie geschrieben. Und da war besagter Geiger nun, pünktlich um Mitternacht, wenige Stunden, nachdem Stephan Pückler ihre E-Mail erhalten hatte. Und nur drei Stunden, nachdem sie einander von Ferne bei Luigi gesehen hatten.

Mit der gesunden Hand ihren bandagierten Arm stützend, schwang sie die Beine über den Bettrand und trat ans Fenster. Ein Blick nach unten, und sie suchte erschrocken hinter der Gardine Deckung. Das war doch nun wirklich übertrieben! Als sie die Sache mit den Kerzen geschrieben hatte, hatte sie selbst keine rechte Vorstellung von der praktischen Durchführung dieses Vorschlags gehabt. Stephan beim Lesen offensichtlich schon.

Sie krallte ihre Hand so heftig in die Gardine, dass der Stoff einen knirschenden Laut von sich gab. Am liebsten hätte sie sich die Ohren zugehalten, was aber mit nur einer Hand erstens schwierig zu bewerkstelligen war und zweitens auch nicht viel genützt hätte, da sie die Kerzen und die beiden männlichen Silhouetten unten auf dem Hof immer noch *sah*. Es gelang ihr einfach nicht, den Blick abzuwenden.

Mit weit ausholenden Bewegungen ließ der Geiger den Bogen über die Saiten gleiten, während der Mann neben ihm ganz still dastand und, den Kopf weit in den Nacken gelegt, hinauf zu ihrem Fenster starrte.

Lea bemühte sich, das Stück zu erkennen, das dort unten gespielt wurde, aber sie konnte sich nicht recht auf die Töne konzentrieren, die zudem mittlerweile vom Widerhall des heftigen Herzklopfens in ihren Ohren fast übertönt wurden.

»Ruhe da unten! Anständige Menschen schlafen um diese Zeit.«

Lea zuckte zusammen, als sie die energische Männerstimme hörte, die aus einem Fenster an der Schmalseite des Innenhofes kam. Der Geiger und sein Begleiter dagegen kümmerten sich nicht im Geringsten um den Protest des anständigen Menschen. Im Gegenteil, es erschien Lea, als würden die Töne noch ein wenig lauter und dringlicher.

Ein weiteres Fenster wurde mit einem schrappenden Geräusch geöffnet. »Spielen Sie nur weiter, junger Mann«, ließ sich die leicht zittrige Stimme einer alten Frau vernehmen. »Das ist sehr romantisch. Ich wünschte, ich wäre noch mal zwanzig.«

Diesmal verbeugte sich der Geiger beim Spiel leicht in die Richtung, aus der die Stimme gekommen war, und auch Stephan Pückler nickte hinauf zum Fenster der wohlwollenden Zuhörerin.

»Ruhe! Oder ich rufe die Polizei.«

Lea konnte nicht ausmachen, ob dieser Ruf wieder von dem anständigen Menschen kam oder ob sich eine weitere Proteststimme zu der nächtlichen Runde gesellt hatte. Zu gern hätte sie auch hinuntergerufen, dass sie sofort und auf der Stelle ihre Ruhe haben wollte, aber es erschien ihr sicherer, so zu tun, als ginge sie die ganze Sache nicht das Geringste an.

»Nun erbarme dich doch endlich, Lea! Wo er sich so viel Mühe gibt.« Das war die Stimme einer jungen Frau.

Schlagartig wurde Lea klar, dass es schwierig war, so zu tun, als hätte sie mit der Geigerei im Innenhof nichts zu tun, wenn dort unten mehrere Dutzend Teelichte leise flackernd im Nachtwind ihren Namen bildeten. Sie lebte seit über drei Jahren hier, unten am Klingelschild standen ihr Vor- und Zuname, und wer sie bisher noch nicht kannte, würde spätestens morgen Früh von irgendeinem Nachbarn erfahren, wer die Frau war, der das nächtliche Ständchen gegolten hatte.

Wie war sie nur auf die blöde Idee mit dem Stehgeiger verfallen? Aber schließlich hatte sie nicht ahnen können, dass Stephan Pückler tatsächlich wortgetreu ihre Ratschläge ausführen würde – noch dazu so schnell.

»Lea! Lea! Erhöre ihn!«, tönte es jetzt aus mehreren Fenstern rings um den Innenhof.

Sie hatte ihre Hand schon am Fenstergriff, um Stephan und seinem Geiger ihre Meinung zu dieser Aktion zu sagen, als sie es sich anders überlegte. Ganz gewiss würde sie nicht noch zur allgemeinen Gaudi beitragen, indem sie von der Dachwohnung aus mit ihrem durchgeknallten Verehrer verhandelte.

Lea stürzte so eilig zur Wohnungstür, dass der linke Ärmel des weit geschnittenen Herrenhemdes, das sie zum Schlafen trug, wie im Sturm hinter ihr herflatterte. Im Vorbeilaufen nahm sie das Klingeln des Telefons wahr. Ihr wurde plötzlich bewusst, dass der Apparat schon längere Zeit geläutet hatte, aber darum konnte sie sich jetzt nicht kümmern. Wahrscheinlich war das einer ihrer Nachbarn, der sich ans Telefon statt aus dem Fenster gehängt hatte, um sie aufzufordern, dem Treiben im Innenhof ein Ende zu machen.

Erst als sie schon fast im Erdgeschoss angekommen war, bemerkte sie, dass sie nicht einmal Schuhe trug. Dennoch kehrte sie nicht um. Die Angelegenheit da draußen konnte sie innerhalb von dreißig Sekunden regeln, und in dieser Zeit würden ihr die Füße vor Kälte schon nicht abfallen, zumal die Frühlingsnacht mild war.

Während sie im Parterre auf nackten Sohlen über den Fliesenboden zur Hoftür eilte, öffnete sich die Wohnungstür der alten Frau Marge und ein mit Lockenwicklern und rosa Häubchen verzierter Kopf streckte sich ins Treppenhaus.

»Werden Sie ihn heiraten, Kindchen? Er ist ja so romantisch!«

»Entschuldigen Sie bitte den Lärm, Frau Marge. Ich werde sofort dafür sorgen, dass Ruhe einkehrt.« Mit wild flatterndem Ärmel lief Lea weiter.

»Viel Glück.« In der Stimme der alten Frau schwang Sehnsucht mit.

Lea jedoch dachte nicht daran, sich von der sentimentalen Stimmung einer alten, einsamen Frau, die seit vielen Jahren ehrlich und ausdauernd um ihren Ehemann trauerte, anstecken zu lassen. Wutschnaubend stieß sie die Hoftür auf und eilte ins Freie. Sie musste sich erst einmal das wirre Haar aus der Stirn streichen, bevor sie die beiden Gestalten neben den vielen Kerzen mit Blicken erdolchen konnte, während sie auf sie zustapfte. Leider war die Mühe mit dem finsteren Blicken mangels Beleuchtung vergeblich, aber das wurde ihr erst klar, als sie schon direkt vor Stephan stand. Obwohl die Kerzen sein Gesicht von unten beleuchteten, war seine Miene wegen der nächtlichen Schatten und dem flackernden Licht nicht zu deuten.

»Lea!« In seiner Stimme schwang eine so unverschämte Zärtlichkeit mit, dass sie ihn am liebsten geschlagen hätte.

»Was fällt Ihnen ein?«, zischte sie und versuchte sich so hinzustellen, dass die meisten der Menschen, die sich mittlerweile rings um den Innenhof aus ihren Fenstern beugten, nur ihren Rücken sahen. Natürlich konnte man von dort oben ebenfalls nicht ihr Gesicht erkennen, aber sie fühlte sich so einfach wohler.

»Nun küss ihn schon!«, ließ sich ziemlich in der Nähe eine freundliche Männerstimme vernehmen. »Das hier ist ein interessantes Schauspiel, aber es wird Zeit, dass wir wieder ins Bett kommen. Und ihr zwei auch.«

Lea fuhr herum und sah in einem Erdgeschossfenster, nur wenige Schritte entfernt, eine Gestalt lehnen, die die Szene sozusagen von einem Logenplatz aus beobachtete.

»Ich denke nicht daran, mit ihm ins Bett zu gehen!«, quietschte Lea empört und so laut, dass ihre interessierten Zuhörer jedes Wort mitbekamen.

»Genau! Erst wird geheiratet«, stimmte Frau Marge, die von der Wohnungstür ans Fenster gewechselt hatte, ihr eifrig zu.

»Hören Sie endlich mit der Fiedelei auf!«, fuhr Lea entnervt den Geiger an, der immer noch spielte, als ginge es um sein Leben. Offenbar hatte Stephan Pückler ihm in seiner gewohnt tyrannischen Art untersagt, auf irgendjemanden außer auf ihn zu hören.

»Sagen Sie ihm, er soll aufhören!«, wandte Lea sich folglich an Stephan. »Sonst rufe ich die Polizei.«

»Wenn Sie die Polizei nicht rufen, Lea, mache ich das für Sie«, kam es aus dem ersten Stock, ganz rechts.

»Einen Augenblick noch, bitte«, rief sie höflich zurück. »Ich kläre das schon.«

Die Erwähnung der Polizei war eine leere Drohung gewesen, da sie unter allen Umständen einen Polizeibericht, der anschließend von der Presse eingesehen und verbreitet werden würde, verhindern musste. Sie verspürte nicht die geringste Lust, als Lea F. (25) im »Anzeiger« und wer weiß welchen Zeitungen noch zu erscheinen. Lea F., die um Mitternacht mit einem durchgeknallten Verehrer samt Stehgeiger fertig werden musste. Wenn dann noch herauskam, dass sie in ihrer Rolle als Frau Sibylle diejenige gewesen war, die Stephan praktisch zu der Show aufgefordert hatte, konnte sie gleich die Stadt verlassen, weil sie sich jedenfalls bei Tageslicht nicht mehr auf die Straße trauen würde.

»Ich wollte dir eine Freude machen, Lea«, raunte Stephan ihr zu, während der Geiger noch lauter und eifriger als zuvor fiedelte. »Wenn du sagst, du möchtest die Musik nicht, werde ich selbstverständlich dafür sorgen, dass er aufhört.«

»Dann tu das!« Lea funkelte mit bösen Blicken durch die Dunkelheit. Sie hatte jetzt nicht die Nerven, sich auch noch darüber aufzuregen, dass er so unverschämt war, sie ohne ihr Einverständnis zu duzen.

»Hören Sie bitte auf zu spielen! Das war es dann wohl«, sagte Stephan, und der Musiker ließ prompt den Bogen sinken.

»Wie hieß das Stück?«, wandte Lea sich an den Geiger, was ihr sicherer erschien als eine weitere Unterhaltung mit Stephan. Sie konnte nicht umhin, diese Frage zu stellen, weil sie sich gut genug kannte, um zu wissen, dass sie sonst für immer und ewig herumgrübeln würde, woher sie die Melodie kannte.

Der Musiker hatte offensichtlich von Stephan ein Redeverbot erteilt bekommen. Er nickte Lea freundlich zu, steckte den Geldschein ein, den Stephan ihm in die Hand gedrückt hatte, legte sorgfältig seine Geige in den offen am Boden liegenden Kasten und war im nächsten Moment verschwunden.

»Na endlich!«, ließ sich jemand aus dem Haus zur Linken, zweiter Stock, Mitte, vernehmen.

Die übrigen Zuschauer verhielten sich an ihren Fenstern verdächtig ruhig, so als würden sie gespannt auf die Fortsetzung der nächtlichen Vorstellung warten.

In dem Moment, als der Geiger im Hofausgang verschwand, wich ein Teil der Anspannung aus Leas Körper. Sie wurde sich plötzlich der Nachtluft bewusst, die kühl durch den dünnen Stoff ihres Hemdes strich, und bemerkte, dass sie ihre Zehen gekrümmt hatte, um nicht mit der ganzen nackten Fußsohle auf dem kalten Beton zu stehen.

»Ich gehe wieder rein«, verkündete sie entschlossen. Stephan sollte gar nicht erst auf die Idee kommen, dass sie vorhatte, sich noch länger mit ihm hier herumzudrücken. Schließlich war es sozusagen ihre Bürgerpflicht gewesen, herunterzukommen und für Ruhe zu sorgen. Das hatte mit ihm nicht das Geringste zu tun.

»The street where you live«, sagte Stephan, und im Licht der flackernden Kerzen meinte sie zu erkennen, wie sein Blick über ihren Körper glitt.

»Was ist?« Sie legte ihren zweiten Arm zusätzlich zu dem verletzten, dort festgebundenen, vor die Brust, obwohl sie ziemlich sicher war, dass er im Dunkeln nicht erkennen konnte, wie sich ihre Brustwarzen vor Kälte steif gegen den dünnen Stoff des Herrenhemdes drückten.

»So hieß das Stück. The street where you live. Das fand ich ziemlich passend, weil ich dein Lieblingslied nicht kannte. Sonst hätte ich ihn natürlich das spielen lassen.«

»Himmel!« Lea richtete den Blick nach oben und sah zu ihrem Erstaunen direkt in einen so klaren Sternenhimmel, wie er in der Stadt nur in sehr seltenen Nächten zu beobachten war.

»Schade, dass ausgerechnet das nun überhaupt nicht mein Lieblingslied ist. Ich stehe nicht so auf alte Kamellen«, setzte sie patzig hinzu, obwohl das, was sie von dem Stück mitbekommen hatte, eigentlich ganz nett gewesen war. Aber das musste er nun wirklich nicht wissen, sonst tauchte er demnächst womöglich zu nächtlicher Stunde mit einem Musical-Ensemble auf, das sie

– und notgedrungen die gesamte Nachbarschaft gleich mit – mit ähnlichen Stücken beglückte.

»Tut mir Leid.« Jetzt hörte er sich wirklich enttäuscht an, was ihm zwar recht geschah, aber dennoch ein leichtes Drücken in ihrer Herzgegend auslöste.

Sie stand da und sah zu, wie er sich bückte, um die Kerzen auszupusten, die in niedrigen Gläsern standen. Erstaunt fragte sie sich, wo er die vielen gleichen Gläser so rasch besorgt hatte.

Als das ›L‹ von LEA völlig verschwunden war, richtete er sich auf. Er schien verwundert zu sein, dass sie immer noch da war.

Sie staunte eigentlich auch, denn ihre Füße waren ähnlich eisig wie bei ihrem letzten, schicksalsträchtigen Zusammensein mit Frank, auch wenn sie damals in durchnässten blauen Schuhen gesteckt hatten. Die Erinnerung animierte sie zu einem herzhaften Nieser.

»Oh. Das tut mir Leid! Ich hoffe, du hast dich nicht erkältet.« Eifrig suchte Stephan in seinen Taschen und brachte ein Papiertaschentuch zum Vorschein, das er ihr freundlich reichte.

»Was ist eine Erkältung schon gegen einen Armbruch?«, ließ Lea großmütig verlauten.

Stephan ging natürlich nicht auf diese spitze Bemerkung ein, sondern stand einfach nur da und sah sie an, während sie sich umständlich die Nase putzte und nicht recht wusste, was sie als Nächstes tun sollte. Eigentlich war ja klar, dass sie zurück in ihr warmes Bett musste, aber aus irgendeinem Grund fand sie es plötzlich unpassend und vielleicht auch ein winziges bisschen herzlos, sich einfach umzudrehen und ins Haus zu gehen, während er traurig die Kerzen löschte, die die Buchstaben ihres Namens bildeten.

»Ähm. Es war natürlich ruhestörender Lärm, so mitten in der Nacht. Und ehrlich gesagt, ist Geigenmusik auch nicht gerade das, was ich regelmäßig höre. Aber immerhin. Ich weiß zwar nicht, was Sie, äh, du damit bezweckst, aber trotzdem ... Vielen Dank für deine Mühe.« Sie verschluckte sich fast an ihren Worten, war aber doch erleichtert, als sie heraus waren, zumal sie nicht ganz unschuldig daran war, dass er mitten in der Nacht mit einem Geiger hier aufgetaucht war.

»Gern geschehen.« Im Dunkeln blitzten seine Zähne auf. »Wirklich gern.« Obwohl Stephans Gesicht im Schatten lag, meinte sie seinen Blick wie eine Berührung zu spüren und legte erneut automatisch den gesunden Arm quer über den gebrochenen.

»Was nicht heißt, dass ich mir eine Wiederholung dieses Spektakels wünsche«, fügte sie streng hinzu.

Er nickte fügsam, was sie mehr verunsicherte, als wenn er die Gelegenheit genutzt hätte, sie plump anzubaggern.

»Ja, dann … gehe ich jetzt rein.«

»Das solltest du tun, sonst holst du dir endgültig eine Erkältung.« Er begann die Kerzen des ›E‹ auszupusten.

»Gute Nacht.«

»Gute Nacht.« Nur kurz richtete er sich auf, nickte ihr zu und machte dann der nächsten Kerzenflamme den Garaus.

Während Lea zur offen stehenden Hintertür ging, hörte sie, wie sich hinter ihr die letzten Fenster schlossen. Die Vorstellung war vorüber, obwohl irgendetwas ihr den Eindruck vermittelte, dass in der letzten Szene der falsche Text gesprochen worden und vieles ungesagt geblieben war.

Als sie an Frau Marges Wohnungstür vorbeikam, wurde diese energisch aufgerissen. Was sehr verwunderlich war, weil Frau Marges Fenster eines der letzten gewesen war, die zugeklappt wurden, wie Lea aus den Augenwinkeln bemerkt hatte. Die alte Frau musste zu dieser nächtlichen Stunde außergewöhnlich gut in Form sein, wenn man bedachte, dass sie tagsüber mindestens zehn Minuten brauchte, um die wenigen Stufen vom Hochparterre hinunter zur Haustür zu überwinden und sich dann eine ganze Weile am Briefkasten ausruhte. Mindestens so lange, bis einer der anderen Mieter vorbeikam und mehr oder weniger willig ein kleines Schwätzchen mit ihr hielt.

»Nun? Hat er Ihnen einen Heiratsantrag gemacht?«, verlangte sie zu wissen.

Lea blieb stehen und rieb ihren eisigen linken Fuß an ihrer rechten Wade.

»Ich finde mich noch ein bisschen zu jung zum Heiraten, Frau Marge«, erklärte sie der alten Frau dabei nachdrücklich.

»Das hat meine Schwester auch immer gesagt. Was aber nur daran lag, dass keiner sie wollte. Was heißt denn schon zu jung? Als ich in Ihrem Alter war, hatte ich schon drei Kinder und einen Mann zu versorgen.« Stolz reckte Frau Marge den faltigen Hals.

»Er hat mich gar nicht gefragt«, gestand Lea, erleichtert, dass sie in Ermangelung eines heiratswilligen Mannes nicht wirklich schuld daran war, keine drei Kinder aufweisen zu können.

»Sie müssen sich nächstes Mal etwas Hübscheres anziehen«, sagte Frau Marge streng.

»Gut.« Verzweifelt rieb Lea ihren rechten Fuß an der linken Wade, was auch nicht wesentlich mehr brachte als die spiegelverkehrte Aktion.

»Ich habe da noch ein sehr nettes Nachthemd. Hier oben am Hals mit Rüschen, bodenlang. Ich könnte nachsehen ...«

»Nein, danke. Ich muss jetzt wirklich ins Bett, sonst erkälte ich mich. Im Augenblick kann ich wegen meines gebrochenen Armes nichts anderes tragen. Ich habe hübsche Nachthemden, wirklich, aber ...«

»Mit Rüschen?«

»Auch mit Rüschen«, behauptete Lea und redete sich ein, dass sei keine richtige Lüge, weil sie vielleicht versehentlich in irgendeiner Schublade doch noch eines der monströsen Nachthemden liegen hatte, die ihre Großtante Agnes ihr als ›Aussteuer‹ zur Konfirmation geschenkt hatte.

»Dann gehen Sie jetzt schlafen, und kämmen Sie sich das nächste Mal die Haare, bevor Ihr Herzallerliebster Ihnen ein Ständchen bringt.«

Gehorsam nickte Lea, murmelte einen Gutenachtgruß und stieg auf ihren vor Kälte tauben Füßen die Treppe hinauf. Erst als sie ihre Wohnungstür schon fast erreicht hatte, fiel ihr auf, dass sie außer dem, was sie am Leib trug, nichts bei sich hatte. Vor allem keinen Wohnungsschlüssel.

X

Lea stand auf dem Treppenabsatz und starrte ihre Wohnungstür an wie das Tor zum Paradies, das ihr verschlossen war. Eine Weile verharrte sie so in Reglosigkeit und Verzweiflung, bevor sie sich ruckartig umdrehte und die Treppen wieder hinunterrannte. Vor Frau Marges Tür verharrte sie kurz, entschied sich dann aber gegen weitere Unterhaltungen über Ehemänner, drei Kinder und Spitzennachthemden und lief weiter in den Hof.

Hier war es dunkel. Die Lichter hinter den meisten Fenstern waren aus, die interessierten Zuschauer zurück in ihren Betten, die letzten Kerzen längst gelöscht. Im ersten Moment glaubte Lea, Stephan sei schon weg, aber dann hörte sie in der Ecke des Hofes, gleich neben dem Goldregen, ein leises Klappern. Als sie sich in diese Richtung wandte, sah sie ihn über einen großen Rucksack gebeugt, in dem er die Gläser verstaute, die als Behältnisse für die Teelichte gedient hatten.

Als sie wieder vor ihm stand und seinen erstaunten Blick mehr fühlte als sah, wusste sie nicht recht, was sie sagen sollte, und flüchtete sich in Vorwürfe. »Das wäre natürlich nicht passiert, wenn du nicht mitten in der Nacht mit diesem Geiger aufgetaucht wärst und die ganze Nachbarschaft rebellisch gemacht hättest, so dass ich Hals über Kopf nach unten rennen musste.«

»Du hast deinen Wohnungsschlüssel vergessen«, stellte er ergriffen fest.

Lea schnappte ob seiner Hellsichtigkeit empört nach Luft. Wirkte sie etwa genau so kopflos, wie sie war? Wie eine Frau, die barfuß, im Nachthemd – falls man das, was sie trug, überhaupt so nennen konnte – und vor allem ohne Schlüssel aus der Wohnung rannte, nur weil unten im Hof ein Mann auf seiner Geige spielte und ein anderer ein paar Kerzen angezündet hatte?

»Hat jemand den Zweitschlüssel zu deiner Wohnung?«, erkundigte Stephan sich sachlich, als sie nach zwei oder drei Minuten immer noch beleidigt schwieg. »Eine Freundin oder so? Ich könnte dich hinfahren.«

»Nein. Normalerweise vergesse ich meinen Wohnungsschlüssel nicht«, erklärte sie ihm würdevoll. »Nicht, wenn ich nicht mitten in der Nacht aus dem Schlaf gerissen werde.«

»Dann musst du den Schlüsseldienst rufen.« Er zog ein Handy aus der Jackentasche und reichte es ihr.

Sie starrte das silberfarbene Gerät an und fragte sich, ob sie wirklich so dumm und hilflos war, wie sie sich in diesem Moment vorkam.

»Ich kenne keinen Schlüsseldienst. Welche Nummer soll ich wählen?«, sagte sie und hoffte inbrünstig, sie möge sich nicht so kläglich anhören, wie sie sich fühlte. Weil ihr nämlich nicht einmal die Nummer der Auskunft einfiel, obwohl sie ständig Werbung im Fernsehen sah, in der in nicht ganz einwandfreiem Deutsch verkündet wurde, man würde ihr helfen, sobald sie eine bestimmte, mehrfach genannte und eingeblendete Nummer wählte.

Sanft nahm Stephan ihr das Handy wieder weg, tippte ohne zu überlegen eine Nummer ein, erkundigte sich höflich nach einem Schlüsseldienst, war offenbar in der Lage, sich die genannte Nummer zu merken – jedenfalls fing er nicht in dem Moment an, nach Papier und Stift zu wühlen, in dem Lea immer einfiel, dass sie etwas zu schreiben brauchte –, tätigte einen weiteren Anruf, in dessen Verlauf er knapp und klar seine Wünsche schilderte, und sagte schließlich: »In etwa einer halben Stunde kommt jemand.«

»In einer halben Stunde?« Bei dem Gedanken, noch so lange barfuß im Hemd in der auf die Dauer doch ziemlich kühlen Frühlingsnacht herumzustehen, schlugen spontan Leas Zähne aufeinander.

»Wir können in meinem Wagen warten. Ich habe eine Standheizung. Komm.« Er griff nach ihrer gesunden Hand, und sehr erleichtert, obwohl sie das nur unter der Folter zugegeben hätte, ließ sie sich von ihm zu dem knallroten Auto führen, in dem sie schon einmal, womöglich in einer noch misslicheren Lage als in dieser Nacht, gesessen hatte.

»In letzter Zeit ist mein Leben ein komplettes Chaos«, murmelte sie verlegen vor sich hin, nachdem Stephan und sie eine kleine Ewigkeit nebeneinander auf den Vordersitzen gesessen hatten und sich das Zittern ihrer Knie und das Klappern ihrer Zähne in der Wärme, die die voll aufgedrehte Standheizung verbreitete, ein wenig gelegt hatte.

»Ja, ich weiß«, sagte er schlicht und geheimnisvoll, denn außer von dem Armbruch und ihrer heutigen Misere konnte er eigentlich nichts über sie und ihr Leben wissen. Obwohl bei genauerem Nachdenken der Unfall und die missliche Lage, in der sie momentan steckte, für sich schon ausreichten, um von einem Chaos zu sprechen.

Lea presste die Lippen aufeinander und sah interessiert durch die Windschutzscheibe hinaus auf die menschenleere Straße. Sobald sie den Kopf wandte, war sein Lächeln im Licht der Innenbeleuchtung viel zu nahe.

»Wieso geht das Licht nicht aus?«, erkundigte sie sich nervös.

»Hättest du es gern dunkel?«

»Ja! Nein, ich will nur nicht ... Lass es an.«

»Du weißt nicht, was du willst«, stellte er in jener sachlich-ruhigen Art fest, die sie je nach Situation ärgerte oder in Unruhe versetzte.

»Im Gegenteil. Ich weiß genau, was ich will! Und was ich nicht will«, erklärte sie mit energischer Stimme. »Und es gehört nicht gerade zu meinen liebsten Beschäftigungen, mit fremden Männern in fremden Autos herumzusitzen, weil ich mich aus meiner Wohnung ausgesperrt habe.«

»Was kann ich tun, damit ich dir nicht mehr fremd bin?« Wieder klang er viel zu ruhig und ernsthaft.

»Irgendwelche Männer zu beauftragen, zu nachtschlafender Zeit irgendwelche Lieder unter meinem Fenster zu spielen, hilft da jedenfalls nicht. Wie kommst du nur auf solche, sagen wir mal, außergewöhnlichen Ideen?« Während sie betont harmlos fragte, kam sie sich sehr heimtückisch vor.

Er war klug genug, ihre Frage zu überhören. »Und Kerzen? Magst du wenigstens Kerzen?«, fragte er und suchte ihren Blick.

»Die Kerzen waren ziemlich ... romantisch.« Sie war stolz auf ihre kühle, sachliche Ehrlichkeit. Da sie ja nichts weiter empfand, konnte sie zugeben, dass sie Kerzen mochte. »Bis auf die Tatsache natürlich, dass jetzt jeder im ganzen Wohnblock weiß, dass ich diejenige bin, der dieser Zirkus galt.«

»Wenn du natürlich auch nichts dafür kannst«, stellte Stephan sachlich fest. »Es war sozusagen ein musikalischer Überfall.«

»Genau.« Sie ignorierte seinen Blick und starrte weiter durch die Frontscheibe hinaus auf die nächtliche Straße. Vielleicht kam der Schlüsseldienst früher als erwartet. Hoffentlich kam er früher als erwartet!

»Wie kommt es, dass ich, seit ich dich zum allerersten Mal gesehen habe, das Gefühl habe, mich ununterbrochen bei dir entschuldigen zu müssen?«, erkundigte er sich nach einer kleinen Pause mit sanfter Stimme.

»Wahrscheinlich, weil du mich abwechselnd in schmerzhafte und peinliche Situationen bringst.« Sie kniff die Augen zusammen, als könnte sie auf diese Weise den rettenden Schlüsseldienst schon sehen, bevor er überhaupt um die Ecke bog.

»Du hast wohl leider Recht.«

Als Stephan nach einer kleinen Ewigkeit immer noch nichts gesagt hatte, hielt sie das Schweigen nicht mehr aus und wandte ihm zögernd das Gesicht zu. Er saß auf eine so unglaublich ruhige, entspannte Art da, dass sich diese Entspannung auf geheimnisvolle Art auf sie übertrug, während ihr Blick für kurze Zeit in seinem ruhte. Sie spürte, wie sich die Muskeln in ihren Armen und Beinen, selbst in dem gebrochenen, fixierten Arm, lösten und das leichte Zittern aufhörte. Wäre er nicht so ein seltsam intensiver Mann gewesen, der alles, was er tat, viel zu gründlich tat, hätte sie seine Nähe vielleicht sogar genießen können und nicht ständig das Gefühl gehabt, so schnell und so weit wie möglich weglaufen zu müssen.

Sie versuchte ein Lächeln, dass er freudig erwiderte, wahrscheinlich, weil dies das erste Mal überhaupt war, dass sie ihn anlächelte.

»Ich glaube, wenn du aufhören würdest, mich ständig anzubaggern, könnten wir mit ein bisschen gutem Willen befreundet sein«, hörte sie sich zu ihrem eigenen Erstaunen sagen.

Obwohl sie ihm soeben ein ziemlich großes Kompliment gemacht hatte, wie sie fand, erstarb das Lächeln auf seinen Zügen. Eine Weile war es sehr still zwischen ihnen. Noch stiller als ihr Schweigen vorher gewesen war.

»Okay, Freundschaft«, sagte er schließlich mit schleppender Stimme. »Das wäre immerhin ein Anfang.«

»Der Anfang, das Ende und die Mitte. Freundschaft, nicht mehr und nicht weniger.« Sie fand, dass sich das sehr beruhigend anhörte. »Keine Stehgeiger und Kerzen und all dieser Aufwand.«

»Aber Frauen finden das doch romantisch. Du hast selbst gesagt …«

»Genau! Und Romantik hat mit Freundschaft nichts zu tun.«

Wieder surrte dieses irritierende Schweigen zwischen ihnen hin und her.

»Freundschaft wäre okay und auf jeden Fall besser als nichts«, erklärte er schließlich der Windschutzscheibe und strich langsam mit den Fingerkuppen am Lenkrad entlang.

Hastig wandte Lea den Blick ab, weil es irgendetwas mit ihr machte, zuzusehen, wie er das gefühllose Steuer streichelte. Doch nachdem sie drei- oder viermal tief durchgeatmet hatte, fühlte sie sich wieder einigermaßen normal.

»Glaube ich dir nicht! Du sagst Freundschaft, aber du denkst an etwas ganz anderes. Versuchst mich hinters Licht zu führen und wartest einen günstigen Moment ab.« Die Worte waren aus ihr herausgesprudelt, ohne dass sie etwas dagegen hätte tun können.

Sehr langsam wandte er seinen Blick von der dunklen Straße ab und ihr zu. »Hältst du dich für so unwiderstehlich?«

Seine Stimme tropfte wie warmer Honig in ihr Ohr. Dabei betrachtete er sie unter seinen halb geschlossenen Lidern hervor.

»Du kannst nicht verlieren, nicht wahr?« Auch ihre Stimme klang seltsam träge, als würde sie im Schlaf sprechen. Vielleicht, weil es sie all ihre Konzentration kostete, ihm standzuhalten. Wenn sie eines nicht durfte, war das, sich zu ergeben. Nicht für eine Minute, nicht für eine Sekunde.

Ihre Blicke kreuzten sich wie Klingen. Zu ihrem grenzenlosen Erstaunen machte dieser Wettkampf ihr plötzlich Spaß. Und sie spürte deutlich sein Vergnügen. Dies war ein Mann, vor dem sie sich nicht klein machen und hilflos erscheinen musste, um ihm zu gefallen. Obwohl sie ihm als Frau überhaupt nicht gefallen wollte, denn das mit der Freundschaft hatte sie so gemeint, wie sie es gesagt hatte. Zumindest in dem Moment, in dem sie die Worte ausgesprochen hatte, war es ein schöner Gedanke gewesen, völlig entspannt einfach nur die Freundschaft dieses Mannes zu genießen. Vielleicht war es ihm für ein paar Sekunden ähnlich gegangen, doch nun straften seine Blicke seine Worte, die von Freundschaft gesprochen hatten, Lügen.

Ebenso wie sie entschlossen war, ihm zu zeigen, dass sie ihn durchschaut hatte, dass sie sein wenig freundschaftliches Begehren sah und spürte, schien er bereit, ihr keinesfalls den Sieg und das letzte Wort zu überlassen. Sie waren ebenbürtige Gegner in diesem Spiel. Die Frau, die sich nie wieder von einem Mann Schmerzen zufügen lassen wollte, und der Mann, der genau diese Frau begehrte.

Es war eine momentane Eingebung. Unvermittelt beugte sie sich vor und legte sanft ihre leicht geöffneten Lippen auf seinen Mund, wo sie sich kribbelig und warm und sehr lebendig anfühlten.

Sie hielt die Luft an und wartete. Nichts geschah. Nicht der geringste Beweis dafür, dass er weitaus mehr als Freundschaft von ihr wollte. Er saß tatsächlich nur freundlich da und ließ zu, dass ihr Mund auf seinem lag. So lange, bis sie nicht mehr anders konnte, als gierig einzuatmen und ihm praktisch die Luft aus den Lungen zu saugen. Auch dies entlockte ihm keine Reaktion.

Irritiert wartete Lea noch einen Moment, wollte ihm diesen Sieg nicht lassen und folgte sachte mit der Zungenspitze der Linie seiner Unterlippe, streichelte seine Lippen wieder und wieder, bevor ihre Zunge ganz leicht und schmal und selbstverständlich in seine warme Mundhöhle schlüpfte. Noch leichter war es, seine Zunge zu finden, die ihrer wie ein guter alter Freund entgegenkam. Nun also doch – er reagierte!

Lea spürte an der Unterseite ihres linken Armes, der fest an den Oberkörper gebunden war, dass ihr Herz ein paar triumphierende Hüpfer machte. Weil sie als Siegerin großmütig sein konnte, ließ sie zu, dass seine Zunge ihre zärtlich streichelte, einen kleinen Tango mit ihr tanzte und überhaupt ein paar seltsame Dinge tat, die sich weder vertraut noch freundschaftlich, aber irgendwie gut anfühlten.

Erst als ihr nach einer kleinen Ewigkeit bewusst wurde, dass man jede Art von Beweisführung auch übertreiben konnte, schob sie ihn mit ihrem gesunden Arm energisch weg und starrte ihn schwer atmend an, während sie sich das wirre Haar aus der Stirn pustete.

»Habe ich es nicht gesagt! Von wegen Freundschaft!«

Er streckte die Hand aus, schob ihr die Haarsträhnen aus dem Gesicht, die immer noch in ihren Augen hingen, und lächelte dabei versonnen. »Du hast angefangen und gar nicht mehr aufgehört. Ich erwähne das nur der Ordnung halber. Nicht, dass ich mich beklagen wollte.«

Lea wurde ein winziges bisschen rot, was er aber bei der schwachen Beleuchtung sicher nicht sehen konnte. Wenn sie ganz ehrlich zu sich selbst war, war die Aktion ein wenig aus dem Ruder gelaufen. Sie war einfach nicht daran gewöhnt, fremde Männer zu küssen, nur um ihnen zu beweisen, dass sie sie durchschaute.

»Nun gib schon zu, dass du mehr als Freundschaft willst«, forderte sie ungeduldig.

»Ich möchte dich näher kennen lernen. Dann können wir beide herausfinden, was wir uns wünschen und was wir uns miteinander vorstellen können.«

Am liebsten hätte Lea vor lauter Frust losgeschrien. Wieso gelang es diesem Mann immer wieder, sich herauszuwinden?

»Du kannst schlicht und einfach nicht verlieren, das ist alles!«

»Nicht, bevor ich alles probiert habe, um zu gewinnen.«

Er wickelte eine ihrer Haarsträhnen um seinen Finger. Sie versäumte, ihm das zu verbieten, und irgendwann war es zu spät dazu. Also saß sie ganz still da und starrte ihn an, weil sie den Kopf nicht wegdrehen konnte. Sein Atem strich über ihre Schläfe. Dann beugte er sich vor und küsste sie ganz leicht auf den Mund. Es war wie die Berührung von Schmetterlingsflügeln. Sanft und flüchtig und mit dem Geschmack des Frühlings. Anders als der Kuss eben, den sie ihm aufgezwungen hatte. Eine gnadenlos zärtliche Revanche.

Mit geschlossenen Augen bewegte Lea ihren Kopf ein wenig nach vorn, obwohl er seinen Finger aus ihrem Haar gelöst hatte und sie sich jetzt hätte wegdrehen können. Sie wollte mehr vom Frühling spüren. Plötzlich erschien es ihr albern, mitten in der Nacht, in der wohligen Wärme des Autos, ein Kräftemessen zu veranstalten. Was bedeutete schon ein kleiner Kuss? Deshalb musste sie ihn nicht heiraten. Sie musste nicht mit ihm schlafen und ihm noch nicht mal die Sache mit dem Arm oder die Peinlichkeit im Innenhof verzeihen. Sie musste einfach nur die Augen schließen und fühlen. Zugegeben, das war etwas, was sie nie besonders gut gekonnt hatte: sich auf den Augenblick einzulassen, ihren Kopf auszuschalten, die Vergangenheit zu vergessen und den nächsten Morgen dort zu lassen, wo er hingehörte: in die Zukunft.

Diesmal waren es keine Schmetterlingsflügel, sondern eindeutig Männerlippen. Fest und warm, ein wenig feucht und mit genau dem richtigen Druck. Lebendig. Obwohl ihr Mund willig geöffnet war, ließ er sie seine Zunge nicht spüren, was sie gleichzeitig verunsicherte und erregte. Wollte er sie etwa gar nicht so sehr, wie sie dachte? Ohne nachzudenken, legte sie ihm ihren gesunden Arm um den Nacken und lehnte sich noch weiter zu seinem Körper hinüber, was nicht sehr weit war, weil ihr festgebundener, vor der Brust angewinkelter Arm zwischen ihnen war. Ungeduldig ruckelte sie hin und her, beugte sich ihm entgegen, saugte sich an seinem Mund fest.

Als es direkt neben ihr an die Scheibe klopfte, fuhr sie zurück, als wäre sie bei etwas Verbotenem ertappt worden. Und als sie den Mann erkannte, dessen Gesicht in der Dunkelheit wie ein weißer Fleck hinter dem Autofenster schwebte, stieß sie einen leisen Schrei aus.

»Brauchst du Hilfe, Lea?« Der Mann da draußen rüttelte an der verschlossenen Beifahrertür.

»Wer ist das?«, erkundigte sich Stephan erstaunt.

»Niemand«, erwiderte Lea spontan und fügte verlegen hinzu: »Also, eigentlich mein Exfreund.«

»Hat es schon immer zu seinen Gewohnheiten gehört, nachts um eins vor deinem Haus aufzutauchen?« Stephan schob sein Gesicht dicht neben ihres, um Frank so interessiert anzustarren, als stünde er vor der Glasscheibe eines Aquariums, in dem es einen seltenen Fisch zu bestaunen gab.

»Immerhin lässt er nicht um Mitternacht Geiger unter meinem Fenster herumfiedeln!« Es war ein seltsames Gefühl, ihn so anzufahren, während sie noch seinen Kuss auf ihren Lippen spürte.

Hektisch und ohne nennenswertes Ergebnis fummelte Lea an den Griffen der Beifahrertür herum. Es fehlte ihr gerade noch, dass Frank mit seinem Geschrei diejenigen Nachbarn aufweckte, die nach vorne heraus schliefen und von dem Geigenspektakel im Hinterhof nichts mitbekommen hatten.

»Warte.« Stephan griff an ihr vorbei, sekundenlang spürte sie seinen warmen Atem im Nacken, dann hatte er die Tür an ihrer Seite geöffnet.

Ungeschickt kroch sie aus dem Wagen, wobei Franks Unterstützung eher hinderlich war, weil er so dicht vor der Tür stand, dass sie ihre Füße kaum auf den Boden setzen konnte, ohne ihm in die Arme zu fallen. Als sie endlich vor ihm stand, schnaubte er durch die Nase.

»Du bist ja halb nackt!«

Einen Moment lang starrte Lea verdutzt auf ihre bloßen Füße, die sich hell vom dunklen Asphalt des Gehwegs abhoben. Sie hatte mittlerweile ganz vergessen, dass sie im Nachthemd unterwegs war.

»Erstens habe ich mich aus meiner Wohnung ausgesperrt«, teilte sie Frank hoch erhobenen Hauptes mit, »und zweitens geht es dich nicht das Geringste an, was ich trage, wenn ich das Haus verlasse.«

»Natürlich geht es mich was an!«, widersprach er und sah aus seiner beeindruckenden Höhe von einsneunzig auf genau jene Weise auf sie herunter, die anderthalb Jahre lang dafür gesorgt hatte, dass sie sich an seiner Seite klein und zart und hilfsbedürftig vorkam. »Ich bin dein Freund, und man kann von mir nicht erwarten, dass ich tatenlos zusehe, wie du im Auto mit fremden Männern herumknutschst. Außerdem ist das mein Hemd.«

»Das war mal dein Hemd, bevor du es mir geschenkt hast. Und du warst mal mein Freund.« Es gelang ihr, einen Schritt zurückzutreten, so dass sie nicht mehr den Kopf in den Nacken legen musste, um ihm ins Gesicht zu sehen. »Was machst du überhaupt mitten in der Nacht hier?«

»Ich habe mir Sorgen gemacht, nachdem ich bei dir angerufen habe, um dich zu fragen, ob meine Blumen angekommen sind. Dein Anrufbeantworter war nicht eingeschaltet, und du hast dich den ganzen Abend nicht gemeldet, nicht mal bei meinem letzten Anruf um kurz nach Mitternacht. Wie man sieht, war es ja durchaus vonnöten, dass ich vorbeigeschaut habe.«

»Wieso, habe ich um Hilfe gerufen?« Der Nachtwind ließ Leas leeren linken Ärmel kampfeslustig flattern.

»Gibt es irgendwelche Probleme?«, erkundigte sich in diesem Moment Stephan und trat neben sie.

»Nichts, was ich nicht selbst regeln könnte«, fauchte Lea und wünschte in diesem speziellen Moment mal wieder alle Männer der Welt auf den Mond.

»Gut!« Wie immer reagierte Stephan einfach nicht auf ihren Zorn, sondern blieb irritierend gelassen. »Dann kümmere ich mich um den Mann vom Schlüsseldienst. Da hinten kommt er!« Er zeigte auf einen Lieferwagen, der sich vom Ende der Straße näherte.

»Das mache ich!« Natürlich konnte Frank nicht zulassen, dass ein anderer Mann ihr beim Umgang mit einem Handwerker zur Seite stand.

»Bitte!« Mit einer höflichen Geste deutete Stephan auf den hellblauen Kastenwagen, der gerade direkt hinter seinem Auto einparkte.

Frank war verblüfft, dass der Rivale ihm so kampflos das Feld überließ. Erst als Stephan Lea freundlich anbot, sich doch so lange wieder in seinem Auto aufzuwärmen, wie es dauern würde, ihre Wohnungstür zu öffnen, begriff Frank, dass er bei dieser Arbeitsteilung den Kürzeren gezogen hatte.

»Kommt nicht in Frage!«, protestierte er. »Kümmern Sie sich um den Schlüsseldienst. Ich habe auch ein Auto hier, in dem Lea sich aufwärmen kann.«

»Meines ist bereits warm. Standheizung. Außerdem wollten Sie doch vor einer Minute noch unbedingt mit dem Schlüsseldienst verhandeln. Sind Sie immer so wankelmütig?« Die Ironie, die bei diesen Worten auf Stephans Zügen lag, leuchtete geradezu in der Dunkelheit.

»Ich bin nicht wankelmütig! Aber ich lasse mich auch nicht hereinlegen und abservieren!«

Die beiden Männer waren so in ihren Disput vertieft, dass sie gar nicht bemerkten, wie Lea zu dem Lieferwagen hinüberging, den kleinen, dicken Mann in der blauen Latzhose begrüßte und zum Haus führte. Sie achtete sorgfältig darauf, die Haustür von innen so fest ins Schloss zu drücken, dass sie ohne Schlüssel von außen nicht zu öffnen sein würde.

Der kleine, dicke Mann brauchte kaum eine Minute, um ihre Wohnungstür zu öffnen. Vor lauter Freude und Erleichterung gab Lea ihm ein viel zu großes Trinkgeld.

»Sie sind ein Engel«, strahlte sie ihn dabei an. »Und am besten gefällt mir, dass Sie wenigstens nicht wie einer aussehen.«

Offenbar war der Mann vom Schlüsseldienst an merkwürdige nächtliche Äußerungen gewöhnt, jedenfalls fragte er sie nicht, war ihre Aussage zu bedeuten hatte.

Als sie allein in ihrer Wohnung war, die Tür sorgfältig von innen abgeschlossen und die Klingel abgestellt hatte, trat Lea vorsichtig ans Wohnzimmerfenster, das auf die Straße hinausging. Hinter dem Vorhang verborgen, schielte sie hinunter. Der blaue Lieferwagen fuhr gerade in Richtung Innenstadt davon. Die beiden hoch gewachsenen Männer dort unten, der eine blond, der andere dunkelhaarig, bemerkten das gar nicht. Sie standen immer noch vor Stephans Auto mit der geöffneten Beifahrertür und redeten eifrig aufeinander ein. Eine Weile sah Lea auf ihre Köpfe hinunter, dann zog sie mit Schwung die Vorhänge zu und ging zu Bett.

XI

»Du siehst müde aus. Warst du gestern mit Sabine noch irgendwo anders, nachdem ihr von Luigi weggegangen seid?«

Lea schüttelte den Kopf, beugte sich geschäftig über die Tastatur ihres Computers, tippte das Passwort für den Abruf ihrer E-Mails ein und murmelte nebenbei etwas davon, dass sie schlecht geschlafen habe. Was nicht gelogen war, denn nachdem sie gegen zwei Uhr wieder in ihr Bett gekrochen war, hatte sie bis zum Aufstehen kein Auge mehr zugemacht. Vielleicht fehlte ihr deshalb die Kraft, Tina zu erzählen, was in der vergangenen Nacht passiert war. Zumal sie gar nicht recht erklären konnte, warum sie sich zuerst so darüber aufgeregt hatte, dass Stephan so rasch und so gründlich Frau Sibylles Ratschlägen gefolgt war. Vielleicht hatte gerade seine Bereitschaft, diesen ziemlich verrückten Vorschlag einfach mal eben in die Tat umzusetzen, sie so aufgeregt. Weil sie nicht damit gerechnet hatte. Ja, sie hatte sich nicht einmal vorstellen können, dass ein Mann etwas Derartiges veranstalten könnte, um sie für sich zu gewinnen.

»Nun fang schon an zu meckern, dass ich mit Jürgen Bruhns zusammen bin!«, forderte Tina sie nach einer kleinen Pause ungeduldig auf. »Erzähl mir, dass er mein Chef ist und man niemals mit dem Chef schlafen darf. Erinnere mich daran, dass er verheiratet ist. Erkläre mir, dass er mich nur benutzt und ohnehin ein Schwein ist, weil er seine Frau betrügt.«

»Das weißt du ja offensichtlich alles selbst. Außerdem maße ich mir nicht an, über andere Menschen zu urteilen.«

Lea runzelte die Stirn, als sie in dem üblichen blauen Kästchen auf dem Monitor aufgefordert wurde, ihr Passwort zu ändern, da es seit mehr als vier Wochen in Benutzung sei. Nach kurzem Überlegen tippte sie als neues Passwort »KeineLiebe!« ein.

»Ich hoffe, ich war nicht der Grund für deinen schlechten Schlaf.« Offenbar war Tina wild entschlossen, Leas zu erwartende Standpauke auf der Stelle hinter sich zu bringen und vorher nicht vom Thema Jürgen Bruhns abzulassen. Vielleicht ging es ihr aber auch einfach bloß darum, über ihre neue Liebe zu reden. Genau dazu hatte Lea aber im Augenblick keine Energie. Es gab einfach zu viele sie selbst betreffende Fragen, die ihr mit einer solchen Geschwindigkeit durch den Kopf huschten, dass sie sie kaum zu fassen bekam, geschweige denn eine Antwort darauf suchen und finden konnte.

Lea hob den Kopf, sah über die einander gegenüberstehenden Schreibtische hinweg Tina an und hatte ein schlechtes Gewissen, weil sie sich nicht wirklich Sorgen um die Freundin machte, die sich mit ihrem verheirateten Chef eingelassen hatte. Was nur am Rande damit zusammenhing, dass sich Tina erfahrungsgemäß ebenso rasch ent- wie verliebte und eine Enttäuschung in der Liebe durch einen neuen Mann bestens zu kompensieren wusste. In der Hauptsache war Lea einfach zu beschäftigt mit sich selbst. So beschäftigt, dass sie vorerst nicht einmal vorhatte, Tina von den Vorkommnissen der vergangenen Nacht zu berichten. Die sich ja ohnehin auf einen Geiger, ein paar Kerzen, zweieinhalb Küsse und den kurzen Auftritt eines eifersüchtigen Exfreundes beschränkten, wenn sie von ihren verwirrten Gefühlen einmal absah.

»Natürlich mache ich mir Sorgen um dich, wenn du dich mit unserem verheirateten Chef einlässt«, sagte Lea rasch und tippte nebenbei zur Bestätigung ihres neuen Passworts noch einmal »KeineLiebe!« in das dafür bestimmte Kästchen auf dem Monitor.

»Ich finde, Liebe ist eine gute Entschuldigung.«

»Liebe?« Lea hatte das Gefühl, ein ziemlich dummes Gesicht zu machen. Bisher hatte Tina immer betont, dass sie das Kribbeln, den Spaß und die Aufregung genösse, wenn sie einen neuen Mann kennen gelernt hatte. Der Mann, den sie einmal lieben würde und der für sie Pfefferminztee kochte, sobald sie hustete und schniefte, schien eine hoffnungsvolle Zukunftsvision zu sein, die mit dem jeweils aktuellen Kribbeln nichts zu tun hatte.

»Liebe«, bestätigte Tina fröhlich. »Also, jedenfalls bin ich ziemlich heftig verliebt, spätestens seit gestern Abend. Wir haben stundenlang geredet. Er ist ein außergewöhnlicher Mann. Warum habe ich nur so lange gebraucht, um herauszufinden, dass er etwas ganz Besonderes ist?«

»Vielleicht, weil er verheiratet ist und du eigentlich immer eine ganz vernünftige Frau warst. Kribbeln und Spaß ja – großes Drama nein.« Jetzt begann Lea sich tatsächlich Sorgen um die Freundin zu machen. Das hörte sich nicht mehr nach dem üblichen rasanten und fast schmerzlosen Ver- und Entlieben an, sondern nach einer Verwirrung, fast so schlimm wie ihre eigene. In Anbetracht der näheren Umstände vielleicht sogar schlimmer.

»Ich habe keine Lust, darüber nachzudenken, was es für mich bedeutet, dass er verheiratet ist. Weißt du, so wie jetzt habe ich noch nie gefühlt. Als müsste ich nur die Arme ausbreiten, um davonzufliegen. Das ist wunderschön. Ich werde es einfach nur genießen. Und wenn es eines Tages vorbei ist, habe ich etwas, woran ich mich erinnern kann. Das ist immerhin besser, als wenn ich jetzt schon freiwillig auf das Glück verzichte, nicht wahr?«

Lea antwortete vorsichtshalber nicht, schon weil sie nicht wusste, wie die richtige Antwort auf diese Frage lauten musste.

»Auch wenn es keine Ehefrau gäbe, wüsste ich nicht, wie lange dieses Gefühl und dieses Glück anhält. Also macht das keinen großen Unterschied.« Tinas Augen strahlten wie zwei Hundert-Watt-Birnen.

»Aber du sagst doch immer, dass es sie gibt, diese Männer für immer und ewig«, stotterte Lea verwirrt. »Männer wie deinen Vater.«

Tina zuckte die Achseln, dann strahlte sie Lea an. »Jürgen ist ein Mann wie mein Vater!«

»Er ist verheiratet«, langsam kam Lea sich vor wie ein Papagei, der nur einen einzigen Satz beherrschte.

»Aber wohl bisher mit der falschen Frau, sonst hätte er sich nicht ebenso in mich verliebt wie ich mich in ihn. Mein Vater hat meine Mutter gefunden, und Jürgen hat jetzt mich gefunden.«

»Und seine Frau? Denk mal an Sabine, die sich die Augen ausheult, weil sie glaubt, dass ihr Mann sie betrügt.«

»Eigentlich hat sie sich gestern Abend ziemlich schnell wieder gefangen.«

»Bist du jetzt etwa eine Verfechterin des Ehebruchs? Wenn es mit dem Ehepartner nicht klappt, dann geht man eben los und sucht sich zum Trost für nebenbei ganz schnell jemand anderen?« Prüfend sah Lea Tina über ihren Monitor hinweg in die Augen.

»*Ich* bin nicht verheiratet, nicht wahr? Wenn seine Ehe in Ordnung wäre, hätte ich nicht die geringste Chance bei ihm. Außerdem bin ich gegen meine Gefühle machtlos. Und er offenbar auch. Es ist einfach wunderschön.«

»Der Club der Machtlosen, aha!« Lea unterdrückte einen Seufzer und beschloss, an dieser Stelle die Diskussion zu beenden. Sie hatte einfach genug von all diesen komplizierten Dingen, die in letzter Zeit um sie herum und in ihrem eigenen Leben geschahen. Warum traf nicht einfach jede Frau irgendwann einen netten Mann, der sich in sie verliebte, verliebte sich ihrerseits in ihn und lebte dann bis an ihr Lebensende glücklich und zufrieden mit diesem wunderbaren Mann zusammen? Warum musste es bei allem und jedem einen Haken und ein Problem geben? Was war eigentlich das Problem an Stephan? Dass er einmal unaufmerksam gewesen war und seine Autotür geöffnet hatte, ohne sich vorher umzusehen? Nicht ernsthaft. Das Schlimme an Stephan Pückler war – dass er sie mit seinen Augen und seinen Worten berühren konnte, ohne auch nur die Hand nach ihr auszustrecken. Und dass er die Macht haben würde, sie zu verletzen, wenn sie nicht sehr aufpasste. Sie war bisher in ihrem Leben letztlich immer von den Männern, denen sie vertraut hatte, verletzt worden. Irgendwie hatte sie das jedes Mal überlebt. Aber instinktiv ahnte sie, dass die Verletzung bei Stephan tiefer und das Überleben schwieriger sein würde. Und genau deshalb hörte sie auf ihre Angst und wich ihm aus. In Zukunft noch konsequenter, als sie es bisher getan hatte. Für irgendetwas musste die Erfahrung, die sie in der vergangenen Nacht mit Stephan und ihren Gefühlen gemacht hatte, schließlich gut sein.

Mit einem entschlossenen Mausklick öffnete Lea die Liste ihrer neu eingegangenen E-Mails, um sich mit Arbeit von ihren im Kreis gehenden Gedanken abzulenken.

Als sie Stephans E-Mail-Adresse als Absender einer am frühen Morgen eingegangenen Nachricht sah, zuckte sie zusammen. Er war doch noch später als sie ins Bett gekommen! Wieso setzte er sich dann noch vor sieben Uhr morgens an den PC und schrieb schon wieder an Frau Sibylle?

»Liebe Frau Sibylle,

zuerst bedanke ich mich ganz herzlich für Ihre rasche und inspirierende Antwort! Ob der Stehgeiger um Mitternacht tatsächlich ein Erfolg war, kann ich leider noch nicht beurteilen. Auf jeden Fall war es eine Erleichterung für mich, überhaupt eine Idee zu haben, was ich tun kann, um die Frau, die so beunruhigende Gefühle in mir auslöst, näher kennen lernen zu dürfen.«

Beunruhigende Gefühle! Lea konnte nicht umhin, an dieser Stelle des Briefes geräuschvoll die Luft auszustoßen, die sie beim Lesen bis hierher angehalten hatte. Wieso brachte dieser Mann all diese Unruhe in ihr Leben und beklagte sich dann auch noch über »beunruhigende Gefühle«? Obwohl er sich natürlich nicht wirklich beklagte. Sie unterdrückte einen Seufzer und las weiter.

»Da ich durch Ihren Rat zumindest die Gelegenheit hatte, eine Stunde mit der Frau meiner Sehnsucht zusammen zu sein, bitte ich Sie heute um eine weitere Idee, obwohl mir klar ist, dass ich Ihnen damit vielleicht auf die Nerven gehe.«

»Stimmt!«, rief Lea und schlug mit der flachen Hand auf ihre Schreibtischplatte.

Tina schreckte hoch und sah sie erstaunt an. Rasch wandte Lea den Kopf ab und vertiefte sich wieder in den Text auf ihrem Monitor.

»›Frau meiner Sehnsucht‹, dass ich nicht lache«, murmelte sie dabei zwischen den zusammengebissenen Zähnen und so leise vor sich hin, dass Tina sie unmöglich verstehen konnte. Das seltsame Gefühl, das sich bei diesen Worten wie ein Hauch von Schmetterlingsflügeln in ihrem Magen rührte, ignorierte sie nach Kräften.

»Da ich im Moment aus nahe liegenden Gründen weder vernünftig schlafen noch anständig essen kann, wäre es nett, wenn Sie mir so bald wie möglich antworten könnten, falls Sie eine Idee haben, was ich als Nächstes tun könnte. (Kerzen habe ich um Mitternacht übrigens ebenfalls in größerer Zahl zum Einsatz gebracht.)

Viele dankbare Grüße

Ihr Stephan P.«

Gedankenverloren starrte Lea ein paar Minuten vor sich hin.

»Weißt du was?«, sagte sie dann zu Tina. »Ich glaube, ich habe die einmalige Gelegenheit herauszufinden, ob ein ganz bestimmter Mann ein Pfefferminzteetyp ist oder nicht.«

»Du meinst Stephan Pückler?« Tina strahlte über das ganze Gesicht. »Falls er dir tatsächlich einen Stehgeiger schickt, ist das mit dem Tee die leichteste Übung für ihn, so viel steht fest.«

Um weitere Begeisterungsausbrüche für den Moment zu vermeiden, behielt Lea auch weiterhin für sich, dass die Sache mit dem Geiger längst über die Bühne gegangen war. »Um eine Frau ins Bett zu kriegen, tun viele Männer vieles«, dozierte sie ernsthaft. »Worauf es ankommt, ist Ausdauer. Die Fähigkeit, sich auch nach längerer Zeit noch für eine Idee und eine Frau begeistern zu können. Fällt Dir noch die eine oder andere Sache ein, durch die er seine Ausdauer beweisen könnte?«

Tina runzelte angestrengt nachdenkend die Stirn. Dann sah sie Lea verzweifelt an. »Das ist ja furchtbar! Immer wünscht man sich, ein Mann würde mal etwas richtig Romantisches tun, doch man selbst weiß auch nicht, was das eigentlich ist.«

»Streng dich ein bisschen an!« Lea klickte auf die Antwortfunktion ihres E-Mail-Programms und legte die Finger ihrer rechten Hand auf die Tastatur.

»Eine Einladung zu einem romantischen Mitternachtspicknick fände ich schön«, begann Tina nach kurzer Ladehemmung zu schwärmen.

»Was sollen denn immer diese Mitternachtssachen? Ich habe keine Lust, dauernd mitten in der Nacht aus dem Bett geschmissen zu werden!« Lea ließ die Hand sinken und runzelte nun ihrerseits die Stirn.

»Mitternacht ist die romantischste Tageszeit«, hielt Tina dagegen und rollte schwärmerisch die Augen zur Decke, als könnte sie dort einen sternenklaren Nachthimmel sehen. »Tagsüber ist es überall viel zu belebt. Außerdem wirken Kerzen nur im Dunkeln. Hast du schon vergessen, dass er sich bei Luigi vorsorglich nach deinem Lieblingsessen erkundigt hat? Reizt dich die Idee nicht, um Mitternacht an einem romantischen Ort bei Kerzenlicht ein leckeres Essen serviert zu bekommen?«

»Mich reizt die Idee nicht im Geringsten, mich mit einem praktisch fremden Mann im Dunkeln an einsamen Orten herumzudrücken«, erwiderte Lea und musste gleichzeitig an das warme Auto denken, in dem sie sich im Halbdunkel an Stephan gelehnt und seinen Mund auf ihrem gespürt hatte.

»Wenn du willst, verstecke ich mich mit Jürgen in der Nähe, so dass wir sofort da sind, wenn du um Hilfe rufst.« Tina schien wild entschlossen, die Affäre ihrer Freundin voranzubringen.

»Untersteh dich!« Der Gedanke, wie ihr Chef gemeinsam mit ihrer Freundin aus den Büschen springen und sie vor einem zudringlichen Mann retten würde, dem sie leichtgläubig um Mitternacht an einen einsamen Ort gefolgt war, machte Lea auch nicht glücklicher.

»Die Sache mit dem Picknick ist gar nicht so schlecht«, gab sie dann aber widerstrebend zu. »Jedenfalls hätte er eine Menge Mühe mit den Vorbereitungen.«

»Wenn er dann aber zudringlich wird!« Plötzlich hatte Tina wegen ihrer Idee ein schlechtes Gewissen.

»Falls es wirklich so weit käme, was ich nicht glaube, nehme ich mein Handy mit. Außerdem ist er kein Mann, der sich mit Gewalt nimmt, was man ihm nicht freiwillig gibt.«

»Woher willst du das denn wissen?«, fragte Tina in ihrem harmlosesten Ton.

»Ich weiß es eben! Außerdem bin ich mit meinem einen Arm völlig hilflos, da wird er sich erst recht nicht an mir vergreifen.«

»Ein wahrer Gentleman also.« Tina grinste von einem Ohr zum anderen.

»Nur weil er kein Monster ist, ist er noch lange nichts Besonderes.« Um klar zu machen, dass die Diskussion damit für sie beendet war, begann Lea verbissen, mit dem Zeigefinger ihrer gesunden Hand auf der Tastatur herumzuhacken, um die Antwortmail an Stephan zu schreiben.

Nachdem sie ihm in schönen Worten die Idee eines Picknicks mit allen Schikanen schmackhaft gemacht hatte, dessen Organisation ihn garantiert eine Menge Mühe und Zeit kosten würde, dachte Lea kurz daran, dass das Spiel, das sie mit Stephan spielte, nicht besonders fair war. Allerdings war es auch nicht fair, dass sie für mindestens drei Wochen mit dem schrecklichen Armverband herumlaufen musste. Entschlossen drückte sie mit dem Zeigefinger die linke Maustaste und schickte die Mail ab.

»Wir machen uns jetzt auf den Weg ins Rathaus.«

»Wie bitte?« Irritiert legte Lea den Kopf schief und lauschte angespannt in den Hörer. Die Stimme am anderen Ende der Leitung kam ihr bekannt vor, sie konnte sie aber keinem Gesicht oder Namen zuordnen.

»Da es ja demnächst kein Freizeitheim mehr geben wird, werden wir heute schon mal probeweise ein paar von unseren

Aktivitäten ins Rathaus verlegen«, erzählte die Stimme fröhlich weiter.

Lea dämmerte es langsam. »Frau Ollischewsky?«

»Genau.« Das klang ungeduldig. So als sei Lea als ziemlich begriffsstutzig einzustufen, wenn sie die leitende Protestierende der Gruppe zur Erhaltung des Freizeitheims nicht sofort an ihrer Stimme erkannte.

»Sie wollten doch dabei sein und für Ihre Zeitung berichten, nicht wahr?« Das hörte sich nun wieder an, als würde man ihr nur aus Gnade und Barmherzigkeit die Berichterstattung überlassen, die sonst sicher mit Freuden ein Journalist der FAZ oder der »Welt« übernommen hätte.

»Natürlich. Vielen Dank, dass Sie mir Bescheid gesagt haben«, erwiderte Lea dennoch eifrig, während sie sich den Hörer zwischen Schulter und Ohr klemmte, um mit ihrer einen brauchbaren Hand nach dem Notizblock zu kramen.

Frau Ollischewsky erwähnte noch einige eher undurchschaubare Fakten, wie etwa die Tatsache, dass sich die Töpfergruppe, die sich jeweils mittwochs im Freizeitheim traf, ihnen angeschlossen habe, aber wegen des Materials, das unter allen Umständen feucht gehalten werden müsse, eine Demonstration ihrer üblichen Gruppentätigkeit nur symbolisch durchführen könne.

»Wir sehen uns dann gleich im Rathaus.« Während Lea den Hörer zurück auf die Gabel legte, grübelte sie darüber nach, wie sich Fotos einer ohne Ton töpfernden Töpfergruppe wohl machen würden.

»Kannst du mich zum Rathaus fahren? Da läuft gleich etwas in Sachen Freizeitheim«, wandte sie sich dann an Tina.

Die starrte sie verblüfft an. »Jetzt gleich? Ich wusste nicht, dass du heute noch einen Termin hast. Sonst hätte ich das Interview mit dieser Besitzerin des Übersetzungsbüros anders gelegt. Du weißt schon, für ›Menschen in unserer Stadt‹. Es war ohnehin so schwierig, mich mit ihr zu verabreden. Die Frau behauptet ständig, nicht eine freie Minute zu haben. Weder tagsüber noch nachts. Jedenfalls muss ich in zehn Minuten los, wenn ich einigermaßen pünktlich sein will.«

»Dann nehme ich ein Taxi. Kein Problem.« Lea wühlte in ihrer überfüllten Schreibtischschublade nach der Digitalkamera. Es konnte nicht allzu schwierig sein, einhändig Fotos zu schießen.

Voller Sorge, den Aufruhr im Rathaus zu versäumen, verließ Lea im Galopp das Haus und eilte zum Taxistand an der Ecke.

Als sie zehn Minuten später in die pompös mit Marmor, einem leise plätschernden Brunnen und zahlreichen Blumenschalen ausgestattete Halle des Rathauses stürzte, war von Protest weit und breit noch nichts zu sehen.

Erschöpft ließ sie sich auf dem Rand des Brunnens nieder und harrte der Dinge, die da kommen sollten. Als sie unvermittelt von der Seite angesprochen wurde, wäre sie vor Schreck fast rückwärts ins Wasser gefallen, weil sie auf Anhieb und ohne den Kopf zu wenden die Stimme des Mannes erkannte, der da plötzlich wie aus dem Nichts kommend neben ihr stand.

»Wie schön, dich hier zu treffen!« Er klang tatsächlich ziemlich begeistert.

Lea legte den Kopf in den Nacken und sah zu ihm auf. »Was machst du denn hier?«

»Ich habe beruflich hier zu tun. Und du?«

Er ließ sich neben ihr auf dem Brunnenrand nieder, als hätte er jede Menge Zeit, um mit ihr ein kleines Plauderstündchen zu halten.

»Auch beruflich«, stotterte sie und rutschte ein Stückchen zur Seite, weil ihr Blick versehentlich auf seinen Mund gefallen war und sie daran erinnerte, wie sanft und zärtlich seine Lippen sich in der vergangenen Nacht angefühlt hatten.

»Ich weiß überhaupt nicht, was du beruflich machst«, stellte Stephan mitten in ihre Gedanken hinein fest.

Der Beruf war immerhin ein unverfängliches Gesprächsthema, wenn man bedachte, dass sie ebenso gut über nächtliche Küsse im Auto hätten sprechen können. Lea hatte schon den Mund geöffnet, um ihm von ihrem Job bei der Zeitung zu erzählen, doch im letzten Augenblick fiel ihr ein, dass es kein besonders weiter Weg von ihr in ihrer Eigenschaft als Lokalreporterin des »Anzeigers« bis zu Frau Sibylle, der Kummerkastentante derselben Zeitung, war.

»Ich ... Es geht dich nichts an, was ich beruflich mache«, sprudelte sie hastig heraus.

»Bist du immer noch und immer wieder böse wegen der Sache mit deinem Arm?« Mit ernster Miene suchte er ihren Blick. »Letzte Nacht hatte ich für einen kurzen Moment das

Gefühl, du wärst bereit, uns eine Chance zu geben. Oder ist es genau deswegen? Wegen der Dinge, die in meinem Wagen passiert sind?«

Hastig wandte Lea sich ab und plätscherte angelegentlich mit der Hand im kühlen Wasser des Brunnens herum.

»Es gibt kein Wir, dem eine Chance gegeben werden könnte, müsste oder sollte. Ich habe kein Interesse an einer Beziehung«, erklärte sie dem kleinen Marmorknaben, der in der Mitte des Brunnens stand und für alle Ewigkeit, oder zumindest solange das Rathaus stand, einen leeren Eimer ins Wasser ausschütten würde. »Außerdem kennen wir uns kaum. Einen Zusammenstoß zwischen deiner Autotür und meinem Fahrrad kann man nicht gerade als Beginn einer großen Freundschaft ansehen.«

»Wir kennen uns nicht, weil du nicht zulässt, dass wir uns kennen lernen.«

Lea sparte sich die Antwort, weil sie wusste, dass das Gespräch ohnehin nur im Kreis verlaufen würde.

»Ich habe mich letzte Nacht noch ziemlich ausführlich mit Frank unterhalten«, verkündete Stephan unvermittelt und schien jetzt auch mit dem Marmorknaben zu sprechen.

Lea hielt die Luft an und sagte nichts. Das hatte gerade noch gefehlt, dass ihr Verflossener und ihr ... ihr Was-auch-immer sich zu nächtlicher Stunde vertraulich über sie austauschten!

»Auf der Straße stehen und tratschen wie ein paar Rentner nach dem Einkaufen«, schnaubte sie verächtlich. »Ich dachte, ihr würdet euch meinetwegen duellieren, wie es sich für richtige Männer gehört.«

Stephans leises Lachen brachte sie dazu, den Kopf zu wenden und ihn anzusehen. »Ich glaube nicht, dass du zu den Frauen gehörst, die sich in ihrer Fantasie mit Reifröcken herumlaufen sehen und davon träumen, dass Männer ihretwegen im Morgennebel auf einer Wiese mit Pistolen oder Degen herumfuchteln. Obwohl es eine durchaus reizvolle Vorstellung ist, wie du dich schluchzend über meine Leiche wirfst. Gestorben an meiner großen Liebe zu dir.«

»Oh. Du bist von vornherein überzeugt, dass er der Sieger wäre?« Sie zog spöttisch die Augenbrauen hoch.

»Vielleicht reizt mich einfach der Gedanke, du würdest in diesem Fall für den Rest deines Lebens an den Mann denken, der für dich in den Tod gegangen ist.« Er tauchte seinen Blick tief in ihren, und nur das leichte Zucken seiner Mundwinkel verriet ihn.

Es kostete sie einige Sekunden und ziemliche Anstrengung, sich gleichgültig abzuwenden, um die Tafel mit der Raumaufteilung zu studieren, die seitlich von ihr an der Wand angebracht war. Dabei unterdrückte sie einen Seufzer. Gab dieser Mann eigentlich nie auf? Nein, er tat es nicht, ganz gleich, wie schwer sie es ihm machte! Lea spürte ein großes, inneres Erstaunen, das sie wie ein zurückgehaltenes Lachen in der Kehle kitzelte.

»Ich habe zu tun«, sagte sie schließlich. »Es ist besser, wenn du mich jetzt allein lässt.«

Obwohl sie den Kopf immer noch abgewandt hielt, spürte sie seinen erstaunten Blick. Wahrscheinlich wirkte es nicht so wahnsinnig geschäftig, wenn sie hier saß und ihre Hand im Wasser kühlte.

»Warst du schon zur Kontrolluntersuchung? Wegen deines Arms, meine ich.« Tatsächlich schien er nicht bereit zu sein, sie ihrer angeblichen Arbeit zu überlassen. Langsam begann sie sich zu fragen, was sie tun sollte, wenn im nächsten Moment Frau Ollischewsky und ihr Anhang in die Rathaushalle stürmten. Dann würde er sehr rasch herausfinden, in welcher Eigenschaft sie hier war und für welche Zeitung sie tätig war.

»Ja, ja, der Arm ist genau eine Woche nach dem Unfall noch einmal geröntgt worden«, sagte sie rasch. »Alles bestens. Mal abgesehen von den Schmerzen und der Tatsache, dass ich nachts nicht schlafen kann, kaum in der Lage bin, mir die Haare zu föhnen oder wie ein erwachsener Mensch mit Messer und Gabel zu essen. Duschen darf ich auch nicht. Was bedeutet, dass ich vor dem Waschbecken stehe und um meinen Verband herum wasche.« Vielleicht konnte sie ihn ja mit anklagender Jammerei in die Flucht schlagen. In der Regel mochten Männer es nicht, wenn Frauen jammerten. Obwohl sie auch in dieser Beziehung bei Stephan wenig Hoffnung hatte.

»Wenn ich dir irgendwie helfen kann, musst du es mir nur sagen«, erwiderte er denn auch prompt. »Übrigens habe ich bei meinem Versicherungsvermittler einen Fragebogen für Anspruchssteller besorgt, für den Fall, dass du bei meiner Versicherung den Schaden noch nicht gemeldet hast. Sicher möchtest du ja möglichst bald ein neues Fahrrad kaufen.«

»Ich kann es kaum erwarten, einarmig in der Gegend herumzuradeln«, murmelte Lea missgelaunt, dabei war ihr klar, dass Stephan ihr nur helfen wollte.

»Soll ich bei dir vorbeikommen, um das Formular mit dir zusammen auszufüllen?«, fuhr er fort, ohne auf ihr Gemurmel zu achten.

Aha! Das war also der Grund für seine Hilfsbereitschaft. Wenn er es mit Blumen und Geigern nicht schaffte, in ihre Wohnung zu kommen, versuchte er es eben mit Fragebögen.

»Ich bin erwachsen und kann das alleine. Ist so gut wie erledigt.« Tatsächlich hatte sie schon ein entsprechendes Formular von seiner Versicherung angefordert und es auch erhalten, sich aber noch nicht aufraffen können, es auch auszufüllen.

Hartnäckig wich Lea Stephans Blick aus und wippte ungeduldig mit der Fußspitze. Am liebsten hätte sie ihn mit Wasser bespritzt, damit er endlich ging. Es war wirklich irritierend, wie dieser Mann sie gleichzeitig wie ein Magnet anzog und ihr auf die Nerven ging.

XII

»Ich habe jetzt wirklich keine Zeit mehr!«, verkündete sie schließlich entschlossen und stand diesmal vom Brunnenrand auf, um ihre Aussage zu untermauern.

Stephan erhob sich ebenfalls, rührte sich aber ansonsten keinen Zentimeter von ihrer Seite.

»Ich dachte, du bist auch beruflich hier«, versuchte sie nachzuhelfen. Weil ihr Blick schon wieder an seinen Lippen hängen geblieben war, schaute sie vorsichtshalber an seinem linken Ohr vorbei, während sie mit ihm sprach. »Was machst du denn beruflich? Bist du Politiker? Das würde zu dir passen.«

Er lächelte, das konnte sie an seiner Stimme hören, denn sie sah ihm immer noch nicht ins Gesicht. »Wieso würde das zu mir passen?«

»Na ja. Du redest ununterbrochen auf mich ein, versuchst es mit Diplomatie, Formularen und ich weiß nicht was ...« Lea zuckte die Achseln und streifte nun doch mit einem vorsichtigen Blick sein Gesicht.

Er grinste sie frech an, bückte sich, tauchte seine Fingerspitzen in das klare Brunnenwasser und spritzte ein paar Tröpfchen in ihre Richtung, die in den Sonnenstrahlen, die durchs Oberlicht fielen, funkelten wie regenbogenfarbene Perlen. Das Wasser, das ihr kühl ins Gesicht fiel, schien innerhalb von Sekunden auf ihrer glühenden Haut zu verdunsten.

»Ich versuche einfach, nur nett zu sein, aber du machst es mir ziemlich schwer.« Er sagte das sehr heiter und gar nicht übelnehmerisch. Dann tupfte er ganz selbstverständlich, als hätte er jedes Recht dazu, mit dem Zeigefinger einen Wassertropfen von ihrer Schläfe. Lea tat so, als hätte sie nichts bemerkt.

»Was machst du denn nun also beruflich hier, wenn du kein Politiker bist?«, fragte sie rasch, obwohl sie sich klar war, dass sie mit dieser Bemerkung vielleicht eine neuerliche Frage seinerseits nach ihrem Beruf herausforderte. Aber ihr fiel einfach nichts anderes ein, womit sie ganz rasch das Thema hätte wechseln können.

»Du bist ziemlich hartnäckig, nicht wahr?« Er legte die noch feuchte Spitze seines Zeigefingers mit einem fast verlegenen Gesichtsausdruck an seine Lippen, als hoffte er, sie würde sich nicht daran erinnern, dass er mit diesem Finger soeben ihre Haut berührt hatte.

Schon wieder sah Lea sich gezwungen, krampfhaft an ihm vorbeizusehen. Immerhin brachte sie dabei ein ziemlich sarkastisches Lachen zustande. »Und du bist kein bisschen hartnäckig?«

»Wir passen eben zusammen.« Auch Stephan sah nun nachdenklich in die Ferne und strich dabei mit der Fingerspitze immer noch an seiner Unterlippe entlang. Am liebsten hätte sie ihm gesagt, er solle damit aufhören, aber dann hätte sie verraten, dass sie überhaupt registriert hatte, was er da tat. Es viel zu aufmerksam registrierte. Also schwieg sie und guckte verkrampft vor sich hin.

»Ich organisiere Events«, sagte Stephan schließlich und ließ endlich seine Lippen in Ruhe. »Demnächst ein Frühlingsfest hier im Rathaus. ›Kommunalpolitiker treffen Bürger‹.« Er zog ein Gesicht, als würde ihn das Motto der Veranstaltung nicht besonders begeistern.

Lea runzelte die Stirn. »Du organisierst Events? Was ist das denn für ein Beruf?«

Diesmal zeigte er beim Lächeln ausgiebig seine schönen weißen Zähne. »Tut mir Leid, dass dir mein Beruf nicht gefällt. Deshalb werde ich ihn aber leider nicht wechseln können. Zumal er mir Spaß macht. Und ich darin richtig gut bin.«

»Ich habe nicht gesagt, dass mir dein Beruf nicht gefällt. Ich finde ihn nur ein bisschen ungewöhnlich«, rechtfertigte sie sich.

»Dein Job scheint ja noch ungewöhnlicher zu sein, wenn du ihn mir nicht verraten willst.«

»Nicht die Spur.« Zum Zeichen, dass ihre Lippen dennoch versiegelt waren, presste sie ihren Mund zu einem schmalen Strich zusammen, während sie zusah, wie er in die Innentasche seines Jacketts griff und eine Visitenkarte hervorzog, die er ihr lächelnd in die Hand drückte.

»Ich glaube, meine private Karte habe ich dir schon gegeben. Dies hier ist die Geschäftskarte.«

»Fun & Feiern – Stephan-Pückler-Events« stand auf dem hell marmorierten Kärtchen. Außerdem mehrere Festnetz- und Mobilfunknummern, E-Mail- und andere Adressen.

»Ha!« Die Erleuchtung kam so plötzlich, dass sie schon wieder fast rückwärts ins Wasser gefallen wäre.

»Was? Ha?« Auf ihren strengen Blick hin, ließ er hastig wieder ihren Arm los, den er hilfreich ergriffen hatte, als sie gefährlich in die Rückenlage geraten war.

»Dann ist es ja gar kein Problem für dich, solche Sachen wie eine Geigerei um Mitternacht zu organisieren, nicht wahr?«

Er zuckte die Achseln. »Was soll ich machen? Meine Kontakte vergessen und den Geiger über die Künstlervermittlung des Arbeitsamtes bestellen? Das macht keinen großen Unterschied.«

Bevor Lea sich darüber auslassen konnte, dass sie da sehr wohl einen Unterschied sah, fiel ihr Blick zufällig durch die Glastüren hinaus auf den Rathausplatz. Dort näherte sich, teilweise mit Spazierstöcken bewaffnet, teilweise große Zeichenblöcke schwenkend, eine Gruppe energiegeladener älterer Menschen, an ihrer Spitze eine grauhaarige Jeanne d'Arc: Frau Ollischewsky. Genau jene Frau Ollischewsky, die wahrscheinlich sofort auf sie zukommen und sie auffordern würde, einen ausführlichen Artikel über die Vorgänge in der Rathaushalle zu schreiben. Was zur Folge hätte, dass Stephan erfuhr, für welche Zeitung sie tätig war. Wenn er sie dann nicht sofort mit ›Frau Sibylle‹ anredete, konnte sie von Glück sagen. Auf jeden Fall würde er ihr mit Hilfe dieser Information früher oder später auf die Spur kommen. Was sie unter allen Umständen vermeiden musste.

»Ich schlage vor, dass du dann jetzt mal langsam anfängst, Events zu organisieren und so«, wandte sie sich hektisch an Stephan.

Der warf einen äußerst gelassenen Blick auf seine Armbanduhr und verkündete, er habe noch ein wenig Zeit. »Es geht heute ohnehin nur darum, dass ich mir die Räumlichkeiten ansehe.«

»Ich bin aber sehr in Eile.« Wild sah Lea sich in der Halle um, obwohl es mit Sicherheit kein Plätzchen geben würde, von wo aus sie die Aktion der Gruppe um Frau Ollischewsky verfolgen konnte und gleichzeitig für Stephan unsichtbar war.

»Weißt du, wo die Toiletten sind?« Aus den Augenwinkeln beobachtete sie entsetzt, wie die etwa zwanzig Senioren und Seniorinnen die Stufen zum Eingang erklommen.

Er schüttelte den Kopf. »Tut mir Leid.«

»Dann muss ich sie suchen! Einen schönen Tag noch. Auf Wiedersehen.« Sie spurtete durch die Halle auf einige Türen zu, die gegenüber der Treppe zum ersten Stock lagen.

»Frau Fürst!« Die klare, kräftige Stimme der Anführerin der Protestler war nicht zu überhören. Lea überhörte sie dennoch, riss eine Tür auf und stürzte in den dahinter liegenden Raum. Erst nachdem sie die Tür schwungvoll hinter sich ins Schloss geworfen hatte, schaute sie sich um. Sie sah sich einem sehr aufgeräumten Schreibtisch gegenüber, hinter dem ein Mann in Wollweste saß und aus einer Brotbüchse mit Mickymaus-Motiv ein Stück bröseligen Sandkuchen verzehrte.

Er bedachte Lea mit einem strengen Blick und murmelte mit vollem Mund etwas von Pause und draußen warten.

»Ich kann jetzt nicht draußen warten«, protestierte Lea und überlegte, wie lange es wohl dauern würde, bis Stephan die Halle verließ, um sich die Räumlichkeiten für das geplante »Event« anzusehen.

Andererseits musste sie wegen des Artikels so rasch wie möglich wieder hinaus. Vor allem brauchte sie Fotos. Aber ein paar Minuten würde das Zeit haben, weil sie Frau Ollischewsky und ihre Kampfgenossen so einschätzte, dass die Protestaktion sicher nicht nach fünf Minuten beendet sein würde.

Der Beamte hatte inzwischen seinen Kuchen heruntergeschluckt, sich kerzengerade auf seinem Stuhl aufgerichtet, die graue, handgestrickte Weste mit einer energischen Geste am unteren Rand gepackt und gerade gezogen und fixierte sie jetzt mit seinem strengsten Staatsdienerblick.

»Draußen ist ein Automat. Aus dem ziehen Sie sich eine Nummer und warten dann, bis Sie aufgerufen werden. Im Augenblick ist Pause.«

»Ich würde wirklich sehr gern eine Nummer ziehen«, erklärte Lea ihm liebenswürdig und lächelte, was ihre Mundwinkel hergaben. »Aber das ist ein Notfall. Und Sie haben Ihren Kuchen doch fast aufgegessen, Herr Arnold.« Seinen Namen hatte sie von dem kleinen Schild auf seiner Schreibtischkante abgelesen.

Ihr Lächeln schien den Mann tatsächlich zu beeindrucken. Er zögerte und starrte fragend die Mickeymaus auf seiner Brotbüchse an.

»Worum geht es denn?«, erkundigte sich Herr Arnold schließlich unschlüssig.

»Äh ... Ein Notfall, wie ich schon sagte. Ich habe mich auch ganz sicher nicht vorgedrängt. Draußen sind keine anderen Kunden, äh, Bürger.«

»Müssen Sie unvorhergesehen verreisen?« Offenbar hatte Herr Arnold beschlossen, sich richtig in den Fall hineinzuknien.

»Genau!«, stimmte Lea eifrig zu. »Sehr unvorhergesehen. Heute Nachmittag schon.«

»Wohin?« Herr Arnold schob dynamisch seine Mickymaus-Büchse zur Seite und griff nach seinen Stempeln.

»Äh ...« Lea legte angestrengt die Stirn in Falten. Wenn der tatendurstige Beamte ihr auf der Stelle einen neuen Reisepass ausstellen wollte, musste sie ein möglichst exotisches Land nennen, weil man ja längst nicht mehr für Reisen in alle Länder einen Pass benötigte.

»Kamerun«, verkündete sie schließlich und überlegte im selben Moment, ob es ein Land dieses Namens überhaupt noch gab, weil ja in Afrika ständig alle Länder umbenannt, vereinigt oder geteilt wurden.

»Aha.« Herr Arnold begann wie wild, in einem Stapel Formulare zu wühlen, den er aus seiner Schreibtischschublade gezerrt hatte. Vielleicht musste er auch erst mal feststellen, ob es ein Land namens Kamerun noch gab oder wo es lag oder beides.

Während sie immer noch in der Nähe der Tür stand und die Aktivitäten hinter dem Schreibtisch beobachtete, hörte Lea aus der Halle einen ziemlich Tumult. Wenn der Bürgermeister nun das Rathaus von der Polizei räumen ließ und sie keine Fotos und näheren Informationen über diese Aktion bekam, würde sie sich das nie verzeihen.

»Ich glaube, ich überlege mir das mit der Reise doch noch mal«, rief sie dem verdutzten Beamten zu und verließ sein Büro ebenso überstürzt, wie sie es betreten hatte.

»Aber ...«, hörte sie ihn protestieren. Nun schien er enttäuscht zu sein, dass er sich der Herausforderung Kamerun nicht stellen durfte, nachdem er doch schon seine Mickymaus-Büchse geschlossen hatte.

»Ich schicke den nächsten Kunden rein«, rief sie ihm über die Schulter tröstend zu, obwohl sie ziemlich sicher war, noch vor wenigen Minuten keinerlei potenzielle Kamerun-Reisenden in der Halle gesehen zu haben.

»Keinesfalls! Ich habe Pause.« Flexibel, wie er nun mal war, hatte Herr Arnold wahrscheinlich schon wieder seinen Kuchen in Arbeit.

In der Halle sah es mittlerweile aus, als hätte ein Kirchenbasar seine Pforten geöffnet.

An einem neben dem Brunnen aufgestellten Campingtisch drängten sich etwa sieben Personen um eine Thermoskanne und einige Plastiktassen.

In der Ecke neben dem Schaukasten, der die Rathausbesucher von den Schönheiten der Stadt zu überzeugen versuchte, hatten sich drei grau gelockte Damen und ein Herr mit drei kunstvoll über den Kopf drapierten Haarsträhnen auf Klapphockern niedergelassen, um sich der Kunst zu widmen. Mit ernsten, unbewegten Gesichtern schauten sie abwechselnd in den Raum und auf die großen Zeichenblöcke, die sie auf ihrem Schoß hielten. Daneben hantierten zwei weitere Künstlerinnen mit buntem Knetgummi. Wahrscheinlich ein Teil der Töpfergruppe, der nun doch ein für Demonstrationen im Rathaus geeignetes Material gefunden hatte.

Zwischen dem Brunnen und der Treppe zum ersten Stock war eine muntere Gesellschaft versammelt, die sich offenbar im Volkstanz übte. Aus einem Kassettenrekorder verkündete ein Heldentenor etwas über die Schönheit blauer Berge, während die Damen mit geschürzten Röcken um zwei etwas hilflos in der Mitte stehende Herren, die jedoch gelegentlich mannhaft die Hüften schwenkten, herum hüpften. Am Rand dieser Gruppe tanzten zwei Paare eine Art Polka. Auf den ersten Blick erkannte Lea Frau Ollischewsky und ihren Verlobten. Als sie das zweite Paar näher in Augenschein nahm, blieb ihr die Luft weg. Es handelte sich eindeutig um Stephan Pückler, der da eine zierliche alte Dame im roséfarbenen Kleid lustig herumschwenkte.

Hastig verbarg sie sich hinter einer Säule, während sie die Digitalkamera aus ihrem Lederrucksack kramte und versuchte, aus diesem Versteck heraus einige ausdrucksvolle Fotos von Kaffee trinkenden, zeichnenden, knetenden und tanzenden Senioren zu schießen. Obwohl sie sich große Mühe gab, Stephans peinliche Darbietung nicht zu fotografieren – denn schließlich würde er auf Zeitungsfotos von einer Senioren-Protestaktion nur Verwunderung auslösen –, geriet er ihr immer wieder vor die Linse, weil er mit seiner Partnerin schwungvoll um den Rest der Gruppe herum tanzte. Hätte sie aus einem anderen Blickwinkel fotografiert, zum Beispiel vom Treppenabsatz aus, wäre es sicher kein Problem gewesen, nur bestimmte Personen auf den Bildern zu verewigen, aber hinter der Säule stehend war das schwierig. Notfalls würde sie eben die Fotos am Computer bearbeiten müssen.

Lea hatte sowohl das Kaffeekränzchen als auch die Malgruppe und die Volkstänzer bereits mehrmals fotografiert, als auf der Treppe einige würdige Männer in Anzug und Krawatte auftauchten. Selbst Herr Arnold hatte inzwischen in seinem Büro etwas von dem Tumult in der Halle mitbekommen und stand mit vollen Backen kauend in der offenen Tür, um mit weit aufgerissenen Augen die seltsamen Vorgänge zu beobachten.

Lea konzentrierte sich inzwischen begeistert auf die missbilligende Miene des Bürgermeisters, der sich vergeblich bemühte, jovial zu lächeln, wie er es angesichts einer größeren Menge von Bürgern immer tat.

Nachdem Lea von ihrem Platz hinter der Säule aus auch die Herren auf der Treppe ausgiebig fotografiert hatte, hielt es sie nicht länger in ihrem Versteck. Sie brauchte ein Interview mit dem Bürgermeister.

Stephan hatte inzwischen seinen Tanz mit der Dame in Rosé beendet und freundlich lächelnd eine mit Kaffee gefüllte Plastiktasse angenommen. Offenbar hatte er es nicht im Geringsten eilig, seiner Arbeit nachzugehen und irgendwelche Räumlichkeiten zu besichtigen.

Da er mit dem Rücken zu ihr stand und sich lebhaft mit Frau Ollischewskys Verlobtem unterhielt, wagte Lea es, zum Fuß der Treppe zu schleichen, wobei ihr erst auffiel, dass sie auf Zehenspitzen gegangen war, als sie die unterste Stufe erreicht hatte. Natürlich war diese Art von lautlosem Vorgehen völlig überflüssig, da der Kaffeeklatsch allein eine ganze Kompanie marschierender Soldaten mühelos übertönt hätte, ganz zu schweigen von Heino, der nun markig von einer schwarzbraunen Haselnuss schwärmte.

Mit dem unbehaglichen Gefühl im Nacken, in der nächsten Sekunde von Stephan als Frau Sibylle enttarnt zu werden, kramte sie hektisch in ihrem Rucksack, warf einen voll gekritzelten Notizblock, eine Packung Tampons und einen uralten Lippenstift auf den Boden, raffte alles wieder zusammen und fand endlich ihr Diktiergerät. Das kleine silberfarbene Kästchen wie eine Waffe vor sich her tragend, rannte sie die sechs Stufen bis zum Treppenabsatz hoch und hielt dem Bürgermeister das Gerät unter die Nase. Er zuckte zurück wie vor einer giftigen Schlange.

»Ein kurzes Interview für den ›Anzeiger‹, bitte, Herr Bürgermeister«, stieß sie nach einem wilden Blick nach hinten hervor. Stephan trank immer noch Kaffee, aber ewig würde er nicht brauchen, um die kleine Tasse zu leeren. Obwohl die Lebensgeschichte eines Achtzigjährigen natürlich einige Zeit in Anspruch nehmen konnte. Vielleicht genug Zeit für eine längere Stellungnahme des Bürgermeisters.

Besagter Bürgermeister war allerdings nicht unbedingt in der Stimmung für umfangreiche Meinungsäußerungen. Was daran liegen mochte, dass seine Berater ihm noch keine abschließende Meinung zu Volkstänzen und Kaffeekränzchen in der Rathaushalle zugeflüstert hatten.

»Kein Kommentar«, schnarrte er und fixierte erbost eine ältere Dame, die vor Vergnügen kicherte, während sie im Takt der Musik in die Hände klatschte und mit den Absätzen den Steinboden malträtierte.

»Sie sind der Bürgermeister, dies ist das Rathaus, Ihr Arbeitsplatz. Sie *müssen* eine Meinung zu dem haben, was hier passiert«, teilte Lea ihm in jener entschieden-freundlichen Art mit, die sie im Laufe der Zeit als besonders hilfreich im Umgang mit widerspenstigen Interviewpartnern erkannt hatte.

»Kein Kommentar«, wiederholte der Bürgermeister unglücklich und warf dem Mann im dunkelblauen Anzug, der direkt neben ihm stand, einen Hilfe suchenden Blick zu.

»Dies ist eine Protestaktion gegen die Schließung des Freizeitheims«, erklärte Lea ihrerseits dem Bürgermeister die Vorgänge. Eine oft Erfolg versprechende Methode war auch, den Interviewpartner als Dummkopf hinzustellen. Unweigerlich versuchten dann die meisten Menschen zu beweisen, wie groß ihr Durchblick war.

»Das Freizeitheim wird geschlossen, weil es mit den Finanzen in dieser Stadt nicht zum Besten steht«, erklärte Friedhelm Anselm denn auch prompt. »Sollen wir lieber die Kindergärten schließen?«

»Es wäre eine gute Idee gewesen, die Halle dieses Rathauses mit Linoleum statt mit Marmor auszulegen und Ihr Büro für weniger als zwanzigtausend Euro zu renovieren«, ertönte in diesem Moment Frau Ollischewskys Stimme direkt neben Leas Schulter.

»Mit zwanzigtausend Euro lässt sich das Freizeitheim wohl kaum für einen nennenswerten Zeitraum unterhalten, wenn wir an Heizung, Reinigung, Reparaturen und so weiter denken, mal ganz abgesehen vom Personal, das nötig ist, um die verschiedenen Gruppe zu koordinieren und zu betreuen«, erklärte der Bürgermeister von der Höhe seiner beruflichen Kompetenz herab.

»Die Summe, die Sie für den Marmorboden, die Luxuswaschräume und den neuen Festsaal ausgegeben haben, hätten für mehr als ein halbes Jahr die Unterhaltskosten gedeckt. Koordinieren und organisieren können wir uns selbst«, schoss Frau Ollischewsky zurück.

»Das alles ist kein Grund, hier im Rathaus eine Disko zu eröffnen.« Anselm wandte sich entkräftet ab, als die Dame in Rosa, die nun einen Solotanz darbot, sich so heftig im Kreis drehte, dass ihr Rock waagerecht in der Luft schwebte und ihr weißer Schlüpfer nur so durch die Rathaushalle leuchtete.

»Das nächste Mal werden wir durch die Straßen tanzen.« Frau Ollischewsky lächelte ihren Bürgermeister strahlend an. »Wenn Sie das Freizeitheim schließen, heißt das ja nicht, dass wir automatisch unsere Hobbys aufgeben, nicht wahr?«

»Sie können Ihre Hobbys zu geeigneter Zeit am geeigneten Ort ausüben. Das Rathaus ist nicht der geeignete Ort.« Friedhelm Anselm reckte sein Kinn vor und gab sich weltmännisch.

»Wir hatten lange Jahre einen geeigneten Ort, und wir wollen ihn gern behalten.« Auch Margarete Ollischewskys Kopf ruckte nach vorn, und sie brachte es ohne sonderliche Anstrengung fertig, wesentlich energischer auszusehen als der Bürgermeister.

»Guten Tag, Herr Bürgermeister. Was halten Sie davon, wenn wir diese wunderbaren Menschen ebenfalls zum Frühlingsfest einladen?«

Als sie Stephans Stimme direkt hinter sich hörte, fiel Lea fast die Treppe hinunter. Im letzten Augenblick klammerte sie sich am Geländer fest und steckte ihr Diktiergerät in die Jackentasche.

»Ich ... äh ... Die Einladungen sind schon heraus. Wir haben auch schon eine Volkstanzgruppe auf dem Programm.« Anselm wich zwei oder drei Treppenstufen nach oben zurück.

»Diese Gruppe ist sicher origineller. Außerdem kann unser Event zwei Tanzaufführungen vertragen.« Stephan zwinkerte Lea zu und berührte flüchtig ihren lose herabhängenden Ärmel. Sie umklammerte das Diktiergerät in ihrer Jackentasche so fest, dass sich die Kanten des rechteckigen Kästchens schmerzhaft in ihre Handflächen bohrten.

»Was hast du mit dieser Sache zu tun?«, flüsterte er ihr dann mit funkelnden Augen zu. »Ist eine Verwandte von dir dabei?«

»Meine Großmutter«, flüsterte sie zurück, verzweifelt nach dem ihr großzügig dargebotenen Strohhalm greifend.

»Sie sind Leas Großmutter!«, wandte Stephan sich freudestrahlend an Frau Ollischewsky.

Diese ließ ihren Blick nachdenklich zwischen der verlegenen Lea und Stephan hin und her wandern und nickte schließlich. »Ja!«

»Wie schön, Sie kennen zu lernen!« Enthusiastisch griff Stephan nach der Hand der alten Dame und schüttelte sie ausgiebig.

»Lea ist ein sehr nettes Mädchen«, ließ Frau Ollischewsky verlauten, nachdem sie ihre Hand in Sicherheit gebracht hatte. »Gehen Sie sorgsam mit ihr um.«

»Ich wäre schon froh, wenn sie mir überhaupt erlauben würde, irgendwie mit ihr umzugehen.« Stephan legte einen Ausdruck in seine Augen, den Lea bisher an ihm nicht gesehen hatte. Womöglich war das der Blick, mit dem er sich bei potenziellen Schwiegermüttern und anderen möglichen Verwandten in spe beliebt machte.

Sie funkelte ihn bitterböse an. Er lächelte harmlos zurück.

»Gib diesem netten jungen Mann eine Chance, Lea«, sagte Frau Ollischewsky streng.

»Hier geht es um das Freizeitheim.« Lea kniff die Lippen zusammen und sah angestrengt an Stephan vorbei.

»Genau!«, stimmte Frau Ollischewsky zu und wandte sich wieder an den Bürgermeister. »Was ist nun also mit unserem Freizeitheim?«

»Äh ... Es wird geschlossen«, erwiderte dieser nach einem ängstlichen Räuspern.

»Ich finde es toll, dass du dir die Zeit nimmst, deiner Großmutter bei ihrer Protestaktion zur Seite zu stehen«, murmelte Stephan in Leas Ohr. Zum Glück hatte er wohl ihre Behauptung vergessen, sie sei aus beruflichen Gründen hier.

Beide standen für einen Moment friedlich nebeneinander, während Frau Ollischewsky eine Diskussion mit dem Bürgermeister begann, in deren Verlauf ihm nicht einmal die vier Anzugträger helfen konnten, die sich auf dem Treppenabsatz um ihn geschart hatten.

Als Lea bemerkte, dass Stephans gesamte Aufmerksamkeit nicht ihrer angeblichen Großmutter, sondern ihr galt, wandte sie mit glühenden Wangen das Gesicht ab und krampfte die Hand noch fester um das Diktiergerät in ihrer Jackentasche.

»Die Zeichengruppe sucht verzweifelt Modelle«, fiel ihr plötzlich ein, weil sie davon ausging, dass Menschen, die zeichneten, immer Modelle gebrauchen konnten. Eifrig griff sie nach Stephans Handgelenk und zog ihn zu den vier Menschen, die immer noch mehr oder weniger eifrig auf ihren überdimensionalen Zeichenblöcken herumkritzelten.

Sie platzierte ihn neben einer marmornen Säule, legte die Hand um sein Kinn, schob es nach oben, so dass er wie eine Mischung aus Erzengel Gabriel und kampferprobtem Recken aussah, und machte mit heftigem Armwedeln die Zeichner auf ihr Modell aufmerksam. Tatsächlich bissen alle mehr oder weniger begeistert an.

»Er sieht aus wie Jung-Siegfried«, stellte eine Malerin mit wippenden grauen Löckchen fest, verrieb einen Kohlestrich auf ihrem Papier und tippte sich anschließend nachdenklich gegen die Nase, die daraufhin einen kecken schwarzen Punkt auf ihrer Spitze trug.

»Genau!«, stimmte Lea ihr zu. »Siegfried, ein Erzengel, der Leibhaftige persönlich. Sagen Sie ihm nur, welche Haltung er einnehmen soll, er ist auf jeden Fall das passende Modell.«

»Aber ich …«, protestierte Stephan schwach.

»Es ist für eine gute Sache. Meine Großmutter wird sich sehr über deine Unterstützung freuen.« Noch einmal schob sie mit der Spitze ihres Zeigefingers sein Kinn nach oben, was ihm das Aussehen eines Wikingers auf dem Kriegspfad verlieh.

Dann eilte sie wieder die Treppe hinauf, wandte Jung-Siegfried den Rücken zu, holte erneut ihr Diktiergerät hervor und hielt es dem Bürgermeister unter die Nase. Mit Frau Ollischewskys Unterstützung gelang es ihr, ein durchaus aufschlussreiches Interview zu führen.

Als sie eine Viertelstunde später das Rathaus verließ, stand Stephan Pückler noch immer wie ein germanischer Recke gegen eine Marmorsäule gelehnt da, hob sein Kinn und seinen rechten Arm in die Höhe und sah ansonsten aus, als wäre er so ziemlich an jedem Ort des Universums lieber als in der Rathaushalle.

XIII

»Weißt du schon Bescheid?« Valeria von der Anzeigenannahme schob die Kopfhörer von den Ohren und reckte den Hals, um über den Monitor ihres Computers hinwegsehen zu können, in den sie die telefonisch eingehenden An- und Verkaufsannoncen, die Bekanntschaftsanzeigen und die Wohnungsangebote eintippte. Nebenbei bewachte Valeria den Empfang und lackierte sich in jeder freien Minute die Fingernägel.

»Hübsche Farbe«, stellte Lea mit einem Blick auf das leuchtende Violett fest, in dem an diesem Morgen Valerias Nägel glänzten. Sie fragte nicht, worüber sie denn Bescheid wissen solle. Es war ohnehin klar, dass Valeria ihr das sofort mitteilen würde. Verschwiegenheit gehörte nicht zu den hervorstechenden Eigenschaften der Empfangsdame, zumindest nicht, wenn es um andere ging. Dass Valeria in Wirklichkeit Vera hieß, den längeren, ungewöhnlicheren Namen aber vorzog, hatte Lea dagegen erst nach über einjähriger Bekanntschaft erfahren.

»Wenn du willst, kann ich dir auch mal die Nägel lackieren. Ist ja im Moment ohnehin nur die eine Hand.« Valeria bewunderte ihre Linke im Licht der Lampe über dem Empfangstisch.

»Bei mir hält das nicht. Nach zwei Stunden ist immer mindestens ein Nagel ramponiert.« Besonders wild war Lea nicht auf das extravagante Violett, das revolutionäre Schwarz oder das schreiende Pink, das Valeria anzubieten hatte.

»Du musst sie eben ein bisschen schonen. – Das mit Tina und Bruhns weißt du noch nicht, oder?«

»Äh … nein.« Im Zweifel hielt Lea es immer für besser, jegliche Kenntnis irgendwelcher Gerüchte oder Geheimnisse abzustreiten. Besonders gegenüber Valeria.

»Ich glaube, die haben was miteinander.« Valeria senkte nur unbedeutend die Stimme, rollte aber bedeutungsvoll mit den Augen.

»Wirklich? Woher weißt du das?«

Die violetten Fingerspitzen blitzten in Richtung der Telefonanlage auf dem Seitentisch. »Die telefonieren stundenlang miteinander. Aber nur, wenn du nicht da bist. Und das schon seit Tagen. Ein Wunder, dass jetzt gerade mal nicht die Leitungen glühen.« Vor dem Hintergrund des anthrazitfarbenen Gehäuses leuchtete ein einsames grünes Lämpchen für eine Außenleitung.

»Vielleicht sprechen sie über einen wichtigen Artikel«, schlug Lea vor.

»Und warum geht Tina dann nicht die drei Türen weiter in sein Büro? Das macht sie zwar auch, aber selten. Die beiden denken, wenn sie telefonieren, fällt es mir nicht auf.« Valeria machte mit einem weit umherschweifenden Blick deutlich, dass ihr an ihrem Platz nichts entging. »Kann allerdings sein, dass sie jetzt gerade bei ihm ist und die beiden deshalb ausnahmsweise mal nicht telefonieren. Ich musste vorhin für Bernd was kopieren.«

Bernd Lück vom Sport war der Einzige, für den Valeria derartige Hilfstätigkeiten ausübte. Eigentlich gehörte es zu ihrem Aufgabenbereich, Kopien anzufertigen und das Archiv zu betreuen, aber den meisten Mitarbeitern des »Anzeigers« fehlte schlicht die Geduld, um Valeria mit ihren Anliegen zu betrauen. Nur Bernd Lück wurde von ihr aufmerksam betreut und prompt bedient. Sie war schon seit Jahren hinter Bernd her, der seine Aufmerksamkeit geschickt so dosierte, dass sie sich immer wieder Hoffnungen machte, obwohl er mit einer Grundschullehrerin zusammenlebte, die er angeblich bald heiraten wollte.

»Jedenfalls finde ich es nicht in Ordnung, einer anderen Frau den Mann wegzunehmen«, verkündete Valeria energisch. »Bruhns ist verheiratet!«

»Hmhm«, machte Lea und fixierte nun ebenfalls die Bürotür des Chefredakteurs, als sei zu befürchten, dass das heimliche Liebespaar im nächsten Moment eng umschlungen auf dem Teppichboden in den Flur hinausrollte.

»Hast du seine Frau schon mal gesehen?« Valerias Augen funkelten, während sie gleichzeitig die Telefonanlage und sämtliche Türen unter ständiger Kontrolle hatte. »Die ruft nie an, die kommt nie zur Weihnachtsfeier, und von der Arbeit abholen oder hier besuchen tut sie ihn schon gar nicht. Wahrscheinlich ist die Frau hässlich wie die Nacht, und er hat ihr verboten, hier aufzukreuzen.«

Lea zuckte die Achseln. »Bernds Verlobte kommt ja auch selten.«

Damit und mit dem Vorsatz, noch einmal ernsthaft mit Tina darüber zu reden, ob sie sich im Klaren darüber war, in welche Situation sie sich mit ihrer neuen Liebe gebracht hatte, machte Lea sich auf den Weg zu ihrem Büro, um den Artikel über die Protestaktion im Rathaus zu schreiben.

Als sie schwungvoll die Bürotür aufriss, sah sie nur noch, wie die beiden Silhouetten, die sich dunkel gegen das helle Fenster abhoben, auseinander fuhren.

»Entschuldigung … Ich wusste nicht …« Sie drehte sich um und verließ eilig den Raum. Erst draußen auf dem Flur fiel ihr ein, dass dort drinnen ihr Schreibtisch und ihr Computer standen und der Artikel in gut zwei Stunden fertig sein musste. Außerdem hing Valeria vor lauter Neugier praktisch mit dem gesamten Oberkörper über ihrem Monitor, um auch ja nichts zu verpassen.

Bevor sie den Raum zum zweiten Mal betrat, klopfte Lea an, was Valeria dazu veranlasste, ihren beachtlichen Busen noch ein Stückchen weiter über den Monitor zu schieben, denn normalerweise wurde in der Redaktion nicht geklopft – und schon gar nicht an die eigene Bürotür.

»Ich hatte draußen bei Valeria noch was vergessen.« Ohne Jürgen Bruhns und Tina einer näheren Betrachtung zu würdigen, marschierte Lea schnurstracks zu ihrem Schreibtisch, legte Kamera und Notizblock ab, schaltete den PC ein und setzte sich.

»Ähm. Heute ist um achtzehn Uhr Redaktionsschluss, nicht wahr, Herr Bruhns?«, sagte sie schließlich, weil sie unbehagliches Schweigen noch nie hatte vertragen können.

»Redaktionsschluss ist schon seit zehn Jahren dienstags um achtzehn Uhr«, erklärte Bruhns leicht entnervt und nestelte an seiner durchaus ordnungsgemäß geschlossenen Gürtelschnalle herum.

»Zehn Jahre arbeite ich noch nicht hier«, erwiderte Lea steif und tippte sinnlos auf der Leertaste herum, während der Rechner sanft brummend hochfuhr.

Tina lachte ihr helles, unverwechselbares Lachen. »Warum tut ihr zwei denn so komisch? Ich habe dir doch gesagt, Jürgen, dass Lea Bescheid weiß. Kein Grund zur Panik.« Obwohl ihre Bluse bis auf die unteren zwei Knöpfe geöffnet war und sie darunter lediglich ein Nichts von einem BH trug, machte sie keine Anstalten, sich in einen präsentablen Zustand zu versetzen.

»Ich habe eben mit Valeria gesprochen.« Lea tippte eifrig und ohne den Blick vom Bildschirm zu nehmen ihr Passwort ein. So eifrig, dass sie die Eingabe dreimal wiederholen musste, bis das Programm sie endlich an ihre Dateien ließ. »Sie hat mir erzählt, dass sie gewisse Vermutungen hat, weil du ständig mit Herrn Bruhns telefonierst.«

Aus den Augenwinkeln beobachtete Lea die Reaktion des Chefredakteurs. Als verheirateter Mann musste er es doch als besonders unangenehm empfinden, wenn seine Affäre bekannt wurde. Aber er wurde nicht einmal anstandshalber blass. Vielleicht führte er eine offene Ehe. Oder er war so geübt im Fremdgehen, dass ihm seiner Frau gegenüber immer eine passende Ausrede einfiel.

»Ich werde dann mal gehen.« Ganz leicht, fast zärtlich, legte Jürgen Bruhns die Hand auf Tinas Schulter, bevor er sich in Richtung Tür bewegte. »Redaktionsschluss ist und bleibt wahrlich und wahrhaftig achtzehn Uhr«, rief er Lea im Hinausgehen zu.

Erst als die Tür hinter ihm ins Schloss gefallen war, wagte Lea es, ihren Bildschirm aus den Augen zu lassen und über die Schreibtische hinweg in Tinas Richtung zu sehen.

»Du musst verrückt sein, hier im Büro mit ihm herumzumachen!«, fauchte sie.

»Bin ich auch. Ich kann mich nicht erinnern, jemals so verrückt nach einem Mann gewesen zu sein. Wenn er in meine Nähe kommt, fängt es in meinen Fingerspitzen an zu kribbeln, und ich muss ihn einfach anfassen. Ich glaube, ihm geht es ähnlich.« In aller Seelenruhe begann Tina, ihre Blusenknöpfe zu schließen.

»Du bringst es noch fertig, es direkt hier, an Ort und Stelle, auf deinem Schreibtisch mit ihm zu treiben. Und ich komme dann ganz harmlos herein …«

»… und fällst sofort und äußerst diskret in Ohnmacht.« Bei dieser Vorstellung kicherte Tina fröhlich vor sich hin.

»In seinem Büro haben wir es übrigens schon gemacht«, vertraute sie der Freundin dann an. »Ich fand das ziemlich aufregend, obwohl er die Tür abgeschlossen hatte. Immerhin hätte uns jemand hören können. Oder jemand hätte mit einer wichtigen Frage an die Tür geklopft, und wir wären gar nicht wieder so schnell in unsere Kleider gekommen.«

»Oder seine Frau hätte ihn besucht«, schlug Lea als weitere Möglichkeit vor.

»Das macht sie nicht. Wieso redest du eigentlich immer von seiner Frau? Ich will ihn nicht heiraten oder so was, sondern nur hier und jetzt mit ihm glücklich sein. Der Sex mit ihm ist einfach himmlisch.«

»Toller als mit Gerald?«

»An den kann ich mich kaum noch erinnern!« Tina winkte ab und machte ein komisches Gesicht.

Gerald war der Mann, den Tina nach einer romantisch-leidenschaftlichen Nacht am Strand von Sylt definitiv zum »Liebhaber des Jahrhunderts« erklärt hatte. Als die Geschichte zwischen den beiden wenige Wochen nach der Sylter Nacht zu Ende gegangen war, war Tina ausnahmsweise für mindestens einen ganzen Monat untröstlich gewesen.

»Wieso regst du dich eigentlich so über Jürgen und mich auf?«, erkundigte Tina sich interessiert, nachdem sie ihre Gesichtszüge wieder geordnet hatte. »Früher hast du doch immer ganz gelassen zugesehen, wenn ich mich verliebt habe. Kann es sein, dass du mit deinen eigenen Gefühlen nicht klarkommst und deshalb irritiert bist, wenn ich einfach tue, was ich fühle?«

»Du liebe Güte, bist du jetzt die Briefkastentante von uns beiden?« Wahllos tippte Lea ein bisschen auf der Tastatur herum. »Immerhin bin ich nicht in einen verheirateten Mann verliebt, nicht wahr?«

»Du bist aber verliebt?« Tina grinste in ihren kleinen Handspiegel, in dem sie gerade ihr Make-up überprüfte.

»Quatsch!« Mehr gab es dazu nicht zu sagen. Freudlos tippte Lea den ersten Satz für ihren Artikel und wusste jetzt schon, dass sie diesen Satz noch zwei- oder dreimal ändern würde.

Natürlich hatte Tina mit ihrer Vermutung Recht, dass es Lea nicht gelingen wollte, ihren Kopf auszuschalten. Schon immer war es ihr schwer gefallen, sich ohne Netz und doppelten Boden auf einen Mann einzulassen, ihm zu vertrauen und davon auszugehen, dass er sie mochte, wie sie war. Eigentlich war das ja auch nie der Fall gewesen. Für alle Männer, mit denen sie zusammen gewesen war, hatte sie sich verbiegen müssen, es meistens sogar ganz freiwillig getan. Sie hatte den Mund gehalten, wenn ihr nach Fluchen und Schimpfen zumute gewesen war, und stattdessen milde gelächelt, hatte vorgegeben, sich für Fußball zu interessieren und sich BHs gekauft, die einen größeren Busen vortäuschten, oder auch nach Wunsch ihre Haarfarbe geändert.

»Wenn ich auf mein Gefühl hören will, tue ich das auch«, murmelte Lea vor sich hin. »Ich finde allerdings, dass es in der Regel nicht schadet, nebenbei auch den Verstand zu benutzen.«

»Das habe ich gemerkt, als du wie eine Hypnotisierte auf diesen Frank fixiert warst. Wo war denn da dein Verstand? Ich lasse mich auf Gefühle ein, wenn ich von dem Mann etwas bekomme, wenn er mich glücklich macht. Und du? Sagt dein Verstand dir etwa, dass es toll ist, stundenlang im Regen zu stehen und einem Kerl zuzugucken, der sich ansonsten nicht um dich schert?«

»Ich habe eben einfach kein Talent für die Liebe. Vielleicht sollte ich dich tatsächlich beneiden.« Lea wischte mit der Hand durch die Luft, als könnte sie damit sämtliche Männer von der Oberfläche dieser Erde entfernen. »Habe ich dir schon gesagt, dass übermorgen wahrscheinlich mein Verband entfernt wird? Dann geht es bald mit der Krankengymnastik los, und in ein paar Monaten, nach einem halben Jahr etwa, ist mein Arm so gut wie neu. Klasse, nicht? Und dieses ganze Theater habe ich Stephan Pückler zu verdanken. Ich weiß überhaupt nicht, weshalb wir uns hier über Männer unterhalten. Wir wären ohne sie besser dran, glaube mir!«

Fast gelang es Lea, sich selbst zu überzeugen.

Der »Anzeiger« erschien mittwochs und samstags, so dass die Redaktionsmitglieder den Luxus eines freien Wochenendes genossen. Außerdem war der Mittwoch jeweils ein eher geruhsamer Tag, da der Abgabetermin für die Samstagsausgabe noch in weiter Ferne zu liegen schien.

Nachdem Lea am Vorabend erst in letzter Minute den Artikel über die Protestaktion im Rathaus fertig bekommen hatte, ließ sie es am Mittwochvormittag ruhig angehen, las in ihrer Frau-Sibylle-Post, entwarf ein oder zwei Antworten, ohne sie allerdings auszuformulieren, und hing ansonsten ihren Gedanken nach.

Eine Stunde nach Ende der Mittagspause schaltete Lea ihren Computer aus und reckte sich auf ihrem Stuhl. »Ich gehe jetzt Kaffee trinken und Kuchen essen.«

»Du willst schon gehen? Es ist erst halb drei.« Für einen Moment nahm Tina den eingelegten Maiskolben aus dem Mund, auf dem sie herumgekaut hatte, während sie gedankenverloren ihren Text auf dem Monitor anstarrte.

»Termin im ›Café Kännchen‹«, erklärte Lea heiter und deutete auf ihr Telefon. »Das war eben Margarete Ollischewsky. Sie sitzt mit ihrem Verlobten im Café und schmiedet neue Pläne im Kampf ums Freizeitheim.«

»Du liebe Güte! Noch mehr solche Aktionen wie im Rathaus!« Tina klang ein wenig undeutlich, weil sie sich den Rest des Maiskolbens in die Backentasche geschoben hatte.

»Hoffentlich! Erstens macht es wirklich Spaß, darüber zu schreiben. Zweitens hat Bruhns, ich meine, dein Jürgen, mir für den nächsten Artikel zum Thema einen Platz auf der Titelseite versprochen. Und drittens bin ich auch sehr dafür, dass das Freizeitheim weiter besteht.«

»Gut! Ganz die engagierte Journalistin!« Nachdem Tina festgestellt hatte, dass das Glas mit den eingelegten Maiskölbchen leer war, öffnete sie mit einer geübten Bewegung eine Dose mit Hering in Tomatensauce.

»Was isst du eigentlich den ganzen Tag für komische Sachen? Sonst hast du doch morgens immer den Bäckerladen geplündert und nur Süßes gegessen.« Lea verzog den Mund. Sie mochte keinen Fisch.

»War heute zu spät dran. Gab kein Plundergebäck mehr«, nuschelte Tina mümmelnd vor sich hin. »Aber das hier ist auch toll.« Sie fuhr mit einer Plastikgabel in die Dose und ließ ein großes Stück rot tropfenden Hering zwischen ihren Lippen verschwinden.

Kopfschüttelnd stopfte Lea ihre Ausrüstung in den Rucksack, wobei ihr der blassgrüne Umschlag zwischen die Finger geriet, den sie am Vorabend in ihrem Briefkasten gefunden hatte. Hastig steckte sie ihn zurück in die Vordertasche.

Da das Café nicht weit entfernt in einer Seitenstraße lag, ging Lea zu Fuß, genoss den milden Frühlingstag und fand es schade, dass sie ihr Ziel schon nach knapp zehn Minuten erreicht hatte.

Das ›Café Kännchen‹ war mit den unterschiedlichsten, zumeist antiken und hübsch instand gesetzten Tischen, Sesseln und Stühlen eingerichtet, von denen zu dieser frühen Nachmittagsstunde erst wenige besetzt waren. Frau Ollischewsky und Herr Priebe saßen direkt am Fenster, auf zierlichen Polstersesseln, an einem kleinen runden Tisch mit einer Marmorplatte, die auf eisernen, gebogenen Beinen ruhte.

Im Näherkommen sah Lea, dass die beiden Händchen hielten. Seine bräunliche Hand mit den hervortretenden Adern und den knotigen Fingern lag über ihrer viel zarteren, helleren Hand, als wollte er ein aus dem Nest gefallenes Vögelchen beschützen. Dabei war Frau Ollischewsky nach dem, was Lea bisher von ihr gehört und gesehen hatte, eine Frau, die sehr gut auf sich selbst aufpassen konnte. Wie sie aber so in ihrem blau geblümten Sessel saß und sich ihrem Verlobten entgegenneigte, hatte sie etwas sehr Sanftes, Zartes. Lea wagte kaum, ins Blickfeld des Liebespaares zu treten.

Als hätte sie Leas zögerndes Nahen gespürt, wandte Frau Ollischewsky plötzlich den Kopf.

»Da sind Sie ja! Wir haben den Sessel mit den Rosenknospen für Sie frei gelassen.« Die alte Dame reichte ihr die Hand und zeigte dann auf den dritten Sessel am Tisch, der ebenso wie die beiden anderen ein Blumenmuster auf beigefarbenem Grund hatte. Margarete Ollischewsky thronte auf leuchtendem Klatschmohn, Johann Priebe saß in einem Meer von blauen Irisblüten.

Herr Priebe war, galant und erstaunlich geschmeidig für sein Alter, aufgesprungen und beugte sich über ihre Hand, die sie ihm zur Begrüßung gereicht hatte. Am liebsten hätte Lea ihm ihre Finger entrissen. Noch nie in ihrem Leben war sie mit einem Handkuss begrüßt worden. Aber dann war es kein bisschen unangenehm. Er berührte ihren Handrücken nicht mit den Lippen, und sie spürte nur für einen kurzen Moment seinen Atem auf ihren Fingern.

»Wie schön!« Bevor sie sich setzte, strich Lea vorsichtig über den samtweichen Stoff und zeichnete mit der Fingerspitze eine der Rosenknospen nach.

»Was möchten Sie trinken?«, erkundigte sich Herr Priebe eifrig. »Tee oder Kaffee? Die Schokolade ist hier auch ganz vorzüglich. Ich necke Margarete immer damit, dass sie ein Schokoladenjunkie ist.« Er zwinkerte seiner Verlobten zu, die daraufhin mädchenhaft kicherte.

»Kaffee, bitte.« Lea ließ sich in den kleinen Sessel sinken, der genauso bequem war, wie er aussah.

»Sie müssen unbedingt die Schokoladeneclairs probieren«, forderte Frau Ollischewsky sie auf. »Danach bin ich nämlich auch süchtig.«

Nachdem Herr Priebe für Lea Kaffee und Eclairs bestellt hatte, wobei Lea sich ein bisschen so vorkam, als sei sie nicht in der Lage, für sich selbst zu sprechen, strahlte Frau Ollischewsky sie an.

»Wissen Sie, was wir gerade festgestellt haben? Es ist ohne Zweifel sehr traurig und macht uns auch wütend, dass das Freizeitheim einfach ohne Rücksicht auf die vielen Gruppen, die es benutzen, geschlossen werden soll, aber es macht auch unglaublichen Spaß, eine Aufgabe zu haben, in die man sich hineinknien kann. Ich habe mich seit Jahren nicht mehr so lebendig gefühlt. Zumal erst durch den ganzen Aufruhr mit dem Freizeitheim Johann und ich einander gefunden haben.«

Lea runzelte die Stirn. »Aber es wurde doch erst vor knapp vier Wochen bekannt, dass das Freizeitheim geschlossen werden soll. Und Sie sind bereits verlobt ...«

»Nun, so wahnsinnig viel Zeit haben wir nicht mehr zu verlieren, Kindchen«, lächelte Margarete Ollischewsky und legte diesmal ihre Hand über die ihres Verlobten. »Und immerhin kennen wir uns seit über vierzig Jahren.«

»Aber Sie sagten doch eben, Sie hätten sich durch die Protestaktion gegen die Schließung des Freizeitheims kennen gelernt.« Lea schüttelte verwirrt den Kopf.

»Kennen gelernt haben wir uns vor genau zweiundvierzig Jahren. Im Freizeitheim sind wir uns dann wieder begegnet, als alle Gruppen, die sich regelmäßig dort treffen, Vertreter bestimmten, um eine gemeinsame Vorgehensweise abzustimmen. Johann vertrat die Volkstanzgruppe und ich den Gesprächskreis. Vorher waren wir uns nie über den Weg gelaufen, weil die Tanzgruppe sich mittwochs traf und der Gesprächskreis am Freitag.«

Das Lächeln, mit dem Frau Ollischewsky ihren Verlobten ansah, verursachte in Leas Magengrube ein sehnsüchtiges Ziehen. Plötzlich wünschte sie sich, irgendwann jemanden genauso ansehen zu können, obwohl sie gleichzeitig Angst davor hatte, wie sehr eine solche Liebe schmerzen konnte, wenn sie enttäuscht wurde. Bei dem Gedanken, dass einer dieser beiden Menschen in nicht allzu ferner Zukunft sterben und den anderen allein zurücklassen würde, schnürte es ihr die Kehle zu.

»Sie haben sich also nach über vierzig Jahren wieder getroffen und innerhalb von vier Wochen beschlossen zu heiraten?« Lea nahm einen Schluck von dem Kaffee, den die Serviererin vor ihr auf den Tisch gestellt hatte.

»Innerhalb von zwei Tagen«, korrigierte Frau Ollischewsky sie mit einem spitzbübischen Lächeln, das Lea einen Eindruck davon vermittelte, wie sie als Siebzehnjährige ausgesehen haben mochte.

»Aha«, machte Lea. Mehr fiel ihr an dieser Stelle nicht ein, während die Verlobten über ihre verblüffte Miene herzlich lachten.

»Wir haben einander vierzig Jahre lang geliebt, wie sich herausstellte, als wir darüber sprachen«, erzählte Herr Priebe dann mit leuchtenden Augen. »Und wir fanden, dass wir auf diese Weise unsere Herzen eigentlich lange genug geprüft hatten.«

»Vierzig Jahre?«, wiederholte Lea einigermaßen fassungslos. Sie war sich nicht einmal sicher, ob sie jemals wenigstens vierzig Tage wirklich geliebt hatte. »Und Sie haben sich während dieser vierzig Jahre nicht gesehen?«

»Einmal sah ich sie aus der Ferne.« Diesmal war Johann Priebes Lächeln traurig. »Das war fünf oder sechs Jahre nachdem wir uns getrennt hatten. Sie war mit ihrem Mann und den Kindern unterwegs, und ich besuchte meine Eltern. Zu diesem Zweck war ich für ein paar Tage in die Stadt gekommen, die ich verlassen hatte, damit wir uns eben nicht zufällig über den Weg laufen konnten. Das wäre jedes Mal zu schmerzlich gewesen. Wir hofften ja auch, irgendwann zu vergessen und mit dem glücklich zu werden, was das Leben für uns vorgesehen hatte.«

Plötzlich dämmerte es Lea. »Sie waren verheiratet, als Sie Herrn Priebe vor zweiundvierzig Jahren kennen lernten?«, wandte sie sich an Frau Ollischewsky, die von der Sahne auf ihrer heißen Schokolade genascht hatte und ein keckes kleines Milchbärtchen trug, bevor sie zur Serviette griff und sich damenhaft die Lippen abtupfte. Die ältere Frau nickte bedächtig.

»Ich war verheiratet, und ich hatte drei Kinder. Das jüngste war gerade sechs Monate alt. Mein Mann war ein guter Mann. Zuverlässig und treu. Ich dachte, ich liebe ihn. Als ich dann Johann begegnete, begriff ich, dass Liebe ganz anders sein kann. So als würde das Licht angehen und die Dinge erleuchten, die vorher im Schatten lagen. Alles um mich herum strahlte, ich konnte nicht mehr aufhören zu lächeln, wenn ich an ihn dachte. Eine Zeit lang war es mir sogar egal, dass ich verheiratet war. Ich lebte nur für den Augenblick. Es fühlte sich irgendwie richtig an.«

Sie atmete tief durch und nahm einen großen Schluck von ihrer Schokolade. Diesmal hinterließ das Sahnehäubchen einen Klecks auf ihrer Nase, und Johann nahm eine der Papierservietten, um ihr damit sanft die Sahne aus dem Gesicht zu tupfen.

»Bis ich zur Besinnung kam«, fuhr Frau Ollischewsky mit leiser Stimme fort, nachdem sie ihn auf jene herzzerreißend liebevolle Art dankbar angelächelt hatte, die Lea aus irgendeinem Grund jedes Mal den Blick abwenden ließ. »Das war an dem Tag, als Thomas, mein Ältester, ganz aufgeregt war, weil sein Vater mit ihm zum Fußball gehen wollte. Ich begriff plötzlich, dass ich auf dem besten Wege war, diese Familie zu zerstören und meinen Kindern den Boden unter den Füßen wegzuziehen. Das waren damals keine Zeiten, in denen man mit Scheidungen Erfahrung hatte. Niemand ließ sich scheiden, außer irgendwelche Hollywood-Stars, bei denen es ein Skandal war. Außerdem hatte mein Mann mir nichts getan. Ich war die Einzige, die in dieser Familie plötzlich unglücklich war. Weil sie sich mehr wünschte, als ihr zustand. Schließlich hatte ich einen guten Mann und drei wunderbare, gesunde Kinder. Ich kam mir gierig und egoistisch vor. Als ich mich an diesem Abend für ein paar Minuten mit Johann am Ortsrand traf, sagte ich ihm, dass es mit uns vorbei sein musste.«

»Sie hat mir das Herz gebrochen, aber ich habe ihr noch in derselben Sekunde verziehen. Weil ich sie liebe.« Johann Priebe führte die Serviette, mit der er die Sahne aus Margaretes Gesicht getupft hatte, zum Mund, als wollte er den zerknüllten Zellstoff küssen.

Mit welcher Selbstverständlichkeit diese beiden von ihrer vierzig Jahre währenden Liebe sprachen! Lea musste mehrmals schlucken, obwohl ihr Mund trocken war.

»Ich war zwanzig Jahre mit einer anderen Frau verheiratet, die ich kennen lernte, nachdem ich diese Stadt verlassen hatte«, erklärte Johann, als hätte er Leas Gedanken gelesen. »Als ich ihr den Antrag machte, erzählte ich ihr von Margarete. Davon, dass ich sie nie vergessen, aber auch nie mit ihr zusammen sein würde. Karola sagte, es würde ihr nichts ausmachen. Als sie sich nach fast zwanzig Jahren Ehe Hals über Kopf in einen anderen verliebte, wusste ich, dass ich für sie ebenfalls so eine Art Trost gewesen war. Ein netter Mann, der ihre Einsamkeit vertreiben konnte, weil es nicht so einfach ist, die große Liebe zu finden. Wir alle müssen damit rechnen, dass es uns nie gelingt. Oder wir sie sofort wieder verlieren, nachdem wir sie gefunden haben.«

»Es könnte viel mehr Menschen gelingen, wenn sie nur offen dafür wären«, warf Margarete ein und naschte vom Rest des Eclairs auf ihrem Teller. Dabei sah sie Lea so nachdenklich an, dass diese rasch in ihrer Kaffeetasse nachschaute, wie viel sie schon getrunken hatte. Wobei sie sich damit beruhigte, dass Margarete Ollischewsky unmöglich etwas über ihre Privatangelegenheiten wissen konnte.

»Und dann sind Sie zurück hierher in Ihre Heimatstadt gekommen«, wandte Lea sich an Johann. »Wieso sind Sie beide sich denn dann erst vor vier Wochen durch Zufall wieder begegnet?«

»Als ich zurückkam, war Margarete noch mit ihrem Mann zusammen, das fand ich schnell heraus.« Nachdenklich schob Johann seine leere Teetasse zur Tischmitte. »Damit hatte ich auch gerechnet. Nach all den Jahren genügte es mir, wieder in ihrer Nähe zu leben, zu wissen, dass ihre Wohnung nur wenige hundert Meter von meiner entfernt lag, und sie manchmal aus der Ferne zu sehen. Dabei passte ich gut auf, dass sie mich nicht sah und erkannte, denn ich wollte auf keinen Fall alte Wunden aufreißen.«

»Mein Mann starb vor einem guten halben Jahr«, mischte Margarete sich an dieser Stelle ein. »Johann hatte sich vorgenommen, das Trauerjahr abzuwarten, bis er sich bei mir melden wollte. Das muss man sich einmal vorstellen! In unserem Alter! Es ist nicht so, dass ich über den Tod meines Mannes nicht traurig bin. Wir haben uns selten gestritten und wirklich gemocht. Aber nachdem diese Ehe nun zu Ende ist, nachdem ich nun frei bin – ich könnte Johann wegen der verlorenen Tage und Wochen umbringen!«

Mit einer schwungvollen Bewegung zog Margarete sich den Seidenschal von den Schultern und schlug damit lächelnd auf ihren Verlobten ein. Dass sie dabei die hohe, schmale Tasse mit dem Rest ihrer Schokolade umwarf, bemerkte sie erst, als Johann ihre mit dem Schal bewaffnete Hand eingefangen und einen herzhaften Kuss darauf gedrückt hatte. Gemeinsam beseitigten sie die Überschwemmung mit einigen Papierservietten, die Lea vom Nachbartisch stibitzte.

»Aber das Schicksal hat ja bei dieser Zeitverschwendung nicht tatenlos zugesehen und dafür gesorgt, dass Sie sich rein zufällig im Freizeitheim begegneten«, stellte Lea zufrieden fest. Sie holte tief Luft. »Das ist wirklich eine wunderschöne Geschichte! Ich wünsche Ihnen alles Glück dieser Erde, und dass Sie noch viele gemeinsame Jahre erleben.«

»Wir genießen jede Minute und können es kaum abwarten, endlich zu heiraten«, beteuerte Johann mit strahlendem Gesicht. »Nicht, dass wir nicht jetzt schon zusammenleben würden ...«

»Was die Nachbarn teilweise sehr erbost«, warf Margarete in neckischem Ton ein.

»Was uns wiederum nicht im Geringsten kümmert«, ergänzte Johann munter. »Aber es ist uns sehr wichtig, diesen Schritt zu tun. Obwohl alle uns erklären, dass wir verrückt sind, weil Margarete dann ihre Witwenrente verliert. Wir wollen aber zusammengehören. Ganz offiziell.«

»Ich will seinen Namen tragen.« Margarete errötete wie ein junges Mädchen.

»Und Sie möchten Ihre Hochzeit im Freizeitheim feiern, mit all Ihren Freunden aus den verschiedenen Freizeitgruppen.« Hastig kramte Lea in ihrem Lederrucksack nach dem Notizblock.

»Wie geht es Ihrem gebrochenen Arm?«, erkundigte sich Margarete. »Ich hätte schon längst fragen sollen, aber in Johanns Nähe bin ich manchmal so unaufmerksam und abgelenkt. Das muss ich mir wirklich abgewöhnen.«

»Er tut kaum noch weh, und morgen kommt der Verband ab.« Lea legte den Block auf den Tisch und suchte jetzt nach dem Kugelschreiber, der wie üblich ganz nach unten gerutscht war.

»Das ist schön!« Margarete sah Lea nachdenklich dabei zu, wie sie nervös ihren Kugelschreiber ausprobierte, der nicht schreiben wollte.

»Der Mann gestern im Rathaus ...«, begann sie dann vorsichtig.

Leas Kopf fuhr in die Höhe. »Es tut mir Leid, dass ich behauptet habe, Sie seien meine Großmutter. Das Ganze ist schwierig zu erklären. Jedenfalls danke ich Ihnen, dass Sie mitgespielt haben.«

»Es war mir eine Ehre, kurzfristig Ihre Großmutter zu sein«, erklärte Margarete Ollischewsky mit leuchtenden Augen. »Zwar habe ich schon fünf Enkel, aber vier davon sind Jungen, eine nette Enkeltochter zusätzlich kann ich gut gebrauchen.«

Mit einem verlegenen Lächeln legte Lea den nicht funktionstüchtigen Kugelschreiber beiseite und tauchte erneut in die Tiefen ihres Rucksacks, um nach einem anderen Schreibgerät zu suchen. Dabei geriet der blassgrüne Umschlag erneut zwischen ihre Finger. Aus irgendeinem Grund, der womöglich mit dem zusammenhing, was Margarete und Johann über ihre Liebe erzählt hatten, zog sie ihn hervor und legte ihn neben den Block, als wollte sie ihn nicht wieder aus den Augen verlieren. Dann fand sie einen der angekauten Bleistifte, die sie vorsichtshalber immer mit sich herumtrug.

»Ein netter junger Mann übrigens«, stellte Margarete fest. »Sind Sie verliebt?«

Lea fiel vor Schreck fast von ihrem Rosenknospensessel. »Ich?«

Das Lächeln, das über Margarete Ollischewskys Gesicht glitt, brachte auch ihre Augen zum Leuchten. »Wie schön!«

»Aber ich habe doch gar nicht ...« Obwohl sie sich an ihrem Bleistiftstummel festkrallte, fühlte Lea sich durchschaut und nackt – obwohl ja eigentlich nichts von dem stimmte, was Margarete da vermutete.

»Allerdings sollten Sie nicht allzu lange schwindeln und spielen, wenn Sie verstehen, was ich meine. Liebe braucht Wahrheit und Vertrauen. Ich weiß nicht, warum Sie ihm das mit der Großmutter erzählt haben ...«

»Das ... das war nur eine kleine, unwichtige Notlüge. Ich werde es ihm bald sagen. Dass Sie nicht meine Großmutter sind, meine ich. Wirklich!« Verzweifelt begann Lea, auf dem ohnehin schon angeknabberten Bleistift zu kauen.

»Es ist Ihr Leben und Ihre Liebe und geht uns alte Leute eigentlich nichts an«, mischte Johann sich mit brüchiger Altherrenstimme ein. »Dennoch: Gehen Sie mit beidem behutsam um.«

Lea nickte eifrig und ließ die stumpfe Bleistiftspitze über dem Block schweben. Sie räusperte sich und übernahm entschlossen wieder die Gesprächsführung, denn schließlich ging es hier um ihr Interview und ihren Artikel.

»Haben Sie etwas dagegen, wenn wir Ihre Geschichte als Aufhänger nehmen? Dass Sie sich nach über vierzig Jahren zufällig im Freizeitheim wieder über den Weg gelaufen sind und nun den Wunsch haben, dort mit Ihren Freunden Ihre Hochzeit zu feiern, ist ein wunderbarer Hintergrund für all die anderen Tatsachen, also dass sich dort zwölf verschiedene Gruppen mit insgesamt über zweihundert Mitgliedern treffen und so weiter. Ich habe mir die Zahlen besorgt, aber wenn man eine so menschliche und romantische Geschichte erzählen kann, bleibt das den Menschen viel deutlicher im Gedächtnis. Und jeder, der den Artikel liest, wird sich wünschen, dass Sie beide Ihre Hochzeit dort im Freizeitheim feiern können.«

Die beiden alten Menschen sahen einander fragend an. Zuerst lächelte Margarete, dann nickte Johann und lächelte ebenfalls.

»Natürlich lassen wir den Anfang ein wenig im Dunkeln«, erklärte Lea, während ihr Stift bereits über das Papier flog. »Ich schreibe einfach, dass Sie damals wegen bestimmter Umstände Ihre Liebe nicht leben durften und sich deshalb schweren Herzens trennten.«

Während sie sich mit fliegendem Bleistift Notizen machte, spürte Lea, wie ihre Wangen glühten. Sie konnte sich nicht erinnern, jemals eine so schöne und interessante Geschichte für einen Artikel gefunden zu haben. Im Geist formulierte sie schon die einzelnen Absätze aus. Sie wollte ihre Leser zum Nachdenken bringen und zu Tränen rühren. Nicht mehr und nicht weniger. Mehr denn je wünschte sie sich von ganzem Herzen, dass das Freizeitheim weiter bestand.

»Was haben Sie denn an weiteren Aktionen geplant?«, wandte sie sich schließlich an Margarete und Johann, die stumm dagesessen und ihr beim Schreiben zugesehen hatten.

»Obwohl unsere Protestaktion in der Rathaushalle dem Bürgermeister und den übrigen hohen Herren nicht entgangen sein dürfte, hat sich nichts gerührt. Der Punkt Freizeitheim kam nicht einmal erneut auf die Tagesordnung für die Ratssitzung morgen Früh.«

Johann machte eine Pause und winkte die Kellnerin herbei, um bei ihr, ohne die beiden Frauen am Tisch zu fragen, drei Cognac zu bestellen.

»Wir werden also demnächst zu wesentlich rigoroseren Maßnahmen greifen müssen«, fuhr Margarete an seiner Stelle fort.

»Rigoroser?« Lea war sprachlos. Ihre Vorstellung von Protestaktionen hatte sich bisher in Straßendemos und Spruchbändern erschöpft. Die kunterbunte Gruppe in der Rathaushalle war in ihren Augen sehr innovativ gewesen.

»Es muss etwas sein, was schockiert«, führte Margarete mit leuchtenden Augen aus. »Ich wäre dafür, dass wir nackt durch die Straßen ziehen. Sozusagen als symbolischer Akt für unsere Heimatlosigkeit. Denn wenn wir auch alle ein Zuhause haben, sind wir doch gewissermaßen, was unsere Freizeitaktivitäten betrifft, heimatlos. Niemand von uns hat eine so große Wohnung, dass sich dort eine Volkstanzgruppe oder auch nur die Frauen von meinem Gesprächskreis treffen könnten.«

»Du wirst nicht nackt durch die Straßen laufen, Margarete!« Johann griff nach einem der Cognacgläser und nahm zur Stärkung einen großen Schluck. Lea, die eigentlich keinen Cognac mochte, stärkte sich ebenfalls. Margarete kicherte vor sich hin.

»Aber du warst doch derjenige, der vorgeschlagen hat, im nächsten Sommer auf Sylt FKK zu machen! Nur deshalb bin ich überhaupt auf die Idee gekommen, und ich finde sie immer noch gut. Fast unschlagbar. Außerdem will ich nicht allein nackt herumlaufen. Ihr sollt alle mit! Stell dir nur diesen Aufruhr vor, wenn wir alle unsere faltigen Körper zur Schau stellen! Ich wette, sie treiben uns zurück ins Freizeitheim und schließen uns dort für alle Zeiten ein, nur um uns nicht mehr sehen zu müssen.«

»Sie werden uns wegen Erregung öffentlichen Ärgernisses ins Gefängnis stecken.« Johann bemühte sich um eine finstere Miene, die ihm aber nicht recht gelang. Wenn er Margarete ansah, war da immer dieses Strahlen in seinen Augen, das er offenbar nicht abstellen konnte.

Margarete winkte übermütig ab. »So alte Leute wie wir werden nicht mehr ins Gefängnis gesteckt. Die haben viel zu viel

Angst, dass wir dort krepieren. Und wenn sie uns einsperren, dann höchstens für ein paar Tage. Sobald wir raus sind, ziehen wir uns wieder aus und marschieren noch mal los.«

»Fällt Ihnen nichts ein, was diese Frau als guten Gegenvorschlag akzeptieren könnte?«, wandte Johann sich verzweifelt an Lea.

Diese schüttelte den Kopf. »Im Moment nicht. – Sie meinen das doch nicht wirklich ernst, Frau Ollischewsky?«

»Im Grunde schon, obwohl ich bereit bin, noch ein wenig nachzudenken. Aber hör doch um Himmels willen mit diesem steifen Sie auf! Nenn mich Margarete. Und das da ist Johann.«

»Ich bin Lea! Es ist sehr schön, dass ich euch kennen lernen durfte.«

Die drei stießen schwungvoll an und schütteten sich mit Todesverachtung den Rest des Cognacs in den Mund.

»Und jetzt erzähl doch mal, was das für ein Brief ist.« Margarete deutete auf den hellgrünen Umschlag, der immer noch neben Leas Notizblock lag. »Ich bin eine alte Frau und darf neugierig sein. Ist es ein Liebesbrief? Die Schrift sieht sehr männlich aus. Der junge Mann aus dem Rathaus?«

Lea legte den Zeigefinger auf den Umschlag und strich gedankenverloren über ihren Namen, den Stephan in schwungvollen Buchstaben darauf geschrieben hatte.

»Es ist eine Einladung. Bisher war ich mir nicht sicher, ob ich sie annehmen sollte. Aber nun … Ich glaube, ich werde es tun.«

Ihr Ton und ihr Gesichtsausdruck hielten die beiden älteren Leute davon ab, weiter zu fragen. Sie tauschten nur ein Lächeln aus.

Lea schob den Brief in den Notizblock und steckte beides in ihren Rucksack. Dann verabschiedete sie sich und versprach, den fertigen Artikel per E-Mail an Johann zu schicken, der einen Internetzugang besaß, und verkündete, obwohl sie ja nun gemeinsam in Margaretes Haus lebten, würde er dafür sorgen, dass sie einen eigenen Computer samt E-Mail-Account bekam, damit er ihr auf moderne Art Liebesbriefe schicken könne.

»Mit der Post dauert mir das einfach zu lange! Ich bin ungeduldig und möchte ganz rasch eine Antwort bekommen.«

Am liebsten hätte Lea ihn umarmt, weil er so romantisch und so verliebt war. Was sie dann auch tat. Sie drückte Johann einen Kuss auf die raue, faltige Wange und legte Margarete die Arme um den Hals.

»Ich danke dir für diesen Nachmittag«, flüsterte sie ihr dabei ins Ohr. »Ich habe viel von dir gelernt.«

»Nichts zu danken.«

Stumm sahen Margarete und Johann zu, wie Lea mit beschwingten Schritten das Café verließ.

»Ich glaube, sie ist verliebt und will es nicht zulassen«, stellte Johann dann fest.

»Darauf kannst du wetten! Aber wenn die Gefühle stark und echt sind, wird es ein Happy End geben.« Margarete nickte heftig. »Und jetzt möchte ich ein Stück Haselnusstorte und noch einen Cognac.«

XIV

Schon seit mindestens zehn Minuten saß Lea auf der Bettkante und starrte die Einladungskarte an.

»Ein besonderes Essen für eine ganz besondere Frau« stand da zu lesen. Es folgten Zeit- und Ortsangabe. Eine eher ungewöhnliche Zeit- und Ortsangabe. All das war in geschwungenen Buchstaben auf das Foto eines festlich mit weißem Damast gedeckten Tisches mit im Kerzenlicht funkelnden Sektkelchen und über Decke, Servietten und Tellern verstreuten tiefroten Rosenblättern gedruckt. Wenn Stephan Pückler etwas machte, machte er es offenbar gründlich, was auch an seinem Job liegen mochte. Im Grunde war sie nach der Sache mit dem Geiger nicht einmal besonders überrascht, dass er so bald die Idee eines Mitternachtspicknicks in die Tat umsetzte.

»Keine verpassten Gelegenheiten mehr«, sprach Lea sich selbst Mut zu, sah auf ihre Armbanduhr, legte die Karte auf den kleinen Tisch neben ihrem Bett und sah noch einmal auf die Uhr. Nur noch knapp anderthalb Stunden bis Mitternacht. Langsam stand sie auf und ging zum Kleiderschrank. Dabei seufzte sie ausgiebig vor sich hin.

Wieso erschien ihr die ganze Angelegenheit nur schon wieder so kompliziert, nachdem die Geschichte von Margarete und Johann so einfach geklungen hatte? Rein theoretisch war ja auch alles ganz einfach: Man fand heraus, ob es Liebe war. Und wenn es Liebe war, war es eine klare Sache, selbst noch nach vierzig Jahren. Zumindest wenn man Glück hatte. Und in der Lage war, seinen Gefühlen zu trauen. Sich überhaupt auf Gefühle einzulassen.

Energisch riss Lea die Kleiderschranktür auf. Sie wollte etwas tragen, worin sie unwiderstehlich aussah, aber keinesfalls zu sexy oder gar so, als hätte sie vor, Stephan zu verführen.

Während sie die Bügel von rechts nach links über die Kleiderstange und wieder zurück schob und ihre Garderobe betrachtete, wurde ihr klar, dass sie schon wieder vor einer nahezu unlösbaren Aufgabe stand.

Gegen dreiundzwanzig Uhr dreißig beschloss Lea, dass die Lippenstiftfarbe, die sie zuletzt aufgelegt hatte, genau die richtige war oder vielmehr die richtige sein musste, weil sie sonst zu spät kommen würde. Sie tupfte sich mit einem Kosmetiktuch die Lippen ab und zupfte sich noch einmal das Haar zurecht, das gnädigerweise an diesem Abend ein bisschen weniger störrisch war als sonst und ihr in einer dunklen, rötlich schimmernden Welle ins Gesicht fiel. Dann eilte sie zum Telefon, um sich ein Taxi zu bestellen.

Die zehn Minuten, die es erfahrungsgemäß dauerte, bis das Taxi da war, verbrachte sie damit, wie ein aufgescheuchtes Huhn in ihrer Wohnung herumzulaufen. Sie steckte alles Mögliche in ihre Handtasche und packte es sofort wieder aus. Handy, Knirps (eignete sich notfalls als Verteidigungswaffe), Portemonnaie, Schminktäschchen, Taschenkalender. Knirps und Taschenkalender wieder raus, Kamm und Papiertaschentücher hinein, das Handy nahm zu viel Platz weg, also auch das Handy heraus, stattdessen nun doch den Taschenkalender hinein. Das Ganze noch zwei- oder dreimal hin und her.

Im Treppenhaus fiel ihr ein, dass sie vergessen hatte, ihr Lieblingsparfüm aufzulegen. Sie hetzte wieder zurück in ihre Wohnung und beschloss, den Duftzerstäuber in der Hand, dass Parfüm zu sehr an Verführung erinnerte. Also lieber doch nicht.

Als sie eine Viertelstunde vor Mitternacht atemlos aus der Haustür trat, war weit und breit kein Taxi zu sehen. Irritiert ging sie zur Straße vor und hielt von dort Ausschau.

Der Mann in der dunklen Livree war so plötzlich neben ihr, dass sie mit einem unterdrückten Aufschrei zusammenfuhr. Erst recht, als er ihr einen Blumenstrauß vor die Nase hielt.

»Ich habe das Taxi weggeschickt, das Sie bestellt hatten«, sagte er in verbindlichem Ton und wackelte mit den dunkelblauen Blüten vor ihrem Gesicht herum, weil sie immer noch keine Anstalten machte, nach dem Strauß zu greifen. In letzter

Zeit kam es häufig vor, dass Blüten vor ihrem Gesicht geschwenkt wurden.

»Wieso haben Sie mein Taxi weggeschickt?«, empörte sich Lea und übersah weiterhin die Blumen.

»Sie brauchen kein Taxi. Herr Pückler schickt mich, um Sie abzuholen.«

»Und warum teilt er mir das nicht vorher mit?«

»Das kann ich Ihnen leider nicht sagen. Ich bin nur der Fahrer.« Immer noch streckte er ihr die Blumen hin.

»Natürlich. – Und was ist das?«

»Herr Pückler bat mich, Ihnen das zu geben.«

»Enzian?« Sie streckte so zögernd die Hand aus, als müsste sie Angst haben, sich an den Blumen zu verbrennen.

»Ich kenne mich in der Botanik nicht so aus.« Erleichtert, endlich seine Aufgabe erfüllt zu haben, wandte sich der Mann in der dunklen Livree ab, ging zu dem großen schwarzen Wagen, der einige Schritte entfernt am Straßenrand parkte, und öffnete die hintere Tür.

Lea kam sich ein bisschen albern vor, als sie in die weichen Polster sank, den Enzianstrauß mit beiden Händen an die Brust gepresst. Hatte Frau Sibylle ihm etwas von Chauffeur und dem Überreichen von Blumen vor der Haustür geschrieben? Fast war sie beleidigt, als hätte er ihr heimtückisch die Regie aus der Hand genommen, nur um ihr zu zeigen, dass er noch eins draufsetzen konnte.

Als sie Frau Marges Kopf am Erdgeschossfenster sah, winkte sie der Nachbarin dennoch fröhlich zu, was sich aus der feudalen Limousine heraus, vollständig bekleidet und sogar ordentlich gekämmt, erheblich besser anfühlte als neulich barfuß im Nachthemd ohne Rüschen.

Der schwere Wagen glitt lautlos durch die nächtlichen Straßen. Lea hatte derweil Gelegenheit, sich zu fragen, ob es tatsächlich richtig war, sich um diese Stunde mit Stephan zu treffen. Nebenbei stellte sie fest, dass Enzian geruchlos, aber wirklich sehr hübsch war. Die Blüten schimmerten in einem geheimnisvollen Nachtblau, wenn das Licht der Straßenbeleuchtung und der Werbetafeln in den Innenraum des Wagens fiel.

Als der Wagen mit einem sanften Ruck am Straßenrand hielt, spähte Lea durch die getönte Scheibe nach draußen. Ehe sie etwas erkennen konnte, öffnete ihr der Fahrer die Tür.

»Wir sind da.«

Geduldig wartete er, bis sie ihre plötzlich viel zu zahlreich scheinenden Füße sortiert hatte. Als ihr beim Aussteigen der Blumenstrauß auf den Gehsteig fiel, bückte er sich danach und drückte ihn ihr energisch wieder in die Hand.

»Aber das ist eine Windmühle«, stellte sie verblüfft fest, als sie sich dem Grundstück zuwandte, vor dem der Wagen gehalten hatte. In den klaren Nachthimmel reckten sich die Windmühlenflügel, deren Ränder von unzähligen Lämpchen gesäumt wurden.

»Es ist die Adresse, zu der ich Sie bringen sollte.« Der Chauffeur verbeugte sich so formvollendet, dass sie sich unwillkürlich fragte, wie oft er schon in genau der gleichen Weise seinen Oberkörper hatte nach vorn klappen lassen. Dann stieg er in den schwarzen Wagen ein, ließ den Motor an, der nur als diskretes Flüstern zu hören war, und verschwand mitsamt seinem Fahrzeug wie eine Fata Morgana.

»Ich glaube das alles nicht!«, murmelte Lea kraftlos vor sich hin. »Habe ich ihm irgendetwas von einem Chauffeur oder von einer Windmühle geschrieben?«

Zögernd ging sie auf das offen stehende schmiedeeiserne Tor zu und betrat den geschwungenen Weg zum Gebäude, der mit Kies bestreut war, welcher im Licht der Bogenlampen wie frisch gefallener Schnee schimmerte. Im Näherkommen sah sie, dass in der Windmühle ein Restaurant untergebracht war. Nachdem sie den Schriftzug über der Tür gelesen hatte, blieb sie verblüfft in dem kurzen, von wildem Wein bewachsenen Bogengang stehen, der zum Eingang führte.

»Wie schön, dass du gekommen bist!«

Lea fuhr herum und hielt sich nicht damit auf, sich darüber zu wundern, woher er so plötzlich aufgetaucht war. Nur kurz registrierte sie, wie gut er in dem dunklen Anzug mit dem ebenfalls dunklen Hemd aussah, das er ohne Krawatte trug und zu dem sein helles Haar einen aufregenden Kontrast bildete.

»Das ist das ›La Mancha‹!«, teilte sie ihm stattdessen mit. »Hier bekommt man nur einen Tisch, wenn man vier Wochen im Voraus reserviert.« Ihre Verwunderung darüber, dass das teuerste Restaurant der Stadt – dessen Namen jeder kannte, wo aber die wenigsten jemals gegessen hatten, weil ihnen das Geld oder die Beziehungen fehlten, um einen der wenigen Tische zu ergattern –, in einer Windmühle untergebracht war, behielt sie für sich.

»Ich weiß, dass hier das ›La Mancha‹ ist.« Er ging so dicht neben ihr unter den im Wind leise flüsternden Weinblättern hindurch, dass sie ihn zu spüren meinte, schon bevor er die Hand hob und ganz leicht ihre Schulter berührte.

»Du trägst keine Bandage mehr. Wie geht es deinem Arm?«

»Gut.« Sie verspürte keine Lust, über den Unfall zu reden. Und schon gar nicht darüber, dass sie unter einigen Mühen extra ihren Arzttermin auf den heutigen Nachmittag vorverlegt hatte, um auf diese Weise ihre Bandage drei Tage früher loszuwerden. Es war ein wunderbares Gefühl, dass der Arm nicht mehr festgebunden war, obwohl sie ihn noch längst nicht wieder so benutzen konnte, wie sie gern wollte.

»Das ist schön.« Die Bewegung, mit der er seine Hand von ihrer Schulter nahm, fühlte sich wie ein flüchtiges Streicheln an.

Verlegen wedelte sie mit dem Strauß herum. »Danke für die Blumen. Das wäre aber wirklich nicht nötig gewesen.« Zum Glück konnte er in der Dunkelheit sicher nicht ihr leichtes Erröten sehen, als sie daran dachte, wie sie ihm absichtlich durch Luigi die Sache mit dem Enzian untergejubelt hatte.

»Immerhin hast du sie diesmal angenommen.« In seiner Stimme war ein Lächeln, das ihre Mundwinkel dazu brachte, sich zu heben.

»Es ist Enzian«, stellte sie schlicht fest und senkte den Blick auf die Blüten. Vielleicht würde sie beschließen, dass in Zukunft der Enzian tatsächlich ihre Lieblingsblume sein sollte.

Als sie den Kopf hob, bemerkte sie, dass sie inzwischen direkt vor dem Eingang zum Restaurant angekommen waren. Bockig blieb sie stehen. »Ich gehe da nicht rein! Es ist schrecklich teuer. Es wird sich nicht rentieren, wenn du so viel Geld für mich ausgibst, glaube mir. Ich bin nicht käuflich. Außerdem hatte ich keine Ahnung, dass du mich in ein Restaurant einladen wolltest.« Aus irgendeinem Grund war sie furchtbar enttäuscht, dass es nun keine Decke auf einer Wiese und sie zwei nicht ganz allein unter dem nächtlichen Frühlingshimmel geben würde.

»Ich hatte niemals vor, dich in ein Restaurant einzuladen, und schon gar nicht in dieses. Zumal es heute ohnehin geschlossen ist.« Er nahm ihren Arm und führte sie um das hohe, schmale Gebäude herum.

Sprachlos fand Lea sich in einem kleinen Garten wieder. Niedrige Büsche duckten sich rings um eine Rasenfläche, in deren Mitte ein Springbrunnen plätscherte. Auf einer runden, gefliesten Fläche stand umgeben von einigen Kübelpflanzen ein kleiner Tisch, der für zwei Personen gedeckt war. Beleuchtet wurde die Szenerie von Dutzenden von Lämpchen, die überall in den Büschen schimmerten wie Glühwürmchen, die sich von ihrem Nachtflug ausruhten.

»Aber das ist der Garten des Restaurants«, stieß Lea hervor, nachdem sie sich ein wenig gefasst hatte. »Wenn hier heute geschlossen ist ...«

»Du solltest wirklich aufhören, dir um alles so viele Gedanken zu machen.« Stephans leises Lachen klang dunkel wie die Nacht. »Falls es dich beruhigt: Der Besitzer des ›La Mancha‹ ist ein guter Freund von mir. Er hat mir erlaubt, heute Nacht hier zu sein. Ich dachte, es würde dir gefallen.«

»Es ist sehr schön«, stieß sie steif hervor.

Als er sich vorbeugte, streifte sein Körper den ihren. Der Stromschlag, der sie daraufhin durchfuhr, ließ sie erahnen, dass sie zwar nicht käuflich war, aber angesichts dieses Mannes in einer romantischen Kulisse relativ verführbar. Und sie war sich nicht einmal sicher, ob sie es nicht sein wollte. Vielleicht waren die Dinge doch viel weniger kompliziert, als sie ihr die ganze Zeit erschienen waren.

Offenbar handelte es sich bei dem schmalen, dunklen Kästchen, das Stephan vom Tisch genommen hatte, um eine Fernbedienung, denn plötzlich war Lea von leiser Geigenmusik umgeben.

»Heute kein Stehgeiger?«, erkundigte sie sich in dem Bemühen, locker zu klingen.

Er schüttelte den Kopf. »Nicht mal ›The street where you live‹. Du sagtest, das Lied gefällt dir nicht.«

»Ach, es gibt Schlimmeres.« Sie schlenderte einige Schritte auf den gedeckten Tisch zu und blieb unschlüssig stehen, weil sie nicht recht wusste, was in dieser Situation von ihr erwartet wurde. Zumal sie noch nie mit einem derartigen Aufwand verführt worden war. Sie sehnte sich nach etwas, woran sie sich hätte festhalten können, einem Glas etwa. Da aber Stephan nur dastand und sie anstarrte, verlegte sie sich auf Konversation.

»Ein ganz schöner Aufwand, den du da getrieben hast. Und wenn ich nicht gekommen wäre? Dann hättest du all das hier umsonst organisiert.«

»Es war mir das Risiko wert.«

Immerhin hatte er nicht gesagt, er sei sicher gewesen, dass sie kommen würde. Sie wagte nur einen kurzen Blick in seine Richtung und schaute dann schnell wieder dem Wasser in dem kleinen Brunnen zu, das unermüdlich in einer kleinen Kaskade nach unten floss. Dabei fiel ihr ein, dass sie im Rathaus mit ihm auch am Brunnen gesessen hatte.

»Ich wusste bis vor einer Stunde noch nicht sicher, ob ich kommen würde«, stellte sie lässig fest.

»Umso glücklicher bin ich, dass du trotzdem hier bist. Möchtest du erst tanzen oder erst essen?«

Verblüfft wandte Lea den Kopf und sah ihn nun doch an. Im schwachen Licht der vielen Lämpchen erschienen seine blauen Augen fast schwarz. Jetzt erkannte sie, dass er einen Abendanzug trug, und sie war froh, dass sie sich letztendlich für ihr helles Sommerkleid mit dem weiten, wadenlangen Rock und dem knappen Oberteil entschieden hatte, das notfalls als Abendkleid durchgehen konnte.

»Ich kann eigentlich gar nicht tanzen.« Wie schützend verschränkte sie die Arme vor dem Oberkörper.

»Das glaube ich dir nicht.« Er streckte eine Hand nach ihr aus, und sie wich instinktiv zurück.

»Wieso sollte ich lügen?«

»Weil du Angst vor meiner Nähe hast?«

»Das ist doch Blödsinn! Wenn ich Angst vor dir hätte, wäre ich nicht hier. Ich habe keine besondere Begabung zum Tanzen, das ist alles.«

»Beweise es mir.« Diesmal streckte er die Hand nicht nur aus, sondern legte sie auf ihre Schulter.

»Wie soll ich beweisen, dass ich etwas nicht kann? Das ist unlogisch.«

»Männer sind eben manchmal unlogisch. Verzeih mir.« Sein lächelnder Mund war dicht an ihrem Ohr, weil er sie plötzlich in den Armen hielt.

Lea erstarrte, als er sie mit einer entschlossenen Bewegung noch dichter an sich zog – so dicht, dass sie den Rhythmus seines Atems fühlte und den Druck seiner Brust hart an ihrer spürte.

»Nach Picknick sieht es hier eigentlich nicht aus«, rettete sie sich erneut in die Unverbindlichkeit.

»Wieso Picknick?« Seine Stimme klang erstaunt.

Der Schreck durchfuhr sie wie die Klinge eines dünnen Messers. Sie war einfach zu dumm, zu unkonzentriert und zu verwirrt für solche Spielchen. Erst jetzt fiel ihr auf, dass Frau Sibylle Stephan zwar ein Mitternachtspicknick vorgeschlagen hatte, er auf seiner Einladungskarte aber lediglich etwas von einem »besonderen Essen« geschrieben hatte. Offenbar hatte er – mal wieder – seine eigene Variante gewählt.

»Ich ... ich weiß nicht, aus irgendeinem Grund dachte ich an ein Mitternachtspicknick. Wie in meinen alten Mädchenbüchern, wo sich die Freundinnen immer um Mitternacht treffen, um Süßigkeiten zu essen. Ich glaube, jedes Mädchen kennt die Mitternachtspartys bei ›Hanni und Nanni‹. Das sind Picknicks.« Sie atmete tief durch. Vielleicht war sie doch nicht so schlecht im Spielchenspielen.

»Ach. Deshalb!« Er lachte leise, offenbar voll der Bewunderung für Frau Sibylle, die sich so gut mit den Träumen, Wünschen und Gedanken von Frauen auskannte.

Lea spürte in diesem Moment, wo ihr Gewissen saß: direkt unter dem Brustbein, dort, wo sie nun einen merkwürdigen Druck fühlte, der langsam in Richtung Kehle wanderte.

Während ihrer Unterhaltung waren sie stehen geblieben, und nun zog er sie wieder dichter an seine Brust und begann sich erneut zu drehen. Sie hatte sich nie für eine gute Tänzerin gehalten. Ihre letzten Versuche hatte sie auf dem Sommerfest des Fußballvereins gewagt. Die wenigen Tänze mit Frank waren ihr eher wie musikalische Ringkämpfe vorgekommen. Sie hatte sich bemüht, sich dem Rhythmus seiner Schritte und seiner Führung zu überlassen, sich aber dennoch unweigerlich nach links gedreht, wenn er die andere Richtung wählte, war im Takt vorwärts gehüpft, wenn er rückwärts wollte und umgekehrt. Mit Stephan war es viel einfacher. Als hätten sie schon viele Male miteinander getanzt, bewegten sich ihre Körper mühelos zur Musik. Die leise Geigenmusik klang wie ein zärtliches Flüstern durch die Dunkelheit.

»Du kannst also nicht tanzen?«, erkundigte er sich mit jenem fast unhörbaren spöttischen Unterton, der ihr schon so vertraut war.

»Nein«, beharrte sie trotzig, während er sie in einem großen Bogen um den kleinen Tisch herum führte und sie ihm leichtfüßig folgte.

»Dann möchte ich dich gern bei Tätigkeiten erleben, die du beherrschst.«

Ein tiefes, melodisches Lachen und dann noch eine schwungvolle Drehung, bei der sie für einen Moment das Gefühl hatte zu schweben. Sie fühlte sich, als hätte sie nie zuvor wirklich getanzt.

Dabei tat Stephan nichts anderes, als sie festzuhalten und sie sanft von einem Fuß auf den anderen zu wiegen, bevor er sich erneut drehte.

Minutenlang tanzten sie schweigend, und Lea genoss die Musik, die Bewegung, die milde Luft auf ihren nackten Armen und erstaunlicherweise sogar die Nähe des Mannes, vor dem sie wochenlang davongelaufen war.

Plötzlich hob er die Hand und legte seine Fingerspitzen sanft an ihre Stirn. »Ich möchte wissen, was dahinter vorgeht. Was du denkst, wenn du die Nase kraus ziehst und die Augen schmal machst. Was du fühlst, wenn du auf deiner Unterlippe kaust, und wieso du manchmal aus heiterem Himmel so abweisend bist und dann wieder sanft wie Karamelleis.«

Lea kicherte nervös. »Sanft wie Karamelleis?«

»Ich liebe Karamelleis.« Er hielt ihren Blick fest, ausnahmsweise wollte sie diesmal aber auch gar nicht in eine andere Richtung schauen.

»Ich wusste nicht, dass ich irgendetwas mit meiner Nase mache und auf meiner Unterlippe herumkaue.« Sie flüsterte gemeinsam mit den Geigen durch die Nacht.

Statt einer Antwort lächelte er, und ein Gefühl wie von seidig zarten Spinnweben glitt ihre Wirbelsäule entlang.

»Du hast mir aber das Kokoseis weggeschnappt!«, fiel ihr plötzlich ein, und sie reckte empört das Kinn in die Höhe.

»Damals kannte ich dich noch nicht. Heute würde ich dir meinen gesamten Vorrat an Karamelleis schenken und alle anderen Eissorten, die ich zu Hause in meinem Kühlfach gehortet habe, noch dazu. Natürlich auch das Kokoseis. Bis zum letzten Löffelchen.«

»Ich brauche kein Kokoseis mehr«, wisperte Lea. »Das mochte sowieso nur Frank, genau wie diese klebrige Cola. Ich kaufe jetzt nur noch Vanilleeis. Das ist nämlich die Sorte, die *ich* mag.«

Sein Kuss kam unvermittelt, doch er erschreckte sie nicht, weil er voller Zärtlichkeit und Zurückhaltung war. Er nahm nicht mehr, als sie in diesem Moment bereit war zu geben. Fast war sie enttäuscht, als sich seine Lippen wieder von ihren lösten. Sie fühlte sich wie betrunken, dabei war kein Tropfen Alkohol über ihre Lippen gekommen. Die Nachtluft war wie prickelnder Champagner auf ihrer Haut und füllte mit jedem Atemzug ihr Gehirn mit luftigen rosa Wölkchen. Sie konnte nicht mehr klar denken und wollte es komischerweise auch gar nicht.

»Hast du schon mal Pfefferminztee für eine Frau gekocht? Zum Beispiel wenn sie krank im Bett lag?«, hörte sie sich wie aus weiter Ferne sagen.

»Pfefferminztee?« Er klang so verwirrt, wie sie sich fühlte.

»Das ist nur so eine Theorie meiner Freundin Tina. Männer, die Pfefferminztee kochen, sind die richtigen Männer fürs Leben ... Aber das tut jetzt eigentlich nichts zur Sache.«

Unvermittelt ließ Stephan sie los und trat einen Schritt zurück. Von einer Sekunde zur anderen fühlte sie sich einsam, während sie im Licht der hundert Lämpchen mit hängenden Armen dastand.

»Würdest du mich für einen Moment entschuldigen?«

Sie nickte stumm und sah ihm nach, ein Brennen auf ihren leeren Handflächen. Sein helles Haar schimmerte im sanften Licht wie ein Heiligenschein.

Nachdem Stephan im Innern der Mühle verschwunden war, entspannte sie sich langsam wieder. Sie bemühte sich, tief und gleichmäßig zu atmen, und schlenderte mit klappernden Absätzen zwischen den Kübelpflanzen über die Marmorfliesen. Seltsamerweise hatten ihre Absätze kein bisschen geklappert, als sie mit ihm getanzt hatte. Rasch streifte sie ihre Sandaletten ab und schob sie neben einen großen Porzellankübel, in dem eine im Nachtwind geheimnisvoll flüsternde Palme wuchs.

Lea konnte auf dem Marmor einen Rest der Sonnenwärme des Tages spüren. Sie blieb vor dem gedeckten Tisch stehen und betrachtete die verschiedenen Teller und Schüsseln, die in der Mitte des weißen Tischtuchs rings um den Sektkühler arrangiert waren. Plötzlich bemerkte sie, dass sie sehr hungrig war. Seit den paar Häppchen Eclair im Café hatte sie nichts mehr gegessen.

Sie zupfte ein kleines Stück der Klarsichtfolie von einer ovalen Silberplatte und stibitzte eines der Kanapees – eines, das mit einem dicken, cremigen Klecks verziert war, der im schwachen Licht wie Mayonnaise aussah, gerade fett und sättigend genug, um ihr in ihrem ausgehungerten Zustand das Wasser im Mund zusammenlaufen zu lassen. Sie stopfte den großen Happen auf einmal in den Mund und verteilte die übrigen Kanapees so, dass die Lücke nicht auffiel. Dann kaute sie mit geschlossenen Augen ihre Beute und fragte sich, wieso ihr in Stephans Gegenwart ihr Hunger gar nicht aufgefallen war.

Es dauerte eine Weile, bis ihr bewusst wurde, auf was sie da herumkaute. Fisch! Und sie hasste Fisch! Hektisch sah sie sich um und stürzte dann zu einem der Pflanzenkübel, um den Bissen diskret zu entsorgen.

Als sie das letzte Mal versucht hatte, Fisch zu essen, was ungefähr mit zwölf Jahren gewesen war, hatte sie diesen postwendend und unter lautem Würgen wieder ans Tageslicht befördert, also war es wohl sicherer, es mit Schlucken gar nicht erst zu versuchen.

Sie beugte sich vor, schob die zerkaute fischige Masse in der Mundhöhle nach vorn, zielte – und fuhr mit einem Aufschrei herum, als sich eine Hand auf ihre Schulter legte.

»Entschuldige. Ich dachte, du hättest mich kommen hören.«

»Nein. Habe ich nicht.« Entsetzt starrte Lea auf das matschige Häufchen auf Stephan rechter, blank polierter Schuhspitze. Durch ihre hastige Seitwärtsbewegung hatte sie beim Spucken ihr Ziel verfehlt. »Es tut mir Leid. Ich ...«

Erst jetzt bemerkte auch Stephan das Malheur.

»Ist dir schlecht?« Besorgt beugte er sich vor und sah ihr prüfend ins Gesicht. »Vielleicht hast du dir diesen Magen-Darm-Virus geholt, der gerade umgeht. Möchtest du dich hinlegen? Drinnen gibt es eine Couch.«

»Nein. Ich bin nicht krank. Ich habe nur ... Es ist so, dass ich keinen Fisch mag. Ich bekomme ihn einfach nicht herunter, seit wir in der siebten Klasse im Biologieunterricht einen Hering sezieren mussten.« Während sie die Sätze hervorhaspelte, sah sie an seinem Gesicht vorbei und fixierte einen hellen Stern, der so nah zu sein schien, als stünde er nur wenige Meter über Stephans Kopf.

»Ich hatte Hunger, und auf dem Kanapee, das ich mir genommen habe, war Fisch. Das konnte ich im Dunkeln nicht erkennen. Das kommt davon, wenn man Essen stibitzt«, fügte sie zerknirscht hinzu, wobei sie ebenso wenig auf seinen besudelten Schuh zu sehen wagte wie in sein Gesicht. Sie konnte sich nicht erinnern, wann sie zuletzt in einer derart peinlichen Situation gewesen war.

Unvermittelt erwachte sie aus ihrer Erstarrung, raste zum gedeckten Tisch, griff nach einer der feinen Damastservietten, ging in die Knie und stürzte sich damit auf Stephans Fuß.

»Ich mache das mal rasch weg.«

»Lass doch. Das mache ich selbst!« Stephan wich zurück, ihr ausgespucktes Häppchen sorgsam auf der Fußspitze balancierend, sie verfolgte ihn mit wedelnder Serviette, auf den Knien rutschend.

Schließlich entriss er ihr mannhaft das weiße Stoffstück, reinigte mit einer raschen Bewegung seinen Schuh und beförderte die Serviette mit einem gezielten Wurf in einen nahe stehenden Pflanzenkübel. Dann zog er Lea vom Boden hoch.

»Das ist mir furchtbar peinlich«, jammerte sie, nun doch bar jeder Souveränität. »Ich spucke normalerweise mein Essen nicht durch die Gegend, auch nicht, wenn es mir nicht schmeckt. Aber mit Fisch ist das so eine Sache ...«

Sie hörte erst auf zu reden, als er ihr sanft den Zeigefinger gegen die Lippen drückte.

»Mir muss das peinlich sein, nicht dir. Es sieht aus, als ob ich ein ziemlich unmöglicher Gastgeber für eine Mitternachtsparty bin. Was bei meinem Beruf doppelt schlimm und notfalls nur damit zu entschuldigen ist, dass du mich irgendwie durcheinander bringst. Anstatt dich zum Tanzen zu zwingen und dir die Ohren voll zu reden, hätte ich dir schon längst etwas zu essen anbieten sollen. Dann hätte ich dir auch erklären können, was auf den verschiedenen Platten liegt. Unverzeihlich, dich hungern zu lassen!«

»Trotzdem hätte ich mir nicht einfach etwas nehmen dürfen. Und wenn, hätte ich es zumindest wie ein erwachsener Mensch aufessen sollen.«

»Warum solltest du dir nichts nehmen, da ja ohnehin alles für dich ist? Ich hätte auf jeden Fall für mehr Licht sorgen müssen.«

An dieser Stelle der Unterhaltung mussten sie beide erschöpft nach Luft schnappen. In der plötzlich eintretenden Stille starrten sie einander irritiert an. Später wusste Lea nicht mehr, wer mit dem Lachen begonnen hatte, wer sich als Erster atemlos am anderen festgeklammert hatte und wer es gewesen war, der kichernd und prustend die Lippen auf die des anderen gepresst hatte. Es wurde ein fröhlicher, glucksender Kuss.

Irgendwann beruhigten sie sich wieder und sahen einander ein bisschen verlegen, aber immer noch grinsend in die Augen.

»Dann gibt es jetzt endlich was zu essen«, entschied Stephan energisch, während er sich die letzten Lachtränen aus den Augen wischte, und bückte sich nach einem großen Korb, den er irgendwo im Haus aufgetrieben haben musste.

»Wir werden ein richtiges Picknick haben, eine Mitternachtsparty wie Hanni und Nanni«, erklärte er. »Ich finde, es ist eine gute Idee, in einer so schönen Nacht beim Essen im Gras zu sitzen.«

Er stellte die mit Folie abgedeckten Platten und Schüsseln so rasch und geschickt in den Korb, in dem er unten mit wenigen Handgriffen das Geschirr samt Gläsern und Besteck untergebracht hatte, dass sie gar nicht dazu kam, ihm ihre Hilfe anzubieten. Ganz oben auf den Korb legte er die zusammengefaltete Tischdecke und die beiden Stuhlkissen. Nur die Fischplatte blieb zurück.

»Hätte ich das gewusst! Ich mag nämlich auch keinen Fisch!« Er grinste sie an, und sie erwiderte zaghaft sein Lächeln. Ob sie ihm seinen Abscheu gegen Fisch glauben sollte, wusste sie nicht.

Stephan trug den Korb, und Lea folgte ihm mit dem Sektkühler in den nächtlichen Schatten zwischen den hohen Büschen. Erst als sie das kühle Gras unter ihren nackten Fußsohlen spürte, bemerkte sie, dass sie ihre Schuhe nicht wieder angezogen hatte. Es war ein schönes Gefühl, das Kitzeln der kurz geschnittenen Halme zu fühlen.

Ohne sich abzusprechen, steuerten sie beide direkt auf den kleinen Springbrunnen zu und blieben dicht davor stehen. Lea stellte den Sektkühler auf den niedrigen Brunnenrand, Stephan platzierte den Korb daneben im Gras und breitete das weiße Damasttuch aus.

Gemeinsam holten sie die Platten, die Schüsseln und das Geschirr aus dem Korb und verteilten die Köstlichkeiten auf dem

Tischtuch. Wenn sich dabei gelegentlich ihre Fingerspitzen berührten, lächelten sie einander an.

»Tiramisu, Mini-Pizzen, Käsehäppchen mit Obst, frische Erdbeeren, gefüllte Blätterteighappen mit Hackfleisch und Frischkäse, Tomaten-Paprika-Salat und verschiedene Olivensorten«, zählte Stephan auf, während er Teller und Besteck vor Lea legte, die bereits auf einem der Stuhlkissen im Gras saß und im Schein des Windlichts, das er ebenfalls aus dem Korb hervorgezaubert hatte, das Angebot begutachtete.

»Auf Meeresfrüchte wird verzichtet«, fügte sie kichernd und ohne jede Verlegenheit hinzu. »Ansonsten hast du sehr gut aufgepasst, was Luigi dir verraten hat.«

»Er hat mir nicht gesagt, dass du keinen Fisch magst«, beklagte sich Stephan und ließ mit leisem »Plopp« den Korken aus der Champagnerflasche springen.

Als er ihr das gefüllte Glas reichte, stellte sie fest, dass sie nicht nur hungrig, sondern auch schrecklich durstig war. Hastig ließ sie ihr Glas gegen seines klingen und setzte es rasch an den Mund, bevor er etwa einen Trinkspruch auf »diese Nacht« oder Ähnliches anbringen konnte.

Der Champagner war kühl und prickelnd und löschte zwar nicht ihren Durst, stieg ihr aber augenblicklich perlend zu Kopf, noch mehr als die seidige Nachtluft und das Gefühl der Unwirklichkeit, das immer stärker von ihr Besitz ergriff. In wenigen Zügen leerte sie ihr Glas und hielt es Stephan zum Nachfüllen hin.

»Möchtest du nicht lieber erst etwas essen?«, erkundigte er sich besorgt.

»Gleich.«

Im Licht der flackernden Kerze sah der Champagner rötlich aus, und die feinen Perlen, die unermüdlich an die Oberfläche stiegen, wirkten wie winzige, fröhliche Luftballons. Sie ließ sie ihre Kehle hinabtanzen und betrachtete gleich darauf verdutzt ihr Glas, das schon wieder leer war.

»Möchtest du vielleicht lieber ein bisschen Pfefferminztee? Der löscht wahrscheinlich besser den Durst.« Plötzlich hielt Stephan eine silbrig glänzende Thermosflasche in der Hand.

»Pfefferminztee?« Verdutzt betrachtete sie die Flasche, in der sich die kleinen Lämpchen, die in den Büschen hingen, dutzendfach spiegelten.

»Ich habe welchen gekocht, als ich vorhin den Korb holte. Die Theorie über Männer und Pfefferminztee habe ich zwar nicht ganz verstanden, aber hier ist jedenfalls der Tee.«

Sein Lächeln berührte ihr Herz.

»Das mit dem Tee ist doch nur so ein dummer Spruch zwischen Tina und mir«, flüsterte sie. »Pfefferminztee ist sozusagen ein Symbol. Ein Zeichen für einen Mann, der ...« Sie wusste nicht weiter und sah ihn hilflos an.

»Ich wollte ein Zeichen geben. Jedes Zeichen, das du dir wünschst.« Auch er sprach sehr leise.

»Ich habe Angst«, hörte sie sich sagen, während sie sich ihm langsam entgegenbeugte.

»Glaubst du, ich habe keine Angst, es könnte schief gehen? Manchmal habe ich mir gewünscht, ich hätte dich nie getroffen. Weil du mir vom ersten Moment an so sehr unter die Haut gegangen bist. Aber dann wieder ist es ein furchtbarer Gedanke, was wäre, wenn ich dich verpasst hätte ...«

Mit jedem Wort hatte sein Gesicht sich ihrem weiter genähert, die letzten Worte flüsterten seine Lippen direkt an ihren. Er konnte den Satz nicht mehr beenden.

Obwohl sie ihn nicht zum ersten Mal küsste, war es diesmal anders. Nicht nur wegen der winzigen Luftballons, die zwischen ihren Lippen zu tanzen schienen, sondern wegen all der Dinge, die gesagt und getan worden waren. Wegen des kühlen Grases, in das sich die Finger ihrer linken Hand krallten, während sich die der rechten in seinem dichten, weichen Haar verfingen, wegen des Pfefferminztees, wegen der Kerze auf dem Brunnenrand, die sie blendete, bis sie endlich die Augen schloss, wegen – ihrer Gefühle.

Sie ließ sich rückwärts ins Gras fallen, den Arm um seinen Nacken gelegt, die Lippen fest auf seinen.

Der Tau durchnässte fast sofort ihr Kleid, aber sie hatte das Gefühl, das kühle Wasser würde auf ihrer heißen Haut verdampfen. Alles um sich herum nahm sie überdeutlich wahr. Das leise Plätschern des Brunnens, die zärtlichen Lippen auf ihrem Mund, das wilde Pochen ihres Herzens, das in dem dumpfen Klopfen aus seiner Brust, die warm an ihrer lag, seinen Rhythmus fand. Sie schlug weit die Augen auf und sah über sich die Unendlichkeit des Himmels, der plötzlich so groß und weit zu sein schien, dass sie sich augenblicklich darin verlor.

Stephans Kuss war fragend, als sei er sich nicht sicher, ob sie seine Zärtlichkeit tatsächlich wollte. Sie spürte die weiche Innenseiten seiner Lippen, die mit sanftem Druck ihren Mund streichelten – und sehnte sich nach viel mehr Nähe und Leidenschaft. Schließlich schlüpfte ihre eigene Zungenspitze zwischen seine Lippen, suchte und fand ihren Gegenpart, tanzte mit ihm und verließ ihn wieder, zu ängstlich, die Sehnsucht zu verraten, die zwischen ihnen schwebte wie eine schillernde Blase, die die leiseste Berührung zum Platzen bringen konnte.

Doch sie platzte nicht, sondern wurde größer und bunter, als sie Stephans Hände auf ihrem Körper spürte. Vorsichtig und tastend, sanft und brennend auf dem dünnen Stoff ihres Kleides.

Sie fing sie ein und legte sie auf ihre Brüste, die sich sehnsüchtig in seine Handflächen schmiegten. Er ertastete die harten Spitzen und liebkoste sie durch den Stoff hindurch, und sie bog sich ihm entgegen, wünschte sich viel mehr und doch genau das, was er ihr in diesem Moment gab. Als sie leise aufschluchzte, nahm er seine Hände fort, beugte sich über ihr Gesicht und forschte in ihren Augen nach der Wahrheit, die sie selbst nicht kannte.

»Bist du dir sicher?«, flüsterte er.

Langsam richtete sie sich auf und begann die kleinen Knöpfe zu öffnen, die an der Vorderseite ihres Kleides vom Ausschnitt bis zum Saum liefen. Jeden einzelnen schob sie bedächtig durch das zugehörige Knopfloch, während er vor ihr im Gras hockte und ihr zusah. Ebenso geduldig, wie sie all die Knöpfchen öffnete, betrachtete er sie dabei, folgte mit den Augen dem Spiel ihrer Finger und den Schatten, die das Kerzenlicht auf ihre Haut warf.

Nach einer atemlosen Ewigkeit ließ sie das Kleid von den Schultern ins Gras gleiten und schlug den weiten Rock auseinander. Nur in BH und Höschen saß sie da und erwiderte seinen fragenden Blick mit einem Nicken. Erst da hob er ebenfalls die Hände, schob sein dunkles Jackett über die Arme nach unten und öffnete seine Hemdknöpfe, bedächtig, als wollte er ihr Zeit zum Nachdenken geben.

Lea fühlte die kühle Feuchtigkeit des Grases durch den zerknüllten Stoff des Kleides hindurch, auf dem sie saß. Der Nachtwind streichelte kühl ihre Haut, doch sie fröstelte nicht.

Sie meinte, von weither sogar das eisig klare Licht der Sterne wie eine Berührung auf ihrem Körper zu fühlen. Es war ein magischer Moment – ein Augenblick, in dem sie sich beschützt glaubte und sicher war, nichts falsch machen zu können. Weil es sich so richtig anfühlte, genau hier zu sein mit genau diesem Mann. Sie spürte ein tiefes Erstaunen darüber, wie einfach es sein konnte.

Schließlich lag sein Hemd als kleines, dunkles Häufchen neben ihm am Boden, und sie bewegten sich gleichzeitig aufeinander zu. Kniend im Gras, bis jeder die Wärme des anderen spürte.

»Lea.« Er ließ seine Fingerspitzen an ihrem immer noch schwachen linken Arm hinaufgleiten.

Ihr Kopf war so wundervoll wolkig leer, dass sie in diesem Moment nicht einmal mehr seinen Namen kannte. Es bedurfte keines Namens, keiner Worte und nicht einmal eines Gedankens, um ihn von allen anderen Menschen auf der Welt zu unterscheiden. Dazu brauchte sie einzig und allein ihr Gefühl.

Und dann war selbst die Nacht mit ihren Geräuschen, ihrer Kühle, den Sternen und dem feuchten Gras verschwunden. Alles um sie herum versank in einem seltsam schwebenden Taumel. Sie spürte nur noch sich. Ihre Sehnsucht, den Hunger, mit dem ihr Körper auf die zärtlichen Berührungen seiner Hände und seiner Lippen reagierte, die Kraft, mit der ihre Hände sich in sein Haar krallten und an seinen Schultern festhielten. In ihren Ohren hallte ihr eigener, rascher werdender Atem wider, als er mit traumhafter Sicherheit den Verschluss des BHs zwischen ihren Brüsten fand und den Kopf auf eine der vor Kälte und Erregung steifen Spitzen senkte. Sein Mund war heiß und feucht und das Zentrum ihres Wollens. Sie hielt seinen Kopf zwischen ihren Händen und flüsterte sinnlose Worte über seinem sternenhellen Haar.

Seine Zungenspitze malte brennende Muster auf ihre Haut, geheime Zeichen, die sie dennoch verstand. In ihrem Magen flatterte es wie von Vogelschwärmen auf dem Weg nach Süden, als er die Haut darüber mit Mund und Zunge berührte.

Ihre Hände glitten über seinen Körper, suchten nach einem Halt und fanden seinen Gürtel. Es war ganz leicht, ihn zu öffnen. Wie von selbst glitt der Reißverschluss seiner Hose nach unten, fanden ihre Finger seine Erregung, streichelten ihn sanft und lockend, entdeckten ihn so, als würden sie ihn schon ewig kennen.

Plötzlich war sie ungeduldig, schob den Stoff nach unten, hatte Angst, dass der Zauber vorüber sein könnte, bevor sie diesen Traum zu Ende geträumt hatte. Ihr Atem, sein Atem, ihr wilder Herzschlag gaben ihr Tempo und ihren Rhythmus vor.

»Schschsch!« Seine Stimme war dicht neben ihrem Ohr, als hätte er ihre plötzliche, verzweifelte Hast noch vor ihr gespürt. Eine Weile hielt er sie fest umschlungen, glitt mit ihr zusammen auf das feuchte Gras, lockerte die Umarmung und ließ seinen Atem über ihren Körper wandern, bis in ihren Schoß, wo er über ihr Spitzenhöschen strich, das er im nächsten Moment sehr langsam über ihre Schenkel nach unten streifte. Sein Atem folgte der Spur des Stoffes, ohne dass seine Lippen ihre Haut berührten.

Lea erstarrte unter seiner Zärtlichkeit, ihre Ungeduld starb unter seinen Händen. Alles war möglich und der Himmel unendlich.

An der Innenseite ihrer Schenkel glitten seine Lippen wieder nach oben, streiften durch das lockige Haar in ihrem Schoß, spielten mit ihrer Lust, bis sich die Sterne über ihr im Kreis drehten und ihre Finger sich so fest ins Gras krallten, dass sie die Halme mit einem leisen Knirschen aus dem Boden rissen.

Als sie wieder in der Lage war zu denken, sah sie sein Gesicht zwischen sich und dem Sternenhimmel. Sie legte ihre Arme, die Hände immer noch voller Gras, fest um seinen Hals und zog ihn zu sich herunter, schlang die Beine um seine Hüften und lächelte ihm in die Augen.

»Komm«, flüsterte sie atemlos. »Ich … will … dich … spüren.«

XV

Erst als Stephan nach einer Minute immer noch bewegungslos zwischen ihren Schenkeln verharrte, bemerkte sie den fremden Ausdruck in seinem Gesicht. Er war in ihren Armen erstarrt. Obwohl er sich nicht aufrichtete, schaffte er es, mehr Raum zwischen ihre und seine Haut zu bringen. Der Nachtwind, der zwischen ihnen hindurchstrich, brachte Lea zum Frösteln.

»Es geht nicht«, sagte er und stützte sich rechts und links von ihren Schultern mit den Ellenbogen ab.

Nun auch innerlich frierend, forschte sie stumm in seinen Augen.

»Ich habe keine Kondome dabei. Hast du welche?«

Leas Arme glitten von seinem Hals, die ausgerissenen Grashalme lösten sich aus ihren Fingern und fielen auf seinen Rücken.

»Du hast all das hier organisiert und keine Kondome mitgebracht?«, erkundigte sie sich entgeistert.

Er schüttelte den Kopf. »Tut mir Leid.«

Dazu fiel ihr nichts mehr ein. Sie lauschte in die Stille ihres Körpers und fand keine Antwort, nicht einmal ein Gefühl, das ihr eine angemessene Reaktion auf die Situation ermöglicht hätte.

»Du bist hierher gekommen und hast auch keine Kondome mitgebracht«, sagte er leise, löste sich vorsichtig aus ihrer Umarmung und richtete sich auf.

Lea schlang die Arme um ihre nackte Brust und tastete nach ihrer Unterwäsche.

»Vielleicht sollten wir jetzt besser essen.« Er klang so heiser, als hätte er sich von einer Minute auf die andere schwer erkältet. Während er in seine Hose schlüpfte, wandte er ihr diskret den Rücken zu. Dennoch war Lea so nervös, dass sie drei Anläufe brauchte, um den Verschluss ihres BHs zu schließen. Für die unzähligen kleinen Knöpfe ihres Kleides benötigte sie eine kleine Ewigkeit – und diesmal war es kein bisschen aufregend, nur peinlich.

»Noch Sekt?«, erkundigte Stephan sich und zeigte auf ihr Glas, das neben dem Brunnen im Gras lag, dort wo es ihr entglitten war, als es plötzlich Wichtigeres zu tun gab.

Sie schüttelte den Kopf und stopfte sich mit Todesverachtung eine der Mini-Pizzen in den Mund, obwohl sie nicht mehr den geringsten Hunger verspürte. Während sie kaute, rasten ihre Gedanken so rasch im Kreis herum, dass sie keinen davon zu fassen bekam. Sie würde später über das nachdenken müssen, was hier passiert war. Wieso sie sich so furchtbar zurückgestoßen fühlte und kein bisschen dankbar war, wie verantwortungsbewusst er sich verhielt, indem er Sex ohne Kondom von vornherein ausschloss.

Sie aßen schweigend. Obwohl Lea übel war, probierte sie von allen Speisen mehrmals. Mit vollem Mund musste sie wenigstens nicht reden.

Nach einer Viertelstunde hatten sie ihr Picknick beendet, stellten übereinstimmend fest, dass es kühl und feucht war, und räumten eilig die Sachen zurück in den Korb. Als Lea die Thermoskanne mit dem Pfefferminztee in Händen hielt, zögerte sie für einen kurzen Moment und bettete sie dann liebevoll in den Korb, wie ein kostbares Geschenk, das sie nicht annehmen durfte. Während Stephan das weiße Tischtuch zusammenlegte, hob sie sein dunkles Jackett vom Gras auf, schüttelte es aus und legte es sich über den Arm, um es ihm später zu geben.

Stephan richtete sich auf und sah sie über die wenigen Meter, die sie trennten, so intensiv an, dass sie seinen Blick in ihrem Blut spürte. Ihre Knie wurden weich, für Sekunden war der Zauber wieder da. Schließlich ging es nur um eine kleine Vergesslichkeit, darum, Geduld zu haben.

»Es war ein sehr schöner Abend, und wir haben Zeit, nicht wahr?« Er sollte wissen, dass alles in Ordnung war.

»Ja, wir haben Zeit.« Ein Lächeln huschte wie der Schatten eines Nachtvogels über sein Gesicht.

Lea stand wartend da, barfuß im Gras. Sie verschränkte die Hände unter dem leichten, glatten Stoff seines Jacketts und hörte ein leises Knistern, als sie die Jacke, die herb nach seinem Aftershave duftete, dichter an ihren Körper drückte. Ohne nachzudenken, schob sie die Hand in eine der Jackentaschen. Ihre Finger schlossen sich um ein kleines, in Plastikfolie verschweißtes Päckchen, in dem sie einen weichen Ring ertastete. Dann stießen ihre Fingerspitzen an zwei weitere solcher Päckchen. Sie hielt so lange die Luft an, bis sie es nicht mehr aushielt – was nichts an der Tatsache änderte, dass er genau drei Kondome mit sich herumtrug.

»Es ist spät, ich möchte nach Hause«, hörte sie sich wie aus weiter Ferne sagen.

Er nickte. Wahrscheinlich hatte er ohnehin vorgehabt, sie so schnell wie möglich loszuwerden.

»Ich fahre dich.«

»Nein!« Sie schrie das eine Wort fast heraus. Der Gedanke, im Auto dicht neben ihm zu sitzen, war ihr unerträglich.

»Ich nehme ein Taxi«, fügte sie beherrschter hinzu, als sein erstaunter Blick sie traf.

»Aber ich würde dich gern nach Hause fahren.«

»Nein.« Diesmal klang sie kühl und sehr entschieden. Ganz sicher, genau das Richtige zu tun, indem sie so schnell wie möglich aus seiner Nähe verschwand.

»Wie du willst.«

Er klang ein wenig unsicher, was sie sich vielleicht nur eingebildet hatte, denn in der nächsten Sekunde hielt er bereits sein Handy in der Hand und bestellte mit klarer, ruhiger Stimme ein Taxi. Sie stand daneben und krümmte die Zehen im feuchten Gras.

»Kommt in zehn Minuten.« Schon war das kleine Telefon wieder in seiner Hosentasche verschwunden.

»Ich gehe dann schon mal zur Straße. Oder soll ich dir noch rasch beim Aufräumen helfen?« Ihre Hand zitterte ein wenig, als sie auf den Korb, den Sektkühler und das auf dem Brunnenrand golden flackernde Windlicht deutete.

Er schüttelte heftig den Kopf. »Das schaffe ich allein. Kein Problem. Ich bringe dich zum Tor.«

Er hatte es äußerst eilig, sie loszuwerden! Hastig wandte Lea sich ab und spurtete regelrecht über den Rasen, um ihn ja nicht zu lange mit ihrer Anwesenheit zu belästigen. Er blieb mühelos dicht an ihrer Seite.

»Dein Jackett«, keuchte sie, während sie nebeneinander her trabten, und warf es ihm praktisch an den Kopf.

Er pflückte es lässig aus der Luft und hielt es in einer Hand, während er weiterlief.

»Wir müssen nicht so rennen«, teilte er ihr dabei mit.

»Ich bin müde und will möglichst rasch nach Hause«, japste sie und wurde noch schneller.

Leider geriet er überhaupt nicht außer Atem, wofür sie ihn besonders inbrünstig hasste. Wahrscheinlich gehörte er zu allem Überfluss auch noch zu den Typen, die jeden Morgen um fünf vor einem äußerst umfangreichen Arbeitstag munter aus dem Bett sprangen, um ein oder zwei Ründchen durch den Stadtpark zu laufen.

Als sie das Tor zur Straße erreichten, klammerte Lea sich mit beiden Händen an einen der schmalen Eisenstäbe, um nicht entkräftet zusammenzusinken. Dummerweise war weit und breit noch kein Taxi zu sehen. Was kein Wunder war, da sie für den Weg durch den Garten und um die Mühle herum höchstens eine Minute gebraucht hatten.

»Vielen Dank für den interessanten Abend.« Sie zeigte vage in Richtung der beleuchteten Windmühlenflügel.

»Ich danke dir, dass du gekommen bist«, sagte er sanft. »Darf ich dich in den nächsten Tagen anrufen, um eine neue Verabredung zu treffen?«

Lea starrte entgeistert den Mann an, der sie so langweilig und unattraktiv fand, dass er sich nicht einmal hatte überwinden können, mit ihr zu schlafen, nachdem sie schon beide nackt gewesen waren. Er wollte sie noch einmal treffen? Warum denn das, um Himmels willen? Oder hielt er die Ankündigung, sie demnächst anzurufen, die er natürlich nicht wahr machen würde, für ein besonders höfliches Ende ihres Kontaktes?

Sie schnappte nach Luft, um ihm ... was auch immer zu sagen. Aber ihr fiel nichts Passendes ein.

Zum Glück kam in diesem Moment das Taxi. Sie rannte dem hellen Wagen praktisch entgegen und riss die Tür auf, bevor er richtig gehalten hatte. Dennoch war Stephan immer noch dicht hinter ihr.

»Gute Nacht«, stieß sie hervor und warf sich auf das Polster des Rücksitzes.

Erst als der Wagen angefahren war, bemerkte sie, dass sie barfuß war. Doch obwohl sie die zierlichen Sandaletten mit den silbernen Riemchen sehr gemocht hatte, interessierte sie das im Augenblick nicht einmal besonders. Für einen kurzen Augenblick dachte sie voller Bedauern an den Enzianstrauß, den sie auf dem Tisch im Garten liegen gelassen hatte. Doch dann zuckte sie die Schultern. Sie wollte sich einfach nur noch in ihrem Bett verkriechen und möglichst nie mehr aufstehen. Ihr fiel nicht einmal auf, dass dies ein Wunsch war, dem sie vor nicht allzu langer Zeit bereits nachgegeben hatte. Mit dem einzigen Unterschied, dass damals ein anderer Mann der Grund gewesen war.

Während der Fahrt starrte sie blicklos vor sich hin, und der Fahrer musste sie zweimal ansprechen, bevor sie bemerkte, dass sie zu Hause war. Sie bezahlte, murmelte einen Gruß und stieg aus. Von der Wärme des Tages war auf dem Pflaster des Gehwegs nichts mehr zu spüren, als sie auf ihren bloßen Füßen zur Haustür ging. Männer und kalte Füße standen in ihrem Leben offenbar in engem Zusammenhang.

»Alles Mist, Mist, Mist!«, murmelte sie vor sich hin, während sie in ihrer Handtasche nach dem Hausschlüssel suchte.

»Das kannst du laut sagen!«

Lea ließ Tasche und Schlüssel fallen und stieß einen gellenden Schrei aus.

»Ich bin's doch nur.« Beruhigend legte Tina ihr die Hand auf die Schulter. »Gott sei Dank, dass du endlich da bist! Ich hatte schon Angst, du würdest die ganze Nacht mit Stephan verbringen. Obwohl ich es dir natürlich gegönnt hätte, aber ...«

»Wie käme ich denn dazu, die Nacht mit ihm zu verbringen! Ich habe jetzt schon mehr als genug.« Lea schnaubte wütend und versuchte, das schmerzhafte Gefühl in ihrer Brust zu ignorieren.

»Sie sollten vielleicht einmal tagsüber versuchen, das Herz der jungen Frau zu gewinnen. Oder Sie sagen endlich ja, wenn der junge Mann doch schon immer extra nachts aufsteht, Fräulein Fürst.« Frau Marge streckte aufgeregt wispernd ihren mit bunten Lockenwicklern dekorierten Kopf aus dem Fenster der Erdgeschosswohnung.

»Äh ... nein. Diesmal ist es nur meine Freundin. Gehen Sie ruhig schlafen, Frau Marge. Tut mir Leid, wenn wir Sie gestört haben.« Eifrig tastete Lea im Blumenbeet neben der Tür nach ihrem Schlüssel, worin sie aus ihrer einarmigen Phase noch genügend Übung hatte. Ihr stand absolut nicht der Sinn nach einer angeregten Diskussion zwischen ihrer Nachbarin und Tina über das Liebesleben der armen Lea. Tina blieb allerdings erstaunlich ruhig, stand nur apathisch da und reagierte weder auf die Frau am Fenster noch auf Leas Suche nach dem Hausschlüssel.

»Hast du etwa die ganze Zeit hier gewartet, nur um zu sehen, ob ich wohlbehalten zurückkomme?«, erkundigte sich Lea flüsternd, weil Frau Marge immer noch am offenen Fenster ausharrte.

»Eine knappe Stunde habe ich im Auto gesessen. Das war nicht schlimm, weil ich sowieso nicht schlafen konnte.« Unbeteiligt sah Tina zu, wie Lea unter einer struppigen Rose nach dem Schlüssel angelte und zurückzuckte, als ihr ein Dorn über den Handrücken schrappte.

»Du liebe Güte! Wieso hast du mir denn so zugeredet, die Einladung anzunehmen, wenn du nachher solche Angst um mich hast!« Lea war gerührt und fühlte sich sofort ein wenig besser. Immerhin gab es Menschen, denen sie wichtig war. »Stephan mag ja ein Macho oder sonst was sein. Aber er ist kein Monster oder Mörder. Und definitiv auch kein Mann, der eine Frau dazu zwingen würde, mit ihm zu schlafen.« Sie unterdrückte ein bitteres Auflachen.

»Ich habe mir keine Sorgen um dich gemacht. Deshalb bin ich nicht gekommen.« Ohne eine Miene zu verziehen, sah Tina zu, wie Lea im Licht der Haustürbeleuchtung den blutigen Kratzer auf ihrer Hand betrachtete, bevor sie endlich die Tür aufschloss.

Stumm gingen die Freundinnen hintereinander die Treppe hinauf.

»Du hast keine Schuhe an«, stellte Tina fest, als sie schon fast oben angekommen waren.

»Ich weiß.« Lea kämpfte bereits wieder gegen die bleierne Müdigkeit, die durch das Erstaunen über Tinas unerwartetes Auftauchen kurzfristig verschwunden gewesen war. Sie schob mit der Schulter ihre Wohnungstür auf, lehnte sich für einen Augenblick erschöpft gegen die Wand, legte dann die Schlüssel auf das Garderobenschränkchen und verkündete, dass sie vorhabe, eine große Kanne Kaffee zu kochen.

Während sie mit Kaffeepulver und Tassen hantierte, saß Tina am Küchentisch und sah ihr zu. Die ungewohnte Apathie der

Freundin irritierte Lea, aber sie sagte nichts, bis sie die dampfenden Tassen und einen Teller mit Keksen auf den Tisch gestellt hatte.

»Was ist los?«, erkundigte sie sich dann und versuchte, für diesen Moment nicht darüber nachzudenken, was so schrecklich an ihr war, dass Stephan behauptet hatte, keine Kondome bei sich zu haben. Dennoch geisterte ihr der Gedanke durch den Kopf, dass er wahrscheinlich auf vollbusige, üppige Frauen stand und sie ihn schlichtweg nicht hatte erregen können. Das, was er mit Mund und Händen für sie getan hatte, war nichts anderes als ein Gnadenakt für eine Frau gewesen, die sich ihm gefühlsduselig in die Arme geworfen hatte.

Tina nahm einen großen Schluck aus ihrer Tasse, verzog das Gesicht und griff dann in ihre Jackentasche.

Es dauerte einen Moment, bis Lea erkannte, was in der Schachtel war, die die Freundin neben den Keksteller gelegt hatte. Dann schnappte sie nach Luft und sagte erst mal nichts, nahm nur Tinas Hand und hielt sie fest.

»Jürgen?«, fragte Lea schließlich in die Stille hinein, die um diese Zeit noch nicht einmal von einem in der Ferne vorüberfahrenden Auto unterbrochen wurde.

»Natürlich! Wer sonst? Seit heute Morgen, vielmehr gestern Morgen, schleppe ich den Test jetzt mit mir herum, aber ich traue mich nicht, ihn zu machen. Jedenfalls nicht allein.«

»Wie lange bist du drüber?«

Komisch, dachte Lea, ich weiß genau, was in dieser Situation gesagt werden muss.

»Eine knappe Woche.« Auch Tina schien das Drehbuch genau zu kennen. »Und von Tag zu Tag geht es mir schlechter. Inzwischen ist mir rund um die Uhr übel, aber ich glaube, das kommt eher von der Angst als davon.« Sie legte die Hand auf ihren flachen Bauch und strich nachdenklich darüber.

»Du weißt doch noch gar nicht, ob es überhaupt einen Grund gibt, sich verrückt zu machen.« Lea schob ihre Kaffeetasse weg. Der Schreck hatte sie ohnehin munter gemacht, so dass es nicht mehr nötig war, den schrecklichen Instant-Kaffee herunterzuwürgen.

»Ich koche uns lieber Tee«, murmelte sie und stand auf, um frisches Wasser aufzusetzen. »Und dann machst du den Test, damit du Gewissheit hast.«

»Ich trau mich nicht«, jammerte Tina, so wenig sie selbst, wie Lea sie noch nie erlebt hatte. »Was soll ich denn machen, wenn ich wirklich schwanger bin? Jürgen ist verheiratet, meine Eltern leben in Bayern und können mich nicht dabei unterstützen, das Kind aufzuziehen. Mal abgesehen davon, dass sie entsetzt wären, wenn ich die ledige Mutter eines Kindes wäre, dessen Vater mit einer anderen Frau verheiratet ist.«

»Du kannst dich beraten lassen und dich für einen Abbruch entscheiden, wenn du das willst.« Lea hängte mindestens ein halbes Dutzend Teebeutel in die Kanne.

»Das kann ich erst recht nicht!«

Eine halbe Stunde und mindestens fünf Tassen Pfefferminztee später hatte Lea die Freundin so weit, dass sie mit dem Plastikröhrchen und einem letzten, Hilfe suchenden Blick im Bad verschwand. Als sie leichenblass wieder auftauchte, drückte sie Lea das schicksalhafte Plastikding in die Hand, eilte ins Wohnzimmer, schaltete den Fernseher ein und starrte so intensiv auf die Mattscheibe, als könnte sie dadurch ihrem Schicksal entgehen.

Mit dem Röhrchen in der Hand rannte Lea durch die Wohnung und suchte hektisch nach der Packungsbeilage, weil sie keine Ahnung hatte, woran sie das Testergebnis ablesen sollte.

Als sie die Anleitung endlich im Bad auf dem Waschbeckenrand gefunden hatte, klingelte im Flur das Telefon. Fast hätte sie vor Schreck das kostbare Röhrchen auf die Fliesen fallen lassen. Wer rief um fünf Uhr morgens bei ihr an? Für ein oder zwei Sekunden presste sie die Hand auf ihr galoppierendes Herz. Immerhin hatte sie sich erst vor etwa anderthalb Stunden von Stephan verabschiedet, wenn man ihre Flucht so nennen konnte. Und es gab einiges zwischen ihnen zu klären. Obwohl sie sich im Moment nicht unbedingt in der Lage dazu fühlte.

»Weiß jemand, dass du mit deinem Test hier bist? Jürgen vielleicht?«, rief sie Tina zu, die nur Augen für einen neuartigen Akkuschraubenzieher hatte, den der Verkaufskanal anpries.

Zunächst reagierte Tina nicht auf Leas Frage, dann schüttelte sie so langsam und schwerfällig den Kopf, als würden Tonnengewichte an ihren Ohren hängen. »Ich habe Jürgen noch nichts gesagt. Falls es etwas zu sagen gibt, muss ich das sehr behutsam tun. Er wird sowieso einen Schock bekommen.«

»Behutsam? Der soll mal lieber behutsam mit dir umgehen, sonst bekommt er es mit mir zu tun«, murmelte Lea so leise, dass der Akku-Mann, der sich gerade vor Begeisterung über sein Werkzeug gar nicht zu fassen wusste, sie mühelos übertönte. Dies war wohl nicht der Zeitpunkt für eine Grundsatzdiskussion. Da der Mann, der dabei war, ihre Freundin ins Unglück zu stürzen, gerade nicht anwesend war, funkelte Lea das ungeduldig surrende Telefon böse an, bevor sie den Hörer in die Hand nahm.

»Da bist du ja endlich! Ich versuche schon seit gestern Abend, dich zu erreichen. Warum hast du mich nicht zurückgerufen? Langsam habe ich mir ernsthafte Sorgen gemacht.«

Erst jetzt sah Lea, dass ihr Anrufbeantworter blinkte und sieben Anrufe anzeigte.

»Sabine?«

»Ich muss mit jemandem reden, weil ich sonst vor Glück und Erleichterung platze! Weil du und Tina die Einzigen seid, die von der Sache mit Hilko wissen, und du meine älteste und beste Freundin bist, dachte ich, ich könnte mit dir darüber sprechen. Und nun warst du bis eben jetzt gar nicht da!«

»Tut mir Leid«, stotterte Lea verblüfft.

»Macht nichts«, erklärte Sabine großzügig. »Ich konnte sowieso nicht schlafen. Ist das nicht toll? Vor Glück und Erleichterung nicht schlafen zu können?«

»Was ist denn passiert?« Lea starrte das Röhrchen an, in dessen Fenster sich ein rasch deutlich werdender bläulicher Strich zeigte. Durch die offene Tür konnte sie Tina sehen, die nägelkauend zusah, wie eine vollbusige Dame im Bikini, die offenbar rein zufällig des Weges gekommen war, den Akku-Schraubenzieher und den Mann, der so geschickt und begeistert mit ihm hantierte, bejubelte.

»Hilko hat diese Woche mal wieder Nachtdienst. Aber wir hatten heute Nachmittag, als die Kinder beim Marienkäferchentreffen waren, eine lange Unterhaltung. Er hat mir geschworen, dass es keine andere Frau gibt. Ich habe ihm zwar nicht gesagt, dass ich in seinem Handy spioniert habe, aber ich habe ziemlich geschickt ein bisschen nachgebohrt, und ich glaube, all diese komischen SMS sind tatsächlich von seiner Kollegin, mit der er oft Dienste tauscht, weil sie eine allein erziehende Mutter ist. Wenn ihre Kinder mal krank werden oder so, schicken die beiden sich irgendwelche Nummern vom Dienstplan. Und ein neues Aftershave hat er, weil er im Vorbeigehen im Kaufhaus damit eingesprüht wurde. Du kennst doch diese Werbeaktionen. Der Duft hat ihm gefallen, und er dachte, er würde mir auch gefallen.«

Sabine redete ohne Punkt und Komma, so dass Lea in ihrem übernächtigten Zustand Mühe hatte, ihr zu folgen.

»Jedenfalls haben wir – Hilko und ich – uns überlegt, dass es vielleicht ganz gut wäre, wenn wir ein bisschen Zeit ohne die Kinder hätten. Hilko hat vorgeschlagen, dass ich ihn heute und morgen zu einer Tagung nach Berlin begleite. Wir hätten die Abende für uns, und ich könnte mir tagsüber die Museen anschauen.«

»Das ist sicher eine gute Idee«, stimmte Lea mit schwacher Stimme zu. Sie wusste bereits, was nun kommen würde. Und dass es ihr nicht gelingen würde, hart zu bleiben. Obwohl sie doch eigentlich nichts wollte, als sich unter ihrer Bettdecke zu verkriechen. Was sowieso erst möglich sein würde, nachdem sie Tinas Problem geklärt hatte, das sich bereits zwischen ihr und ihrem Kissenzipfel als unüberwindliches Hindernis aufgetürmt hatte. Mit zusammengekniffenen Augen beobachtete sie, wie im kleinen Fenster des Plastikstäbchens ein dunkelblauer Strich immer deutlicher hervortrat. Sie klemmte sich den Hörer zwischen Schulter und Ohr und faltete die Packungsbeilage auseinander.

»Nun ist es leider so, dass Hilkos Mutter zurzeit verreist ist. Und meine Eltern, das weißt du ja, leben in Spanien. Du kommst doch immer so gut mit den Kindern klar. Als du sie einmal für den Nachmittag hattest, hast du gesagt, es hätte dir Spaß gemacht mit ihnen. Und weil Hilko mich noch nie gefragt hat, ob ich ihn auf eine Tagung begleite ... Ich möchte das wirklich gern tun, aber wenn du natürlich jetzt am Wochenende keine Zeit hast ...«

Lea versuchte die Tatsache, dass sie entsetzlich müde war, zu verdrängen, brachte es aber immer noch nicht fertig zu sagen, dass sie selbstverständlich gern auf die beiden Kinder aufpassen würde.

»Es ist wichtig für uns, glaube ich«, sagte Sabine am anderen Ende der Leitung. »Sozusagen als Rettungsaktion für unsere Ehe. Ich verstehe jetzt gar nicht mehr, wie ich so misstrauisch sein konnte, aber wir müssen daran arbeiten, dass uns so etwas nicht wieder passiert.«

»Da hast du sicher Recht.« Lea starrte auf den eng bedruckten Zettel vor sich auf dem Tischchen und wunderte sich, was man alles über einen einzigen Schwangerschaftstest schreiben konnte, ohne zum Kern der Sache zu kommen. Endlich fiel ihr Blick auf einen Abschnitt mit der Überschrift »Testergebnis ablesen«, den sie hastig überflog.

Als hätte sie die verminderte Aufmerksamkeit der Freundin sofort bemerkt, unterbrach Sabine ihren Monolog. »Womit raschelst du da eigentlich dauernd?«

»Die Zeitung«, behauptete Lea kühn und wedelte noch ein bisschen mit dem Zettel herum. Dies war nicht der Zeitpunkt, die frohe Nachricht zu verbreiten.

»Darf ich dir meine beiden Süßen bringen? Nur für heute und morgen bis zum Nachmittag?«, raffte Sabine sich endlich zu einer direkten Frage auf, da Lea offenbar nicht die Absicht hatte, von sich aus ihre Babysitterdienste anzubieten.

»Es passt mir nicht so wahnsinnig gut, aber wenn du wirklich keine andere Möglichkeit hast ...« Letztlich würde sie sich nicht sagen lassen wollen, sie sei schuld daran gewesen, dass Sabine ihre Ehe nicht habe retten können.

»Ich muss packen! Vielleicht schaffe ich es sogar noch, mir für den Abend ein neues Kleid zu kaufen. Wir fahren erst gegen zehn Uhr heute Vormittag los. Darf ich dir die Kinder schon etwas früher bringen? So gegen acht?«

»Gut. Sie können bei mir frühstücken. Ich hole Brötchen und koche Kakao.«

»Du bist ein Schatz!« Sabine fiel ihr mit ihrer Stimme regelrecht um den Hals und erging sich dann in längeren Ausführungen darüber, was sie den Kindern mitgeben werde und worauf Lea bei der Betreuung achten müsse. Diesen Vortrag beendete sie mit der erneuten Mitteilung, Lea sei ein Schatz.

»Ich weiß. Bis dann.« Mit einem Schnaufen legte Lea den Hörer weg und flatterte mitsamt Packungsbeilage und Teströhrchen zu Tina ins Wohnzimmer, wo sich im Fernseher mittlerweile zwei Männer gegenseitig bestätigten, wie toll die Kamera sei, die einer von ihnen stolz in den Händen hielt. Überhaupt nicht beruhigen konnten sie sich über den äußerst günstigen Preis, der schließlich nur etwa so hoch war wie Leas Monatsmiete.

»Sag es mir noch nicht«, flüsterte Tina mit blassen Lippen und starrte das Plastikröhrchen in Leas Hand an, als müsste sie befürchten, dass es ihr im nächsten Moment an die Kehle sprang.

»Es ist ja noch überhaupt nicht heraus.« Zur Abwechslung breitete Lea den Beipackzettel auf dem Fußboden aus. Diesmal brauchte sie nur eine Minute, um die bisher nur vermutete Wahrheit herauszufinden. Sie unterdrückte einen Fluch und sah Tina an.

Diese schaute zurück und schlug die Hände vor den Mund. »Was soll ich nur tun?«

»Ruhig bleiben. Nachdenken. Vielleicht erst mal ein bisschen schlafen. Dann mit Jürgen reden. Auf jeden Fall kannst du, wenn du dich entschließt, das Baby zu behalten, in den nächsten Monaten essen, bis du platzt. Das sind doch eigentlich rosige Aussichten.«

Tina lachte leicht hysterisch auf. »Schmeiß bloß dieses Buch über positives Denken weg!«, sagte sie dann finster. »Ich habe mir Glück und Freude herbeigedacht und nicht das totale Chaos. Was soll denn das?«

»Es kann sich immer noch als großes Glück herausstellen.« Lea nahm die Freundin in den Arm und verschwieg ihr, dass auch ihre positiven Gedanken zu etwas merkwürdigen Ergebnissen geführt hatten.

Der Seufzer, den Tina daraufhin ausstieß, war für jemanden, der bisher so gut wie nie geseufzt hatte, sehr eindrucksvoll. »Irgendwie erscheint es mir nicht als wahnsinnig glücklicher Umstand, ein Kind von einem verheirateten Mann zu bekommen, der mir ständig erzählt, die Ehe wäre der Tod der Liebe!«

»Wir sollten vielleicht versuchen, ein bisschen zu schlafen, dann sieht alles ganz anders aus. Ich klappe die Couch für dich aus. Die Kinder bringen Schlafsäcke und Luftmatratzen mit.«

»Welche Kinder?« Als hätte Lea ihr die unmittelbar bevorstehende Geburt von Zwillingen angekündigt, presste Tina erschrocken die Hand auf den Bauch.

»Wir werden dieses Wochenende sehr beschäftigt und abgelenkt sein, was sicher gut für dich ist«, teilte Lea der Freundin mit, verschwieg ihr aber, dass auch sie im Grunde froh sein musste, weil sie keine Zeit haben würde, im Bett zu liegen, zu grübeln und sich selbst zu bedauern. Tina hatte mit ihren eigenen Problemen genug zu tun. Was bedeutete dagegen schon die Tatsache, von dem Mann, in den sie gerade begonnen hatte, sich mit einiger Heftigkeit zu verlieben, zurückgestoßen zu werden?

XVI

»Ich will aber noch nicht schlafen gehen! Es ist noch viel zu früh.« Vanessa, eine vierjährige, aber wesentlich energischere Ausgabe ihrer blond gelockten Mutter, schob schmollend die Unterlippe vor und verschränkte die Arme vor ihrem üppig mit Schokolade und Tomatensauce bekleckerten T-Shirt.

»Und ich gehe *niemals* nicht gleichzeitig mit dem Baby da ins Bett!«, meldete sich sogleich ihr Bruder zu Wort und richtete sich zur vollen Größe seiner sechs Jahre auf.

»Ihr sollt ja auch gar nicht ins Bett gehen! Wir machen Camping. Camping im Haus. Eure Schlafsäcke liegen im Wohnzimmer auf dem Boden. Das ist doch total aufregend!« Lea warf Tina einen um Unterstützung bittenden Blick zu, aber die Freundin tat, als würde sie ihre ganze Konzentration brauchen, um den Topf abzuwaschen, in dem sie zum Abendessen Spaghetti gekocht hatten.

Die beiden Kinder betrachteten Lea mitleidig, um ihr zu zeigen, dass sie auf solche Erwachsenentricks schon lange nicht mehr hereinfielen.

»Nessie kann ins Bett gehen, ich will mir noch eine Kassette angucken«, beschloss Max großmütig.

»Wenn Max noch fernsehen darf, will ich auch.« Vanessas Unterlippe bedeckte nun schon das halbe Kinn.

»Ich habe keine Märchenfilme. Eure Mutter hat gesagt, ihr sollt um acht im Bett liegen und nicht so viel fernsehen. Jetzt ist es gleich zehn, und Tina und ich sind schon total müde. Wenn ihr noch aufbleiben wollt, ist keiner mehr da, der mit euch spielt.« Lea konnte sich nicht vorstellen, dass den beiden Kindern angesichts dieser unwiderlegbaren Argumentation noch etwas einfallen würde.

»Du kannst uns nicht einfach allein lassen! Weil du nämlich auf uns aufpassen musst. Sonst könnten wir zum Beispiel den Fernseher anmachen und uns einen Krimi angucken. Mit Blut und so.« Die Art, in der Max streng über die Gläser seiner Brille hinwegsah, erinnerte fatal an den Blick seines Vaters.

»Dann drehe ich die Sicherung raus, und ihr müsst im Dunkeln sitzen.« Lea war langsam mit ihrer Geduld am Ende und fand, dass Tina sie ein wenig unterstützen könnte. Die saß aber schon wieder am Küchentisch und stopfte den Rest der klebrigbunten Pfirsichringe in sich hinein, deren Verzehr sogar die Kinder verweigert hatten. Offenbar war sie wild entschlossen, bereits in ihrem ersten Schwangerschaftsmonat mindestens fünf Kilo zuzunehmen.

»Dann schreie ich ganz laut, weil ich im Dunkeln Angst habe«, kündigte Vanessa fröhlich an.

»Sind irgendwo noch welche von den Kartoffelchips?«, ließ Tina sich kauend vernehmen.

»Ich habe auch noch Hunger.«

»Ich auch.«

Beide Kinder waren von der neuen Idee, das Schlafengehen hinauszuzögern, begeistert und gesellten sich zu Tina an den Küchentisch.

Nachdem Lea die Chips herausgerückt hatte, die sie als eiserne Reserve hinter den Geschirrhandtüchern in der untersten Schublade ihres Küchenschranks versteckt hatte, sah sie zu, wie Tina den größten Teil davon den Kindern schamlos wegaß. Essen schien die Freundin zu beruhigen.

Nachdem die letzten Krümel vertilgt waren, waren die Kinder endlich zu müde, um sich auf weitere Scharmützel einzulassen, und es gelang Lea mit der halbherzigen Unterstützung Tinas, sie innerhalb einer halben Stunde in die Schlafsäcke zu stecken. Aber erst, nachdem Vanessa sich für ihre Luftmatratze den Platz unter dem Küchentisch ausgesucht hatte, während Max aus unerfindlichen Gründen unbedingt mit seinem Schlafsack in der Diele vor der Badezimmertür liegen wollte.

Anschließend schlichen Lea und Tina auf Zehenspitzen durch die Wohnung und über Max hinweg ins Bad, um sich ebenfalls zum Schlafen fertig zu machen.

»Wie geht es dir jetzt?«, flüsterte Lea, als sie noch einmal ins Wohnzimmer schaute, wo Tina schon auf der Bettcouch lag.

»Müde«, kam es zurück. Vor Sabines Ankunft mit den Kindern am Morgen hatten Lea und Tina höchstens noch zwei Stunden geschlafen.

»Das ist gut!« Lea löschte das Licht, ging hinüber in ihr Schlafzimmer, legte sich ins Bett und schlief in dem Moment ein, in dem sie ihren Kopf auf das Kissen legte.

Im ersten Morgengrauen schreckte Lea hoch, weil ihr Bett heftig wackelte. Sie stieß einen Schrei aus, setzte sich kerzengerade auf, legte eine Hand auf ihr rasendes Herz und tastete mit der anderen vergeblich nach der Nachttischlampe.

»Wer ist da?«, stieß sie schließlich hervor, als sie außer einem Tappen und Rascheln immer noch nichts hörte.

»Ich«, kam es gequält zurück. »Mein Knie! Ich bin gegen dein Bett gerannt.«

»Was ist denn los?« Kraftlos gab Lea die Suche nach der Lampe auf, mit der Max am Vorabend Suchscheinwerfer gespielt hatte, und ließ sich wieder in die Kissen fallen.

»O Gott! Ich glaube, ich habe eine Fehlgeburt.« Tina klang völlig verängstigt.

Wieder fuhr Lea hoch, und wieder spürte sie ihren Herzschlag in der Kehle.

»Woher weißt du, dass ... ich meine, dass du eine Fehlgeburt hast?«, erkundigte sich Lea, nachdem sie ihre Stimme wieder gefunden hatte.

»Ich habe so fürchterliche Schmerzen, Krämpfe, wie Wehen eben. Schon die halbe Nacht. Erst wollte ich dich nicht stören, aber es wird immer schlimmer.« Offenbar hatte Tina inzwischen die Matratze ertastet, denn Lea spürte, wie sie sich auf den Bettrand setzte.

»Ich mache mal Licht.« Lea strampelte die Bettdecke weg und tastete sich an der Wand entlang zum Lichtschalter.

Im ersten Moment war sie erleichtert, als sie Tina sah. Aus irgendeinem Grund hatte sie eine sich vor Schmerzen windende, jämmerliche Gestalt mit blutbefleckter Kleidung erwartet. Tina hockte zwar unglücklich auf der Bettkante, hielt sich aber einigermaßen aufrecht, während sie ins Licht blinzelte.

»Vielleicht war das mit dem Test ja ein Fehlalarm. So sicher sind diese Do-it-yourself-Tests, glaube ich, auch nicht. Und jetzt kriegst du einfach deine Tage.«

Tina fand Leas Aussage offenbar kein bisschen beruhigend, denn sie brach übergangslos in Tränen aus.

»Das hat bei mir noch nie so wehgetan. Ich will das Kind nicht verlieren«, schluchzte sie und klang mindestens ebenso herzzerreißend wie vor gut 24 Stunden, als Lea sie mit dem Ergebnis des Tests konfrontiert hatte. »Vielleicht hätte Jürgen sich ja doch gefreut. Ich wäre bestimmt eine gute Mutter gewesen. Ich werde eine gute Mutter sein.«

Tina presste die Hände so fest auf ihren Bauch, dass ihre Finger genauso weiß wurden wie der Stoff des weiten Shirts, das Lea ihr für die Nacht geliehen hatte.

»Leg dich hin«, befahl Lea, der plötzlich einfiel, dass Frauen mit vorzeitigen Wehen immer liegen mussten.

Froh, dass jemand das Kommando übernahm, kroch Tina wimmernd unter die Steppdecke auf Leas breitem Bett. Lea dagegen wünschte sich sehnlichst jemanden herbei, der Ahnung vom Kinderkriegen und allen möglichen Gründen für Bauchschmerzen bei Schwangeren hatte. Sie wollte es Tina nicht sagen, aber es kam ihr reichlich übertrieben vor, in dieser Situation einen Krankenwagen zu rufen, zumal noch kein Arzt die Schwangerschaft offiziell festgestellt hatte. Vielleicht handelte es sich schlicht und einfach um Krämpfe einer verspätet eintretenden Menstruation.

»Ich könnte Sabine anrufen. Sie hat mir für Notfälle ihre Handynummer gegeben und gesagt, ich könnte sie jederzeit erreichen«, überlegte Lea laut, während sie ruhelos in dem schmalen Gang vor ihrem Bett auf und ab schritt.

»Wieso denn Sabine?«, jammerte Tina und hob den Kopf, um Lea mit ihren Blicken durch den Raum zu folgen. »Die gerät doch immer gleich in Panik.«

»Sabine hat immerhin zwei Kinder zur Welt gebracht.«

»Sie hatte dabei aber bestimmt jede Menge Hilfe. Schließlich ist sie keine Hebamme.«

Da Lea es ebenfalls nicht für sehr Erfolg versprechend hielt, Sabine um fünf Uhr morgens aus dem Schlaf oder gar aus irgendwelchen Eherettungsaktivitäten zu reißen, um ihren Rat zu Tinas Bauchkrämpfen einzuholen, ließ sie die Idee mit dem Anruf bei Sabine fallen.

»Es ist jetzt fünf Uhr. Um acht bringe ich dich zu meinem Gynäkologen. Seine Praxis ist gleich hier um die Ecke.«

»So lange kann ich nicht warten! Dann ist es vielleicht zu spät. Das wird immer schlimmer!« Leise vor sich hin jammernd, rollte Tina sich unter der Decke zusammen.

Seit sie von ihrer Schwangerschaft wusste, hatte Tina sich sehr verändert. Lea hatte sie in den zwei Jahren ihrer Freundschaft nicht annähernd so viel klagen hören wie in den vergangenen 24 Stunden. Sie starrte das hilflose Bündel in ihrem Bett an, das aber immerhin ganz genau wusste, was es nicht wollte.

Dann holte sie tief Luft und wagte es. »Bist du sicher, dass es keine Menstruationskrämpfe sind?«

Tina setzte sich kerzengerade im Bett auf und funkelte Lea erbost an. »Wie soll ich Menstruationskrämpfe haben, wenn ich doch schwanger bin? Das hier wird eine Fehlgeburt, wenn du nicht bald etwas unternimmst.«

Nach diesem kurzen Rückfall in ihre gewohnte energische Art, in der sie allerdings gebieterisch Lea die Verantwortung für alles übertrug, ließ Tina sich sofort wieder zurück auf die Matratze fallen, um abzuwarten, was Lea zu unternehmen gedachte.

»Ich bringe dich ins Krankenhaus«, beschloss diese denn auch endlich. »Das Problem sind nur die Kinder. Ich kann sie nicht allein hier lassen, also müssen wir sie mitnehmen.«

Es stellte sich ziemlich bald heraus, dass die Kinder kein besonderes Interesse daran hatten, einen frühmorgendlichen Ausflug zu unternehmen. Max weigerte sich schlichtweg, die Augen zu öffnen, und Vanessa forderte eine sofortige Erklärung für die Aufforderung, noch vor dem Hellwerden aufzustehen. Als sie von Tinas behandlungsbedürftigen Bauchschmerzen erfuhr, verkündete sie streng, wenn *sie* Bauchweh hätte, würde ihre Mama ihr Fencheltee und eine Wärmflasche geben, da müsse man überhaupt nicht ins Krankenhaus fahren.

Als Lea darauf bestand, dass in diesem Fall weder Fencheltee noch Wärmflasche halfen, bestand Vanessa ihrerseits darauf, dennoch weiterzuschlafen. Max äußerte sich auch bei Leas zweiter Anfrage nur mit einem unwilligen Brummen.

Der Krankenhaus-Pförtner, der um kurz vor sechs Uhr morgens bereits begann, sich auf seine Ablösung in einer Stunde vorzubereiten, riss erstaunt die Augen auf, als die kleine Gruppe vor seinem Glasfenster auftauchte. Zwei zerzauste Frauen, von denen nur eine vollständig, wenn auch unordentlich bekleidet war, ein kleines, missmutiges Mädchen im Rüschennachthemd, über dem es eine viel zu große Jacke trug, und ein finster dreinblickender Junge, der unablässig erklärte, wenn er nicht bald etwas zu essen bekäme, würde er das alles seiner Mutter erzählen.

»Die Gynäkologie, bitte.« Lea hielt energisch Vanessas mit Plüschhausschuhen bekleidete Füße fest, die ihr ständig schmerzhaft gegen die Schenkel baumelten, seit sie das Mädchen vom Rücksitz des Wagens gezerrt und durch den Haupteingang des Krankenhauses getragen hatte. Obwohl Vanessa zierlich war, schien sich ihr Gewicht mit jedem Schritt zu verdoppeln.

»Worum geht es?«, erkundigte sich der Pförtner misstrauisch.

»Sehen Sie das nicht?« Tina hatte Tränen in den Augen, während sie sich noch schwerer auf Leas Schulter stützte und gleichzeitig mit der anderen Hand einen dicken Morgenmantel über einem T-Shirt zusammenhielt, das gerade eben die oberen zehn Zentimeter ihrer Schenkel bedeckte.

»Drohende Fehlgeburt«, sagte Lea rasch.

»Bauchweh.« Vanessa wurde plötzlich munter. »Aber Lea will der Tina keine Wärmflasche machen. Dabei hilft das *immer.*«

»Sie hat mir nicht mal ein Frühstück gegeben«, mischte sich nun auch noch Max ein, um Leas Unfähigkeit noch deutlicher hervorzuheben. »Und ich habe *Hunger.*«

»Die Gynäkologie ist im zweiten Stock, rechts vom Fahrstuhl«, erklärte der Pförtner und versteckte hastig das Paket mit seinen restlichen Stullen unter einem Blatt Papier.

Die Karawane schleppte sich weiter in Richtung Aufzug.

»Geht es dir immer noch nicht besser?«, erkundigte sich Lea flüsternd bei Tina, während sie auf die Ankunft des Lifts warteten. Sie hatte die leise Hoffnung gehegt, dass sich die Schmerzen auf der Fahrt legen würden, so wie ja auch Zahnschmerzen meistens verschwanden, sobald man das Wartezimmer des Zahnarztes erreicht hatte.

Mit blassem Gesicht stützte Tina sich gegen die Wand und schüttelte stumm den Kopf. Auf ihrem Nasenrücken glänzten kleine Schweißperlen, und Lea hatte plötzlich ein schlechtes Gewissen, weil sie die Not der Freundin zu Beginn vielleicht nicht ernst genug genommen hatte.

»Das kommt, weil du ihr keine Wärmflasche gemacht hast«, ließ Vanessa sich anklagend vernehmen.

»Sie bekommt gleich eine Wärmflasche. Und danach kriegt ihr zwei ein schönes Frühstück.« Lea drückte noch einmal energisch auf den Knopf neben der Fahrstuhltür und versuchte, nicht daran zu denken, dass sie vor ein paar Wochen mit Stephan in diesem Fahrstuhl gefahren waren. Im Moment hatte sie genug andere Sorgen, ohne sich auch noch über diesen Mann den Kopf zu zerbrechen.

»Ich will aber nichts essen!« Vanessa brach spontan in Tränen aus und trat heftig gegen Leas Schenkel.

»Du musst nichts essen.«

»Dann isst Max mir aber alles weg!«

Endlich kam der Fahrstuhl. Lea stellte die in den höchsten Tönen kreischende Vanessa auf die Füße und schob sie in die Kabine. Dann stützte sie Tina, die sich wieder mit beiden Händen den Bauch hielt, und schob sie fürsorglich hinterher. Max musste für sich selbst sorgen und wäre beinah in der sich bereits schließenden Tür eingeklemmt worden, was Vanessa erneut aufkreischen ließ.

»Gleich haben wir es geschafft«, tröstete Lea eher sich selbst als ihre Mitreisenden, während der Fahrstuhl ruckelnd nach oben fuhr. »Und sei bitte leise, Vanessa. Die Leute hier liegen alle im Bett und sind krank.«

»Mit Wärmflaschen?«, erkundigte Vanessa sich sofort wissbegierig.

»Natürlich«, beteuerte Lea eifrig, da die Gefahr bestand, dass Vanessa erneut schrecklich weinen würde, wenn sie erfuhr, dass in diesem Krankenhaus wahrscheinlich nur die wenigsten Patienten mit Wärmflasche und Fencheltee behandelt wurden.

In der Gynäkologie angekommen, deponierte Lea Tina und die Kinder im Wartebereich der Ambulanz und wollte sich auf die Suche nach einer Schwester machen. Allerdings weigerte sich Vanessa, bei Tina und ihrem Bruder zurückzubleiben, und Lea musste sie mitschleppen, da Vanessa ebenso wenig bereit war zu laufen. Leas rechter Schenkel schmerzte schon heftig von den vielen Tritten mit den Häschenschuhen. Und ihren linken Arm, den sie noch längst nicht wieder gebrauchen konnte wie vor dem Bruch, spürte sie kaum noch.

Endlich fand sie eine Tür mit der Aufschrift »Anmeldung« und dahinter eine Kaffee trinkende Schwester, die in Ruhe ihre Tasse leerte, während Lea, verzweifelt nach Vanessas baumelnden Häschenschuhen haschend, die Sachlage erklärte.

»Ich sehe mal nach ihrer Freundin.«

Auf dem Weg zurück durch die Gänge ließ es sich Vanessa nicht nehmen, der Schwester die geeignete Behandlungsmethode für Bauchweh zu erläutern. Diese hörte durchaus interessiert zu und versprach anschließend, dem Arzt, der Tina so bald wie möglich untersuchen würde, auf jeden Fall den heißen Tipp zu übermitteln. Vanessa war es zufrieden, kuschelte das Gesicht in Leas Halsbeuge und hielt ein kleines Schläfchen.

Fünf Minuten später sah Lea aufatmend zu, wie Tina, von der Schwester gestützt, in einem der Untersuchungszimmer verschwand. Die schlafende Vanessa im Arm, ließ sie sich auf einem der Stühle im Wartebereich nieder und schloss ebenfalls für eine Minute die Augen.

Sie fuhr aus ihrem kurzen, erschöpften Schlaf hoch, als Vanessa sie am Ohr zog. »Wo ist Max?«, fragte das Mädchen weinerlich. »Ich will Max.« Dass Vanessa sich nach ihrem Bruder sehnte, war etwas völlig Neues.

»Max?« Erst jetzt fiel Lea mit heißem Schrecken ein, dass sie Max nicht gesehen hatte, als sie mit der Schwester zurückgekommen war. Sie schob Vanessa auf den freien Stuhl neben sich und beugte sich vor, um den Gang hinuntersehen zu können. »Max?«

Keine Antwort und weit und breit kein strubbeliger dunkler Kopf. Lea sprang auf.

»Du bleibst hier sitzen. Ich suche nur rasch deinen Bruder.«

Sie war schon den halben Gang hinunter, als sie kehrtmachte, um an die Tür des Untersuchungszimmers zu klopfen, in dem Tina verschwunden war. Als sie von drinnen ein Gemurmel hörte, drückte sie die Klinke herunter und schob den Kopf in den hell erleuchteten Raum.

Tina war allein. Sie lag auf einer Untersuchungsliege und wartete offensichtlich noch auf den Arzt.

»Weißt du, wo Max hingegangen ist? Hat er dir etwas gesagt?« Wie ein Echo sprang ihre eigene, angstvolle Stimme Lea von den weißen Wänden an.

Tina hob den Kopf. »Nein. Ich weiß nicht. Ich hatte diese Krämpfe. Er saß neben mir, aber dann ... Ist er nicht mehr da? Er hat mir nichts gesagt.«

»Mach dir keine Sorgen.« Lea bemühte sich vergeblich um einen gelassenen Ton. »Ich finde ihn schon. Kümmere dich nur um dich. Falls ich nicht da bin, wenn du mich brauchst, ruf mich auf dem Handy an.«

Tina nickte und murmelte etwas davon, dass Lea Max schon finden würde.

Draußen sammelte Lea Vanessa ein, weil ihr einfiel, dass sie das Mädchen unmöglich hier sitzen lassen konnte. Sonst hatte sie womöglich nachher Max gefunden, aber stattdessen war dann seine Schwester weg.

Während sie mit Vanessa auf dem Arm durch die Krankenhausgänge hetzte, kam Lea sich vor wie in einem Albtraum. Sie hatte ein Kind verloren, das ihre Freundin ihr anvertraut hatte! Einen hilflosen, sechsjährigen Jungen, der noch nicht einmal zur Schule ging! Entsetzliche Gedanken an Entführung und Kindesmissbrauch huschten durch ihren Kopf und ließen sie noch aufgeregter von Etage zu Etage und von Station zu Station eilen.

»Ich will Max! Ich will meine Mama!«, jammerte Vanessa, die Leas Angst und Unruhe spürte.

»Wir finden deinen Bruder«, beteuerte Lea. »Und deine Mama kommt heute Nachmittag wieder.« Und wenn ich bis dahin ihren Sohn nicht heil wieder gefunden habe, bringt sie mich mit gutem Recht um!

Langsam erwachte das Krankenhaus zur Tagesroutine, aber keine der Schwestern und keiner der Patienten, die Lea fragte, hatte Max gesehen. Schließlich stand sie wieder vor dem Glasfenster des Pförtners.

»Haben Sie den kleinen Jungen gesehen, der vor einer halben Stunde mit mir gekommen ist?« Lea setzte Vanessa auf den Boden, weil sie sie einfach nicht mehr tragen konnte.

»Der ist rausgegangen.« Der Mann zeigte auf die Glastüren, die hinaus auf den Parkplatz führten.

»Wann war das etwa?« Das Entsetzen schnürte Lea die Kehle zu. Wie sollte sie Max da draußen wieder finden? Und was konnte ihm dort alles passieren!

»Vor einer Viertelstunde ist er hier vorbeimarschiert und hat mich angegrinst. Ich dachte, Sie haben ihn losgeschickt, um etwas zu besorgen oder so.«

Der Mann hinter dem Glasfenster sah sie an, als könnte er nicht begreifen, wie ihr einfach so ein Kind hatte abhanden kommen können. Aber es interessierte Lea nicht im Geringsten, was er von ihr dachte. Sie musste Max finden, alles andere war jetzt völlig egal.

»Haben Sie gesehen, ob er nach rechts oder nach links gegangen ist?« Vor Aufregung und Angst war ihre Stimme schrill und viel zu laut.

Der Mann zuckte die Achseln und beugte sich über eine der Listen, die vor ihm lagen.

»Komm.« Lea packte das Handgelenk der kleinen Vanessa und zerrte sie hinter sich her zur Tür. Auf Vanessas Aufforderung, sie zu tragen, reagierte sie nicht. Schon jetzt hingen ihr die Arme bleischwer und schmerzend am Körper herab, besonders der linke.

Draußen auf dem Parkplatz sah sie sich panisch um. Allein der Anblick der geparkten Autos ließ Schreckensbilder in ihr aufsteigen. Max war sechs Jahre alt, und sie hatte keine Ahnung, ob er nach rechts und links schaute oder die Ampeln beachtete, bevor er eine Straße überquerte. Auf jeden Fall hatte es zu Sabines umfangreichen Anweisungen gehört, beide Kinder auf der Straße fest an der Hand zu halten.

»O Gott, bitte!« Lea murmelte so etwas wie ein Gebet vor sich hin, während sie sich nach kurzem Zögern der Straße zuwandte, die vom Parkplatz in Richtung Innenstadt führte.

»Aua!«, beschwerte sich Vanessa. »Du tust mir weh!«

»Entschuldige! Ich halte dich nur ganz fest, damit du mir nicht auch noch verloren gehst. Kannst du ein bisschen schneller laufen, damit wir Max bald einholen?« Obwohl es ihr nicht leicht fiel, versuchte Lea, ihre Finger nicht ganz so fest um Vanessas schmales Handgelenk zu krampfen.

Während sie auf der sonntäglich leeren Einkaufsstraße entlanglief und mit zusammengekniffenen Augen nach vorn starrte, hatte Lea das Gefühl, wie in einem Albtraum mit jedem

Schritt nur ein winziges Stückchen vorwärts zu kommen, als würde sie gegen eine unsichtbare Wand laufen, die sich nur mühsam durchbrechen ließ. Gleichzeitig hing Vanessa an ihrem Arm wie ein Gewicht, das sie rückwärts zog.

»Max! Max!« An jeder Seitenstraße blieb sie stehen und rief, so laut sie konnte. Vom Schreien war ihre Kehle schon ganz rau. Viel schlimmer aber war, dass sie gar nicht wirklich daran glaubte, Max auf diese Weise finden zu können.

Als sie an der Straßenecke stehen blieb, um sich in alle Richtungen umzusehen, bemerkte sie, dass Vanessa lautlos vor sich hin weinte. Die Tränen strömten über ihr blasses Gesichtchen und tropften auf den Spitzenkragen ihres Nachthemds, der unter ihrer Jacke hervorschaute.

»Wir finden ihn nicht. Es gibt ganz viele Straßen hier. Wir finden ihn *niemals*!«, schluchzte das kleine Mädchen so verzweifelt, dass Lea sich am liebsten auf den Bürgersteig gesetzt und mitgeweint hätte.

»Doch! Natürlich finden wir ihn!«, sprach sie sich selbst mit heiserer Stimme Mut zu und erstarrte, als ihr Blick zufällig auf die Schaufensterscheibe fiel, neben der sie stand. Es dauerte einige Sekunden, bis sie sich sicher war, dass die Frau in der ausgebeulten Jeans, den alten fleckigen Stoffschuhen, dem aus der Hose hängenden verwaschenen Flanellhemd und den zerzausten Haaren tatsächlich sie war. Hastig wandte Lea den Kopf ab. Es spielte keine Rolle, wie sie aussah und wie müde sie war. Sie musste Max finden. Das war alles, was zählte.

»Wir gehen zur Polizei«, beschloss sie und fühlte sich gleich ein bisschen besser. Es machte keinen Sinn, kopflos in den Straßen herumzulaufen. Die Wahrscheinlichkeit, Max auf diese Weise zu finden, war äußerst gering. Sie hätte sofort die Polizei benachrichtigen sollen.

Den nächsten Passanten fragte sie nicht nur nach einem kleinen Jungen in blauem Trainingsanzug, sondern auch nach dem nächsten Polizeirevier. Der Mann mit der strengen Hornbrille hatte Max zwar nicht gesehen, er gab aber eine umständliche Wegbeschreibung zu einer angeblich ganz in der Nähe liegenden Polizeiwache ab.

Lea vergaß, sich zu bedanken, und zerrte Vanessa in die angegebene Richtung. Nachdem sie einmal links und zweimal rechts abgebogen war, wusste sie nicht mehr weiter und blieb erschöpft stehen. Vanessa weinte schon wieder.

Als in diesem Moment das Handy in Leas Jackentasche anfing zu läuten, zuckte sie zusammen, denn sofort hatte sie die schreckliche Vision, dass es sich bei dem Anrufer nur um Sabine handeln konnte, die ihren beiden Kindern einen fröhlichen guten Morgen wünschen wollte. Zögernd schob sie die Hand in die Tasche und tastete nach dem kleinen Telefon. Eigentlich wollte sie den Anruf nicht entgegennehmen.

»Dein Telefon klingelt«, meldete Vanessa, die zu diesem Zweck sogar für einen Moment aufhörte zu weinen.

»Ich weiß.« Lea holte das Gerät hervor und starrte es beschwörend an. Doch es klingelte unermüdlich weiter. Leider hatte sie die Mailbox nicht eingeschaltet.

Mit zitterndem Finger drückte sie die kleine grüne Taste, um das Gespräch anzunehmen. Vielleicht war es ja auch Tina, obwohl nach so kurzer Zeit kaum ein Untersuchungsergebnis zu erwarten war.

Im ersten Moment fiel ihr ein Stein vom Herzen, als sie begriff, dass am anderen Ende der Leitung nicht Sabine war, die sich nach dem Wohlergehen ihrer Kinder erkundigen wollte. Dann wurde ihr klar, dass sie im Moment mit Stephan mindestens genauso wenig reden wollte.

»Was ist denn?« Erschöpft lehnte sie sich gegen einen Laternenpfahl und zog Vanessa dichter an sich heran.

»Hoffentlich habe ich dich nicht geweckt. Unter deiner Festnetznummer bekomme ich nur den Anrufbeantworter. Ich wollte dich gern zum Sonntagsfrühstück in ein hübsches Café einladen, falls du noch nichts anderes vorhast.«

»Du hast mich nicht geweckt«, fauchte Lea. »Und ich habe leider eine Menge vor. Keine Zeit für Liebesgeflüster oder so etwas.« Sie wusste, dass es ungerecht war, ihn so anzufahren, denn wenn sie ihm auch einiges übel nahm, hatte er mit der furchtbaren Sorge, mit der sie sich im Moment herumplagen musste, nicht das Geringste zu tun. Der Abend bei der Windmühle lag plötzlich in weiter Ferne, und die Geschehnisse im Garten erschienen angesichts der Gegenwart und der Angst, die ihre Kehle umklammerte, absolut unwichtig.

»Du bist wütend auf mich, und genau deshalb müssen wir miteinander reden.«

»Gerade jetzt habe ich gar keine Zeit, wütend zu sein. Und ich habe auch keinen Hunger. Ein Frühstück würde ich nicht hinunterbringen. Ich muss das Kind meiner Freundin suchen. Max ist weggelaufen, als ich meine andere Freundin ins Krankenhaus gebracht habe. Er ist doch erst sechs Jahre alt. Ich habe solche Angst, dass ihm etwas passiert. Und jetzt kann ich nicht mal das Polizeirevier finden ...« Mit jedem Satz, den sie sprach, wurde sie noch müder und mutloser und ihre Stimme leiser, weil die Angst über ihr zusammenzuschlagen drohte, wenn sie sie in Worte fasste. Doch gleichzeitig tat es gut, als endlich alles heraus war.

»Wo bist du jetzt?«, kam nach einer kleinen Pause Stephans ruhige, tiefe Stimme.

»Weiß ich nicht. Ich kenne mich hier in der Gegend nicht aus.« Sie musste heftig schlucken, weil sie schon wieder den Wunsch verspürte, sich einfach auf den Asphalt zu hocken und zu weinen.

»Siehst du irgendwo ein Straßenschild?«

»Ich frage jemanden nach dem Straßennamen.« Lea stürzte auf eine junge Frau zu, die gerade sehr geschäftig auf sehr hohen Absätzen an ihr vorüberging.

»Wie heißt diese Straße, bitte?« Mit einer Hand umklammerte sie den dunkelblauen Jackenärmel der Frau, mit der anderen hielt sie immer noch krampfhaft Vanessa fest, das Telefon klemmte zwischen Schulter und Ohr.

Die Frau schrak zusammen, als sie Lea mit ihrem wirren Haar und den weit aufgerissenen Augen sah, und murmelte dann rasch etwas vor sich hin, das Lea erst beim dritten Nachfragen verstand.

»Rilkestraße«, gab Lea die Information sofort an Stephan weiter und ließ die Frau los, die ihren Weg mit doppeltem Tempo, sich noch ein- oder zweimal ängstlich nach Lea umblickend, fortsetzte.

»Ich sehe im Stadtplan nach. Ich glaube, da sind auch Polizeireviere eingezeichnet. Wir kriegen das schon hin.«

Lea hörte Papier rascheln und fühlte sie von den Geräuschen am anderen Ende der Leitung merkwürdig getröstet.

»Du gehst bis zur Ecke Hebbelstraße«, ließ Stephan sich nach erstaunlich kurzer Zeit vernehmen. »Die Hebbelstraße gehst du ganz bis zum Ende hinunter, und an der Ecke Stormstraße ist dann ein Polizeirevier. Dort kannst du erst mal eine Vermisstenanzeige aufgeben.«

»Hebbelstraße und dann Ecke Stormstraße«, wiederholte Lea. Es war ein gutes Gefühl zu wissen, was sie als Nächstes tun sollte, wo sie es tun konnte, und dann auch noch sicher zu sein, dass es sinnvoll war, genau so zu handeln.

»Danke. Das war sehr nett von dir. Ich muss mich beeilen. Danke!« Sie drückte auf die Unterbrechungstaste, steckte das Handy zurück in ihre Jackentasche und machte sich auf die Suche nach dem nächsten Straßenschild.

XVII

»Ich weiß nicht, wie groß er ist. Ungefähr so.« Lea hielt ihre Hand etwa fünfzehn Zentimeter über Vanessas Kopf.

Der Polizist, der mit dem Zeigefinger der rechten Hand auf der Tastatur eines Computers herumtippte, um ihre Angaben aufzunehmen, sah sie tadelnd an. »Und wie groß ist das Mädchen?«

»Das weiß ich nicht. Es sind die Kinder meiner Freundin. Ich passe nur für dieses Wochenende auf sie auf.«

»Hätten Sie tatsächlich aufgepasst, würden Sie nicht hier stehen«, stellte der Mann in Uniform richtig.

»Ich musste meine andere Freundin ins Krankenhaus bringen, und während ich nach einer Schwester gesucht habe, ist er verschwunden.«

Der demonstrative Seufzer des Mannes machte ihr unmissverständlich deutlich, dass es um die Welt besser bestellt wäre, würde es Menschen wie sie nicht geben.

»Ich weiß, dass ich besser hätte aufpassen müssen«, nahm Lea willig alle Schuld auf sich.

»Sagen wir, ein Meter fünfzig«, entschied der Polizist.

»Ich glaube, das ist zu groß. Wohl eher ein Meter dreißig«, wagte Lea einzuwenden.

Erneut brachte er sie mit einem strengen Blick zum Schweigen, mit dem er ihr wohl bedeuten wollte, dass sie nicht gerade in einer Position war, in der sie Kritik üben konnte. Dennoch beobachtete sie, wie er die Eingabe in seinem Computerformular änderte.

»Geben Sie die Informationen an Ihre Kollegen in den Streifenwagen weiter?«, erkundigte sich Lea hoffnungsvoll.

Der Mann brummte etwas vor sich hin und tippte gemächlich weiter.

Lea war so damit beschäftigt, den Polizisten mit ihren Blicken zu fixieren und gleichzeitig still vor sich hin zu beten, dass dem kleinen Max dort draußen in den Straßen nichts passieren möge, dass sie nicht bemerkte, wie sich die Tür öffnete und ein weiterer früher Besucher die Wache betrat. Erst als er direkt neben ihr stand und ihre Schulter berührte, schreckte sie hoch.

»Stephan!«

Sie war nicht einmal besonders erstaunt, ihn zu sehen, obwohl er am Telefon sein Kommen mit keinem Wort angekündigt hatte.

»Gibt es schon Neuigkeiten?«, erkundigte er sich und sah ihr dabei ernst und fragend in die Augen.

Sie schüttelte stumm den Kopf und erwiderte seinen Blick, der ihr Kraft und Zuversicht gab, weil sie sich angesichts des Problems, das sich wie eine hohe, unbezwingbare Mauer vor ihr auftürmte, nicht mehr so allein fühlte. Allerdings bewirkte sein Auftauchen bei ihr, dass sie sich plötzlich noch erschöpfter fühlte. Am liebsten hätte sie alles Weitere ihm überlassen, sich auf eine der Holzbänke an der Wand gelegt, die Augen geschlossen und erst einmal ein paar Stunden geschlafen.

Energisch riss sie die Augen auf und versuchte, möglichst viel Sauerstoff in ihre Lungen zu pumpen, denn erstens gab es keinen Grund, sich ausgerechnet auf diesen Mann zu verlassen, der sie vor nicht allzu langer Zeit so beleidigend von sich gestoßen hatte, und zweitens war es für eine moderne, selbstbewusste Frau sowieso nicht angemessen, all ihre Sorgen und Probleme beim nächstbesten Mann abzuladen, nur weil er eben ein Mann war. Ganz egal, wie wenig Schlaf sie in den vergangenen Nächten bekommen hatte und wie sehr ihr verletzter Arm schmerzte.

Lea legte die Hände auf den Holztresen vor sich, drängte Stephan zu Seite und machte dem Polizisten, mit dem er bereits in Verhandlungen getreten war, klar, dass weiterhin sie seine Ansprechpartnerin war. Denn immerhin war sie es, die für Max verantwortlich war.

»Werden Sie die Vermisstenmeldung an die Streifenwagen dort draußen geben?« Sie deutete durch die vergilbten Gardinen hinter sich hinaus auf die Straße.

Der Polizist nickte. »Sie können hier nichts mehr tun. Wir haben Ihre Festnetz- und Ihre Mobilfunknummer und werden

Sie benachrichtigen, sobald wir den Jungen gefunden haben. Allerdings sollten Sie vorsichtshalber die Eltern des Kindes anrufen. Man weiß nie, wie solche Geschichten ausgehen«, empfahl der Beamte in seiner nicht besonders tröstlichen Direktheit.

Entsetzt presste Lea die Lippen aufeinander. Ihr war klar, dass sie einen Anruf bei Sabine und Hilko nicht mehr lange hinauszögern konnte. Das würde sie auf sich nehmen. Viel schlimmer war es, dass der Polizist ihre Befürchtungen in Worte gefasst hatte. Es war eine Menge, was einem kleinen Jungen wie Max allein in den Straßen der Stadt zustoßen konnte, und es war schrecklich, das aus dem Mund eines Polizisten hören zu müssen.

»Ich rufe sie an«, flüsterte sie mit heiserer Stimme und spürte dankbar Stephans stützende Hand an ihrem Rücken, während sie langsam zur Tür ging.

Wieder an der frischen Luft, atmete sie tief durch.

»Wenn mir nur einfallen würde, wo ich ihn noch suchen könnte! Aber er läuft ja wahrscheinlich ziellos herum. Und wenn wir genau so durch die Stadt laufen, ist die Chance, ihn zu finden, so schrecklich klein. Ich hoffe so sehr, die Polizisten in einem Streifenwagen sehen ihn. Ihnen muss ein kleiner Junge allein in der Stadt doch sofort auffallen. Schließlich ist um diese Zeit an einem Sonntag in den Straßen längst nicht so viel los wie während der Woche.« Lea redete immer weiter, um sich selbst zu beruhigen. Dabei starrte sie beschwörend die vorüberfahrenden Autos an, als könnte sie auf diese Weise die Insassen dazu bringen, besonders vorsichtig zu fahren. Der Verkehr rollte inzwischen für einen Sonntagmorgen sehr lebhaft, und der Anblick der vielen Autos verstärkte ihre Angst.

»Ich bin müde. Ich will auf den Arm.« Vanessa zupfte Lea am Ärmel und hob ihr das blasse Gesichtchen mit den rot geweinten Augen entgegen.

Sofort spürte Lea ihre bleischweren Arme, das Ziehen in der Schulter und die Schmerzen im Rücken noch viel deutlicher. Mit einem unterdrückten Seufzen nahm sie dennoch das kleine Mädchen hoch. Immerhin war es ihre Schuld, dass Vanessas zarter Körper vor Angst und Kälte zitterte.

»Lea hat dich bestimmt schon ganz viel herumgetragen und ist sehr müde.« Stephan senkte seinen Kopf so, dass er auf gleicher Höhe mit Vanessas Gesicht war. »Was hältst du davon, wenn ich dich mal nehme? Ich bin gerade erst aufgestanden und noch ganz ausgeruht.«

Vanessa schüttelte heftig den Kopf und verbarg das Gesicht schüchtern an Leas Schulter. »Ich kenne dich nicht«, murmelte sie vor sich hin.

»Da hast du Recht! Du kennst mich nicht, und du solltest dich keinesfalls von jemandem durch die Gegend tragen lassen, den du gar nicht kennst.« Mit einem Fingerschnippen deutete Stephan an, dass er Vanessas Verhalten für sehr klug hielt und eigentlich selbst hätte daran denken müssen, dass kleine Mädchen sich von fremden Männern fern halten sollten. »Was hältst du davon, wenn Lea, die uns beide kennt, uns einander jetzt ganz offiziell vorstellt?«

Vanessa hob den Kopf, zuckte die Schultern und sah Lea abwartend an. Offenbar hatte sie keine rechte Vorstellung davon, wie eine offizielle Vorstellung abzulaufen hatte.

»Das ist Stephan«, erklärte Lea eilig. »Ein ... Freund.« Sie schluckte und verbarg rasch ihr Gesicht in Vanessas weichem, nach Apfelshampoo duftendem Haar.

»Ist er dein Freund?«, erkundigte sich Vanessa wissbegierig. Sie kannte sich mit Freundschaft zwischen Männern und Frauen aus, seit sie sich kurz nach ihrem dritten Geburtstag mit ihrem Kindergartenfreund Jan verlobt hatte.

»*Ein* Freund«, erklärte Lea hastig und mied Stephans Blick. »Das ist etwas anderes.«

»Ich weiß.« Vanessa runzelte die Stirn. »Aber warum ist er nicht *dein* Freund? Er sieht doch ganz nett aus. Fast so nett wie Papa. Du könntest dich mit ihm verloben, dann darf er nie mehr eine andere Freundin haben.«

»Ich will mich aber nicht verloben!«, schrie Lea entsetzt und fragte sich, warum sie überhaupt in der Lage war, sich über so nebensächliche Themen aufzuregen, während der arme Max mutterseelenallein in der Stadt herumlief.

»Du kannst dich aber trotzdem von ihm tragen lassen. Er ist Frauen gegenüber sehr zurückhaltend. Keine Gefahr, dass er dir zu nahe tritt oder so«, fügte sie hinzu und wünschte sich im selben Augenblick, in dem sie den Satz ausgesprochen hatte, sie könnte ihre Worte auf der Stelle zurücknehmen. Obwohl sie krampfhaft an ihm vorbeisah, spürte sie Stephans

Blick auf ihrem Gesicht, wodurch die Röte auf ihren Wangen wohl noch tiefer wurde.

»Wir müssen darüber reden, was in der Nacht bei der Mühle passiert ist. Es gibt einen Grund für mein Verhalten«, sagte Stephan leise, während Lea sich hinter Vanessas blondem Kopf versteckte.

»Das ist nun wirklich nicht wichtig!«

»Ich finde es sehr wichtig!« Er trat einen Schritt zur Seite, um einen Blick in ihr Gesicht zu erhaschen, aber sie war schneller und wandte hastig den Kopf ab.

»Aber nicht jetzt! Außerdem weiß ich Bescheid. Ich habe die …«, sie warf einen Blick in Richtung der aufmerksam lauschenden Vanessa, »… die fehlenden Dinger in deiner Jackentasche gefunden. Kein Grund für große Erklärungen. Du wolltest eben nicht. Das ist dein gutes Recht.«

»Himmel!« Er hielt seinen Blick auf die weißen, wattigen Frühsommerwolken gerichtet. »Wenn du glaubst, dass ich dich im Garten hinter der Mühle nicht wollte, unterliegst du einem gewaltigen Irrtum. Ich kann mich nicht erinnern, jemals eine Frau so sehr gewollt zu haben.«

»Siehst du, Lea«, verkündete Vanessa triumphierend. »Er will dich heiraten. Dann musst du dich aber erst mit ihm verloben.«

»Ich muss gar nichts, mein Schatz«, berichtigte Lea fast gelassen. »Wenn eine Frau einen Mann nicht will, spielt es keine Rolle, ob er sie will. Sie muss für sich entscheiden und er muss sich für sie entscheiden. Und nur wenn sie beide das Gleiche wollen, wird es auch geschehen.« Erstaunt stellte Lea fest, dass diese absurde Diskussion ihr half, die bleierne Müdigkeit zu überwinden, die sie durch die ganze Stadt bis hierher mit sich herumgeschleppt hatte.

»Aber als Jan mich gefragt hat, ob wir uns verloben wollen, habe ich gleich ja gesagt. War das falsch?« Vanessa war irritiert.

»Nein, es war nicht falsch, wenn du es wolltest!«

»Ich habe gar nicht richtig überlegt«, jammerte Vanessa, die offenbar plötzlich an ihrer Verlobung und ihrem Verlobten zweifelte.

»Du kannst es dir jederzeit anders überlegen. Dann ziehst du einen Schlussstrich, und irgendwann findest du einen anderen jungen Mann, der dir wirklich gefällt.« Über den blonden Kinderkopf hinweg warf Lea Stephan einen kühlen Blick zu, den er tapfer erwiderte.

»Es ging nicht um die ... die Dinger, die ich angeblich nicht hatte«, mischte Stephan sich an dieser Stelle wieder in die Unterhaltung.

»Welche Dinger?« Vanessa legte interessiert den Kopf schief.

»Äh ...« Stephan warf Lea einen Hilfe suchenden Blick zu. Diese tat, als hätte sie nicht die geringste Ahnung, wovon überhaupt die Rede war.

»Welche Dinger?«, insistierte Vanessa.

»Etwas, was man nur braucht, wenn man erwachsen ist«, rettete Stephan sich in Ausflüchte.

Lea warf ihm einen strafenden Blick zu und freute sich heimlich über die Situation, in die er sich gebracht hatte.

»Mama sagt, das darf man nicht sagen, dass Kinder irgendwas noch nicht verstehen oder dass es nichts für sie ist, nur weil sie noch jung sind«, verkündete Vanessa lautstark. »Kinder haben ein Recht darauf, dass ihre Fragen beantwortet werden.«

»Dies ist ein ziemlich altkluges Kind«, flüsterte Stephan Lea über den lockigen Mädchenkopf hinweg zu.

»Ich bin nicht alt!« Empört prustete Vanessa Leas ohnehin schon derangierte Frisur in alle Himmelsrichtungen.

»Aber klug!«, beruhigte Lea sie hastig.

»Was waren denn das für Dinger, die du nicht hattest?«, verfolgte Vanessa weiter das interessante Thema, über das offenbar niemand sprechen wollte.

»Ich hatte alles. Jedes Ding, das man vielleicht hätte brauchen können«, rettete Stephan sich in geheimnisvolle Andeutungen. »Darum ging es gar nicht.« Sein Blick suchte Leas Augen.

»Nein?« Sie strich Vanessas Haarsträhnen zurück und schaute unruhig die Straße hinunter.

»Nein. Das war einfach nur eine feige Ausrede. In Wirklichkeit hatte ich das Gefühl, dich irgendwie überrumpelt zu haben. Es war alles perfekt für eine Verführung arrangiert. Dabei wollte ich dich nicht verführen. Ich wollte nicht, dass du mit mir ... das du es tust, weil ich mir so viel Mühe mit Champagner, Kerzen und romantischer Musik gemacht hatte. Außerdem hattest du auf nüchternen Magen viel zu viel getrunken. Du hattest einen Schwips.«

»Hatte ich nicht! Ich wusste ganz genau, was ich tat.« Lea starrte ihn erbost an. Er hatte sie zurückgestoßen, nur weil ihm plötzlich einfiel, dass sie vielleicht ein bisschen auch deshalb mit ihm schlafen wollte, weil er sie mit Champagner, Kerzen und einer romantischen Windmühle in Stimmung gebracht hatte? Nun schnaubte Lea so heftig vor sich hin, dass Vanessas feines Haar wie unter einem Windstoß hochflog.

»Ich will mir sicher sein, dass du dir sicher bist. Ohne den ganzen Firlefanz. Einfach nur unseretwegen. Du bist mir zu wichtig, um dich mit ein bisschen romantischem Getue zu erobern.« Seine Augen waren sehr dunkel, als er ihr ernst ins Gesicht sah.

»Aber warum hast du das dann alles erst organisiert?«, fragte sie völlig entgeistert.

»Weil ich dich so sehr wollte. Aber dann wurde mir klar, dass ich dich nicht überreden und einlullen wollte. Ich will dich nicht auf diese Art. Ich will dich, wenn dein Kopf klar ist und du ganz genau weiß, was du tust.«

»Das ist …« Lea stockte. War es wirklich verrückt, was er da redete, oder war es vernünftig, klar und wunderschön? Verwirrt schüttelte sie den Kopf, doch das half nichts. Dies war wohl nicht der Tag und die Stunde, um sich darüber klar zu werden. Später würde sie darüber nachdenken, wenn hoffentlich Max wohlbehalten wieder aufgetaucht war.

Lea wandte sich an Vanessa und bemühte sich um ein verbindliches Lächeln. »Das also ist Stephan. Darf er dich nun ein bisschen herumtragen?«

Vanessa zuckte die Achseln. »Wenn er unbedingt will«, sagte sie gnädig und streckte mit der Huld einer Stummfilmdiva die Arme aus, um auf Stephans Arm hinüberzuwechseln.

Gerade hatten Lea und Stephan gemeinsam beschlossen, zurück in Richtung Krankenhaus zu gehen, als neben ihnen ein Polizeiauto hielt, aus dem ein freudestrahlender, stolzer Max kletterte.

»Wir sind ein Stück mit Blaulicht gefahren«, verkündete er triumphierend.

»Ich will auch Blaulicht«, reagierte Vanessa prompt in der gewohnten Weise.

»Keine Chance! Du wirst uns nicht auch noch weglaufen. Wenn du willst, kannst du ein paar Wunderkerzen haben, die sind noch viel schöner als Blaulicht.« Stephan ließ sie herunter, damit sie ihren heldenhaften Bruder aus der Nähe bewundern konnte.

»Gott sei Dank!«, sagte Lea aus tiefstem Herzen und begann vor lauter Erleichterung zu zittern.

»Sind Sie die Eltern?«, erkundigte sich einer der Polizisten, die mittlerweile ebenfalls ausgestiegen waren.

»Wir haben die Vermisstenanzeige aufgegeben. Max ist der Sohn einer Freundin.« Lea lehnte sich an einen Laternenpfahl und faltete die Hände vor dem Bauch, damit niemand ihre zitternden Finger bemerkte.

»Er ist in einen Bäckerladen marschiert und wollte sich ein Frühstücksbrötchen kaufen. Weil er kein Geld bei sich hatte und erzählte, er wüsste nicht so genau, wo seine Eltern sind, hat die Verkäuferin ihn dabehalten und uns angerufen.«

Aus irgendeinem Grund ließ es sich an dieser Stelle nicht mehr umgehen, dass Lea in Tränen ausbrach. »Er hatte Hunger«, schluchzte sie. »Ich hätte ihm etwas zu essen geben müssen. Aber das mit Tina war doch auch eilig.«

»Es ist alles in Ordnung. Nichts passiert.«

Als ihr auffiel, dass Stephans Stimme viel zu dicht an ihrem Ohr war, hatte er sie schon längst tröstend an sich gezogen. Sie hatte nicht die Kraft, sich zu wehren, sondern weinte hemmungslos in den weichen Stoff seines Hemdes. Dies war definitiv nicht der Moment, sich noch länger Gedanken über ihr Bild einer eigenständigen Frau zu machen. Das würde sie später erledigen.

Sie hörte, wie Stephan mit den Polizisten sprach, achtete aber nicht auf die Worte, die gewechselt wurden, und tauchte nur kurzfristig aus Stephans Umarmung auf, um mühsam einen Dank zu murmeln, als die Beamten sich verabschiedeten. Erst als Stephan ihr vorsichtig die tränenfeuchten Haarsträhnen aus dem Gesicht strich und ihr ein Papiertaschentuch in die Hand drückte, gewann sie mühsam ihre Fassung wieder und befreite sich vorsichtig aus seiner Umarmung.

»Tut mir Leid. Ich weiß auch nicht ... Normalerweise bin ich gar keine Heulsuse. Ich weiß auch nicht, wieso du mir dauernd Taschentücher reichen musst.« Sie putzte sich die Nase, wischte sich mit dem Handrücken über die Augen und schenkte den Kindern, die sie interessiert ansahen, ein schiefes Lächeln.

»Weinen ist nicht verboten.« Stephan reichte ihr ein weiteres Taschentuch und sah sie so liebevoll an, dass sie rasch den Kopf abwandte, weil sie sicher war, einfach schrecklich auszusehen.

»Ich komme mir vor wie ein hysterisches Huhn«, murmelte sie und versuchte an Stephan vorbei einen Blick auf ihr Spiegelbild in der Schaufensterscheibe zu erhaschen, was ihr aber zum Glück nicht gelang.

»Du hast mich noch nicht erlebt, wenn in einem Film der Held dran glauben muss.« Stephan berührte sie leicht an der Schulter, blieb aber ansonsten auf Abstand.

Obwohl sie nicht vorgehabt hatte, ihn freiwillig aus der Nähe in ihr verheultes Gesicht sehen zu lassen, hatte sie ihm überrascht den Kopf zugewandt, bevor sie etwas dagegen tun konnte. »Du weinst im Kino?«

Sein Lächeln war wie eine Umarmung. »Sogar beim Fernsehen, was besonders peinlich ist. Im Kino ist es wenigstens dunkel.«

»Du sagst das nur, damit ich mir nicht so blöd vorkomme, wenn ich hier heulend an der Ecke stehe!«

»Du könntest versuchen herauszufinden, ob ich die Wahrheit sage. Natürlich brauchst du ein bisschen Geduld, denn der Film muss richtig gut gemacht sein.« Sein Lächeln war auch in seiner Stimme.

»Ich weiß nicht, ob ich das wirklich wissen will«, machte sie hastig einen Rückzieher und putzte sich noch einmal die Nase, obwohl das gar nicht nötig gewesen wäre.

Dann beschloss sie, dass sie sich ausnahmsweise auch für die nächste halbe Stunde erlauben würde, schwach zu sein. Sie war immer noch entsetzlich müde und es war ein so gutes Gefühl, dass Stephan sich so selbstverständlich und effizient um alles kümmerte.

Zunächst rief er für sie im Krankenhaus an, wo er erfuhr, dass Tinas Untersuchungen noch nicht abgeschlossen seien, aber nichts auf eine Gefährdung der tatsächlich vorliegenden Schwangerschaft hindeute. Dann erklärte er, er würde nun Lea und die Kinder in Leas Wohnung fahren, wo er dafür sorgen würde, dass sie zunächst frühstückten und sich dann noch einmal schlafen legten. Um Tina und ihren Wagen, der noch auf dem Krankenhausparkplatz stand, würde er sich anschließend kümmern.

»Ich lasse dich das alles nur tun, wenn du mir erlaubst, mich um dich zu kümmern, wenn der Tod eines Filmhelden dich das nächste Mal wirklich mitnimmt«, murmelte Lea, während sie sich auf den Beifahrersitz von Stephans Wagen fallen ließ.

»Ich tue es überhaupt nur unter dieser Bedingung«, antwortete er von hinten, wo er damit beschäftigt war, die Kinder anzuschnallen, die mittlerweile verdächtig ruhig waren.

»Gut.« Lea schloss die Augen und machte ein kleines Nickerchen, während Stephan den Wagen durch die Straßen zu ihrer Wohnung lenkte.

XVIII

»Sie sind entzückend, aber jetzt muss ich mich erst mal zwei bis drei Wochen von ihnen erholen.«

Lea stand neben Stephan am Fenster und sah zu, wie Sabine und Hilko ihren Nachwuchs auf den Rücksitzen ihres Vans festschnallten.

»Ich finde, du gehst wirklich wunderbar mit ihnen um.« Ganz leicht nur streifte Stephans Hand ihre Schulter. Fast den ganzen Tag war er in ihrer Nähe gewesen und hatte dennoch sorgfältig darauf geachtet, körperlichen Abstand zu wahren.

»Wenn mir die lieben Kleinen nicht gerade in einem Krankenhaus verloren gehen. So toll bin ich als Ersatzmutter nun auch nicht.«

Lea seufzte und reckte sich, während sie zusah, wie die Familienkutsche der Schreiers um die Straßenecke verschwand. Nachdem Stephan sie und die Kinder zurück in ihre Wohnung gebracht und dafür gesorgt hatte, dass sie ausgiebig frühstückten, waren Vanessa und Max ganz freiwillig noch einmal in ihre Schlafsäcke gekrabbelt, und Lea hatte ebenfalls den Vormittag verschlafen. Jetzt fühlte sie sich wieder stark genug, um ihr Leben selbst in die Hand zu nehmen, wie es sich gehörte. Dennoch genoss sie weiterhin Stephans Gegenwart und wünschte sich zu ihrem eigenen Erstaunen plötzlich von seiner Seite etwas mehr Aktivität als eine sanfte Berührung ihrer Schulter.

»Da Tina ja tatsächlich schwanger ist und ihre befürchtete Fehlgeburt nur eine Magenverstimmung von zu vielen Süßigkeiten und Chips war, werde ich ja wahrscheinlich bald noch mehr Gelegenheit zum Üben bekommen. Falls Tina mir nach dem, was heute passiert ist, ihren Nachwuchs überhaupt anvertraut.«

»Das wird sie ganz sicher tun.« Wieder war da eine ganz sanfte Berührung, diesmal zwischen ihren Schulterblättern.

»Du warst übrigens auch ganz toll mit den Kindern. Heute Morgen und heute Nachmittag im Park.« Sie tat so, als würde sie nicht bemerken, dass sein Atem sie am Hals kitzelte, weil er näher an sie herangetreten war.

Doch dann wandte sie sich vom Fenster ab und sah ihm mutig in die Augen.

»Ich habe außer Kaffee und Mineralwasser nichts getrunken. Und ich sehe weit und breit weder eine Windmühle noch eine Kerze«, sagte sie leise.

»Das ist gut!« Sein Mund senkte sich auf ihren, und diesmal spürte sie keine Zurückhaltung, nur unverhohlene Leidenschaft, die sie voller Freude erwiderte.

»Hoffentlich können wir gelegentlich dann auch mal wieder eine Kerze anzünden, ohne dass du gleich wieder Bedenken hast«, lächelte sie mitten in seine Augen, als sie für einen Moment ihre Lippen voneinander lösten, um Atem zu schöpfen.

»Vielleicht.« Sein Lächeln ließ die Flammen in ihrem Herzen noch höher lodern. An diesem Nachmittag brauchte sie keine Kerzen und erst recht keinen Champagner. Sie brauchte nur Vertrauen in ihre Gefühle.

Langsam hob sie die Hände und knöpfte das weite Flanellhemd auf, das sie über ihrer Jeans trug. Es hatte Grasflecken vom Herumtollen auf der Wiese im Park, wo sie mit Max im Gras herumgekugelt war, während Stephan auf Knien und Händen Vanessa als Pferd gedient hatte. Und darunter trug sie nicht etwa einen schwarzen Push-up oder einen ihrer zarten Spitzen-BHs, in denen sie Frank gelegentlich sogar während der Sportschau erfolgreich verführt hatte, sondern ein schlichtes weißes Baumwollmodell. Dennoch fühlte sie sich schöner und begehrenswerter denn je, als sie die Bluse über Schultern und Arme zu Boden gleiten ließ, während Stephans Blick auf ihr ruhte.

Seine Augen streichelten sie, während er sein eigenes Hemd aufknöpfte und ebenfalls achtlos auf den Boden warf.

»Wenn du wüsstest, wie sehr ich dich will.« Sein Flüstern war rau und atemlos.

Leas Knie waren plötzlich so weich, dass sie sich an ihn lehnen musste, um nicht zu Boden zu gehen.

»Ich glaube, ich weiß es«, flüsterte sie ihm zu, während sie ihren Bauch gegen den Widerstand hinter dem Reißverschluss seiner Jeans presste.

»Nein. Du hast keine Ahnung. Damit hat das nichts zu tun.« Sein Lächeln wirkte etwas angespannt, und auf seiner Oberlippe standen winzige Schweißperlen. »Obwohl ich wahrscheinlich sterbe, wenn ich nicht endlich aus dieser Hose herauskomme.«

Sie schob die Hand zwischen ihren und seinen Körper und legte sie sanft auf die Wölbung in seiner Hose, was ihm ein unterdrücktes Stöhnen entlockte.

»Es könnte auch sein, dass ich noch vor dir vor Verlangen schlichtweg vergehe, wenn du nicht endlich die Hose ausziehst.« Sie rang nach den Worten und nach Atem.

Dann öffnete sie mit einem Ruck seinen Reißverschluss, schob ungeduldig den Stoff seiner Boxershorts zur Seite, befreite ihn mit einem Griff, hielt ihn fest und streichelte ihn und fühlte seine seidenglatte Härte und das Zucken seiner Lust. Mehr als alles andere aber spürte sie, dass sie sich tatsächlich vor lauter Sehnsucht, ihn endlich zu spüren, fast auflöste.

Als er seine Hand zwischen ihre Schenkel schob, drängte sie sich ihm entgegen, während es heiß aus ihr herausfloss. Ihr Atem ging so heftig, dass sie nicht einmal das Geräusch wahrnahm, mit dem der Reißverschluss ihrer Jeans nach unten glitt, oder das Rascheln des Stoffes hörte, als er Hose und Höschen über ihre Schenkel nach unten schob. Leise seufzend spürte sie den Druck seiner Finger, die sie aufreizend streichelten, und schämte sich nicht eine Sekunde für all die Feuchtigkeit, die er sanft verrieb.

Er ließ sie nur für einen kurzen Moment los, um aus seiner Hose zu steigen, dann legte er die Hände auf ihre Hüften und setzte sie auf die Kante des kleinen Esstisches an der Wand. Lea sah ihm in die Augen, ertrank in der Tiefe seiner Pupillen und öffnete ihre Schenkel für ihn.

Atemlos starrten sie einander an. Seine Erektion deutete auf die feucht glitzernden, rotbraunen Locken zwischen ihren Beinen. Nur Zentimeter waren noch zwischen ihnen, eine ganze Welt aus Verlangen und Sehnsucht.

Aufseufzend schlang sie die Beine um seine Hüften, zog ihn zu sich heran, meinte, keine Sekunde länger den Raum zwischen ihren beiden Körpern ertragen zu können.

»Oh nein! Diesmal habe ich wirklich keine dabei!«

»Keine was?« Sie keuchte, konnte nicht mehr denken, konzentrierte all ihr Sein auf ihre pulsierende Sehnsucht.

»Kondome.«

Er rückte von ihr ab. Millimeter nur, aber er tat es. Eine Sekunde lang überlegte sie, das Risiko einzugehen, dann löste sie die Umklammerung ihrer Beine an seinen Hüften und ließ sich zu Boden gleiten.

»Komm mit.« Sie führte ihn an der Hand in ihr kleines Bad, suchte in der Schublade des Spiegelschränkchens unter Tablettenpackungen und alten Lippenstiften und zog ihn weiter ins Schlafzimmer.

»Eigentlich hätte ich dich wegschicken müssen, zumindest zum Einkaufen in die nächste Notdienstapotheke«, flüsterte sie ihm zärtlich zu, bevor sie ihn umarmte und sich rückwärts auf die weiche Matratze fallen ließ, so dass sie ihn mit sich zog. »Als Strafe für deine Schwindelei im Garten hinter der Mühle. Damals hattest du Kondome bei dir und wolltest sie nicht benutzen. Diesmal hast du keine und willst sie offensichtlich sehr wohl zum Einsatz bringen.«

Ihr wäre das Herz gebrochen, wenn sie ihn hätte gehen lassen müssen, selbst für ein paar Minuten. Aber das verriet sie ihm nicht.

»Wie gut, dass du nicht rachsüchtig bist.« Sein Atem streichelte ihr Gesicht, und sein Gewicht drückte sie tief in die Matratze. Sie genoss es, ihn so schwer und hart und nah zu fühlen.

»Freu dich nicht zu früh!«

Lächelnd wand Lea sich unter ihm hervor und gab ihm einen Schubs, so dass er auf dem Rücken lag. Stephan stöhnte leise auf, als sie die Finger um seinen Penis legte und ihn sanft massierte, während sie eines der eingeschweißten Plastikpäckchen aus der kleinen Schachtel nahm.

Nachdem sie ihm das Kondom zärtlich übergestreift hatte, sahen sie einander lange stumm in die Augen. Keiner von beiden rührte sich, und doch hatte Lea nie zuvor eine so starke erotische Spannung gespürt. Jede Faser ihres Körpers wollte in diesen atemlosen Momenten nur das eine: ihn spüren. Ohne Zweifel, ohne Zögern und voller Hingabe.

Und genau das geschah. Sie spürte seine Zärtlichkeit und seine Leidenschaft, als er ihren Körper erforschte, ohne ihrem Flehen nachzugeben, sie endlich zu nehmen. Unter seinen Händen und seinen Lippen bäumte sie sich auf und ihm entgegen, suchten ihre Hände und ihr Mund seine Haut.

Sanft und unnachgiebig streichelte er sie einem Höhepunkt entgegen, der sie in dem Moment, in dem er sie überrollte, fast wütend machte, weil sie den Mann, der ihr so nahe war, mitnehmen wollte. Doch dann verging sie einfach nur unter seinen Händen, gehalten von seinem Blick.

Als er endlich mit einer einzigen, fließenden Bewegung in sie hineinglitt, hieß sie ihn mit einem triumphierenden Aufschrei willkommen. Ihre Muskeln spannten sich an und umklammerten ihn, wollten ihn halten und nicht mehr freilassen. Aber er ließ sich nicht halten, zog sich weit zurück und glitt wieder vor, tief und noch tiefer.

Sie schluchzte auf, hob ihre Hüften, schlang die Beine um seine Taille, empfing seine Stöße wie Geschenke, die sie gierig nach mehr machten, die sie aber vor allem mit all ihrer Liebe und Hingabe erwidern wollte.

Als er plötzlich innehielt, tief in ihr, sein Gesicht dicht über ihrem, ein ferner Glanz in den Augen, wurde sie wie in einem schwarzen Wirbel in die Tiefe seiner Pupillen gezogen.

Dies war der Augenblick, in dem sie nicht mehr spüren konnte, wo ihr Körper aufhörte und die Welt um sie herum begann. Sie war eins mit sich, mit dem Mann, der ihr dieses Gefühl schenkte, mit dem Kissen, auf dem ihr Kopf lag, der Wolke, die vor dem Fenster stand, und den Stäubchen, die im Licht der tief stehenden Sonne vor dem Fenster tanzten.

Sie fiel und stieg in derselben Sekunde, war angekommen und spürte doch die Kraft, auch das fernste Ziel zu erreichen.

Als Stephan mit einem tiefen Seufzer für den Bruchteil einer Sekunde den Blick von ihrem Gesicht nahm, seine Hüften zuckend noch fester an ihre presste und dann zischend nach Luft rang, hielt sie ihn so fest, dass schon nach der ersten Sekunde ihre Arme schmerzten. Aber sie lockerte ihre Umarmung nicht, hielt ihn, bis das Zucken abebbte und das Flackern in seinen Augen erstarb, um einem Glanz Platz zu machen, in dem sie sich selbst sehen konnte.

»Oh!«, machte sie, erstaunt und gleichzeitig sicher, dass sie gefunden hatte, wonach sie so lange gesucht hatte, ohne es überhaupt zu wissen.

»Oh!«, erwiderte Stephan, und das leichte Heben seiner Mundwinkel zeigte ihr, dass auch er etwas über Suchen und Finden gelernt hatte.

Und dann lachten sie gemeinsam, zärtlich und leise, und sahen einander dabei in die Augen.

»Wie soll ich es ihm denn nur sagen?« Nervös knibbelte Tina an ihren Fingernägeln und strich sich zwischendurch über ihren immer noch flachen Bauch. »Im Grunde ist es ja gar nicht so eilig mit der großen Aussprache. Das Kind wird schließlich erst in acht Monaten geboren. Er ist und bleibt verheiratet, das hat er mir von Anfang an gesagt. Also reicht es, wenn er es irgendwann kurz vor der Geburt oder so erfährt.«

»Kurz vor der Geburt oder so?« Lea ließ die Finger von der Tastatur sinken. »Wie stellst du dir denn das vor, wenn du hier erst mal mit dickem Bauch und geschwollenen Beinen herumläufst?«

»So lange muss ich ja nicht warten«, gestand Tina ein. »Ich meine nur, dass es nicht so eilig ist.« Da es nichts gab, was ihr den Appetit verderben konnte, nicht einmal ihre morgendliche Übelkeit, biss Tina herzhaft in das Stück Streuselkuchen, das zu ihrem heutigen Frühstück gehörte.

»Iss nicht so viel Süßes. Ich habe keine Lust, dich schon wieder als Notfall ins Krankenhaus zu schaffen!«, wiederholte Lea mechanisch ihre tägliche Ermahnung. Seit jenem Horrormorgen nach Tinas Pfirsichring- und Chips-Orgie war die schwangere Freundin munter wie ein Fisch im Wasser, aber trotzdem konnte Lea es sich nicht verkneifen, immer wieder auf die vermeintliche Fehlgeburt, die sich als profane Magenverstimmung entpuppt hatte, hinzuweisen.

Tina zuckte wie gewohnt die Achseln. »Ich brauche jetzt viel Energie für mein Kind und mich«, verkündete sie und griff ungerührt nach einem zuckrigen Kirschkrapfen.

»Hat Jürgen dir eigentlich von Anfang an gesagt, dass er sich niemals von seiner Frau trennen wird?«, wechselte Lea das Thema, da sie im Bereich Süßigkeiten, Kuchen und sonstige Nahrungsmittel ohnehin keine vernünftigen Reaktionen von Tina erwarten konnte.

»Nicht direkt.« Im Sonnenlicht tanzten beim Sprechen feine Kuchenkrümel zwischen Tinas Lippen hervor. »Aber das ist doch klar. Er hat mir auch nie gesagt, dass er sich trennen wird. Warum sollte sich das plötzlich ändern, nur weil ich schwanger bin? Er ist ein verheirateter Mann mit einer Geliebten. Wann hört man schon, dass die Geliebte zur Erstfrau aufsteigt? Außerdem will ich auch gar nicht, dass er mich nur wegen des Kindes heiratet.«

»Jedenfalls musst du so schnell wie möglich mit ihm über die Situation sprechen, die unerwartet eingetreten ist.« Auch in dieser Aufforderung hatte Lea schon einige Routine, denn die sonst so tatkräftige Tina schob das entscheidende Gespräch mit dem Vater ihres Kindes seit gut zwei Wochen vor sich her.

»›Situation, die unerwartet eingetreten ist‹, ist gut!« Tina schraubte das Glas mit sauren Gurken auf, das neuerdings ein fester Bestandteil ihrer morgendlichen Mahlzeit war, seit Lea verkündet hatte, den Geruch von rohem Sauerkraut vor zwölf Uhr mittags nicht ertragen zu können. »Ich habe Statistiken gelesen. Beim Gebrauch von Kondomen, was wir sorgfältig und regelmäßig getan haben, hätte ich frühestens nach acht bis zehn Jahren schwanger werden dürfen. Statistisch gesehen.«

»Dann gibt es jetzt eben eine andere Frau, die erst nach sechzehn bis zwanzig Jahren schwanger wird.«

»Ist sowieso Quatsch mit der Statistik und so.« Tina fuchtelte heftig mit einer sauren Gurke durch die Luft und verteilte Essigtröpfchen wie einen Sprühregen über die Papiere auf ihrem Schreibtisch. »Passiert ist passiert. Und irgendwie ist es ein Geschenk, egal, ob man es sich gerade gewünscht hat oder nicht.«

»Genau! Geh doch gleich zu ihm, und lass ihn an der Freude über dieses Geschenk teilhaben. Morgens ist es am günstigsten. Um zehn ist Redaktionskonferenz, und danach ist er meistens unterwegs.«

»Bin noch nicht mit dem Frühstück fertig.« Hastig angelte Tina sich eine weitere Gurke aus dem Glas. »Morgen ist es außerdem viel günstiger. Da hat er, glaube ich, nicht so viele Termine.«

Auf diese Bemerkung sparte Lea sich die Erwiderung und sah die Freundin nur lange und stumm an.

»Okay. Ich esse noch fertig, und dann gehe ich.« Obwohl der Schwung, mit dem Tina in die nächste Gurke biss, leicht gebremst wirkte, schien sie ihren guten Appetit immer noch nicht verloren zu haben.

Lea wandte sich ihrem Monitor zu, tippte endlich ihr Passwort ein und beobachtete, wie sich das Bild aufbaute. Dann machte sie sich daran, einen Artikel über das Sommerfest im Geschwister-Scholl-Gymnasium zu schreiben, welches am Vortag eine zwar ziemlich verregnete, aber doch irgendwie heitere Angelegenheit gewesen war. Allerdings erschien Lea in letzter Zeit vieles in höchstem Maße erbaulich, was ihr früher nicht einmal ein müdes Lächeln entlockt hätte. Das war Stephans Verdienst, daran gab es keinen Zweifel.

»Meinst du, ich sollte jetzt gehen?« Tina knüllte geräuschvoll die Papiertüte zusammen, die bei ihrer Ankunft noch bis oben mit Gebäck gefüllt gewesen war, und schraubte den Deckel auf das Glas, in dem noch eine einzige, einsame Gurke schwamm.

»Bring es einfach hinter dich. Vielleicht freut er sich ja tatsächlich und ist dir furchtbar böse, dass du es ihm nicht früher gesagt hast.«

»Vielleicht.« Tina zögerte nur ganz kurz, bevor sie den Raum verließ, um sich auf den Weg zu Jürgen Bruhns zu machen.

Nachdem Lea einen Moment lang nachdenklich die Tür angestarrt hatte, die hinter der Freundin ins Schloss gefallen war, machte sie sich wieder an die Arbeit. Als Erstes fiel ihr ein, dass sie ihre E-Mails noch nicht gelesen hatte, was immerhin eine gute Ausrede war, um die Arbeit an dem nicht besonders spannenden Artikel noch eine Weile aufzuschieben. Wie üblich fand sie eine Menge interner Mitteilungen und einige Briefe für Frau Sibylle. Die unterste Nachricht in der Liste trug den Absender Johann Priebe. Nachdem Lea diese Mail geöffnet und überflogen hatte, sprang sie hektisch auf, schnappte sich ihren Rucksack, raste zur Tür, machte noch einmal kehrt, um die Digitalkamera aus der Schreibtischschublade zu holen, und stand gleich darauf vor dem Empfangspult im Eingangsbereich der Redaktion.

Valeria lackierte sich die Fingernägel, während sie, das Headset zum Schutz ihrer Frisur mit dem Bügel nach unten in die Ohren gehängt, gleichzeitig telefonierte.

»Nein, Herr Lück ist noch nicht im Haus, das sagte ich Ihnen doch bereits«, teilte sie gerade mit ungeduldigem Augenrollen und noch ungeduldigerer Stimme dem Anrufer mit. Gleichzeitig nickte sie Lea zu und widmete sich dann wieder der Aufgabe, den pinkfarbenen Lack gleichmäßig auf ihren linken Daumennagel aufzutragen.

»Nein, ich kann Herrn Lück nicht ausrichten, dass der TSV Schillsdorf dreizehn zu zwölf gegen irgendeinen anderen TSV gewonnen hat. Sie müssen mit Herrn Lück persönlich sprechen, wenn Sie ihm das mitteilen wollen. – Ja, auch wenn Sie selbst bereit sind, einen Artikel über dieses Ereignis zu schreiben. – Nein, ich weiß nicht, wann Herr Lück kommt. Normalerweise ist er um diese Zeit schon da, aber vielleicht spielt gerade irgendwo irgendein TSV gegen einen anderen, und er sieht sich das an.«

»Ich muss weg«, mischte Lea sich in das Gespräch ein.

»Gleich.« Valeria wedelte mit der Hand durch die Luft, damit der Lack schneller trocknete.

»Nein, mit *gleich* meine ich nicht Herrn Lück. Er kommt *nicht* gleich. Das heißt, ich weiß nicht, wann er kommt.« Noch mehr dramatisches Augenrollen und ein verständnisheischender Blick in Leas Richtung. »Ob jemand anders mit Ihnen reden könnte?«

Lea reagierte auf Valerias fragenden Blick mit heftigem Kopfschütteln.

»Herrn Lücks Kollegin sagt, sie könne nicht mit Ihnen reden. Sie ist für lokale Meldungen zuständig, nicht für Sport.« Valeria schraubte ihr Nagellackfläschchen zu, schüttelte es heftig, öffnete es wieder und begann die Nägel ihrer rechten Hand zu lackieren.

»Ich will mich nur kurz abmelden«, versuchte Lea die Pause zu nutzen, in der der Anrufer Valeria wortreich irgendetwas mitteilte.

»Gleich, Lea.« Valeria winkte beruhigend und farbenfroh leuchtend mit der Linken. »Nein, Herr ... ähhhh ... Ich weiß nicht, wann Herr Lück kommt. Das sagte ich Ihnen bereits. Versuchen Sie es einfach in einer Stunde noch mal. Nein, es gibt keinen Vorgesetzten, mit dem Sie sprechen können. Unser Chefredakteur ist gerade in einer wichtigen Besprechung. Ich kann Sie auf keinen Fall mit ihm verbinden.«

»Was man so Besprechung nennt«, wisperte Valeria Lea augenzwinkernd zu, nachdem sie die Hand über das Mikrophon ihres Headsets gelegt hatte.

Lea tat, als hätte sie nichts gehört, und bemühte sich krampfhaft, nicht darüber nachzudenken, was wohl gerade hinter Jürgen Bruhns' geschlossener Tür vor sich ging und wie er wohl auf Tinas Eröffnung reagierte – falls sie es ihm tatsächlich sagte, was Lea nach all dem Hin und Her und den vielen Aufschüben noch nicht so ganz glauben konnte.

»Ja, ich kann Ihnen die anwesende Kollegin von Herrn Lück kurz geben. Dann wird sie Ihnen selbst sagen, dass sie für Sportmeldungen nicht zuständig ist!« Valeria zerrte sich das Headset vom Kopf und reichte es Lea über den Empfangstresen hinweg.

»Was soll ich denn ...« Lea starrte den Kopfhörer an wie eine Schlange, die sie unweigerlich beißen würde, sobald sie sie berührte.

»Sag ihm einfach, dass du mit Sport nichts zu tun hast.« Gelassen tunkte Valeria den kleinen Pinsel in das Nagellackfläschchen.

»Aber ich habe keine Zeit! Außerdem ...« Ein Blick auf die konzentriert ihre Nägel lackierende Valeria zeigte Lea, dass sich offenbar niemand für ihr Argument interessierte. Mit zusammengekniffenen Lippen stülpte sie sich den Kopfhörer über.

»Fürst!«, bellte sie möglichst energisch in das kleine Mikrofon.

Dem Redeschwall, der daraufhin auf sie losgelassen wurde, schenkte sie keine Aufmerksamkeit, sondern wartete lediglich auf eine Atempause am anderen Ende der Leitung. Zu Beginn ihrer Tätigkeit beim »Anzeiger« hatte sie häufig aushilfsweise an der Telefonzentrale gesessen und sich eine gewisse Routine im Umgang mit einer bestimmten Art von Anrufern angeeignet.

»Ich würde Ihnen wirklich gern helfen«, nutzte sie die Chance, als der Anrufer gezwungen war, Atem zu holen, »aber was Fußball betrifft, bin ich eine völlige Niete. Ich habe nicht die geringste Ahnung, was zum Beispiel Abseits bedeutet. Und seit ich mit einem Torwart liiert war, der jedes noch so schlechte Fußballspiel dem Zusammensein mit mir vorgezogen hat, hasse ich Bälle jeder Art. Es ist eine Art Trauma. Ich kann Sie nur bitten, Verständnis dafür zu haben.«

Vom anderen Ende der Leitung kam so etwas wie ein teilnahmsvolles Gemurmel.

»Es wäre also sehr nett, wenn Sie Herrn Lück in ein oder zwei Stunden anrufen würden. Ist das in Ordnung für Sie?«

»Okay«, kam es erstaunlich folgsam zurück. »Das mit dem Torwart tut mir Leid.«

»Mir auch.« Lea musste plötzlich lächeln. »Sind Sie etwa auch einer?«

»Nein. Linksaußen.«

»Haben Sie eine Freundin oder eine Frau?«

»Nicht mehr. Sie hat sich von mir getrennt.«

Lea fragte vorsichtshalber nicht, was der Grund für die Trennung gewesen war.

»Dann wünsche ich Ihnen für das nächste Mal mehr Glück«, sagte sie stattdessen betont munter.

»Hören Sie. Sie klingen nett. Was würden Sie davon halten, wenn wir mal zusammen etwas trinken gehen? Zum Beispiel nächsten Samstag, nach meinem Spiel.«

»Tut mir Leid, aber ich bin frisch verliebt.«

Der Satz war heraus, bevor sie auch nur eine Chance gehabt hätte, darüber nachzudenken. Valeria saß plötzlich kerzengerade auf ihrem Stuhl und vergaß völlig, dass sie den Nagel ihres rechten kleinen Fingers noch nicht lackiert hatte.

»Komisch. Je schlechter man sie behandelt, umso toller finden sie einen«, wunderte sich Lea, als sie schließlich Valeria das Headset zurückreichte. Die Frage, weshalb sie offenbar eine merkwürdige Anziehung auf Amateurfußballer ausübte, behielt sie für sich.

»Tatsächlich? Sie haben mehr Interesse, wenn man sie am ausgestreckten Arm verhungern lässt?« Valeria riss die Augen so weit auf, dass rings um ihre Iris das Weiße zu sehen war.

»Irgendwie schon.«

Unübersehbar arbeitete es hinter Valerias Stirn.

»Ich muss ganz eilig weg und werde wahrscheinlich auch zur Redaktionskonferenz noch nicht wieder da sein«, hatte Lea nun endlich Gelegenheit, Valeria vorschriftsmäßig mitzuteilen. »Es geht um die Geschichte mit dem Freizeitheim, falls Bruhns oder sonst jemand fragt.«

»Ist in Ordnung«, bemerkte Valeria großmütig und machte sich eine Notiz in Form eines Krakels auf ihrer Schreibtischunterlage, an dessen Bedeutung sie sich garantiert in einer halben Stunde nicht mehr erinnern würde.

An der Glastür zum Treppenhaus stieß Lea mit Bernd Lück zusammen. Im Hinausgehen hörte sie, wie Valeria ihm energisch erklärte, dass sie ihm heute weder Fotokopien machen noch im Archiv etwas für ihn recherchieren könne. Scheinbar hatte sie beschlossen, Leas Theorie über die erfolgreiche Behandlung von Männern sofort am lebenden Objekt zu testen.

XIX

Als Lea die in der E-Mail genannte Straßenkreuzung erreichte, war die Senioren-Protestaktion bereits in vollem Gange. In dem Moment, in dem Lea sich durch ein Knäuel von Neugierigen zum Schauplatz des Geschehens durchgekämpft hatte, warf Margarete Ollischewsky gerade fröhlich lachend den Kopf in den Nacken und ihre Bluse auf den Gehsteig. Darunter trug sie ein beigefarbenes Hemdchen mit Spitzeneinsätzen.

Zusammen mit Johann und einem weiteren Paar bildete Margarete eine der sieben oder acht Spielgruppen, die sich auf der Verkehrsinsel und den Gehwegen der belebten Kreuzung zusammengefunden hatten.

»Stripp-›Mensch-ärgere-dich-nicht‹«, teilte Margarete Lea fröhlich kichernd mit, als diese neben ihrem Stuhl auftauchte. »Uns ist heute danach, und da wir in Kürze ohnehin keine Räume mehr haben werden, um Gesellschaftsspiele zu spielen, probieren wir vorsorglich schon mal aus, wie wir auf der Straße zurechtkommen.«

Offenbar kamen die streitlustigen Herrschaften auf der Straße bestens zurecht. In allen Stadien der Entkleidung saßen sie auf den mitgebrachten Campingstühlen um die Klapptische herum und amüsierten sich abwechselnd über ihr Spiel und die Polizisten, die hilflos um sie herum schlichen, da sie nicht recht wussten, wie sie mit dieser Art von Demonstration und Demonstranten umgehen sollten.

Der Bürgermeister, der ebenfalls vor kurzem eingetroffen war, hielt sich im Hintergrund und beriet sich angeregt mit den Anzug- und Verantwortungsträgern seines Gefolges.

Lea fand fast auf Anhieb die Digitalkamera in ihrem Rucksack und schoss als Erstes einige Fotos vom ratlosen Gesicht des Bürgermeisters. Dann postierte sie sich wieder in der Nähe von Frau Ollischewskys Tisch, wo Johann Priebe gerade seinen Gürtel auf den Haufen abgelegter Kleidungsstücke neben dem Klapptisch warf.

»Du habst doch nichts dagegen, wenn ich dich so fotografiere?«, erkundigte Lea sich höflich.

Frau Ollischewsky hob den Kopf, während sie ohne hinzusehen nach dem Würfel griff. »Keinesfalls! Genau deshalb sitzen wir unter anderem hier«, erklärte sie fröhlich. »Aber vielleicht wartest du lieber noch ein paar Minuten, damit sich die Bilder wirklich lohnen.«

»Ich fange vorsichtshalber lieber jetzt schon an.« Aus den Augenwinkeln hatte Lea gesehen, dass der Bürgermeister die anwesenden Polizisten zu sich gewinkt hatte. Hastig hob sie die Kamera und knipste Margarete Ollischewsky in ihrem Hemdchen.

Mittlerweile näherten sich fünf Polizisten in einem Pulk. Dabei rückten sie so dicht zusammen, als ginge es darum, einer Bande schwer bewaffneter Angreifer gegenüberzutreten und nicht einem Häuflein »Mensch ärgere dich nicht« spielender älterer Herrschaften.

Als sie den Tisch, an dem Frau Ollischewsky saß, erreicht hatten, nahmen die Uniformierten höflich die Mützen ab und klemmten sie sich unter ihren linken Arm.

Lea machte ein schönes Foto davon, wie sich einer der Polizisten, der jüngste und kleinste, ängstlich hinter dem Rücken eines breitschultrigen Kollegen zu verstecken versuchte, was ihm auch fast gelang.

Die Spieler achteten nicht auf ihre Zuschauer, sondern begutachteten mit ernsten Gesichtern die Situation auf dem Spielbrett.

»Wenn ich jetzt eine Fünf oder eine Drei würfele, schmeiße ich dich raus, Margarete«, verkündete Johann und fügte ein wenig ängstlich hinzu: »Was willst du denn dann noch ausziehen?«

»Lass dich überraschen.« Margarete warf ihm einen verliebten Blick zu.

»Wir müssen Sie bitten, diese Versammlung aufzulösen«, wandte sich der Wortführer der Polizisten an Frau Ollischewsky, die ihm offenbar als Anführerin der Protestaktionen bekannt war.

»Wieso müssen Sie das?«, erkundigte Margarete sich interessiert. »Hat Ihnen das der Bürgermeister befohlen?«

»Niemand hat mir das befohlen!«, behauptete der Polizist, dessen Glatze sich von leichtem Rosa in ein leuchtendes Pink verfärbte. »Sie können hier nicht einfach sitzen und spielen.«

»Irgendwo müssen wir uns doch treffen«, mischte Johann sich ein und ließ den Würfel klappernd über die Plastikplatte des Tisches rollen.

»Dies ist eine nicht genehmigte Versammlung.« Der Polizist ignorierte Johann und behielt krampfhaft Frau Ollischewskys Gesicht im Auge, um nicht unversehens mit dem Anblick ihres Spitzenhemdchens konfrontiert zu werden.

»Oh nein! Diese Demonstration ist genehmigt«, verkündete Margarete Ollischewsky strahlend.

»Das hier ist keine Demonstration«, stellte der Polizist mit grimmiger Miene fest, die allerdings ihre Wirkung auf die Spieler schon deshalb verfehlte, weil sie ihn gar nicht ansahen, sondern gespannt beobachteten, welchen Zug Johann mit Hilfe der gewürfelten Zahl ausführen würde.

»Was ist es denn sonst?«, erkundigte sich die zweite Dame am Tisch, die einen hübschen roséfarbenen Unterrock trug.

»Erregung öffentlichen Ärgernisses«, kam es wie aus der Pistole geschossen zurück.

»Irrtum. Dazu ist jemand nötig, der sich belästigt fühlt.« Für einen Moment ließ Johann die Hand sinken, die er gerade ausgestreckt hatte, um seine Figur auf dem Spielbrett zu bewegen. »Mir scheint aber eher, die Menschen fühlen sich unterhalten. Die Autos fahren im Schneckentempo vorbei, und die Fußgänger bleiben stehen. Keiner wendet sich angeekelt ab, und niemand empört sich. Demnach gibt es auch kein öffentliches Ärgernis.«

An dieser Stelle der Diskussion begann Leas Handy in ihrem Rucksack seine Melodie zu dudeln. Sie trat einen Schritt zurück und wühlte das Telefon hervor.

»Ich habe es ihm gesagt!«, japste Tina ohne jede Einleitung.

»Das ist wirklich gut! Für dich und dein Baby und letzten Endes auch für ihn«, lobte Lea und versuchte nebenbei die Diskussion zwischen Ordnungshütern und Demonstranten zu verfolgen. »Es tut mir Leid, Tina, aber im Augenblick ist es sehr ungünstig«, sagte Lea hastig, als es mit gewohnter Lebhaftigkeit aus Tina heraussprudelte, wobei Lea wegen des Lärms um sich herum kaum mehr als einzelne Worte verstehen konnte. »Können wir nicht später in Ruhe ...«

»Ich platze, wenn ich nicht sofort mit jemandem reden kann!«

»Beruhige dich, Tina! Egal, was er gesagt hat, wichtig ist jetzt, dass du an dich und dein Kind denkst. Ich komme so bald wie möglich zurück in die Redaktion, und dann reden wir über alles.«

»Okay.« Tina atmete so tief durch, dass Lea diesen Atemzug trotz der erhobenen Stimmen der beiden Parteien auf dem Moltkeplatz deutlich hören konnte. »Ich esse noch eine saure Gurke und versuche mich zu beruhigen. Aber beeile dich!«

Nachdem sie mit schlechtem Gewissen die Unterbrechungstaste gedrückt hatte, tauchte Lea erst mit einer und dann mit beiden Händen in die Tiefen ihres Rucksacks, musste feststellen, dass sie ihren Notizblock in der Eile vergessen hatte, und behalf sich mit einer Hand voll Kassenzettel, um einige Stichworte aufs Papier zu werfen.

Mittlerweile hatte sich der Bürgermeister mitsamt seinen Getreuen zu der Gruppe um Frau Ollischewsky gesellt, und einige der grauhaarigen Spieler von den anderen Tischen waren ebenfalls hinzugetreten, was ein buntes Bild aus grünen Uniformen, dunklen Anzügen und den unterschiedlichsten Farben und Formen von Unterwäsche zwischen blütenweiß und rot kariert ergab.

Lea fotografierte aus allen Blickwinkeln und hörte nebenbei zu, wie der Bürgermeister leutselig und erfolglos versuchte, die Gemüter zu beruhigen. Einer der Polizisten hatte mittlerweile in der gaffenden Menge eine Frau gefunden, die bereit war, sich in ihrem Schamgefühl gestört zu fühlen, wenn Menschen, die ihre Eltern hätten sein können, sich auf offener Straße auszogen.

»Wir können zur Festnahme schreiten«, teilte der ranghöchste Polizist dem Bürgermeister stolz mit. »Der Tatbestand der Erregung öffentlichen Ärgernisses ist erfüllt.«

»Wunderbar! Endlich erregt sich die Öffentlichkeit!« Strahlend streckte Margarete Ollischewsky ihre Hände vor, wohl in freudiger Erwartung zuschnappender Handschellen. Dabei sah sie sich suchend nach Lea und Leas Kollegen vom »Abendblatt« um, der auch endlich aufgetaucht war und wie wild fotografierte.

»Dürfen wir im Gefängnis auch Interviews geben?«, erkundigte sich Johann und hielt ebenfalls nach Handschellen Ausschau.

»Gemach! Gemach!« Der Bürgermeister hob seine Stimme und gab sich sichtlich Mühe, sie tief und Vertrauen erweckend klingen zu lassen. »Wichtig ist es, miteinander zu reden. Gewalt ist keine Lösung.«

»Ich fühle mich durch all diese Menschen in Unterwäsche gestört ... ich meine, sittlich entrüstet!«, mischte sich lautstark die Frau mit Kräusellöckchen und Einkaufstasche ein. Offensichtlich hatte man ihr erzählt, sie würde als Sprachrohr des Volkes bei der Wiederherstellung der öffentlichen Ordnung eine wichtige Rolle spielen, und nun sonnte sie sich im Bewusstsein ihrer Wichtigkeit, ohne zu bemerken, dass sich das Interesse der Obrigkeit bereits wieder verlagert hatte. Zumal der Bürgermeister, allein oder mit Unterstützung der ihn begleitenden Anzugträger, erkannt hatte, dass es nicht in seinem Sinn sein konnte, wenige Monate vor den Wahlen ein paar »Mensch ärgere dich nicht« spielende Senioren ins Gefängnis werfen zu lassen.

Der Aufruhr endete verhältnismäßig rasch, indem der Bürgermeister Frau Ollischewsky und einigen ihrer Getreuen einen ganzen Nachmittag als Gesprächstermin zusagte.

»Genug Zeit, um eine Lösung zu finden, die allen Seiten gerecht wird«, erklärte er, leicht seitlich in Richtung der Pressevertreter gewandt. »Dies ist eine Stadt, in der Jung und Alt ihr Recht und ihre Stimme haben. Dafür stehe ich mit meinem Namen.«

Leas Kollege vom »Abendblatt«, ein etwa neunzehnjähriger Praktikant, kritzelte eifrig auf seinem Block herum, sie selbst hatte schon zu häufig gehört, dass Friedhelm Anselm für alles und jedes mit seinem Namen stand, wenn er es für wahlwirksam hielt. Außerdem waren die Rückseiten ihrer Kassenzettel bereits beschrieben.

»Ich schlage vor, Sie räumen dann Ihre Sachen zusammen und setzen Ihr lustiges Spiel vielleicht im Freizeitheim fort, das ja immerhin noch zu Ihrer Verfügung steht«, fuhr der Bürgermeister fort, wobei er sich eines Tons bediente, der nach einem geduldigen, wenn auch unter Stress stehenden Vater klang, der seinen Kleinen Vernunft beizubringen versuchte.

Frau Ollischewsky legte den Kopf in den Nacken und lachte. »Später vielleicht! Noch ist ja nicht sicher, ob wir uns nicht doch an diesen Ort als Treffpunkt gewöhnen müssen, wenn das Freizeitheim tatsächlich geschlossen wird. Außerdem bin ich gerade beim Gewinnen. Und ich möchte wirklich gerne Johanns neue, modische Boxershorts sehen, von denen er mir erzählt hat.«

»Das stört mich in meinem sittlichen Empfinden«, krakeelte die öffentliche Meinung sofort, schwang ihre Einkaufstasche und ließ kämpferisch die Löckchen wippen.

Die Polizei war auch sofort wieder zur Stelle, jedoch dauerte es wirklich nur noch fünf Minuten, in denen Margarete und ihre Mitstreiter sich scheinbar ohne jeden Hintergedanken auf ihr Spiel konzentrierten, bis Margarete als Siegerin feststand und Johann erklärte, er würde ihr die topmodischen Boxershorts, die übrigens schwarz mit weißen Häschen darauf seien, doch lieber zu Hause vorführen.

Lea zwinkerte Frau Ollischewsky zu, hielt sich als Zeichen dafür, dass sie demnächst telefonieren würden, einen imaginären Telefonhörer ans Ohr und machte sich eilig auf den Rückweg zur Redaktion. Sie hatte es schon deshalb eilig, weil sie vor ihrem geistigen Auge eine in Tränen aufgelöste Tina vor sich sah, die nun endgültig der Tatsache ins Augen blicken musste, dass sie ihr Kind allein großziehen würde.

Als Lea das gemeinsame Büro betrat, war es leer. Von Tina keine Spur. Ob sie immer noch in Jürgen Bruhns' Büro war?

Lea stellte ihren Rucksack ab und ging zurück in den Eingangsbereich, wo Valeria wie üblich damit beschäftigt war, ihre frisch lackierten Nägel zu bewundern.

»Die Farbe heißt ›Longing for you‹«, erklärte Valeria verträumt. »Wie findest du sie?« Sie hielt Lea ihre Hand so dicht unter die Nase, dass diese schielen musste, um überhaupt etwas von dem sehnsüchtigen Pink zu sehen.

»Toll«, erklärte Lea brav.

»Soll ich dir die Nägel auch mal lackieren?« Begeistert von so viel Zustimmung kramte Valeria bereits nach ihren Maniküre-Utensilien.

»Ein andermal gern, aber heute habe ich überhaupt keine Zeit.« Erschrocken versteckte Lea ihre Hände mit den ordentlich gefeilten, aber ziemlich kurzen und absolut naturfarbenen Nägeln hinter dem Rücken und murmelte etwas von dem eiligen Artikel, den sie schreiben musste. Dennoch dachte sie kurz darüber nach, ob Stephan wohl lackierte Fingernägel mochte. In irgendeiner Frauenzeitschrift hatte sie gelesen, Männer würden davon träumen, dass Frauen ihnen in Ekstase mit ihren langen, rot lackierten Fingernägeln den Rücken zerkratzten.

»Ich wundere mich, wo Tina ist«, kam Lea nach einer kurzen Pause irritiert auf den Grund ihres Auftauchens vor Valerias Empfangstresen zurück. »Soweit ich weiß, hat sie heute Nachmittag keine Termine.«

Valeria wedelte mit der Hand durch die Luft, als hätte sie sich verbrannt. »Da ist ganz gewaltig was im Busch, und ich wundere mich, dass du als Tinas Freundin nichts davon weißt.«

»Ich habe keine Ahnung.« Lea verzog keine Miene, gab sich ruhig und wackelte lediglich ungeduldig mit der Fußspitze, was aber Valeria hinter ihrem Tresen nicht sehen konnte.

»Sie ist nicht allein verschwunden, sondern zusammen mit unserem Chefredakteur«, platzte Valeria schließlich heraus. »Natürlich weiß ich schon längst, dass zwischen den beiden was läuft, aber doch nicht so offen! Sie sind praktisch Arm in Arm hier herausgegangen, und kaum waren sie durch die Tür, hat er sie geküsst. Direkt vor der Fahrstuhltür. Natürlich dachten sie, ich sehe das nicht. Und ich schwöre dir, es war mit Zunge!«

Obwohl Valerias Eröffnung Lea vor Überraschung den Atem verschlug, musste sie ein wenig schmunzeln. Alle in der Redaktion wussten, dass Valeria nichts entging, was sich im Umkreis von zwanzig Metern um ihren Stuhl abspielte. Notfalls stieg sie auf den brusthohen Empfangstresen, wenn sie von dort aus eine bessere Aussicht hatte. Falls Tina und Jürgen also tatsächlich Arm in Arm durch den Flur gegangen und sich direkt vor der Tür geküsst hatten, war ihnen bewusst gewesen, dass Valeria sie nicht nur beobachten, sondern auch alles brühwarm weitererzählen würde. Was selbst für den Fall ein erstaunliches Verhalten war, dass Jürgen in Anbetracht der Situation beschlossen haben sollte, seine Frau zu verlassen.

»Was sagst du dazu?« Mit funkelnden Augen wartete Valeria auf Leas Erstaunensrufe.

Lea zuckte die Achseln und achtete darauf, ihre Gesichtsmuskulatur vollkommen zu entspannen. »Letztlich geht es uns nichts an, wer mit wem essen geht, nicht wahr?«

»Aber Jürgen Bruhns ist verheiratet! Und er hat sie geküsst. Die machen miteinander ganz andere Dinge als essen!« Valeria war äußerst enttäuscht, dass von Lea keine nennenswerte Reaktion kam.

»Auch das geht uns nichts an.«

Lea zog sich eilig in ihr Büro zurück, fuhr den Computer hoch, kramte die bekritzelten Einkaufsquittungen und die Digitalkamera aus ihrem Rucksack und beschloss, zunächst einmal den Artikel über die Protestaktion auf der Straßenkreuzung zu schreiben. Was natürlich schwierig war, weil ihre Gedanken immer wieder in Richtung Tina wanderten.

Da es so aussah, als hätte Jürgen auf die Nachricht von Tinas Schwangerschaft hin sofort und ohne zu zögern die Verantwortung übernommen und würde sogar beabsichtigen, ab sofort eine offizielle Partnerschaft mit Tina einzugehen, hätte Lea sich für die Freundin freuen sollen. Was sie auch tat. Dennoch blieb ein Rest Misstrauen. Wieso konnte ein verheirateter Mann von heute auf morgen mit einer anderen Frau zusammen sein, ohne sich die geringsten Gedanken um die Frau zu machen, mit der er seit Jahren verheiratet war? Was war, wenn er nächstes Jahr Tina langweilig fand und eine andere Frau schwängerte?

Mit gerunzelter Stirn tippte Lea die Anfangssätze für ihren Artikel ein, die sie sich schon auf dem Rückweg in die Redaktion zurechtgelegt hatte. Dann wollte es nicht weitergehen, obwohl sie sich darauf gefreut hatte, einen ausführlichen und farbigen Bericht über die skurrilen Ereignisse auf der Straßenkreuzung zu schreiben. Nun aber machte sie sich viel mehr Gedanken über die Dinge, die während ihrer Abwesenheit in der Redaktion vorgefallen waren.

Schließlich gab sie es auf, griff nach dem Telefon und wählte Tinas Handynummer. Es dauerte ziemlich lange, bis Tina sich mit einem kurzen, atemlosen Lachen meldete.

»Ja?«

»Ich bin's.« Lea wusste nicht recht, was sie sagen sollte. »Ich bin jetzt wieder in der Redaktion. Die gute Valeria erzählt überall herum, dass du Arm in Arm mit Jürgen Bruhns durch den

Flur spaziert bist und ihr euch vor dem Fahrstuhl geküsst habt. Mit Zunge.«

»Was durchaus der Wahrheit entspricht.« Wieder dieses atemlose, trillernde Lachen.

»Was ist denn passiert? Du hast es ihm also gesagt. Und dann?«

»Ich habe es ihm allerdings gesagt! Den Rest erzähle ich dir später ausführlich. Ich bin jetzt nicht allein.« Im Hintergrund waren eine gedämpfte Stimme und das Klappern von Geschirr zu hören.

»Später? Wann später?«

»Das wird sich finden. Jürgen und ich haben gerade beschlossen, ein paar Tage freizunehmen und zusammen zu verreisen.«

»Jürgen nimmt sich außer für seinen großen Jahresurlaub niemals frei«, teilte Lea ihrer Freundin mit. »Weil er Angst hat, dass es ohne ihn nicht geht. Oder zu gut geht. Oder was auch immer.«

»Ach, in Zukunft wird sich einiges ändern. Wir sprechen gerade darüber, dass Bernd die Vertretung immer sehr zuverlässig macht.« Erneutes Lachen, dann das zarte Klingen von Gläsern.

»Aber er kann doch nicht einfach ... Schließlich ist er verheiratet ... Nicht, dass ich mich nicht für dich freuen würde, aber irgendwie verstehe ich das alles nicht. Tina! Ich habe Angst, dass du am Ende doch die Dumme bist.«

Lea war regelrecht verzweifelt, weil sie das Gefühl hatte, Tina mit ihren Worten gar nicht erreichen zu können, da die Freundin sich momentan scheinbar irgendwo im siebten Himmel befand. Berauscht von rosigen Gefühlen und Schwangerschaftshormonen.

»Mach dir keine Sorgen! Es ist alles in bester Ordnung. Mir ist nicht mal mehr übel. Vor unserer Abreise kommen wir übrigens gar nicht mehr zurück ins Büro. Wir wollen Valeria nicht überfordern. Jürgen kann seine Vertretung auch telefonisch regeln. Ich melde mich dann mal von unterwegs. Grüß Stephan unbekannterweise von mir. Wenn ich zurück bin, will ich ihn dann aber endlich mal kennen lernen!«

»Mache ich.« Lea war einigermaßen verblüfft über die Reaktion des werdenden Vaters und die selbstverständliche Art, mit der Tina darauf reagierte.

»Du bist mir doch nicht böse, wenn ich an deinem Geburtstag morgen nicht da bin?«, fiel Tina plötzlich ein. »Du wolltest ja ohnehin erst am kommenden Wochenende feiern. Außerdem nehme ich an, deinen Geburtstagsabend verbringst du sowieso lieber mit Stephan als mit deiner langweiligen alten Freundin Tina. Um dir am Wochenende mit der Party zu helfen, bin ich dann rechtzeitig wieder da.«

»Nein, nein, es ist überhaupt kein Problem, wenn du an meinem Geburtstag etwas anderes vorhast«, beteuerte Lea und schluckte, weil Stephan bis jetzt keine Ahnung hatte, wann sie geboren war. Sie waren immer noch in der Phase, in der sie erstens die Finger nicht voneinander lassen konnten, sobald sie allein zusammen waren, und zweitens von solchen Dingen wie ihrer Lieblingsmusik und dem Sternenhimmel sprachen, wenn sie denn mal zum Reden kamen. Trockene Daten und Zahlen waren da eher überflüssig.

Nachdem sie Tina alles Gute, für was auch immer, gewünscht hatte, setzte Lea sich mit gerunzelter Stirn wieder an ihren Artikel, und diesmal gelang es ihr sogar, drei Absätze in einem Rutsch herunterzuschreiben. Sie überlegte gerade, ob Jürgen oder vielmehr Bernd als Vertreter des Chefredakteurs es ihr durchgehen lassen würde, wenn sie den Bürgermeister als leutselig bezeichnete, als ihr Handy, das immer noch in ihrem Rucksack steckte, zu läuten begann.

Als sie am anderen Ende der Leitung Stephans Stimme erkannte, wurde ihr Herz ganz unruhig und warm. Sie hatten sich seit drei Tagen nicht gesehen, weil er in Hamburg eine Internistentagung vorbereitet hatte und dort Ablauf und Organisation überwachte. Während der kurzen Telefongespräche, die sie jeweils abends geführt hatten, hatte Lea ständig unter Atemnot und akutem Herzklopfen gelitten, was ihr irgendwie peinlich war. Immerhin war sie kein Teenager mehr und hätte in der Lage sein sollen, problemlos mit einem Mann zu telefonieren, mit dem sie immerhin schon genau neunmal geschlafen hatte, wenn sich diese neun Male auch auf exakt drei gemeinsam verbrachte Abende verteilten.

»Lea?«

»Ich bin noch da.« Zum Glück funktionierte ihre Stimme einigermaßen, und sie war nicht allzu sehr außer Atem. »Entschuldige. Ich musste nur gerade an etwas denken.«

»Ich muss auch die ganze Zeit daran denken.« Jetzt klang er ganz rau, und gleichzeitig war in jedem seiner Worte so viel Gefühl, dass sie es wie eine sanfte Berührung spüren konnte. »Du fehlst mir schrecklich. Ich möchte dir in die Augen schauen, dich berühren, dich küssen ...«

»Hör auf!« Lea warf einen verzweifelten Blick auf ihren Monitor. Wenn Stephan so weitermachte, würde sie größte Schwierigkeiten haben, ihren Artikel bis zum Redaktionsschluss fertig zu bekommen, weil sie erfahrungsgemäß Stunden brauchte, um sich nach einem solchen Telefongespräch wieder einigermaßen zu beruhigen.

»Ich weiß ... Tut mir Leid.« Er verstand sofort und schwieg gehorsam. Es war ein köstliches Schweigen zwischen ihnen. Lea hörte, wie er wieder und wieder tief durchatmete, was sie über alle Maßen entzückte, obwohl sie sich große Mühe gab, nicht an die Momente zu denken, als sein Mund dicht an ihrem Ohr gewesen war und sein Atem sie gestreichelt hatte.

»Ich habe bis Feierabend noch schrecklich viel zu tun«, stieß sie schließlich hervor. »Können wir nicht über all das sprechen, wenn wir uns wieder sehen?«

»Wenn wir uns wieder sehen, musst du mir alles über deinen Job erzählen. Ich weiß viel zu wenig über dich und will alles wissen. Ob dir deine Arbeit gefällt, wie du dich mit deinen Kollegen verstehst, was deine Lieblingsfarbe ist, dein Lieblingsbuch, dein Lieblingslied, ob du Weihnachten magst, den Frühling oder lieber den Herbst, ich möchte endlich deine Freundin Tina kennen lernen, von der ich schon so viel gehört habe ...«

»Das ist ziemlich viel auf einmal. Wir werden es langsam angehen lassen. Wenn du wieder da bist. Ich freue mich darauf.« Die Frage, ob und wann sie ihm die volle Wahrheit über ihren Job sagen würde, verdrängte Lea in die hinterste Ecke ihrer Gedanken.

Das Schweigen am anderen Ende der Leitung war wie eine Umarmung, als könnte sie seine Gedanken spüren, die ganz nah bei ihr waren.

»Ich weiß nicht recht, wie ich es sagen soll.« Allein sein kleines Zögern und der tiefe Atemzug, den er am Ende des Satzes nahm, brachten schon wieder ihr Herz zum Stolpern. »Morgen ist ein besonderer Tag für dich, und ich wollte ich dich fragen, ob ich dich abends zum Essen einladen darf.

Aber du hast sicher schon etwas anderes vor. Das ist auch kein Problem ...«

»Nein, ich habe nichts vor. Tina ist verreist, und eine größere Feier habe ich nicht geplant«, unterbrach sie ihn rasch und zwang sich, beim Sprechen gleichmäßig Luft in ihre Lunge hinein- und wieder herausströmen zu lassen. Keinesfalls wollte sie sich während des weiteren Gesprächs wie nach einem Sprint oder gar nach einer Stunde wildem Sex anhören. Es war schrecklich verwirrend, mit einem Mann zu reden, den sie noch immer kaum kannte und dem sie während einiger Stunden doch so unendlich nahe gewesen war.

»Ich schätze, ich bin ein ziemlich glücklicher Mann.«

Lea sagte nichts, weil ihr dazu nichts einfiel. Sie saß einfach nur da, lauschte in den Hörer und starrte ihren Bildschirmschoner an, eine Rose, die sich langsam öffnete, sich auf wundersame Weise wieder in eine Knospe verwandelte und gleich darauf erneut und noch viele weitere Male erblühte. Wäre es nicht so albern und kitschig gewesen, hätte sie in diesem Moment gesagt, dass sie sich genau wie diese Rose fühlte. Wie jemand, dessen Leben sich entfaltete wie eine wundervolle Blüte.

»Woher weißt du eigentlich, dass ich morgen Geburtstag habe?«, fiel ihr plötzlich ein, und sie war sehr froh, dass sie immerhin noch einigermaßen klar denken konnte.

»Ich habe die Anmeldung im Krankenhaus erledigt, als dein Arm behandelt wurde. Und auf den Unterlagen, die ich wegen des Fahrrads an meine Versicherung weitergereicht habe, stand auch dein Geburtsdatum«, erinnerte er sie.

»Aber damals wusstest du doch noch gar nicht, dass wir ...« Lea schluckte krampfhaft und bewegte die Maus ihres PCs, damit sie nicht weiter der Rose beim Erblühen zusehen musste. »Wieso hast du dir trotzdem mein Geburtsdatum gemerkt?«

»Ich habe gehofft, dass du mir wenigstens erlauben würdest, dir zu gratulieren.« Seine Stimme kam wie ein Streicheln durch den Hörer. »Nicht ganz vom ersten Moment, aber von der Minute an, als du vor Schmerzen Tränen in den Augen hattest und dich so sehr bemühtest, dir nichts anmerken zu lassen. Ich glaube, in diesem Augenblick fing ich an, dich zu lieben.«

»Aber du kanntest mich doch noch gar nicht!«, protestierte Lea schwach und versuchte verzweifelt, die Erinnerung daran zu verdrängen, dass er wie ein sehr männlicher Engel ausgesehen hatte, als er sich an jenem schicksalhaften Morgen über sie gebeugt hatte. War dies etwa ihr Moment gewesen? Aber sie hatte nie an Liebe auf den ersten Blick geglaubt. Und konnte sich beim besten Willen nicht erinnern, wann sie begonnen hatte, so viel für ihn zu empfinden. Ihre Gefühle für ihn schienen schon immer da gewesen zu sein.

»Du kennst mich jetzt noch nicht mal wirklich!«, fügte sie mit entschiedener Stimme und dem unbehaglichen Wissen hinzu, dass er von einer ganz bestimmten Seite an ihr tatsächlich keine Ahnung hatte.

»Immerhin weiß ich, dass du immer vergisst zu atmen, wenn dich etwas verunsichert, und dass deine Hände ganz kalt werden, wenn du aufgeregt bist. Ich weiß, wie du aussiehst, wenn du endlich die Beherrschung verlierst und einmal nicht darüber nachdenkst, wer jetzt die Oberhand hat und ob du nicht vielleicht zu viel über dein Innerstes verrätst. Dieser ferne Glanz in deinen Augen ...«

»Hör auf«, flüsterte sie.

Er schwieg, und für einen Augenblick bereute sie, dass sie zu feige gewesen war, ihn ausreden zu lassen.

»Wann sehen wir uns morgen?«, fragte er nach einer kleinen Pause. »Soll ich in meiner Wohnung alles für eine kleine Feier vorbereiten und dich von der Arbeit abholen? Oder soll ich lieber zu dir kommen?«

»Äh ...« Lea biss sich auf die Unterlippe und blinzelte verzweifelt, als schon wieder die purpurrote Rose auf ihrem Monitor erblühte.

»Auf keinen Fall möchte ich wieder so eine Sache wie den Geiger oder die Windmühle«, stieß sie schließlich hervor, nachdem Stephan geduldig schweigend auf ihre Antwort gewartet hatte. »Verstehst du? Nicht wieder so einen Aufwand. So etwas Außergewöhnliches. Das bringt mich nur durcheinander. Es war zwar wirklich nett und aufmerksam von dir, all das zu organisieren, aber ...«

»Ich weiß«, unterbrach er sie mit einer Stimme wie Schlagsahne. »Natürlich spielt es letztlich keine Rolle, ob ich ein Schloss miete, eine Weltreise mit dir mache oder die Berliner Philharmoniker unter deinem Fenster aufmarschieren lasse, nicht wahr? Dadurch werden weder du noch ich ein anderer Mensch. Und es geht nur um dich und mich. Trotzdem möchte ich dir gern ein kleines Geschenk machen. Hast du einen Wunsch?«

»Nur dich! Du bist mein Geschenk!« Unvermittelt hüpfte ein kleines, übermütiges Lachen aus ihrem Mund.

»Nein! Irgendeinen Wunsch. Etwas, das ich in Geschenkpapier packen kann.«

»Untersteh dich, mir Schmuck oder Parfüm zu schenken! Ich möchte nichts, und schon gar nichts Wertvolles! Wenn du mir außer dir selbst unbedingt etwas mitbringen möchtest, dann bastele mir doch eine hübsche Geburtstagskarte oder so was Ähnliches.« Sie kicherte übermütig.

»Eine Geburtstagskarte? Selbst basteln?« Er hörte sich einigermaßen entsetzt an.

»Ja«, gluckste Lea. Dann fiel ihr ein, dass sie ihm weder als Frau Sibylle noch als Lea mehr Aufgaben stellen wollte. Es ging nicht darum, dass er ihr seine Liebe bewies. Sie wollte ihm vertrauen, sie vertraute ihm. Ohne Beweise.

»Bring mir nichts mit«, sagte sie mit fester Stimme. »Ich möchte nur dich.«

»Soll ich dich nun morgen von der Arbeit abholen? Wie heißt die Firma? Ich brauche die Adresse.«

»Nein, nein! Es ist nicht nötig, dass du mich abholst. Komm einfach zu mir nach Hause«, stieß sie hervor.

Sie besprachen die Einzelheiten und verabschiedeten sich dann. Als Lea auflegte, konnte sie die Vorfreude auf den morgigen Abend wie ein zartes Summen in ihrem Magen spüren, das sich gelegentlich zu einem ausgelassenen Hüpfen steigerte. Es war wunderbar, sich so zu freuen. Sie würde alles tun, um diese Freude noch lange zu behalten. Vielleicht war Tinas Drängen, Stephan möglichst bald die Wahrheit über Frau Sibylle zu sagen, falsch. Weil sie dann wohl schon sehr viel früher, als es ohnehin passieren würde, dieses schmetterlingshafte, schwebende Glück verlor. Und verlieren würde sie es wohl ohnehin.

Hastig wandte Lea sich wieder ihrem Monitor zu und dachte nicht länger über das nach, was vielleicht schon sehr bald wie eine unüberwindliche Mauer zwischen Stephan und ihr stehen würde.

XX

»Ach, du bist es! Eigentlich habe ich im Moment gar keine Zeit.« Stephan hielt mit einer Hand noch den Türknauf fest, während er sich mit der anderen das Haar aus der Stirn strich. Dass er dabei einen großzügigen Klecks Schokoladen-Sahne-Creme an seiner Schläfe hinterließ, bemerkte er nicht.

Mark starrte seinen Freund verdutzt an. »Was machst du denn? Kochen?«

»Backen. Zumindest versuche ich es. Aber das ist viel komplizierter, als es sich anhört. Hast du schon mal versucht, eine Schokoladentorte in Herzform zu backen?«

»Backen? Herzform?« Stephans Erklärungen schienen Mark eher zu irritieren, als zu seiner Erleuchtung beizutragen.

Stephan trat von der Tür zurück und ließ seinen Freund eintreten. »Geburtstagstorte. Allerdings war das mit der Herzform vielleicht gar keine so gute Idee, weil ich nicht weiß, wie ich die Kerzen darauf anordnen soll.«

»Das ist zweifellos ein schwieriges Problem«, stimmte Mark ihm grinsend zu. »Obwohl Herzform durchaus reizvoll ist. Soll ich raten, wer Geburtstag hat? Doch nicht etwa Lea?«

Stephan reagierte nicht auf Marks Worte, sondern raste, einen Schreckensruf ausstoßend, in Richtung Küche davon. Als Mark ebenfalls die Küche erreichte, empfingen ihn schwärzliche Rauchschwaden und ein jammernder Freund.

»Damit ist der dritte Versuch fehlgeschlagen.« Mit trauriger Miene betrachtete Stephan das verkohlte Etwas in der herzförmigen Backform, das er soeben aus dem Ofen gezerrt hatte.

»Das kann aber nicht an den zwei Minuten liegen, die du gebraucht hast, um mir die Tür zu öffnen«, wies Mark jede Schuld an dem Desaster weit von sich.

»Nein. Ich war so beschäftigt damit, eine neue Füllung anzurühren, dass ich den Teig im Ofen vergessen habe.« Mit Schwung ließ Stephan das verbrannte Teigherz in den Mülleimer plumpsen. Währenddessen bewunderte Mark zwei frühere Versuche seines Freundes, die auf dem Küchentisch standen. Eines bot, mit einer Hand voll teils abgebrochener Kerzen geschmückt und mit der verschmierten Schokoladencreme, ein Bild des Jammers. Der zweite Kuchen jedoch wirkte zwar nicht wie das Werk eines Meisterkonditors, sah aber durchaus annehmbar aus.

»Ist dir das hier noch nicht mal gut genug für deine Lea?«, erkundigte sich Mark verdutzt und zeigte auf ein zwar leicht windschiefes, aber ansonsten intaktes Herz mit annähernd gleichmäßig verteilter Schokocreme.

»Das kann man nicht essen. Da habe ich den Zucker mit dem Salz verwechselt. Das habe ich aber erst bemerkt, als ich einen Krümel genascht habe«, erläuterte Stephan mit finsterer Miene.

Mark konnte nur mit Mühe ein Lachen unterdrücken. »Warum tust du dir das eigentlich an? Kauf ihr eine schöne Geburtstagstorte und sing ihr meinetwegen ein nettes Liedchen dazu, das wird sie ebenso erfreuen.«

»Siehst du nicht den Unterschied? Es geht nicht um die Torte, es geht darum, Mühe auf sich zu nehmen. Was ich wirklich gern tun will. Aber hier nützt offenbar alle Mühe nichts. Jedenfalls nicht meine Mühe.« Mit hoffnungsloser Miene betrachtete Stephan das Ergebnis seiner stundenlangen Bemühungen.

»Wenn Frauen neuerdings nur noch Männer lieben, die backen können, sieht es wohl für die meisten von uns ziemlich schlecht aus.« Vorsichtig brach Mark ein kleines Stück von der versalzenen Torte ab, kostete davon und verzog den Mund.

»Es geht nicht eigentlich um Torten, sondern um etwas Symbolisches. Um Engagement. Um so etwas wie Pfefferminztee kochen, wenn sie sich das wünscht, weil sie erkältet ist.«

»Pfefferminztee?« Langsam kam Mark zu der Ansicht, dass sein Freund im Moment geistig verwirrt war. Womöglich hatte er sich bei dieser Lea angesteckt, die nach allem, was Mark über sie gehört hatte, auch ein wenig merkwürdig war. Er musste sie sich wohl dringend einmal ansehen, um weiteres Unheil von seinem Freund abzuwenden. »Symbolischer Pfefferminztee? Und das ist dann so was Ähnliches wie eine selbst gebackene Geburtstagstorte?«

»Ja«, bestätigte Stephan in schönster Selbstverständlichkeit und stellte Mehl, Zucker und Eier für seinen vierten Tortenversuch bereit.

»Ich habe mir vorgenommen, Lea morgen zu gestehen, dass die Sache mit dem Stehgeiger und das Treffen um Mitternacht nicht meine eigenen Ideen waren. Nichts soll mehr zwischen uns stehen, also wird es Zeit, ihr von Frau Sibylle zu erzählen. Natürlich weiß ich nicht, wie sie das aufnimmt. Deshalb möchte ich ihr vorher etwas ganz Eigenes geben. Außerdem hat sie sich etwas Selbstgemachtes gewünscht, wenn sie den Wunsch dann auch wieder zurückgenommen hat.«

»Du liebe Güte.« Mark betrachtete seinen langjährigen Freund erschrocken. Offenbar hatte es Stephan noch wesentlich schlimmer erwischt, als er vermutet hatte. »Du quälst dich hier in der Küche herum, weil du dir von einer Briefkastentante einen kleinen Rat geholt hast, wie du eine Frau herumkriegen kannst, und diese Frau daraufhin mit Geigenmusik, romantischen Picknicks und was auch immer beglückt hast? Das dürfte doch nun wahrhaftig kein Anlass zur Klage sein. Tausende von Frauen würde Schlange stehen, um so fürchterlich behandelt zu werden! Wenn du es ihr sagen willst, dann sage es ihr eben. Und wenn sie dir einen Strick daraus dreht, ist sie ja wohl mehr als undankbar, jedenfalls in meinen Augen. Bianca würde kein Wort darüber verlieren, wenn ich ein Mitternachtspicknick für sie organisieren würde. Bianca ist aber auch keine Zicke, sondern eine wunderschöne, warmherzige Frau.«

Seit einigen Tagen waren Luigis Aushilfe Bianca und Mark ein Paar, was Mark selbst kaum glauben konnte. Allerdings konnte er sich trotz seiner Verliebtheit nicht vorstellen, für und wegen Bianca mit solchen merkwürdigen Riten wie Kuchenbacken zu beginnen.

»Lea ist keine Zicke!« Vor lauter Entrüstung zerdrückte Stephan ein Ei in der Hand.

»Umso besser. Dann gibt es ja überhaupt kein Problem.«

»Trotzdem will ich das für sie tun«, verkündete Stephan und wischte mit verbissenem Gesicht seine klebrige Hand mit einem feuchten Tuch ab.

»So warst du schon immer, wenn du dir etwas in den Kopf gesetzt hattest«, stellte Mark fest. »Allerdings war das nie etwas so Seltsames wie eine herzförmige Geburtstagstorte.«

»Was soll an einer Geburtstagstorte für die Frau, die ich liebe, so merkwürdig sein?« Stephan nahm die letzte saubere Schüssel aus dem Schrank.

»Die Frau, die du liebst? So weit seid ihr also schon?«

»Ich weiß nicht, wie weit sie ist. Ich liebe sie jedenfalls.«

Stephan klang sehr entschieden und ließ jegliche Verlegenheit über eine derart gefühlsbeladene Äußerung vermissen. Mark betrachtete ihn wie einen Menschen, den er noch nie zuvor gesehen hatte. Dann beschloss er, an dieser Stelle die Diskussion über Liebe und selbst gebackene Torten abzubrechen, weil er sich langsam der Sache nicht mehr gewachsen fühlte.

»Ich bin gekommen, um dich abzuholen. Gerd feiert im ›Casablanca‹ seine Beförderung zum Abteilungsleiter. Schon vergessen?«, wechselte Mark das Thema.

»Ja. Nein. Ich habe Gerd nicht vergessen. Ich komme nach, sobald ich fertig bin.« Mit einiger Routine hatte Stephan bereits vier Eier in die Schüssel geschlagen.

In Marks Gesicht lag nun unübersehbares Mitleid mit seinem durchgeknallten Freund. »Wenn du erst kommen willst, nachdem du eine essbare und noch dazu ansehnliche Torte zustande gebracht hast, werden wir wohl auf deine Mitwirkung beim Feiern verzichten müssen«, stellte er nüchtern fest.

»Kann sein. Vielleicht bin ich aber auch in einer Stunde fertig. Eigentlich dauert das hier nicht lange, wenn man alles richtig macht.« Beim Sprechen sah Stephan seinen Freund nicht an, so eifrig war er damit beschäftigt, die Eier mit Zucker und Fett zu verrühren.

Dazu fiel Mark nichts anderes ein, als die Augen zu verdrehen und zur Tür zu gehen. »Ich grüße die anderen von dir. Aber weil ich dein Freund bin, werde ich ihnen vorsichtshalber nicht verraten, weshalb du nicht kommst. Das ist wohl besser so, denke ich.«

»Hast du ein Problem damit, dass ich einen Kuchen backe?«, erkundigte sich Stephan aus der weißen Wolke heraus, die ihn in diesem Augenblick gerade umgab, weil er das Mehl ein wenig zu schwungvoll in die Schüssel gegeben hatte.

»Nicht direkt. Wie gesagt: Ich bin dein Freund. Ich hoffe nur, dass es nicht irgendwann zum symbolischen Akt wird, Spitzen zu klöppeln oder Tischdecken für die Herzallerliebste zu besticken.«

Stephan ließ das Handrührgerät surren und antwortete nicht. Wahrscheinlich hatte er die Anwesenheit des Freundes schlicht vergessen oder seine Worte nicht gehört oder auch beides, so sehr konzentrierte er sich, mit gerunzelter Stirn und zusammengekniffenen Lippen, auf seine Arbeit.

Kopfschüttelnd verließ Mark die Küche und kurz darauf Stephans Wohnung.

»Mist! Mist! Mist!«

Mit zerfurchter Stirn und schmalen Augen betrachtete Lea den Schinken im Blätterteig, den sie soeben aus ihrem Backofen geholt hatte. Wenigstens sollte das Ding laut Beschreibung und Foto in ihrem Kochbuch ein Schinken im Blätterteig sein. In Wahrheit glich das Machwerk eher einer Mischung aus Brikett und Putzlappen. An einigen Stellen war der Teigmantel matschig und warf großzügige Falten, während er an anderen Stellen in schwarzen Brocken abfiel.

Entschlossen kratzte Lea den Teig ab und betrachtete das Fleisch. Eigentlich sah der geräucherte Schinken noch ganz gut aus. Sie könnte also noch einen Versuch wagen, ihn kunstvoll in Blätterteig zu hüllen, knusprig braun zu backen und dann für die kleine Geburtstagsfeier morgen mit Stephan abkühlen zu lassen. Leider war sie jedoch relativ sicher, dass ihr zweiter Versuch ebenso danebengehen würde wie der erste. Weil sie nämlich nicht die geringste Ahnung hatte, welche Fehler ihr bei der Zubereitung des Teigs und beim Backen unterlaufen waren.

Mit einem tiefen Seufzer griff sie nach dem Telefon, das sie sich schon beim ersten prüfenden Blick in den Backofen bereitgelegt hatte.

»Tut mir Leid, Tina, aber ich muss dich jetzt doch mal stören«, murmelte sie vor sich hin, während sie die Nummer eintippte.

Mindestens zwei Minuten lang klingelte es ins Leere, bevor Tina sich endlich meldete. Ihre Stimme klang irgendwie satt. Satt und zufrieden. Vielleicht ein wenig erschöpft, aber auch sehr glücklich.

»Hallo, Tina.«

»Lea?« Jetzt kam zu all der Zufriedenheit Irritation hinzu.

»Es tut mir schrecklich Leid, dass ich dich störe, Tina. Aber ich weiß mir einfach nicht zu helfen«, druckste Lea und drehte mit der freien Hand den Schinken auf dem Backblech hin und her.

»Was ist denn passiert?«

»Ich kriege das mit dem Schinken im Blätterteigmantel einfach nicht hin! Du hast das letztes Jahr zu Silvester so toll gemacht. Der Schinken war ganz saftig und der Teig braun und knusprig. Einfach lecker. Und deshalb dachte ich, ich mache so einen Schinken zu meiner kleinen Geburtstagsfeier.«

Schweigen am anderen Ende der Leitung.

»Nicht die Geburtstagsfeier, die du und ich für das Wochenende geplant haben«, fuhr Lea hastig fort, damit Tina sich nicht übergangen fühlte. »Morgen kommt Stephan. Wir feiern ein bisschen zu zweit, und ich wollte etwas Besonderes zum Essen machen ...«

»Du machst einen Schinken im Blätterteig? Für zwei Personen?« Tinas Irritation leitete sich aus der Tatsache ab, dass Lea nicht gerade eine begeisterte Köchin war. Über eine Fertigpizza, die sie so lange im Backofen ließ, bis der Käse verlaufen und die Ränder gebräunt waren, was sie wirklich perfekt beherrschte, ging ihre Kochkunst normalerweise nicht hinaus.

»Es macht doch nichts, wenn was übrig bleibt. Ich finde so einen Schinken für ein kaltes Abendessen perfekt. Dazu passen Salate und Früchte und Wein.«

»Er ist perfekt. Bis auf die Tatsache, dass er schwer hinzubekommen ist«, fügte Tina in trockenem Ton hinzu und raschelte ein bisschen mit etwas, was sich wie Bettwäsche anhörte, obwohl es erst neun Uhr abends war. »Warum bestellst du nicht einfach eine schöne gemischte Vorspeisenplatte bei Luigi?«

»Weil das so lieblos ist. Ich möchte selbst was machen. Weil es mein erster richtig geplanter, festlicher Abend mit Stephan ist. Und überhaupt ...« Lea probierte ein Stück vom misslungenen Teig, das eigentlich ganz gut aussah, und verzog den Mund.

»Du liebe Güte! Es muss dich ja ganz nett erwischt haben!« Nun raschelte es noch heftiger, und Tina hörte sich plötzlich ein bisschen atemlos an.

»Nur weil ich für einen Gast etwas koche? Das ist doch selbstverständlich!«, behauptete Lea kühn. »Jedenfalls sitze ich jetzt mit diesem Schinken da. Der erste Versuch mit Blätterteig ist völlig danebengegangen, und irgendwas muss ich mit dem

Fleisch anfangen, es ist noch völlig in Ordnung. Kannst du mir einen Tipp geben?«

»Du könntest den Schinken in kleine Stücke schneiden und verschiedene Salate damit machen«, schlug Tina mit merkwürdig gedämpfter Stimme vor. Sie klang jetzt so, als hätte sie ein Kissen über dem Gesicht oder eine Bettdecke über dem Kopf. »Schinken-Käse-Salat, Schinken mit Melone, Schinken mit Erbsen und Joghurt-Sauce.«

»Ein ganzer Schinken im Blätterteigmantel macht aber einfach mehr her, finde ich. So als Mittelpunkt der Tafel. Und du hast das doch auch hingekriegt. Es ist also zu schaffen.« Lea schwieg hoffnungsvoll und wartete auf den ultimativen Tipp der Freundin.

»Mittelpunkt der Tafel! Das sind ja ganz neue Töne!« Tina prustete und raschelte gleichzeitig vor sich hin. »Okay. Versuch es eben mit dem Tafelmittelpunkt. Hast du was zu schreiben?«

In Tinas Stimme war jetzt ein leises Gurren, aber Lea achtete einfach nicht darauf. Was im Moment zählte, war ihr Schinken im Blätterteig. Sie kritzelte einen ganzen Zettel mit Tinas Anweisungen voll, bevor sie sich erleichtert zurücklehnte und ihren verkrampften Griff um den Telefonhörer ein wenig lockerte.

»Danke, Tina! Ich hoffe, so klappt es, wenn ich alles genau so mache, wie ich es aufgeschrieben habe.«

»Das hoffe ich auch!«, stöhnte Tina, die noch atemloser als zuvor klang. Vielleicht hatte sie immer noch das Kissen auf dem Gesicht oder war irgendwie mit dem Kopf unter die Decke geraten.

»Wie geht es dir denn?«, erkundigte sich Lea, weil sie es für angebracht hielt, sich für das Leben ihrer Freundin zu interessieren, nachdem diese sich die größte Mühe gegeben hatte, ihr in ihrer augenblicklichen schwierigen Lage zur Seite zu stehen.

»Mir geht es ... hm, ja, ja ... gut ... bestens geht es mir.« Tina rang um Worte und nach Atem.

»Und Jürgen? Ich verstehe gar nicht, wieso er einfach für ein paar Tage mit dir verreisen kann. Was hat er denn seiner Frau erzählt? Ich meine, eine Geschäftsreise kann immer mal vorkommen, aber so plötzlich?« Lea malte eine Reihe von Herzen auf den oberen Rand ihres Zettels.

»Das erkläre ich dir, wenn ich wieder zurück bin«, stieß Tina atemlos hervor. »Es ist alles wunderbar ... ja ... unglaublich wunderbar. Aber jetzt ... jetzt habe ich wirklich keine Zeit mehr. Ich wünsche dir ... viel Spaß morgen. Aber jetzt ... muss ... ich ... Schluss ...«

Ein sanftes Klicken in der Leitung machte Lea klar, dass das Gespräch mit der Freundin beendet war. Verwundert legte sie das Telefon beiseite.

Obwohl Lea eine halbe Stunde früher als sonst Feierabend gemacht hatte, war sie noch nicht fertig, als es wenige Minuten vor der vereinbarten Zeit an ihrer Wohnungstür klingelte. Immerhin hatte das Anschlagen der Klingel in ihrem kleinen Flur den Vorteil, dass sie sich nicht noch ein achtes oder neuntes Mal umziehen konnte. Hastig zerrte sie den Reißverschluss des blassgelben Kleides hoch, in dem sie sich in diesem Moment kritisch im Spiegel beäugt hatte. Dann überprüfte rasch noch einmal ihr Make-up und ihre Frisur im Spiegel und eilte zur Wohnungstür.

»Frank?« Als sie erkannte, wem sie da gerade die Tür geöffnet hatte, prallte sie regelrecht zurück. »Was willst du denn hier?«

»Du hast heute Geburtstag!«, teilte er ihr mit und wedelte mit einem viel zu bunten Blumenstrauß vor ihrer Nase herum.

»Ich weiß.« Lea wich durch einen Ausfallschritt nach hinten den Blumen aus und verschränkte die Arme vor der Brust, weil sie plötzlich den Ausschnitt des gelben Kleides als viel zu großzügig empfand.

Frank verrenkte den Hals, um über ihren Kopf hinweg in die Wohnung zu spähen, offenbar auf der Suche nach den Anzeichen einer Party. »Darf ich kurz reinkommen? Ich würde gern mit dir auf ein glückliches neues Lebensjahr anstoßen. In aller Freundschaft, versteht sich.«

»Ehrlich gesagt, bin ich mir nicht sicher, was genau du unter Freundschaft verstehst.« Lea schlang die Arme noch fester um ihren Oberkörper und machte wieder einen Schritt nach vorn, damit Frank nicht auf die Idee kam, uneingeladen ihren Flur zu betreten.

»Ich hätte nie gedacht, dass du so nachtragend ... so wenig zu einer freundschaftlichen Trennung in der Lage sein würdest.«

Lea verschlug es vor lauter Empörung den Atem. Wer hatte ihm denn den Quatsch von der freundschaftlichen Trennung erzählt? Das konnte doch unmöglich auf seinem Mist gewachsen sein!

»Ich bin zu allem Möglichen in der Lage – wenn ich es denn will«, teilte sie ihm hoheitsvoll mit und wich keinen einzigen Zentimeter mehr zurück, weil er schon viel zu weit in ihren Flur vorgedrungen war.

»Ich vermisse dich«, versuchte Frank es mit einer anderen Methode und seinem in letzter Zeit ihr gegenüber häufig bemühten Dackelblick.

»Ich dich nicht! Es geht mir bestens ohne dich. Tut mir Leid, aber das ist die Wahrheit.« Unauffällig sah Lea auf ihre Armbanduhr. In wenigen Minuten würde auch Stephan auftauchen, und aus irgendeinem Grund gefiel ihr der Gedanke nicht, dass die beiden Männer noch einmal aufeinander treffen könnten. Noch heute überlegte sie manchmal, worüber die beiden sich wohl an dem Stehgeiger-Abend auf der Straße vor ihrer Wohnung so angeregt unterhalten hatten.

»Du bist herzlos und kalt.« Anklagend starrte Frank sie an, während er seinen Blumenstrauß wie eine Waffe in die Luft reckte.

»Mag sein.« Sie erwiderte seinen Blick, ohne auch nur mit einer Wimper zu zucken, und fühlte sich sehr stark und unangreifbar. Nicht einmal sein gutes Aussehen fiel ihr heute besonders ins Auge. In letzter Zeit stand sie erstaunlicherweise mehr auf blond.

»Es riecht ganz wunderbar hier. Ich denke, du kannst nicht kochen?« Frank kräuselte die Nase und schnupperte in die Luft wie ein kleiner, niedlicher Hund.

Ein wenig verwirrte es Lea durchaus, dass er plötzlich so flexibel und wendig in der Gesprächsführung war. Aber letztlich konnte sie es allemal mit ihm aufnehmen.

»Kann ich auch nicht.« Was nichts als die Wahrheit war, wie ihre Geburtstagsvorbereitungen eindeutig gezeigt hatten.

In diesem Moment öffnete sich wie aufs Stichwort die Küchentür, und Margarete Ollischewsky betrat die Bildfläche.

»Oh. Dein Besuch ist schon da?« Ihr strahlender Blick streifte Frank, bevor sie Lea anlächelte. »Ich bin praktisch schon weg. Tut einfach so, als sei ich gar nicht vorhanden.«

Margarete zog die Schultern hoch, als wollte sie sich auf diese Weise möglichst schmal und unsichtbar machen. Und griff gleichzeitig nach ihrem Mantel an einem der Garderobenhaken hinter Leas Rücken.

»Nein, nein. Das ist nicht Stephan. Das ist Frank. Mein Exfreund«, beeilte sich Lea, die Situation richtig zu stellen.

»Tatsächlich?« Margarete hängte den Mantel zurück an die Garderobe, wandte sich Frank zu und war plötzlich kein bisschen unsichtbar mehr. »Jetzt sehe ich es auch! Sie sind gar nicht der junge Mann, den ich im Rathaus kennen gelernt habe.«

Der letzte Satz kam so anklagend, dass Frank um einige Zentimeter in sich zusammensackte, während er sich offenbar verzweifelt fragte, warum er nicht zur richtigen Zeit am richtigen Ort gewesen war, um diese energische ältere Dame von sich zu überzeugen.

»Ich habe Lea einen Geburtstagsstrauß gebracht!«, beeilte er sich nach einigen Schrecksekunden zu betonen. »Heutzutage ist eine freundschaftliche Trennung üblich. Und wenn er auch kommt ... also dieser Mann aus dem Rathaus ... ich finde – gleiches Recht für alle.« Zur Abwechslung wedelte Frank diesmal Margarete mit seinen Blumen vor dem Gesicht herum.

»Freundschaft nur, wenn beide damit einverstanden sind. Ansonsten hat jeder das Recht zu beschließen, den anderen nie wieder zu sehen.« Margarete stellte sich dicht neben Lea in die offene Tür.

»Ich jedenfalls wünsche mir Freundschaft.« Franks Lächeln sollte harmlos wirken.

»Ich nicht!« Nervös lauschte Lea ins Treppenhaus.

»Dann sollten Sie lieber gehen.« Obwohl sie höchstens einssechzig groß war, marschierte Margarete mit dem Gebaren eines Preisboxers auf Frank zu.

Ängstlich wich Frank bis fast zu den Treppenstufen zurück. »Aber meine Blumen!« Er wedelte so wild mit dem Strauß durch die Luft, dass rote und gelbe Blütenblätter zu Boden segelten.

»Will ich nicht.« Lea wandte den Kopf ab.

»Du hast dir immer gewünscht, dass ich öfter mal an dich denke und dir eine kleine Aufmerksamkeit mitbringe. Und nun ist es doch nicht recht.« Schmollend schob Frank die Unterlippe vor.

»Nun ist es zu spät.« Lea verzog keine Miene, während sie ihm geradewegs in die Augen sah.

»Zu spät ist zu spät«, bekräftigte Margarete und machte ein strenges Gesicht.

»Das ist unfair!«

»Wer sagt, dass das Leben fair ist? Ich habe es auch nicht als besonders fair empfunden, stundenlang auf dich warten zu müssen, ohne dass du jemals aufgetaucht bist.«

»Aber ...« Frank war von ihrer ungewohnten Konsequenz und Härte sichtlich verwirrt und ließ endlich den Blumenstrauß sinken, rührte sich aber immer noch nicht von der Stelle.

Margarete beschloss zu handeln. Sie nahm endgültig ihren Mantel vom Garderobenhaken, schlüpfte hinein und wandte sich an Lea: »Der Schinken liegt im Backofen. Ich habe die Temperatur ganz niedrig eingestellt. Eine halbe Stunde kannst du ihn dort noch warm halten, dann solltet ihr ihn aber spätestens essen.«

»Danke. Vielen, vielen Dank.« Lea fiel der älteren Frau um den Hals.

»Kein Problem.« Margarete blinzelte ihr zu. »Wenn du mal Zeit hast, kommst du zu mir, und ich bringe dir die Sache mit dem Blätterteig bei. Das ist gar nicht so schwierig, wenn man weiß, wie es geht.«

»Gerne.« Nervös tippelte Lea von einem Fuß auf den anderen und schielte dabei auf ihre Armbanduhr.

»Ruf mich an, wie der Abend war.« Noch einmal zwinkerte Margarete Lea zu und schob dann ihren Arm unter den Ellenbogen des sprachlosen Frank. »Und Sie, junger Mann, begleiten mich jetzt bitte nach unten. In meinem Alter ist der Abstieg von einer Mansardenwohnung zur Haustür nicht mehr ganz so einfach. Aber wie ich gehört habe, sind Sie ja Sportler, also genau der Richtige, um mir zur Seite zu stehen.«

»Ja. Ich bin Sportler.« Noch einmal ruderte Frank mit dem bunten Blumenstrauß durch die Luft. Als Lea aber immer noch keine Anstalten machte, das Gebinde an sich zu nehmen, drehte er sich auf dem Türabtreter um und begann, mit Margarete an seinem linken Arm und dem Strauß in der rechten Hand, den Abstieg ins Erdgeschoss.

XXI

Stephan klingelte wenige Minuten, nachdem Margarete und Frank verschwunden waren. Mit klopfendem Herzen drückte Lea auf den Türöffner und wartete in der offenen Wohnungstür auf ihren einzigen Geburtstagsgast, dessen Schritte sich durch das Treppenhaus zügig näherten. Das Erste, was sie von ihm sah, war eine Wolke bunter Luftballons, die über seinem Kopf tanzten.

Lea kniff einmal kurz die Augen zu und riss sie wieder auf. Sie hatte ihm nicht verraten, dass sie Luftballons liebte! Am meisten mit Helium gefüllte Luftballons, die im Zimmer fröhlich an der Decke klebten oder bis weit, weit in den Himmel stiegen. Weder als Frau Sibylle noch als Lea hatte sie ihm den Tipp gegeben.

»Statt Blumen.« Er blieb dicht vor ihr stehen und zog die Ballons ein wenig herunter, so dass ihre beiden Köpfe mitten in einem Meer aus Farben waren.

Lea hob die Hand und schob sachte einen knallroten Ballon beiseite, der sein Gesicht vor ihr verborgen hatte.

»Das ist sehr schön. Ich danke dir«, flüsterte sie.

»Schön, dass du sie schön findest«, flüsterte er zurück, bevor er seine Lippen auf ihre legte. »Herzlichen Glückwunsch zum Geburtstag, Lea.«

Noch ein Kuss und noch einer. Und jeder war ein wenig länger und leidenschaftlicher als der vorherige. Erneute Atemlosigkeit. Wenn das so weiterging, würde sie sich ein Gerät für künstliche Beatmung anschaffen müssen.

»Komm rein«, sagte Lea, nachdem sie ihre Stimme wieder gefunden hatte.

Mit einem Knall betrat Stephan den kleinen Flur. »Es war ein roter«, tröstete er sie, als sie voller gespielter Empörung herumfuhr. »Davon gibt es drei oder vier.«

»Da hast du ja noch mal Glück gehabt.« Sie lächelte hinauf zur Luftballonwolke. »Wäre es der einzige blaue Ballon gewesen, hätte ich mindestens eine Stunde lang nicht mit dir gesprochen.«

»Unter diesen Umständen nimm sie mir bitte ab. Die Verantwortung kann ich nicht tragen.« Stephan hielt ihr die verknoteten Ballonschnüre hin. Erst jetzt sah sie, dass er eine große Schachtel vor sich her trug.

»Was ist da drin?«, erkundigte sie sich, nachdem sie mit den Ballons vorsichtig bis zu dem kleinen Esstisch im Wohnzimmer gegangen war und sie dort hatte unter die Decke steigen lassen. »Ist das für mich?«

»Es ist nicht so großartig, wie es aussieht.« Plötzlich war Stephan verlegen. Er stellte den Karton auf den niedrigen Schrank an der Wand und wandte sich ihr zu. »Ich wollte dir etwas selbst machen. Etwas mit meinen eigenen Händen für dich tun. Nicht einfach in ein Geschäft gehen und dir ein Geschenk kaufen.«

»Das ist spannend. Darf ich es aufmachen?« Fast ehrfürchtig streckte Lea die Hände nach dem Karton aus.

Im selben Moment, in dem Stephan nickte, hatte sie schon den Deckel angehoben.

»Oh!« Lea starrte die Torte mit den 26 winzigen Kerzen an und konnte sie plötzlich nur noch verschwommen sehen.

»Das hast du selbst gemacht?« Sie ließ ihm keine Zeit zum Antworten. »Noch nie habe ich so etwas Wundervolles, Persönliches bekommen! Nie hat sich jemand so viel Mühe nur für mich gemacht. Ich weiß gar nicht, was ich sagen soll.«

Hastig strich sie sich mit dem Handrücken über die Augen. Was sollte er von ihr denken, wenn sie angesichts einer Geburtstagstorte in Tränen ausbrach? Er würde sie für eine unverbesserliche Heulsuse halten, und soweit sie wusste, waren Männer nicht gerade wild auf Frauen, die bei jeder Gelegenheit losweinten.

»Ich habe für dich gebacken, aber ...« Stephan räusperte sich und starrte den Kuchen in der Pappschachtel an. »Es ist danebengegangen. Viermal. Also habe ich in der Konditorei, die ich auch immer beruflich beauftrage, einen Kuchen geordert. Sie sind dort auf ›Kuchen wie hausgemacht‹ spezialisiert, und ich habe ihnen genau gesagt, wie deine Geburtstagstorte aussehen sollte, wenn ich sie hinbekommen hätte.«

Lea schluckte, wischte sich noch einmal über die Augen und musste dann grinsen. »Wenn du für mich vier Versuche gemacht hast, ist das noch besser als eine selbst gebackene Torte, die im ersten Anlauf gelungen ist«, stellte sie dann nachdrücklich fest.

»Nächstes Jahr mache ich einen neuen Versuch. Und wenn es dann immer noch nicht klappt, übernächstes Jahr. Du wirst sehen, ich bin hartnäckig.«

Lea sah ihn lange stumm an und versuchte, sich vorzustellen, was in einem oder zwei Jahren zwischen ihnen sein würde. Dann hob sie die Arme und legte sie ihm um den Hals.

»Danke«, flüsterte sie an seinem Ohr. »Für die vielen Versuche und für die Torte, für die Luftballons und für dich. Weil du bist, wie du bist.«

Nachdem sie ihn einige Tage nicht gesehen hatte, war sie ein bisschen verlegen, als sie ihn spontan umarmte. Aber dann fühlte sie sich doch ganz zu Hause, das Gesicht an seiner Schulter, seinen Duft nach herbem Aftershave und frisch geduschtem Mann in der Nase.

Nachdem sie lange genug seine Nähe gespürt und eingeatmet hatte, befreite Lea sich vorsichtig aus seinen Armen.

»Ich muss dir auch was gestehen. Ich habe genau drei Versuche mit dem Essen gemacht, das ich heute für dich kochen wollte. Hat aber irgendwie nicht geklappt. Trotz Tinas telefonischer Tipps. Beim ersten Mal nicht, beim zweiten Mal nicht und beim dritten Mal erst recht nicht. In meiner Not habe ich mich schließlich an die nette Frau Ollischewsky gewandt.«

Lea stockte, weil ihr plötzlich einfiel, dass sie Frau Ollischewsky vor nicht allzu langer Zeit im Rathaus als ihre Großmutter vorgestellt hatte. Es war furchtbar, dass ihre Schwindeleien immer einen ganzen Rattenschwanz von neuen Lügen notwendig zu machen schienen. Obwohl Stephan in diesem Fall nicht wissen konnte, wer Frau Ollischewsky war und dass es sich um Leas angebliche Großmutter handelte. Sie erinnerte sich genau, dass sie damals im Rathaus den Namen der älteren Frau nicht genannt hatte. Also atmete sie tief durch und fuhr fort: »Frau Ollischewsky ist dann kurzerhand hergekommen und hat den Schinken im Blätterteig eigenhändig zubereitet. Ich habe eine Zeit lang zugesehen und ihr die Zutaten gereicht und so. Aber ohne sie wäre das nie was geworden.«

Sie sahen einander in die Augen und begannen gleichzeitig zu lachen.

»Jedenfalls haben wir uns beide große Mühe gegeben«, prustete Lea. »Und trotzdem musste es zum guten Schluss jemand anders in die Hand nehmen.«

»Aber immerhin haben wir es versucht. Darauf kommt es an.« Stephan wischte sich die Lachtränen aus den Augenwinkeln. »Sieht so aus, als würden wir gut zusammenpassen.«

Nach seinem letzten Satz war es plötzlich still zwischen ihnen. Dann zog er Lea in die Arme. »Danke«, flüsterte er an ihrem Ohr, so, wie sie es vorher bei ihm getan hatte. »Danke für die Versuche und dafür, dass es dann doch nicht geklappt hat. Ich komme mir jetzt längst nicht mehr so unfähig vor.« Seine Worte schwebten auf einem Lachen, das ganz hinten in seiner Kehle lauerte.

Lea schlug ihm spielerisch auf die Schulter, obwohl sie sich in seiner Umarmung wieder so unverschämt wohl fühlte, dass sie sich am liebsten gar nicht bewegt hätte.

»Ich weiß überhaupt nicht, was daran so erfreulich sein soll, dass wir beide offenbar nicht kochen können«, stellte sie voller gespielter Empörung fest. »Wir zwei allein auf einer einsamen Insel würden wahrscheinlich verhungern.«

»Oh nein. Wir werden von Luft und Liebe leben, und es wird einfach wunderbar werden.« Er tupfte ihr einen kleinen, spielerischen Kuss auf die Lippen und ließ sie widerstrebend los.

Lea wandte sich der Küchentür zu. »Dann essen wir jetzt am besten, bevor Margaretes Werk im Backofen verdirbt.«

»Kann ich irgendetwas helfen?«

»Nein! Du bist mein Gast und setzt dich an den Tisch. Es ist sowieso schon alles fertig.« Insgeheim befürchtete Lea, dass durch zwei ungeschickte Menschen in der Küche noch mehr passieren könnte als durch sie allein.

Gehorsam verschwand Stephan wieder im Wohnzimmer.

Lea beeilte sich, die beiden Salate hinüber ins Wohnzimmer zu tragen, die sie fast ganz allein zubereitet hatte. Nachdem sie die Schüsseln auf dem blütenweißen Tischtuch abgestellt hatte, holte sie den Schinken und das Kartoffel-Sahne-Gratin aus dem Backofen und ließ sich, völlig erschöpft von diesen verantwortungsvollen Tätigkeiten, auf den zweiten Stuhl am Esstisch fallen.

»Wollen wir anfangen?« Ratlos wedelte sie mit einem großen Sägemesser und einer überdimensionalen Fleischgabel herum.

»Natürlich! Das sieht äußerst appetitlich aus. Außerdem habe ich seit dem Frühstück kaum etwas gegessen. Nur Unmengen von Kaffee getrunken. Zu viel Stress mit der Abreise der Kongressteilnehmer. Jeder schien irgendetwas verlegt oder verloren zu haben, vorzugsweise die Autoschlüssel oder die Fahrkarte für die Heimfahrt.« Stephans Augen leuchteten beim Betrachten des ummantelten Schinkens.

»Öffnest du bitte den Wein und schenkst ein?«

Sie wollte nicht, dass er ihr allzu genau zuschaute, während sie den Schinken aufschnitt, weil sie befürchtete, auch darin nicht besonders talentiert zu sein.

Während Stephan mit dem Korkenzieher hantierte, ging Lea beherzt mit dem Messer auf die knusprige Teighülle los. Die erste Scheibe hatte in der Mitte ein Loch, und der Teig bröckelte ab. Die zweite sah schon ganz gut aus, und sie legte sie Stephan auf den Teller. Die nächste Scheibe war zu ihrem eigenen Erstaunen fast perfekt, und Lea tauschte rasch die Teller, damit Stephan dieses Stück bekam. Dann schob sie ihm die Salatschüsseln und die Gratinform hin und lehnte sich aufatmend zurück.

»Auf eine wunderbare Köchin und Frau.« Nachdem sie schweigend die ersten Bissen gegessen hatten, hatte Stephan sein Glas erhoben.

»Also, auf Frau Ollischewsky.« Lea griff ebenfalls nach ihrem Weinglas.

»Auch auf Frau Ollischewsky«, stimmte Stephan ihr zu. »Natürlich auch auf sie. Aber du wirst erlauben, dass ich dich etwa hundertmal wunderbarer finde, obwohl Frau Ollischewsky ganz sicher eine tolle Frau ist. Du bist wahrscheinlich das Beste, was mir jemals passiert ist.«

»Hör auf, so was zu sagen!« Lea verbarg ihr Gesicht unter dem Vorwand, sich den Mund abzuwischen, hinter der Serviette.

»Warum machen Komplimente dich so verlegen?«, erkundigte sich Stephan ernst, nachdem sie sich wieder einigermaßen beruhigt hatte.

»Ich bin nicht im Mindesten verlegen!« Sie schaffte es tatsächlich, ihm zehn Sekunden lang starr in die Augen zu sehen, bevor sie den Blick wieder auf ihren Teller senkte. »Du musst nicht glauben, dass du der erste Mann bist, der mir ein Kompliment macht.«

Verzweifelt griff sie nach ihrem Glas, stürzte den Inhalt fast zur Hälfte hinunter und fragte sich, weshalb sie manchmal völlig unvermittelt in seiner Nähe die Stacheln aufstellte wie ein Igel, der Gefahr witterte.

Nur wenn sie im Bett waren, war das anders, dort sprachen ihre Körper zueinander, und alles war ganz einfach. Es gab nichts, was sie vor ihm verbergen oder von ihm befürchten musste, weil er ihr, wortlos und voller Zärtlichkeit, so sehr das Gefühl gab, jeden einzelnen Zentimeter an ihr zu lieben. Selbst ihre kleinen, festen Brüste, die ihr immer so unzureichend erschienen waren, schien er zu vergöttern, wölbte seine Finger über ihnen, liebkoste sie mit den Lippen und konnte sich nicht satt an ihnen sehen.

»Wovor hast du Angst?« Stephan legte sein Besteck weg und suchte ihren Blick, während sie an ihm vorbei durchs Fenster in die Abenddämmerung sah.

»Ich weiß, dass du mir nichts tun wirst. Wovor sollte ich also Angst haben?«, fragte Lea ihrerseits die Palme vor ihrem Fenster.

»Vor Verletzungen, Enttäuschungen, Vertrauensbrüchen?« Stephan drehte kurz den Kopf, um festzustellen, mit wem sie eigentlich redete.

»Ich habe keine Angst, und basta! Schließlich bist du kein gesuchter Massenmörder oder so etwas.« Diesmal wandte sie sich an das verkümmerte Usambaraveilchen, das sich offenbar an ihrem Südfenster nicht besonders wohl fühlte.

»Nein. Aber ich bin der Mann, der gerade dabei ist, sich unsterblich in dich zu verlieben. Eigentlich habe ich mich schon am ersten Tag in dich verliebt. Aber damals kannte ich dich noch nicht wirklich. Und nun ... Je mehr ich von dir erfahre, umso schlimmer wird es.«

»Schlimmer? Wieso schlimmer?« Versehentlich sah sie ihm für einige viel zu lange Sekunden in die Augen und spürte prompt, wie ihr Magen einen Purzelbaum machte.

»Mit der Liebe. Und glaube mir, ich habe mindestens so viel Angst wie du, verletzt zu werden.«

Darauf fiel ihr nichts ein, außer nach ihrem Glas zu greifen und sich den restlichen Inhalt mit Schwung einzuverleiben. Über den kleinen Esstisch senkte sich Schweigen. Nicht einmal die Bestecke klapperten, weil sie beide aufgehört hatten zu essen.

»Das Problem ist nur … ich hatte doch beschlossen, dass ich mich nicht mehr verlieben will. Jedenfalls vorerst nicht«, erklärte Lea schließlich mit einem hilflosen Schulterzucken. »Immer wenn ich mich verliebt habe, ist es bisher der falsche Mann gewesen. Und immer hat der Typ von mir erwartet, dass ich mich verbiege. Meistens habe ich es auch getan. Bis vor nicht allzu langer Zeit habe ich jedes Wochenende auf dem Fußballplatz verbracht, obwohl ich Fußball unglaublich langweilig finde. Trotzdem kann ich dir ganz genau erklären, was Abseits ist oder ein Hattrick und all diese Dinge. Das ist typisch für mich. Aber ich will nicht mehr so sein.«

»Dann sei doch einfach nicht so!«

Stephans schmale, aber kräftige Finger legten sich um den Stiel seines Weinglases, glitten daran herab bis zum Fuß und strichen fast zärtlich über die glatte Oberfläche. Es gelang Lea nicht, ihren Blick von seiner Hand zu lösen, und ihre Kehle wurde eng, als sie daran dachte, wie sich seine Fingerspitzen auf ihrer Haut anfühlten.

»Werde ich auch nicht sein!«, erklärte sie trotzig.

Stephan ließ sein Weinglas los und legte seine Hand über ihre, die unter seiner sanften Berührung erbebte wie ein gefangenes Vögelchen. »Das Letzte, was ich will, ist, dass du dich selbst vergisst und verleugnest und verlierst. Ich liebe dich genau so, wie du bist. Mit all deinen Macken und Widersprüchen.«

»Welche Macken und Widersprüche?«, piepste sie, während sie versuchte, das Kribbeln, das plötzlich auf ihrer Haut und überall in ihrem Körper war, zu ignorieren.

Sein Lächeln landete wie ein großer, bunter Schmetterling mitten in ihrem Herzen. »Ich liebe sie, weil sie zu dir gehören, aber ich bin nicht dazu da, sie dir aufzuzählen.«

Sie legte die Stirn in Falten, griff nach ihrer Gabel und schob das Fleisch auf ihrem Teller hin und her, ohne auf den Gedanken zu verfallen, etwas davon zu essen.

»Aber wenn es zwischen uns so gut funktioniert, dann tut es doch am Ende nur noch mehr weh, wenn es schief geht.« Die Worte drängten über ihre Lippen, obwohl sie sie lieber zurückgehalten hätte.

»Ich fürchte, das Risiko müssen wir eingehen.«

»Und du?«, flüsterte sie. »Wovor hast du Angst?«

Sie erschrak, als sie sah, wie in seinen Augen ein Vorhang fiel.

»Es gab ein paar kleine Verluste. Nichts, was man nicht in ein paar Wochen hätte überwinden können. Aber einmal habe ich wirklich verloren, Kopf und Kragen, Herz und Verstand. Ich lag am Boden und hatte das Gefühl, nie mehr aufstehen zu können, und wenn ich es irgendwie vermeiden kann, möchte ich das nie wieder durchmachen müssen«, sagte er schließlich mit tonloser Stimme. Seine Hand, die wieder nach ihrer gegriffen hatte, verkrampfte sich für einen Moment schmerzhaft über ihren Fingern.

Lea starrte ihn verblüfft an. Er hatte so unverletzbar auf sie gewirkt. So als würde ihm alles gelingen und nichts seine Lächeln zum Gefrieren bringen können.

»Einmal dachte ich, ich hätte sie gefunden, die Frau, mit der alles möglich schien. Eine Nordpolexpedition genauso wie ein halbes Dutzend Kinder.«

»Und was ist dann passiert?« Sie ertappte sich dabei, dass sie tröstend seine Hand streichelte. »Warum bist du jetzt hier, bei mir, und nicht mit ihr am Nordpol oder dabei, das vierte oder fünfte Kind zu produzieren?«

Stephans Stimme war sehr leise geworden. »Ich hätte ihr den Betrug verzeihen können. Es war Alkohol im Spiel, und ich glaube, sie hat dieses eine Mal wirklich bereut. Was mich tatsächlich verletzt hat, waren ihre Lügen. Wie sie noch versucht hat, sich aus der Sache herauszureden, als schon längst alles klar war. Wie sie nicht zu ihrem Fehler stehen konnte. Ich habe Lügen schon immer gehasst, aber seitdem ...«

Lea spürte wieder das schon fast vertraute Brennen unter ihrem Brustbein, während sie sich fragte, wo ein Betrug anfing und ob es schlimme und weniger schlimme Lügen gab. Aber sie rief sich sofort zur Ordnung, denn dies war ihr Geburtstag. Kein Tag für Geständnisse oder ein schlechtes Gewissen. Dafür war morgen und übermorgen noch genügend Zeit.

Stephan beugte sich so weit vor, dass über dem Tisch ihre Gesichter nur noch wenige Zentimeter voneinander entfernt waren. »Ich wünsche mir so sehr, dass nach dem unglücklichen Anfang, den wir miteinander hatten, Vertrauen, Offenheit und Wahrheit zwischen uns herrschen. Darum möchte ich dir auch ein Geständnis machen, das mir furchtbar im Magen liegt.«

Lea schnappte nach Luft. »Du willst mir ein Geständnis machen? Heute, an meinem Geburtstag?« Obwohl ihr Glas leer war, klammerte sie sich verzweifelt daran fest. Diese Geste nahm Stephan als Aufforderung, ihr nachzuschenken.

Nachdem er sowohl ihr Glas als auch seines wieder gefüllt hatte, räusperte sich Stephan ausgiebig, während Lea krampfhaft überlegte, ob er ihr vielleicht Gelegenheit geben wollte, ihm zuvorzukommen und die Wahrheit zu gestehen, die er längst kannte. Ihre Gedanken wirbelten wild und ziellos durcheinander.

»Wahrheit ist auch ein Geschenk«, sagte er schließlich leise. »Es geht um die Sache mit dem Stehgeiger und um ein paar andere Kleinigkeiten.«

Lea hielt sich mit beiden Händen an der Tischkante fest, während sie ihm verzweifelt ins Gesicht starrte. Wie konnte er in einer Minute von Vertrauen und Offenheit sprechen und in der nächsten Minute erklären, dass er längst wusste, wie sehr sie ihn hinters Licht geführt hatte? Das passte doch alles nicht zusammen!

»Ich muss dir auch etwas gestehen«, fiel sie ihm rasch ins Wort.

»Darf ich erst zu Ende reden? Und dann sagst du, was du sagen möchtest?«

»Nein!«, rief sie panisch, obwohl sie genau wusste, dass jetzt, so kurz vor ihrer Entlarvung, ohnehin nichts mehr zu retten war. »Es geht ganz schnell. Und irgendwie ist es wohl das Gleiche, worüber wir reden.«

»Wieso?«

»Äh …« Sie wollte es ihm sagen, aber sie wusste einfach nicht wie! Sie hatte noch nicht darüber nachgedacht. Es vor sich hergeschoben, es aufgeschoben, bis nach ihrem Geburtstag, bis sie sich besser kannten, bis sie sicherer einschätzen konnte, wie er reagieren würde, bis irgendwann …

Auch Stephan schien für den Moment den Faden verloren zu haben. Sein Blick ruhte tief in ihrem. Mit einer ungeduldigen Geste schob er seinen Teller weg und griff nach ihren Händen.

»Hast du keinen Hunger mehr?«, fragte sie leise.

»Oh doch. Ich habe furchtbaren Hunger.« Plötzlich funkelten seine Augen, und seine Pupillen waren so groß, dass sie endgültig darin versank. »Ich möchte dich riechen, dich schmecken, dich spüren. Ich habe mich während der Tage in Hamburg so sehr nach dir gesehnt.«

Sie atmete tief ein, schon wieder ohne Worte, aber bis oben angefüllt mit Gefühl. Es rollte heiß durch ihre Adern, kribbelte auf ihrer Kopfhaut und pochte heftig in ihrer Brust.

Unfähig sich zu rühren, sah sie zu, wie Stephan mit dem Zeigefinger über die Torte strich, die auf dem Beistelltisch stand. Dann beugte er sich vor, streckte die Hand aus und strich über ihren Mund, zeichnete mit Schokosahne die Form ihrer Lippen nach und ließ den Finger in ihre Mundhöhle gleiten, um sie die Creme kosten zu lassen.

Es war ein unendlich erotisches Gefühl, wie er sanft ihre Zunge und ihren Gaumen streichelte, während sich die Sahne in der Wärme ihres Mundes auflöste. Nur widerstrebend öffnete sie die Lippen, um seinen Finger wieder freizugeben.

»Ich habe noch mehr Hunger«, flüsterte sie heiser.

»Jetzt bin ich erst mal dran.« Sein Atem kam stoßweise, während er zärtlich Sahnetupfen auf ihre Lippen setzte und sie sanft verstrich. Dann zog er sie von ihrem Stuhl hoch, beugte sich über ihr aufwärts gewandtes Gesicht und nahm so vorsichtig die köstliche Creme mit der Zungenspitze auf, dass sie nur fedrige Berührungen spürte, die sie in Brand setzten.

Als seine Zunge sanft in ihren Mundwinkel tauchte, um den letzten Rest Sahne zu erhaschen, drängte sich ihr Körper ohne ihr Zutun eng an seinen, und ihre Arme schlangen sich um seinen Nacken.

Sie versanken in einem langen, leidenschaftlichen Kuss, der weich und süß wie die Schokoladencreme war und noch viel besser schmeckte.

Seine Hände strichen über ihren Körper. Durch den dünnen Stoff ihres Kleides spürte sie seine Berührungen als brennende Zärtlichkeit, die als pures Verlangen über ihre Haut wanderte, zwischen ihre Schulterblätter glitt, bis hinunter auf ihre Hüftknochen und wenig später bis zu den Spitzen ihrer Brüste, die sich seinen Händen hungrig entgegenreckten.

»Ich glaube, ich könnte nie, nie genug von dir bekommen.« Er fing ihr Ohrläppchen zwischen seinen heißen Lippen ein, knabberte an ihrem Schlüsselbein, ließ seine Zunge über ihre Kehle gleiten und öffnete geschickt die Häkchen im Rücken ihres Kleides, um den Stoff über ihre Schulter zu schieben und die zarte, weiche Haut an ihrem Brustansatz zu liebkosen.

Lea spürte, wie ihre Knie nachgaben, so dass sie fast auf den Teppich gesunken wäre und ihn mit sich gezogen hätte. Aber es war ihr Geburtstag, und sie wollte es anders. Nicht spontan und überwältigt von einer Leidenschaft, die sie wie aus dem Nichts kommend überrollte, sondern sehr bewusst, wie ein Geschenk, das sie sich selbst machte, aber gleichzeitig von ihm bekam und an ihn erwiderte. Sie hatte sich auf dieses besondere Geburtstagsgeschenk sorgfältig vorbereitet.

Nicht nur, dass sie ihre schönste Unterwäsche trug, sie hatte auch die kühlen, glatten Seidenbezüge mit den riesigen, schimmernden, blassgelben Blüten, die sie zu Weihnachten von Tina bekommen und bisher nie benutzt hatte, über Kissen und Decke ihres breiten Bettes gezogen. Dann war sie durch die Wohnung geeilt und hatte lauter verschiedene Leuchter mit allen Arten und Farben von Kerzen zusammengesucht, um sie in ihrem Schlafzimmer zu verteilen. Das war ihr dann aber zu übertrieben und offensichtlich erschienen, und sie hatte sämtliche Kerzenhalter zurück an ihre Plätze gebracht und nur den zarten Glasleuchter mit der schlanken, weißen Kerze auf dem Tischchen neben ihrem Bett stehen gelassen.

»Komm«, sagte Lea und griff nach Stephans Hand.

Seite an Seite betraten sie das kleine Schlafzimmer, in dem der Duft der frischen Bettwäsche in der Luft hing. Stephan sah sich ruhig und aufmerksam um, und für einen Moment wünschte sie, sie hätte die schlichten, graulila gestreiften Bettbezüge verwendet, die sie am allerliebsten hatte und die vom vielen Waschen schon weich wie dünner Samt waren.

»Ich musste sowieso das Bett frisch beziehen«, murmelte sie angesichts der leuchtenden Bettwäsche.

»Die Bezüge sind wunderschön. Unbedingt solltest du an deinem Geburtstag in gelben Rosen schlafen.« Er hob sie so überraschend hoch, dass sie einen leisen Schrei ausstieß, und warf sie mitten in das blassgelbe Blütenmeer, so dass ihr Gesicht in eine riesige, voll erblühte Blume an der rechten oberen Ecke der weichen Steppdecke tauchte.

Bevor es ihr gelang, sich wieder hochzurappeln, lag er neben ihr, schlang die Arme um sie und sah ihr aus wenigen Zentimetern Entfernung ins Gesicht.

»Genau davon habe ich geträumt.« Sein Atem, der nach Wein und Pfefferminz roch, strich ihr zärtlich über die Lippen.

»Ich habe auch immerzu daran gedacht«, entschloss sie sich nach kurzem Zögern zuzugeben, obwohl sie sich dabei ein wenig verrucht fühlte. Es war immer noch schwierig, ihm gegenüber aus ihren Gefühlen und Wünschen kein Geheimnis zu machen.

Als hätte er nur auf diese Worte gewartet, zog Stephan sie eng an sich heran, so eng, dass sie nun auch deutlich spüren konnte, wie sehr er sich nach ihr sehnte.

Irgendetwas war an diesem Mann, das ihr immer, wenn er sie berührte, das Gefühl gab, alles zum ersten Mal zu erleben. Jeder Kuss und jede Zärtlichkeit war neu und anders, als sie es je zuvor empfunden hatte, und bekam eine besondere, tiefe Bedeutung.

Als seine Hände unter den Stoff ihres Kleides glitten und sie verführerisch streichelten, schnappte Lea nach Luft. Nur allzu genau wusste sie, dass sie sich schon bald unter seinen zärtlichen Händen verlieren würde. Langsam und ohne Gegenwehr ertrank sie in der Zärtlichkeit seiner Lippen, die sich ihren Weg zu ihren Brüsten gebahnt hatten. Das Gefühl der Nähe überschwemmte sie wie eine haushohe Welle.

Sachte ließ er seinen Daumen über ihre feuchte Brustspitze gleiten, die er eben noch mit den Lippen liebkost hatte. Sein Lächeln streichelte ihr Gesicht, und sie hatte das unwirkliche Gefühl, fliegen zu können.

Lea senkte die Lider und blinzelte ihn unter ihren dunklen Wimpern hervor schelmisch an, während sie ihre Hand zum Reißverschluss seiner Hose bewegte und ihn langsam nach unten zog. Ganz vorsichtig, als hätte sie es mit einem äußerst empfindlichen Gegenstand zu tun, ließ sie ihre Fingerspitzen unter den Stoff gleiten, fand seinen warmen, festen Penis, umfing ihn schmeichelnd, streichelte und drückte ihn sehr sanft und hielt dabei seinen Blick fest. Sie liebte das Flackern in seinen Augen, wenn sie den Druck ein wenig verstärkte und ihre Hand mit einer streichelnden Bewegung mehrmals auf und ab bewegte. Schon jetzt wusste sie, dass sie sich dieses Flackern wieder und wieder wünschen würde, weil es ihr zeigte, wie sehr er ihre Zärtlichkeit und die Nähe ihres Körpers genoss.

»Es gibt da etwas, was ich gern wissen würde«, flüsterte sie und strich mit der Kuppe des Daumens leicht über die kleine Kerbe an der Spitze seines Penis.

»Was denn?« Das Flackern in seinen Augen hatte sich verstärkt. Sie verliebte sich nun noch zusätzlich in die raue Unsicherheit, mit der er diese Worte herausstieß. Sein Lächeln war gleichzeitig selig und gequält.

Ohne die zärtliche Umklammerung seiner Männlichkeit zu lösen, zog sie ihm mit der anderen Hand die Hose mitsamt Unterhose über die Hüften nach unten. Dann beugte sie sich vor und umfing ihn sanft mit den weichen, feuchten Innenseiten ihrer geöffneten Lippen.

Seinen stockenden Atem und sein unterdrücktes Stöhnen zu hören, verursachte ein jubelndes Gefühl in ihrer Brust und ein sehnsüchtiges Ziehen zwischen ihren Schenkeln. Noch nie hatte sie sich so sehr gewünscht, einen anderen Menschen glücklich zu machen.

»Ich frage mich …« Sie hob den Kopf und sah ihm von unten ins Gesicht. Die zarten Schweißperlen auf seiner Oberlippe weckten eine noch größere Zärtlichkeit in ihr, und gleichzeitig wuchs das Lachen in ihrer Kehle wie eine schillernde Seifenblase. »Ich frage mich, worüber Frank und du neulich nachts auf der Straße geredet habt, während ich mit dem Mann vom Schlüsseldienst oben war.« Mit einem sanften Streicheln über die Innenseiten seiner Schenkel verlieh sie ihren Worten Nachdruck.

Zweimal atmete er tief ein und aus, dann klang seine Stimme fast normal, als er ihr antwortete: »Du bist eine kleine Hexe, nicht wahr? Eine Hexe, die sich jederzeit in eine sanfte, süße Fee verwandeln kann, dann wieder in ein verletztes Mädchen und in der nächsten Sekunde in die verführerischste Frau, die ich jemals gekannt habe.«

Seine Mundwinkel zuckten, und sie wusste, dass auch in seinem Hals das Lachen lauerte, das so bezeichnend für ihr Zusammensein war. Ebenso wie das Zurückzucken und wieder zueinander finden, die ernsthaften Gedanken und das gelegentliche vertraute Schweigen.

»Es wäre schön, wenn ich hexen könnte«, sagte sie leichthin und ließ ein Dutzend winziger Küsse wie eine Perlenschnur über seinen Bauch laufen. »Dann würde ich sofort die Wahrheit aus dir herauszaubern und müsste mich nicht anderer Methoden bedienen. Verrätst du es mir nun? Ich bin neugierig.«

»So betrachtet ist es vielleicht doch vorteilhaft, dass du keine ganz echte Hexe bist. Deine anderen Methoden gefallen mir ausnehmend gut.« Er erwiderte ihr zärtliches Geschenk, indem er ihr eine Kette aus Küssen über die zarten Knochen des Schlüsselbeins legte und mit geöffneten Lippen und sanfter Zunge einen passenden Anhänger dorthin malte, wo die Schlucht zwischen ihren Brüsten begann.

Lea schob ihre Hand zwischen seine Schenkel, streichelte und knetete, reizte und liebkoste ihn und sah ihm dabei aufmerksam in die Augen. »Und diese Methode?«, erkundigte sie sich und ließ das erste kleine Lachen zwischen ihren Lippen aufsteigen.

Sein Blick umfing sie, als würde er ein Wunder sehen. »Ich wäre dumm, würde ich mein Geheimnis preisgeben, solange ich so viel dafür bekomme und vielleicht noch mehr herausschlagen kann, nicht wahr?« Auch seine Worte wurden nun von kleinen, fröhlichen Geräuschen tief aus seiner Kehle unterbrochen. »Allerdings habe ich keine Ahnung, wie lange ich dir werde widerstehen können. Versuch es ruhig weiter.«

Er zog sie an sich, umschlang sie mit seinem ganzen Körper und bewegte Arme und Beine so sanft und atmete so tief, dass sie sich fühlte, als würde er sie überall streicheln. Seine Haut an ihrer Haut, sein Atem auf ihrem Körper. Von da an sprachen sie kein Wort mehr. Doch ihre Augen sprachen miteinander, und ihre Hände und Lippen hielten Zwiesprache.

Lea hatte das Gefühl, als würde sie kopfüber in ein warmes Meer tauchen, in dem sanfte Wellen sie schaukelten, weiches Wasser zärtlich ihre Glieder umspielte und der Moment des Ertrinkens der schönste von allen sein würde.

Und als sie ihn nicht nur überall auf ihrer Haut spürte, sondern auch tief in sich aufnahm, sich weiter öffnete, als sie es jemals vorher getan hatte, fühlte sie sich bis oben hin angefüllt mit Zärtlichkeit und Liebe, gestreichelt und angenommen mit jeder Faser ihres Körper und jedem Teil ihres Seins, während seine Arme und Beine sie umschlangen und sein Blick sie festhielt, so dass ihr kein anderer Ausweg blieb, als freudig in ihm unterzugehen. So wie er in ihr unterging, als sie beide gleichzeitig die Lippen zu einem tiefen Seufzer öffneten, in dem ihr Atem sich vermischte. In seinen Augen versinkend, hatte Lea für einen atemlosen Moment das Gefühl, wie in einem Traum schwerelos dicht über dem Blau des sommerlichen Meeres dahinzugleiten, bevor sie in seine Tiefen fiel, tiefer und tiefer, für einige Sekunden versunken in der Ewigkeit.

Als sie langsam wieder auf die Erde zurückkehrte und den glatten Stoff des Bettbezugs unter ihrem Rücken wahrnahm, die Falten spürte, die die Decke schlug und die tatsächlich ein wenig an das Meer an einem windigen Sommertag erinnerten, als sie wieder fühlen konnte, wo ihr Körper endete und seiner begann, hätten ebenso gut Minuten wie Stunden vergangen sein können. Sie hatte jegliches Gefühl für die Zeit verloren.

»Eines Tages möchte ich mit dir ans Meer fahren«, sagte sie verträumt und strich sanft mit dem Zeigefinger über seinen Oberarm.

»Ja, das wäre schön. Dich zu lieben ist wie tief ins Meer zu tauchen«, sagte Stephan, und bei seinen Worten hatte sie das Gefühl, noch einmal von den warmen Wellen seiner Zärtlichkeit überspült zu werden.

Lange schwiegen sie miteinander, fühlten sich einfach nur wohl, genossen die Nähe und die Zärtlichkeit, die bei jeder kleinen Bewegung zwischen ihren nackten Körpern hin und her floss.

Lea hatte das Gefühl, mitten im Himmel, auf einer weichen, warmen Wattewolke gelandet zu sein und in Sphären zu schweben, wo es nur Liebe, Lust und Zärtlichkeit gab.

Dann zeichnete Stephan mit dem Zeigefinger sanft die Konturen ihres Gesichts nach, sah ihr in die Augen und sagte: »Ich muss es dir endlich sagen.«

Sie richtete sich erschrocken auf, wollte den Finger auf seine Lippen legen und ihm irgendwie Einhalt gebieten. Doch er ließ sich weder aufhalten noch ablenken, holte einfach nur tief Luft und fuhr fort:

»Ein Teil dieser Dinge, die ich für dich getan habe, der Geiger unter deinem Schlafzimmerfenster oder das Mitternachtsessen – diese Ideen stammten nicht von mir. Es mag dir lächerlich vorkommen, aber ich habe an eine Briefkastentante geschrieben und sie gefragt, was ich wohl tun kann, um eine Frau von mir zu überzeugen, in die ich mich verliebt habe.«

Lea fühlte sich plötzlich so kraftlos, dass ihre Hand von seiner Schulter glitt. Sie starrte ihn an, öffnete den Mund und schloss ihn wieder.

Stephan redete weiter, erklärte und entschuldigte sich, aber sie schaffte es kaum, den Sinn seiner Worte zu erfassen. Ihr Gewissen drückte sie schwer in die Kissen, und ihre Angst und Feigheit verschlossen ihr den Mund. Sie hasste sich und wusste, genau das würde auch Stephan tun, wenn sie es ihm sagte. Später irgendwann. Denn dies war ihr Geburtstag, und an diesem Tag wollte sie noch einmal das Glück kosten. Vielleicht zum letzten Mal.

Nachdem er zu Ende gesprochen hatte, beugte sie sich über ihn und küsste ihn, bis er keinen Gedanken mehr an die Vergangenheit verschwendete und sie die Zukunft vergessen konnte.

XXII

Das Stimmengewirr in Leas kleinem Wohnzimmer übertönte sogar die Musik, die nicht gerade leise eingestellt war. Die ausgelassenen Geburtstagsgäste tummelten sich auch in der engen Diele und in der Küche, wo auf dem Tisch ein Buffet aufgebaut war. Diesmal hatte Lea einen Teil der Köstlichkeiten bei Luigi bestellt, und Tina, die am Vorabend von ihrer Reise mit Jürgen zurückgekehrt war, hatte ebenfalls einige Salate und ihre berühmten gefüllten Champignonköpfe beigetragen.

Die Gäste der nachträglichen Geburtstagsfeier waren bunt zusammengewürfelt. Neben Leas Kollegen aus der Redaktion und einigen Freundinnen, die sie teilweise seit ihrer Schulzeit kannte, waren auch Margarete Ollischewsky und Johann Priebe da, die sich inmitten der viel jüngeren Leute kein bisschen unwohl zu fühlen schienen. Gerade eben tanzte das ältere Paar auf dem freien Platz vor der Musikanlage etwas, das Johann großartig als »Boogie« angekündigt hatte, das aber eher wie ein Ringkampf wirkte, bei dem die beiden Beteiligten sich vor Lachen nicht zu halten wussten.

In Gedanken versunken stand Lea da und sah dem Paar zu, während sie sich fragte, ob und mit wem sie in fünfzig Jahren so glücklich und übermütig sein würde. Als Tina sie in die Seite stupste und ihr fröhlich ins Ohr lachte, brauchte sie einen kurzen Moment, um aus ihren Gedanken wieder in die Gegenwart zu finden.

»Jürgen musste kurz in die Druckerei, da gibt es irgendetwas zu klären«, verkündete Tina ein wenig atemlos, weil auch sie bis vor kurzem mit dem Mann ihres Herzens auf der winzigen Tanzfläche herumgetobt hatte. »Wenn du Lust hast, können wir die Zeit nutzen, um uns gegenseitig auf den neuesten Stand der Dinge zu bringen.«

Seit Tinas Eintreffen mit diversen Salaten und Jürgen als tatkräftigem Schüsselträger im Gefolge hatten die Freundinnen keine Gelegenheit gehabt, sich in Ruhe zu unterhalten. Nun zog Tina, jenes strahlende Lächeln auf den Lippen, das sie seit ihrem Auftauchen jede einzelne Sekunde im Gesicht getragen hatte, Lea mit sich ins Schlafzimmer, dem einzigen Raum in der Wohnung, dessen Tür für die Gäste nicht weit offen stand.

Tina ließ sich auf die Bettkante plumpsen und sah die Freundin erwartungsvoll an. »Wann kommt denn nun dein Pfefferminzteemann? Hat er noch beruflich zu tun?«

Eine Weile schluckte Lea an ihrer Antwort, während sie von innen an der geschlossenen Tür lehnte, dann sagte sie, was sie der Freundin ohnehin sagen musste, weil es ihr entsetzlich auf der Seele brannte: »Stephan wird nicht kommen.«

»Wieso nicht? Es ist doch nicht etwa schon wieder aus? Du klangst so glücklich, als wir zuletzt miteinander telefoniert haben.« Tinas Blick blieb an Leas Fingern hängen, die sich pausenlos miteinander verflochten und wieder lösten.

»Nein. Es ist nicht aus. Und es ist wirklich wunderschön. Die Nacht meines Geburtstags, als er hier war ... So etwas habe ich noch nie gefühlt. Das ist ja gerade der Grund, weshalb ich so viel Angst habe, es ihm zu sagen. Ich will das nicht verlieren.« Ihr Kummer und ihre Not strömten nun ohne Punkt und Komma aus Lea heraus, nachdem die Schleuse geöffnet war.

»Du hast ihm die Geschichte mit Frau Sibylle noch immer nicht gebeichtet?« Tina riss erstaunt die Augen auf.

»Meinst du, das ist so einfach?« Kraftlos ließ sich Lea nun ebenfalls auf die Bettkante sinken. »Ich wollte es ihm nicht vor meinem Geburtstag sagen und dann auch nicht ausgerechnet in den Stunden, als wir zu zweit gefeiert haben. Und seitdem gab es irgendwie auch nicht die richtige Gelegenheit. Ich bin solch ein Feigling!«

»Das kannst du laut sagen!«, stimmte Tina ihr voller Enthusiasmus zu. »Wenn man sich füreinander entscheidet und einander liebt, dann kann so eine kleine Schwindelei, die doch schließlich passiert ist, bevor ihr wirklich verliebt und zusammen wart, euch nicht auseinander bringen. Ich habe Jürgen schließlich auch verziehen.«

»Was hast du ihm verziehen?«

»Später! Lenk jetzt nicht vom Thema ab!« In den wenigen Tagen ihrer Abwesenheit hatte Tina sich unversehens wieder in ihr gewohntes energisches Selbst verwandelt.

»Du kannst es ihm auf die Dauer nicht verheimlichen!«, fuhr sie mit erhobener Stimme fort, so dass Lea sich ängstlich fragte, ob man sie vor der Tür nicht trotz der Musik verstehen konnte. »Und wieso ist er heute nicht hier, wenn du es ihm noch nicht gesagt hast? Dann hat er ja noch gar keinen Grund, dir böse zu sein.«

»Ich habe ihm gar nichts von der Feier heute gesagt. Stephan denkt, ich muss mich mal ordentlich ausschlafen und möchte ihn deshalb nicht treffen, obwohl heute Freitag ist und er sogar Zeit hätte, weil er heute ausnahmsweise keinen beruflichen Termin hat.« Leas Stimme klang mehr als kläglich.

»Aber wieso ...?«

»Weil schließlich eine Menge Leute aus der Redaktion da sind! Als ich sie einlud, wusste ich noch nicht, dass das mit meinem Geständnis so schwierig werden würde. Und da Stephan immer noch ahnungslos ist ... Es kann doch sehr leicht eine Bemerkung über Frau Sibylle fallen, weil ja jeder glaubt, dass mein engster Kreis natürlich über die Identität der guten Sibylle Bescheid weiß. Außerdem darf Stephan nicht mal erfahren, wo ich arbeite. Ich muss ihm vorher mein Geständnis machen. Hast du eine Ahnung, wie schwierig es ist, dauernd seinen Fragen nach meinem Job auszuweichen?«

»Wie du siehst, wird es doch nur immer schlimmer, je länger du es hinauszögerst.« Tinas Kopfschütteln nahm mit jeder Minute an Heftigkeit zu.

»Ich sage doch die ganze Zeit, ich wollte es ihm sagen! Hätte ich vielleicht auch, nachdem es an meinem Geburtstag so wunderbar zwischen uns war. Aber dann ist er mir zuvorgekommen.«

»Er hat es also doch selbst herausgefunden?«

»Nein! Er hat mir ein Geständnis gemacht, bevor ich ihm meines machen konnte.«

»Umso besser! Dann hat er also auch Dreck am Stecken! Ein Grund mehr, ihm so schnell wie möglich die Wahrheit zu sagen.«

Lea zupfte mit gesenktem Kopf an der Bettdecke. »Wegen seines Geständnisses habe ich mich so sehr geschämt, dass ich dann erst mal gar nichts sagen konnte.«

»Nun lass dir doch nicht jedes Wort einzeln aus der Nase ziehen!«

»Er hat mir gestanden, dass nicht all die Dinge, mit denen er mich erfreut hat, also zum Beispiel der Stehgeiger und das Mitternachtspicknick, seine eigenen Ideen waren, sondern dass er sie von einer Briefkastentante namens Frau Sibylle hatte«, piepste Lea kläglich.

Eine Weile starrte Tina die Freundin sprachlos an, dann konnte sie sich das Lachen nicht mehr verkneifen und kicherte los.

»Das ist nicht witzig!« Lea zerrte jetzt so heftig am Bettbezug, dass der Baumwollstoff knirschte.

»Ich weiß. Tut mir Leid.« Mit einem Papiertaschentuch tupfte Tina sich die Augenwinkel ab. »Du musst doch aber zugeben, dass die Situation, von außen betrachtet, einigermaßen komisch wirkt. Du willst ihm endlich gestehen, dass du ihm unter dem Deckmäntelchen der Frau Sibylle lauter hübsche Dinge eingeredet hast, mit denen er dich umwerben kann, da kommt er daher und erklärt dir ganz zerknirscht, diese romantischen Aktionen wären nicht auf seinem eigenen Mist gewachsen, sondern ihm von der lieben Frau Sibylle ins Ohr geflüstert worden. Und entschuldigt sich quasi für das, was eigentlich du getan hast.«

»Das war ja das Schlimme! Dass er richtig zerknirscht war, weil er das Gefühl hatte, mit falschen Karten gespielt zu haben. Als wäre er jemand, der er in Wirklichkeit nicht ist. Unter anderem deshalb wollte er beim Mitternachtspicknick auch nicht mit mir schlafen.«

»Du liebe Güte! Ein ziemlich komplizierter Mann, nicht wahr?«

»Ein ehrlicher Mann!«, betonte Lea. »Und ich bin eine Lügnerin, die es nicht einmal schafft, den Mund aufzumachen! Es ist so schrecklich! Und ich weiß wirklich nicht, wie er mir diese Lügerei verzeihen soll. Ich kann mir inzwischen selbst nicht mehr verzeihen.«

»Vielleicht ist genau das der Nachteil an einem echten Pfefferminzteemann«, stellte Tina nachdenklich fest. »Der Typ ist so ehrlich und vertrauenswürdig, dass man gar nicht mehr in weiblicher Überlegenheit huldvoll seine Fehler verzeihen kann.«

»Und was ist mit Jürgen? Kannst du da huldvoll sein?«, wechselte Lea das Thema.

Tina kniff die Augen zusammen und überlegte. »Ich glaube, er ist *mein* Pfefferminzteemann, obwohl er nicht wirklich so ist, wie ich mir *den* Pfefferminzteemann immer vorgestellt habe. Und weißt du was? Es macht mir nichts aus, dass Fantasie und Realität ein bisschen auseinander klaffen! Weil ich ihn liebe.« Sofort legte sich wieder das glückliche Strahlen auf Tinas Gesicht. »Abgesehen davon, dass ich es nicht für ausgeschlossen halte, ihn irgendwann Pfefferminztee kochend zu erleben. Vielleicht muss ich ihn dazu auffordern, aber ich denke, er könnte es lernen.«

»Was ist denn nun aber mit seiner Frau? In der Redaktion weiß praktisch jeder, dass ihr gemeinsam verreist wart. Und heute Abend tretet ihr ganz offiziell als Paar auf. Er hat dich vorhin beim Tanzen geküsst. Auf den Mund und sehr ausführlich. Valeria konnte gar nicht so schnell tuscheln, wie sie von dem Skandal begeistert war. Der verheiratete Chefredakteur hat ein Verhältnis mit der fünfzehn Jahre jüngeren Lokalredakteurin! Warte erst mal ab, bis herauskommt, dass du schwanger bist!«

»Ich habe unserer guten Valeria vorhin zugeflüstert, dass es in acht Monaten so weit ist. Dann muss sie die Runde nicht irgendwann noch mal machen«, verkündete Tina vergnügt.

Jetzt blieb Lea der Mund offen stehen. »Und was sagt seine Frau dazu, dass Jürgen mit seiner schwangeren Geliebten öffentlich als Paar auftritt?«

»Es gibt gar keine Frau!« Tina machte eine Kunstpause und genoss Leas Gesicht, das tatsächlich sehenswert war. »Alles Bluff und Schwindelei. Und du kannst mir glauben, ich habe ihm auf der Stelle verziehen! Erstens weil ich ihn liebe, zweitens weil er sich so sehr über unser Kind gefreut hat und drittens weil er mir sofort einen Heiratsantrag gemacht hat.«

»Äh …« Mehr fiel Lea zu dieser Eröffnung nicht ein.

Wieder lachte Tina übermütig. Es machte ihr sichtlich Spaß, die Freundin ein wenig auf die Folter zu spannen.

»Nun sag schon, wieso Jürgen nun plötzlich doch nicht verheiratet ist«, stieß Lea schließlich ungeduldig hervor, als Tina immer noch keine Anstalten machte, weiterzureden, und nur fröhlich und zufrieden vor sich hin kicherte.

»Er war mal verheiratet. Bis vor fünf Jahren. Die Scheidung war ein regelrechtes Drama. Die Einzelheiten erspare ich dir jetzt. Seine Ex hat ihn nach allen Regeln der Kunst ausgenommen – nachdem sie ihn jahrelang mit einem Fitnesstrainer betrogen hatte und ihn schließlich wegen des Taxifahrers verließ, der sie immer in der Gegend herumgefahren hatte, nachdem sie wegen Trunkenheit am Steuer den Führerschein los war.«

»Du liebe Güte!« Mehr fiel Lea dazu nicht ein.

»Also beschloss Jürgen, dass ihm so was nicht noch mal passieren sollte. Weil er aber schon bald feststellte, dass die meisten Frauen sich früher oder später einen Verlobungsring wünschten, wenn er sich mit ihnen einließ, behauptete er einfach, er sei noch verheiratet. Dann war von vornherein alles klar. Keine Komplikationen, die Fronten geklärt.«

»Er hat dich die ganze Zeit belogen?« Lea war sprachlos.

»Ja. Schließlich konnte er nicht wissen, dass er sich wirklich in mich verlieben würde. Und als dann die Gefühle wuchsen, war es natürlich schwierig, mit der Wahrheit herauszurücken. Wer weiß das besser als meine liebe Freundin Lea?« Diesen kleinen Seitenhieb hatte Tina sich nicht verkneifen können. »Außerdem hatte er immer noch mörderische Angst vor einer neuen Ehe mit womöglich einer neuen Scheidung.«

»Und jetzt plötzlich hat er diese Angst nicht mehr und will dich heiraten?« Ganz verstand Lea die Logik in dieser Geschichte nicht.

»Natürlich hat er immer noch Angst! Aber er liebt mich, er freut sich auf unser Kind, und er ist bereit, das Risiko noch einmal einzugehen.« Tina nickte mit Nachdruck.

Lea schwieg und wunderte sich. Das mit der Angst und dem Risiko hatte sie vor nicht allzu langer Zeit schon mal gehört.

»Und du warst Jürgen kein bisschen böse, als er dir endlich die Wahrheit gesagt hat?«, wunderte sich Lea nach einer nachdenklichen Pause. Das sah der temperamentvollen Tina gar nicht ähnlich.

»Natürlich war ich ihm böse! Als Erstes habe ich ihm eine geknallt.«

Als es leise klopfte, wandten beide Frauen ihre Gesichter der Tür zu.

»Komm rein, Liebster«, rief Tina, und erstaunt stellte Lea fest, dass es tatsächlich Jürgen war, der daraufhin lächelnd das Zimmer betrat und verkündete, er habe Sehnsucht nach seiner Herzallerliebsten.

»Ich erzähle Lea gerade, wie böse ich dir war, als ich erfuhr, dass du mich monatelang belogen hattest.« Tina klopfte neben sich auf die Bettkante, und Jürgen ließ sich folgsam nieder.

»Sie hat mir eine gescheuert«, erzählte er mit tiefer Zufriedenheit in der Stimme. »Und ich war froh darüber, denn das hatte ich verdient.«

»Allerdings habe ich nur fünf Minuten gebraucht, um mich zu beruhigen. Das ist einsamer Rekord für mich.« Tina konnte mit dem Kichern und Glucksen gar nicht mehr aufhören. Es klang, als würde das Glück in ihrer Brust ständig überkochen. »Er hat mir gesagt, dass er mich liebt und mich heiraten will und wie schrecklich er das alles bereut. Da konnte ich nicht anders, als ihm um den Hals zu fallen und ihn zu küssen. Und eigentlich mache ich das jetzt die ganze Zeit.« Rasch hauchte sie Jürgen einen Kuss auf die Wange.

»Dann gratuliere ich euch zu diesem wunderschönen Happy End.« Lea legte den Arm um Tinas Schultern und lächelte Jürgen zu. »Wann wollt ihr denn heiraten? Noch bevor das Kind kommt?«

»So bald wie möglich. Tina wünscht sich eine große Hochzeit, und sie soll genau das haben, was sie haben möchte. Das ist das Mindeste, was ich nach dem, was ich ihr angetan habe, und nachdem sie mir so wundervoll verziehen hat, für sie tun kann. Und ich finde es toll, dass unser Junior schon dabei ist, wenn auch noch unsichtbar.« Diesmal war es Jürgen, der sich zu Tina hinüberbeugte und ihr rasch einen Kuss auf die Lippen tupfte, während er fast verschämt über ihren Bauch strich.

»Bis dahin wird der oder die Dritte im Bunde sicher gar nicht mehr so schrecklich gut versteckt sein.« Indem sie mit der Hand vor ihrem Körper eine große Wölbung andeutete, zeigte Tina, wie sie sich selbst schon jetzt als glückliche, schwangere Braut sah.

»Wir müssen uns nur noch überlegen, wo und wie genau wir heiraten wollen. Es soll wunderschön, feierlich und sehr romantisch sein«, vertiefte Jürgen das Hochzeitsthema und starrte Tina bewundernd an.

»Draußen wäre schön«, seufzte diese mit einem schwärmerischen Augenaufschlag. »An einem Sommertag in einem Park.«

»Und wenn es dann regnet?«, platzte Lea heraus und biss sich sofort auf die Lippen, weil sie nicht grundsätzlich die Pessimistin vom Dienst sein wollte.

»Dann tanzen wir eben im Regen!« Tina vermittelte glaubhaft den Eindruck, als würde eine verregnete Hochzeit sie besonders glücklich machen.

»Wir finden eine Lösung, wie wir draußen feiern können und im Fall eines Falles trotzdem nicht nass werden.« Auf geheimnisvolle Art spiegelte sich Tinas strahlendes Lächeln auf Jürgens Zügen, während er sie liebevoll ansah.

»Genau. Es gibt immer eine Lösung! Wenn man will und einander liebt.« Während sie diese Worte aussprach, sah Tina nicht ihren zukünftigen Mann an, sondern Lea, und diese verstand genau, was die Freundin meinte.

»Ich werde so bald wie möglich mit ihm sprechen«, murmelte sie und nickte.

Obwohl Jürgen sicher nicht verstand, was diese Bemerkung zu bedeuten hatte, fragte er nicht weiter nach, sondern lächelte versonnen und glücklich. Lea wunderte sich, wie es dieser sensible Mann all die Jahre geschafft hatte, sich hinter der Maske des strengen und oft schlecht gelaunten Chefredakteurs zu verstecken.

In diesem Moment gab es ein dumpfes Geräusch, als würde sich jemand von außen gegen die Tür werfen. Dann raschelte und flüsterte es draußen, bis schließlich langsam die Klinke heruntergedrückt wurde und ein eng umschlungenes Pärchen mit der sich nach innen öffnenden Tür schwungvoll ins Zimmer kam. Die beiden waren so in ihrem Kuss und ihrer Umarmung versunken, dass sie die bereits im Raum Anwesenden nicht bemerkten. Lea hüstelte diskret, aber wohl zu diskret, denn das Paar küsste sich mit unverminderter Leidenschaft weiter, während vier Hände auf Wanderschaft gingen und die Kleidung des jeweils anderen in Unordnung brachten.

Tina hustete einmal laut und deutlich. Wieder keine Reaktion.

»Vielleicht sollten wir einfach gehen«, schlug Jürgen im Flüsterton vor.

»Dazu müssten die beiden erst mal von der Tür weg.« Lea wusste nicht, ob sie von der unfreiwillig dargebotenen Liebe und Leidenschaft peinlich berührt oder eher begeistert sein sollte, da dies mal wieder ein Beweis war, dass es offenbar nie zu spät für große Gefühle war. Falls sie also die Sache mit Stephan völlig vermasselte, würde sie vielleicht irgendwann nach dreißig, vierzig oder fünfzig Jahren eine neue Liebe finden. Ihr leiser Seufzer bei diesem letztlich doch nicht besonders ermutigenden Gedanken erreichte die beiden Liebenden an der Tür natürlich ebenfalls nicht.

»Wir könnten uns auch unter dem Bett verstecken«, kicherte Tina, und Lea kam langsam zu der Ansicht, die aus- und andauernde Fröhlichkeit der Freundin müsse mit der Hormonumstellung aufgrund ihrer Schwangerschaft zusammenhängen.

»Hallo … Margarete … Johann«, versuchte Lea es erneut, nun mit klarer, lauter Stimme.

Diesmal folgte eine Reaktion. Das Liebespaar löste sich würdevoll und ohne Hast aus Kuss und Umarmung und wandte sich den dreien auf der Bettkante zu.

»Oh. Scheinbar waren wir nicht so allein, wie wir dachten«, stellte Johann fest und zeigte nur einen winzigen Anflug von Verlegenheit, während Margaretes strahlendes Lächeln dem von Tina Konkurrenz machte.

»Wir haben soeben einen Entschluss gefasst«, teilte sie den Anwesenden mit. »Wir werden am kommenden Wochenende heiraten!«

»Aber das geht doch überhaupt nicht so kurzfristig. Allein das Aufgebot …« Jürgen kannte sich auf diesem Gebiet offenbar bereits bestens aus.

»Las Vegas!«, erklärte Johann triumphierend. »Das war Margaretes Idee, und ich bin begeistert, wie von fast allen ihren Ideen.« Mit einer zärtlichen Geste strich er seiner Verlobten über die Wange, die sich daraufhin mit einem rosigen Hauch überzog, der Margarete trotz deutlich sichtbarer Falten wie ein junges Mädchen aussehen ließ.

»Aber ihr hattet doch vor, mit all euren Freunden im Freizeitheim zu feiern«, fiel Lea ein. »Ihr habt doch hoffentlich die Rettung des Freizeitheims nicht aufgegeben?«

»Was heißt denn hier aufgegeben?« Das Blitzen in Margaretes Pupillen konnte es ebenfalls mit dem Funkeln in den Augen eines Teenagers aufnehmen. »Weißt du das noch gar nicht?« Sie pikste Johann mit dem Zeigefinger in die Seite. »Hast du es ihr etwa noch nicht gesagt?«

Johann zuckte kitzelig zusammen und hüpfte mit jugendlichem Schwung zur Seite. »Ich weiß nicht … Habe ich es dir nicht gesagt, Lea? Das tut mir Leid. Ich habe heute Nachmittag mit so vielen Leuten telefoniert, dass ich irgendwann wohl leider den Überblick verloren habe. Tut mir Leid.«

»Was denn gesagt?« Gespannt sprang Lea von der Bettkante auf.

»Heute Nachmittag bekamen wir einen Anruf aus dem Rathaus. An einem Freitagnachmittag wohlgemerkt!«, erzählte Margarete mit stolz in den Nacken geworfenem Kopf. »Sondersitzung des Haushaltsausschusses.«

»Und weiter?« Lea hing gebannt an Margaretes Lippen und bemerkte, dass der Ausgang dieser Geschichte ihr mittlerweile mehr bedeutete als eine gute Überschrift im Regionalteil.

»Das Freizeitheim bleibt bestehen!«, verkündete Margarete mit lauter, klarer Stimme. »Allerdings wird es außer einem Teilzeit-Hausmeister und einer Teilzeit-Putzkraft keine Angestellten mehr geben. Die Bedingung ist also, dass wir jemanden finden, der die Koordination der Veranstaltungen, die Raumbelegung und so weiter übernimmt. Aber das ist kein Problem! Das machen wir einfach selbst. Bisher haben wir Frau Schulig sowieso immer nur gesagt, wie was gemacht werden soll und welche Einteilung wir getroffen haben, und sie hat dann ein paar Listen getippt und kopiert.«

»Ich gratuliere!«, schrie Lea und fiel der älteren Frau um den Hals. »Ich freue mich so über euren Erfolg! Das wird auch anderen Bürgern Mut machen, sich nicht alles gefallen zu lassen. Und die Politiker haben hoffentlich gelernt, dass sie nicht machen können, was sie wollen.«

Margarete Ollischewsky erwiderte herzhaft Leas Umarmung. Sie hatte für ihre schmale Gestalt und ihr Alter erstaunlich viel Kraft.

»Du hast uns dabei geholfen, das alles durchzusetzen«, rief sie so begeistert in Leas Ohr, dass Lea zusammenzuckte. »Deine Artikel waren so direkt und spöttisch, dass der Bürgermeister wohl nicht viel Lust hatte, immer wieder in dem einen oder anderen davon aufzutauchen.«

»Das konnte ich doch nur schreiben, weil ihr so tolle Aktionen organisiert habt«, erklärte Lea bescheiden, während Johann ihr ausdauernd die Hand schüttelte. »Glaubt ihr etwa, unser guter Herr Anselm und seine Berater hatten Lust auf noch mehr Partien Stripp-›Mensch-ärgere-dich-nicht‹ auf noch mehr Straßenkreuzungen?«

»Wir haben alle gut zusammengearbeitet«, beschloss Margarete. »Und nun wird es höchste Zeit, kräftig zu feiern. Also fliegen wir zwei Hübschen nach Vegas, heiraten dort so richtig schön kitschig und vor allem schnell – denn allzu viel Zeit haben wir in unserem Alter ja nun doch nicht mehr zu verschenken –, dann genehmigen wir uns eine kleine Rundreise durch Amerika, wenn wir schon mal da sind. Und sobald wir zurück sind, richten wir im Freizeitheim eine riesige Feier für alle unsere Freunde und Mitstreiter aus. Ihr drei seid natürlich auch herzlich eingeladen.« Sie machte eine großzügige Geste, die das gesamte Schlafzimmer umfasste.

»Das ist übrigens unser Chefredakteur und Tinas zukünftiger Mann, Jürgen Bruhns«, stellte Lea rasch vor, damit Margarete und Johann wenigstens die Namen ihrer geladenen Hochzeitsgäste kannten. Tina hatten sie ja bereits in ihrer Funktion als Leas Chauffeurin und Fotografin kurz nach dem Armbruch kennen gelernt.

Lea beeilte sich, bevor das Paar wieder Gelegenheit hatte, einander in die Arme zu sinken, einen Termin für ein Gespräch über die endgültigen Entwicklungen auszumachen. Es stellte sich heraus, dass Margarete und Johann bis zu ihrem Abflug nach Las Vegas noch so viel zu erledigen hatten, dass letztlich nur die Stunde vor dem Abflug blieb. Lea würde also am frühen Montagnachmittag zum Flughafen fahren müssen.

»Dann ist das also geklärt. Am Montag sehen wir uns um fünfzehn Uhr an der Snackbar bei den Abflugtafeln.« Margarete lächelte Lea fröhlich an, hauchte Johann einen Kuss auf die Wange – den wievielten eigentlich, seit sie das Zimmer betreten hatten? – und schob ihn sanft in Richtung Tür. »Jetzt geh ruhig, mein Schatz, und unterhalte dich mit ein paar hübschen jungen Frauen. Vielleicht kannst du die eine oder andere zu einem Tänzchen überreden. Dies sind die letzten Tage deines Junggesellendaseins, du solltest sie genießen.«

Johann zwinkerte seiner Zukünftigen zu und verließ das Zimmer. Auch Tina und Jürgen waren inzwischen in Richtung Gelächter, Stimmen und Musik verschwunden. Mit einem verschwörerischen Lachen zog Margarete Lea zurück zur Bettkante, der einzigen Sitzgelegenheit im Raum, wenn man von dem Stuhl absah, auf dem sich von der hektischen Anprobe für den Abend noch Leas Kleider stapelten.

»Wie war es denn nun am Abend deines Geburtstags mit dem Mann, für den du so viel Mühe auf dich genommen hast? Ich habe ihn ja nur einmal kurz im Rathaus gesehen, als du mich plötzlich zu deiner Großmutter befördert hast, aber ich muss gestehen, wenn ich Johann nicht hätte – und ein paar Jährchen jünger wäre –, könnte ich bei so einem Mann schon schwach werden. Eine seltene Mischung aus sanft und männlich, habe ich Recht?«

Lea atmete tief durch, weil sie eigentlich nicht mehr hatte über Stephan sprechen wollen. Es machte sie immer wieder von neuem traurig, dass er nicht hier war, weil sie so feige gewesen war. Bevor sie etwas sagen konnte, stellte Margarete auch schon die Frage, die unvermeidlich kommen musste: »Und wo ist er heute Abend überhaupt? Ich hätte ihn so gern endlich näher kennen gelernt.«

Lea murmelte irgendetwas von Geschäftsreise und beruflichen Belastungen.

»Ich hoffe, du bist nicht allzu traurig, dass er heute nicht hier sein kann. Ihr seid noch jung und habt viel gemeinsame Zeit vor euch.« Liebevoll legte die ältere Frau den Arm um Lea und zog sie kurz an sich. »Immerhin habt ihr ja an deinem Geburtstagsabend sehr schön gefeiert, hoffe ich.«

»Ja. Der Schinken in Blätterteig war wunderbar. Ich habe ihm dann auch gleich gestanden, dass ich zwar tapfer versucht habe, dieses Essen selbst hinzubekommen, aber dann schließlich Hilfe hatte.«

»Gut! Es lohnt sich nicht, eine Beziehung auf Lügen aufzubauen.« Margarete schob Lea eine Haarsträhne aus den Augen. Wahrscheinlich dachte sie, Lea würde wegen der Haare so verzweifelt blinzeln und verlegen an ihr vorbeisehen.

»Ich weiß«, flüsterte Lea schließlich.

»Und wie sind meine kleinen, eisgekühlten Geschenke angekommen? Hast du sie im Tiefkühlfach gefunden?«, erkundigte Margarete sich nach einer Pause, die sie genutzt hatte, um Lea nachdenklich zu betrachten. Ihr war klar, dass irgendetwas mit der jungen Frau und ihrer neuen Liebe nicht stimmte, aber sie war alt und klug genug, um nicht nachzubohren, wenn Lea nicht freiwillig darüber reden wollte.

»Oh!« Lea hoffte, dass ihre Wangen nicht ganz so glühend aussahen, wie sie sich anfühlten. »Das war wirklich eine sehr … äh … hübsche Idee. Ich war ganz erstaunt, als ich deinen Brief in der Küche fand.«

»Ich fand die Eiswürfel-Herzform so hübsch und passend. Und das mit den Champagner-Eiswürfeln habe ich selbst erst vor kurzem gelernt. Von Johann.« Margarete kicherte wie ein junges Mädchen, und Lea fühlte sich plötzlich mindestens vierzig Jahre älter und nicht etwa jünger als die Frau, die sie inzwischen schon fast als Freundin ansah und von der sie offenbar noch eine ganze Menge lernen konnte.

»Wenn dein Stephan etwas mit den Würfeln anzufangen wusste, ist das ein gutes Zeichen. Dann hat er Fantasie, auch im Bett.«

Lea nickte und versuchte dabei unauffällig, den Kloß herunterzuschlucken, den sie schon wieder im Hals spürte. Allerdings hatte Stephan etwas mit den kalten, kribbelnden Dingern anzufangen gewusst, als sie gegen Mitternacht, nachdem sie sich mit dem inzwischen kalten Schinken gestärkt hatten, Margaretes kleine Geburtstagsüberraschung aus dem Tiefkühlfach geholt hatte. Noch jetzt, Tage später, blieb Lea die Luft weg, wenn sie sich daran erinnerte, wie Stephan die herzförmigen Eisstücke an ihrem Rückgrat hatte entlanggleiten lassen, wie sich das eisige Prickeln auf ihren Brüsten und in ihrem Bauchnabel angefühlt hatte und wie es sie fast zum Wahnsinn getrieben hatte, als Stephan anschließend auch das letzte Champagnertröpfchen von ihrer Haut geleckt hatte. Daran, was er dann noch mit einem der schmelzenden, tropfenden, kribbelnden Stückchen aus gefrorenem Champagner angestellt hatte, dachte sie lieber gar nicht erst. Trotzdem spürte sie ein sehnsüchtiges Brennen zwischen ihren Schenkeln.

»Hoffentlich gibt es in Las Vegas auch Champagner-Eiswürfel. Wegen der Hochzeitsnacht und so«, sagte sie rasch und möglichst locker. Das neckische Augenzwinkern, mit dem sie ihre Worte begleitete, ging ziemlich daneben.

»Keine Sorge. Wenn es keine gibt, fällt uns schon was anderes ein.« Margarete zwinkerte gekonnt. »Auf jeden Fall viele Grüße an deinen Liebsten. Und er muss unbedingt zu unserer

Hochzeitsfeier im Freizeitheim kommen! Bis dahin sind es mindestens noch drei Wochen. Dann wird er doch hoffentlich wieder da sein?«

»Ich denke schon.« Lea konnte einen ganz kleinen Seufzer nicht verhindern, weil sie plötzlich daran denken musste, ob Stephan dann, angesichts der Wahrheit, die er bis dahin wohl trotz ihrer zaudernden Feigheit kennen würde, überhaupt noch mit ihr zusammen sein würde.

»Und jetzt werde ich mich mal um meinen Zukünftigen kümmern. Sonst brennt der noch mit einer Zwanzigjährigen durch, und ich stehe allein in Vegas in der Hochzeitskapelle.« Mit einem fröhlichen Lachen verließ Margarete das Schlafzimmer.

Lea folgte ihr langsam. Eigentlich hatte sie sich auf diesen Abend gefreut. Wie hätte sie auch ahnen sollen, dass sie ungefähr alle fünf Minuten nach Stephan gefragt oder an ihn erinnert werden würde? Und wenn niemand von ihm sprach, dachte sie von ganz allein an ihn und daran, dass sie wegen ihrer Feigheit und Schwindelei an diesem schönen Abend auf ihn verzichten musste.

Als sie wieder das Wohnzimmer betrat, herrschte dort ein ziemlicher Trubel, weil jemand auf die glorreiche Idee gekommen war, Blindekuh zu spielen, was sich in der Enge des Zimmers als wahre Herausforderung erwies. Besorgt dachte Lea an die griesgrämige und mäuschenstille Frau Burckhardt in der Wohnung unter ihrer. Frau Burckhardt arbeitete bei irgendeiner Justizbehörde und liebte es, darauf hinzuweisen, dass sie sich mit ihren Rechten auskannte. Dennoch beschloss Lea, dass sie sich darüber nicht auch noch Sorgen machen wollte.

Aus der gegenüberliegenden Ecke des Zimmers winkte ihr Sabine zu, die ohne Hilko gekommen war, der erstaunlicherweise aber keinen Dienst hatte, sondern zu Hause auf die Kinder aufpasste. Da Lea nicht die geringste Lust auf eine neue Runde »Fragen nach Stephan« verspürte, winkte sie zurück und verschwand hastig in Richtung Küche. Sie wollte nicht wieder und wieder an den Schlamassel erinnert werden, den sie in ihrem Leben angerichtet hatte.

Besagter Schlamassel nahte in genau diesem Augenblick in Gestalt des tragbaren Telefons, das Tina hinter ihr her trug.

»Stephan«, formte sie mehr mit den Lippen, als sie es flüsterte.

Lea riss das Telefon an sich und betrachtete verzweifelt die Zeichen auf der Tastatur. Sie war sich sicher, dass es eine Stummschaltung gab, die verhinderte, dass der Anrufer hörte, was sich in der Nähe des Telefons abspielte, aber natürlich konnte sie sich nicht erinnern, wie man diese Schaltung aktivierte. Kurz entschlossen riss sie die Tür des Kühlschranks auf und deponierte das Gerät auf einer Reihe Bierflaschen im untersten Fach.

Nachdem sie den Kühlschrank sorgfältig wieder geschlossen hatte, wandte sie sich aufgeregt an Tina, die kopfschüttelnd ihrem Treiben zusah. »Hast du ihm gesagt, dass hier eine Party stattfindet?«

»Nein! Natürlich nicht. Wofür hältst du mich?« Tina schüttelte noch heftiger den Kopf.

»Was hast du ihm denn dann gesagt? Er muss doch die Musik und die Stimmen gehört haben.« Lea ließ den Kühlschrank nicht aus den Augen, als müsste sie befürchten, dass im nächsten Moment Stephan oder zumindest das Telefon daraus hervorsprang.

»Gar nichts habe ich ihm gesagt.« Mit jener unglaublichen Gelassenheit, die vielleicht die Schwangerschaft, vielleicht auch ihr neues Glück mit sich brachte, zuckte Tina die Achseln. »Er fragte mich, ob er dich sprechen könne, und ich sagte ›Moment mal bitte‹.«

»Ach so.« Ein wenig war Lea enttäuscht, dass ihre einfallsreiche Freundin Stephan nicht gleich eine Erklärung für die Geräuschkulisse und ihre eigene Anwesenheit in Leas Wohnung geliefert hatte, zumal sie ja wusste, dass Lea ihrem Stephan gesagt hatte, sie müsse sich unbedingt ausschlafen.

»Sag ihm, dass ich unerwartet vorbeigekommen bin und wir gleichzeitig Musik hören und fernsehen, so dass jetzt ein paar Nachbarn an der Tür geläutet haben, um sich über den Lärm zu beschweren, was sie lautstark in deinem Wohnzimmer tun … oder so ähnlich.« Ein bisschen schien Tina der Freundin die missliche Lage zu gönnen, in der sie sich unverhofft befand.

Lea warf ihr einen tödlichen Blick zu und holte dann entschlossen das Telefon wieder aus dem Kühlschrank, um sofort damit ins Bad zu flüchten, das zum Glück im Moment nicht belegt war. Erst nachdem sie die Tür hinter sich abgeschlossen und erleichtert festgestellt hatte, dass der Partylärm nur noch sehr gedämpft zu hören war, meldete sie sich.

»Was ist denn bei dir los?«, erkundigte sich Stephan, eher besorgt als misstrauisch. »Ich dachte ...«

»Wollte ich ja auch«, unterbrach Lea ihn hektisch. »Ich bin im Nachthemd und lag sogar schon im Bett. Aber plötzlich klingelte es, und Tina stand vor der Tür. Du weißt doch, dass sie schwanger ist und, und ...« Sie stockte, weil ihr einfach kein passender Grund einfiel, weshalb eine Schwangere besonders viel Lärm veranstalten sollte.

»Du musst dich doch nicht bei mir entschuldigen, wenn du einen Abend mit deiner Freundin verbringst anstatt mit mir.«

Stephan klang sanft und ein kleines bisschen traurig. Obwohl er den Grund, aus dem er wirklich hätte traurig sein können, noch gar nicht kannte. Leas Herz wurde so schwer, dass es ihr bis in die Kniekehlen rutschte.

»Ich wollte den Abend ja gar nicht mit Tina verbringen. Ich meine, das war nicht geplant.« Sie fühlte sich entsetzlich, während die Worte automatisch aus ihr heraussprudelten. Es war offenbar unvermeidlich, dass eine Lüge weitere Lügen nach sich zog. Allerdings hatte sie keine Ahnung gehabt, dass sie eine derart talentierte Lügnerin war. »Aber nun ist sie hier und hat die Musikanlage eingeschaltet und den Fernseher und redet nebenbei furchtbar viel. Das hängt alles mit ihrer Schwangerschaft zusammen, glaube ich. Im Augenblick feiert sie sozusagen permanent.«

»Ach so.«

»Ja. Aber ich werde sie jetzt trotzdem bald rauswerfen und dann endlich ins Bett gehen.« Sie musste sich auf den Waschbeckenrand stützen, weil ihr plötzlich übel wurde. Wie hatte es nur dazu kommen können, dass sie den Mann, in den sie sich erst gegen ihren Willen und dann doch voller Wärme und Sehnsucht so sehr verliebt hatte, derart belog?

»Ich muss mit dir reden. In Ruhe und so bald wie möglich«, platzte sie heraus und starrte im Spiegel in ihre eigenen angstvoll aufgerissenen Augen.

»Soll ich zu dir kommen?«

»Nein. Das geht nicht. Heute bin ich wirklich zu müde.« Lea presste ihre Lippen aufeinander, was ihre Unterlippe aber nicht am Zittern hinderte. Es war fürchterlich, wie eine Lüge der nächsten folgte. Wie sollte er ihr das jemals verzeihen?

»Eigentlich rufe ich auch nur an, um zu fragen, ob du Lust hast, morgen Abend auszugehen. Pückler Events richtet morgen einen Silberhochzeits-Brunch aus, aber das wird nur bis in den frühen Nachmittag dauern. Anschließend gibt es natürlich die üblichen Aufräumarbeiten, da sollte ich dabei sein, sonst landen die feinen Porzellanteller wieder im Müll. Das ist alles schon da gewesen. Ich könnte dich dann aber gegen Abend abholen, und wir gehen essen. Oder möchtest du lieber zu Hause bleiben? Dann bringe ich was vom Chinesen mit. Oder ich koche für dich das Einzige, was ich wirklich gut kochen kann. Omelette mit Paprika und schwarzen Oliven.«

Bei dem Gedanken, irgendetwas essen zu müssen, bevor oder während sie Stephan ihr Geständnis machte, wurde Lea noch übler.

»Nein! Ich möchte nichts essen!« Sie konnte selbst hören, wie entsetzt sie klang. Viel zu entsetzt angesichts der Tatsache, dass er ihr lediglich ein harmloses gemeinsames Essen vorgeschlagen hatte.

»Aber du musst doch etwas essen. Bist du krank?« Die ehrliche Besorgnis in seiner Stimme sorgte dafür, dass ihr schlechtes Gewissen sie noch schwerer drückte, falls das überhaupt möglich war.

»Nein, nein. Es geht mir gut.« Schon wieder eine faustdicke Lüge. »Morgen habe ich nur meinen … äh … Obsttag.« Die nächste!

»Dann gehen wir einfach nur etwas trinken. Falls dein Obsttag das erlaubt. Ich kenne eine ganz ruhige, kleine Bar. Dort wird es dir sicher gefallen.«

Sie verabredeten einen Zeitpunkt, dann unterbrach Lea mit der roten Taste die Leitung und ließ sich erschöpft auf den geschlossenen Toilettendeckel sinken. Es dauerte eine Weile, bis sie sich so weit erholt hatte, dass sie sich in der Lage fühlte, ihren Gästen wieder gegenüberzutreten und so zu tun, als feierte sie fröhlich ihren Geburtstag.

Als sie das Bad verließ, lehnte Valeria an der Wand dicht neben der Tür und sah ihr interessiert ins Gesicht. Lea zuckte zurück und hätte sich am liebsten wieder in den kleinen Raum zurückgezogen. Doch dann warf sie den Kopf zurück und räusperte sich energisch.

»Ich hoffe, du musstest nicht zu lange warten.« Sie erwiderte Valerias Blick aufmerksam, konnte aber von den Zügen der Empfangsdame nicht ablesen, ob sie etwas von dem Telefongespräch mitgehört hatte.

»Es geht«, erwiderte Valeria vage und drängelte sich an Lea vorbei ins Bad, weil diese immer noch regungslos in der offenen Tür stand.

Im nächsten Moment tippte Valeria Lea von hinten auf die Schulter. »Hier. Das hast du wohl vergessen. Lag auf dem Waschbeckenrand.« Sie hielt ihr das Telefon hin.

»Danke.« Lea griff zu und floh ins Wohnzimmer, wo sie sich als Erstes ein großes Glas Weißwein eingoss, den sie dann aber doch nicht trinken mochte. Als Bernd Lück sie bei der Hand nahm und in das Getümmel vor den Lautsprechern der Musikanlage zog, ließ Lea sich erleichtert in den Rhythmus der Musik fallen. Für den Augenblick tanzte sie ihre Liebessorgen hinunter auf den Kopf der mäuschenstillen Frau Burckhardt, die genau fünf Minuten später an Leas Wohnungstür klingelte, um sich – exakt um drei Minuten nach zehn – über den Lärm nach zweiundzwanzig Uhr zu beschweren. Was aber wohl weniger mit Leas Art zu tanzen als damit zusammenhing, dass ein paar besonders fröhliche Gäste angefangen hatten, in der Küche Kasatschok zu üben.

XXIII

Nachdem Lea sich zunächst in ihr engstes, kürzestes Kleid gequetscht und auch nicht vergessen hatte, den effektvollen Push-up darunter zu tragen, beschloss sie dann doch, in einem dezenten, knielangen, weich fallenden Kleid aus grüner Seide in der Bar »Luna's Love« aufzutauchen. Schließlich konnte es nicht darum gehen, Stephan mit einem möglichst sexy Outfit zu besänftigen. Sie musste Farbe bekennen und er ihr aus freien Stücken, vielleicht auch aus Liebe, verzeihen, ganz gleich, wie kurz oder eng ihre Kleidung war.

Bei der Bar, die Stephan als Treffpunkt vorgeschlagen hatte, handelte es sich offenbar um einen echten Geheimtipp, in einer ruhigen Nebenstraße gelegen und nur über einen Hinterhof zu erreichen. Innen war es sehr eng, schummerig und ein wenig höhlenartig, was Lea angesichts der Aufgabe, die vor ihr lag, nicht unangenehm war. Der Gedanke, wie Stephan sie ansehen würde, wenn er die Wahrheit erfuhr, hatte ihr schon den ganzen Tag Magenschmerzen bereitet. In dem Dämmerlicht, das hier überall herrschte, würde sie vielleicht gar nicht richtig erkennen können, wie verwundet oder wütend sein Blick war.

Als Lea die Bar betrat, rutschte Stephan von seinem Hocker, ging ihr ein paar Schritte entgegen und lächelte sie so strahlend an, dass es um ihn herum ein wenig heller zu werden schien als überall sonst in dem schwach beleuchteten Raum. Dennoch verursachte sein Lächeln ihr Schmerzen, nun nicht nur im Magen, sondern auch in der Brust. Als er sie kurz an sich zog und seine Lippen auf ihre legte, hätte sie sich am liebsten in seiner Umarmung verkrochen, um nie wieder daraus aufzutauchen.

»Es ist so schön, dich zu sehen«, flüsterte er ihr ins Ohr, während er sie hielt. »Nicht nur, aber auch, weil du wunderschön anzusehen bist.«

»Ich freue mich auch, dich zu sehen«, erwiderte sie und konnte selbst hören, wie steif das klang.

»Geht es dir wirklich gut?«, erkundigte sich Stephan, nachdem sie auf den beiden Hockern Platz genommen hatten, die er vorher so dicht nebeneinander geschoben hatte, dass sich ihre Knie berührten, wenn sie sich einander zuwandten.

»Ja. Ich bin völlig in Ordnung, ein bisschen müde vielleicht«, log sie, denn seit dem vergangenen Abend war ihr permanent übel, ganz abgesehen von ihren Magenschmerzen und der Tatsache, dass sie vor lauter Angst, wie er auf ihre Eröffnung reagieren würde, befürchtete, jeden Moment in Tränen auszubrechen.

»Was gibt es denn hier Schönes zu trinken?«, erkundigte sie sich gespielt munter. Sie hegte die wahrscheinlich vergebliche Hoffnung, ein wenig Alkohol würde ihr die Sache leichter machen.

Stephan winkte den Barkeeper herbei, der einige Meter entfernt mit gezierten Bewegungen Gläser polierte. »Du wirst staunen, wie viele Cocktails der Mann drauf hat. Von den meisten habe ich noch nie was gehört, aber ich schlage vor, wir sind mutig und probieren einfach möglichst viele aus.«

Der Mann hinter der Bar hatte unglaublich lange Wimpern. Selbst bei der schwachen Beleuchtung konnte Lea erkennen, dass sie dick mit Mascara verklebt waren. Seine kurzen, hellblonden Haare waren senkrecht in die Höhe gegelt, und er trug eine Weste mit einem Muster, in dem mindestens zwanzig verschiedene Farbtöne den Augen des Betrachters Schmerzen bereiteten.

»Bitter Love, Sweet Love, Love hurts, Heartache, Love in the Afternoon, Lucy in the Sky with Diamonds, Play with me, You and me, Forgive me, Love me forever. Das Übliche wie Manhattan, Tom Collins und so weiter natürlich sowieso.« Nach der verächtlichen Handbewegung, mit der der Barkeeper seine Aufzählung abbrach, hätte es nur noch eine sehr selbstbewusste Person gewagt, etwas so Profanes wie einen Manhattan-Cocktail zu bestellen.

»Äh …« Lea zog die Stirn kraus. Am liebsten hätte sie den Drink namens Forgive me gewählt, fand das aber zu offensichtlich, wenn sie darüber nachdachte, wie Stephan diese Bestellung nach ihrem Geständnis bewerten würde. »Love hurts«, sagte sie deshalb und fügte hastig hinzu: »Ein schönes Lied. Kennst du den Song?«

Er nickte. »Ich hoffe, du musst nie mehr die Erfahrung machen, dass Liebe wehtut.« Er legte seine Hand über ihre, streichelte mit dem Daumen sanft über ihren Handrücken und sah ihr tief in die Augen. »Ich fühle mich meistens wunderbar. Irgendwie schwebend. Ganz erstaunlich schwebend und fröhlich und frei.«

Lea starrte verblüfft zurück. Die meisten Männer hätten es wohl eher unmännlich gefunden, so offen über ihre Gefühle zu sprechen. Frank zum Beispiel hatte sich höchstens, nachdem er mit ihr geschlafen hatte, zu einem gemurmelten »Ich liebe dich« aufraffen können, das sie immer irgendwie als Belohnung für ihr Entgegenkommen gesehen hatte, denn ansonsten hatte sie oft nicht so sehr viel von seiner männlich-herben Art im Bett gehabt.

»Manchmal fühlt es sich tatsächlich so an«, wisperte sie zurück und tauchte noch ein wenig tiefer in Stephans Augen. »Obwohl mich das alles ein bisschen schwindelig macht.« Genau dies war einer der Momente, in denen sich die Welt um sie herum wie bei einem langsamen, zärtlichen Tanz drehte. So wunderbar zärtlich, dass es ihr gelang, alles andere auszublenden.

»Und Sie? Was möchten Sie trinken?«, wandte der Barkeeper sich an Stephan und riss sie mit seinen Worten aus ihrer gegenseitigen Verzückung.

»Sweet Love, bitte.« Stephan sah nicht den Mann hinter der Bar, sondern Lea an, während er diese Bestellung aufgab.

Hand in Hand saßen sie da, während der Barkeeper eine kleine Show mit dem Shaker und den Flaschen abzog, schließlich die Drinks in Cocktailgläser abseihte, Leas mit einer Zitronenscheibe und Stephans mit einer Kirsche dekorierte und die beiden Stielgläser mit einer kleiner Verbeugung vor ihnen auf die Marmorfläche stellte.

Lea fragte sich, ob sie jetzt applaudieren sollte. Im selben Moment schlug Stephan zwei- oder dreimal die Hände zusammen. Der Barkeeper neigte voller gespielter Bescheidenheit das gegelte Haupt und zog sich ans andere Ende des Tresens zurück, nachdem er Stephan einen langen, glutäugigen Blick zugeworfen hatte.

»Der steht auf dich«, kicherte Lea und nippte an ihrem Drink. Obwohl es angesichts ihrer bevorstehenden Beichte umgekehrt hätte sein sollen, fühlte sie sich von Minute zu Minute besser. Die übliche Wirkung von Stephans Anwesenheit.

Stephan zuckte lächelnd die Achseln und versäumte es völlig, sich deutlich von dem Mann hinter der Bar zu distanzieren, wie es wohl viele andere Männer in diesem Moment getan hätten. Stattdessen betrachtete er aufmerksam die papageienbunte Weste, wandte den Kopf und blieb mit seinem Blick an Leas Mund hängen, als ihre Zungenspitze zwischen ihren Lippen erschien, um ein paar Fruchtfasern abzulecken.

»Wie ist dein Cocktail?« Mit der Spitze seines Zeigerfingers tupfte er in ihrem Mundwinkel ein winziges Ananasstückchen auf und schob es sich zwischen die eigenen Lippen.

»Gut.« Lea spürte fast körperlich, wie das Fruchtstück, das vorher an ihren Lippen geklebt hatte, in seine Mundhöhle glitt, und musste schlucken.

»Sehr gut. Ein bisschen bitter, aber gut«, brachte sie nach einer kleinen, atemlosen Pause hervor.

»Darf ich probieren?«

Sie nickte, doch anstatt nach ihrem Glas zu greifen, beugte er sich über sie, legte seinen Mund auf ihren, schob mit der Zungenspitze sanft ihre Lippen auseinander und saugte leicht an ihrer Zunge.

»Hm«, machte er, nachdem er sie wieder freigegeben hatte, und saß noch ein oder zwei Sekunden mit geschlossenen Augen da.

Leas Herz hüpfte in einem wilden Rhythmus in ihrer Brust herum, der nicht das Geringste mit dem Takt der sanften Musik zu tun hatte, die aus den Lautsprechern über der Bar plätscherte. Um sich zu beruhigen, nahm sie einen großen Schluck von ihrem Cocktail. Was lediglich zur Folge hatte, dass noch mehr rosige Nebel durch ihren Kopf waberten.

›Reiß dich am Riemen!‹, befahl sie sich selbst. Ansatzweise gelang ihr das auch, aber nur, weil sie Stephan nicht mehr ansah, sondern ihr eigenes Spiegelbild betrachtete, das die verspiegelte Rückwand des Flaschenregals dutzendfach zurückwarf.

Sie hatte sich für diesen Abend etwas vorgenommen, und sie musste das hinter sich bringen, auch wenn dies zur Folge haben sollte, dass es in Zukunft Momente und Küsse wie diesen eben in ihrem Leben nicht mehr geben würde. Das hieß aber nicht, dass sie sich selbst nicht vorher noch eine Stunde voller Glück schenken konnte. Ein bisschen Zeit, um vielleicht noch ein oder zwei Schluck von dem Mut machenden Cocktail zu trinken, noch ein wenig in Stephans Augen zu ertrinken und vielleicht noch einmal von ihm geküsst zu werden.

»Darf ich Sweet Love mal probieren?«, fragte sie und legte ihre Fingerspitzen auf seine, die mit dem Fuß des Cocktailglases spielten.

Er nickte lächelnd und schob ihr sein Glas hin. Ihren Blick erneut mit seinem verbunden, ließ sie die Spitze ihres Zeigefingers über den Glasrand fahren, bis sie die feuchte Stelle spürte, an der er getrunken hatte. Sorgsam achtete sie darauf, dass sie ihre Lippen genau dort an das kühle Glas legte, wo auch seine gelegen haben mussten.

»Hm!«, rief sie erstaunt, nachdem sie an der rosigen Flüssigkeit genippt hatte. »Das ist ... Das schmeckt einfach ... Ich glaube, so etwas Gutes habe ich überhaupt noch niemals getrunken.«

Selbst wenn sie gewollt hätte, hätte sie den Geschmack des Drinks nicht beschreiben können. Er hatte von allem etwas, etwas Süßes, etwas Saures, etwas Fruchtiges, etwas Scharfes, etwas Mildes, etwas Cremiges und etwas Klares.

»Sweet Love«, sagte er zärtlich. »Wollen wir tauschen?« Ohne ihre Antwort abzuwarten, zog er ihr Glas zu sich herüber.

Sie zuckte zusammen, denn plötzlich kam ihr dieser Tausch symbolisch vor. Er sollte nicht den Schmerz der Liebe spüren. Nicht durch sie. Das hatte er nicht verdient. Und doch wusste sie, dass es keine andere Lösung gab. Sie beobachtete, wie er einen kleinen Schluck aus ihrem Glas nahm. Obwohl dieser Drink viel bitterer war und keinesfalls so himmlisch schmeckte wie der, den er sich ursprünglich bestellt hatte, nickte er zufrieden. Er würde es aushalten. Und er würde ihr verzeihen und sie weiter lieben. Das musste Lea einfach glauben, sonst würde sie es niemals schaffen, ihm die Wahrheit zu sagen, die ihr mit jedem Tag und jeder Minute, die vergingen, entsetzlicher erschien, wobei ihr langes Schweigen wohl am ehesten das wirklich Entsetzliche war.

»Worüber wolltest du mit mir sprechen?«, erkundigte Stephan sich in diesem Moment und strich ihr liebevoll über den Unterarm.

Sie atmete tief durch, trank den Rest von Sweet Love in einem Zug und sagte dann: »Erst möchte ich noch ein bisschen von der süßen Liebe trinken. Dieser Cocktail ist einfach wunderbar. Wenn ich einen Wunsch frei hätte, würde ich mir das Rezept wünschen und ihn zu besonderen Gelegenheiten selbst mixen. Nicht jeden Tag, weil es dann nichts Besonderes mehr wäre. Sondern nur zu Geburtstagen, zu Weihnachten, zu Ostern, wenn ich einen Regenbogen sehe oder eine Sternschnuppe oder dich ...«

»Vielleicht können wir ihm das Rezept abluchsen«, flüsterte Stephan ihr verschwörerisch ins Ohr und sah an ihr vorbei hinüber zu dem Barkeeper, der mit leicht abgespreiztem kleinen Finger den weißen Marmor des Tresens putzte und nebenbei mit der freien Hand den Sitz seiner blonden Igelstacheln überprüfte.

»Niemals«, flüsterte Lea zurück. »Er müsste verrückt sein, dieses Rezept einfach herauszugeben. Dazu müssten wir ihn wahrscheinlich knebeln und fesseln und drei Tage in den Keller sperren.«

»Wer weiß? Ich versuche es.« Stephan zwinkerte ihr zu und winkte gleichzeitig dem Mann hinter der Bar, der erstaunlich rasch herbeieilte.

»Wir hätten gern noch zwei von diesen wundervollen Drinks. Sweet Love.« Den Namen des Cocktails hauchte er mehr, als er ihn sprach. »Haben Sie dieses himmlische Getränk tatsächlich selbst erfunden?«

»Natürlich.« Die schmalen Schultern strafften sich, und die Haarspitzen reckten sich noch ein paar Zentimeter weiter in die Höhe. »Ich habe vorletztes Jahr einen Cocktail-Contest gewonnen.«

»Sie könnten wahrscheinlich ein Vermögen machen, wenn Sie ein Rezeptbuch herausgäben.«

Stephan hob sein leeres Glas, um demonstrativ den letzten Tropfen seines Getränks über seine Lippen gleiten zu lassen. Lea fand, dass er ein wenig dick auftrug, aber dem Mann in der bunten Weste schien es zu gefallen. Sein Lächeln wurde mit jeder Sekunde strahlender, während seine langen geschwärzten Wimpern wie Schmetterlingsflügel zuckten.

»Ich habe auch schon daran gedacht, eventuell irgendwann ein Buch mit meinen besten Rezepten zu schreiben. Aber andererseits wären sie dann nicht mehr geheim.« Jetzt schob sich die schmale Brust unter der Weste mit jedem Atemzug so weit vor, dass der bunte Stoff im gedämpften Licht schillerte wie das Gefieder eines Pfaus.

»Wenn ich nicht gleich noch so einen köstlichen Drink bekomme, werde ich mich gezwungen sehen, hinter die Bar zu kommen, um Ihnen bei der Zubereitung zu helfen.«

Lea verbarg ihren Mund hinter der Hand, weil sie ein breites Grinsen nicht mehr unterdrücken konnte. Wenn sie nicht alles täuschte, war sich Stephan nicht zu schade, schamlos mit dem Barkeeper zu flirten, nur um an das Rezept zu kommen. Und der Mann hinter der Bar ging mehr als freudig auf diesen Flirt ein. Offenbar hatte er nicht mitbekommen, wie leidenschaftlich Stephan noch vor zehn Minuten seine Begleiterin geküsst hatte. Oder er störte sich nicht daran, wenn sein Flirt auf Männer und Frauen stand.

»Ich eile. Ich eile«, zwitscherte der Mann mit der bunten Weste und griff nach seinem silbrig glänzenden Shaker.

»Verraten Sie mir Ihren Namen?«, flötete Stephan, während er aufmerksam zusah, wie in Höchstgeschwindigkeit die verschiedenen Flüssigkeiten abgemessen und in den Shaker gegossen wurden. Es war hoffnungslos, auf diese Weise das Rezept erfahren zu wollen. Selbst wenn man sich sämtliche Zutaten hätte merken können, kam es natürlich entscheidend auf die jeweilige Menge an, die dem Drink zugesetzt wurde.

»Mein Name ist …« Der Mann machte eine kleine Pause, klimperte verheißungsvoll mit ein paar Eiswürfeln und seinen Wimpern und hauchte dann: »Marcel.«

»Was für ein hübscher Name!«, begeisterte sich Lea. Das Spiel ›Wie luchse ich einem eitlen Barkeeper ein Rezept ab‹ begann ihr Spaß zu machen, und sie wollte mitspielen. »Hieß nicht so dein allerbester Freund in der Schule, Stephan?«

Stephan erwiderte ihren Blick mit gespielter Nachdenklichkeit. »Eigentlich hatte ich Thomas noch ein kleines bisschen lieber. Obwohl Marcel natürlich ein wirklich wunderschöner Name ist.«

Marcel ignorierte Lea komplett, während er mit verführerischem Lächeln die beiden fertigen Cocktails vor Stephan abstellte und eifrig ein Schälchen mit Erdnüssen in die Richtung seines männlichen Gastes schob.

»Vielen, vielen Dank.« Mit einem gefühlvollen Seufzer hob Stephan sein Glas, nachdem er Lea derart unauffällig ihres gereicht hatte, als sei sie tatsächlich so unsichtbar, wie sie für Marcel zu sein schien. Dann nippte Stephan einmal, zweimal und ein drittes Mal an seinem Cocktail und stöhnte so enthusiastisch, als stünde er kurz vor einem gigantischen Orgasmus.

Ungläubig vernahm Lea ein fast identisches Stöhnen von dem Mann in der bunten Weste, der sich mit letzter Kraft an der Kante seines Tresens festklammerte, wohl um nicht an Ort und Stelle über Stephan herzufallen.

Hastig hob Lea ebenfalls ihr Glas an die Lippen und prustete hilflos in das köstliche Getränk. Als auch das nicht half, um das in ihr aufsteigende Lachen unter Kontrolle zu bringen, flüchtete sie sich in einen Hustenanfall, der so laut und störend war, dass selbst der schwer verliebte Marcel sie beim besten Willen nicht mehr übersehen oder gar überhören konnte.

»Möchte Ihre Begleitung vielleicht ein Glas Wasser?«, erkundigte er sich missbilligend bei Stephan. »Es sieht so aus, als hätte sie sich verschluckt.«

Stephan tätschelte Leas Rücken und streichelte gleichzeitig heimlich ihren Schenkel, was ihren Hustenanfall nur noch verstärkte.

»Ich gehe mal kurz zur Toilette«, ächzte sie und rutschte von ihrem hohen Hocker, um sich fast im Laufschritt von der Bar zu entfernen. Erst als sie die Tür zum Waschraum hinter sich geschlossen hatte, sank sie hilflos kichernd gegen die Wand.

Es dauerte eine Weile, bis sie sich beruhigt, mit einem Papierhandtuch ihre feuchten Augenwinkel abgetupft und anschließend ihr Make-up restauriert hatte. Dann warf sie schwungvoll ihre Haare nach hinten und gleichzeitig ihrem Spiegelbild einen aufmunternden Blick zu. Das Leben war nicht so trübe, wie sie oft versucht war, sich einzureden. Vielleicht ging es überhaupt nur darum, die heiteren Momente zu genießen und Schwierigkeiten als das zu sehen, was sie waren: Probleme, die man sich zum größten Teil selbst bereitete. Zumindest wenn man Lea hieß.

»Nichts wird so heiß gegessen, wie es gekocht wird«, erklärte sie sich selbst in energischem Ton und lächelte der Frau, die in diesem Augenblick den Waschraum betrat, aufmunternd zu.

Obwohl die leicht übergewichtige Blondine offenbar ein wenig verwirrt war, weil es in der Damentoilette nicht nur eine Waschgelegenheit, sondern auch Lebensweisheiten gratis gab, nickte sie nach kurzem Zögern entschlossen zurück. »Stimmt. Aber die Suppe, die man sich einbrockt, muss man auch auslöffeln.«

Diesmal war es Lea, die einen Moment brauchte, um sich zu fangen. »Genau!«, trompetete sie dann und reckte beide Daumen in die Höhe. »Wobei man hier und da durchaus ein oder zwei Haare in der Suppe findet«, setzte sie weise hinzu. Die Blondine warf Lea einen misstrauischen Blick zu und verschwand vorsichtshalber rasch in einer der Kabinen. Lea machte sich auf den Weg zurück zur Bar, wo sie mit einem Lächeln wieder auf den Hocker an Stephans Seite glitt.

»Er hat mich gefragt, wer du bist, und ich habe im Dienst der guten Sache gesagt, du seist meine Schwester«, flüsterte Stephan ihr zu. »Ich hoffe, das ist in Ordnung.«

»Ich danke dir für den schönen Abend, Brüderlein«, zwitscherte Lea und hauchte Stephan einen Kuss auf die Wange.

»Er meint, wie sehen uns sehr ähnlich, bis auf die Haarfarbe natürlich.« Unauffällig hatte sich Stephan in ihre Richtung gelehnt und berührte mit seinen Lippen fast ihr Ohrläppchen, während er sprach.

»Tatsächlich?« Auch Lea neigte ihren Kopf noch ein wenig zur Seite, so dass sich ihr rotbraunes Haar mit seinem blonden vermischte. Wie ein zartes Streicheln spürte sie die dichten, kühlen Strähnen auf ihrer Kopfhaut. Gleichzeitig fühlte sie ein federleichtes Gewicht auf ihrem Schenkel knapp über dem Knie, dort, wo ihr Rock endete. Als sie den Blick senkte, sah sie einen zerknitterten Zettel, auf dem oben unübersehbar groß eine Telefonnummer notiert war. Darunter standen in leicht verschnörkelten Buchstaben »Sweet Love« und eine Zutatenliste mitsamt Mengenangaben.

»Du hast es bekommen? So schnell?« Fast hätte sie vor Überraschung laut aufgeschrien.

»Ich habe es nur für dich getan.« Sein verschmitztes Lächeln brachte irgendetwas tief in ihrem Inneren zum Schmelzen. Es war ein Spiel gewesen, aber dennoch rührte es sie zutiefst, dass er nur wegen eines Wunsches, den sie geäußert hatte, mit einem Mann geflirtet hatte. Noch dazu mit einem Mann, der den kleinen Finger abspreizte und eine Weste trug, die jedem Papagei Konkurrenz machte.

»Er ist ein netter Kerl. Wahrscheinlich ist er einsam. Und sehnt sich nach Liebe, wie wir alle.« Nachdenklich betrachtete Stephan Marcels Rücken, während dieser sich um die Gäste am anderen Ende der Bar kümmerte. Der Barkeeper schien den Blick zu spüren, denn plötzlich drehte er sich um und warf Stephan einen glutäugigen Blick zu.

»Wahrscheinlich«, stimmte Lea zu. »Nun werden wir wohl nie mehr hierher kommen können.«

»Aber wir können uns den Cocktail selbst mixen. Das war doch dein Wunsch. Außerdem kenne ich jemanden, der auch schon sehr lange einsam ist und sehr gut zu Marcel passen würde. Einer meiner Aushilfskellner. Ein netter Typ. Ich werde ihm mal einen Tipp geben, wo es wunderbare Drinks gibt.«

»Du bist sehr ...« Lea stockte, weil ihr kein passendes Wort einfiel, um Stephan beschreiben zu können. Wahrscheinlich würde sie eines erfinden müssen. Wenn sie Zeit genug dazu hatte. Prompt wurde ihr Herz wieder schwer.

»Und du bist sehr außergewöhnlich, wunderbar, immer wieder überraschend, und ich fürchte, all das trifft es nicht«, antwortete Stephan und ließ sein Glas gegen ihres klingen. »Aber ich hoffe, ich werde viel Zeit haben, um ganz genau herauszufinden, wie ich dich am treffendsten beschreiben kann.«

»Ich ... ich finde, wir sollten dann gehen, weil ich dich jetzt unbedingt küssen möchte. Aber hier sollten wir das nicht tun, sonst denkt Marcel noch an Inzest.« Lea senkte den Kopf und kramte in ihrer Handtasche, obwohl sie nichts Bestimmtes suchte.

»Genau das habe ich auch eben gedacht.« Unauffällig legte Stephan seine Hand auf Leas Knie und streichelte es. Sie spürte, wie die Hitze an der Innenseite ihrer Schenkel hochkroch, und konnte plötzlich an nichts anderes mehr denken als daran, ihn möglichst bald zu spüren.

Nachdem sie eilig ihre Drinks ausgetrunken hatten, zahlte Stephan die Rechnung, obwohl Marcel darauf bestand, ihn einzuladen.

»Ich würde mich sehr freuen, wenn du mich anrufen würdest«, wisperte Marcel Stephan zum Abschied zu, während Lea mal wieder intensiv in ihrer Handtasche wühlte und sich heftig bemühte, unsichtbar zu sein.

Stephan murmelte irgendetwas von einem netten Bekannten, dem er diese Bar auf jeden Fall empfehlen würde. Dann waren sie endlich draußen in der samtweichen Frühsommerluft. Am Himmel über dem Hinterhof, durch den sie Hand in Hand zurück zur Straße gingen, blitzten die ersten Sterne. Lea blieb stehen und legte den Kopf in den Nacken.

Schweigend aneinander gelehnt, sahen sie in den dunkelblauen Abendhimmel.

»Was würdest du dir wünschen, wenn du jetzt eine Sternschnuppe sehen würdest?«, fragte Stephan nach einer langen Pause.

»Das darf man doch nicht verraten.« Natürlich wusste sie es sofort. Dass er ihr verzeihen und sie weiter lieben würde, obwohl sie ihn viel zu lange belogen hatte. Oder noch besser, dass er über die Geschichte lachte, sie an sich zog und küsste und im nächsten Moment alles vergaß.

»Da du keine Sternschnuppe gesehen hast, kannst du es mir ruhig sagen. Ich jedenfalls würde mir wünschen, dass es immer so bliebe, wie es jetzt zwischen uns ist. Einfach nur neben dir zu stehen und dich anzusehen. Dein Lachen heute Abend und dein Hustenanfall, damit der arme Marcel nichts merkte. Es ist schön, dass du schweigen kannst, wenn wir die Sterne ansehen. Es ist schön mit dir.«

»Es ist auch für mich schön mit dir, und ich wünschte, es würde immer so bleiben«, quetschte sie an dem dicken Kloß in ihrem Hals vorbei heraus. Dann öffnete sie den Mund und holte tief Luft. Dies war genau der richtige Moment für ihr Geständnis.

»Lea. Lea. Lea.« Er sprach ihren Namen voller Zärtlichkeit aus, als könnte er niemals genug von diesen drei Buchstaben bekommen. Dabei zog er sie in seine Arme, und sie ließ sich mit geschlossenen Augen gegen seinen Körper fallen, schmiegte ihr Gesicht an seinen Hals, sog tief den Duft seiner Haut ein und spürte prompt die Mischung aus Geborgenheit und Erregung, die er unweigerlich in ihr auslöste, sobald sein Körper ihrem nahe kam.

Ihre Hände machten sich selbstständig und schoben sich unter sein Leinenjackett. Sie wollte noch mehr von ihm und seiner

Wärme spüren. Wollte seine Haut, wollte die Selbstvergessenheit, die es ihr schenkte, ihn zu streicheln und zu spüren.

»Lea.« Nun klang er atemlos, und genau diese Atemlosigkeit, die ihr schon so vertraut war, hatte sie gewollt. Auch sie flüsterte seinen Namen, wieder und wieder, während er sie in den Schatten am Rande des Hofes zog, dort wo ein alter, knorriger Baum trotzig seine fast kahlen Äste in den Himmel reckte, als wollte er deutlich machen, dass er immerhin noch aufrecht stand, wenn er auch kaum Blätter besaß.

Stephans Hände suchten einen Weg zu ihrer Haut. Seine Fingerspitzen fühlten sich kühl an und hinterließen doch heiße Spuren.

Lea legte den Kopf in den Nacken und sah durch die spärlichen Blätter des alten Baumes hinauf in den Himmel. Obwohl sie die raue, feste Baumrinde im Rücken spürte und durch die geschlossene Tür zur Bar leise Musik in den Hof drang, hatte sie das Gefühl, mit dem Mann, den sie liebte, hinauf in den Sternenhimmel zu fliegen, der über ihren Köpfen fern und geheimnisvoll funkelte. Unter seinen Händen und Lippen begann sie zu schweben, ihr rascher werdender Atem trug sie davon, als er sich sanft zu ihren Brüsten vortastete, deren Spitzen sich seinen Fingern hart entgegenreckten. Er beugte den Kopf, und sie spürte den Hauch von seinem Mund auf ihrer Schulter, während sie meinte, das Sternenlicht in seinem Haar sehen zu können.

In diesem Moment war sie einfach nur, genoss Nähe, Zärtlichkeit und Begehren, ohne darüber nachzudenken, was es sie kosten könnte und was sie ihm dafür zurückgeben musste. Sie konnte nehmen, weil sie sich angenommen fühlte.

Seine Hände zwischen ihren Schenkeln, sanft und wissend und geduldig. Die Sterne funkelten ein wenig heftiger, weil ihr plötzlich Tränen in die Augen stiegen. Seine Lippen auf ihrem Gesicht, ihren Lidern, ihrem Mund, während er zwei Finger in die warme Feuchtigkeit ihres Körpers gleiten ließ und dort in ihrem Inneren geheimnisvolle Zeichen malte, die sie zum Zittern brachten.

Als sich die Tür zur Bar öffnete und ein breiter Lichtstrahl bis dicht vor den Baum fiel, hinter dem sie halb verborgen standen, landete sie widerwillig wieder auf der Erde und verbarg ihr Gesicht an seiner Schulter, während er sich eng an sie lehnte. Seine Finger immer noch in ihr, bewegungslos nun, verschmolzen die Schatten ihrer Körper mit dem Schatten des alten Baumes.

Eine kleine Gruppe lachender Menschen überquerte den Hof, ohne das Paar unter dem Baum zu bemerken. Dennoch lösten sie sich voneinander, als die Menschen verschwunden waren.

»Lass uns nach Hause gehen«, sagte Stephan und pustete Lea zärtlich ein Haarsträhnchen aus der Stirn. »Du warst noch nie in meiner Wohnung. Das müssen wir heute unbedingt nachholen.«

Sie nickte, zupfte ein wenig an ihrer Kleidung herum, obwohl er schon alles wieder an Ort und Stelle gebracht hatte, und folgte ihm mit weichen Knien in Richtung Straße.

Wie sagte Scarlett O'Hara so schön? Morgen ist auch noch ein Tag. Sie wollte diese Nacht genießen, wollte sich und ihn spüren. Und morgen oder übermorgen, jedenfalls schon sehr bald, würde sie es ihm sagen. Womöglich war es sogar besser so, denn wenn sie noch mehr schöne Stunden miteinander verbracht hatten, würde es ihm sicher auch schwerer fallen, ihr ernsthaft böse zu sein.

Sie wusste, dass sie feige war, aber dieses Wissen war für den Moment der Preis für die süße Leidenschaft und die betäubende Zärtlichkeit, die sie in seiner Nähe fand.

Als Lea den Kopf hob, meinte sie, aus dem Augenwinkel ein funkelndes Gleiten am Himmel zu sehen, so rasch und fern, dass sie nicht sicher war, ob sie sich nicht getäuscht hatte. Dennoch flüsterte sie tonlos ihren Wunsch in die Nacht, während sie in den Lichtkreis einer Straßenlaterne trat.

XXIV

Am Dienstagmorgen ging Lea eine knappe Stunde eher als üblich in die Redaktion, weil sie in Ruhe den Artikel über den Ausgang der Freizeitheim-Geschichte schreiben wollte, so dass er in der Mittwochsausgabe des »Anzeigers« erscheinen konnte. Am Montag hatte sie sich nicht mehr aufraffen können, mit der Arbeit an dem Artikel zu beginnen, nachdem sie das glückliche Paar am Flughafen interviewt, ein paar hübsche Fotos geschossen und dann gewartet hatte, bis das Flugzeug gestartet war, mit dem Margarete und Johann nach New York flogen, um dort einen Anschlussflug nach Las Vegas zu nehmen. Mit einem sehnsüchtigen Gefühl im Herzen hatte Lea zugesehen, wie der silberfarbene Riesenvogel in den wolkenlosen, hellblauen Sommerhimmel aufgestiegen war. Wenn man das glückliche ältere Paar erlebte, schien Liebe so einfach zu sein, so klar und voller Vertrauen, Ehrlichkeit und Stärke. Vielleicht war sie ja auch wirklich so einfach.

Nach dem Start der Maschine hatte Lea noch mehr als zwei Stunden am Flughafen verbracht, drei oder vier Cappuccinos getrunken und viele Flugzeuge starten sehen, in denen Hunderte von glücklichen und unglücklichen, ehrlichen und unehrlichen Paaren gesessen haben mussten.

Wie so häufig in den letzten Tagen, saß Lea nun gedankenverloren an ihrem Schreibtisch und starrte den unermüdlich blinkenden Cursor auf ihrem Bildschirm an. Sie hatte bereits dreimal eine erste Zeile für ihren Artikel geschrieben und wieder gelöscht. Mit einem tiefen Seufzer rief sie ihr E-Mail-Programm auf. Oft fiel ihr ein origineller Aufhänger ein, wenn sie sich zwischendurch mit etwas anderem beschäftigte.

Als sie Stephans E-Mail-Adresse als einen der Absender der eingegangenen Nachrichten erkannte, ließ sie die Hände von der Tastatur gleiten und saß lange bewegungslos da. Dann klickte sie entschlossen die Mail an, obwohl ihr Herz immer noch heftig in ihrer Kehle pochte und sich nicht beruhigen wollte. Ihre Augen huschten eilig über die Zeilen.

»Liebe Frau Sibylle,

heute habe ich das Bedürfnis, Ihnen endlich mitzuteilen, wie die Geschichte zwischen mir und der Frau meiner Träume ausgegangen ist.

Nach einigen wunderschönen Tagen und Nächten mit der Frau, die ich jeden Tag ein wenig mehr liebe, möchte ich am liebsten der ganzen Welt von meinem Glück erzählen. Also fange ich sinnvollerweise mit Ihnen an, denn Sie haben einen großen Anteil daran, dass sich die Dinge so entwickelt haben, wie sie nun sind.

Auch wenn ich irgendwann beschlossen habe, in allem, was meine Liebe betrifft, nur noch meinem Herzen, meiner Intuition und dem zu folgen, was ich mittlerweile über die Frau meines Lebens weiß, haben mir Ihre Ratschläge doch die ersten Schritte zu ihr geebnet: der Geiger unter ihrem Fenster und ein romantisches Treffen um Mitternacht. Ich denke, für uns beide werden diese Stunden unvergessen bleiben, auch wenn ich damals oft ein schlechtes Gewissen hatte, weil ich befürchtete, sie mit diesen Dingen zu manipulieren oder gar vorzugeben, jemand zu sein, der ich nicht bin. Wir haben inzwischen über meine Korrespondenz mit Ihnen gesprochen und diese Frage für uns geklärt. Sie hat mir meinen kleinen Umweg in ihr Herz verziehen, und endlich ist mein Glück von wunderbarer Leichtigkeit erfüllt.

Ich möchte Ihnen recht herzlich danken! Vielleicht freuen Sie sich ein wenig mit uns. Und sollten meine Liebe und ich eines Tages heiraten, werden wir es uns sicher nicht nehmen lassen, Sie als Ehrengast zu unserer Hochzeit einzuladen. Bis zu diesem Tag wünsche ich Ihnen alles erdenklich Gute und hoffe, auch Sie haben in Ihrem Leben das große Glück schon gefunden oder finden es demnächst.

Herzliche Grüße

Ihr Stephan P.«

»Oh nein!« Lea verbarg das Gesicht in den Händen und versuchte, nicht daran zu denken, was Stephan empfinden würde, wenn er erfuhr, wem er in Wahrheit diesen Dankesbrief geschrieben hatte.

»Ich brauche ganz dringend deine Hilfe, Lea!«

Lea hob den Kopf und wischte sich über die brennenden Augen.

Auch Tina war an diesem Morgen früher als sonst im Büro. Seit sie von ihrer Schwangerschaft wusste, hatte Tina sich einen merkwürdigen Watschelgang angewöhnt, als würde sie schon jetzt einen riesigen Bauch vor sich herschieben, obwohl überhaupt noch nichts zu sehen war. Sie ging grundsätzlich nur noch breitbeinig und langsam und schaffte es, trotz ihres zierlichen Körpers einen behäbigen Eindruck zu erwecken. Gemächlich schob sie sich durch den Raum zu ihrem Schreibtisch und ließ einen Stapel Kataloge auf die Schreibunterlage fallen.

»Ich kann mich einfach nicht entscheiden, welches Hochzeitskleid ich nehmen soll«, seufzte sie in einem Ton, als würde das Schicksal der Welt auf ihren Schultern lasten. »Was noch viel schlimmer ist: Ich weiß noch nicht mal, ob ich in Weiß heiraten oder lieber etwas total Originelles tragen will. Und Jürgen ist mir überhaupt keine Hilfe. Er sagt immer nur, ich würde in jedem Kleid wunderschön aussehen. Was würdest du machen, wenn es deine Hochzeit wäre?«

»Ich würde notfalls ein Büßergewand tragen, wenn Stephan mir nur verzeihen würde!«, erwiderte Lea in mindestens ebenso dramatischem Ton.

»Du hast es ihm endlich gesagt! Und nun lässt er dich erst mal am ausgestreckten Arm verhungern, stimmt's? Das legt sich. Gib ihm ein oder zwei Tage Zeit. Der Mann liebt dich. Das kann gar nicht anders sein, nach dem, was er alles für dich getan hat.« Schwerfällig ließ Tina sich auf ihren Drehstuhl fallen und legte schnaufend beide Hände auf ihren flachen Bauch.

»Eben nicht! Ich habe es ihm immer noch nicht gesagt. Ich bin furchtbar feige und schäme mich so ...«

»Aber er war doch derjenige, der sich an eine Briefkastentante gewandt hat, um eine Frau zu verführen. Hätte er das nicht getan, hättest du gar keine Möglichkeit gehabt, ihn zu testen und zu beschwindeln, so viel steht fest.« Tina schob die Modekataloge an den hinteren Rand ihres Schreibtisches, was Lea ihr hoch anrechnete. Zumal sich Tinas Gedanken seit Tagen nur noch um die Frage drehten, ob sie nun engelhaft unschuldig oder schockierend originell gekleidet vor den Altar treten sollte.

Lea stützte schwer den Kopf in die Hand. »Wir sprechen gleich über dein Kleid. Nur im Moment ... Ich muss mich erst mal wieder ein bisschen beruhigen. Stephan hat Frau Sibylle geschrieben, wie glücklich er ist, und hat sich bei ihr für ihre

Tipps bedankt. Und wenn wir mal heiraten, will er sie zu unserer Hochzeit einladen. Wie soll er sich denn fühlen, wenn ich ihm jetzt schließlich sage, dass ich Frau Sibylle bin? Es ist so schrecklich!«

»Oh je!« Für einen Moment war selbst Tina sprachlos, was äußerst selten vorkam.

»Ich bin seiner Liebe nicht würdig«, verkündete Lea theatralisch und schloss mit zusammengepressten Lippen ihr E-Mail-Programm, damit ihr Blick nicht immer wieder auf eine von Stephans Zeilen fiel.

»Vielleicht solltest du ihm einfach schreiben, wenn es dir so schwer fällt, es ihm ins Gesicht zu sagen«, schlug Tina hoffnungsvoll vor.

»Aber das wäre furchtbar feige.« Lea verdrängte tapfer die Tatsache, dass sie sich ohnehin seit geraumer Zeit wie der größte Feigling unter der Sonne fühlte, und das wohl mit einiger Berechtigung.

Als es an die Tür klopfte, wandten sich die beiden Freundinnen erstaunt um. Um diese Zeit war normalerweise außer Valeria, die ihren Telefondienst um acht Uhr begann, noch niemand in der Redaktion. Dies schien ein ausgesprochener Frühaufsteher-Morgen zu sein.

Schließlich raffte Tina sich zu einem durchaus munteren »Herein!« auf.

Zunächst wurde nur ein großer, bunter Blumenstrauß sichtbar, dann schob sich ein hoch gewachsener Männerkörper durch die Tür.

»Frau Sibylle?«

Die Stimme, die diese Worte aussprach, löste bei Lea einen heftigen Fluchtreflex aus. Hektisch sprang sie von ihrem Stuhl auf, ließ sich sofort wieder auf die Sitzfläche fallen, rutschte zur Stuhlkante, als wollte sie unter ihrem Schreibtisch verschwinden, und blieb schließlich mit dem Rücken zur Tür hilflos sitzen.

Obwohl Tina die Stimme des Mannes nicht kannte, genügte ein Blick in das leichenblasse Gesicht ihrer Freundin, um die Situation zu erfassen. Prompt erhob sich auch Tina halb von ihrem Stuhl, sah, dass es zum Eingreifen zu spät war, weil der Besucher mitsamt seinem Blumenstrauß mittlerweile direkt vor ihrem Schreibtisch stand, und sank zurück.

»Es ist vielleicht besser so. Dann ist es endlich überstanden«, murmelte sie.

»Frau Sibylle«, wiederholte der morgendliche Gast und hielt Tina lächelnd den Strauß hin. »Man sagte mir draußen am Empfang, dass ich Sie hier finden würde. Ich bin gekommen, um ...«

Tina zögerte, warf an Stephan vorbei einen Blick auf die heftig gestikulierende Lea, schüttelte dann aber den Kopf und machte eine fahrige Handbewegung zum gegenüberstehenden Schreibtisch hin, an dem Stephan achtlos vorbeigegangen war, weil er etwas seitlich vom Eingang stand. »Nicht ich. Dort sitzt Frau ... äh ...«

Lea, die aus ihrer Schreckstarre erwacht war und unverhofft eine Chance gewittert hatte, als Stephan so zielstrebig auf Tina zugegangen war, war bereits halb unter ihrem Schreibtisch verschwunden. Als Tina so gnadenlos und direkt die Wahrheit verkündete und Stephan sich lächelnd umwandte, verharrte Lea in der gebückten Haltung, in der nur noch ihr Nacken und ihr gebeugter Rücken sichtbar waren. Sie bekam kaum Luft, ihr Herz pochte in der Kehle, und in ihrem Kopf herrschte ein solches Durcheinander, dass sie überzeugt war, nicht einmal ein einziges Wort zu ihrer Verteidigung oder zur Klärung der Lage herausbringen zu können, wenn sie sich jetzt aufrichtete und ihm – vielleicht zum allerletzten Mal – in die wunderschönen Augen sah. Also blieb sie, wo sie war, und hoffte, dass sich das Ganze doch irgendwie noch als Alptraum entpuppen und sie in der nächsten Minute erleichtert in ihrem Bett erwachen würde.

»Frau Sibylle?« Seine Stimme klang sehr nah, sehr real und sehr entschlossen, seinen Blumenstrauß loszuwerden. Das Problem mit den Blumen hatten sie doch schon gehabt, ganz zu Anfang! Damals hatte er wenigstens einen Boten geschickt und war nicht selbst aus heiterem Himmel aufgetaucht. Überhaupt kam es ihr so vor, als hätte sie in den vergangenen Wochen mehr Blumen bekommen als während ihres gesamten vorherigen Lebens. Was aber auch keine wirklich gute Entschuldigung für ihr Verharren unter dem Schreibtisch war.

»Ihr ist wohl etwas heruntergefallen«, mischte sich Tina gnädig ein.

»Ja. Ich suche meine, meinen ... Ich suche ...«, murmelte Lea mit tiefer Stimme vor sich hin und tastete fahrig den kaffeefleckigen Teppichboden ab, obwohl ohnehin niemand sehen konnte, was genau sie dort unten machte. Die Antwort auf ihre dringendste Frage, nämlich darauf, wie sie sich aus dieser furchtbaren Situation manövrieren konnte, fand sie auf diese Weise jedenfalls nicht.

»Es tut mir Leid, wenn ich störe«, eröffnete der frühe Gast artig den Dialog mit der merkwürdigen Frau unter dem Schreibtisch. »Ich habe heute Vormittag hier in der Gegend zu tun und wollte mich gern persönlich bei Ihnen bedanken. Ihr Rat war sehr wertvoll für mich, und ich dachte spontan ... ein paar Blumen ... obwohl ich Ihnen geschrieben habe. Vielleicht haben Sie meine Mail schon gelesen.«

»Vielen Dank für die Blumen«, presste Lea, das Gesicht auf den Knien, hervor. »Das ist sehr nett von Ihnen.«

Irritiertes Schweigen. »Kann ich Ihnen irgendwie helfen?«, kam es dann. »Beim Suchen, meine ich.«

»Nein! Nein! Ich komme schon zurecht. Es ist nur ... wenn ich jetzt aufhöre, weiß ich nicht, wo ich schon gesucht habe. Und das Ding ist so klein ...« Das hörte sich gut und fast überzeugend an, fand sie. Überzeugend genug, dass Stephan nun eigentlich seine Blumen hätte auf den Tisch legen und gehen können.

»Was ist es denn, wenn ich fragen darf? Vielleicht sehe ich es ja.«

Plötzlich war seine Stimme noch näher, so nah, praktisch neben ihr unter der Schreibtischplatte, dass sie erschrocken aufsah – und direkt in seine Augen starrte.

»Stephan!«, tat sie erstaunt und rutschte vollends von der Stuhlkante, um mit Schwung und leisem Wehgeschrei auf den Boden zu krachen.

»Lea!« Er musste seine Überraschung nicht spielen, während er sich aus der Hocke ebenfalls rückwärts auf den Teppichboden fallen ließ und sie mit halb geöffnetem Mund ansah.

»Ist das nicht eine wunderbare Fügung?«, rief Tina enthusiastisch von oben, nachdem beide einander eine volle Minute auf dem Boden gegenübergesessen und nichts gesagt hatten. »Es gibt herrliche Zufälle im Leben, finde ich.«

Keine Reaktion aus Bodennähe. Nur schwer lastendes Schweigen.

»Tja. Ich habe noch etwas zu erledigen. Eine Besprechung. Entschuldigt mich bitte.« Entschlossen suchte Tina das Weite, als sie erkannte, dass Lea in dieser Situation offenbar nicht zu helfen war.

Als die Tür ins Schloss fiel, kam Leben in Stephan. Ein wenig steif rappelte er sich hoch und legte seinen Blumenstrauß ganz langsam mitten auf Leas Schreibtisch.

»Sehe ich das richtig, dass du Frau Sibylle bist, ja?«, erkundigte er sich dann mit viel zu klarer, viel zu lauter Stimme. Die Worte fielen wie Hammerschläge auf sie herab.

Zögernd nickte Lea, aber das konnte er gar nicht sehen, da sie immer noch halb unter ihrem Schreibtisch saß.

»Antworte mir bitte! Ich will die Wahrheit aus deinem Mund hören. Darauf werde ich doch wohl wenigstens ein Recht haben.« In seiner Stimme klirrten nun Eisschollen.

»Du kennst die Wahrheit doch längst.« Zum Glück klang sie nicht so winzig, wie sie sich fühlte, sondern sogar ein bisschen trotzig. »Ich hätte es dir schon noch gesagt! Wer konnte denn ahnen, dass du einfach so hier auftauchen würdest! Immerhin ist das hier kein öffentliches Gebäude, wo jeder ein und aus gehen und Blumen herein- und heraustragen darf.«

Entschlossen reckte sie den Kopf über die Schreibtischkante, wandte sich aber sofort in Richtung Fenster, als ihr ein eisblauer Blick entgegengeschleudert wurde.

»Ich habe mich am Empfang angemeldet, und dort wurde mir gesagt, ich solle ruhig zu Frau Sibylle gehen, sie würde sich bestimmt über die Blumen freuen.« Der kalte Schimmer in seinen Augen strafte seinen nun plötzlich sanften, verbindlichen Ton Lügen.

Lea wagte immer noch nicht, ihn anzusehen, obwohl sie sich so sehr nach einem winzigen Lächeln oder einem anderen Zeichen sehnte, das ihr erlaubt hätte, wenigstens ein kleines bisschen Hoffnung zu haben. Ihr Trotz fiel in sich zusammen wie ein Kartenhaus.

»Ich wollte es dir die ganze Zeit sagen, ehrlich!«, erzählte sie den Blumen auf ihrem Schreibtisch, während sie sich langsam zu ihrer vollen Größe aufrichtete. »Aber ich hatte solche Angst, du würdest mir böse sein und mich nicht mehr sehen wollen. Und dann habe ich heute deine Mail bekommen, und Tina schlug mir vor, dir zu schreiben. Das hätte ich getan, ganz sicher. Aber nun bist du plötzlich da. Das ist …« Sie ließ ihre Schultern fallen, und die Arme hingen an ihrem Körper herab wie zwei leblose Gegenstände. Selbst wenn sie es gewagt hätte, wäre sie nicht in der Lage gewesen, eine Hand zu heben, um ihn zu berühren.

Als sie es schaffte, wieder einen kurzen Blick in sein Gesicht zu werfen, sah er sie immer noch so kalt an, dass es sie fröstelte. »Seit wann weiß Frau Sibylle, wer ich bin? Seit ich Blödmann mit dem Geiger vor deinem Haus aufgetaucht bin?«

»Nein.« Für einen kurzen Moment zog sie in Erwägung zu behaupten, sie hätte nicht die geringste Ahnung, worüber er sich eigentlich so aufregte. Aber das war natürlich völlig hoffnungslos, er würde ihr im Leben nicht glauben. Schon gar nicht, nachdem sie sich wie eine Idiotin unter ihrem Schreibtisch versteckt hatte. Und außerdem wollte sie nicht mehr lügen.

»Ich habe es von Anfang an gewusst«, flüsterte sie, nachdem sie tief Luft geholt hatte. »Deine Beschreibung der Frau, deine Initialen – das passte genau auf unsere Situation.«

Er stieß einen Laut aus wie ein wütender, angeschossener Bär. »Du hast das von Anfang an geplant? Hast beschlossen, dass du mich so richtig an der Nase herumführen würdest, ja? Hast dich über den blöden Kerl lustig gemacht, der auf deinen so genannten Rat hin treu und brav mitten in der Nacht mit einem Geiger vor deinem Haus aufgetaucht ist und all den anderen Blödsinn aufgeführt hat.«

»Nein! So war das nicht! Das heißt, zuerst schon. Ich wollte doch eigentlich nichts mehr mit Männern zu tun haben, weil ich am Ende immer die Blöde war. Also dachte ich, wenn du nicht begreifst, dass es keinen Sinn hat, mich anzubaggern, werde ich dir eben einen kleinen Denkzettel verpassen. Wenn du dich ordentlich abstrampeln und doch keinen Erfolg haben würdest, dann würdest selbst du mal aufgeben.« Während nun plötzlich die Worte ohne Punkt und Komma aus ihr heraussprudelten, zupfte Lea an einer voll erblühten, gelben Rose herum. Eines nach dem anderen segelten die herzförmigen Blütenblätter zu Boden.

Stephan sah ihrem Zerstörungswerk zu, ohne das geringste Zeichen zu geben, dass er sie verstand und ihr verzieh.

»Aber das war ja alles ganz zu Anfang, als ich dich noch gar nicht richtig kannte«, fuhr sie nach einem fragenden Blick in seine Richtung fort. »Dann unterhielt ich mich mit Tina darüber, dass es ja eigentlich eine ganz tolle Chance sei, dir als Frau

Sibylle Aufgaben zu stellen, um dann zu sehen, ob du bereit bist, für deine angebliche Liebe auch Mühe auf dich zu nehmen. Ich meine, bisher war es den Männern, mit denen ich zusammen war, schon zu viel, mir einen Pfefferminztee zu kochen, wenn ich mal krank war. Ich war nur interessant, wenn ich in bester Laune und bei bester Gesundheit, nett gestylt und hübsch angezogen war. Tina und ich sprachen darüber, dass eine Frau einen Mann eigentlich testen sollte, bevor sie sich mit ihm einlässt, und dass ich die einmalige Chance dazu hätte. Das war, als ich mich schon ein kleines bisschen in dich verliebt hatte, aber längst noch nicht wusste, wo diese Gefühle hinführen würden.«

»Spielchen! Dumme, kindische Spielchen!« Voller Verachtung spuckte er die Worte vor ihre Füße.

»Ich weiß.« Ihre Fingerspitzen tasteten sich zu einer weißen Rose vor und begannen, diese Blüte zu zerrupfen.

»Du hättest schlicht und einfach mit mir darüber reden können, wie ich mich verhalten würde, wenn du mal krank bist. Pfefferminztee kochen! Du liebe Güte, ich habe dich so geliebt, dass ich dich auf meinen Armen quer durch die Stadt ins Krankenhaus getragen hätte.«

»Du hast mich geliebt? Und jetzt?« Leas Kehle war so rau, dass sie die Worte nur flüstern konnte.

Er antwortete nicht, doch sein Blick schnitt ihr mitten ins Herz.

»Ich weiß, dass wir über Vertrauen und Wahrheit und all diese Dinge gesprochen haben«, sagte sie leise und musste sich jedes Wort abringen. »Ich wollte dich auch nicht hintergehen. Es war nur so …«

Sein bitteres Lachen unterbrach sie. »Du musst dich köstlich amüsiert haben, als ich dir mein großartiges Geständnis machte, dass nicht alle Ideen, mit denen ich versucht habe, dir zu gefallen, von mir stammten.«

»Genau!« Sie streckte sich, zog die Schultern zurück, hob das Kinn und sah ihm gerade in die Augen. »Du hast mir auch nicht die Wahrheit gesagt. Jedenfalls nicht von Anfang an.«

»Nun, zwischen unseren beiden Lügen sehe ich einen gewissen Unterschied.« Er machte eine lange Pause, betrachtete sie, als würde er sie zum ersten Mal sehen, sah dann den zerrupften Blumenstrauß an, nahm ihn und warf ihn mit unnötig viel Schwung in den Papierkorb.

»Nein!« Lea bückte sich, um die Blumen aus dem Plastikeimer zu nehmen, aber er schob den Papierkorb mit der Fußspitze weit unter Tinas Schreibtisch.

»Ganz zu Anfang wolltest du meine Blumen nicht, jetzt will ich dir keine mehr schenken – Frau Sibylle.« Den Namen bewegte er in seinem Mund wie eine besonders ekelhafte Speise.

Leas Augen füllten sich mit Tränen, obwohl sie um keinen Preis der Welt wollte, dass er sie weinen sah.

»Was kann ich tun, damit du verstehst – und mir verzeihst?«, flüsterte sie, obwohl sie eigentlich keine Antwort erwartete.

»Ich hätte dir so ziemlich alles verziehen, wenn du offen mit mir darüber gesprochen hättest. Aber anders als mit Ehrlichkeit und Vertrauen kann und will ich nicht mehr. Solche Spielchen haben nichts mit Liebe zu tun. Gar nichts.« Stephans Blick ging an Lea vorbei, huschte zum Fenster, suchte ruhelos die Tür und blieb schließlich an seinen eigenen Fingern hängen, die sich zu Fäusten ballten und öffneten, wieder und wieder.

Noch mehr als seine Worte schmerzten Lea sein Gesichtsausdruck und die abgrundtiefe Traurigkeit in seinen Augen. Auch sie musste wegschauen, weil sie es einfach nicht mehr ertrug, ihn so zu sehen und zu wissen, dass es ihre Schuld war.

»Ich habe alles kaputt gemacht«, sagte sie leise. »Weil ich solche Angst hatte, es zu zerstören, wenn ich es dir sage.«

»Wenn du dieses Vertrauen zu mir nicht hattest, hätte es sowieso nicht funktioniert.«

Ohne sie noch einmal anzusehen, drehte er sich um und verließ den Raum. Sie wäre dankbar gewesen, wenn er die Tür hinter sich zugeknallt hätte, doch er zog sie sehr sanft zu. Das leise Klicken des Schlosses war das furchtbarste Geräusch, das Lea jemals gehört hatte. Keine Wut, die irgendwann verrauchen würde, sondern beherrschte Traurigkeit, die aus einer schmerzlichen Erkenntnis resultierte. Der Erkenntnis, dass Lea nicht die Frau war, die er in ihr gesehen hatte: eine Frau, die ihn liebte, die ihm vertraute und die ehrlich zu ihm war.

Sie sank auf ihren Stuhl, schlug die Hände vors Gesicht und bemühte sich nun nicht mehr, die Tränen zurückzuhalten. Es hätte ohnehin keinen Sinn gehabt, denn er würde nicht zurückkommen. Nichts hatte mehr einen Sinn.

XXV

Tina schaltete ihren Computer aus, massierte mit beiden Händen kurz ihren verspannten Nacken und drehte sich auf ihrem Bürostuhl in Leas Richtung. »Willst du wirklich heute Abend nicht mitkommen? Jürgen und ich gehen in das tolle griechische Restaurant, das wir neulich entdeckt haben. Es ist so romantisch – ein Meer von Kerzen, dazu schöne Musik und richtig leckeres Essen.«

Als Tina bewusst wurde, dass der letzte Satz ein Fehler gewesen war, biss sie sich auf die Unterlippe. Solche Worte wie ›Romantik‹ durfte man seit zwei Wochen, also seit jenem unglückseligen Morgen, an dem Stephan mit seinem Blumenstrauß bei Frau Sibylle aufgetaucht war, nicht mehr verwenden.

»Also, es ist wirklich hübsch dort«, setzte Tina in betont nüchternem Ton neu an. »Und du siehst aus, als hättest du seit Tagen keine anständige Mahlzeit zu dir genommen. Zum Schlafen kann ich dich ja nicht zwingen, aber vielleicht könnte ich dich zu der leckeren Grillplatte mit Salat überreden. Das wäre ja auch schon was.«

»Nein, danke, wirklich nicht.« Mit einer müden Geste wischte Lea durch die Luft. Sie machte sich mittlerweile nicht einmal mehr die Mühe, Begründungen zu nennen für ihre ständige Ablehnung von Tinas Vorschlägen, gemeinsam etwas zu unternehmen.

»Aber ich mache mir Sorgen um dich! Jeden Abend sitzt du allein zu Hause und grübelst. Du isst nicht richtig, du schläfst nicht anständig, du gehst nicht an die frische Luft. Das kann doch so nicht weitergehen! Ich habe ein richtig schlechtes Gewissen, wenn ich den Abend mit Jürgen verbringe, wenn wir Pläne schmieden, über unsere Hochzeit und unser Kind reden und ich weiß, dass du gleichzeitig dasitzt und so furchtbar traurig bist. Ich komme mir ja sogar schon herzlos vor, wenn ich lache! Schließlich bist du meine allerbeste Freundin. Neben

Jürgen und dem Wesen in meinem Bauch bist du der wichtigste Mensch auf der Welt für mich.«

»Du musst dir keine Sorgen machen, das wird schon wieder.« Der Versuch, ein Lächeln zu produzieren, misslang Lea kläglich.

Tina verdrehte die Augen. »Ich habe ja schon das eine oder andere Liebesdrama mit dir durchgestanden, aber dieses ist mit Abstand das schlimmste! Hast du wenigstens das Buch gelesen, das ich dir am Montag mitgebracht habe?«

»Diesmal helfen mir auch keine positiven Affirmationen. Aber die Zeit wird helfen.« Das war das Einzige, woran Lea sich in diesen Tagen klammerte. Irgendwann musste dieser furchtbare Schmerz vergehen. Eines Abends würde sie einschlafen, ohne eine halbe Stunde später wieder aus dem Schlaf zu schrecken und sofort in ein tiefes, schwarzes Loch zu fallen, weil im gleichen Moment der Gedanke an ihren Verlust da war. Erst jetzt fühlte sie, wie sehr sie Stephan geliebt hatte. Was den Gedanken, ihn durch ihre eigene Schuld verloren zu haben, nur noch schlimmer machte. Dass sie genau gewusst hatte, was sie tun musste, und es zunächst aus Gedankenlosigkeit und dann aus Feigheit vor sich hergeschoben hatte, bis es zu spät gewesen war, war das Schlimmste an der ganzen Geschichte. Aber dennoch musste sie eines Tages einfach aufhören, rund um die Uhr an ihn und ihr verlorenes Glück zu denken.

»Du solltest wenigstens vernünftig essen, während du darauf wartest, dass die Zeit hilft und heilt«, sagte Tina energisch. »Wenn du es schon nicht deinetwegen tust, dann denke bitte daran, dass du meine Trauzeugin bist. Wie willst du dich in drei Wochen überhaupt noch auf den Beinen halten und deinen Aufgaben am Tag meiner Hochzeit nachkommen, wenn du nicht isst und nicht schläfst und auch sonst nicht auf dich achtest?«

»Ich habe zugestimmt, deine Trauzeugin zu sein, also werde ich das auch hinkriegen. Mach dir darüber keine Sorgen!«

Zwar hörte Lea sich nicht besonders überzeugend an, aber ihre Worte beruhigten Tina wenigstens ein bisschen.

»Hat er immer noch nicht auf deine E-Mails und Briefe geantwortet?«, erkundigte sie sich mit so leiser Stimme, als wollte sie Lea die Möglichkeit geben, die Frage zu überhören.

Lea schüttelte stumm den Kopf. Erst nach einer langen, nachdenklichen Pause sagte sie: »Er wird mir auch nicht antworten.

Vor ein paar Tagen habe ich bei ihm angerufen. Ich weiß auch nicht, warum ich überhaupt keinen Stolz mehr habe, so etwas hätte ich früher niemals gemacht. Jedenfalls hat er nur gesagt, dass es keinen Zweck hat, und dann einfach aufgelegt.« Sie schluckte heftig an den aufsteigenden Tränen.

»Vielleicht braucht er noch ein bisschen Zeit. Er leidet doch offensichtlich genauso wie du, und das wird er eines Tages nicht mehr aushalten.«

»Du kennst ihn nicht.« Lea starrte den Fleck vor der Bürotür an, auf dem sie Stephan vor zwei Wochen zum letzten Mal gesehen hatte. »Er hat seine Erfahrungen gemacht und möchte dieselben nicht noch einmal machen. Das verstehe ich auch. Ich kann nur überhaupt nicht begreifen, wie blöd ich war. Ich hätte doch wissen müssen, dass er mir wahrscheinlich auf der Stelle verziehen hätte, wenn ich nur freiwillig die Wahrheit gesagt hätte. Im Grunde ist es doch klar, dass er keine Frau will, die ihm nicht vertraut und die ihn deshalb belügt. Er hat es mir sogar wörtlich gesagt, aber ich habe es damals überhaupt nicht richtig begriffen, so umnebelt war ich von meinen rosigen Gefühlen. Er hat mir erzählt, dass er schon einmal sehr geliebt hat und seiner großen Liebe sogar eine Nacht mit einem anderen Mann verziehen hätte, wenn sie nur ehrlich zu ihm gewesen wäre.«

»Alles schön und gut!« Wieder rollten Tinas Augen in Richtung Decke. »Aber wenn man jemanden liebt, kann man ihm auch einen Fehler verzeihen! Eine Schwäche, einen Moment, in dem der andere nicht vertrauen konnte. Punkt. Wäre das nicht so, wäre ich jetzt nicht mit Jürgen zusammen. Und das wäre einfach kindisch und dumm, weil es uns so gut miteinander geht.«

»Ja, aber …« Lea zuckte die Achseln. Es war Tina schon immer schwer gefallen zu verstehen, dass nicht alle Menschen so unkompliziert und direkt waren wie sie.

»Ich bin sicher, dass ihr euch nur mal in Ruhe aussprechen müsstest. Ich habe doch gesehen, wie er dich angeschaut hat, als er begriff. Der Mann liebt dich! Und wahre Liebe vergeht nicht von heute auf morgen. Wenn er dich sehen, dir zuhören würde – wetten, es würde keine zehn Minuten dauern, bis ihr euch wieder in den Armen liegt?«

Noch einmal zog Lea die Schultern hoch und begann dann, ihren Schreibtisch aufzuräumen. Für die Mittagspause hatte sie sich einen Joghurt und ein wenig Obst besorgt, wovon sie aber außer einer halben Banane nichts herunterbekommen hatte. Also würde sie es abends zu Hause noch einmal versuchen. Tina hatte wohl Recht damit, dass sie wenigstens gelegentlich etwas essen musste, wenn sie nicht zusammenklappen wollte.

»Ich sollte vielleicht ...« In jener typischen Art, an der man erkennen konnte, dass sie mal wieder Pläne schmiedete, ging Tinas Blick in die Ferne.

»Untersteh dich, dich einzumischen!«

»Hoppla! Du hast ja doch noch ein bisschen Energie.« Gespielt ängstlich fuhr Tina zurück, während sich in ihrem Kopf ein Plan formte. Vielleicht gab es eine Möglichkeit, Lea und Stephan zu einem Zusammentreffen zu zwingen. Sie würde gleich heute beim Essen mit Jürgen darüber sprechen.

Als Lea eine halbe Stunde später langsam wie eine alte Frau die vier Treppen zu ihrer Mansardenwohnung erklomm, erwartete sie vor der Wohnungstür eine Überraschung. Sabine saß auf dem Treppenabsatz, rechts und links flankiert von ihren Kindern, die bei Leas Anblick aufsprangen und ihr fröhlich entgegenhüpften.

»Warum ist Stephan nicht mit dir mitgekommen?«, erkundigte sich Max enttäuscht. »Ich will so gerne noch mal mit ihm Fußball spielen. Im Park da hinten.« Er reckte seinen kleinen Zeigefinger eifrig in die Richtung, in der er nach seinem einmaligen Besuch dort den Park vermutete.

»Stephan hat heute leider keine Zeit.« Lea musste ein paar Mal schlucken, bevor sie diese Worte herausbrachte. Sie strich Max zärtlich das weiche Kinderhaar aus der Stirn und versuchte nicht an das Lachen zu denken, mit dem Stephan ihn und seine kleine Schwester durch die Luft geschwenkt hatte.

»Och, ich will aber Stephan«, ließ sich nun auch Vanessa vernehmen. »Ball und Flugzeug spielen.«

»Vielleicht wenn ihr mich das nächste Mal besucht.« Energisch drängte Lea die Tränen zurück, die in diesen Tagen immer hinter ihren Augäpfeln lauerten, und ging auf Sabine zu. Die Freundin stand abwartend auf dem Treppenabsatz und zupfte an ihrem Sommerkleid herum, dem man ansah, dass sie es nicht in irgendeinem Ausverkauf erstanden hatte.

»Hallo, Sabine.« Ganz gelang es Lea nicht, sich den Anschein zu geben, als würde sie sich über den unverhofften Besuch freuen. Wie jeden Abend war sie nach einem Tag, an dem sie wie ein Roboter funktioniert hatte, schrecklich müde.

»Wir bleiben nicht lange«, erklärte Sabine nach einem Blick in Leas blasses Gesicht. »Ich wollte mich nur verabschieden, weil ich noch nicht weiß, wann ich zurückkomme.«

»Fährst du in Urlaub?« Bitte keine Trennungsgeschichte! Das halte ich nicht auch noch aus!

»Wie man's nimmt. Meine Eltern haben ein Haus in Spanien, wo sie den größten Teil des Jahres verbringen, seit mein Vater pensioniert ist. Die Kinder und ich werden sie besuchen. Auf unbestimmte Zeit.«

Also doch! Lea bemühte sich um einen mitfühlenden Gesichtsausdruck. Obwohl sie außer diesem dumpfen, alles verschlingenden Schmerz im Moment nichts fühlte.

Das Seltsame war, dass Sabines Lächeln weder gequält noch traurig wirkte und sie gar nicht auf so etwas wie Mitgefühl angewiesen zu sein schien. Im Gegenteil, sie sah gelöst und fröhlich aus, während sie mit der Linken liebevoll Max' kurz geschnittenes Haar zerzauste und mit der Rechten die große, rote Schleife an Vanessas Kragen zurechtzupfte.

»Seid so lieb und geht ein bisschen unten im Hof spielen, ja? Ich unterhalte mich ein paar Minuten mit Lea, anschließend fahren wir zum Flughafen, dann dürft ihr ganz lange aufbleiben, und ganz, ganz spät am Abend kommen wir dann bei Oma und Opa an.«

»Kann ich gleich morgen früh nach dem Aufstehen im Meer baden?«

»Natürlich.« Sabine lächelte ihren Sohn so strahlend an, als würde auch sie sich einfach nur auf eine schöne Zeit im Süden freuen.

»Toll!« Ausnahmsweise ohne jeglichen Protest hüpfte Max die Treppen hinunter, während seine Schwester ihm etwas langsamer, aber ebenfalls gut gelaunt, folgte.

»Komm rein!« Lea öffnete die Wohnungstür und ließ die Freundin vorausgehen. »Außer Mineralwasser und Tee kann ich dir leider nichts zu trinken anbieten. Ich bin lange nicht zum Einkaufen gekommen.«

»Kein Problem. Ich habe keinen Durst. Außerdem kann ich wirklich nicht lange bleiben. Nachher im Flugzeug genehmige ich mir einen Pikkolo. Ich habe nämlich was zu feiern. Ganz für mich allein. Das ist mir wichtig.«

Wenn das eine Trennungsgeschichte war, dann zumindest keine traurige, wie es aussah. Lea musterte ihre älteste Freundin erstaunt. Irgendwie sah Sabine anders aus als während der vergangenen Jahre. Ihre sonst so akkurate Frisur war modisch zerzaust, statt des gewohnten dezenten Make-ups trug sie einen auffallenden, leuchtend roten Lippenstift und knallblauen Lidschatten.

»Was hast du denn zu feiern?«, erkundigte Lea sich vorsichtig, während sie sich Sabine gegenüber in ihrem Lieblingssessel niederließ und aus Gewohnheit das kleine Kissen in den Arm nahm, das sie während der vergangenen zwei Wochen jeden Abend mit ihren Tränen durchnässt hatte. Jetzt war erst einmal keine Zeit zum Weinen, was durchaus sein Gutes hatte.

»Ich weiß endlich, was ich will!« Sabine fuhr sich mit den gespreizten Fingern durchs Haar, das daraufhin noch ein bisschen aufgeplusterter um ihr Gesicht fiel.

»Und was ist das?«

»Ich will und werde mich von Hilko trennen.«

Lea schwieg für einen Moment und wunderte sich. Wie lange war es eigentlich her, seit sie Sabine wegen eines vagen Verdachts, ihr Mann könnte eine andere haben, in Tränen aufgelöst im Krankenhausaufzug begegnet war?

»Betrügt er dich doch?«, fragte sie dann geradeheraus, weil Sabine nicht so wirkte, als könnte eine direkte Frage sie aus dem Gleichgewicht bringen.

»Ich weiß inzwischen ganz sicher, dass er mich nicht betrügt. Die vermeintlichen Indizien habe ich mir wirklich nur eingebildet. Als er mir sagte, dass es außer mit keine Frau in seinem Leben gibt, hat er nicht gelogen.«

Einen Augenblick sah Sabine nachdenklich zum Fenster hinaus.

»Als Hilko mich zu der Reise nach Berlin einlud ... Ich habe gar nicht begriffen, warum ich irgendwie enttäuscht war, als sich immer deutlicher herausstellte, dass er mich nie belogen hat. Trotzdem ist es mir gelungen, mich in eine richtige Euphorie hineinzufühlen. Hurra, meine Ehe ist in bester Ordnung, wenn wir nur ein bisschen zusammen nach Berlin fahren.«

Für einen Moment herrschte ergriffenes Schweigen zwischen den beiden Frauen.

»Du warst enttäuscht, weil du dann doch keinen Grund hattest, ihn zu verlassen?«, fragte Lea schließlich verwirrt. Sabine wäre die Letzte gewesen, der sie irgendwelche Freiheitsbestrebungen zugetraut hätte. Sie war immer so vollkommen in ihrer Rolle als Ehefrau eines Arztes und Mutter zweier Bilderbuchkinder aufgegangen.

»Ja. Ich war unglücklich mit ihm und wollte mir das nicht eingestehen. Außerdem ist es nicht so einfach, eine Ehe zu beenden, wenn es keinen wirklichen Grund gibt, außer dass man nicht mehr besonders viel gemeinsam hat. Also war ich im Grunde wohl total begeistert, als ich diese geheimnisvollen Nachrichten auf seinem Handy fand und er auch noch ein neues Aftershave benutzte. Ich konnte mir nicht mal eingestehen, weshalb ich diese fürchterliche Heulerei veranstaltet habe. Die meisten Tränen habe ich wohl aus Enttäuschung vergossen, dass mein Traum vom Leben sich als alles andere als ein Traum entpuppt hatte.«

Lea nickte müde und zerknüllte das noch von den Tränen des vergangenen Abends feuchte Kissen vor ihrer Brust.

»Weißt du, irgendwie war ich wohl immer in meine Rolle verliebt, viel mehr als in Hilko. Eine Zeit lang hat es mir ja auch gereicht, eine gute Mutter zu sein, nebenbei ein bisschen Sport zu treiben, das Haus in Ordnung zu halten und darauf zu warten, dass Hilko gelegentlich mal eine Stunde Zeit für mich hatte. Bis ich irgendwann herausfand, dass ich mich eigentlich nur langweilte, wenn wir zusammen waren. Und er hat sich mit mir wohl auch nicht gerade prächtig amüsiert, wenn ich ihm erzählte, dass wir unbedingt die Kinderzimmer frisch tapezieren lassen müssen und ich im Garten eine neue Sitzecke anlegen wollte. Er flüchtete sich in die Arbeit, ich wurstelte noch mehr im Haus herum und ließ mich im Kindergarten zur Elternvertreterin wählen, was mich aber auch irgendwie nicht glücklicher machte.«

»Und wieso hast du das plötzlich alles erkannt?« Für den Moment krabbelte Lea aus ihrem schwarzen Loch und spürte ehrliche Verblüffung über die völlig neue Sabine, die ihr da gegenübersaß.

Sabine lächelte verschmitzt. »Na ja, als ich herausbekommen hatte, dass ich mir all diese vermeintlich sicheren Anzeichen für

Hilkos angebliche Untreue nur eingeredet hatte, wartete ich vergeblich darauf, dass alles wieder so würde wie vorher. Ich, die glückliche Ehefrau und Mutter – er, der erfolgreiche Oberarzt – wir, die glückliche Familie mit zwei hübschen, gesunden Prachtkindern. Aber es wurde gar nichts so wie vorher. Ich weinte einfach weiter, sobald ich allein war, genau wie ich über Hilkos vermeintliche Untreue geweint hatte. Also musste ich mir endlich eingestehen, dass ich in Wirklichkeit über mein Leben trauerte, in dem ich noch so sehr herumwuseln konnte und mich doch immer einsamer fühlte. Also hatte ich die erste wirklich ehrliche und offene Unterhaltung unserer Ehe mit Hilko. Und es stellte sich heraus, dass er auch nicht gerade glücklich mit mir war und dass wir beide nicht der Meinung sind, wir müssten uns nur etwas mehr Mühe geben, damit es funktioniert. Falls wir uns irgendwann mal geliebt haben, ist uns wohl diese Liebe abhanden gekommen. Aber ich glaube inzwischen, wir waren wohl eher in das Bild verliebt, dass wir uns voneinander gemacht hatten, das Bild vom idealen Ehemann und der idealen Ehefrau.«

»Aha«, machte Lea, ganz verwirrt von so vielen neuen Erkenntnissen. »Und nun werdet ihr euch also trennen?«

Sabine nickte, und ihre Augen funkelten unternehmungslustig. »Vorerst bleibe ich für ein paar Wochen bei meinen Eltern in Spanien. Wir wollen nichts überstürzen. Und wenn Hilko und ich dann immer noch der Meinung sind, dass eine endgültige Trennung das Beste für uns alle ist, lösen wir nach meiner Rückkehr den gemeinsamen Haushalt auf, suchen uns jeder eine Wohnung, besprechen ganz genau, wer sich wann um die Kinder kümmert, so dass ich nebenbei wenigstens halbtags arbeiten kann – und beginnen beide ein ganz neues Leben.«

»Ein ganz neues Leben«, wiederholte Lea verträumt. Gedankenverloren zupfte sie so heftig an einer Ecke ihres Kissens, dass sie eine kleine Feder aus dem Bezug zerrte, die langsam und traurig zu Boden schwebte.

»Ich freue mich für dich. Ehrlich. Obwohl man sich ja wohl eigentlich über eine Trennung nicht freuen sollte«, sagte Lea und sah Sabine mit einem Lächeln, zu dem sie sich kaum zwingen musste, ins Gesicht. »Ich meine, ich freue mich, dass du jetzt weißt, was du willst und was du nicht willst, und dass du nun dein Leben nach deinen Wünschen leben wirst.«

»Dir geht es wohl immer noch nicht so gut?« Tina hatte verhindern wollen, dass sich Sabine eines Tages völlig ahnungslos bei Lea nach Stephan erkundigte, und Sabine daher durch einen Anruf über die neueste Entwicklung informiert. Allerdings war Sabine zum Zeitpunkt dieses Anrufs viel zu sehr mit ihren eigenen Problemen beschäftigt gewesen, um sich allzu viele Sorgen um Lea zu machen. Immerhin hatte Lea schon einige Beziehungen und die dazugehörigen Trennungen hinter sich und immer alles ganz gut verkraftet.

Lea lächelte tapfer und völlig verkrampft, weil sie sofort wieder Stephans Gesicht vor sich sah. »Es geht mir gut«, behauptete sie trotzig. Was brachte es schon, wenn Sabine sie im fernen Spanien bedauerte?

»So geht das einfach nicht! Du solltest mir ihr reden. Wenigstens ein letztes Mal.« Mark sah Stephan besorgt an, während um die beiden Freunde herum mit großem Hallo der Gewinner des Bowlingwettbewerbs dieses Abends beglückwünscht wurde.

»Ich weiß gar nicht, was du hast!« Stephan bemühte sich um ein neutrales Gesicht. Um einen Gesichtsausdruck, dem man den Schmerz nicht ansah, der seit jenem Morgen im Verlagsgebäude des »Anzeigers« an ihm nagte. »Wenn du Lea meinst, ist diese Geschichte für mich erledigt. Erledigt und vorbei. Abgehakt! Vielleicht brauche ich noch ein oder zwei Tage, um sie zu vergessen, das wird es dann aber auch gewesen sein.«

»Ein oder zwei Tage, aha.« Mark schwieg viel sagend.

»Na ja, oder drei Tage. Auf einen Tag mehr oder weniger kommt es da ja nun wirklich nicht an.« Stephans Miene war eingefroren, als würde er so etwas wie einen Gesichtsausdruck gar nicht kennen.

»Wenn du willst, rufe ich sie für dich an und frage sie, wann sie Zeit hat, dich zu treffen. Ich kann ja behaupten, ich hätte dich gezwungen, in diese Unterredung einzuwilligen.«

»Untersteh dich, sie anzurufen!«

»Das ist nicht das Ende eurer Geschichte, glaube mir. Ihr seid noch lange nicht miteinander fertig, wenn sie auch nur annähernd so leidet wie du. Das ist Liebe, auch wenn ich mich bisher immer darüber lustig gemacht habe. Also könnt ihr es auch kurz machen, eure Dickköpfe mal für einen Moment in der Ecke parken und wie zwei erwachsene Menschen über die Sache reden.«

»Liebe! Das ich nicht lache!« Mit betont heiterem Lächeln hob Stephan sein Bierglas und prostete dem Sieger des Bowlingwettbewerbs zu. »Lea gehört der Vergangenheit an. Ein Irrtum, nicht mehr. Ein oder zwei Wochen meines Lebens, in denen ich glaubte, die Dinge wären anders, als sie in der Realität waren. Das ist doch nichts Außergewöhnliches.«

»Es erscheint mir schon ein wenig außergewöhnlich, wie du leidest.«

»Ich leide nicht, ich lerne.« Stephans Miene war immer noch unbewegt. Diesen Gesichtsausdruck hatte er während der vergangenen zwei Wochen perfektioniert.

Als sich das Handy in seiner Jackentasche meldete, schien er erleichtert über die Unterbrechung, obwohl es sich um sein Geschäftshandy handelte und er normalerweise die nächtlichen Anrufe seiner Kunden, denen plötzlich eingefallen war, dass sie noch eine Person mehr einladen oder doch zum Empfang lieber Cocktails statt Sekt wollten, als ein lästiges Übel hinnahm, das nun einmal leider zu seinem Beruf gehörte.

»Eine romantische Hochzeitsfeier für cirka 50 Personen? Nein, nein, es ist nicht zu knapp, das in drei Wochen zu organisieren. Am besten vereinbaren wir gleich einen Termin, bei dem wir die Einzelheiten besprechen, Herr Bruhns. Welcher Termin würde Ihnen und Ihrer Braut denn passen?«

Er hörte eine Weile zu, verzog dann das Gesicht, veränderte aber nicht seinen freundlichen, geschäftsmäßigen Tonfall: »Wenn Ihre Verlobte keine Zeit zu einem persönlichen Treffen hat, kann sie mich natürlich jederzeit anrufen, oder Sie übermitteln mir einfach die Wünsche Ihrer Braut, Herr Bruhns. Wie wäre es, wenn wir zwei uns dann gleich morgen oder übermorgen persönlich treffen?«

Zwei Minuten später war der Termin vereinbart, und Stephan schob sein Handy zurück in die Jackentasche. »Das hatte ich auch noch nicht, dass die Braut aus beruflichen Gründen absolut keine Zeit findet, über die Planung ihrer Hochzeit zu sprechen«, stellte er verwundert fest. »Oft drückt sich der Bräutigam und schützt Zeitmangel vor. Aber die Braut?«

»Tja, man lernt eben immer noch was dazu«, ließ Mark verlauten. »Vielleicht interessiert sie sich wirklich nicht für den ganzen Zinnober, und er ist derjenige, der unbedingt eine große Hochzeit will.«

»Kann mir ja auch egal sein«, stellte Stephan fest. Seine Gedanken kreisten ohnehin schon längst wieder um eine andere Frau. Um eine Frau, an die er eigentlich nicht mehr hatte denken wollen, was aber viel schwieriger war, als sich irgendein Mensch vorstellen konnte. Die einzige Hoffnung, die ihm blieb, war die, dass irgendwann, wenn genügend Zeit vergangen war, Lea nicht mehr vierundzwanzig Stunden jeden Tag als schmerzliches Gefühl in seiner Brust und Sehnsucht nach etwas, was es eigentlich niemals gegeben hatte, in seinem Kopf herumspuken würde. Er wandte sich nach dem Kellner um und hob den Arm, um sich noch ein Bier zu bestellen.

»Das hast du richtig toll gemacht, mein Bär!« Nachdem Jürgen den Hörer zurück auf die Gabel gelegt hatte, drückte Tina ihm einen herzhaften Kuss auf die Lippen und kuschelte sich auf der Couch eng an ihn. »Jetzt schreiben wir gemeinsam auf, was wir beide für Wünsche für unsere Hochzeitsfeier haben, und das erzählst du ihm dann morgen, wenn du dich mit ihm triffst.«

»Ich glaube, er fand es ziemlich komisch, dass du als Braut angeblich keine Zeit hast, persönlich mit ihm zu sprechen.«

Tina zuckte die Achseln. »Und wenn schon! Solange er nicht mitbekommt, wer ich bin und was der wahre Grund dafür ist, dass ich für ihn unsichtbar bleiben werde, soll er doch denken, was er will.«

»Meinst du tatsächlich, er hätte den Auftrag abgelehnt, wenn er wüsste, dass es die Hochzeit von Leas bester Freundin ist und er Lea dort wahrscheinlich über den Weg laufen wird?« Wie er es sich in letzter Zeit angewöhnt hatte, legte Jürgen zärtlich seine Hand auf Tinas immer noch flachen Bauch.

Sie nickte heftig. »Hundertprozentig! Der ist genauso starrsinnig wie Lea. Lieber stirbt er vor Kummer und Sehnsucht, als von seinen Prinzipien abzuweichen. Die beiden passen bestens zusammen.«

»Wie gut, dass wir zwei nicht so prinzipientreu sind!«, stellte Jürgen zufrieden fest und lächelte Tina strahlend an.

»Wo du Recht hast, hast du Recht.« Übermütig zerzauste Tina ihm das Haar. »Obwohl es zu meinen Prinzipien gehört, dass ich am glücklichsten Tag meines Lebens meine beste Freundin nicht unglücklich sehen will.«

»Lea kann wirklich froh sein, dass sie eine Freundin wie dich hat.«

»Und du? Schätzt du dich etwa nicht glücklich, mich zu haben?«

»Das wird sich wohl leider erst herausstellen, wenn wir so zehn oder zwanzig Jahre verheiratet sind. Nach allem, was man von Leuten hört, die etwas davon verstehen, haben viele Frauen ein wunderbares Talent sich zu verstellen, bevor sie den Mann ins Netz gelockt haben.«

Jürgen zwinkerte seiner zukünftigen Frau heftig zu, was sie jedoch nicht daran hinderte, voller gespielter Empörung auf ihn loszugehen und ihn so lange zu kitzeln, bis er um Gnade flehte.

Als sie beide wieder zu Atem gekommen waren, sahen sie einander sehr lange und sehr verliebt in die Augen.

»Ich bin ganz schrecklich glücklich, dass ich euch beide habe«, sagte Jürgen schließlich leise und strich ihr noch einmal zärtlich über den Bauch. »Und ich freue mich wie wahnsinnig auf unsere Hochzeit, selbst wenn alles schief gehen sollte, weil du dich weigerst, mit dem Typen zu sprechen, der die Feier organisiert, weil der sich weigert, deine Freundin zu sehen, mit ihr zu sprechen und sich mit ihr zu versöhnen.«

»Mach dir keine Sorgen, ich werde ihn telefonisch jeden Tag nerven. Meine Stimme erkennt er bestimmt nicht, denn schließlich haben wir höchstens ein oder zwei Sätze gewechselt, und da war er schon ganz schockiert von der Tatsache, dass Lea Frau Sibylle ist.«

»Wie auch immer, wenn es dich glücklich macht, deine Hochzeit so und nicht anders vorzubereiten, dann sollst du es genau so haben«, schloss Jürgen die Unterhaltung ab und beugte sich über Tina, um sie ausdauernd und leidenschaftlich zu küssen.

XXVI

»Das ist nicht dein Ernst, Lea!«

Tina nutzte den Moment, als sich Frank an dem zur Bar umfunktionierten langen Tisch um Getränkenachschub kümmerte, um die Freundin in eine ruhige Ecke zu ziehen. Zuvor hatte sie sich damit begnügt, Lea viel sagende Blicke zuzuwerfen und Frank mit ihren Blicken zu erdolchen, sobald er ihr den Rücken zuwandte.

»Was sagst du?«, schrie Lea gegen die Musik und das Stimmengewirr an, mit dem alle Räume der ersten Etage des Freizeitheims bis zum Bersten gefüllt waren.

»Du hast mich genau verstanden!«, brüllte Tina zurück. »Du kannst doch nicht zu diesem Typen zurückkehren, nur weil es zwischen Stephan und dir eine kleine Meinungsverschiedenheit gegeben hat. Hast du schon vergessen, wie Frank dich behandelt hat, als du mit vierzig Grad Fieber im Bett lagst?«

»Ich hatte höchstens neununddreißig Grad Fieber!« Mit einem strahlenden Lächeln, bei dem ihre Augen merkwürdig unbeteiligt blieben, winkte Lea quer durch den überfüllten Raum Margarete zu. Das frisch gebackene Ehepaar war vor wenigen Tagen von seiner Hochzeit in Las Vegas und der anschließenden Amerika-Rundreise zurückgekehrt und hatte sofort begonnen, die Feier für alle Freunde und Verwandten im Freizeitheim zu organisieren.

»Dir ist wirklich nicht zu helfen! Ich kann nur hoffen, du warst noch nicht wieder mit ihm im Bett.« Mit zusammengekniffenen Augen sah Tina zu, wie Frank sich mit zwei gefüllten Gläsern einen Weg durch den überfüllten Raum bahnte.

»Er hat sich geändert«, schrie Lea gegen die Melodie des Schneewalzers an. Das Musikprogramm war an diesem Abend äußerst abwechslungsreich und wechselte zwischen Volksmusik und Hard Rock. »Eigentlich war ich doch ziemlich glücklich mit ihm. Jeder Mensch hat seine Macken, niemand ist perfekt.

Außerdem liebt er mich tatsächlich irgendwie, sonst hätte er nicht die ganze Zeit versucht, mich zurückzugewinnen.«

Tina prustete verächtlich. »Eigentlich ziemlich glücklich, und er liebt dich irgendwie, ja? Warst du mit Stephan auch eigentlich und irgendwie glücklich?«

Zu ihrer Erleichterung wurde Lea einer Antwort enthoben, weil in diesem Moment Frank mit dem Wein bei ihnen ankam. Stolz, als hätte er in den Weiten der Prärie ein Mammut erlegt, drückte er Lea eines der Gläser in die Hand.

»Oh. Du hast mir was zu trinken mitgebracht! Das ist aber nett!« Mit einem Lächeln, das eher einem Zähnefletschen glich, nahm Tina ihm das zweite Glas aus der Hand, obwohl sie wegen ihrer Schwangerschaft keinen Tropfen Alkohol trank.

Frank wollte protestieren, überlegte es sich aber anders, da er entschlossen war, einen sehr, sehr guten Eindruck auf Lea zu machen. Vielleicht würde sie ihm dann erlauben, sie nach dieser nervigen Veranstaltung in ihre Wohnung zu begleiten. Also murmelte er etwas davon, für sich selbst noch etwas zu trinken holen zu wollen, und machte sich erneut auf den beschwerlichen Weg quer durch den Raum.

»Versprich mir, dass du nicht wieder mit ihm ins Bett gehst, falls du es nicht schon getan hast!« Tina krallte sich regelrecht in Leas Ärmel fest, als könnte sie die Freundin auf diese Weise zur Vernunft bringen.

»Das ist nun wirklich ganz allein meine Entscheidung.« Energisch löste Lea Tinas Finger aus dem Stoff ihres Kleides. Sie hatte absolut keine Lust, über das Thema Frank zu reden. Zumal sie tatsächlich bereits halbwegs beschlossen hatte, die Nacht mit ihm zu verbringen. Sie würde noch das eine oder andere Glas Wein trinken, tanzen, feiern, sich an all der Fröhlichkeit um sie herum so weit berauschen, wie es nur ging, und ihn dann mit in ihre Wohnung nehmen. Was ihr hoffentlich helfen würde, die Stunden zu vergessen, die sie dort mit Stephan verbracht hatte. Das war es, was sie sich im Augenblick am meisten wünschte und wofür ihr jedes Mittel recht war.

»Wo ist denn dein entzückender Freund, Lea? Du hast mir versprochen, dass ich ihn heute endlich näher kennen lerne! An einem Abend wie diesem kann es gar nicht genug glückliche Paare geben, und dass ihr zwei füreinander bestimmt seid, konnte man schon damals im Rathaus auf den ersten Blick sehen.«

Margarete Ollischewsky war unvermittelt neben den beiden Freundinnen aufgetaucht. In ihrem elfenbeinfarbenen Spitzenkleid, das für viele andere Frauen ihres Alters viel zu jugendlich gewesen wäre, in dem sie aber strahlte wie ein Komet zwischen lauter kleinen, fernen Sternchen, war sie die schönste Braut, die Lea jemals gesehen hatte. Tina würde sich anstrengen müssen, um an ihrem Hochzeitstag dem Vergleich standhalten zu können.

»Er … er holt sich gerade etwas zu trinken.« Lea zeigte vage in die Menge, die sich gerade mehr oder weniger rhythmisch zu einem alten Beatles-Titel bewegte.

»Ich habe dich mit dem dunkelhaarigen jungen Mann kommen sehen, von dem du an deinem Geburtstag nicht mal einen Blumenstrauß annehmen wolltest.« Margarete zog irritiert die Brauen hoch und starrte Franks Rücken an. »Mir scheint, er ist nicht halb so charmant und sensibel wie der blonde Mann aus dem Rathaus, den du so konsequent vor mir versteckst.«

»Du hast Stephan doch damals nur ein paar Minuten gesehen. Dass er sensibel und charmant ist, sei einmal dahingestellt«, sagte Lea mit missmutig verkniffenem Mund. »Das da drüben ist Frank. Er ist auch sehr nett.«

»Lea und Stephan haben es fertig gebracht, einen solchen Schlamassel zu veranstalten, dass sie im Moment nicht miteinander reden«, verkündete Tina in der Hoffnung, Schützenhilfe zu bekommen. Genau das passierte auch.

Jetzt war es Margarete, die an Leas Ärmel hing und daran herumzerrte, als würde das in irgendeiner Weise helfen. »Das dürft ihr nicht! Allein wie du immer von ihm gesprochen hast und wie du dabei strahltest! Das kannst du nicht einfach so wegwerfen. Oder willst du so lange warten wie Johann und ich? Sei nicht dumm!«

»Immerhin ist er derjenige, der nicht mehr mit mir reden wollte. Und jetzt will ich eben auch nicht mehr«, überschrie Lea die Töne von »Let it be«.

Margarete starrte sie bitterböse an. So böse, dass Lea nachgab und den Blick senkte. »Fangt bloß nicht an, euch gegenseitig mit eurem so genannten Stolz fertig zu machen!«, wetterte die ältere Frau los, nachdem sie als klare Siegerin aus dem Blickduell hervorgegangen war. »In der Liebe ist Stolz überflüssig wie ein Kropf.«

»Ich kann trotzdem nichts daran ändern, wenn er nicht mit mir reden will.« Trotzig verschränkte Lea die Arme vor der Brust, ohne sich darum zu kümmern, dass Margarete immer noch ihren rechten Oberarm festhielt.

»Du kannst ihm aber Zeit geben! Was auch immer zwischen euch war, er wird es irgendwann überwinden und zu dir zurückkommen, wenn er dich wirklich liebt. Dann solltest du die Arme für ihn öffnen. Und tu es dir nicht an, dich zwischendurch mit jemandem zu trösten, den du nicht liebst. Es wird dir ohnehin kein Trost sein.«

Margarete löste ihre Finger aus Leas Ärmel und strich den zerknüllten Stoff glatt. Als Lea den Kopf wandte, sah sie, dass Frank zurück war. Vorsichtshalber hatte er auch diesmal zwei Gläser mitgebracht, von denen er eines ungefragt Margarete in die Hand drückte. Diese nahm es mit ernstem Gesicht entgegen, nickte Frank zu und nippte höflich einmal an dem Wein.

»Gib ihm Zeit und dir natürlich auch«, mahnte Margarete noch einmal mit einem beziehungsreichen Blick in Franks Richtung, bevor sie sich wieder ins Getümmel stürzte, in dem sich zahlreiche Arme und Beine ein wenig unkoordiniert, aber dafür umso enthusiastischer zu Meat Loafs »I would do anything for love« bewegten.

Lea unterdrückte einen Seufzer, obwohl sie bei dem Lärm nach Herzenslust und völlig ungehört hätte seufzen können, und ergriff nun ihrerseits energisch Franks Ärmel.

»Lass uns tanzen!«, rief sie ihm zu, und obwohl er sich früher immer sehr lange hatte bitten lassen, folgte er ihr an diesem Abend willig genau dorthin, wo das Menschenknäuel am dichtesten war.

»Lass das bitte, Frank«, stieß Lea nicht besonders überzeugend hervor, als Frank mit halb geöffneten Lippen die weiche Haut direkt über ihrem Schlüsselbein liebkoste. Natürlich konnte er sich noch gut daran erinnern, dass diese Berührung sie immer ganz verrückt gemacht hatte.

»Warum denn? Es gefällt dir doch. Das hat dir immer gefallen.« Frank sprach ein wenig undeutlich, weil er gleichzeitig mit seiner Zunge eine Schlangenlinie auf ihre Kehle zeichnete.

»Es wundert mich, dass du plötzlich weißt, was ich mag und was nicht«, bemühte Lea sich um Strenge, Klarheit und Wahrheit. Noch hatte sie die Möglichkeit, Bedingungen zu stellen. Noch war er sich nicht sicher, ob er sie herumkriegen würde.

Frank hob den Kopf und sah ihr in der schwachen Innenraumbeleuchtung seines Wagens angestrengt in die Augen, als könnte er sie auf diese Weise hypnotisieren. »Ich wusste das immer, wenn ich auch sicher manchen Fehler gemacht habe«, beteuerte er. »Du musst mir eine Chance geben, dir zu beweisen, dass ich mich geändert habe. Oder glaubst du etwa nicht, dass Menschen sich ändern können?«

»Dooooch.« Sie hatte leichte Schwierigkeiten mit diesem Wort, weil er schon wieder ihren Hals küsste, und das so gekonnt, dass sie die Berührung auf geheimnisvolle Weise überall in ihrem Körper spürte, besonders zwischen den Schenkeln, was ihr vor sich selbst ein bisschen peinlich war. Eigentlich hatte sie vorgehabt, mit kühlem Kopf mit Frank zu schlafen, einfach nur, um die Erinnerungen zu vertreiben. Und nun reagierte sie so prompt auf ihn, als hätte es nie einen anderen gegeben. Oder war das einfach nur die Einsamkeit und Sehnsucht der vergangenen Wochen? Die Müdigkeit nach all den durchwachten Nächten und den vielen Tränen? Der Wunsch, dem Karussell ihrer Gedanken zu entfliehen, das sich Tag und Nacht drehte, ohne einmal Pause zu machen? Oder war es schlicht und einfach alte Gewohnheit?

Als Frank seinen Mund auf ihren legte, öffnete sie willig die Lippen. Er war schon immer ein guter Küsser gewesen, nicht unbedingt zärtlich, aber voller Leidenschaft und männlichem Nachdruck, zumindest wenn er sich Mühe gab, weil er sie ins Bett bekommen wollte. Und auch jetzt zerschmolz sie innerlich noch ein wenig mehr.

»Darf ich noch mit nach oben kommen?«, erkundigte er sich, nachdem er sich wieder von ihr gelöst hatte.

Zögernd öffnete Lea die Augen und blinzelte in das Licht der Straßenlaterne, die einen Meter von dem parkenden Wagen entfernt stand. Plötzlich war sie sich nicht mehr sicher, was sie wollte. Die Reaktion ihres Körpers, die nicht mit ihren Gefühlen in Einklang stand, verwirrte sie. Andererseits hatte sie sich für diesen Abend etwas vorgenommen. Sie wollte all ihre Kräfte einsetzen, um endlich, endlich nicht mehr ständig an Stephan denken zu müssen. Es war ein Versuch, wenn auch ein verzweifelter Versuch. Nicht mehr und nicht weniger. Entschlossen öffnete Lea die Beifahrertür und schwang die Beine aus dem Wagen.

»Komm mit«, sagte sie, ohne Frank anzusehen.

Frank beeilte sich, ebenfalls aus dem Auto zu kommen. Dennoch dauerte es eine Weile, bis er alles, was zu erledigen war, getan hatte, nämlich die Musikanlage ausschalten, vorsichtshalber eine CD mit romantischer Musik aussuchen, die seinem Vorhaben nützlich sein konnte, die Handbremse überprüfen, im Rückspiegel seine Frisur kontrollieren und sich selbst ein triumphierendes Lächeln zuwerfen.

Währenddessen stand Lea an der Bürgersteigkante und wartete auf ihn. Sie versuchte, ihre Unruhe nicht wahrzunehmen und sich auch nicht zu fragen, ob das, was sie hier tat, wirklich richtig war. Weil sie beschlossen hatte, dass es nicht so weitergehen konnte und sollte wie in den vergangenen Wochen und dass Frank als Gegenmittel zu Stephan immerhin einen Versuch wert war.

Plötzlich kniff sie die Augen zusammen und starrte angestrengt zur gegenüberliegenden Straßenseite hinüber. Lehnte dort jemand an der Linde vor dem Torbogen eines Hauses, so eng mit dem Stamm verschmolzen, dass man seine Umrisse nur erkannte, wenn man ganz genau hinsah? Oder war es nur ein Schatten, dem ihre Fantasie die Form der Silhouette eines hoch gewachsenen Mannes gab? Eines ganz bestimmten Mannes …

Lea machte einen Schritt nach vorn und trat über die Bordsteinkante, um besser sehen zu können. Dann tat sie noch einen Schritt, weil sie sich immer noch nicht sicher war, zumal der schmale, dunkle Fleck sich nicht bewegte. Schließlich entschloss sie sich, einfach die Straße zu überqueren und nachzusehen. Weil sie genau wusste, dass sie sonst die ganze Nacht und noch viel länger überlegen würde, ob ihre Augen und ihre Fantasie ihr einen Streich gespielt hatten oder ob das, was sie gesehen hatte, die Realität war.

Genau in dem Moment, in dem Lea hinter Franks parkendem Wagen hervortrat, kam mit hoher Geschwindigkeit ein anderes Auto um die Ecke, was zu dieser späten Stunde in dieser ruhigen Nebenstraße eher ungewöhnlich war. Erschrocken sprang Lea zurück und presste die Hand auf ihr heftig pochendes Herz.

»Was ist denn? Wo wolltest du hin?« Endlich war auch Frank ausgestiegen und stand kopfschüttelnd vor ihr.

»Nirgends. Ich wollte nur nachsehen ...« Lea versuchte, über Franks Schulter hinweg hinüber zu dem Baumstamm zu sehen. Doch das gelang ihr nicht, weil Frank äußerst breite Schultern besaß, was ihr einmal sehr gefallen hatte.

»Hattest du Sehnsucht nach mir?«, erkundigte Frank sich neckisch und zog sie mannhaft und so heftig, dass es ihr ein wenig wehtat, an seine Brust.

»Nein, ich ...« Energisch schob sie ihn von sich und gleichzeitig ein wenig zur Seite, so dass sie die gegenüberliegende Straßenseite wieder im Blick hatte. Ein leichter Wind war aufgekommen, und die Blätter der Linde malten im Licht einer nahe stehenden Straßenlaterne bewegte Bilder auf den Asphalt und die Hauswände.

»Was ist denn, mein Mäuschen?«

»Du weißt, dass du mich nicht Mäuschen nennen sollst! Das mochte ich noch nie, und das mag ich immer noch nicht.«

»Entschuldige.« Wie sie es von früher kannte, gelang es Frank, in dieses Wort eine Betonung zu legen, die klar machte, dass eigentlich sie diejenige war, die um Verzeihung bitten müsste, er sich aber um des lieben Friedens willen dennoch entschuldigte.

»Was ist dir denn plötzlich für eine Laus über die Leber gelaufen?«, fuhr er denn auch folgerichtig fort.

»Gar keine. Ich habe es mir nur anders überlegt. Ich bin müde, und außerdem ist es aus zwischen uns. Es tut mir Leid, aber ich gehe allein nach oben.«

»Es ist aus zwischen uns?« Franks Stimme wurde schrill. »Was soll das denn heißen? Ich verbringe nur deinetwegen – dir zuliebe! – einen Abend in einem Seniorenheim oder so was Ähnlichem, und dann fällt dir plötzlich wieder ein, dass es zwischen uns aus ist?«

»Tut mir Leid.« Mehr konnte Lea im Moment dazu nicht sagen. Sie hatte Frank als Lückenbüßer verwenden wollen, was sicher nicht fair gewesen war, aber immerhin war ihr der Fehler rechtzeitig bewusst geworden.

»Das kannst du nicht machen!« Selbst im schwachen Licht der nächtlichen Straßenbeleuchtung konnte sie das empörte Funkeln in Franks Augen erkennen.

»Doch, das kann ich«, erwiderte sie sanft und sah an ihm vorbei hinüber zu der Linde.

»Sollte das etwa eine billige Racheaktion sein?« Er plusterte sich so sehr auf, dass seine Schultern noch breiter wurden und sie einen Schritt zur Seite treten musste, um die andere Straßenseite im Auge behalten zu können.

»Nein. Es gibt nichts zu rächen oder dir nachzutragen. Wir haben einfach noch nie zusammengepasst, das ist alles.« Lea war selbst erstaunt, wie ruhig und sicher sie plötzlich war und wie genau sie wusste, was sie dem aufgebrachten Mann sagen wollte, der ihr da gegenüberstand.

»Glaub ja nicht, dass du noch mal angerannt kommen kannst, wenn dir plötzlich einfällt, dass du mich willst.«

»Keine Sorge.« Lea sparte sich die Bemerkung, dass er ihr hinterhergelaufen war und nicht umgekehrt.

»Weißt du was? Du hast wirklich echte Probleme! Und eines sage ich dir – du hast mich überhaupt nicht verdient. Als ob es nicht genug Frauen gäbe, die mit mir zusammen sein wollen! Erst letztes Wochenende hat mich nach dem Spiel eine tolle Blondine angesprochen.«

»Das freut mich für dich«, erwiderte sie freundlich.

»Trotzdem war ich so blöd, heute Abend mit dir den Schneewalzer zu tanzen, anstatt mit dieser Klassefrau Sex zu haben. Ich sage dir, die hat mindestens Körbchengröße D.«

»Gratuliere!« Lea musste sich gar keine Mühe geben, um an dieser Stelle zu lächeln. Es war ihr plötzlich völlig egal, was Frank oder irgendein anderer Mann über ihrer Körper dachte. Es war ihr Körper, sie fühlte sich wohl darin, und alles andere spielte keine Rolle. Stephan hatte ihren Körper geliebt, was zwar mittlerweile nicht mehr von Bedeutung war, aber immerhin ein Beweis dafür, dass es Männer gab, die sie genau so annehmen und lieben konnten, wie sie war.

»Mach's gut. Ich wünsche dir viel Glück und Freude in deinem Leben«, fügte sie hinzu, als Frank sie immer noch finster anstarrte. Sie meinte ihre Worte ehrlich. Endlich hatte sie begriffen, dass sie ihn nicht einmal gewollt hätte, wenn er ihr Dutzende von Kannen Pfefferminztee gekocht hätte.

Frank brachte als Antwort und Abschiedsgruß nicht mehr als ein wütendes Schnauben zustande, dann stieg er wieder in sein Auto und brauste mit genau jenem Aufheulen des Motors davon, das er für sportlich hielt.

Lea sah dem Wagen nach, bis er um die Ecke verschwunden war, dann überquerte sie mit eiligen Schritten die Straße. Erst als sie direkt unter dem Baum stand, begriff sie, dass dort wirklich niemand war. Sie legte die Hand an die Rinde, als könnte sie die Wärme eines Körpers spüren, der vielleicht bis vor wenigen Augenblicken dort gelehnt hatte. Natürlich fühlte sie nichts. Dennoch stand sie eine Weile gedankenverloren da und streichelte den Baumstamm. Selbst wenn nur ein Schatten darauf gelegen hatte, so war es doch ein hilfreicher Schatten gewesen.

Nachdem sie eine Weile stumme Zwiesprache mit der Linde gehalten hatte, überquerte sie langsam wieder die Straße, ging zu ihrer Haustür und stieg allein hinauf zu ihrer Wohnung.

Stephan löste sich wieder aus der tiefen Dunkelheit des Innenhofes, in dem er eilig verschwunden war, und kehrte zu seinem Platz unter dem Baum direkt gegenüber von Leas zur Straße gelegenen Fenstern zurück. Er wartete, bis dort oben das Licht anging, bildete sich ein, ihren Schatten sehen zu können, der sich durch Wohnzimmer und Küche bewegte, obwohl die Fenster ihrer Dachwohnung dafür eigentlich viel zu hoch lagen, und stieß einen tiefen Seufzer aus, als gleich darauf das Licht wieder erlosch, weil Lea offensichtlich in ihr zum Hof gelegenes Schlafzimmer gegangen war.

Als würde es ihn einige Kraft kosten, sich in Bewegung zu setzen, stieß er sich vom Stamm der Linde ab und machte sich endlich auf den Weg nach Hause. Dabei nahm er sich vor, in den nächsten Nächten endlich einmal zu Hause zu bleiben und zu schlafen, anstatt stundenlang spazieren zu gehen und schließlich immer wieder in ihrer Straße zu landen, obwohl er es niemals bewusst darauf anlegte. Seine Füße trugen ihn automatisch und ohne sein Zutun dorthin.

»Mist, verdammter!«, murmelte er vor sich hin. Wenn er all das geahnt hätte, wäre er so schnell davongelaufen, wie er nur konnte, als er Lea auf dem Asphalt zu seinen Füßen liegen gesehen hatte. Nun ja, vielleicht hätte er zuerst noch dafür gesorgt, dass sie ärztlich versorgt wurde, aber dann wäre er gelaufen. Wenn es in diesem Moment nicht schon zu spät gewesen wäre. Vielleicht wäre es sogar nach dem ersten Blick in ihre hilflosen, Blitze schleudernden, traurigen und manchmal dann wieder vor

Lebenslust funkelnden, wunderschönen Augen schon zu spät gewesen. Und trotzdem würde er es schaffen, sich von dieser Frau zu befreien, bevor sie noch mehr Unheil in seinem Leben anrichten konnte! Irgendwann, irgendwie – wenn auch der Tag, an dem ihm das gelingen würde, in weiter Ferne zu liegen schien.

»Ich habe gerade mein Kleid abgeholt. Möchtest du es sehen? Ja, du möchtest es sehen!« Tina, die sich in den vergangenen Wochen angewöhnt hatte, Leas Lethargie durch verstärkten Enthusiasmus auszugleichen, wedelte energisch mit einer Plastikhülle, unter der es mitternachtsblau leuchtete. Nach langem Hin und Her hatte sie sich entschlossen, in einem blauen Kleid zu heiraten, weil sie noch nie der Meinung gewesen war, dass Weiß ihr stand, und weil sie sich außerdem auf den ersten Blick in das Kleid aus dunkelblauer Spitze verliebt hatte.

»Komm rein.« Lea trat beiseite und wischte sich mit dem Handrücken eine Haarsträhne aus der Stirn, wobei sie einen breiten, dunklen Streifen hinterließ.

»Du liebe Güte, wie siehst du denn aus?« Erst jetzt bemerkte Tina, dass auch Leas Kleidung mit Flecken übersät war. Schützend presste sie die Plastikhülle mit ihrem Kleid an die Brust.

»Ich streiche meine Wände neu an.« Mit farbverschmierten Händen deutete Lea in Richtung Wohnzimmer.

Tina schwante nichts Gutes. »In welcher Farbe?«

»Schau es dir doch an!« Mit trotziger Miene überließ Lea der Freundin den Vortritt.

»Das ist Schwarz!«, kreischte Tina entsetzt, als sie in dem kleinen Raum mit den schrägen Wänden stand. »Du kannst doch nicht …«

»Natürlich kann ich. Siehst du doch.« Lea schwenkte bereits wieder tatendurstig einen breiten Pinsel. »Das gehört zur Therapie. Der letzte Schritt sozusagen. Bald ist es geschafft!«

»Ich weiß nicht.« Zweifelnd betrachtete Tina die bereits fertig gestrichene Rückwand des Raumes, die selbst durch das kleine, mit einem weißen Laken abgedeckte Sofa, das Lea davor gerückt hatte, nicht freundlicher wirkte. »Das ist furchtbar deprimierend. Ich habe noch nie gesehen, dass jemand ein ganzes Zimmer schwarz gestrichen hat.«

»Interessiert mich nicht, was andere machen. Ich fühle mich danach.« Ohne sich beirren zu lassen, bewegte Lea den Pinsel gleichmäßig auf und ab.

»Könntest du nicht wenigstens noch ein, zwei Wochen warten? Bis zu meiner Hochzeit zum Beispiel?« Ihr Kleid immer noch wie einen Säugling schützend im Arm haltend, war Tina bis in die offene Tür zurückgewichen.

»Was hat denn meine Wohnungsrenovierung mit deiner Hochzeit zu tun?« Auch beim Sprechen setzte Lea den Pinsel nicht ab, so sehr war sie von ihrer Aufgabe besessen.

»Es könnte doch sein, dass die Hochzeit dich irgendwie aufmuntert, und dann überlegst du dir das mit den schwarzen Wänden noch mal.«

Diese seltsame Idee befand Lea nicht einmal für einer Antwort würdig. Sie strich eifrig weiter.

»Was hältst du davon, wenn du jetzt erst mal eine Pause machst, und ich führe dir mein Hochzeitskleid vor?«, änderte Tina ihre Taktik. »Nicht, dass es direkt aussieht wie ein Hochzeitskleid. Aber ich finde es trotzdem wunderschön.«

»Gleich. Ich brauche nur noch ein paar Minuten, dann habe ich diese Wand fertig.« Lea schien regelrecht im Farbrausch zu sein, auch wenn es sich um einen Farbton handelte, der normalerweise bestenfalls einen Vampir begeistern konnte – oder eine unglücklich verliebte Frau, wie es aussah.

»Du könntest wenigstens eine bisschen weiße Abtönfarbe untermischen, dann hättest du ein schönes Anthrazit.« Tina war noch nicht bereit, völlig aufzugeben.

»Das hier ist ein schönes, sattes Schwarz. Genau so will ich es haben.«

»Gut. Dann mache ich uns schon mal einen Kaffee. Und wenn du mit der Wand fertig bist, setzen wir uns zusammen hin und trinken eine Tasse. Wir müssen dann auch noch über dein Kleid sprechen. Immerhin bist du meine Trauzeugin, und ich möchte, dass du richtig was hermachst. Hast du schon was besorgt oder zumindest eine Idee, was du gerne anziehen würdest?« Wenn sie schon nicht verhindern konnte, dass Lea ihre ganze Wohnung in einen Ort der Trauer verwandelte, wollte Tina zumindest sichergehen, dass die Freundin auf ihrer Hochzeit nicht von Kopf bis Fuß in Schwarz gehüllt erschien.

XXVII

»Ich finde es viel zu auffällig!« Unglücklich zupfte Lea an dem weiten Ausschnitt des roten Kleides herum, das Tina ihr bei einem gemeinsamen Einkaufsbummel eine knappe Woche vor der Hochzeitsfeier mehr eingeredet hatte, als dass sie sich selbst dafür entschieden hätte.

»Das Kleid ist wunderschön«, stellte Tina energisch fest. »Wenn ich mein dunkelblaues Spitzenkleid nicht hätte, würde ich es dir sowieso wegnehmen und selbst anziehen.«

»Du würdest es noch fertig bringen, in diesem Ding zu heiraten«, murmelte Lea missmutig und stellte sich mit eng zusammengepressten Schenkeln so hin, dass der Schlitz im langen Rock des Kleides nicht allzu weit aufsprang.

»Würde ich. Obwohl ich vielleicht ein Problem hätte, mein Bäuchlein darin unterzubringen.« Tina war äußerst stolz auf ihren Bauch, der sich inzwischen sanft zu runden begann. Zum Glück hatte sie das blaue Spitzenkleid in weiser Voraussicht sofort nach dem Kauf in der Taille ein wenig weiter machen lassen, so dass sie darin jetzt auf eine sehr weibliche Art üppig wirkte, ohne direkt schwanger auszusehen. Was Lea ihr allerdings niemals direkt gesagt hätte, weil Tina mit jedem Tag ihrer Schwangerschaft strahlender wurde und bereits Monate vor der Entbindung die stolzeste Mutter war, die man sich vorstellen konnte.

Lea hatte die Nacht vor der Hochzeit in Tinas Wohnung verbracht, da Tina sie um seelischen Beistand gebeten hatte, wie sie es nannte. Tina behauptete steif und fest, nach irgendeinem Brauch, den sie allerdings auch nicht genauer benennen konnte, dürfe sie ihren Bräutigam mindestens vierundzwanzig Stunden vor der Hochzeit nicht sehen, weil das Unglück bringe.

»Wenn ich so allein dasitze, sterbe ich bestimmt vor Aufregung«, hatte Tina dramatisch gejammert, als Lea zu bedenken gab, dass es für sie nicht besonders praktisch war, mit Übernachtungsgepäck und Festgarderobe für eine Nacht bei Tina einzuziehen, um dann gemeinsam von Tinas Wohnung aus direkt zum Standesamt zu fahren, von wo aus es weiter zur Kirche und anschließend zur Feier gehen sollte.

»Meine Eltern kommen erst am Hochzeitsmorgen, und wenn niemand da ist, der mich ein bisschen beruhigt, mache ich garantiert die ganze Nacht kein Auge zu. Dann werde ich als übernächtigtes Gespenst vor den Traualtar treten, und alle werden denken, ich sei furchtbar unglücklich, Jürgen zu heiraten. Dabei bin ich die glücklichste Frau der Welt.«

»Und soll ich dir etwa Wiegenlieder singen, damit du schlafen kannst?« Lea war immer noch am liebsten allein, und der Gedanke, mit der aufgekratzten, schlaflosen Tina die vierundzwanzig Stunden vor der Hochzeit zu verbringen, machte sie nicht gerade froh. Zudem fand sie, dass Tina die Hochzeitsvorbereitungen erstaunlich ruhig angegangen war. Gelegentlich ein Telefongespräch, in dem es um das Menü oder den Blumenschmuck für Tische und Kirche ging, ansonsten hatte sie sich offenbar völlig auf Jürgens Organisationstalent verlassen oder wer auch immer die Planung in die Realität umsetzte. Sehr viel wusste Lea nicht über den Ablauf der Feier, und sie war insgeheim froh, dass Tina selbst vor ihr als ihrer besten Freundin aus allem ein großes Geheimnis gemacht hatte, denn es kostete Lea immer noch eine Menge Kraft, sich für etwas anderes als für ihren Kummer zu interessieren, obwohl sie sich große Mühe gab, an Tinas großem Tag Anteil zu nehmen.

»Du sollst mich beruhigen! Schließlich bist du meine beste Freundin, du wirkst schon deshalb beruhigend auf mich, und ich bitte dich um diesen Freundschaftsdienst.« Tinas Bitte klang eher wie ein Befehl, denn sie war es langsam leid, ständig stundenlang auf Lea einreden zu müssen, damit diese etwas anderes tat, als ziemlich uninspirierte Artikel zu schreiben und dann nach Feierabend in ihrer Wohnung zu sitzen und die Wände – schwarz gestrichene Wände, wohlbemerkt – anzustarren.

»Okay.« Lea hatte schließlich nachgegeben, wohl wissend, dass Tina sie nicht nur zu ihrer eigenen Beruhigung in den Stunden vor der Hochzeit um sich haben wollte, sondern auch, weil sie in Sorge war, die Freundin würde womöglich eine so geringe Begeisterung für die Feier an den Tag legen, dass sie kurz vorher verschwand. Was Lea trotz allen Kummers nicht getan hätte, denn schließlich war sie Tinas beste Freundin und ihre Trauzeugin. Es gab aber noch einige andere Befürchtungen, die Tina offensichtlich hegte, zum Bespiel die, dass Lea in einem hoch geschlossenen, unauffälligen, hässlichen Kleid auftauchen könnte.

Bei alledem ahnte Lea nicht den wahren Grund für Tinas Besorgnis, der darin lag, dass die mühsamen und hoffnungsvollen Pläne für das Glück der Freundin letztlich vergeblich gewesen wären, wenn Lea als trauernde Vogelscheuche kostümiert oder vielleicht gar nicht zur Hochzeit erschien.

»Du siehst in diesem Kleid toll aus, und alle Männer werden sich auf der Stelle in dich verlieben. Bis auf meinen natürlich«, betonte Tina, während Lea immer noch finster in den Spiegel starrte und sich wunderte, wieso sie sich zu diesem Kleid hatte überreden lassen.

»Ich will nicht, dass sich irgendjemand in mich verliebt!«, schrie Lea so entsetzt auf, als hätte ihr jemand mit dem Hammer auf den Daumen geschlagen. »Du weißt, dass ich schon nach Frank beschlossen hatte, dass ich keinen Mann mehr will. Aber nachdem das mit ... nachdem *das* passiert ist ... Nein, also wirklich nicht!«

Lea brachte es immer noch nicht fertig, Stephans Namen auszusprechen, ohne in Atemnot zu geraten. Tina betrachtete die Freundin nachdenklich und fragte sich, was geschehen würde, wenn Stephan in wenigen Stunden leibhaftig vor ihr stand.

»Na gut«, seufzte Tina. »Da dein Kleid ja angeblich so furchtbar aussieht, verliebt sich eben kein Mann in dich! Trotzdem müssen wir jetzt los. Oder sollen wir doch lieber noch ein bisschen warten? Ich möchte auf keinen Fall vor Jürgen im Standesamt sein. Andererseits will ich nicht zu spät kommen, weil die kirchliche Trauung ja schon eine Stunde nach der standesamtlichen stattfindet. Wenn wir also beim Standesamt zu spät anfangen oder sogar noch ein anderes Paar vorgezogen wird, weil wir nicht rechtzeitig da sind, sind wir nicht pünktlich in der Kirche, und ich weiß nicht, ob da nicht auch mehrere Trauungen hintereinander angesetzt sind.«

Nachdem Tina und Lea eine Weile den richtigen Zeitpunkt für den Aufbruch zum Standesamt diskutiert hatten, war es ohne Wenn und Aber allerhöchste Zeit aufzubrechen. Sie fuhren mit dem Taxi, was Tina zwar nicht feierlich, aber praktisch fand, weil direkt an der Ecke ein Taxistand war und sie später vom Standesamt zur Kirche und von dort zur Feier in einer großen, weißen, mit Blumen geschmückten Limousine gefahren werden würden.

Im Standesamt lief alles wunderbar. Jürgen wartete bereits, ein wenig blass um die Nase, auf seine Braut und stotterte so überwältigt herum, als er Tina in ihrem blauen Spitzenkleid sah, dass sie ihm gerührt um den Hals fiel und er mit einem langen, leidenschaftlichen Kuss ihr Make-up ruinierte. Was aber letztlich egal war, weil Tina anschließend bei der Rede des lispelnden Standesbeamten in Tränen ausbrach und den Teil von Puder, Tusche und Farbe, der noch an Ort und Stelle saß, ebenfalls ins Fließen brachte.

Selbst Lea musste ein oder zwei Tränchen vergießen, obwohl sie sich insgeheim vorgenommen hatte, erst dann gerührt zu sein, wenn das Paar, noch immer strahlend vor Glück, seinen zehnten Hochzeitstag feierte. Als sie nun aber sah, wie sich Tinas Lächeln in Jürgens Augen spiegelte und Jürgens strahlende Miene ihren Widerschein in Tinas Gesicht fand, wie die beiden einander stumm ansahen und mit den Augen zu sprechen schienen, schmolz ein kleiner Teil der Eisdecke auf Leas Herzen, und sie schaffte es zu glauben, dass zumindest diese beiden Menschen eine große Chance hatten, miteinander glücklich zu werden – obwohl ihre Liebe mit einer Lüge begonnen hatte. Offenbar hatten andere eben mehr Glück als sie, und ihrer besten Freundin gönnte sie dieses Glück von ganzem Herzen.

An der standesamtlichen Trauung nahmen nur die Trauzeugen und die engsten Verwandten des Brautpaars teil. Diese kleine Gesellschaft eilte anschließend in mehreren Wagen zur Kirche am anderen Ende der Stadt, wobei das Brautpaar den Autokorso in der gemieteten Luxuslimousine – einem strahlend weißen Rolls Royce – anführte. Vor dem Kirchenportal warteten bereits die übrigen etwa fünfzig Hochzeitsgäste.

Selbst Sabine war für diesen besonderen Tag aus Spanien gekommen. Im ersten Moment erkannte Lea die Frau gar nicht, die ihr ungewohnt temperamentvoll und fröhlich lachend um den Hals fiel. Sabine strahlte mit der Braut und der Sonne um die Wette. Sie hatte sich ihr langes, lockiges Haar auf Kinnlänge schneiden lassen und war leicht gebräunt. Statt des strengen

Kostüms, das sie wahrscheinlich noch vor wenigen Monaten für diesen Anlass gewählt hätte, trug sie ein besticktes Kleid aus hellgelbem Organza, das leicht folkloristisch wirkte und ihre Bräune unterstrich.

»Es geht mir wunderbar«, beantwortete sie Leas Frage. »Ich habe mich noch nie in meinem Leben so frei gefühlt. Immer war da irgendjemand, dem ich es recht machen wollte. Erst meine Eltern und meine Lehrer, dann Hilko. Natürlich haben alle es gut mit mir gemeint, aber trotzdem hat mich nie jemand gefragt, was ich wirklich will.«

»Und was willst du?« Lea konnte immer noch nicht fassen, dass diese vor Leben überschäumende Frau ihre alte Freundin Sabine war, die sich stets Sorgen um den Sitz ihrer Haare und den nächsten Bastelabend im Kindergarten gemacht hatte.

»Ich habe für die Kinder und mich ein kleines Haus direkt am Strand gemietet, damit wir unabhängig von meinen Eltern leben können. Vanessa und Max sind trotzdem oft bei Oma und Opa, aber sie gehen auch in den Kindergarten und haben schon viele neue Freunde gefunden, mit denen sie sich mit Händen und Füßen und ihren ersten spanischen Sätzen unterhalten. Am allerliebsten spielen sie aber am Strand. Ich arbeite ein paar Stunden in der Woche in einer kleinen Strandbar ganz in der Nähe unseres Hauses. Den Job kann ich gut in der Zeit machen, die Max und Vanessa im Kindergarten sind. Und die Arbeit macht mir so viel Spaß! Ganz abgesehen von der Sonne und dem Strand und den wunderbar warmen Nächten.«

»Bist du frisch verliebt?«, erkundigte Lea sich, als plötzlich die Nächte ins Spiel kamen.

Sabine lachte so herzhaft auf, dass sich die anderen Gäste, die sich langsam in Richtung Kirchentür bewegten, nachdem das Brautpaar in der Sakristei verschwunden war, verwundert nach ihr umdrehten.

»Von Männern habe ich erst mal genug. Vielleicht später mal. Erst muss ich die Sache mit Hilko regeln, Scheidung, Besuchsrecht und so weiter. Auch wenn es nicht leicht sein wird, werde ich in zwei Monaten, wenn Max eingeschult wird, zurück nach Deutschland kommen. Dann können die Kinder ihren Vater regelmäßig sehen.«

Lea kam aus dem Staunen nicht mehr heraus. War das noch dieselbe Frau, die sie vorher gekannt hatte? Die neue Sabine wirkte viel reifer und war trotzdem von überquellender Fröhlichkeit. Ein bisschen beneidete Lea sie, weil sie offensichtlich so glatt mit ihrer Beziehung abgeschlossen hatte und so genau wusste, wie sie ihr Leben ohne Mann gestalten wollte.

In dem Moment, als Lea die Kirche betrat, hörte sie auf zu grübeln. Der hohe Raum war an diesem klaren Sommertag von hellem Licht durchflutet, das in allen Farben des Regenbogens durch die bunten Glasfenster fiel. Obwohl sie noch nie mit einer Liebesbeziehung so weit gekommen war, dass sie von einer Hochzeit mit Blumen und Orgelklängen geträumt hätte, kam Lea sich plötzlich vor, als wäre sie mitten in einen Traum geraten. Der Altarraum und die Kirchenbänke waren mit blauen und weißen Blüten geschmückt, wobei die Iris genau denselben ungewöhnlich leuchtenden, dunklen Ton hatten wie Tinas blaues Spitzenkleid. Wer auch immer den Blumenschmuck in Auftrag gegeben hatte, hatte dies mit viel Überlegung und Geschmack getan, zumal die Blüten offenbar nicht aus dem Treibhaus stammten, denn sie erfüllten den Raum mit einem wunderbaren Duft.

Während die Gäste auf den Auftritt des Brautpaares warteten, schwebten durch die schräg einfallenden bunten Sonnenstrahlen, die sich über Altar und Sitzbänke legten, fast sphärische Orgelklänge von der Empore herab.

Die Blumen, der Duft und die Musik schufen eine Atmosphäre, in der kaum jemand laut zu sprechen wagte. Die Gäste flüsterten miteinander oder betrachteten schweigend den Altar.

Dann kam das Brautpaar, das Raunen wurde lauter, und Lea, die als Trauzeugin an ihrem Platz seitlich vom Altar stand, spürte einen merkwürdigen Druck in der Brust, als sie das Strahlen sah, das von den beiden Menschen ausging, die langsam durch den Mittelgang der Kirche schritten. Tina hätte ihr wunderbares Spitzenkleid gar nicht gebraucht. Selbst wenn sie mit einem Kartoffelsack bekleidet aufgetreten wäre, wäre sie die schönste Frau in der ganzen Kirche gewesen, und Jürgen hätte sie ebenso verliebt angesehen wie jetzt, dessen war Lea sich sicher.

Die Trauungszeremonie war sehr kurz gehalten, dann sang von der Empore herab eine Sängerin »Yellow submarine«, was unter den Gästen, deren Mehrzahl offenbar etwas viel Romantischeres erwartet hatte, erstauntes Geflüster auslöste. Lea wusste, dass Jürgen Tina bei diesem alten Beatles-Song zum ersten Mal geküsst hatte. Während die Töne und Worte des Liedes durch den Raum klangen, hielt sich das Brautpaar bei den Händen, und keiner von beiden löste den Blick auch nur für eine Sekunde vom Gesicht des geliebten Gegenübers.

Zum Abschluss regnete es weiße und blaue Blütenblätter auf den Mittelgang der Kirche herab, die von der Empore aus durch einen Trick, der jeglichen Regeln der Physik zu widersprechen schien, weit durch den Raum schwebten. Auf Blüten gingen Tina und Jürgen ihrer Zukunft als Ehepaar entgegen, während die Sängerin, nun doch den üblichen Erwartungen entsprechend, »I will always love you« sang.

»Weißt du, wer diese wunderbare Trauung organisiert hat? Das haben die beiden doch bestimmt nicht alles allein geplant, mit den Blütenblättern und der Musik genau an den richtigen Stellen und so«, flüsterte Sabine Lea zu, als sie vor der Kirche wieder aufeinander trafen. »Da bekomme ich ja fast wieder Lust zum Heiraten, obwohl ich noch nicht mal geschieden bin.«

»Ich habe keine Ahnung. Tina hat ein ziemliches Geheimnis um die Hochzeit, die Feier und alles, was damit zusammenhängt, gemacht. Aber das erschien mir schon alles ziemlich professionell, nicht als ob die beiden mal so eben nach Feierabend ein paar Blumengestecke geordert haben, und das war's.«

Hätte sich Lea in diesem Moment umgedreht, hätte sie den Mann gesehen, der durch einen Seitenausgang die Kirche verließ und um die Ecke des Gebäudes davoneilte. Wegen der Organisation dieses Teils der Hochzeit hatte es mehrere Telefongespräche zwischen Tina und Stephan gegeben. Zu Stephans Erstaunen hatte Tina sich mehrmals eindringlich bei ihm erkundigt, wo genau er sich in der Kirche aufhalten würde und weshalb seine persönliche Anwesenheit überhaupt nötig sei. Es hatte sie dann einigermaßen beruhigt, dass Stephan lediglich für ein paar Minuten gegen Ende der Zeremonie da sein würde, um per umgerüsteter Konfettikanone Blütenblätter regnen zu lassen. Und da die Blütenblätter wie aus dem Nichts zu Boden fallen sollten, würde er dort oben auf der Empore selbstverständlich unsichtbar bleiben.

»Die Organisation eines Festes soll man als Gast genießen können, ohne dauernd diejenigen zu sehen, die mit der Organisation beschäftigt sind«, hatte Stephan Tina erklärt und sich noch ein bisschen mehr über seine schwierige Kundin gewundert, der Unsichtbarkeit so wichtig war. Sie selbst hatte er nicht ein einziges Mal zu Gesicht bekommen, und nun schien sie größten Wert darauf zu legen, dass auch er so wenig wie möglich in Erscheinung trat.

Draußen vor dem Kirchenportal hob das große Gratulieren an. Dabei erklärte mindestens jeder zweite weibliche Gast mit leuchtenden Augen, dies sei die schönste Hochzeitszeremonie gewesen, der sie jemals beigewohnt habe. »Vielleicht bis auf die Ausnahme unserer seligen Prinzessin Di – das was damals zu schön anzusehen«, musste allerdings eine ältere Dame aus Jürgens Verwandtschaft einschränkend hinzufügen, wozu zwei oder drei weitere Damen derselben Altersklasse bedächtig nickten.

Anschließend stellte man sich auf der Freitreppe vor der Kirche für die obligatorischen Hochzeitsfotos auf. Ein sehr bemühter Fotograf arrangierte das Brautpaar immer wieder neu in allen nur denkbaren Kombinationen. Mit und ohne Trauzeugen, mit und ohne Hochzeitsgesellschaft – wobei es nicht gelang, Jürgens Mutter zur Teilnahme zu überreden, weil sie offenbar einen Schwur abgelegt hatte, sich nie wieder fotografieren zu lassen, nachdem sie Fotos von der Feier anlässlich ihres sechzigsten Geburtstags gesehen hatte. Schließlich machte der Fotograf den Vorschlag, einfach ein altes Foto der Mutter des Bräutigams in die Hochzeitsbilder einzufügen, was im Zeitalter der digitalen Fotografie kein Problem sei. Mit dieser Lösung waren alle zufrieden und ließen willig und erleichtert auf den Stufen eine Lücke für das Konterfei der Mutter des Bräutigams, die das Geschehen misstrauisch aus der Ferne beobachtete.

»Du fährst mit uns, Lea!« Tina, in einem Wirbel aus dunkelblauen Spitzen und strahlend vor Glück, war plötzlich neben Lea und zog sie mit sich.

»Aber ich bin auf dem Hinweg im diesem Kleinbus mitgefahren. Mit Jürgens Cousin. Das ging sehr gut.« Der Gedanke, das glückliche Paar durch ihre Anwesenheit auf der Fahrt vielleicht zu stören, war Lea unangenehm. Zumal diese wenigen ungestörten Minuten wahrscheinlich die letzten waren, die die beiden vor dem Trubel der Feier noch hatten.

»Nein, nein, du bist meine Trauzeugin, und ich möchte dich bei mir haben.« Ohne Widerrede zu dulden, zog Tina die

Freundin mit sich zu der weißen Limousine, wo Jürgen schon auf sie wartete.

Lea wunderte sich über das Zwinkern, das Braut und Bräutigam austauschten, wohl in dem Glauben, sie würde es nicht bemerken. Auch Jürgen schien sich merkwürdigerweise zu freuen, dass Lea durch ihre Anwesenheit aus der trauten Zweisamkeit einen leicht verlegenen Dreier machte. Tina plauderte zwar munter über die kirchliche Trauung und wie schön die Sängerin gesungen habe, aber Lea kannte ihre Freundin gut genug, um zu spüren, dass sie gleichzeitig an etwas ganz anderes dachte. Der Zeitpunkt, um die Hochzeitsfeierlichkeiten schwärmerisch Revue passieren zu lassen, war noch nicht gekommen, solange man mittendrin steckte.

Während der kurzen Fahrt war Lea größtenteils damit beschäftigt, auf dem weichen Sitz eine Haltung einzunehmen, bei der sich der Schlitz ihres Kleides nicht fast bis zur Hüfte öffnete. Jürgen, der nur Augen für seine Tina hatte, hätte das zwar sicherlich gar nicht wahrgenommen, aber Lea nutzte die Gelegenheit, um schon mal für den langen Abend zu üben, den sie schließlich nicht stehend verbringen konnte.

Dann bog der Wagen auch schon von der Straße ab und hielt mit einem sanften Ruck an.

Mühsam den Schlitz in ihrem Kleid unter Kontrolle haltend, krabbelte Lea aus dem Rolls Royce und sah sich erst dann um. Sie befanden sich auf einem weitläufigen, parkähnlichen Grundstück, in dessen Hintergrund auf einem künstlich aufgeschütteten Hügel ein großes, weißes Haus thronte, das in seinem Baustil einem Schlösschen nachempfunden war.

»Schön hier, nicht wahr?«, drängte Tina auf Leas Bewunderung.

»Sehr schön«, sagte Lea ergeben und rang sich ein Lächeln ab, während sie neben Tina in Richtung des weißen Zeltes ging, das mitten auf der großen Rasenfläche aufgebaut war, so dass die Feier im Freien stattfinden konnte, bei einem unverhofften Regenschauer aber niemand nass werden würde. Da das Wetter so schön war, hatte man die Seitenplanen des Zeltes, in dem bereits die Tische für das Festmenü gedeckt waren, hochgeschlagen. Auch hier war alles in Blau und Weiß geschmückt. Die Blumengestecke erinnerten an die in der Kirche, außerdem prangten überall passende blaue und weiße

Schleifen. Selbst in den Ästen der Bäume hingen lange Seidenbänder, die sanft im Sommerwind wehten. Da es noch hell war, waren die Lampions, die in Bäumen und Büschen versteckt waren, nur zu erkennen, wenn man genau hinsah. Später würden in einem geeigneten Moment auf ein Zeichen von Stephan hin alle Lämpchen und die blau-weißen Lampions gleichzeitig aufleuchten.

Etwas erhöht im Hintergrund des Zeltes saß eine sechsköpfige Band mit einer Sängerin in tief dekolletiertem Glitzerkleid. Als sie zur Begrüßung der Gäste begann, Musicalmelodien zu singen, erkannte Lea ihre Stimme als die von der Kirchenempore wieder und fragte sich, ob die Dame ihren üppigen Busen auch in der Kirche so freizügig, wenn auch für die Hochzeitsgäste unsichtbar, zur Schau gestellt hatte.

In kleinen Grüppchen trafen nun die Gäste ein, nachdem sie sich, je nach Temperament und Fahrvermögen, durch den Feierabendverkehr der Stadt gearbeitet hatten. Tina und Jürgen standen vor dem Zelt und begrüßten alle fröhlich mit einem Glas Sekt in der Hand, während Tinas freie Hand sich regelrecht in Leas Ärmel gekrallt hatte. Zwar war Lea nicht ganz klar, weshalb ihre frisch verheiratete Freundin plötzlich keinen Schritt mehr ohne sie tun konnte, aber sie dachte sich, dass sie als Trauzeugin gewisse Pflichten zu erfüllen hatte, wozu sicher auch gehörte, der Braut beizustehen. Und wenn Tina nun einmal das Bedürfnis nach der Freundin direkt an ihrer Seite hatte, musste Leas eigenes Verlangen, sich möglichst rasch in einer ruhigen Ecke zu verkriechen, wohl noch ein bisschen zurückgestellt werden.

So bemühte sich Lea, ein möglichst interessiertes, freundliches Gesicht zu machen und so zu tun, als sei es ganz selbstverständlich, dass sie wie festgeklebt neben der Braut verharrte, während die Gäste mit ihren Sektgläsern zum Anstoßen am Brautpaar vorbeidefilierten.

Tina schien tatsächlich ein wenig unruhig zu sein, denn sie drehte sich zwischendurch immer wieder um und ließ den Blick über den weitläufigen Park und hinunter zu dem künstlichen See schweifen. Plötzlich zuckte sie wie von einer Wespe gestochen zusammen und stürmte so rasch nach vorn, dass sie dem älteren Herrn, der gerade hatte mit ihr anstoßen wollen, das Sektglas aus der Hand fegte.

»Tut mir Leid, Onkel Willi«, rief sie über die Schulter und zerrte die überraschte Lea mit sich. »Nimm dir bitte ein neues Glas. Wir trinken nachher eine ganze Flasche zusammen leer, wenn du willst. Ich bin gleich wieder da.«

»Was soll das eigentlich?«, meldete Lea sich zu Wort, während Tina sie quer über die zu dem See abfallende Rasenfläche in Richtung eines kleinen, abseits stehenden Zeltes zerrte, in dem die mehrstöckige Hochzeitstorte auf ihren Auftritt wartete.

Tina würdigte die Freundin keiner Antwort, sondern krallte ihre Finger noch ein wenig fester in Leas Arm und lief, so rasch ihre dunkelblauen Pumps sie tragen konnten.

In Blau und Rot stürmten sie dahin, die eine mit den Stoffmassen ihres Kleides kämpfend, die andere mit ihrem viel zu hohen Schlitz im Rock.

XXVIII

Und so sah Stephan sie herbeieilen. Er erkannte die Braut im blauen Spitzenkleid sofort als die Frau, der er schon einmal im Redaktionsbüro des »Anzeigers« gegenübergestanden hatte, erahnte gewisse Zusammenhänge, hatte aber letztlich nur Augen für Lea, deren hochgestecktes Haar sich gelöst hatte und im Sonnenlicht in einem dunkleren Rot schimmerte als ihr Kleid, deren Beine lang und schlank und wunderschön waren und die sie dennoch krampfhaft versuchte zu verbergen, deren Körper fest und biegsam war und der sich dennoch so weich an seinen geschmiegt hatte. Er schluckte krampfhaft und wusste, dass er sich umdrehen musste, um sich vor den unerwünschten Gefühlen in Sicherheit zu bringen, die ihn wie eine riesige Welle überfluteten. Aber er war nicht fähig, sich auch nur einen Zentimeter von der Stelle zu rühren.

Als Lea, immer einen halben Schritt hinter der sie unerbittlich vorwärts ziehenden Braut, näher kam, sah Stephan ihren verwirrten Blick und ihren hilflos geöffneten Mund. Er nahm auch genau den Moment wahr, in dem sie ihn erkannte und als das Ziel ausmachte, auf das Tina so eifrig zusteuerte. In diesem Augenblick des Erkennens und Begreifens kniff Lea Mund und Augen zusammen, ihre Verwirrung wich blanker Angst, und sie stemmte die Absätze ihrer roten Sandalen in den Boden, so dass Tina sie noch nur mit Mühe Schritt für Schritt vorwärts zerren konnte.

Leas Reaktion auf seine Anwesenheit brachte Stephan zur Besinnung. Ihm fiel ein, dass er sich vorgenommen hatte, niemals wieder mit Lea zu sprechen, und er drehte sich hastig um, um geschäftig davonzueilen.

»Herr Pückler!«, donnerte Tina, nur noch wenige Meter von Stephan entfernt. »Ich habe etwas mit Ihnen zu besprechen!«

»Später«, rief Stephan nicht ganz so energisch zurück. »Ich muss erst unbedingt nach … äh … der Hochzeitstorte schauen.«

»Der Hochzeitstorte geht es gut.« Tinas klare Stimme wurde mit dem leichten Sommerwind hinüber zu den Hochzeitsgästen getragen, aber das schien sie nicht zu kümmern. »Jetzt habe ich über Wichtigeres mit Ihnen zu reden.«

»Die Musiker! Ich muss unbedingt noch etwas mit ihnen besprechen«, machte Stephan einen weiteren schwachen Versuch und wich halbherzig zwei oder drei Schritte zurück.

»Später!« Endlich war es Tina gelungen, die heftig widerstrebende Lea, die ein Vermögen für einen dringenden Abwesenheitsgrund bezahlt hätte, bis ans Seeufer zu zerren, wohin Stephan sich langsam, aber stetig zurückgezogen hatte. Jetzt ging es ohnehin nicht mehr weiter, es sei denn, er hätte sich schwimmend auf die kleine künstliche Insel in der Mitte des Sees geflüchtet.

»Ihr zwei habt etwas miteinander zu klären, und das werdet ihr hier und heute tun«, verkündete Tina im strengen Ton einer viktorianischen Gouvernante.

»Ich denke nicht dran!«, erklärte Lea nicht minder entschlossen. »Dieser Mann hat gesagt, dass er nichts mehr mit mir zu tun haben will, also will ich erst recht nichts mehr mit ihm zu tun haben.«

»Und wenn sie nicht will, will ich schon gar nicht!« Auch Stephan klang wie ein trotziges Kind. »Nachdem all das zwischen uns passiert ist, ist es ja wohl ohnehin verständlich, wenn ich mich weigere, mit dieser Frau ...«

»Was heißt denn hier ›all das‹?«, äffte Tina seinen Tonfall nach. »Es war eine kleine Schwindelei, sozusagen ein Experiment, aus dem Lea vielleicht nicht rechtzeitig wieder ausgestiegen ist.«

»Ich habe mir geschworen, dass ich auf Unehrlichkeit und Betrug niemals mehr eine Beziehung aufbauen werde. Das hat mir schon einmal viel zu wehgetan.« Stephan stockte, weil ihm plötzlich etwas einfiel. »Frau Bayer – ich wollte sagen Frau Bayer-Bruhns –, Sie haben doch nicht etwa mich die Hochzeit organisieren lassen, um das hier in die Wege zu leiten? Habe ich Sie deshalb nie zu Gesicht bekommen, weil ich um die Verbindung zwischen Ihnen und ihr wusste und so das Zusammentreffen hier geahnt hätte?«

Anklagend ging sein Blick zwischen Tina und Lea hin und her. Offenbar machte ihn der Gedanke ziemlich wütend, dass eine Kundin ihn nicht wegen seiner beruflichen Reputation und seines Könnens engagiert hatte, sondern aus einem ganz anderen Grund.

»Wusstest du davon?«, wandte er sich empört an Lea.

»Dann wäre ich ganz bestimmt nicht hier!« Lea schüttelte so heftig den Kopf, dass sich das, was nach dem Galopp über den Rasen von ihrer festlichen Hochsteckfrisur noch übrig war, endgültig auflöste.

»Wir wollen uns hier nicht mit Nebensächlichkeiten aufhalten«, bestimmte Tina, ganz Herrin der Lage.

»Genau! Ich gehe jetzt nämlich nach Hause!« Lea versuchte energisch ihren Oberarm aus Tinas Griff zu befreien, erreichte aber nur, dass der dünne Stoff ihres Kleides laut knirschte.

»Ich auch!«, stimmte Stephan der Frau zu, mit der er nichts mehr zu tun haben wollte und die er gerade mit den Augen verschlang.

»Sie können gar nicht nach Hause gehen, weil Sie nämlich für den Ablauf dieser Hochzeitsfeier verantwortlich sind!«, teilte Tina Stephan freundlich mit und zerrte Lea zurück an ihre Seite.

»Da ich nun die wahren Gründe für den Auftrag kenne, fühle ich mich nicht mehr verantwortlich.« Für ein oder zwei Sekunden riss Stephan seinen Blick von Lea los und maß sich Auge in Auge mit Tina.

»Ach?«, fragte diese mit süßer Stimme und schief gelegtem Kopf. »Es ist Ihnen also völlig egal, wenn unsere fünfzig Hochzeitsgäste hinterher überall herumerzählen, dass ein von Stephan Pückler organisiertes Event im Chaos endete, weil Herr Pückler es vorzog, beleidigt und schlecht gelaunt nach Hause zu gehen?«

»Du musst nicht gehen, weil ich sowieso gehe«, mischte Lea sich ein.

In diesem Moment tauchte der Bräutigam auf und stellte sich neben Tina. »Gibt es Probleme, mein Herz?«, erkundigte er sich und erntete für seine Scheinheiligkeit einen tödlichen Blick von Lea.

»Ich glaube nicht«, erwiderte Tina nach einer kleinen, nachdenklichen Pause. »Wir werden jetzt gemeinsam dieses hübsche Paar bitten, in das Boot da drüben am Steg zu steigen, hinüber zu der kleinen Insel zu rudern und sich ein paar Minuten Zeit zu nehmen, um sich wie zwei erwachsene Menschen auszusprechen. Immerhin sind wir die Hauptpersonen des heutigen Tages, so dass uns ein so bescheidener Wunsch doch wohl erfüllt werden sollte. Im Namen und Auftrag der Liebe sozusagen.«

»Ich habe dir das durchsichtige Nachthemd geschenkt, das dir so gut gefallen hat, als wir dieses Kleid hier ausgesucht haben. Das muss reichen! Mehr Wünsche hast du nicht frei!« Es war Lea herzlich egal, dass sie mit ihrer Bemerkung Tina, die die Hochzeitsgeschenke noch nicht ausgepackt hatte, nun um eine Überraschung gebracht hatte.

»Ein durchsichtiges Nachthemd? Für die Hochzeitsnacht?« Offenbar war Jürgen durch diese Vorstellung kurzfristig abgelenkt, so dass Tina ihm mit ihrer freien Hand einen kleinen, liebevollen Stoß versetzte.

»Wenn du jedenfalls glaubst, dass ich mit diesem Mann da in diesem Boot dort drüben auf diese Insel da hinten rudere, hast du dich gründlich getäuscht«, verkündete Lea, die langsam aus ihrem Schockzustand wieder zu sich kam. Zwar war ihr klar, dass sie Stephan immer noch wie ein unversehens vor ihr aufgetauchtes Weltwunder anstarrte, aber sie hoffte inständig, dass sie dabei nicht so merkwürdig verträumt aussah wie er.

»Sind sie nicht süß?«, fragte Tina in diesem Moment ihren Ehemann in einer Art unüberhörbarem Bühnengeflüster. »Sie geben sich beide solche Mühe, dass man nicht merken soll, wie verrückt sie aufeinander sind. Schade, dass ihre Bemühungen völlig vergeblich sind!«

»Ich bemühe mich um überhaupt nichts!« Trotzig reckte Lea das Kinn in die Luft.

»Ich erst recht nicht!«, stimmte Stephan schon wieder völlig mit ihr überein.

»Endlich sind sie wieder zusammen! Man sieht sofort, dass diese beiden Menschen zusammengehören.«

Unversehens war Margarete am Seeufer aufgetaucht. Lea fuhr herum und versuchte die ältere Frau zu hypnotisieren, damit sie ausnahmsweise ihre Meinung zu dieser Angelegenheit für sich behielt, aber das funktionierte natürlich nicht. Margarete öffnete bereits den Mund zu einer flammenden Rede, so dass Lea nichts anderes übrig blieb, als ihr ins Wort zu fallen.

»Wir sind nicht wieder zusammen!«, stieß Lea hastig hervor. »Im Gegenteil.«

»Genau! Ganz im Gegenteil!«, pflichtete Stephan eifrig bei.

»Hör auf, mir ständig alles nachzuplappern! Ich lege nicht den geringsten Wert darauf, mit dir einer Meinung zu sein.«

»Ich bin nur darin mit dir einer Meinung, dass wir kein Paar sind. Das wird wohl noch erlaubt sein!«

Demonstrativ wandte Stephan sich von Lea ab und Frau Ollischewsky zu. »Es tut mir Leid, Ihnen das sagen zu müssen, denn schließlich sind Sie Leas Großmutter, aber es hat sich für mich als völlig unmöglich herausgestellt, mit dieser Frau eine Beziehung aufzubauen. Sie ist ... sie ist einfach ...«

»Das ist nicht meine Großmutter! Das ist Frau Ollischewsky«, unterbrach Lea ihn fast schreiend. Wenn sie schon dabei waren, einander die Wahrheit zu sagen, dann sollte auch alles heraus. Außerdem hatte sie nicht das geringste Bedürfnis zu erfahren, wer oder was genau sie in Stephans Augen war.

»Aber wieso ...?« Stephan war durch Leas Mitteilung sichtlich verwirrt.

»Ich denke nicht daran, dir das jetzt zu erklären! Das geht dich nämlich alles schon längst nichts mehr an!« Lea funkelte ihn an wie ein heftiges Sommergewitter.

»Ich will überhaupt keine Erklärungen! Noch eine Lüge mehr, die du mir aufgetischt hast. Na und?« Es bereitete Stephan kein Problem, Leas zornige Blicke zu erwidern.

»Was heißt hier noch eine Lüge? Ich *musste* das mit der Großmutter sagen, weil du sonst sofort begriffen hättest, dass ich als Reporterin im Rathaus war. Und dann hättest du das mit Frau Sibylle herausgefunden.« Leas Stimme überschlug sich, weil sie immer wütender wurde. Auf Stephan, auf sich selbst und auf die ganze Welt.

»Du Ärmste!« Stephans Stimme triefte vor Ironie. »Du warst also praktisch gezwungen, mich von vorne bis hinten zu belügen.«

»Sieh nur, Johann, dieses nette junge Paar hier macht im Moment eine schwere Zeit durch«, berichtete Margarete ihrem Ehemann, der ihr selten von der Seite wich und deshalb kurz nach ihr am Seeufer aufgetaucht war.

»Oh! Am Ende siegt immer die Liebe, nicht wahr, meine Schönste?« Johann legte lächelnd den Arm um Margarete und nickte Lea und Stephan aufmunternd zu.

»Nein!«

Nachdem beide gleichzeitig dieses Wort herausgeschrien hatten, starrten sie einander sprachlos an und versuchten, die amüsierten Blicke der Umstehenden zu ignorieren.

»Wogegen protestiert ihr denn? Kann ich mitmachen?«, erkundigte sich Sabine, die in all ihrer südlichen Heiterkeit herbeigeschlendert war und fragend in die Runde schaute.

Lea rollte die Augen zum sommerblauen Himmel, Stephan wandte den Blick ab.

»Wenn ihr so weitermacht, hat sich bald die gesamte Hochzeitsgesellschaft hier versammelt«, stellte Tina munter fest. Tatsächlich waren auf den Rasenflächen und dem schmalen, gewundenen Weg zum See hin schon eine ganze Menge Leute unterwegs.

»Gibt es hier noch mehr Sekt?«, erkundigte sich eine ältere Dame mit üppigem Dutt unternehmungslustig und hielt ihr leeres Glas hoch.

»Nein, im Moment leider noch nicht, aber demnächst werden auch die Serviererinnen mit den Tabletts hier auftauchen, denke ich. Nur noch einen Moment Geduld, Tante Anna.«

»Und warum steht ihr alle hier am Wasser? Werden Fotos gemacht?« Tante Anna stellte ihr im Moment nutzloses Sektglas auf einen Stein und zupfte eifrig an ihrer Frisur herum.

»Fotos?« Eine weitere ältere Verwandte kämpfte mit dem viel zu langen und weiten Rock ihres pompösen Abendkleides, um rechtzeitig am Ort des Geschehens zu sein, wo sie hoffte, einen guten Platz auf einem Gruppenfoto zu ergattern.

»Es gibt im Augenblick weder Sekt hier, noch ist der Fotograf zur Stelle«, erklärte Tina strahlend. »Aber das wird schon noch. Im Moment sind wir damit beschäftigt, dieses nette junge Paar zu einer Aussprache zu bewegen. Es gab ein Missverständnis zwischen ihnen, und nun weigern sich beide, darüber zu reden.«

»Oh, das ist ganz falsch!« Zur Bekräftigung ihrer Aussage hob Tante Anna einen Zeigefinger in die Luft. »Ich war über vierzig Jahre verheiratet, bevor mein Mann abberufen wurde. Und wir haben immer über alles miteinander geredet.«

»Abberufen! Dass ich nicht lache!« Die Dame in der zu langen Robe lachte dennoch. »Er ist kurz vor seinem siebzigsten Geburtstag mit einer Fünfundfünfzigjährigen durchgebrannt.«

»Und wenn schon!« Tante Anna gab sich nicht so leicht geschlagen. »Dafür hast du deinen armen Mann schon mit einundsechzig unter die Erde gebracht. Was daran liegt, dass du überhaupt nicht kochen kannst. – Kochen sollten Sie schon können, Kindchen«, wandte sie sich hilfsbereit an Lea, »sonst werden Sie ihn nicht halten können.«

»Ich will ihn gar nicht halten«, stotterte Lea entkräftet und wunderte sich, dass diesmal das Echo aus Stephans Richtung ausblieb und er großmütig darauf verzichtete klarzustellen, dass er gar nicht gehalten werden wollte.

Verwundert stellte sie fest, dass Stephan plötzlich dicht neben ihr stand, während zwischen den beiden alten Damen ein erbitterter Disput darüber entbrannte, wer die bessere Köchin und Männerversteherin gewesen sei und welche wichtigen Tipps an das junge Paar weitergegeben werden sollten. Als sie spürte, wie sich Stephans Finger locker um ihr Handgelenk legten, wollte sie ihm empört ihren Arm entziehen, was er aber nicht zuließ. Bevor sie wütend aufschreien konnte, näherte er seinen Mund ihrem Ohr.

»Ich habe dir einen Vorschlag zu machen.«

»Ich brauche keine Vorschläge, sondern einfach nur meine Ruhe vor diesen Verrückten«, brummte sie zurück.

»Genau das will ich auch.« Als er bemerkte, dass er ihr schon wieder zugestimmt hatte, biss er sich auf die Unterlippe und fuhr hastig fort. »Lass uns einfach zum Schein nachgeben. Wir fahren hinüber auf die Insel, warten dort, bis sich der Menschenauflauf hier gelegt hat, und gehen dann beide unserer Wege.«

Lea öffnete den Mund, um ihm mitzuteilen, dass sie nicht vorhatte, sich zu diesem blöden Bootsausflug zwingen zu lassen, nur weil ihre von Schwangerschaftshormonen verwirrte Freundin sich in eine komische Idee hineingesteigert hatte, aber da zog Stephan sie schon mit aller Kraft in Richtung Bootssteg. Dies schien ein Tag zu sein, an dem jeder meinte, sie gegen ihren Willen in der Gegend herumzerren zu dürfen.

Ohne ihr Handgelenk loszulassen, sprang Stephan in das vordere der beiden Boote, so dass ihr nichts anderes übrig blieb, als ebenfalls zu springen, wenn sie nicht im Wasser landen wollte. Einen Augenblick sah es so aus, als würden sie dennoch beide über Bord gehen, weil das kleine Boot heftig ins Schwanken geriet, als Lea mit einem Ruck ihren Arm befreite. Durch die Reihen der mindestens zwanzig Zuschauer am Seeufer ging ein Aufschrei, während Stephan und Lea mit rudernden Armen versuchten, ihr Gleichgewicht wiederzuerlangen. Dabei starrte Lea in Stephans Gesicht, das plötzlich leichenblass war. Er warf sich mit einem unterdrückten Aufschrei nach vorne, klammerte sich an Lea fest und zog sie nach unten auf eine der schmalen Sitzbänke. Auf diese Weise gelang es ihm tatsächlich, das schaukelnde Boot zu stabilisieren.

Hastig griff Stephan nach den Rudern und tauchte sie ins Wasser, das durch sein unkoordiniertes Hin und Her und Auf und Ab in wilde Wellenbewegungen geriet, die sich wiederum auf das Boot übertrugen. Wieder schrien einige Zuschauer auf, wenn auch nur die besonders ängstlichen, allen voran Tante Anna, die sich verzweifelt die Löckchen raufte, die sich aus ihrem Dutt gelöst hatten.

»Kannst du überhaupt rudern?« Misstrauisch klammerte sich Lea mit beiden Hände am Bootsrand fest.

»Sehe ich so aus?«, fragte Stephan zurück und schlug noch größere Wellen. Dabei wirkte er nicht besonders glücklich.

»Dann lass mich mal. Ich habe früher mit meiner Mutter die Ferien oft an einem See verbracht. Da sind wir jeden Tag gerudert.« Mit dem Handrücken wischte Lea sich eine Ladung Spritzwasser aus dem Gesicht.

»Aber es ist noch nicht mal vier Monate her, seit du dir den Arm gebrochen hast. Neulich, als wir … da hast du Schmerzen gehabt, als ich deine Hand neben deinem Kopf aufs Kissen gedrückt habe.«

Lea starrte Stephan strafend an, weil sie es für sehr unpassend hielt, so etwas zu erwähnen. Dann raffte sie sich doch zu einer Antwort auf. »Das ist schon eine Ewigkeit her«, stellte sie hoheitsvoll fest. »Mein Arm tut zwar immer noch manchmal weh, aber die kurze Strecke werde ich schon schaffen.«

»Ich schaffe die kurze Strecke auch.« Verbissen hantierte er weiter mit den Rudern.

»Wir sind noch nicht mal einen Meter weit gekommen.« Lea stieß das Boot kräftig vom Anleger ab, damit es wenigstens ein kleines Stück in Richtung Insel voranging.

Die Zuschauer lachten und applaudierten.

»Gutes Teamwork, weiter so!«, rief Tina aufmunternd und reckte beide Daumen in die Luft.

»Wir sind kein Team, wie man sieht, und schon gar kein gutes«, murmelte Lea vor sich hin und beobachtete mit zusammengekniffenen Augen Stephans heftiges Geplätscher mit den Ruderblättern.

Er bemühte sich tapfer, die Heiterkeit zu ignorieren, die seine Ruderkünste am Seeufer auslösten. Mit ernster Miene mühte er sich ab und hatte tatsächlich innerhalb von zehn Minuten schon fast die Hälfte der etwa zwanzig Meter bis zur Insel geschafft. Die ersten Zuschauer wanderten bereits zurück in Richtung des weißen Zeltes, wo demnächst das Hochzeitsmenü aufgetragen werden sollte. Es standen aber immer noch genug Interessierte am Seeufer herum, die aufmerksam zusahen, wie das kleine Boot schließlich an der Insel anlegte, was nur unter Schwierigkeiten vonstatten ging, weil Lea in ihrem engen Kleid und den hochhackigen Schuhen einige Zeit brauchte, um den Mut zu fassen, an Land zu springen, wo sie dann das Boot mit einem Knoten, an den sie sich zu ihrem eigenen Erstaunen von ihren Bootsausflügen in der Kindheit noch erinnerte, an den dafür vorgesehenen Holzpflock band.

Am gegenüberliegenden Ufer brandete erneut Beifall auf.

»Warum gehen die nicht endlich feiern?«, brummte Stephan vor sich hin und wich Leas Blick aus, als sie endlich nebeneinander auf dem mit weißen Kieseln aufgeschütteten Strand der künstlichen Insel standen.

»Einen Moment werden wir schon warten müssen, aber dann wird es ihnen sicher langweilig.«

Entgeistert bemerkte Lea, dass Tina plötzlich ein kleines Fernglas in den Händen hielt, durch das sie die beiden auf der Insel beobachtete. Hatte sie das Ding etwa in dem kleinen blauen Beutelchen mit sich herumgetragen, das zu ihrem Kleid gehörte?

»Versöhnt euch jetzt endlich! Redet miteinander!«, brüllte Tina energisch zur Insel herüber.

»Wir sollten vielleicht ein bisschen aus dem Blickfeld der neugierigen Meute verschwinden«, schlug Stephan vor und betrachtete unschlüssig den schmalen Weg, der zwischen blühenden Büschen und kleinen Bäumen in Richtung Inselmitte führte. Es war ihm ziemlich unheimlich, sich mit Lea ins Gebüsch zu schlagen, ebenso wie ihr der Gedanken Unbehagen bereitete, dort außerhalb der Sichtweite anderer Menschen ganz allein mit ihm zu sein.

»Musst du dich nicht um die Feier kümmern?« Lea balancierte zögernd in ihren hochhackigen Sandaletten auf den kleinen Kieselsteinen herum. Plötzlich rutschte ihr linker Fuß weg, und ihr blieb nichts anderes übrig, als sich an Stephans Schulter festzuhalten, wenn sie nicht zu Boden gehen wollte.

»So ist es gut! Geh ran!«, rief Sabine ermutigend und winkte ihr fröhlich zu.

»Entschuldige bitte«, sagte Lea steif, als sie ihr Gleichgewicht wiedergewonnen hatte. »Das war keine Absicht. Ich wäre sonst umgekippt.«

»Kein Problem«, erwiderte er ebenso förmlich und rückte sein dunkles Jackett gerade, das sie ihm fast von der Schulter gezogen hatte.

Die Menschen am Ufer starrten immer noch interessiert zu ihnen herüber und deuteten durch alle möglichen Gesten an, dass sie eine romantische Versöhnung erwarteten.

»Wir sollten wirklich für einen Moment verschwinden.« Hastig wandte Lea sich dem schmalen Weg zu, der schon nach wenigen Metern eine Biegung machte, so dass man sie vom Seeufer aus nicht mehr würde sehen können. Stephan folgte ihr schweigend in einigem Abstand.

XXIX

Die kleine Insel war ein Ort der Romantik, offensichtlich angelegt für ungestörte Zweisamkeit. Neben dem schmalen, gewundenen Weg wuchsen wilde Rosen, die in zartem Rosa, kräftigem Rot und unschuldigem Weiß so üppig blühten, dass die grünen Blätter der fast schulterhohen Büsche kaum noch zu sehen waren.

»Ach, du Schreck!«, entfuhr es Stephan, als sie nach einer weiteren Wegbiegung unvermittelt von einem schneeweißen Pavillon standen. »Das ist ja so was von kitschig!«

»Ich finde es schön«, widersprach Lea trotzig, obwohl sie sonst auch nicht gerade eine Freundin von Kopien griechischer Säulen im Miniaturformat war. Sie marschierte entschlossen die drei Stufen zu dem kleinen, achteckigen Gebäude hinauf und blieb dann doch verblüfft stehen. Ungläubig betrachtete sie den runden Tisch mit den zwei zierlichen, gepolsterten Stühlen und die mit weißem Leder bezogene Ottomane, nahm mit zusammengepressten Lippen den silbernen Sektkühler auf dem Tisch und die beiden hauchzarten, langstieligen Kelche daneben wahr und hörte ungläubig die Geigenmusik, die scheinbar aus dem Nichts kam. Gegen Geigen war sie seit einiger Zeit allergisch.

»Du wusstest von dem albernen Plan, uns auf diese Insel zu schicken, stimmt's? Deine Weigerung war nur gespielt!«, sagte Stephan.

»Das glaubst du doch nicht wirklich?« Verächtlich schnaubte sie durch die Nase und deutete mit einer so schwungvollen Handbewegung in die Runde und in die Höhe, von wo aus verborgenen Lautsprechern die Musik zu kommen schien, dass sie Stephan fast einen Kinnhaken verpasst hätte. »Schon allein diese schrecklich offensichtliche Musik. Da hätte ich niemals mitgemacht!«

»Ach ja? Du stehst ja auch kein bisschen auf Geigenmusik.« Er sah ihr kampfbereit in die Augen, und sie erwiderte tapfer seinen Blick.

»Tu ich auch nicht! Dass ich ... also Frau Sibylle dir damals die Sache mit dem Stehgeiger empfohlen hat, hing doch nur damit zusammen, dass ich dir eine schwierige Aufgabe stellen wollte. Du solltest scheitern oder dich wenigstens lächerlich machen. Ich wollte, dass du aufgibst, weiter nichts.«

»Wie freundlich von dir!«

»Ich wollte mich nicht in dich verlieben, weil ich einfach genug von Männern und Beziehungen hatte. Ist das wirklich so schwer zu verstehen?« Plötzlich war alles Kämpferische aus ihrer Stimme und ihrem Blick verschwunden. Sie flüsterte nur noch und richtete den Blick hinauf zur weißen Decke des Pavillons, in der Hoffnung, dass Stephan auf diese Weise die Tränen nicht sehen würde, die ihr in die Augen gestiegen waren.

»Es hilft nichts, wenn du jetzt anfängst zu weinen.« Er hatte sich hastig abgewandt und sah seinerseits aus dem Pavillon hinunter in einen blühenden Jasminbusch, der einen betörenden süßlichen Duft verströmte.

»Wir sollten nachsehen, ob unser Publikum sich schon zurückgezogen hat, dann zurück ans Ufer rudern und diese peinliche Angelegenheit hier ganz schnell vergessen.« Seine Stimme klang rau, und er vermied immer noch, sie anzusehen.

»Ja, das sollten wir«, sagte sie und war stolz auf ihren energischen Tonfall. Wenn dieser Mensch sich einbildete, dass sie einen Moment länger als unbedingt nötig mit ihm auf dieser Insel bleiben würde, um sich seine Beleidigungen anzuhören, hatte er sich getäuscht! Mit großen Schritten, so dass der Schlitz in ihrem Rock weit aufsprang und der rote Stoff wie eine Flamme um ihre Beine loderte, marschierte sie die Stufen des Pavillons hinunter und dann in Richtung Ufer, ohne sich um Stephan zu kümmern, der ihr dicht auf den Fersen war. Seite an Seite erreichten sie den weißen Kies und blieben im selben Augenblick entgeistert stehen.

»Das Boot ...«, stotterte Lea.

»Du hast es nicht richtig festgebunden«, ging Stephan sofort zum Angriff über.

»Quatsch! Ich bin absolut in der Lage, einen Knoten zu machen.« Schon wieder kämpfte Lea mit den Tränen, was ihr mittlerweile erheblich auf die Nerven ging. Sie verspürte nicht mehr die geringste Lust, wegen dieses Mannes zu weinen, der ihr zu allem Überfluss auch noch unterstellte, sie hätte sich freiwillig in diese schreckliche Lage gebracht. Sehnsüchtig schaute sie hinüber zum Ufer, das inzwischen wie erhofft menschenleer war, was aber ohne Boot nicht viel nützte. Im gleichen Moment sah sie, dass dort drüben wieder zwei Boote friedlich am Steg schaukelten. Wortlos deutete sie hinüber zur Anlegestelle.

»Was …? Wer …?«, äußerte Stephan, der offensichtlich langsam von der Situation überfordert war.

Sofort gewann Lea wieder die Oberhand. »Da konnte offensichtlich jemand ein bisschen besser rudern als du und hat das Boot hier abgeholt und ins Schlepptau genommen, während wir zum Pavillon und zurück gegangen sind.«

»Du wusstest also doch Bescheid! Ein abgekartetes Spiel!«

»Ha! Robinson und seine Gespielin oder was? Tina ist schwanger, und die Hormonumstellung muss ihren Kopf irgendwie durcheinander gebracht haben. Jedenfalls bildet sie sich wahrlich und wahrhaftig ein, dass du der einzig Richtige für mich bist, woran du schon sehen kannst, dass sie momentan ziemlich neben sich steht.«

»Sie muss tatsächlich leicht … verwirrt sein. Schließlich bin ich derjenige, der ihre Hochzeitsfeier organisiert. Es gibt zwar Serviererinnen, Köche, Musiker und jemanden, der später das Feuerwerk abbrennen soll. Aber wenn ich den Leuten nicht ihre Einsätze gebe, wird alles drunter und drüber gehen. Spätestens wenn Tinas Gäste vor leeren Tellern sitzen, wird sie dafür sorgen, dass ich von dieser Insel wegkomme.«

Lea schmunzelte, wunderte sich selbst darüber, dass sie plötzlich der Situation eine komische Seite abgewinnen konnte, und dachte, dass Stephan Tina natürlich nicht kannte. Wenn die sich etwas in den Kopf gesetzt hatte, führte sie es zu Ende, und notfalls würde Tina selbst das Kommando über Köche und Serviererinnen übernehmen, so viel stand fest.

»Sie wird uns genau so lange hier schmoren lassen, wie sie es sich vorgenommen hat«, sagte sie gleichmütig und machte sich auf den Weg zurück zum Pavillon. Während sie gemächlich den schmalen Weg entlangschlenderte, stellte sie verwundert fest, dass sie plötzlich ruhig und gelassen war. Als hätte Stephans Wut und Unsicherheit sie von ihren eigenen unangenehmen Gefühlen befreit.

Stephan holte sie auf halbem Weg ein, während sie gerade versunken eine Kaskade aus winzigen roten Röschen bewunderte, die sich über einen großen Stein ergoss.

»Wo willst du denn hin?«, erkundigte sich Stephan beleidigt. Offenbar mochte er es nicht, wenn Freitag ohne ihn Pläne schmiedete.

Lea zuckte die Achseln. »Zurück zum Pavillon. Da gibt es wenigstens was zu essen und zu trinken.«

»Wir könnten um Hilfe rufen«, schlug er hoffnungsvoll vor. »Das hier ist Freiheitsberaubung. Irgendjemand muss das doch einsehen und dafür sorgen, dass wir das Boot wiederbekommen.«

»Dann ruf ruhig um Hilfe und sag mir Bescheid, wenn selbige naht«, schlug sie ihm großmütig vor. Natürlich würde Tina mittlerweile ihre gesamte Hochzeitsgesellschaft mit der romantischen Geschichte der beiden Menschen unterhalten haben, die man zu ihrem Glück zwingen musste. Und niemand würde es wagen, diesem von der Braut unterstützten Glück im Wege zu stehen, ganz abgesehen von der Tatsache, dass die Hälfte der anwesenden Gäste schon rein körperlich nicht in der Lage gewesen wäre, das Boot zur Insel zu rudern.

»Du willst überhaupt nicht hier weg«, unterstellte Stephan ihr und riss mühsam den Blick von ihrem nackten, gebräunten Bein los, das durch den hohen Schlitz ihres Kleides blitzte.

»Ich sehe lediglich den Tatsachen ins Auge und lege außerdem keinen Wert darauf, mich noch lächerlicher zu machen, als wir es ohnehin schon getan haben.« Lea hob das Kinn, wandte sich ab, ohne seine Antwort abzuwarten, und setzte ihren Weg fort.

Stephan trottete zurück zum Rand der Insel und rief halbherzig ein bisschen um Hilfe. Mittlerweile hatte Lea es sich im Pavillon gemütlich gemacht und festgestellt, dass Tina sich nicht hatte lumpen lassen. Im Sektkühler steckte eine Flasche Heidsieck, und die Häppchen auf der ovalen, silbernen Platte waren nur vom Feinsten. Heiter schenkte sie sich ein Glas Champagner ein, naschte eine kernlose blaue Weintraube und ein leckeres Kanapee – nachdem sie sich überzeugt hatte, dass es sich keinesfalls um Fisch handelte – und fand, dass sie letztlich schon in unangenehmeren Situationen gesteckt hatte.

»Willst du auch ein Glas?«, erkundigte sie sich, als Stephan auftauchte und unschlüssig in der Gegend herumstand. »Ich habe dich gar nicht rufen hören. Um Hilfe, meine ich.«

»Der Wind weht in die andere Richtung. Aber es hat mich trotzdem keiner gehört. Wegen der Band, nehme ich an.« Er nahm das gefüllte Glas, das Lea ihm reichte, setzte sich aber immer noch nicht hin.

»Genau jetzt sollte das Essen serviert werden«, stellte er nach einem Schluck Champagner und einem Blick auf seine Armbanduhr fest.

»Nimm dir hier was zu essen. Wenn Tina möchte, dass ihre Gäste Essen bekommen, wird sie auch dafür sorgen, dass sie es kriegen. Das hier ist jedenfalls lecker.« Genüsslich kaute Lea auf einer mit gegrilltem Speck umwickelten Dattel.

»Wo hat sie das denn her?« Skeptisch beäugte Stephan die Platte. »Sieht gar nicht aus wie von einem meiner Lieferanten.«

»Wahrscheinlich selbst gemacht. Tina ist eine gute Köchin, ganz im Gegensatz zu mir.« Beim Gedanken an ihre Küchenexperimente anlässlich ihres Geburtstags musste sie lächeln, und an der Art, wie Stephan eilig den Blick abwandte, sah sie, dass auch er bei ihren Worten an diesen Abend gedacht hatte.

Lea, die nach dem ganzen Hin und Her durstig war, schenkte sich ein zweites Glas ein, hob es zum Mund und ließ die Hand wieder sinken, ohne getrunken zu haben. Sie wollte nicht, dass Stephan ihr Urteilsvermögen für getrübt hielt, so wie in der Nacht bei der Mühle.

Hastig stellte sie das volle Glas zurück auf den Tisch und im selben Moment traf sie die Erkenntnis wie ein Schlag: Sie wollte ihn immer noch, mehr als alles andere auf der Welt, mehr als sie jemals zuvor einen Mann gewollt und geliebt hatte. Auch wenn sie verzweifelt versucht hatte, diese tiefe Sehnsucht hinter ihrem Stolz zu verbergen, der ihr verbot, einem Mann hinterherzulaufen, der sie von sich gestoßen hatte. Tina spürte oder wusste das, und Tina hatte ihr diese eine letzte Chance verschafft. Also musste sie sie auch nutzen. Nur wie?

Stephan hatte sich geweigert, mit ihr über das zu reden, was zwischen ihnen geschehen war, und sie konnte ihn auch jetzt nicht dazu zwingen. Was sie aber konnte, war, ihm klar zu machen, was zwischen ihnen gewesen war und was sie beide verlieren würden, wenn sie weiter so stur blieben. Sie zumindest wollte nicht mehr stur sein, sie wollte noch einen Versuch machen, ihm ihre Gefühle zu zeigen, und wenn sie sich dabei an ihrem albernen Stolz verschluckte!

Sie holte tief Luft, stand langsam auf und stellte sich ihm gegenüber, so dass sie ihm gerade in die Augen blicken konnte.

»Nie zuvor hat ein Mann sich so sehr um mich bemüht und so viel für mich getan wie du«, begann sie mit leiser Stimme. »Du hast Dinge möglich gemacht, die ich mir nur ausgedacht hatte, um dich zu entmutigen und um mir selbst zu beweisen, dass du es genauso wenig ernst meintest wie die Männer, die vor dir in meinem Leben gewesen waren. Du aber wolltest keine leichte Beute, du wolltest mein Vertrauen. Deshalb hast du mich sogar einmal nach Hause geschickt, als ich schon nackt in deinen Armen lag. Damals verstand ich dich nicht und war verletzt, aber heute weiß ich, dass du genau das niemals tun wolltest: mich verletzen.«

Er räusperte sich heftig. »Hör auf«, stieß er dann hervor. »Es hat doch keinen Sinn.«

»Wenn es keinen Sinn hat, kannst du mich trotzdem anhören. Dann besteht ja keine Gefahr, dass du dich umstimmen lässt.« Sie versenkte ihren Blick tief in seinem. So tief, dass sie meinte, bis auf den Grund seiner Seele sehen zu können und seinen Schmerz zu spüren, der genauso brannte wie ihrer.

»Hör auf!«, flüsterte er wieder und machte eine winzige Bewegung auf sie zu.

»Ich habe gerade erst angefangen!« Sie bemühte sich, energisch zu klingen, konnte aber nichts dagegen tun, dass ihre Stimme einfach nur zärtlich war. So zärtlich, wie sie in diesem Moment für ihn fühlte. »Und genau weil mit dir alles so anders war, weil ich erst ganz langsam und dann ganz gewaltig in diesen Sog geriet, der so neu und unbekannt für mich war und den ich heute schlicht und einfach Liebe nenne, genau deshalb habe ich nicht gewagt, dir die Wahrheit über Frau Sibylle zu sagen. Ich wollte es tun, habe es mir immer wieder vorgenommen, und jedes Mal dachte ich, nur noch diese eine Stunde, diesen einen Abend mit dir. Es war so wunderbar, viel zu wunderbar, um es freiwillig aufzugeben. Ich hatte so entsetzliche Angst, dich zu verlieren, und genau deshalb habe ich dich verloren.« Sie sah hinab auf ihre lackierten Zehennägel.

»Das Dumme ist nun aber, dass meine Liebe zu dir nicht aufhören will, nur weil du enttäuscht von mir bist. Diese Liebe lässt mich sogar meinen blöden Stolz vergessen und bringt mich dazu, hier Reden zu halten und froh über diese letzte Chance zu sein, die Tina mir zu ihrer eigenen Hochzeit geschenkt hat. Ich werde ihr immer dankbar für diese alberne Idee mit der Insel und dem Champagner sein, auch wenn es nichts genützt hat.«

»Lea, ich ...« Stephan hatte nach seinem Glas gegriffen und klammerte sich jetzt verzweifelt daran fest.

»Ja?« Sie lächelte, sah ihn an und wartete, doch er sagte nichts weiter, sah sie nur mit einem Blick an, in dem so viel Schmerz und Sehnsucht lag, dass sie ihm am liebsten einfach nur die Arme um den Hals gelegt und ihn geküsst hätte, wenn sie mutig genug gewesen wäre. Aber es hatte sie schon ihre ganze Kraft gekostet, ihre Gefühle offen auf den Tisch zu legen. Sie hätte es nicht ertragen, wenn er sie einfach weggeschoben hätte.

Lea biss sich auf die Unterlippe, schielte zu ihrem eigenen Glas hinüber, weil ihr Mund trocken vom Reden war, und verzichtete doch auf einen weiteren Schluck. Wenn sie etwas brauchte, dann einen klaren Kopf.

»Der einzige Grund, weshalb ich das hier mache, während du dastehst und mich ansiehst, als hätte ich nicht alle Tassen im Schrank, ist die Tatsache, dass ich weiß, ich werde vielleicht niemals wieder in meinem Leben einem Mann begegnen, der so ist wie du. Einem Mann, bei dem ich das Gefühl habe, zu Hause zu sein und verstanden zu werden. Einem Mann, dessen Küsse mich in den Himmel heben und der mich in die Hölle schickt, wenn er mich nicht mehr sehen will.«

Verblüfft über ihre eigenen Worte, riss sie die Augen auf. Woher kamen all diese blumigen Formulierungen, diese Bilder, die genau das zu sagen schienen, was sie fühlte?

»Seit wann redest du eigentlich so? Wie ein Buch. Wie eine Frau, die dafür bezahlt wird.« Stephan hatte sich ein wenig vorgebeugt, so dass sein Atem ihre Lippen streifte.

»Seit ich begriffen habe, dass ich dich nicht verlieren will. Tut mir Leid. Ich weiß, dass ich mich blöd anhöre, aber ich kann nichts dagegen tun. Ich liebe dich.« Sie senkte den Blick und fuhr sich mit der Zungenspitze über die Oberlippe, wo sie die Erinnerung an seine Küsse zu schmecken meinte.

»Ich dich auch.«

Als sie seine geflüsterten Worte hörte, fuhr sie hoch, suchte seinen Blick, wagte nicht zu glauben, was sie vernommen hatte.

»Deshalb ist es doch so schlimm! Ich wollte Vertrauen, Offenheit, Ehrlichkeit ...« Er klang gleichzeitig erschöpft und verzweifelt.

»Ich war immer offen und ehrlich zu dir, bis auf diese eine Sache. Weil es mir so albern vorkam und weil ich mich so dafür geschämt habe, dass ich am Anfang gar nicht begriffen habe, dass mit dir alles anders ist, weil ...«

Weiter kam sie nicht, weil er sie endlich an sich zog und ihr mit seinen Lippen den Mund verschloss. Dieser Kuss war anders als alle seine Küsse zuvor. Brennend, fragend, unsicher und doch erfüllt von einer Leidenschaft, die ihre Knie zum Zittern brachte. Sie klammerte sich an seinen Schultern fest und erwiderte seine verzweifelte Zärtlichkeit, versuchte, ihm mit ihren Lippen und ihrer Zunge eine Antwort auf seine Fragen zu geben und seine Unsicherheit wegzuküssen.

Da schob er sie schon von sich und starrte ihr in die Augen. Seine Pupillen waren geweitet, und in seinem Blick lag so etwas wie Entsetzen. »Es kann doch nicht sein, dass man mich auf dieser Insel festsetzt, du mir ein bisschen was von Liebe erzählst und ich dann gleich meinen Entschluss umschmeiße, nur weil ich mich nicht beherrschen kann, wenn ich deinen Mund sehe und deinen Duft rieche.«

Lea brauchte einen Augenblick, um wieder zu Atem zu kommen. Dann fauchte sie ihn an wie eine Katze: »Was bist du nur für ein starrsinniger Kerl! Nur weil du einmal einen Entschluss gefasst hast, musst du auch daran festhalten, ja? Irrtum ausgeschlossen oder wie? Mister Unfehlbar persönlich! Ich fasse es nicht!«

Sie schnappte sich ihr Sektglas, kippte durch die heftige Bewegung die Hälfte des Inhalts auf den weißen Marmorboden, stürzte den Rest in einem Zug hinunter und ließ sich dann kraftlos auf die Ottomane fallen. Sie hatte es versucht, und der Versuch war fehlgeschlagen. Obwohl ihr klar war, dass sie später wahrscheinlich um die vergebene Chance weinen würde, musste sie nicht einmal mit den Tränen kämpfen. Sie war lediglich wütend. Auf sich selbst, weil sie es überhaupt versucht hatte, und auf diesen Sturkopf, der sie erst geküsst und dann weggestoßen hatte, weil er sie zwar ganz offensichtlich wollte, aber sein Kopf und seine selbst aufgestellten Regeln das nicht zuließen. Vielleicht würde sie es irgendwann schaffen, sich selbst einzureden, dass sie einen solchen Mann gar nicht lieben wollte. Aber sie wusste schon heute, dass das sehr lange dauern und sie viel Kraft kosten würde.

Stephan hatte sich bereits halb abgewandt. »Ich gehe mal ans Ufer«, sagte er nach kurzem Zögern. »Vielleicht ist ja deine Freundin endlich zur Vernunft gekommen. Oder sie möchte gern, dass ihre Gäste Essen bekommen, und schickt uns das Boot herüber.«

Lea nickte stumm und fragte sich, wie sie es, wenn es so weit war, mit Stephan in dem winzigen Boot aushalten sollte.

Das knirschende Geräusch seiner Schritte auf dem feinen Kies entfernte sich nur langsam.

XXX

Im selben Moment, in dem Stephan irritiert hinüber zum Land schaute, wo keine Menschenseele zu sehen war und die beiden Boote immer noch einsam und friedlich am Steg schaukelten, klatschte Tina in der Küche des Schlösschens in die Hände, um sich Gehör zu verschaffen.

»Das Essen kann dann serviert werden. Mein … äh … mein Mann treibt soeben die Gäste an die Tische.«

»Herr Pückler ist derjenige, der uns sagt, wann der erste Gang serviert werden soll«, erklärte der Koch mit der hohen, schneeweißen Mütze übellaunig.

Tina zog die Brauen bis zum Haaransatz hoch und musterte den Küchenchef so aufmerksam, als hätte sie nie zuvor ein derart merkwürdiges Geschöpf zu Gesicht bekommen. »Herr Pückler ist momentan verhindert, und ich bin diejenige, die Sie bezahlt. Erster Gang in zehn Minuten, bitte.«

»Ich werde das Essen garantiert nicht persönlich an die Tische schleppen. Das ist nicht mein Job, und dafür werde ich nicht bezahlt.«

Während die beiden Küchenhilfen der Szene mit offenen Mündern folgten, rührte der Koch derart geschäftig in der längst fertigen Suppe, dass die Fliesen hübsche grünliche Sprenkel bekamen. Zufrieden stellte Tina bei sich fest, dass die Kräutersuppe ihrem Namen Ehre machte, was sie, wie fast alles an diesem wunderbaren Tag, noch heiterer stimmte. Selbst der griesgrämige Koch erschien ihr als passende Ergänzung zu ihrer sonnigen Stimmung.

»Ich werde dafür sorgen, dass die Kellnerinnen die Vorspeisenteller abholen«, beschied sie dem Giftzwerg mit der großen Mütze. »Sorgen Sie nur dafür, dass alles fertig ist.«

Dann machte sie sich auf die Suche nach den Serviererinnen, die am entlegenen Ende des Parks eine gruppendynamische Zigarettenpause machten und ihr prompt erklärten, dass sie dem Oberkellner persönlich unterstellt seien, welcher wiederum in ständigem Kontakt mit Herrn Pückler stehe, der einzig und allein zu bestimmen habe, wann die Gäste ihr Essen bekämen.

»Ich habe hier noch gar keinen Oberkellner zu Gesicht bekommen.« Für einen Moment war Tina irritiert. Diese Sache gestaltete sich schwieriger, als sie gedacht hatte. Sie warf einen Blick auf ihre Armbanduhr und stellte fest, dass Lea und Stephan seit nicht einmal einer Stunde auf der Insel waren. Das reichte noch lange nicht, wenn sie die beiden, die sich ohne größere Anstrengung gegenseitig an Sturheit überboten, richtig einschätzte.

»Sie marschieren jetzt einfach in die Küche, holen die Vorspeisenteller ab und servieren das Zeug, Oberkellner hin oder her. Ich bezahle, also bin ich hier der Boss, und ich will jetzt das Essen auf den Tischen sehen«, verkündete Tina entscheidungsfreudig und beobachtete zufrieden, wie sich die sprachlosen Serviererinnen in Richtung Küche in Bewegung setzten.

Als Tina das große Festzelt erreichte, erwartete sie, ihre hungrigen Gäste brav um die Tische versammelt vorzufinden. Allerdings wurde ihre Erwartung nicht ganz erfüllt. Außer einigen hungrig aussehenden älteren Verwandten tummelten sich alle auf der Tanzfläche, während die Band lateinamerikanische Rhythmen erklingen ließ.

»Was ist denn hier los?« Tina stürzte auf Jürgen zu, als sie ihn mit wippenden Knien und zerrauftem Haar am Rand der Tanzfläche sichtete. »Du wolltest dafür sorgen, dass jeder auf seinem Platz sitzt! Das Essen kommt gleich.«

»Die Sängerin hat alle zum Tanzen aufgefordert, und die Band spielt jetzt diese wirklich tolle Musik. Ich konnte mir gar kein Gehör verschaffen. Aber alle scheinen sich prächtig zu amüsieren.« Er strahlte sie an, legte ihr die Hände auf die Schultern und schwenkte sie einmal im Kreis herum.

Als Tina wieder fest auf dem Boden stand, runzelte sie die Stirn, musste dann aber doch grinsen. Sie drückte ihrem frisch gebackenen Ehemann einen Kuss auf die Lippen und eilte zwischen den Tanzenden hindurch zum Podest, auf dem die Band gerade eine temperamentvolle Version von »La Bamba« spielte und sang. Tina nickte der Sängerin freundlich zu, bevor sie ihr energisch das Mikrofon aus der Hand nahm.

»Liebe Gäste«, begann sie und wartete, bis alle bemerkt hatten, dass es keine Musik mehr gab, und die meisten daraufhin ihre rhythmischen Zuckungen einstellten. »In ein paar Minuten wird das Hochzeitsmenü serviert, und ich bitte euch alle an die Tische. Später kann natürlich wieder getanzt werden.«

Mehr oder weniger begeistert verließen die Gäste die Tanzfläche und begannen auf der Suche nach ihren Plätzen zwischen den Tischen umherzuirren, während Tina die ihr nun schon vertraute Diskussion, diesmal mit der Sängerin, darüber führte, dass eigentlich nur Herr Pückler zu bestimmen habe, wann getanzt werden solle, und dass er zwar verschwunden sei, aber irgendwann gesagt habe, vor dem Essen solle noch eine halbe Stunde Samba gespielt werden.

»Und ich sage, ich möchte jetzt keine Sambamusik hören!« Langsam zweifelte Tina daran, ob die Idee, Stephan gerade am Tag ihrer Hochzeit auf eine Insel zu verbannen, so gut gewesen war. Aber nun würde sie die Sache durchziehen, so viel stand fest. Sie raffte ihr dunkelblaues Spitzenkleid zusammen und ging hinüber zu ihrem wunderbaren Ehemann, während sich bereits die Serviererinnen mit den Vorspeisentellern näherten.

Auf der nur vierzig Meter Luftlinie entfernten Insel war Lea inzwischen langsam zum Ufer geschlendert und hatte sich mit zwei Metern Abstand von Stephan auf den Kiesstreifen dicht am Wasser gesetzt, um gemeinsam mit ihm schweigend und finster in Richtung Land zu starren. Vielleicht sah Tina ja von weitem, dass ihr Versuch gescheitert war, und erlöste sie aus ihrer misslichen Lage. Natürlich war es auch möglich, dass sie ihre beiden Opfer umso länger schmoren ließ, wenn sie den Eindruck hatte, dass die Inseleinsamkeit noch keine Früchte getragen hatte.

»Was ist das für ein Lärm?«, wunderte sich Lea nach einer stummen Viertelstunde, die sich hingezogen hatte wie Kaugummi. Vom Festland drang lautes Stimmengewirr zu ihnen herüber.

»Ich nehme an, die Hochzeitsgäste versuchen, ihre Plätze zu finden.« Stephan hörte sich nicht unzufrieden an über das Durcheinander, das offensichtlich momentan im Zelt herrschte, dessen Dach sie von ihrem Platz am Inselufer aus sehen konnten. »Es liegt zwar ein Sitzplan aus, aber ich hatte noch nicht dafür gesorgt, dass die Platzkärtchen verteilt wurden, weil ich Sorge hatte, sie könnten weggeweht werden. Nun gibt es natürlich keine. Vielleicht überlegt sich deine Freundin jetzt ...«

»Tina regelt das schon«, unterbrach Lea ihn. Erst als der Satz heraus war, wurde ihr klar, dass es sich anhörte, als würde sie auf noch mehr gemeinsame Zeit mit Stephan auf dieser vermaledeiten Insel hoffen.

»Eigentlich könnten wir rüberschwimmen«, schlug sie deshalb rasch vor.

»In diesem Aufzug?« Er warf einen flüchtigen Blick auf ihr enges Kleid.

»Wir könnten uns ausziehen, rüberschwimmen und unsere Sachen dann mit dem Boot holen.«

Es sah sie lange nachdenklich an. »Lieber nicht«, sagte er schließlich.

»Ich finde die Idee ziemlich gut. Was spricht dagegen? Dass du nicht darauf gekommen bist?« Indem sie die Idee verteidigte, konnte sie ihm zumindest beweisen, dass auch sie keinen Wert mehr darauf legte, noch länger auf dieser Insel auszuharren.

»Du hast unter diesem Kleid nichts an«, sagte er ihr nach einer kleinen Pause auf den Kopf zu.

»Habe ich wohl«, widersprach sie und wurde rot, weil sie nicht daran gedacht hatte, dass sie unter dem viel zu engen Kleid aus dem viel zu dünnen Stoff tatsächlich praktisch nackt war. Sie trug lediglich ein hauchzartes Tangahöschen, das sich nicht abzeichnete. Mehr nicht.

»Du könntest allein rüberschwimmen«, schlug sie deshalb eilig vor. »Ich warte dann eben hier. Oder hast du etwa unter deinem Anzug auch nichts an?«

Stephan zuckte die Achseln und rührte sich nicht von der Stelle.

»Du hast tatsächlich nichts unter dem Anzug an?«, wunderte Lea sich. »Warum denn nicht?«

»Natürlich habe ich was an.« Er wich ihrem Blick aus.

»Dann schwimmst du in der Unterhose rüber, holst ein Boot, und schon haben wir uns selbst aus unserer misslichen Lage befreit. Tina wird zwar böse auf mich sein, aber ich denke, es hat wirklich nicht viel Sinn, wenn wir noch länger hier herumhocken.«

»Im Prinzip wirklich eine gute Idee. Das Problem ist nur ...« Er stockte.

»Was ist das Problem? Das Wasser ist nicht besonders kalt, falls du davor Angst hast.« Lea beugte sich vor und ließ ein paar Wassertropfen über ihre Finger rinnen.

»Ich habe keine Angst vor Kälte, ich habe Angst vor Wasser«, kam es nach einer langen Pause sehr, sehr leise.

»Wie bitte?« Lea riss die Augen weit auf und sah ihn staunend an. Dieser große, sportliche Mann hatte Angst vor Wasser!

»Ich bin vorhin im Boot schon fast vor Angst gestorben«, erklärte er nun mit fester, entschlossener Stimme. »Wenn die Situation nicht so furchtbar peinlich gewesen wäre, wäre ich nie auf die Idee gekommen, freiwillig in ein Boot zu steigen. Ein Kindheitstrauma. Ich wäre mal fast in der Badewanne ertrunken. Deshalb habe ich auch nie schwimmen gelernt.«

»Na ja«, sagte sie und wusste erst mal nicht weiter.

»Du kannst ruhig lachen. Daran bin ich gewöhnt. Die meisten Leute finden es äußerst komisch, dass ich nicht schwimmen kann.«

»Wie blöd!« Sie funkelte hinüber zum Bootssteg, als würden dort die albernen Menschen stehen, die kein Verständnis für seine Ängste hatten. »Der eine mag Wasser und der andere eben nicht. Dafür kannst du viele Dinge, die andere Menschen nicht können.«

»Du musst mich nicht trösten. Ich kann ganz gut damit leben.« Zum ersten Mal, seit sie auf der Insel gelandet waren, sah sie sein liebevolles, offenes Lächeln, nach dem sie sich so gesehnt hatte.

»Gut.« Sie erwiderte sein Lächeln, versank in seinen Augen und versuchte dieses Gefühl tief in ihrem Inneren zu bewahren. Dieses Gefühl des Friedens und des Aufgehobenseins, das sie vielleicht niemals bei einem anderen Mann spüren würde.

»Unter diesen Umständen sollte dann vielleicht doch lieber ich das Boot holen«, sagte sie schließlich, nachdem sie hilflos im Blau seiner Augen ertrunken war und diesen kleinen, süßen Tod noch immer schwer in ihrer Brust spürte.

Er schüttelte den Kopf. »Ich denke, du hast unter dem Kleid nicht viel an.«

»Dann dreh dich um, wenn ich mich ausziehe«, schlug sie betont locker vor.

»Und dann ruderst du nackt hierher zurück? Was ist, wenn dich die Hochzeitsgäste sehen?« Er legte die Stirn in tiefe Falten.

»Na und? Vielleicht leiht mir dann sogar jemand eine Jacke zum Überziehen. Ich will hier endlich weg! Das hier wird mir einfach zu viel.« Lea gab sich nicht einmal mehr Mühe, ihre Verzweiflung zu verbergen. Je eher sie aus der Nähe dieses Mann kam, nach dem sie sich so sehr sehnte und der ihr so schrecklich fern war, desto besser!

Stephan antwortete nicht und sah sie nur an.

»Nun dreh dich schon um oder meinetwegen guck zu, du hast mich ohnehin schon oft genug nackt gesehen.« Sie hob die Arme, um den Nackenverschluss ihres Kleides zu öffnen.

Er rührte sich nicht, saß nur da und hielt ihren Blick fest.

»Was ist denn?« Verunsichert ließ sie die Arme wieder sinken.

»Ich möchte nicht, dass du hinüberschwimmst«, sagte er leise.

»Ich bin eine gute Schwimmerin. Mir wird nichts passieren.«

»Wenn du jetzt hinüberschwimmst und das Boot holst, dann haben wir vielleicht tatsächlich keine Chance mehr.« Er schien fast an seinen Worten zu ersticken, so mühsam würgte er sie heraus.

»Was meinst du?« Sie starrte ihn verwirrt an.

»Ich meine, dass ich mir zwar hundertmal sagen kann, dass ich nichts mehr mit dir zu tun haben möchte, es hilft einfach nichts. Wenn ich es überhaupt schaffe einzuschlafen, träume ich jede Nacht von dir. Ich kann kaum noch essen und bringe bei meiner Arbeit alles durcheinander, weil ich ständig an dich denken muss. Was soll mein Verstand dagegen tun, wenn mein Herz dich will?«

»Du musst entscheiden, ob du auf dein Herz oder deinen Kopf hören willst«, flüsterte sie, setzte sich so dicht neben ihn, dass ihre Körper sich fast berührten, und wandte ihr Gesicht dem Wasser zu, auf das die untergehende Sonne eine goldene Straße malte. »Du musst entscheiden, ob du mir glaubst, dass ich dich nie mehr belügen werde, und ob du bereit bist, Vertrauen zu mir zu haben oder eben nicht.«

»Hast du denn Vertrauen zu mir? Bist du dir sicher, dass ich dir nicht eines Tages fürchterlich wehtun werde?« Er kniff im hellen Licht die Augen zusammen, die nun fast schwarz erschienen.

Sie lachte auf, legte für einen winzigen Moment die Hand auf seine Brust, wo sie durch den festen Stoff seines Jacketts sein Herz heftig pochen fühlte, zog den Arm wieder zurück, als hätte sie sich verbrannt, und sagte schließlich: »Hatten wir das Thema nicht schon? Wie sollte ich mir sicher sein? Es gibt keine Garantie. Das ist das Risiko, wenn man am Leben ist, nicht wahr?«

Er nickte ernst. »Und es fühlt sich gut an, am Leben zu sein, auch wenn es manchmal verdammt wehtut.«

Wie selbstverständlich fanden sich ihre Lippen zu einem Kuss, in dem all die Liebe, die Sehnsucht und der Mut lagen, die sie beide in diesem Augenblick empfanden. Zärtlich saugte er an ihrer Unterlippe, sanft streichelte ihre Zungenspitze seinen Gaumen. Bis unvermittelt die Leidenschaft sie wie eine riesige Welle überschwemmte, sie sich wilder und heftiger liebkosten, mit Lippen, Zähnen und Zungen, ihre Hände auf Wanderschaft schickten, die Finger sich umeinander schlangen und schließlich den Weg zur Haut des anderen suchten.

Als sie für einen Moment zu sich kamen, glänzten Leas nackte Brüste in der tief stehenden Sonne, weil sich der Nackenverschluss ihres Kleides gelöst hatte, und Stephans Aufzug wirkte mit aus der Hose hängendem Hemd, gelöster Krawatte und von den Schultern gerutschtem Jackett schon längst nicht mehr wie eine Festgarderobe.

Sie sahen einander an und begannen zu lachen. Das war es, was sie von Anfang an gut gekonnt hatten – miteinander lachen.

»Sieht so aus, als hätten wir einiges nachzuholen und es auch ziemlich eilig damit«, stieß Lea schließlich kichernd hervor.

»Oh ja! Ich kann nur hoffen, dass nicht ausgerechnet jetzt deine Freundin Tina auf die Idee kommt, unsere Inseleinsamkeit zu beenden.« Stephan klang ein wenig besorgt, aber seine Augen strahlten, als er Leas Hand nahm, sie vom Kies hoch- und auf den Weg zog, der zum Pavillon führte.

»Hier werden sie uns als Erstes suchen, wenn wir nicht am Ufer sind«, sagte Lea, die sich mit nacktem Oberkörper und auf den Hüften hängendem Kleid ein bisschen wie Eva im Paradies fühlte und nicht so rasch vertrieben werden wollte.

»Dann komm!«

Lachend schlugen sie sich in die Büsche und fanden rasch eine Mulde, in der weiches, hellgrünes Gras mit hübschen weißen und gelben Blümchentupfen wuchs.

Als sie einander auf dem weichen Boden gegenüberstanden, geschützt durch blühende Büsche, über sich den langsam dunkler werdenden Himmel, wurden sie plötzlich ernst. Stephan zog Lea an sich, und sie sanken gemeinsam in das nach Sommer duftende Gras.

Geborgen lag Lea in Stephans Armen, über sich den ersten Stern dieser Nacht, und genoss seine Nähe und seine Zärtlichkeit. Da war es ihr, als sei sie nach einer langen Zeit in der Fremde endlich wieder nach Hause gekommen. Und sie hatte vor, lange, lange, möglichst für immer, dort zu bleiben.

Vorsichtig streifte Stephan ihr das enge Kleid ab, und sie erschauerte für einen Moment in der milden Luft, die ihren Körper streichelte.

»Du hast tatsächlich nicht viel darunter an«, stellte er andächtig fest, als sie, nur mit dem winzigen Tanga bekleidet, vor ihm lag.

Sie lächelte, richtete sich auf und half ihm dabei, seinen Anzug samt Hemd und Krawatte auszuziehen.

Alles, was sie taten, taten sie ruhig und in vollem Bewusstsein darüber, dass sie sich immer an diese Minuten erinnern würden. Ihre Körper erkannten einander, wie sich gute Freunde nach langer Trennung im ersten Moment vertraut sind. Ihre Hände und Lippen begrüßten jedes Stückchen Haut, jede Linie und Kurve des geliebten Gegenübers.

Es war die Ruhe vor dem Sturm, die sanfte Zärtlichkeit, die sie weiter zu einer Leidenschaft trug, in der sie sich nicht verloren, sondern sich fanden. Ihre Blicke hielten einander fest, als ihre Hände den Weg zur Ekstase des anderen suchten.

Lea wand sich unter Stephans tastenden Fingerkuppen, die sie durch den hauchzarten Stoff ihres Höschens hindurch mit sanftem Druck streichelten, wieder und wieder, sie auf dem Rand der Klippe haltend, während sie den freien Fall herbeisehnte.

Leas Hände hatten sich in seine Boxershorts vorgetastet, das einzige Kleidungsstück, das er noch trug, und fanden Halt an seiner Erregung, die sich glatt und hart in ihre Handfläche schmiegte.

»Ich möchte dich in mir spüren«, flüsterte sie ihm atemlos zu und versank gleichzeitig noch tiefer in seinen Augen, fiel und fiel und stieß einen leisen, überraschten Schrei aus.

Er ließ sie nicht los, hielt sie unter seinen Händen und in seinem Blick, glitt sanft mit den Fingern in die warme Feuchtigkeit ihres Inneren, das so ganz für ihn bereit war. Streichelte ihr Inneres und liebte sie mit seinen Augen.

Lea war in seiner Zärtlichkeit gefangen, atmete im Rhythmus seiner Hände, hielt und streichelte ihn in genau diesem Takt, als hätten ihre Körper denselben Herzschlag.

Es schien eine Ewigkeit vergangen zu sein und doch gleichzeitig nur eine Minute, als sein Kopf sich zwischen sie und den Himmel schob, sie das Gewicht seines Körpers spürte, die Beine um seine Hüften schlang, den Blick immer noch mit seinem verbunden, und er unendlich langsam in sie hineinglitt, tiefer und tiefer.

Sie presste die Fersen an seinen Rücken, um ihn noch stärker zu spüren. Ihre Hüften kreisten seinen Bewegungen entgegen, sie wollte mehr von seiner Kraft, seiner Zärtlichkeit und Leidenschaft. Mehr und mehr. Und sie wollte ihm so viel von sich geben, wie sie nur konnte. Alles sollte für ihn sein. All ihr Gefühl, ihre Nähe, ihre Sehnsucht.

Ihre Körper hatten einander vermisst und wieder gefunden, und alles, was ihre Körper nicht ausdrücken konnten, sagten ihre Blicke. Vor dem dunkelblauen Nachthimmel sah Lea Stephans Kopf, sein blondes Haar im letzten Tageslicht leuchtend, seine Augen fast schwarz vor Begehren. Seine Stöße und sein sanftes Reiben fanden ihren Widerhall in ihren Hüftbewegungen, und mit jeder Sekunde hatte sie das Gefühl, höher und höher hinauf zu den ersten Sterne zu fliegen.

Bis sie plötzlich bunte Lichter sah, die sich in der Dunkelheit wie Blüten öffneten oder wie Sternschnuppen dahinschossen. Rot, grün, gelb und blau. Sie stieß kleine, hilflose Seufzer aus, ein bisschen ängstlich jetzt, was wohl noch mit ihr geschehen würde, und doch bereit, all das Wunderbare, Magische, was zwischen Stephan und ihr auf dieser Insel passierte, bis zur Neige auszukosten.

»Oh nein!« Für einen Moment hatte Stephan irritiert den Kopf abgewandt und dann das Gesicht in ihre Halsbeuge gelegt.

»Was ist?« Verwirrt streichelte sie seine Schultern und seinen Rücken und sah einem wunderbaren roten Funkenregen zu, der Mann ihres Herzens tief und fest und warm in ihr und sie mit seinem Atem streichelnd.

»Das Feuerwerk war erst für viel später geplant, es ist ja noch gar nicht richtig dunkel«, keuchte Stephan und begann sich langsam wieder zu bewegen.

»Ein Feuerwerk? Ich dachte ...« Ein leises Glucksen kam aus ihrer Kehle, während sie mit weit geöffneten Augen in den Himmel sah. »Tina hatte schon immer ein unglaublich gutes Timing. Das ist der perfekte Augenblick für das Feuerwerk – der perfekteste Augenblick überhaupt.«

Sie hob ihr Kinn und lachte bis weit hinaus ins Weltall. Hinauf zu den Sternen und einem strahlend bunten Feuerwerk, dessen Farben sie von den Zehen bis zu den Haarspitzen spürte, als sie zum endgültigen Höhenflug ansetzte.

Sie saßen eng aneinander geschmiegt im weichen, duftenden Gras und betrachteten die Mondsichel. Der Wind trug Fetzen der Tanzmusik und gelegentlich ein lautes Lachen zu ihnen herüber.

»Meinst du, Tina hat uns vergessen?« Stephan verbarg das Gesicht in ihrem Haar und atmete tief ihren Duft ein.

»Nein, ganz bestimmt nicht. Sie hält uns nur für besonders stur und will sichergehen.« Mit einem glücklichen Seufzer lehnte Lea den Kopf gegen Stephans Schulter und schloss für einen Moment die Augen.

»Ich finde, du könntest es mir jetzt endlich verraten«, sagte sie dann mit einem Lachen in der Stimme.

»Was verraten?« Zärtlich ließ Stephan seine Fingerspitzen über ihren Arm laufen.

»Was Frank und du in der Nacht, als ich bei dir im Auto auf den Schlüsseldienst gewartet habe und er plötzlich auftauchte, geredet habt, nachdem ich weg war.«

»Ach, das!« Stephan betrachtete plötzlich sehr interessiert die Sterne.

»Ja, das!«

»Ehrlich gesagt haben wir uns gegenseitig erzählt, was für ein störrisches Weibsbild du bist. Einer wollte den anderen davon überzeugen, dass es mit dir absolut nicht einfach ist. Und damit hatten wir ja wohl nicht gerade Unrecht.«

»Das ist nicht wahr!«

»Was ist nicht wahr? Dass du störrisch bist oder dass wir darüber geredet haben?«

»Beides!«

»Frag ihn doch!«

»Werde ich auch tun!« Lea wandte den Kopf und suchte Stephans Mund. »Du willst doch nur, dass ich meine ganz besonderen Methoden anwende, um dir die Wahrheit zu entlocken«, flüsterte sie dicht an seinen Lippen.

»Einen Versuch ist es sicher wert.«

Zärtlich umschlungen rollten sie durch das nachtfeuchte Gras.

»Eines Tages werde ich die ganze Wahrheit erfahren«, drohte Lea ihm, bevor sie den Kopf senkte und mit ihren Lippen eine Straße quer über seine Brust malte.

»Das fürchte ich auch.« Stephan klang atemlos.

»Ich könnte heute noch gnädig sein, allerdings nur unter einer Bedingung«, fiel Lea plötzlich ein.

»Unter welcher Bedingung?« Stephan streichelte sanft ihre linke Brust und spürte mit seinen Fingerspitzen ihrem Herzschlag nach.

»Dass du mir gleich morgen dabei hilfst, meine Wohnung neu zu streichen.«

»Hattest du mir nicht erzählt, dass du gerade erst nach der Trennung von Frank alles renoviert hast?«

»Das war nicht die letzte Renovierung. Die liegt erst ein paar Wochen zurück. Genau deshalb ist es jetzt dringend nötig, alles neu zu streichen. Du wirst schon sehen, warum. Jetzt möchte ich alle Farben des Regenbogens. Himmelblau, Rosarot, Weizengelb ... Vielleicht male ich weiße Wölkchen an die Decke. Hilfst du mir dabei?«

»Natürlich«, sagte er. »Du sollst alle Farben bekommen, die du dir wünschst. Sonne, Mond und Sterne und jede Menge Schäfchenwolken. Gleich morgen oder wann immer du willst.«

In diesem Augenblick hörten sie, wie mit leisem Knirschen ein Boot auf den Kies des Inselufers geschoben wurde. Lachend sprangen sie auf und suchten im Gras nach ihren Kleidern.